BARBARA WOOD

La profetisa

Barbara Wood

La profetisa

RBA

Título original: *The Prophetess*

Traducido de la edición original de Little,
Brown and Company, Nueva York, 1996

Publicado por acuerdo con Lennart Sane Agency AB
Obra cedida para esta colección por Grijalbo Mondadori, S. A.

Pérez Galdós, 36 bis, 08012 Barcelona

Proyecto gráfico y diseño de la cubierta: Joan Batallé
Fotografía de la cubierta: © STONE

ISBN: 84-473-1851-6
Depósito Legal: B-2874-2001

Impresión: Cremagrafic, S.A.
Encuadernación:
Encuadernaciones Marsa, S.A.
C/ Bernat Metge, 197-207 08205 - Sabadell (Barcelona)

Impreso en España - Printed in Spain

Para Carlos

«Ha llegado la hora de que despiertes de tu sueño, porque nuestra salvación está más cerca que cuando aceptamos la fe.»

Liturgia de las Horas

«Ha nacido un niño creyente.»

Kathryn Lindskoog

«La información quiere ser libre.»

Credo universal del pirata informático

AGRADECIMIENTOS

Es una realidad que este libro no existiría de no ser por el apoyo y la ayuda solícita que me prestaron las siguientes personas, a quienes verdaderamente me falta voz para decirles lo bastante alto, Gracias:

Teniente Rick Albee (retirado), del Departamento de Policía de Riverside, por su paciente explicación del funcionamiento interno (y la mentalidad humana) de una comisaría de policía y por su asesoría y aportación de interesantes sugerencias.

El personal de la Lordston Corporation, por compartir generosamente conmigo, y con automática celeridad en los momentos de apuro, su experiencia en hechicería tecnológica y su pericia informática.

Fredi Friedman, mi editor, que tuvo la misma «clarividencia» que yo, y cuyo estímulo, consejo y orientación siempre fueron tan certeros ante lo esotérico.

Carlos, por llevarme de la mano y conducirme por los vericuetos de Internet, hasta convertirme en una cibernauta felizmente adicta.

Sharon, por proporcionarme la NIV Study Bible, ¡con una pertinencia cronológica asombrosamente propicia!

Mi esposo, George, claro, como de costumbre, cuya paciencia a lo largo y ancho de todo el proceso de redacción nunca deja de maravillarme.

Por último, Harvey Klinger, un amigo del alma que casualmente es también mi representante... el mejor del mundo (quisiera que todos y cada uno de cuantos autores pueblan la faz de este planeta tuvieran la misma suerte).

¡Os adoro a todos!

PRÓLOGO

Sabía que la estaban siguiendo.

Pero no había tiempo para esconderse. La de Catherine era una carrera contra el reloj. Tenía que conseguir el séptimo rollo antes que los demás..., el manuscrito que contenía la fórmula para desvelar los más formidables secretos antiguos. Un documento de valor incalculable por el que muchas personas habían arriesgado la vida, incluso hasta llegar al mismísimo filo de la muerte.

Al percibir el estremecimiento del 747, Catherine lanzó una mirada por la ventanilla hacia la capa de nubes extendida bajo el aparato y llegó a la conclusión de que debía de encontrarse en algún punto por encima de Nueva York. Apremió en silencio a la aeronave para que aumentara el ritmo. Más rápido, más rápido...

Sobre el regazo de la joven descansaba una revista, con fecha de diciembre de 1999. El titular de la cubierta era: ¿ESTÁ A PUNTO DE LLEGAR EL FIN DEL MUNDO? Tenemos ante nosotros el Nuevo Milenio, pensó Catherine. ¿Se encontraba ella también ante su Armagedón personal? Desde luego, ni por asomo se le hubiera ocurrido pensar tal cosa tres semanas antes, cuando lo único que le preocupaba era su trabajo: la tarea de una simple arqueóloga que sigue el rastro de una antigua leyenda... Hasta que tropezó casualmente con un asombroso descubrimiento que la obligó a cambiar de identidad y de aspecto, a ocultarse y a huir para salvar la piel.

¿Su propio Armagedón... o el de la raza humana?

El séptimo rollo guardaba la respuesta a aquella pregunta.

Cuando notó que el 747 iniciaba el descenso, el corazón de Catherine aceleró sus latidos a impulsos del miedo y la excitación. Pronto, se dijo, todo iba a terminar... Aquella pesadilla que había empezado veintidós días antes, literalmente, con una explosión...

PRIMER DÍA

Martes, 14 de diciembre de 1999

Sharm as Sheij, en el golfo de Aqaba

La explosión se produjo al amanecer.

Sacudió toda la zona, hizo añicos el silencio de la mañana y provocó un desprendimiento de piedras y tierras que descendieron en alud por las yermas laderas de los riscos; las aves posadas en las palmeras datileras remontaron el vuelo súbitamente y se alejaron batiendo las alas por encima de las azules aguas del Golfo.

Sobresaltada, la doctora Catherine Alexander se despertó y salió precipitadamente de la tienda. Entornó los párpados para proteger los ojos del resplandor de los rayos del sol naciente y dirigió la vista hacia las obras de construcción situadas a unos doscientos metros del campamento. Al ver aquella impresionante maquinaria desgarrando la tierra, la muchacha estuvo en un tris de ponerse a gritar. Le prometieron que la despertarían antes de proceder a la voladura; trabajaban demasiado cerca de las excavaciones y los demoledores efectos de la dinamita podían devastar su delicada tarea.

Al tiempo que se ataba apresuradamente los cordones de las botas advirtió a voces a los miembros del equipo que salían de las tiendas medio dormidos:

—¡Echad un vistazo a las zanjas! Aseguraos de que los entibos siguen en su sitio. Voy a mantener una pequeña charla con nuestro vecino.

Mientras corría a través del arenal, Catherine observó que las excavadoras irrumpían en el terreno recién sacudido por la explosión. Soltó un taco entre dientes.

Estaban edificando otro centro turístico, exactamente igual a cualquier otro de los complejos hotelero-deportivos para millonarios, con aire acondicionado y toda clase de lujos e instalaciones, que surgían como hongos a lo largo de la costa oriental de la península del Sinaí. De norte a sur, a lo largo del litoral, hasta donde alcanzaba la vista, hoteles y altos edificios singulares, blancos monolitos cuya silueta se recortaba contra la pureza azul del cielo, transformaban aquel desértico y yermo erial en un nuevo Miami. Catherine comprendía que, antes de que transcurriera mucho tiempo, no iba a quedar en la región un metro de terreno en el que los arqueólogos pudieran trabajar, circunstancia que la muchacha se había esforzado en explicar a los burócratas de El Cairo, cuando fue a rogarles, infructuosamente, que extendieran una orden de interrupción de aquellas obras en tanto ella completaba sus excavaciones. Pero en El Cairo nadie se mostraba dispuesto a escuchar a una mujer, en especial a una joven a la que, para empezar, sólo de muy mala gana concedieron autorización para que emprendiese aquellos trabajos arqueológicos.

—¡Hungerford! —voceó Catherine al tiempo que se acercaba al conjunto de barracones prefabricados donde se albergaban los aparejadores y encargados de las obras—. ¡Lo *prometió*!

Catherine no necesitaba ahora ese derecho. El Negociado de Antigüedades ya se le estaba echando encima, como parecía demostrar el hecho de que se tomara un interés fuera de lo normal en las excavaciones. Sólo era cuestión de tiempo el que descubrieran la verdadera razón por la que ella estaba allí y, lo que era aún peor, que les había mentido. Por encima de todo eso estaba la carta de la Fundación que había recibido la semana pasada, misiva en la que se le informaba de que, a menos de que obtuviera de inmediato resultados positivos, no se le renovaría la subvención y dejaría de recibir fondos.

«Pero me he acercado tanto —pensó la muchacha, mientras iba de un barracón a otro y aporreaba sucesivamente las puertas de cada uno—. ¡*Sé* que voy a encontrar el depósito en seguida! Lo único que necesito es que se me permita realizar mi trabajo sin estas infernales interrupciones.»

—¡Hungerford! ¿Dónde *está*?

Cuando se acercaba a la caravana que constituía la oficina de la constructora, Catherine oyó de pronto un alboroto a su espalda. Al volver la cabeza vio bajo la luminosidad del sol que caía sobre el Golfo a los peones árabes de Hungerford, que corrían hacia el foco de la explosión.

La muchacha contempló durante unos segundos el grupo de hombres congregados en la base de un peñasco, donde el polvo empezaba a asentarse. Al observar el exaltado nerviosismo con que gesticulaban y se gritaban unos a otros, comentando entre exclamaciones lo que uno de los obreros había encontrado, Catherine notó que se le formaba un nudo en la boca del estómago. Había presenciado anteriormente aquella misma agitación... en excavaciones de Israel y del Líbano.

Cuando se descubría algo *importante*...

De súbito, la muchacha también echó a correr y, saltando por encima de las rocas o rodeando las peñas, llegó al grupo en el preciso momento en que el jefe, Hungerford, se abría paso entre los obreros apiñados allí.

—¡Venga, venga! ¡Ya está bien! ¿Quién os ha dado permiso para dejar de trabajar? —El corpulento texano se quitó el llamativo sombrero hongo de color amarillo y se pasó la mano por la pelirroja cabellera—. Buenos días, doctora —saludó a Catherine al verla—. Vamos a ver, muchachos, ¿qué ocurre?

Los árabes rompieron a hablar todos a la vez mientras uno de ellos alargaba la mano con lo que tenía todas las trazas de ser un trozo de periódico amarillento.

—¿Qué diablos es eso? —preguntó Hungerford, fruncido el entrecejo.

—¿Me permite? —intervino Catherine, y tomó el papel.

Los árabes guardaron silencio mientras la muchacha empezaba a examinar el supuesto trozo de periódico. Sus ojos se abrieron como platos.

Era un fragmento de papiro.

Catherine se sacó una lupa del bolsillo de la blusa caqui e inspeccionó atentamente el trozo de papiro.

—¡Jesucristo! —exclamó de pronto.

Hungerford sonrió.

—¿Blasfemando, doctora?

—No, está escrito aquí. ¿Lo ve? Dice Jesucristo, en griego.

Entornados los párpados, Hungerford fijó la vista en el punto que señalaba la muchacha.

—*Iesus.* ¿Qué significa?

Catherine contempló el papiro: sobre la superficie oro miel, la negra caligrafía en los caracteres que precedieron a los del griego moderno. ¿Había tropezado con el sueño dorado de todo arqueólogo? No, era demasiado bonito, demasiado fantástico para que fuese verdad.

—Probablemente es obra de algún místico del siglo IV —murmuró, al tiempo que se echaba hacia atrás un mechón de pelo castaño que había conseguido escapar al broche que lo mantenía sujeto en la nuca—. Por aquellas fechas, estas colinas estaban plagadas de ascéticos anacoretas. Y al final del Imperio Romano, el griego era la lengua común.

La mirada de Hungerford exploró la árida región que se extendía a su izquierda. Abruptos riscos de dientes irregulares emergían desolados y enhiestos bajo la áurea claridad del ascendente sol. El viento que siempre soplaba a la largo de la costa parecía despertar; los dos estadounidenses y los trabajadores árabes creyeron percibir un extraño silbido en el aire, como si se escapase un hilo de vapor. Hungerford recuperó el fragmento de papiro y lo acercó hacia sí.

—¿Vale algo?

Catherine se encogió de hombros.

—Depende de su antigüedad —alzó los ojos para encontrar los del hombre— y de lo que diga.

—¿Puede leerlo?

—Tendría que llevármelo a la tienda para examinarlo atentamente. La escritura está descolorida y el papiro descompuesto en algunos puntos. Y este trozo de aquí..., la parte inferior del fragmento, está rota. Ayudaría mucho encontrar lo que falta.

—¡Muy bien! —rugió Hungerford, al tiempo que se echaba hacia atrás y volvía a ponerse el bombín—. Vamos a ver de dónde ha salido. Cinco libras egipcias para el primero que encuentre más papiros. ¡*Adelante*, muchachos!

Procedieron a rastrear el terreno donde se había producido la explosión, una zona cubierta de cascotes de pizarra y piedra caliza en su mayor parte, y cuando uno de los peones localizó algo que asomaba por debajo de una piedra, todos se precipitaron sobre el descubrimiento.

Pero resultó ser nada más que la primera página de un ejemplar del *International Times*, con fecha de dos días antes, una hoja de periódico que seguramente el viento había llevado hasta allí desde algún cercano hotel para turistas. Catherine leyó el titular: FIEBRE DEL MILENIO. Y el subtítulo: «¿Se acabará el mundo dentro de veinte días?». Debajo, una fotografía de la plaza de San Pedro, en Roma, donde ya estaba reunida una multitud dispuesta a mantener vigilias ininterrumpidas de veinticuatro horas, a la espera de que el tictac del reloj del mundo señalara el paso de 1999 a 2000, cosa que iba a ocurrir antes de tres semanas.

Por último, los trabajadores árabes empezaron a recoger de entre los cascotes fragmentos de tejido y de cuerda de cáñamo y al examinar Catherine la textura de la tela, el nudo que tenía en el estómago se apretó un poco: *Esto es antiguo.*

Miró de nuevo el trozo del rollo. La palabra pareció saltarle a los ojos: *Iesus.*

¿Qué habían encontrado?

—Es preciso despejar esta zona —dijo Catherine apresuradamente.

El pulso empezó a atropellársele. Miró a los obreros que se agolpaban a su alrededor, examinó sus rostros y se dijo: *Lo saben.* Notó que se le ponían los nervios de punta. Hungerford y ella tendrían que coser la boca a aquellos individuos. Si se iban de la lengua y la noticia salía de allí, en menos de veinticuatro horas todos los beduinos que se encontrasen en un radio de ochenta kilómetros habrían montado sus tiendas en el lugar de la explosión y estarían poniendo a punto sus herramientas. Era algo que ya había ocurrido anteriormente.

—¡Doctora Alexander!

Al volver la cabeza vio al supervisor del yacimiento arqueológico, un egipcio llamado Samir, que se acercaba a la carrera.

—Lo siento, doctora —anunció en un inglés que había perfeccionado durante sus estudios de graduación en Londres—, el estado de algunas paredes de contención es ruinoso y la zanja número seis se ha derrumbado.

—¡Eso representa un mes entero de trabajo! —Se dio media vuelta para fulminar con la mirada a Hungerford, el cual sonrió con expresión avergonzada.

—Lo siento, encanto, pero me temo que has de ceder el paso al progreso. El pasado no puede interponerse en el camino del futuro.

Hungerford no le resultaba nada simpático a Catherine. Le cayó fatal desde el preciso instante en que, dos meses atrás, se presentó allí con su cuadrilla y la abordó con un:

—¿Qué hace un precioso bomboncito como tú tan sola en un sitio como este?

Catherine le explicó cortésmente que, con un equipo de quince colaboradores, además de los obreros contratados en la localidad, difícilmente podía considerarse que estuviera sola.

A lo que Hungerford replicó:

—Bueno, ya sabes lo que quiero decir. Una chavala tan bonita como tú necesita la compañía de un hombre.

El guiño pícaro de rigor.

Cuando la muchacha le señaló que había ido allí a trabajar, Hungerford repuso:

—Vale, todos hemos venido aquí a trabajar. Pero eso no significa que no puedas tomarte algún que otro respiro y darte una pequeña satisfacción de vez en cuando.

Resultó que la «satisfacción» consistía para él en conseguir que la muchacha le acompañara a tomar una copa en el cercano Hotel Isis, un establecimiento más bien sórdido en el que Catherine se dejaba caer a veces para charlar con algunos miembros de su equipo en el bar saturado de humo. Pero nunca alternó allí con Hungerford. Le desagradaba la sonrisa que siempre fruncía sus labios y la frecuencia con que se frotaba la oronda barriga que colgaba sobre una enorme hebilla de plata. El hombre no cesaba de tirarle de la lengua: trataba de inducirla a que hablara de sus excavaciones, formulándole preguntas como:

—Así que estás buscando las tablas de los Diez Mandamientos o algo por el estilo, ¿no?

Catherine contestaba con evasivas, sin participarle el verdadero motivo por el cual había ido allí.

En realidad, ni siquiera a las autoridades de El Cairo había confesado Catherine el auténtico objetivo de sus excavaciones.

«Busca a Moisés», eso era cuanto todos sabían.

A Catherine no le costaba nada imaginarse la reacción, caso de que divulgara la verdad: que no era a Moisés a quien buscaba, sino a su *hermana* María la Profetisa.

—De modo —decía Hungerford en aquel momento, con su sonrisa en los labios y el dedo índice manchado de nicotina señalando el papiro— que crees que es posible que esto tenga algo que ver con lo que estás buscando aquí a golpe de excavación.

Catherine miró el quebradizo fragmento que sostenían sus manos, notó en la yema de los dedos el tacto áspero, observó el tono de color viejo que el paso del tiempo había dejado en el papel, las letras cuidadosamente trazadas... ¿*Tenía* alguna relación aquel sorprendente documento con su búsqueda de la profetisa María?

Catherine alzó la cara al viento, que soplaba fresco y fuerte, y en cuyos ramalazos se combinaba el antiguo sabor salado del Golfo y los aromas del progreso: el monóxido que exhalaba el tubo de escape de los motores Diesel y el humo que ascendía desde el montón de basura que se incineraba cerca de allí. La muchacha trató de imaginarse el olor que tendría el aire tres mil años atrás, cuando los israelitas pasaron por allí; se esforzó en hacerse una idea de lo que debió de experimentar el cielo, de la forma en que el viento debió de agitar y tensar los velos y las capas aquel día fatídico en que María tuvo la audacia de plantar cara a su poderoso hermano y preguntarle: «¿Sólo habló el Señor a través de Moisés?».

Catherine se obligó a regresar al presente, y cuando vio la dirección de la mirada de Hungerford bajó la cabeza y descubrió que, con las prisas, al haberse despertado tan bruscamente, no se había abrochado los botones superiores de la blusa.

—Tendré que echar un vistazo de cerca a este papiro —dijo, al tiempo que daba media vuelta, dispuesta a retirarse—. Entre tanto, diga a sus hombres que sigan buscando.

—¡Sí, *ea*! —exclamó Hungerford, y la muchacha oyó el eco de sus carcajadas retumbando por los montes.

Se volvió para mirarle cara a cara. Con evidente ironía.

—Hungerford. Me jugaría algo a que mueve los labios cuando lee una señal de alto.

Las carcajadas de Hungerford aumentaron de volumen y se alejó.

Cuando Catherine llegó a su campamento, se encontró con que el equipo, formado por estudiantes y voluntarios estadounidenses, había puesto ya manos a la obra y apuntalaban las zanjas afectadas por la voladura de Hungerford. Aquella temporada disponía de un plantel fabuloso, pero, por desgracia, dentro de unos días la mayor parte de sus integrantes iban a regresar a casa para pasar las Navidades, y algunos no se habían comprometido en firme a volver a las excavaciones. El Año Nuevo se acercaba y no era un Año Nuevo corriente. Iba a empezar un nuevo decenio, así como un nuevo siglo y un nuevo milenio. Catherine temía la posibilidad de que la obligasen a dar por concluida su investigación arqueológica.

El mundo necesita lo que estoy buscando.

¿Por qué no era capaz de conseguir que sus jefes de la Fundación lo comprendieran? La gente tenía hambre espiritual, anhelaban alimento para ese apetito del alma, un Mensaje que pusiera una finalidad en sus vidas. *Localizaré el pozo, demostraré que María era quien creo que era y entonces habrá una nueva era de autoridad de un libro que algunas personas empezaban a considerar caduco: la Biblia.*

Entró en su tienda para estudiar el fragmento de papiro. Se lavó la cara con agua fría y luego observó el reflejo de su rostro en el espejo colocado encima de la palangana.

Aunque sólo contaba treinta y seis, los largos años pasados trabajando bajo el sol de justicia de Israel y Egipto habían estampado junto a sus ojos minúsculas arrugas: patas de gallo prematuras debidas al «estrabismo del arqueólogo», consecuencia de tanto entornar los párpados y forzar la vista. Su bronceado permanente le confería todo el aspecto de joven adinerada, de dama cuya vida giraba en torno a la piscina y a la pista de tenis, lo que no dejaba de resultar irónico. Catherine recordó el viejo comentario burlón, gracias al cual una arqueóloga se daba cuenta de que su juventud empezaba a ser historia: el visitante irrumpía en una tumba y preguntaba: «¿Cuál de vosotras es la momia?».

—Cathy, muchacha, por Dios —murmuró, mientras se secaba la cara y luego se aplicaba la crema hidratante—, dentro de diez años tendrás que llegar a un acuerdo con algún chaval que en la facultad vaya para cirujano plástico.

«Pero ahora entendámonoslas con el papiro.»

Tras hacer sitio en la atestada mesa de trabajo, Catherine levantó la solapa de una de las ventanas para que entrase la claridad de la mañana. El primer rayo de sol cayó sobre una foto pegada en la mesa con cinta adhesiva y la muchacha vio a Julius, que la sonreía como si en aquel momento llegase dispuesto a trabajar.

Guapísimo con su morena cabellera, su barba negra y sus penetrantes ojos oscuros, el doctor Julius Voss había entrado en su vida dos años antes, durante una conferencia arqueológica celebrada en Oakland, donde Catherine había presentado una ponencia. Doctor en medicina especializado en enfermedades del mundo antiguo, Julius había pronunciado su informe sobre la alta incidencia de las fracturas de antebrazo en los esqueletos egipcios, especialmente entre las mujeres, y su hipótesis consistía en que tales fracturas se producían cuando las personas afectadas tenían el brazo levantado para detener algún golpe. Catherine y él se conocieron durante la hora del almuerzo y la mutua atracción fue instantánea.

—Pero, Cathy —volvió a oír su declaración, como si de pronto se hubiese materializado allí y estuviera en la tienda con ella—, ¿por qué no quieres casarte conmigo? No será porque yo soy judío y tú no. Esa no es la razón. Y sabes que no te pido que te conviertas.

Catherine ya le había dicho que, en lo concerniente a la religión, ella tenía suficiente catolicismo para el resto de su vida. Pero había otros motivos por los que no le era posible casarse con Julius, con todo lo que le quería.

Apartó a Julius sosegadamente de su imaginación, para volver al papiro.

Examinó las líneas de escritura griega, pero no encontró ninguna otra mención de Jesucristo. Sin embargo, era suficiente.

Se preguntó si existiría alguna conexión entre aquel documento cristiano y la profetisa del Antiguo Testamento en cuya búsqueda había ido al Sinaí. ¿Podía ser aquel fragmento el indicio que trataba de encontrar, la señal de que efectivamente había localizado el viejo oasis donde María y su hermano entablaron una lucha por el poder?

Catherine alargó la mano y tomó de un anaquel un libro, publicado en 1764, traducción inglesa de las memorias de un árabe del siglo X, cuya nave perdió el rumbo en el año 976 de la Era Cristiana, a causa de un vendaval que la desvió hacia una remota orilla no identificada. La primera vez que Catherine leyó el libro, cuando llegó al pasaje... «abandonado en la Tierra del Pecado», se preguntó: ¿Sinaí? Al combinar las nada claras pistas que ofrecía el relato del árabe con los ulteriores datos que le proporcionaba el Antiguo Testamento, adentrándose después en el terreno de la astrología y de la navegación astronómica —el árabe indicaba que vio «a Aldebarán elevándose sobre mi patria»— y coordinándolo todo con las leyendas y tradiciones de los beduinos de aquel territorio, Catherine llegó a la conclusión de que debió de ser en aquella misma costa —en la que ahora brotaban los complejos turísticos— donde Ibn Hassan fue a encallar. La gran indagación de su vida había encontrado por fin su foco, porque el náufrago árabe, Ibn Hassan, había escrito: «Pasé mis últimos días de soledad en el paraje donde los beduinos locales abrevan sus rebaños, en *Bir Maryam...*».

El Pozo de María.

En realidad, Catherine inició su investigación personal cuando contaba catorce años y las monjas del Colegio de Nuestra Señora de la Gracia proyectaron durante los días que precedían a la Semana Santa, para las alumnas de las clases de octavo y noveno, una serie de películas: epopeyas bíblicas de los años cuarenta y cincuenta, culminadas por *Los Diez Mandamientos*, el clásico que filmó De Mille en 1954. Catherine se quedó bastante confundida, mientras la mayoría de las niñas, que se habían criado entre los efectos especiales de *Star Trek* y *La guerra de las galaxias*, emitían risas más o menos tontas y no cesaron de removerse nerviosas a lo largo de toda la película, aunque ovacionaron clamorosamente la espectacular separación de las aguas del mar Rojo. Las películas, más que protagonizadas, parecían dominadas por héroes masculinos formidables y omnipresentes: Sansón, Moisés, Salomón: todos hombres buenos, nobles y puros. Las mujeres, por otra parte, parecían pertenecer a dos categorías: tentadoras perversas o resignadas madres/vírgenes que lo sufrían todo pacientemente.

Aquella simple perplejidad —la circunstancia de que, indudablemente, en la época de la Biblia tenía que haber protagonistas *femeninas*— sembró en el ánimo de Catherine una obsesión adolescente que acabó por conducirla hacia la vocación de su vida: la arqueología bíblica. Creía, estaba segura, que aquellas arenas arcaicas que habían facilitado tesoros tan espléndidos como la tumba de Tutanjamon y los manuscritos del mar Muerto ocultaban muchos secretos maravillosos más. Si era posible encontrar testimonios escritos sobre las heroínas de la Biblia, Catherine daría con ellos en la tierra; estaba firmemente decidida a descubrirlos.

Lo que no tardó en descubrir, sin embargo, fue que el terreno de las becas de estudios bíblicos y arqueológicos, dominado por el género masculino, contaba además con un bastión inexpugnable defendido por una Vieja Guardia que no se conformaba con tolerar apenas a las mujeres entre sus filas, sino que se sentían agraviados ante cualquier ataque a sus creencias más elementales. Cuando, cinco años antes, Catherine solicitó por primera vez permiso para excavar en la región y manifestó a los funcionarios masculinos del Negociado de Antigüedades, en El Cairo, que deseaba buscar el Pozo de María, con la esperanza de hallar pruebas que apoyasen su hipótesis de que María compartió con su hermano el caudillaje de los israelitas, *como iguales en el mando*, la muchacha tuvo que soportar varios meses de trámites, sobornos, retrasos, aplazamientos, documentos extraviados y envíos de una ventanilla a otra, antes de que se le denegara la solicitud.

De modo que Catherine se retiró, hizo acopio de recursos y, al cabo de un año, volvió a presentar su petición de permiso para emprender la búsqueda del Pozo de *Moisés*. Se lo concedieron.

Al abrir ahora el libro de Ibn Hassan, Catherine leyó, no los detalles que dispararon su búsqueda por la ruta del Éxodo, sino otro pasaje, un texto al que hasta entonces había prestado escasa atención, pero que en aquel momento despertó su más profundo interés.

El árabe del siglo X había escrito:

Me desperté en plena noche y contemplé una aparición de lo más maravillosa; su blancura y su belleza eran tales que quedé deslumbrado. La visión se dirigió a mí con voz de joven doncella. Me condujo a un pozo y me pidió que lo llenara, que echase primero un poco de tierra y después lo acabase de tapar con piedras. Me dijo que, a continuación, hiciese un ancla de juncos y la colocara sobre el pozo. «Si haces eso por mí, Ibn Hassan —me dijo el ángel—, te contaré el secreto de la inmortalidad.»

Catherine volvió a las palabras: *un ancla de juncos.*

No habían significado absolutamente nada para ella: ¿para qué podía servir un ancla hecha de juncos? Pero ahora...

Ancla de juncos no quería decir que fuese una verdadera ancla, ¡sino un símbolo!

Y el ancla-símbolo que surgió automáticamente en su cerebro fue el ancla de los principios de la Cristiandad, predecesora de la cruz...

Enarcó las cejas. Allí estaba de nuevo la inesperada conexión cristiana.

Volvió a la primera página del libro de Hassan, otra parte del volumen a la que anteriormente había prestado poco interés, pero que ahora examinó con creciente excitación. Leyó:

A mí, por lo tanto, se me concedió la clave para vivir eternamente. Yo, Ibn Hassan Abu Mohamed Omar Abbas Ali, tras ser rescatado de aquella costa y devuelto a mi familia, os hablo desde mi edad de ciento veintinueve años, rebosante de salud y convencido de que soy inmortal y viviré para siempre, gracias al don que me concedió el ángel.

Miró el fragmento con el nombre de Jesucristo que habían encontrado los obreros de Hungerford y, al recorrerlo con la vista, dos palabras acudieron al encuentro de sus ojos: *zoe aionios.*

Vida eterna.

¿Existía alguna relación entre aquel fragmento, que provisionalmente y un poco a la buena de Dios situaba ella doscientos años después de Cristo, y las alucinaciones de un marinero que había naufragado cosa de siete siglos después? Pero, aunque así fuera, ¿qué tenía que ver aquel fragmento, y su referencia a Jesucristo, con el Pozo de María?

Aparte de las memorias de Hassan, Catherine no había logrado encontrar ninguna otra alusión al Pozo de María. Pero en el curso de sus indagaciones había dado con un libro escrito en 1883 por un egiptólogo alemán, en el que el autor reseñaba una expedición a las soledades del Sinaí, en cuya costa estableció un campamento, al este del monasterio de Santa Catalina, en la base de una escarpadura cercana a un pozo llamado *Bir Umma:* Pozo de la Madre. Y allí, durante la noche, los hombres del egiptólogo tuvieron pesadillas. Lo que intrigó a Catherine cuando leyó aquel libro por primera vez fue que tales malos sueños eran como las alucinaciones de Ibn Hassan. En realidad, la esposa del egiptólogo germano había empleado prácticamente las mismas palabras que el árabe para describir la hermosa y fantasmal visión que se le apareció. De modo que Catherine se había preguntado entonces: ¿indicaría tal similitud de los sueños que la partida del profesor Kruger había acampado cerca del punto donde naufragó Ibn Hassan?

La pista definitiva que la indujo a excavar en aquel sitio se encontraba en el propio Antiguo Testamento, *Éxodo 13, 21-22*: «Iba el Señor delante de ellos, de día en columna de nube para guiarlos en su camino, y de noche en columna de fuego, para alumbrarlos y que pudiesen así marchar lo mismo de día que de noche. La columna de nube no se apartaba del pueblo durante el día, ni durante la noche la de fuego se apartaba de delante del pueblo». Catherine no fue la primera en observar que aquellas frases podían corresponder a la descripción de un volcán. No ignoraba que en la península de Sinaí no había montañas volcánicas, pero *sí* las había en la parte oriental del golfo de Aqaba, en Arabia Saudí, en una región llamada Tierra de Madian. No dejaba de tener sentido, razonó Catherine, que si el monte Sinaí se encontraba en la orilla *occidental* de Arabia, los judíos hubieran avanzado de cara a la columna de fuego y humo de la erupción que se elevaba en la costa *oriental* del Sinaí, al otro lado del Golfo, desde donde podrían ver continuamente la nube durante el día y el fuego durante la noche.

Pero Catherine había ido allí con la esperanza de encontrar pruebas del Éxodo y de María la Profetisa, ¡no un papiro con el nombre de Jesucristo escrito en él!

Se preguntó qué relación podría existir entre aquel papiro con las palabras «vida eterna», el ángel de Ibn Hassan, las pesadillas que tuvieron los miembros de la expedición del egiptólogo y las leyendas de los beduinos locales, que eran algo obsesivo en aquella zona.

Catherine escuchó los ruidos que se producían al otro lado de las paredes de la tienda: el viento que empezaba a soplar arrancaba sibilantes susurros a las aguas verde mar del Golfo, para que se mezclase con los gritos y exclamaciones de los obreros de Hungerford, que rastrillaban los escombros en busca de más trozos de papiro. «También yo tuve anoche un sueño extraño», pensó Catherine. No, no fue un sueño. Un viejo recuerdo que se había esforzado mucho en eliminar y que ahora volvía, inexplicablemente, para atormentarla.

¡Niña asquerosa! Esto te va a costar un buen castigo...

En el preciso instante en que cogía la lupa, dispuesta a traducir la antigua escritura griega, oyó repentinamente un grito fuera.

Habían encontrado algo.

Cerca del foco de la explosión, los obreros habían desenterrado lo que parecía la boca de un túnel. Catherine se arrodilló para examinarla y su corazón empezó de súbito a darle saltos en el pecho: volvía a su propio solar.

Antes de iniciar sus excavaciones, Catherine había empezado por explorar el terreno utilizando los últimos adelantos de la ingeniería geológica y había llegado a la conclusión de que allí se encontraba la formación de un singular túnel subterráneo. Así que acotó el terreno y procedió a cavar. Pero aunque al cabo de un año seguía sin encontrar evidencia alguna de que existiese vivienda humana bajo el segundo nivel, al llegar al tercero, donde tropezaron con una capa de piedra caliza, descubrieron el principio de un curioso túnel.

Ahora, mientras Catherine permanecía erguida ante la entrada de aquel túnel, en una de las zanjas de su yacimiento, observó que el túnel se desplazaba horizontalmente, por el subsuelo, en dirección al lugar donde Hungerford había hecho estallar su dinamita, hacia la sección del túnel que los hombres del texano habían descubierto. No concluía allí, sino que continuaba rumbo a la dentada escarpadura. ¿Adónde llevaría?

Sólo había una forma de averiguarlo.

Catherine se pasó una cuerda alrededor de la cintura, se tendió encima de una de las plataformas rodantes que utilizaba su equipo para trasladar cascotes, tomó una linterna y se aventuró dentro del túnel.

Hizo una pausa. El túnel era oscuro y angosto, del techo se desprendía polvo y detritos. Como no podía estar segura de la firmeza de la roca ni de hasta qué punto las voladuras la habían debilitado, Catherine ideó una señal: un tirón de la cuerda y los obreros la sacarían del túnel.

Antes de seguir adelante, Catherine advirtió a Hungerford que no quitara ojo a sus hombres y se asegurara de que seguían allí: eran legendarias las fortunas que los árabes habían hecho traficando en el mercado negro con manuscritos del mar Muerto y de los escondrijos de Nag Hammadi. No dejaba de sentirse inquieta. Habían transcurrido tres horas desde que la explosión del amanecer había lanzado el fragmento de papiro con el nombre de Jesucristo; la noticia podría haberse extendido ya hasta el último confín de la península.

Catherine se adentró despacio por el túnel, impulsándose con los codos y manteniendo el foco de la linterna proyectado hacia delante, sobre lo que parecía un vacío ilimitado. Tuvo que detenerse varias veces, cuando la arena llovía sobre ella y el temor de que la mina estuviese a punto de desmoronarse se apoderaba de su ánimo. Se esforzaba en mantener el dominio de los nervios. El túnel era tan estrecho que Catherine tenía que llevar la cabeza gacha y los hombros encogidos, a pesar de lo cual los costados tropezaban continuamente con las paredes. Y cuando la piedra caliza le rasgó la piel de las rodillas, lamentó tardíamente no haber tenido la precaución de cambiar los caquis pantalones cortos por unos vaqueros azules. Continuó adelante, cautelosamente, decidida a descubrir lo que había en el otro extremo de la galería subterránea.

Aunque el túnel perforaba una densa roca magmática, Catherine comprendió al examinar la piedra a la luz de la linterna que no era obra del hombre, sino una grieta natural en la caliza. Acaso originada por un terremoto o por el agua que se filtraba desde un manantial subterráneo. ¿Un pozo?

Empezó a sudar, pese a la frialdad de la piedra caliza. Una de las pesadillas que Ibn Hassan había compartido con la expedición de Kruger era la visión de que se les enterraba vivos. ¿Alguna especie de recuerdo fantasmal? El interrogante hizo que un ramalazo de miedo se le deslizara por la nuca y que un escalofrío le recorriese la espina dorsal. Tal vez el sueño aquel fuera un aviso...

Se encontró de pronto con el camino cortado.

Calculó que habría recorrido cosa de quince metros a partir del punto donde Hungerford y sus hombres soltaban cuerda dentro del túnel. Echó un vistazo a lo que bloqueaba su camino y, con gran asombro, comprobó que se trataba de una especie de cesto, o algo parecido, que obstruía parcialmente el paso y que estaba también parcialmente empotrado en la roca. Estiró el brazo e intentó apartarlo; cedió sin dificultad y su movimiento desencadenó una ducha de arena sobre la cabeza de Catherine. Cerró los ojos, apretados con fuerza los párpados, y contuvo la respiración. Cuando el polvo se posó y se aclaró la atmósfera, Catherine proyectó hacia delante el foco de la linterna.

El túnel continuaba.

Con el cesto encajado entre los brazos y bajo la barbilla, la muchacha reanudó su avance sobre la plataforma rodante.

Llegó por último al final, donde el túnel desembocaba inesperadamente en un hueco circular, que ascendía desde el fondo hacia la superficie. Aquel pozo artesiano, de unos seis metros de diámetro, tenía tapada la boca de la parte superior. Sus paredes estaban recubiertas de grandes losas de pedernal, sin labrar, típicas de la mampostería de la Edad de Bronce.

¿Había encontrado el Pozo de María?

Catherine proyectó el foco de la linterna hacia abajo y se asomó por el borde del pozo, mientras rezaba para no caer por allí. Vio cascotes en el fondo, algunos recientes, como si la voladura hubiese provocado el desplome de parte de la pared circular. Y entonces la luz de la linterna cayó sobre algo blanco que yacía en el fondo. Trasladó de un costado a otro el peso del cuerpo y se adelantó un poco para ver mejor aquello.

El oscilante rayo resbaló sobre roca y pizarra e iluminó, por último —Catherine jadeó sobresaltada—, un esqueleto humano.

El Mago arrancó de un tirón la túnica púrpura que colgaba de los hombros de la muchacha y la claridad se derramó sobre el cuerpo desnudo.

Los hombres se quedaron boquiabiertos y, de inmediato, silenciosos en presencia de aquella hermosura, mientras pensaban cuánto se parecía a las estatuas de la plaza del mercado, tan blanca, tan fría y tan perfecta. Pero la soberbia cabellera negra que le caía en cascada por la espalda y la forma en que temblaba constituían la prueba de que también era una mujer viva.

Atada de pies y manos, permanecía erguida con tal dignidad que más de uno de aquellos hombres se removieron inquietos y bajaron la vista. Su jefe, cuyo puño apretado sostenía la túnica púrpura de la joven, no parecía impresionado por la actitud arrogante de la mujer. En la ciudad hubiese intentado por todos los medios hacerla hablar. La hubiese amenazado, encerrado bajo llave, sometida al hambre y a tormentos físicos que ajaran su belleza. Pero no podía hacer tales cosas, porque en tal caso el emperador se hubiera sentido ultrajado.

Sin embargo ahora no estaban en la ciudad. La había conducido a aquel lugar desolado en el fin del mundo para extraerle por fin el secreto, sin más testigos que las serpientes y los escorpiones. Después, las arenas del desierto engullirían toda prueba de su acción.

Habían cabalgado largo y duro hasta llegar a aquel punto, seis hombres a caballo, que galoparon bajo la luz de la luna del desierto como si los persiguiese un ejército de demonios. Dejaron muy atrás las legiones del emperador y se detuvieron en una antigua ribera, donde abruptos riscos erigían sus cumbres dentadas, cuyas irregularidades se recortaban contra el fondo de un cielo salpicado de estrellas. Era un erial dejado de la mano de Dios y que sólo habitaban espíritus y fantasmas.

Los hombres conocían la existencia del pozo a través de las Sagradas Escrituras: según la leyenda, era un pozo profundo que en otro tiempo proporcionó agua a los israelitas durante los cuarenta años que vagaron por el desierto. Los hombres ataron primero a una cuerda el cesto preparado especialmente y lo bajaron cuidadosamente mientras uno de ellos murmuraba una oración. Cuando el cesto llegó al fondo, los hombres se dirigieron a la mujer y la llevaron hasta el borde del pozo. Luego permanecieron de pie frente a su jefe.

—Dime —conminó el Mago en voz baja, a la vez que desenvainaba la espada—, ¿dónde está el séptimo rollo?

La mujer mantuvo su silencio. Pero cuando sus ojos verdes se encontraron con los del hombre, éste vio allí un fulgor de desafío.

Al igual que ella, el hombre también temblaba, pero no a causa del frío sino a impulsos de la cólera a duras penas contenida. Último descendiente de una estirpe de magos, se daba perfecta cuenta de que sus días de poder tocaban a su fin. Pero también sabía que, de contar con aquel último rollo, podría obrar milagros, interrumpir el inexorable proceso que conducía al mundo a su final y conseguir la inmortalidad, la vida eterna para sí y para sus seguidores. Aquella mujer poseía la clave del misterio. Durante años, el hombre había seguido el rastro del rollo final; la pista terminaba en ella.

El silencio del desierto se prolongó hasta que, por último, el Mago decretó:

—Sea.

Dirigió un ademán a sus hombres.

Éstos se volvieron hacia la joven. Manos callosas se posaron sobre la blanca piel impoluta, y la voracidad y la lujuria iluminó los semblantes masculinos mientras pasaban una cuerda por debajo de los brazos y los senos de la mujer a la que acto seguido hicieron descender por el pozo todo lo suavemente que les era posible.

—No deseo lastimarte y que, a causa de las heridas, mueras con rapidez —le dijo el Mago—. Quiero que conozcas esa oscura prisión durante mucho tiempo. Que te aprendas de memoria hasta la última piedra y su estructura, todos los matices y sombras de la oscuridad. Cuando el sol esté en lo alto del cielo y sus rayos caigan sobre ti, te abrasarán, y por la noche el gélido viento se encargará de contraer y hacer crujir tus huesos. Conocerás una sed inconcebible para el ser humano, experimentarás una soledad infinitamente más vacía y más aterradora que el aislamiento absoluto de la muerte. Clamarás pidiendo ayuda, pero nadie te oirá, sólo los buitres que estarán esperando el momento de precipitarse sobre ti para arrancar la carne que cubre tus huesos.

Se acercó a la mujer, en alto el báculo, símbolo de su ministerio religioso, un báculo que había sobrecogido a centenares de miles pero que ahora surtía poco efecto, salvo sobre los hombres que le acompañaban y unos cuantos más que se quedaron en la ciudad.

—Por última vez —silabeó en voz baja—. ¿Dónde está el rollo? Si me lo dices, te dejaré libre.

La mujer no despegó los labios.

—Dime sólo una cosa: ¿contiene realmente el séptimo rollo la fórmula mágica de la vida eterna?

Y, por primera vez desde su cautiverio, la mujer habló. La respuesta salió como un suspiro:

—Sí...

Fiel creyente en la inmortalidad, el Mago soltó un grito y alzó un puño al cielo.

—¡Si yo no puedo tener el secreto, ningún hombre lo tendrá!

Los sicarios cogieron a la prisionera y la bajaron despacio por el pozo, centímetro a centímetro. Las aristas de las piedras desgarraron la suave piel de la espalda, y la oscuridad se tragó la lozanía y hermosura de la muchacha, mientras el Mago golpeaba el brocal de piedra con su báculo de oro y elevaba la voz hacia las estrellas.

—Por el poder de esta vara, que me entregó mi padre y al que se la había entregado su padre, y así hasta los remotos tiempos en que los Inmortales recorrían la tierra, yo impongo una maldición sobre esta mujer y los seis libros que entierro con ella, para que sus secretos permanezcan ocultos por los siglos de los siglos. Que ningún hombre los encuentre, los lea y se entere de los secretos. Y maldigo también a quien lo haga.

Apareció en la ribera un jinete solitario, a lomos de un corcel negro. Se detuvo a cierta distancia del campamento, para que nadie oyera su llegada. Se apeó de un salto, se acercó raudo y silencioso y fue degollando uno tras otro a los durmientes, de forma que ninguno de ellos pudo exhalar un solo gemido. En busca de su prometida, el jinete se encaminó luego a la tienda del Mago. Pero la mujer no estaba allí. El recién llegado se puso a horcajadas sobre el Mago y le puso el cuchillo sobre la garganta. Cuando el Mago se despertó, sus ojos se llenaron de entendimiento y resignación.

—Jamás la encontrarás y nunca podrás salvarla —dijo—. Porque si yo no consigo el secreto, nadie lo tendrá.

En su indignado desconsuelo, el joven seccionó la yugular del Mago y contempló la sangre roja que se deslizaba por la almohada de raso.

Luego abandonó el campamento y se alejó en busca de su novia. Exploró la costa y los cauces secos de las arroyadas que descendían de los riscos; incluso alzó la cabeza y miró a las estrellas, como si también la buscase allí.

Y entonces oyó el sonido que rasgó la noche.

Dando traspiés en la oscuridad, encontró el pozo. Aguzó el oído.

La llamó por la boca del pozo. Oyó un gemido. Regresó corriendo al campamento y se hizo con una cuerda. Volvió al pozo, aseguró la cuerda a un peñasco y descendió hasta el fondo con ayuda de la soga.

Tanteó en la oscuridad, tratando de localizar a su amada. Estaba allí y el muchacho lanzó un grito de alegría.

Aplicó el oído al pecho femenino y no percibió latido alguno del corazón. Pero el cuerpo conservaba calor y la muchacha había gimoteado sólo unos momentos antes.

El joven soltó un ultrajado rugido, cuyos ecos repercutieron en las piedras del pozo y se remontaron hacia el cosmos. Sollozante, salió del pozo y se dirigió de nuevo al campamento. En la tienda del Sumo Sacerdote encontró la magnífica túnica púrpura bordada con hilo de oro que había pertenecido a la doncella.

Regresó nuevamente al pozo, se deslizó hasta quedar a escasa distancia del fondo; se sujetó fuerte, levantó una mano y cortó la soga con un tajo de su cuchillo. Cayó a plomo hasta el fondo, mientras la cuerda quedaba colgando por encima de su cabeza, lejos del alcance de las manos. Cubrió con la túnica el cuerpo de su amada, cuya frialdad aumentaba ya, se acurrucó junto a ella y la rodeó con sus brazos, en tanto las lágrimas del muchacho humedecían la cabellera de la joven.

—No morirás en vano, amor mío —lloró el hombre—. Pongo a los dioses por testigos de mi juramento: te prometo que algún día los rollos volverán a salir a la luz y el mundo recibirá su mensaje.

—Así, ¿qué importancia crees que puede tener esto? —Hungerford acompañó la pregunta con una sonrisa—. En dólares, me refiero. Vamos a ver, ¿cuánto pagaría un museo por ese trozo de papiro?

—Cinco millones, por lo menos —dijo Catherine, al tiempo que se sacudía el polvo de la ropa.

—¡Cinco millones!

—Y tanto. Puede que hasta quinientos millones. Quizá tropecientos millones.

—Vale, vale. Sólo era una pregunta.

—Hungerford —articuló Catherine, irritada—. No tengo idea de lo que vale. Ni siquiera sabemos todavía de qué se trata. —Lanzó una mirada hacia el túnel. Aquella *calavera*...—. Quisiera volver ahí otra vez, echar otro vistazo...

—¿Qué deduces de *esto?* —Hungerford golpeó con la punta del índice el fardo que la arqueóloga había sacado del túnel.

—Calculo que es del siglo séptimo u octavo —dijo Catherine, mientras todos se arremolinaban en torno suyo para curiosear. La muchacha estaba cubierta de arena y granos de arenisca, su pelo castaño tenía una capa de polvo fino y, pese a encontrarse al aire libre, bajo la claridad del sol y recibiendo de nuevo la refrescante brisa del mar, no podía quitarse de encima el pánico que le había invadido en la angostura del túnel y la oscuridad del interior del pozo—. A juzgar por la trama de la tela y el aspecto de este cordel... es decididamente postbizantino.

—Vamos a abrir el fardo.

Pero Catherine retrocedió, retirando el bulto de las manos extendidas del texano.

—No, la buena ciencia decreta que ha de abrirse ante testigos debidamente acreditados. Llamaré a El Cairo, para informar al Negociado de Antigüedades. Enviarán a alguien. Mientras tanto, será mejor que se abstenga de trabajar en esta zona hasta que el gobierno la haya inspeccionado.

—Sí, claro. Trasladaré a mis muchachos a aquel sector de allí. De todas formas, tenemos que despejarlo para construir las pistas de tenis. No te olvides de informarme en cuanto descubras o averigües algo, ¿de acuerdo?

—Hungerford, puede creerme si le digo que, en estos momentos, ocupa usted el primer lugar en mis pensamientos.

El hombre se alejó, sonriente.

Catherine regresó apresuradamente a su tienda, descorrió la cremallera de la puerta, entró y encendió una luz. Tardó un minuto en recobrar la compostura.

¿Se habrían tragado el cuento Hungerford y los demás? Confiaba en que así fuera. De ninguna manera estaba dispuesta a dejar entrever que aquel hallazgo era incluso más importante de lo que todos imaginaron. De permitirlo, el saqueo iba a ser una auténtica indecencia. El descubrimiento era de ella, y cuanto antes se pusiera en contacto con las autoridades de El Cairo tanto mejor.

Pero mientras buscaba las llaves del Land Rover, hizo una pausa. Los burócratas de El Cairo se distinguían por su cachaza. Necesitaba tenerlos allí en seguida. ¿Pero cómo apañárselas para eso? Miró el fragmento de papiro, que aún no había leído. Si pudiese informar de que aquel papiro era del siglo tercero o segundo, o incluso más antiguo, las autoridades se presentarían allí como el rayo.

Supo lo que tenía que hacer. Colocó el fragmento bajo una lámpara de alta intensidad, tomó la lupa y empezó a leer el papiro.

Parecía el principio de una carta.

«De vuestra hermana Perpetua: mis saludos a la comunidad de hermanas de la casa de la querida Aemelia, venerado...»

Catherine frunció el entrecejo.

¿Cuál era la palabra siguiente? διακονοσ.

¡Diakonos!

Tenía que ser un error. Catherine había tropezado con el título de *diakonos*, diácono, en ocasiones anteriores, pero sólo aplicado a hombres. Una mujer sería *diakonissa*, diaconisa. Leyó de nuevo la frase. No, estaba claro: Perpetua se dirigía a Aemelia, con el tratamiento de *diakonos*, diácono.

Con una arruga de perplejidad surcándole la frente, continuó leyendo:

«Lo que voy a comunicaros, queridas hermanas, es un mensaje de proporciones tan asombrosas que me tiembla la mano mientras lo escribo. Pero sé, ante todo, que no es mi voz la que os habla, sino la de una bienaventurada mujer llamada Sabina, que llegó a mí a través de las más milagrosas circunstancias. Intercalo aquí una advertencia: leed esta carta en secreto, temo por vuestra seguridad y por vuestras vidas.»

Catherine enarcó las cejas. ¿Leer aquello en secreto? ¿Temor por sus *vidas*? Volvió al principio de la carta y leyó otra vez: *«Aemelia, venerado diakonos»*.

A través de las paredes de nailon de la tienda llegaban los ruidos que solían producirse en el campamento durante el trabajo: la voz de Samir que pedía le acercasen una paleta, la risa con que uno de los estudiantes celebraba algo, la música de una radio portátil sintonizada con una emisora de Jerusalén... Pero el cerebro de Catherine apenas registraba aquellos sonidos mientras buscaba apresuradamente un libro.

Cuando lo encontró fue rápida al glosario de la parte posterior y leyó: *«Diakonos* (Número de Strong: 1249GSN): Griego: "servidor". Traducido actualmente como diácono. En la Iglesia primitiva, el *diakonai* (el que cumple las órdenes del rey) bautizaba, predicaba y presidía la Eucaristía, por lo que una traducción más moderna en el contexto del Nuevo Testamento le aplicaría el término de "sacerdote"».

Catherine dejó escapar un agudo y prolongado aliento.

«Aemelia... diakonos.» ¿Una mujer sacerdote? ¿Una carta que invocaba el nombre de Jesucristo?

¡Imposible!

Proyectó su atención sobre un mapa que se encontraba en el centro del texto, cogió la lupa, examinó la caligrafía de la carta de Perpetua y cotejó el escrito con el alfabeto que ilustraba el libro. Coincidían de manera poco menos que perfecta. Catherine comprendió, asombrada, que, de acuerdo con el texto, casi no cabía duda de que se escribió en el siglo segundo. Desde luego, a las mujeres que servían en la Iglesia *no* se les aplicaba el tratamiento de *diakonos*.

Cerró el libro y trató de asimilar aquella sorprendente implicación. Al ver en la contracubierta la fotografía de la autora, oyó de pronto la voz de Danno, cuando dijo, hacía mucho tiempo:

—No puedes culpar eternamente a la Iglesia.

—Claro que puedo —había respondido ella—. La forma en que murió mi madre fue culpa de la Iglesia y de nadie más.

Con la mirada puesta en la imagen de la contraportada del *Manual del Nuevo Testamento Griego* —la doctora Nina Alexander de joven, con sus grandes ojos verdes dirigiendo al lector una sonrisa impregnada de vivaracha inteligencia—, Catherine volvió a oír la voz de su madre, débil, en la parte final de su fecunda y polémica existencia, sola en la habitación de un frío hospital.

—Tienen razón, Cathy —susurraba la mujer—, no debí haber hecho lo que hice, porque no tenía ninguna prueba. Si hubiese tenido una sola prueba...

Catherine regresó del recuerdo de aquel doloroso y lamentable día, en el que comprobó que, al final, la Iglesia había ganado la partida y conseguido que la anciana se retractara, moralmente deshecha. Volvió al papiro, a su explosiva palabra: *diakonos*. Se preguntó: «¿He encontrado la prueba que mi madre necesitaba?».

Catherine actuó con rapidez, se apresuró a poner a buen recaudo el fragmento en un estuche cerrado con llave y lo guardó, junto con el viejo cesto, debajo de la litera. Al tiempo que cogía las llaves del Rover, comprobó la hora y calculó que en California sería poco más de medianoche. Efectuó una presurosa relación mental: lo primero, encargar a Samir que vigilase la tienda; después, llamar a Julius desde el Hotel Isis; a continuación, telefonear a Daniel, que estaba en México; y, por último, agenciarse el horario de los próximos vuelos que salieran de Egipto.

Y luego efectuar una última incursión por el interior del túnel.

—Ha encontrado algo, seguro —le comentó Hungerford a su capataz mientras rebuscaba entre los picos y palas amontonados contra la parte trasera del remolque—. Lo adiviné por el modo en que se llevaba ese cesto viejo, como si contuviera joyas.

—¿Qué piensas hacer? —preguntó el capataz en el momento en que Hungerford elegía una piqueta de gran tamaño.

—La doctora dice que quiere entrar otra vez en el túnel. —Hungerford sopesó la herramienta y sonrió—. Pero el piso de ahí abajo tiene algo extraño. Es muy inseguro y propenso a ceder inesperadamente. La próxima vez que entre la doctora... Bueno, ya debería saber que la arqueología puede resultar una actividad peligrosa.

—¡Erica! ¡Ven aquí en seguida, Erica!

Havers tomó la mano de su esposa y casi la arrancó de la silla.

—¡Miles! Estaba en mitad de...

—Tienes que ver esto, cariño. ¡De prisa!

Tiraba de la mujer hacia el exterior, atravesó un *pórtico* amueblado con arcones de estilo clásico español y piezas de mimbre. Sus zancadas eran tan largas y rápidas que Erica tuvo que correr para mantenerse a su altura.

—¡Te vas a quedar *maravillada*! —aseguró; su voz se elevó hasta el techo de *latilla* y sus ecos repercutieron en las blancas paredes de adobe de los mil ochocientos metros cuadrados de su casa de Santa Fe.

Erica se echó a reír. No tenía idea del apasionante objeto que su marido estaba a punto de enseñarle —tratándose de Miles, lo mismo podía ser una insólita formación de nubes que un microcircuito integrado superrápido—, pero se había quedado automáticamente sin aliento, como le ocurría siempre, a causa de la pasión y la emoción. En los treinta años que llevaba siendo la esposa de Miles Havers, no recordaba un solo momento aburrido.

Atravesaron un amplio patio, sobresaltando a un chófer que le sacaba brillo a un Corvette ZR1 de color castaño, parte de la colección de veintitrés 'Vettes de Havers, y continuaron por otro pórtico alargado, en el que se exponían en diversas vitrinas objetos ceremoniales del pueblo zuñi; salieron de nuevo a terreno descubierto y bordearon el campo de golf particular de dieciocho hoyos, del que los cuidadores quitaban con sumo cuidado la nieve recientemente caída, a fin de que se pudiera volver a jugar en él.

Las sandalias de Havers producían chasquidos como bofetadas sobre las baldosas de Saltillo, un sonido que resultaba familiar en toda la hacienda... A sus cincuenta y dos años, equipado con adecuadas y caras prendas, Miles Havers era un entusiasta de la marcha atlética y se le veía practicarla y correr a todas horas. Por otra parte, Erica, mujer esbelta y etérea, que también acababa de entrar en la cincuentena, tenía su paso tan ligero que apenas producía el rumor propio del tenue suspiro mientras rodeaba en pos de su esposo la fuente española del siglo XV, trasladada desde Madrid, piedra a piedra.

Erica comprendió por fin adónde la llevaba Miles, con tanta urgencia: al invernadero.

Cuando llegaron a la puerta, cerrada a cal y canto, donde Miles tuvo que marcar su código de seguridad en el teclado numérico, Erica dirigió la vista hacia la sierra Sangre de Cristo, cubierta de nieve aquel cortante día de diciembre. Erica llevaba cerca de diez años viviendo allí y aún no se había acostumbrado a la maravilla de aquel cielo azul de Nuevo México, un efecto visual, le habían dicho, consecuencia de la falta de humedad del aire. Y pensó: «Sangre de Cristo, extraño nombre para unos montes».

Al levantarse de pronto una fresca brisa cuyas ráfagas agitaron su corto cabello rubio ceniza, la mujer se estremeció y sus ojos exploraron la periferia del campo de golf. No los vio, pero tuvo la certeza de que se encontraban allí: los guardas de seguridad adicionales que Miles había apostado alrededor de aquella superficie de veinticuatro hectáreas situada en el corazón de las dos mil hectáreas de la finca. Era debido a la reciente afluencia de visitantes que acudían a la zona de Santa Fe. Se acercaba el Milenio y a Santa Fe se le consideraba uno de los lugares sagrados de la Tierra.

Aunque gentes de todo el mundo, en previsión del año dos mil, que iba a presentarse al cabo de tres semanas, se preparaban con vistas a terremotos, cataclismos, visitantes angélicos y ejércitos satánicos —se rumoreaba que hasta Hollywood se iba a convertir en una ciudad fantasma puesto que las celebridades, aterradas por el esperado Grande, se habían retirado a la geología más firme de Wyoming, Montana y Manhattan—, Erica Havers agradecía más bien la llegada del Milenio. Esperaba con cierta ansiedad una epifanía religiosa importante, tanto individual como global, y se había pasado todo el año anterior planificando la «Fiesta del Siglo», con más de un millar de invitados por allí que serían testigos de la que confiaba fuese la Gran Convergencia.

Las puertas electrificadas del invernadero susurraron al abrirse y una súbita vaharada de aire húmedo y caliente salió del interior al encuentro de Erica. Miles cogió a su mujer de la mano, la introdujo en aquel trópico en miniatura que había creado en el desierto, a seiscientos metros por encima del nivel del mar, y la condujo entre hileras de plantones, esquejes, brotes, capullos y flores, exuberantes helechos, enredaderas y plantas trepadoras. Cuando llegaron al espacio donde Miles cultivaba sus orquídeas de concurso, se detuvo.

—Ahí la tienes... —musitó con apenas un hilo de voz, como si temiera alterar el delicado equilibrio de aquella biosfera.

Al ver la flor, con sus pétalos de tonalidad púrpura de medianoche y sus relumbrantes hojas verdes, Erica se oprimió el pecho con la mano.

—¡Oh, Miles! —jadeó—. Es prodigiosa...

—Zigopétalo Lago Azul —la voz de Miles rezumaba orgullo—. Ha sido una auténtica lucha, pero sobrevivió.

Erica conocía todos los esfuerzos que Miles realizara para conseguir la floración de aquella orquídea, desde el día en que compró el bulbo a un cultivador de California. Había llegado incluso a dormir en el invernadero, para alimentar a su «niña».

—Me dijeron que era imposible lograrlo —dijo—. ¡Y sin embargo lo he logrado! Ahí tienes la prueba, Erica, de que mediante un esfuerzo concienzudo podemos *poner coto* al obsceno expolio de los bosques pluviales perpetuado por la voracidad de ciertos recolectores carentes de conciencia y de moral. Podemos cultivar plantas saludables en condiciones controladas aquí, en Estados Unidos, y dejar las selvas en paz.

Erica le contempló, bebiendo sus palabras, percibiendo la pasión que impregnaba el aire sofocante y, luego, le echó los brazos al cuello y le apretó contra sí. Aquello era lo que más adoraba en Miles, su valor para luchar por lo que consideraba justo.

A veces se quedaba atónita al recordar aquella época en la que Miles y ella abandonaron sus estudios universitarios, se dedicaron a vagar por Estados Unidos en un Volkswagen psicodélico, para acabar bailando desnudos bajo la lluvia en Woodstock. Miles era ahora un magnate informático, el valor de cuya red había evaluado Forbes en diez millardos y medio de dólares. Aunque nadie conocía con exactitud las proporciones del imperio electrónico de Havers, la *Time Magazine* se había referido a él recientemente llamándole «el Internet humano». Su red personal se extendía por todo el globo.

El localizador que llevaba al cinto empezó a zumbar. Havers pulsó el intercomunicador de la pared.

—¿Sí?

—Tiene una llamada telefónica, señor. Urgente.

—¿Quién es?

—No lo ha dicho, señor. La llamada es de El Cairo.

Fulguraron las pupilas de Havers.

—Está bien, hablaré desde aquí. —Miró a Erica—. Lo siento, querida, pero tengo que atender esta llamada. ¿Te importa?

—En absoluto. De todas formas, tengo que volver para preparar el menú de esta noche. —Le dio un beso en la mejilla—. Me encanta tu orquídea.

Cuando las puertas se cerraron tras la mujer y se corrieron los pestillos automáticos, Havers descolgó el auricular de la pared, marcó el número codificado y, cuando oyó que se efectuaba la conexión, manifestó:

—Dígame.

Escuchó durante unos instantes.

—¿Un fragmento? —preguntó—. ¿Está seguro de que dice «Jesucristo»? ¿Se han encontrado otros fragmentos o rollos?

Mientras escuchaba la respuesta, sus puños se fueron cerrando despacio y experimentó un vértigo que le acometía impetuoso. Había ocurrido tanto tiempo atrás...

La llamada de Taiwan, hacía seis meses.

—He encontrado una orquídea para usted, señor Havers. Una Zigopétalo Lago Azul, rarísima, muy difícil de conseguir. Sacarla es ilegal, cosecharla es peligroso. Costará una barbaridad.

Miles se pasó varios días sin poder pegar ojo. Hasta que llegó el precioso bulbo, de un «cultivador de Santa Bárbara». Y ahora tenía su premio, luminoso y reluciente en su mundo tropical privado, una flor rarísima, cuya belleza dejaba sin respiración, para su exclusivo placer personal.

—¿Un cesto? —preguntó a través del teléfono, en tono bajo, a pesar de que el grueso cristal del invernadero impedía que alguien pudiese oír lo que decía—. ¿Se han enterado de eso las autoridades o no lo saben aún? Comprendo... ¿Qué contiene ese cesto? Averígüelo y luego me informa.

Su instinto le sacudía, agitado, lo mismo que ocurriera seis meses atrás, y pensó: «Este es el verdadero culmen del coleccionista... el éxtasis no está en la adquisición, sino en la ilusión anticipada. Y en el peligro. Siempre tiene que haber un punto de peligro».

Colgó el auricular y marcó acto seguido un código en el intercomunicador.

—Póngame con Atenas. Dígale a Zeke que necesito hablar con él ahora mismo.

La espera no llegó a los cinco minutos. Zumbó el intercomunicador.

—Tiene a Zeke en línea, señor.

Havers le aleccionó rápidamente.

—Deja la misión que estés cumpliedo en Atenas y trasládate a Sharm as Sheij. Sal inmediatamente. Averigua si el cesto tiene alguna relación con el fragmento de papiro y si han aparecido rollos. En tal caso, *los quiero*. Actúa con discreción y hazte con ellos recurriendo a los medios que sean necesarios. Ah, Zeke, y no dejes testigos.

—¡Oiga! *¿Señor?* —gritó Catherine por el micrófono del aparato telefónico—. Intento ponerme en contacto con el doctor Daniel Stevenson. No para de cortarse la comunicación. Su campamento está en... ¿Oiga? *¡Oiga!* —fulminó el teléfono con la mirada—. ¡Otra vez no!

Cuando volvió al mostrador de recepción, el señor Mylonas, director del Hotel Isis, le dirigió una mirada interrogadora.

—No hay suerte —dijo Catherine—. No consigo comunicar.

Llevaba tres horas intentando ponerse en contacto con el doctor Daniel, en México, pero todo había sido inútil.

Permaneció un momento con las manos apoyadas en las caderas, mordiéndose el labio inferior y tratando de decidir qué hacer.

Sólo habían transcurrido diez horas desde que la voladura de la dinamita había desenterrado el papiro, pero Catherine suponía que la noticia de aquel descubrimiento estaría dando la vuelta al globo terráqueo como electrones girando en torno a un protón. Y en aquel momento, mientras echaba una ojeada al vestíbulo del hotel, la muchacha se imaginó que había espías por todas partes, repantigados en las sillas de anea, murmurando por encima del borde de tazas de café turco, leyendo periódicos árabes y franceses detrás de las palmas en macetas... Incluso llegó a sospechar del submarinista que cruzaba con su equipo el vestíbulo y salía hacia el puerto deportivo particular del hotel.

—¿Llamando por teléfono, doctora?

Catherine dio media vuelta. La voluminosa figura y la sonrisa con todos los dientes al aire de Hungerford se interponía entre la mirada de sus ojos y, no sólo el porche, sino también las aguas verde esmeralda de la piscina situada más allá, que centelleaban al recibir los últimos rayos del sol poniente.

—El Negociado de Antigüedades envía a alguien —dijo.

Los ojos castaño claro de Hungerford exploraron el rostro de Catherine. Luego le dedicó un guiño.

—Me juego algo a que sí. Bueno, ¿tomamos una copa para celebrar nuestro hallazgo?

—Estoy esperando una llamada.

Los ojos del hombre se demoraron unos segundos más sobre el semblante de Catherine.

—Sí, claro —articuló al final. Dio media vuelta, se echó a reír y continuó su camino hacia el bar, donde en aquel preciso momento empezaba el número de una danza del vientre.

A Catherine le dio mala espina el modo en que Hungerford se comportaba. ¿Había telefoneado a alguien, tal vez incluso había hecho algún trato en relación con las obras? Catherine no podía perder más tiempo. Era indispensable que sacase de Egipto el papiro y la cesta aquella misma noche. Por desgracia, para eso necesitaba que le echasen una mano.

Y sólo podía llamar a una persona.

Durante el recorrido del campamento al hotel, Catherine había reconsiderado su idea de ponerse en contacto con Julius. Lo que proyectaba era ilegal y deshonesto; al menos, podía mancillar su reputación y, en el peor de los casos, hasta era posible que acabase dando con sus huesos en una cárcel egipcia. No podía complicar a Julius en aquello.

Así que no le quedaba más que Daniel.

Catherine sabía que a Daniel le fascinaba el peligro y que siempre se podía contar con él a la hora de llevar a cabo alguna temeridad... El primer ejemplo de eso lo tuvo el día en que le conoció, hacía veintiséis años, cuando ella no era más que una asustada criatura de diez años a la que una cuadrilla de alevines de matones habían acorralado en un rincón del patio del colegio y la abrumaban con la salmodia de que su madre iba a abrasarse en el infierno. Un renacuajo irrumpió de pronto en el grupo de infantiles gamberros, se abrió paso a puñetazo limpio y la rescató como un príncipe azul a lomos de su corcel: era Daniel Stevenson.

A partir de entonces, siempre lo tuvo de su parte, y a la recíproca; ella fue su consuelo cuando el muchacho perdió a su madre, y él hizo lo propio cuando fallecieron los padres de Catherine. Fue Daniel quien, una noche tenebrosa, antes de que ella cumpliera los veintitrés, la había apartado del borde del abismo.

Y también fue Daniel quien realmente comprendió las razones por las que Catherine abandonó el catolicismo, una Iglesia a la que nunca volvería.

Daniel intervino asimismo en el sueño de la noche anterior, porque formaba parte de sus recuerdos. Danno, el único alumno de la clase que no se rió de Catherine cuando la niña permaneció de pie encima de un taburete, con un letrero colgado del cuello.

Consultó el reloj. En México estaban a punto de ser las ocho de la mañana. Conocía las costumbres laborales de Daniel: no tardaría en abandonar el campamento para dirigirse a las excavaciones, donde permanecería fuera de su alcance durante las siguientes diez horas, más o menos. Catherine no disponía de esas horas. De modo que era cuestión de comunicarse con él como fuera.

Pero *¿cómo?*

—¡Ahí está! —exclamó Daniel, y su voz repercutió contra la piedra de la cámara funeraria. Sus dedos se movieron raudos por el teclado: *¿Lo habéis visto, Dallas? ¿Captasteis la imagen?*

Unos segundos después aparecía la respuesta en la pantalla del ordenador portátil.

—Lo hemos visto, doctor Stevenson. Enhorabuena.

Daniel apagó la linterna y acentuó el brillo de la pantalla para tener una imagen más definida. No existía la menor duda. Lo había conseguido. Por fin contaba con su prueba. Los antiguos mayas *descendían* de los supervivientes del continente perdido de la Atlántida.

¡Si Cathy estuviese allí para compartir con él aquel momento!

Mientras contemplaba las imágenes superpuestas en la pantalla del monitor, resultado de años de trabajo, Daniel soltó una carcajada cuyos ecos se repitieron en los húmedos y escamosos muros de la antigua tumba. Y luego se apagaron.

Cathy.

En el mundo entero, Cathy había sido la única persona que *no* se rió de él cuando expuso por primera vez su hipótesis de que los mayas descendían de los antiguos minoicos de Creta, a los que el océano había arrojado sobre las costas del Yucatán tras la destrucción de la Atlántida... Cathy, que le prestó su apoyo moral, por carta y por teléfono, durante las largas y solitarias semanas que él pasó trabajando en las estrechas y sofocantes estancias de la tumba del rey maya, donde el zumbido del generador que les proporcionaba luz estuvo a punto de dejarle sordo. Cathy, quien le había recordado que, con una licenciatura en ciencias, graduado en física, y una brillante tesis doctoral que ponía en tela de juicio la exactitud de la termoluminiscencia en la datación de la alfarería y cerámica de la Edad de Bronce, tenía tanto derecho como el que más a que se le tomara en serio. Y también fue Cathy quien le enseñó a sacarles la lengua y dedicarles un palmo de narices a sus detractores. Cathy le diría: «Envuélvelos, Danno. Tira por tierra sus ídolos. Pero derríbaselos a golpe de *pruebas*».

Años de búsqueda y exploración, examinando fotografías aéreas, metiendo datos en los ordenadores y con el cerebro puesto en una idea fija, lo que bordeaba la obsesión, habían acabado por conducirle a un curioso montículo de la selva virgen mexicana que, al cabo de dos años de minuciosas excavaciones, reveló que era el lugar de reposo final de un rey maya hasta entonces desconocido.

El premio que recibió Daniel fue un saludo de sus colegas, que, a regañadientes, se tocaron el ala del sombrero. Pero luego descubrió un mural distinto a cuantos habían aparecido hasta entonces: en vez de figuras gruesas, de brazos fofos y voluminosos estómagos caídos, como las encontradas en Bonampak, las del mural eran juncales y esbeltas, de cintura estrecha y largas melenas negras que caían por encima de los hombros, aunque ya mostraban las frentes aplastadas y los cráneos alargados que con posterioridad singularizarían el arte maya... Y cuando Daniel declaró que allí estaba la prueba que confirmaba su teoría de la Atlántida, los que antes se reían de él se apresuraron a repetir sus burlas.

Pero había más pruebas contundentes. Tras retirar las capas de calcita de un segundo muro, Daniel dejó al descubierto lo que nadie había encontrado hasta entonces en ningún punto de México ni de la América Central o del Sur: un mural dedicado a las serpientes, precursor de la Serpiente Emplumada que evolucionó hasta convertirse en una deidad de gran importancia en los imperios tolteca, azteca y maya. En la pintura mural recién descubierta aparecían personas que sostenían una serpiente en cada mano, tema común en el arte de Minos.

Por último, en la tercera pared de la cámara funeraria, Daniel reveló un fresco que le dejó atónito. Semejante a los dibujos que no surgirían hasta siglos después, mostraba seres humanos, en cuclillas o tendidos boca arriba, de cuya boca emanaban misteriosas volutas en espiral, serpentinas rizadas que, en el arte azteca, según las diversas explicaciones de los arqueólogos, simbolizaban el aliento o las palabras; algunos llegaron a afirmar que aquellos bucles representaban los tubos de respiración de los aparatos de antiguos astronautas. Pero Daniel los interpretó como indicadores de que aquellas personas se estaban ahogando, *sumergidas* en el agua, y que el mural refería la historia de la gran catástrofe que se había engullido a sus antepasados cuando la Atlántida se hundió en el mar.

Como sus críticos seguían sin dejarse convencer, Daniel los remitió entonces a los frescos de Bonampak, cuya datación era varios siglos posterior a los que él había descubierto. Les planteó: «¿Cómo puede uno explicarse que el tema de la vida marina se refleje así en estos murales del siglo ocho? Sacerdotes y nobles llevan vestiduras de langostas, tocados que parecen pulpos, colas de pez y algas marinas. ¿Por qué iba a evocar una sociedad de la *jungla* la imaginería del *océano*?».

Explicó: «Pues porque estaban contando la historia del hundimiento de la Atlántida».

Tras establecer el campamento en su recién encontrada tumba, Daniel puso manos a la obra. Con su viejo Think Pad IBM, un módem Xircom PCMCIA V.34 y un teléfono celular Motorola, montó un laboratorio ciberespacial en contacto con colegas de Dallas y Santa Bárbara. Uno se encargaba del acceso por control remoto a una base de datos artísticos y el otro de un programa de reconstrucción de arte. Mediante la transmisión a ambas localidades, a través de un enlace vía satélite de Cozumel, de imágenes de sus nuevos murales maya, Daniel orquestó cuidadosamente la sobreimpresión de muestras seleccionadas de arte minoico en uno de los murales, acoplando puntos específicos como narices, rodillas y puntas de dedos y utilizando el programa de reconstrucción para rellenar los huecos.

Encajaban casi a la perfección.

—*Mazel tov!* ¡Felicidades! —exclamaron los chicos del laboratorio de Santa Bárbara a través del altavoz situado sobre la pantalla—. *¡Vacía una botella de champán encima de tu cabeza a nuestra salud!*

Y los de Dallas dijeron:

—*¿Dónde está nuestro dinero?*

Una broma corriente, dado que era público y notorio que Daniel siempre estaba sin blanca.

Cuando empezó a sonar el pitido indicador de que la batería de su ordenador portátil estaba a punto de agotarse, Daniel redujo el brillo de la pantalla y transmitió a sus amigos:

—*Gracias, muchachos. El caviar corre de mi cuenta.*

Guardó silencio y escuchó el repiqueteo de la lluvia incesante que llegaba desde el otro lado de la entrada a la tumba. Se dio cuenta de que su euforia empezaba a disminuir y que su moral descendía. Lo que realmente deseaba en aquel momento era que Cathy estuviese allí para celebrar aquello con él.

Lo único que tenía era la foto de la muchacha, pegada dentro del estuche del ordenador portátil. La había adherido allí para tener frente a su ojos, cuando trabajaba, el rostro de Cathy.

Se trataba de una fotografía antigua, tomada cuando se graduaron en el Instituto del Corazón de la Inmaculada. Cathy se reía, al tiempo que alzaba la mano hacia la cámara. Mientras miraba el retrato, pensando que daría cualquier cosa por que Cathy compartiese con él aquella húmeda, malsana y mohosa cámara. Rememoró el día que constituyó su personal punto crítico.

Él tenía dieciséis años y Cathy le sorprendió detrás de las gradas, hecho un mar de desoladas lágrimas. La muchacha le rodeó con sus brazos y le animó, asegurándole que todo iba a salir bien. Él aspiró el perfume de Cathy, notó el calor de su cuerpo flexible y en aquel instante dejó de ser su mejor amigo para sentirse loca y desesperadamente enamorado de ella. Catherine no lo supo entonces y Daniel se había cuidado muy mucho de que, veinte años después, continuara sin saberlo.

«Julius me ha pedido que me case con él», le decía en su última carta. No fue ninguna sorpresa para Daniel, pero de todas formas le dejó destrozado. Daniel no se había hecho ilusiones acerca de su relación: los mejores amigos del mundo, incluso compañeros del alma, pero nunca amantes. En opinión de Danno, Julius iba por los cuarenta y seis años, pero estaba a dos pasos de los setenta. Otros pensaban que Catherine y Julius formaban una extraña pareja, pero Daniel tenía sus propias ideas secretas acerca de por qué Catherine se sentía atraída por él.

De modo que era cuestión de dejar que la muchacha se casase con Julius y fuera feliz en su condición de «señora de Voss». Había tragos más duros que soportar. Aunque, mientras contemplaba la imagen situada en la pantalla de su ordenador portátil, Daniel no lograba imaginar en qué podían consistir esos tragos.

A Catherine se le ocurrió de pronto. Cómo conectar con Daniel.

Había pasado todo un verano con él, ayudándole a trazar un mapa de la región de Chiapas, donde Daniel se figuraba que había una tumba oculta. Raramente alteraba su rutina cotidiana en el campamento: levantarse con el alba, café antes de nada, grandes cantidades de café, repaso a los hallazgos de la jornada anterior, y luego... ¡Ahora le venía a la memoria! Antes de irse a trabajar, Daniel se pasaba siempre una hora en Internet, para enterarse de las noticias y echar un vistazo a la correspondencia.

La muchacha volvió rápidamente a recepción. En el curso del último año, la figura de Catherine se había hecho muy familiar en el Hotel Isis; iba a diario a recoger el correo y con frecuencia efectuaba allí la compra de determinadas provisiones, cuando no disponía de tiempo para trasladarse a Sharm as Sheij. Incluso en alguna que otra ocasión había tomado el té con el señor Mylonas, viudo de unos setenta y pocos años.

—Señor Mylonas —le abordó en aquel momento—. Quisiera pedirle un favor. ¿Cree usted que podría utilizar el ordenador del hotel durante unos minutos? Desde luego, estoy dispuesta a pagarle por el tiempo que lo tenga ocupado.

—¡Por san Andrés bendito! —el hombre acompañó la exclamación con una carcajada—. Hace cuatro años, el señor Papadopoulos me dijo: «Mylonas, ya es hora de modernizar el hotel». Así que encargué un ordenador en Atenas. Pero el señor Papadopoulos no sabe utilizar el ordenador. *Yo* no sé manejar el ordenador, la señorita Hassan tampoco tiene idea de cómo funcionan y lo único que Ramesh sabe hacer con él es escribir cartas. Durante los pasados cinco meses, nadie lo encendió. ¿Y qué ocurre hoy? Pues que, de pronto, ¡se convierte en el aparato más popular del mundo!

—¿Lo han usado otras personas?

—El señor Hungerford, su amigo estadounidense.

Catherine lanzó al señor Mylonas una mirada torcida.

—¿Y quién más?

—Un huésped que se inscribió esta tarde. Lo está utilizando en este momento.

—¿Quiere decir que el ordenador está ocupado?

A guisa de disculpa, el hombre se encogió de hombros.

—Tal vez pueda usted probar en el Sheraton o en el Gulf Hilton.

Pero no había tiempo para ir a ningún otro sitio. Daniel nunca se pasaba más de una hora en línea y en aquel instante eran las ocho y media en México. Si lo cogía antes de que saliera hacia el campamento, sería por los pelos.

—Lo siento —dijo el director del hotel, y dedicó su atención a un huésped que solicitaba le cambiaran unas divisas.

Catherine meditó unos segundos y luego dio la vuelta al mostrador y se dirigió al fondo; la puerta del despacho estaba entreabierta y se encontró frente a una estancia de proporciones reducidas, de caótico y anticuado mobiliario, teléfonos pasados de moda, con placa de disco, una máquina de escribir manual, sendos calendarios islámico y occidental colgados de la pared y la espiral de un pegajoso papel matamoscas que colgaba de los ventiladores del techo. El empleado que se encargaba de las reservas no estaba allí, ni tampoco Ramesh, pero Catherine vio que alguien se encontraba de pie ante la terminal del ordenador, de espaldas a ella, dedicado a teclear activamente. Era un hombre alto, de anchas espaldas y porte casi militar. Vestía camisa negra, de manga corta, con los faldones metidos bajo la cintura de unos vaqueros azules que le sentaban muy bien. Catherine no dejó de observar que el ajustado remate trasero era de lo más cuco.

—Perdone —dijo desde el umbral—. Me preguntaba si...

El hombre se volvió. Tenía un semblante rugoso, ojos de un azul que resaltaban sobre el tono atezado de la piel, y una sonrisa muy atractiva. Catherine reparó entonces en que la camisa no era una camisa negra corriente y que el hombre llevaba alzacuello. Catherine se detuvo. El señor Mylonas no le había advertido de que el huésped fuese un sacerdote.

Se aclaró la garganta.

Quería saber si el ordenador estaba libre.

—Estoy empezando a transferir mi correo electrónico y me temo que tendré ocupado el ordenador un rato.

—¿Cuánto rato?

—Un par de horas.

—¡Horas! ¡Por qué tanto tiempo?

—Me parece que el aparato opera con un módem de trescientos bits por segundo —el hombre subrayó la respuesta con una breve carcajada.

Catherine miró primero su reloj, sus ojos fueron después al ordenador y, finalmente, al sacerdote. Pareció a punto de decir algo, luego cambió de idea y se alejó bruscamente.

De nuevo ante el mostrador de recepción pidió al señor Mylonas que telefoneara al Sheraton y preguntara si tenían un ordenador disponible. Mientras esperaba, tamborileó con los dedos en el libro de registro y lanzó una centelleante mirada de disgusto hacia el despacho. A pesar de lo mucho que había deseado hacerlo, no se decidió a pedir un favor al sacerdote.

—Lo lamento, doctora Alexander —dijo el señor Mylonas mientras colgaba el auricular—, pero tienen las líneas ocupadas. Puede usted utilizar el teléfono del despacho, si le parece. Puede que esta vez tenga más suerte.

Catherine decidió que, en efecto, era muy posible que tuviera más suerte con la línea del hotel que con los teléfonos públicos, de modo que volvió a entrar en el despacho. Al ver que el sacerdote no se encontraba allí, echó una ojeada al ordenador y se preguntó si el hombre habría terminado de transferir su correo electrónico. Pero en la pantalla había un mensaje que parecía burlarse de ella:

Tiempo de transferencia calculado: 1 hora y 27 minutos.

Intentaba lograr la conexión con Cancún cuando por su mente cruzó fugaz la idea de aprovechar la circunstancia de que nadie atendía la transferencia de datos para interrumpirla, transmitir ella su recado a Daniel y entendérselas después con el cura.

—Vamos, Danno... —murmuró, mientras escuchaba a través de aquel anticuado teléfono las señales de las conexiones que se transmitían alrededor del mundo a velocidad de tortuga—. Por favor, sigue ahí.

Consultó otra vez su reloj. ¿Habría partido ya hacia la tumba?

A través de la parcialmente abierta puerta del despacho oyó el súbito estallido de unos aplausos que llegaban desde el bar, por encima de cuyo estruendo se imponían las reconocibles risotadas de Hungerford. ¿Qué estaba haciendo todavía allí? ¿Por qué no había vuelto al terreno de sus obras?

Catherine se imaginó a Samir de guardia en su propio campamento. Le encargó que vigilase la tienda, pero sabía que era imposible que permaneciese allí minuto a minuto. Pensó en el papiro y en el cesto, ocultos, pero aún vulnerables. Comprendió que no podía dejarlos así mucho tiempo. Si no lograba ponerse en contacto con Danno ¿qué iba a hacer?

«Me iré esta noche», pensó. No había otra opción.

—¿Oiga? —voceó por el micrófono del aparato—. Sí, estoy intentando comunicar con el doctor Stevenson. Está en... ¿Oiga?

La línea se quedó muda.

—¡Maldita sea! —exclamó Catherine.

—¿Qué ocurre?

Volvió la cabeza. El sacerdote estaba en el hueco de la puerta, una silueta masculina que se recortaba contra el telón de fondo del vestíbulo del hotel y, al otro lado de las puertas cristaleras de la entrada, el resplandor oro y escarlata del ocaso. El hombre entró en el despacho, lo llenó con su presencia e hizo que la estancia pareciera de pronto más pequeña de lo que era. Catherine calculó que el hombre mediría metro ochenta y cinco, centímetro más o menos, y las hebras ligeramente grises de su pelo castaño, que llevaba casi al cero, indicaban que frisaría los cuarenta. Pero Catherine observó que su cuerpo no mostraba el menor indicio de que se aproximara a la edad mediana.

Colgó el auricular.

—No ocurre nada, salvo que tengo la apremiante necesidad de ponerme en contacto con alguien a través del ordenador.

—¿Por qué no lo dijo?

—No me hace gracia estar a merced de un sacerdote.

El hombre le dirigió una mirada rezumante de sorpresa.

—Difícilmente puede estar a mi merced. —El hombre se acercó a la terminal, tomó asiento ante el teclado, escribió algo rápidamente y se puso de pie casi de un salto—. Es todo suyo —dijo bruscamente, sin mirar a Catherine, y abandonó el despacho.

La muchacha le observó alejarse durante unos segundos y luego se sentó, consultó el trozo de papel donde tenía anotada la dirección electrónica de Daniel y empezó a teclear.

Daniel acababa de enviar su firma electrónica —*«¡Soy el Gato!»*— cuando le pareció oír algo en el exterior, bajo la lluvia. Se volvió hacia la entrada de la tumba, justo en el momento en que irrumpía su ayudante.

—¡Los tenemos encima! —gritó el recién llegado—. *¡Ya están ahí!*

—¡Qué...!

—¡Los rebeldes han invadido el campamento! ¡De milagro pude escapar en el *jeep*!

Daniel bajó la tapa del ordenador portátil, se lo metió bajo el poncho de plástico y salió al exterior batido por la lluvia en el preciso momento en que las descargas de fusilería empezaron a tronar sobre sus cabezas.

La negra lancha neumática se deslizó sobre la superficie del agua y alcanzó la orilla antes de que la luna se elevara por encima del Golfo y proyectase su claridad sobre el paisaje nocturno. Los dos ocupantes de la embarcación, con sus trajes también negros, pararon el motor y rápidamente, sin el menor ruido, se apearon dejándose caer por la borda. Cuando tocaron la arena del fondo, tiraron de la lancha y la arrastraron hasta vararla en la playa.

Hicieron un alto y miraron a su alrededor para localizar cualquier síntoma de vida. Pero era medianoche, hacía frío, y por allí no había un alma. El primero de la hilera de hoteles turísticos, cuyas luces resaltaban en la oscuridad nocturna, se erguía a la suficiente distancia, por el sur, como para que los dos hombres tuviesen la certeza de que nadie los había visto. A pesar de todo, mientras descargaban a toda velocidad su equipo, no cesaron de mantenerse ojo avizor. Debido a la naturaleza de su misión, habían entrado en el país ilegalmente.

El jefe de aquella partida consultaba el reloj con frecuencia: disponían de una hora para localizar su objetivo e informar al patrón.

Mientras el viento de la noche aullaba en torno a la tienda, como un *yinn*, un diablo del desierto, que intentara entrar, Catherine observó el cesto colocado encima de la mesa de trabajo. Tenía la intención de abrirlo en cuanto estuviera segura de que el campamento en pleno estaba ya durmiendo.

Al final había tenido noticias de Daniel, que la llamó desde un puesto avanzado militar. Un alboroto terrible envolvía a Daniel, en tanto voceaba estas tres hermosas palabras:

—¡Me pongo en camino!

Pero transcurriría un día por lo menos, antes de que se reuniera con ella. Entre tanto, Catherine se mantenía en constante guardia, tan tensa que llegó a temer que le estallasen los nervios. Mientras el viento silbaba en torno a la tienda, los ojos de Catherine seguían clavados en el cesto de encima de la mesa.

No era muy grande, tenía más o menos el tamaño y la forma de una cesta de merienda. Olía a moho y a decadencia. El envoltorio exterior se caía a trozos y parte de la cuerda se había desintegrado al quedar expuesta a los rayos del sol. Pero a Catherine no se le iba de la cabeza la idea de que lo tan cuidadosamente envuelto en el interior seguiría intacto y bien conservado.

«Aemelia, venerado diakonos...»

Se acercó a la ventana y contempló la llanura sumida en la oscuridad. Relucían a lo lejos las luces del campamento de Hungerford.

En su propio campamento, aún continuaban encendidas las lámparas de dos tiendas, y pudo oír las voces de varios de sus compañeros. Anhelaba desesperadamente abrir el cesto, pero no se atrevía a correr el riesgo de que alguien entrase en la tienda y la sorprendiera. Regresó a la mesa de trabajo, examinó el envoltorio del cesto con una lupa y frunció el entrecejo al vislumbrar un minúsculo espécimen de flora.

Catherine creía que, cuando salieron de Egipto, los hebreos llevaron consigo semillas y esquejes, que luego plantaron y cultivaron allí donde hacían un alto en su vagabundeo y, a causa de tal creencia, parte del trabajo de la arqueóloga incluía la recogida e identificación de antiguas muestras fitológicas. Puesto que algunas plantas son autóctonas de ciertas regiones y no se encuentran en otras era evidente que hallar muestras botánicas propias del Nilo entre las macetas de los antiguos israelitas respaldaría su hipótesis de que Moisés y María condujeron a su pueblo por aquella ruta. Desgraciadamente, Catherine sólo había encontrado hasta entonces vida vegetal propia del sur de Sinaí.

Aquel espécimen, sin embargo, era extraño a la región.

Mientras se concentraba en su trabajo, sumiéndose en el repaso de un libro de paleobotánica, la luna se elevó en el cielo y derramó sus rayos de plata sobre el desierto. Al hacerlo iluminó a dos hombres que caminaban por la playa, a escasa distancia del campamento de Catherine.

—*Origanum ramonense* —murmuró Catherine al cabo de un momento, cuando comprobó, satisfecha, que no existía duda posible en cuanto a la forma de la hoja, el fino vello del tallo y del cáliz y la perfectamente conservada corola. Leyó los datos del libro, que concluían con: *autóctona de las tierras altas del Negev central.*

—¡Israel! ¡A trescientos y pico kilómetros de distancia!

Miró de nuevo el misterioso cesto y sintió que se le aceleraba el pulso. ¿Por qué se habían esmerado tanto en envolver aquel bulto y por qué recorrieron tanta distancia para enterrarlo? ¿De dónde procedían aquellas personas? ¿Quiénes eran? ¿Y qué pintaba allí la calavera? ¿Acaso alguien la había enterrado a propósito con el cesto? En tal caso, ¿por qué?

Leed esta carta en secreto, temo por vuestra seguridad y por vuestras vidas.

No podía esperar más.

Catherine cogió unas tijeras y unas pinzas y procedió a retirar con sumo cuidado el envoltorio exterior de tela, cortó la cuerda y fue diseccionando las capas de tejido con la precisión de un cirujano que abriese una herida.

El viento gemía y agitaba la tienda, a la vez que lanzaba chaparrones de arena y gravilla contra sus paredes. La luna continuaba su ascensión, al tiempo que inundaba el campamento con un halo de luz sobrenatural, mientras Catherine retiraba el último de los envoltorios interiores.

Contempló el contenido, incrédula.

El número de la danza del vientre concluía y la bailarina, una mujer llamada Yasmina y que la dirección del Hotel Isis anunciaba a los cuatro vientos como «La Dulzura de Oriente» —pero que en realidad se llamaba Shirley Milewski y había nacido en Bismarck (Dakota del Norte)—, mariposeaba entre las mesas y animaba a los clientes a introducirle dólares y libras egipcias bajo el vestido. En el vestíbulo, uno de los dos estadounidenses recién llegados se aseguraba de contar con habitación para la noche —dinero en efectivo entregado directamente al recepcionista, con una buena propina para que se pasara por alto el inconveniente de carecer de pasaportes—, mientras su acompañante hablaba por el teléfono situado junto a los ascensores.

No pronunció más que una frase, en voz baja, tras tomar la precaución de comprobar que no había por allí nadie que pudiera escucharle.

—Hemos llegado al lugar del suceso.

Catherine se encontró con la vista clavada en un conjunto de «libros» de papiro, perfectamente conservados entre cubiertas de cuero. Envueltos en tela de hilo, atados con bramante y depositados dentro del cesto. Con la sensibilidad y delicadeza que su tacto había cultivado a lo largo de años y años de manejar objetos frágiles y efímeros, Catherine abrió el primero de ellos.

Los norteamericanos dieron la correspondiente propina al botones que les había acompañado a la habitación y pusieron manos a la tarea de establecer su provisional centro de operaciones.

De su equipaje fueron saliendo los utensilios que llevaban consigo: prismáticos NV1OO de gran alcance y visión nocturna, fabricados en Rusia; linternas submarinas Diver Tech; cuchillos Equipo 2000 Navy SEAL; un telémetro láser Swarovski; armas eléctricas capaces de producir descargas de 200.000 voltios de potencia; y un instrumento de navegación Scout GPS para la orientación y localización precisa de cualquier punto del globo. Por último, aparecieron detalladas cartas geográficas del litoral del golfo de Aqaba y de Arabia Saudí y fotografías LANDSAT del sur de la península de Sinaí, el canal de Suez y el mar Rojo. Los dos hombres no habían incluido billetes de avión ni pasaportes. Sabían cómo entrar y salir de los países sin ser detectados.

En el mismo punto de la playa donde desembarcaron habían puesto en las oportunas fundas, bajo la axila y ocultas por la chaqueta, la pistola Glock 17 con cargador auxiliar de diecinueve proyectiles y punto de mira láser y la escopeta Benelli M3, con culata plegable.

Se encontraban listos para emprender la tarea.

Catherine pulsó el botón de su grabadora portátil.

—El primer libro —dictó— está formado por típicas hojas de papiro encoladas en el extremo con ligeras solapas. Plegado en acordeón más que pegado por el borde. Abierto tiene una longitud normal, veinte hojas, con escritura en cada cara. La escritura está sobre el *recto*, la parte que muestra las fibras horizontales.

Mientras desplegaba delicadamente el frágil papiro, el viento arreció, azotando la llanura aluvial y produciendo aquel extraño ulular que los beduinos llamaban «clamores del perdido». Catherine tomó la lupa y acercó la lámpara al papiro. Se recogió la larga melena castaña detrás de las orejas y acababa de empezar a leer las palabras antiguas cuando oyo un ruido fuera de la tienda.

Volvió la cabeza y escuchó.

—¡Hola! —llamó—. ¿Quién anda ahí?

Ajustó el oído al aullar del viento, se encaminó al toldo de la puerta, lo levantó y oteó la oscuridad de la violenta noche.

El silencio reinaba en el campamento, todos los miembros del equipo dormían y ninguna luz brillaba en las tiendas. Al cambiar el viento de dirección, Catherine oyó el tintineo de las esquilas de las cabras y algún que otro balido nervioso de un cabrito. Una claridad insólita y preternatural envolvía el desierto.

Aguzó el oído y percibió otro sonido, más familiar: el de unos pasos que hacían crujir los cascotes del suelo.

Catherine cogió la linterna, salió de la tienda y proyectó un rayo de luz sobre el terreno de las excavaciones. Al principio sólo vio las zanjas, las cuerdas sacudidas por la furia del viento y la arena que resbalaba sobre las piedras arcaicas. Luego le descubrió: un merodeador.

—¿Qué está haciendo aquí? —le preguntó, al tiempo que echaba a andar hacia él. Cuando el rayo de luz de la linterna enfocó el rostro del intruso vio que se trataba del sacerdote del Hotel Isis.

—¡Eh! —exclamó el hombre, y levantó un brazo para protegerse los ojos.

—Está cometiendo una invasión —dijo Catherine, y bajó la linterna.

—Lo lamento. No creí que hiciera daño a nadie si echaba un vistazo por aquí. —Al ver el semblante de Catherine, exclamó—: ¡Usted! ¡La pirata informática! ¿Logró conectar con su amigo?

Catherine notó las cuchilladas del viento en los brazos y las piernas, que llevaba al aire, y de dio cuenta súbitamente de que sólo vestía una blusa y unos pantalones cortos.

—Sí —respondió. Tuvo que recurrir a la mano que le quedaba libre para apartar de la cara unos mechones de la larga cabellera, que el viento le había soltado y agitaba delante de los ojos.

—Michael Garibaldi —se presentó el hombre, tendida la diestra.

—¿Qué está haciendo aquí? —inquirió de nuevo Catherine, sin hacer caso de la mano.

—Me dijeron en el hotel que había aquí unas excavaciones. Soy curioso. ¿Trabaja usted aquí?

—Este yacimiento es mío. ¿No es un poco tarde para visitar ruinas?

—No podía dormir. Ni usted tampoco, por lo que veo. —Miró por encima del hombro de Catherine, hacia la tienda, que resplandecía contra la tiniebla del cielo. Cuando el sacerdote se volvió para examinar las oscuras zanjas y los montones de tierra y cascotes, la muchacha observó que el viento ceñía la tela negra de la camisa sobre una espalda fuerte y musculosa. El hombre dijo—: Tengo entendido que usted es la doctora Alexander. Me dijeron en el hotel que había encontrado algo.

—Aún no estamos seguros —silabeó Catherine cautelosamente—. Espero la llegada de un representante del gobierno egipcio, antes de seguir adelante.

—Si estas excavaciones fuesen mías —asintió el hombre—, también extremaría las precauciones. Recuerdo haber leído lo que pasó cuando encontraron algo cerca de Bir el Dam. Se corrió la voz y al día siguiente aquello estaba rebosante de tiendas. En cuestión de una semana arrasaron el terreno, lo dejaron limpio.

Durante unos segundos, la atención de Catherine estuvo prendida de los ojos azules del hombre. Le recordaban su época infantil, cuando creía que si un sacerdote te miraba podía ver hasta el fondo de tu alma. Superó esa ilusión cuando descubrió que los sacerdotes eran simplemente hombres. Pero en aquel instante, al tropezar con la mirada abierta de Michael Garibaldi, Catherine volvió a tener la extraña sensación de que la mirada del hombre podía llegarle a ella hasta el fondo del alma.

Y eso no le hizo ninguna gracia.

—El suelo es aquí bastante inseguro —dijo. Bajó el foco de la linterna, como el acomodador de un cine, y condujo al hombre por las zanjas y de regreso al campamento.

—Acabo de llegar de Jerusalén —explicó el sacerdote, mientras caminaba tras ella. Bajó la voz al pasar cerca de las tiendas—. Decidí alargar un poco mis vacaciones y ver algo del Sinaí. Ahora estoy camino de vuelta a casa. —Hizo una pausa, antes de añadir—: Vivo en Chicago, por si le interesa.

En vista de que Catherine no respondía, el hombre comentó:

—¿Por qué tengo la impresión de que no le caigo bien?

—Padre Michael...

—Por favor —acompañó el hombre sus palabras con una sonrisa—. Simplemente Mike.

Pero ella se negó a aceptar la familiaridad.

—Me educaron en el principio de dirigirme a los sacerdotes con respeto, aplicándole su tratamiento. No me siento cómoda con el «simplemente Mike».

—Comprendo —dijo el padre Michael, y por un segundo Catherine pensó que la expresión del hombre se oscurecía—. Y a *mí* me educaron en el principio de dar las gracias si alguien me hacía un favor, como ceder el ordenador que estaba usando.

Como se encontraban dentro del reducido espacio que iluminaba la lámpara encendida delante de la tienda, Catherine pudo distinguir más detalles referentes al sacerdote: las arrugas de los extremos de los ojos, sugeridoras de que el hombre pasaba mucho tiempo al sol o que se reían con frecuencia, o ambas cosas. Cuando alzó una mano para apartarse de la cara una mariposa nocturna, Catherine observó los músculos que parecían esculpidos en el antebrazo y que revelaban ser producto de una vida atlética. Había dicho que era de Chicago; la mujer supuso que el blanco alzacuello cubría otro de color azul.

—Lo siento —se excusó—. No crea que no se lo agradezco. Estuve buscándole después para expresarle mi reconocimiento. El señor Mylonas me dijo que se había adentrado usted por la ciudad. ¿Pudo descargar su correo electrónico?

Volvió a relucir la atractiva sonrisa.

—Al cabo de un par de horas.

Catherine escuchó los silbidos del viento al pasar por las quebradas próximas. Y recordó los papiros expuestos y vulnerables encima de la mesa de trabajo de la tienda.

—Es tarde —manifestó—. Buenas noches.

—¿Puedo preguntarle una cosa? En el hotel dijo usted que no le gustaba estar a merced de un sacerdote.

—No era nada personal.

El hombre la observó un instante y luego explicó:

—Sentía curiosidad porque, a veces, las personas que no están familiarizadas con el catolicismo...

—Me educaron en la fe católica, padre. Asistí durante doce años a un colegio católico. Después me alejé de la Iglesia.

—Comprendo —articuló el padre Michael en voz baja—. Buenas noches, pues.

Alargó la mano. En esa ocasión, Catherine la aceptó y notó una firme presión sobre los dedos. Al levantar la cabeza, sus ojos se encontraron y Catherine tuvo la sensación de que entre ambos se establecía una rápida y súbita conexión que la dejó sorprendida y excitada.

El cura pareció contemplarla unos segundos más, antes de articular en voz baja:

—Doctora Alexander, espero que encuentre lo que está buscando, sea lo que sea.

El sacerdote se marchó y Catherine le vio alejarse, desconcertada por el extraño efecto que había causado en ella e indignada consigo misma por haberlo permitido.

Cuando se volvía para entrar en la tienda, su mirada captó algo en el extremo del terreno de las excavaciones que no había observado hasta entonces: una forma inquietante, achatada y voluminosa bloqueaba la vista de las estrellas. Y comprendió con horror que era una tienda beduina.

No estaba allí cuando se puso el sol.

—Hemos llegado al lugar del suceso, señor Havers.

—Estupendo —respondió Miles por el teléfono celular, y se apartó un poco, para que los demás no pudieran oírle. La llamada se produjo mientras la familia estaba en plena tarea de decoración del árbol de Navidad.

Al tiempo que escuchaba el breve informe de Zeke, Miles observó a Erica, que supervisaba la colocación, por parte de los nietos, de los adornos del abeto de más de tres metros y medio de altura que dominaba la sala de estar. Los más pequeños preparaban la escena del Nacimiento al pie del árbol y cuando Jessica, que tenía tres años, preguntó: «¿Dónde está el Niño Jesús?», Erica se echó a reír, abrazó a su nieta y dijo:

—¡Aparecerá en la mañana de Navidad!

Miles les dedicó una sonrisa, se volvió de espaldas y comunicó en voz baja a través del teléfono:

—Cuando te reúnas con el contacto, actúa rápidamente. Nada de regatear. O cierras el trato en seguida o te lo cargas. Tomas posesión de la mercancía y sales de allí en menos de veinticuatro horas.

Miles notó que el tigre se agitaba en su interior: una fiera que había nacido años atrás, aquel día en que cambió su vida. El tigre era la intuición de Miles y en aquel momento emitía suaves gruñidos, impaciente.

—Corrección —dijo Miles quedamente por el micrófono del aparato—. Tanto si cierras el trato como si no, te desembarazas del tipo. No quiero que nadie más esté enterado de esto.

Y el tigre sacudió la cola...

SEGUNDO DÍA

Miércoles, 15 de diciembre de 1999

«¡Por todos los santos! —pensó Danno mientras el Land Rover se acercaba a las excavaciones de Catherine—. ¿Qué infiernos está pasando?»

Durante su conversación telefónica, Catherine no le dijo para qué le necesitaba, y Samir, el hombre que había ido a recibirle al aeropuerto de Sharm as Sheij, tampoco le proporcionó información alguna. Pero ahora, en tanto rodaba velozmente a través de la llanura aluvial en el Rover descubierto de Samir, Daniel vio montadas allí las tiendas de un circo, automóviles, autobuses, burros, turistas y árabes de la zona deambulando en torno al yacimiento arqueológico.

—¡Ya estamos aquí, Lafayette! —voceó al ver salir de su tienda a Catherine, que entornó los párpados frente al sol poniente.

—¡Danno! —respondió Catherine, y corrió hacia él.

Daniel se apeó de un salto y la abrazó con fuerza.

—¡Gracias a Dios que has venido! —murmuró ella.

La retuvo largamente, disfrutando de la satisfacción de tenerla entre sus brazos. Después, de pronto, la soltó.

—¡Tienes un aspecto terrible! —comentó quedamente, con sus ojos clavados en los de Catherine.

La muchacha soltó la música de su risa y le pasó los dedos por la rubia cabellera, que los latigazos del aire habían convertido en una peluca espantosa. Daniel estaba cubierto de polvo y su camiseta de manga corta, con el lema de «La carrera del arqueólogo está en ruinas desde el principio», aparecía arrugadísima y llena de lamparones.

—¡Pues anda que tú!

Le cogió de la mano.

—Deja tus cosas en el coche y entra, date prisa. Como puedes comprobar, se ha corrido la voz de que encontramos algo.

—¿El Pozo de María?

—Algo todavía más importante —repuso Catherine, y le llevó al interior de la tienda.

—¡A juzgar por la verbena de ahí fuera, debe de ser oro!

Catherine le miró con sus rutilantes ojos verdes.

—¡Mejor que oro, Danno! *Rollos*. Y antiguos, Dios mío, son antiguos...

Se interrumpió de golpe y aguzó el oído. Se llegó a la entrada de la tienda, levantó la solapa y echó una vistazo al exterior.

—¿Qué pasa? —preguntó Daniel.

—Creí haber oído a alguien ahí fuera.

Mantuvo levantada la mano indicando cautela y luego, tras asegurar la cremallera de la puerta, se acercó a una mesa llena de botellas y vasos. Cuando Daniel hizo intención de decir algo, ella se llevó el índice a los labios.

Mientras Catherine llenaba dos vasos de agua de Evian, Daniel observó la mesa de trabajo, misteriosamente cubierta por una sábana. Después vio la maleta abierta encima de la litera.

—¿Te vas a alguna parte?

Le tendió uno de los vasos y anunció en voz baja:

—Me largo ahora mismo. Sólo estaba esperando que llegases.

—¿Qué ocurre?

—Agárrate fuerte, Danno, porque no vas a creer lo que estoy a punto de enseñarte.

De pie en el balcón de su cuarto del hotel, Zeke contemplaba el Golfo, sobre el que se iba acentuando la penumbra a medida que el sol poniente se hundía tras los montes del Sinaí. De la terraza del restaurante se elevaba el zumbido de las conversaciones. En el aire zumbaba el rumor de que en un yacimiento arqueológico cercano habían encontrado algo.

Oyó una llamada a la puerta. Había llegado su contacto.

Mientras hacía la maleta a toda prisa, Catherine volcó sobre Daniel el alud de los acontecimientos de las últimas treinta y seis horas, desde el momento en que la despertara la explosión de la carga de dinamita.

—Nadie sabe que he abierto el cesto —dijo—. Pero el que me descubran sólo es cuestión de tiempo. Ya has visto las cuerdas que he tendido alrededor del terreno de las excavaciones y los carteles de prohibido el paso que he plantado. Hasta ahora han mantenido a raya a los curiosos, pero no creo que eso dure mucho. —Daniel observó que no colocaba las prendas en la maleta bien dobladas y colocadas, sino que las arrojaba allí de cualquier manera: evidentemente, era una mujer acuciada por las prisas. Cathy continuó—: Creo que Hungerford ha filtrado algo. He recibido un recado del director del Hotel Isis, dice que el Negociado de Antigüedades telefoneó para informarme de que un representante suyo se ha puesto en camino. Debe llegar esta noche, pero tengo la intención de marcharme antes de que se presente. Confío en poder escabullirme mientras todo el mundo está distraído cenando. La cuadrilla árabe de Hungerford suele disfrutar de alguna especie de diversión en el campamento. Eso me proporcionará el descuido que necesito.

—¿De qué estás hablando, Cath?

La muchacha interrumpió lo que estaba haciendo, se acercó a la mesa de trabajo y retiró la sábana que la cubría.

—¡De esto!

Había separado los papiros, distribuyéndolos en montones bien ordenados, con la hoja superior desplegada y a la vista. Al acercarse Daniel a la mesa, Catherine le explicó que había acoplado el fragmento de Jesucristo a la portada de lo que parecía ser el primer «libro» y que las irregularidades de los bordes encajaban tan perfectamente que las letras se completaban de modo casi absoluto. Después había colocado encima una placa de cristal.

Daniel se inclinó para inspeccionarlo y su expresión fue de puro asombro.

—¿Por qué los llamas rollos?

Catherine volvió a su equipaje, tomó un par de zapatillas, las golpeó entre sí para sacudirles la arena y las metió a la fuerza en la maleta.

—Mira los bordes y verás que parece que los papiros estuvieron enrollados en el cilindro o *umbilicus*. Pero, en algún punto, quitaron los cilindros y plegaron el rollo en forma de acordeón, para que pareciese un libro.

—¿No fue hacia el siglo II cuando se empezó a pasar del rollo al *codex*, al códice? ¿Cuando el material en que se escribía se plegó y se sujetó por uno de los bordes?

—Sí, pero observarás que éstos no están sujetos por un borde y las hojas no están separadas. Pero parecen un libro. Así que me pregunté: ¿por qué, pues, quitaron los cilindros y después plegaron el rollo?

Daniel se la quedó mirando.

—¿Cuál es tu teoría?

—Para facilitar el transporte —dijo Catherine, al tiempo que recogía sus artículos de tocador del estante de encima de la palangana y los metía apresuradamente en la maleta—. Los rollos son incómodos de trasladar y resulta difícil acarrearlos en secreto. Pero un libro plano puede ocultarse bajo la ropa.

—¿Quieres decir, ocultarlos a los ojos de quienes pudieran perseguir a los dueños de estos rollos?

—Posiblemente. Bueno —la muchacha volvió a la mesa de trabajo—, creo que he dispuesto los rollos según el orden en que se supone hay que leerlos, a juzgar por esta primera página, que parece ser la carta de introducción. El resto de este rollo particular, aparentemente, es el principio de la historia de una mujer. Los otros cinco —indicó los paquetes de papiros cuidadosamente doblados, que continuaban en su estado original en forma de acordeón y parecían libros— constituyen probablemente el resto de esa historia.

Daniel contempló fascinado el papiro desplegado, que se extendía cosa de metro veinte; cada una de las secciones desdobladas era una «página» de texto escrito con tinta negra.

—¿Había algo más envuelto junto a los libros?

—No.

—¿Los has traducido ya?

—Sólo la primera página.

—¿Y?

Catherine le tendió una hoja de papel de cartas, cubierta con su letra elegante. Daniel vio las primeras palabras: «*De Perpetua...*».

—Lee el pasaje resaltado en amarillo.

Hungerford evaluó a los dos desconocidos mientras aposentaba en una silla su voluminosa humanidad y decía:

—Tengo que reconocerlo, no esperaba una respuesta tan rápida. Y, desde luego, tampoco esperaba un par de camaradas estadounidenses.

Después de que la doctora Alexander, tras sacar el cesto del túnel, lo escondiera en su tienda, Hungerford llegó al convencimiento de que la arqueóloga podía ser muy guapa, pero también era una asquerosa embustera. Una rápida visita al Hotel Isis y una breve plática con un empleado del mismo sacó a colación el nombre de un ciudadano de El Cairo, un comerciante que trataba en «antigüedades privadas», según expresó discretamente el empleado del hotel. Hungerford no perdió un segundo en ponerse en contacto con el comerciante en cuestión, sin decirle gran cosa y, por supuesto, sin citar para nada a Catherine Alexander, especificándole sólo lo justo —«Un fragmento de papiro con el nombre de Jesucristo»—, para despertar el apetito. El comerciante repuso que ya le llamaría. Y Hungerford se sintió sorprendido primero, e impresionado después, cuando recibió una llamada del Hotel Isis y oyó la voz de un estadounidense que, desde el otro extremo de la línea, le informó que le interesaba el asunto.

—De modo que —dijo ahora— ¿vais a comprarlo por vuestra cuenta —su sonrisa se amplió— o por cuenta de otra persona?

De los dos individuos, uno apenas despegaba los labios; el otro, el que se había presentado con el nombre de Zeke, tenía estampada sobre su persona la condición de «mercenario». No era demasiado alto, pero sí enjuto y compacto, con un pelo de extraño color blanco, que llevaba muy corto, ojos grises y planos, y una cicatriz que recorría un lado de la cara, desde el nacimiento del pelo hasta la mandíbula, trazando un surco en la ceja, junto al ojo y en la comisura derecha. Hungerford se preguntó cómo le habrían hecho aquello.

—Nuestro patrón prefiere permanecer en el anonimato —sonrió Zeke.

Hungerford se encogió de hombros.

—A mí me da lo mismo. Hablemos de dólares y centavos, caballeros. ¿Cuánto ofrece vuestro jefe?

Daniel leía en voz alta:

—*«... a Sabina se le reveló la hora de la Segunda Venida, la hora del Fin de las Cosas.»*

Miró atónito a Catherine.

—¿Estás segura de que es eso lo que pone? Quiero decir, ¡Dios mío! ¿La *hora de* la Segunda Venida?

—Míralo con tus propios ojos.

Le indicó una línea del fragmento del primer papiro.

Daniel entornó los ojos para mirar la palabra: *parousia*, parusía...

—Si se extendiera la noticia —comentó— de que se ha encontrado un rollo de Jesucristo, un manuscrito que nos dice exactamente cuando... —se le quebró la voz.

—Ese es el motivo por el que no he contado a nadie una palabra de esto.

—¿Qué dice el resto de la carta?

Catherine leyó directamente del papiro, traduciendo a medida que leía:

—*«Antes de iniciar la historia de Sabina, querida hermana, debo recordarte de nuevo que tengas presente mi advertencia anterior. He referido a Sabina las grandes tribulaciones de nuestras hermanas, quienes, después de tantos años de igualdad con los hombres en la Comunidad, se ven relegadas al silencio y al aislamiento. Sabina me lo implora, no quiere que sus hermanas sufran persecución por culpa de ella. Si este mensaje provoca la indignación de los hombres y tratan de atormentaros a causa de él, llevad estos libros al rey...»*

Daniel miró a Catherine.

—¿Por qué te interrumpes?

—Acaba aquí, al pie de la página. —Trasladó la lupa a la parte superior de la columna siguiente y reanudó la lectura—. *«... Tymbos, para que los ponga a salvo.»*

—¡El rey Tymbos! ¿Quién es?

—Ni idea.

Daniel se pasó las manos por el pelo y empezó a pasearse por el interior de la tienda. Al pasar junto a la ventana cubierta oyó voces que se imponían sobre el rumor del viento: alguien gritaba a los curiosos que merodeaban por las márgenes del yacimiento arqueológico que estaba prohibido entrar. Se detuvo y miró a Catherine.

—La Comunidad —articuló—. La Iglesia primitiva, ¿no crees?

La muchacha se acercó a la maleta y la cerró con un clic concluyente.

—Confío en averiguarlo cuando haya traducido los rollos.

—¿Qué supones que son? ¿Evangelios perdidos?

—No lo sé, pero me parece que falta un libro.

—¿En qué te basas?

Catherine regresó a la mesa de trabajo.

—Estaban todos empaquetados juntos en ese cesto y no he encontrado indicio alguno de que se hubiesen enterrado otros libros con ellos. Ahora, mira la última página del libro número seis... Aquí —lo desplegó cuidadosamente—, al pie, léelo.

—Mi griego está oxidado —se disculpó Daniel—. Pero creo que dice: «Y yo tenía miedo».

—No exactamente. Esta palabra deriva del raíz *phobos*, así que la traducción más precisa es: *«Yo tenía miedo de»*.

—¿De?

—Miedo *de* algo. A esta última palabra ha de seguirla otra. Lo que significa que la frase está inacabada. Tiene que haber otra página que continúe a ésta.

—¿De qué supones que tenían miedo? —murmuró Daniel.

Catherine descolgó de la percha una chaqueta y la echó encima de la maleta.

—Lo primero que voy a hacer es someter el papiro a algunas pruebas: radiografías fluorescentes, espectrometría y absorción de infrarrojos. Ya he enviado a Suiza una muestra para una prueba de radiocarbono.

—¿Hans Schuller?

—Podemos contar con su discreción. Pero, entretanto, he estado analizando la escritura.

—¿Y qué?

—Así, a primera vista, según una inspección por encima, es del siglo segundo.

—La calavera esa que mencionaste, ¿crees que está relacionada?

—De ser así, o le tiraron o se cayó.

—¿Le?

—O la...

Mientras Daniel lo asimilaba, a sus oídos llegó desde la lejanía la llamada de un almuédano desde su minarete:

—*Allahu akbar...*

La oración vespertina significaba que la cena estaba en camino; los aromas del cordero asado y del café empezaban a penetrar e impregnar la tienda.

—Hay algo que no comprendo, Cath. ¿Por qué no has informado de este hallazgo a las autoridades? ¿Y por qué te marchas?

—Esa páginas que acabas de leer, mi traducción, mira otra vez la entrada.

—A Aemelia, venerado *diakonos.* —Miró a Catherine—. Muy bien, era diaconesa. ¿Y qué? Eso no tiene nada de insólito.

—Salvo que el término griego para diaconesa es *diakonissa.* Pero la palabra que figura aquí significa diácono.

—¿Un error?

—No lo creo. Hay otro caso en el que se aplica a una mujer un tratamiento masculino: en el Epílogo de la Epístola de san Pablo a los romanos, capítulo 16, el apóstol alude a Febe llamándola *diakonon.* Es el único ejemplo que tenemos de una mujer que posea un título tan alto, cuando los diáconos presidían las ceremonias en el altar. Posteriormente, al término se le dio forma femenina y las obligaciones de las diaconisas se redujeron a cuidar de los enfermos y ancianos.

—Y si demuestras que estos rollos son del siglo primero...

Daniel comprendió de pronto por qué Catherine no había informado de modo preciso al Negociado de Antigüedades.

A causa de su madre.

Aunque la doctora Nina Alexander fue paleógrafa, experta en el arte de datar e interpretar manuscritos mediante el trazado de las letras, su mayor fama la había alcanzado merced a un etéreo volumen titulado *María Magdalena. La primera apóstola*, en el que afirmaba que la autoridad del Papa actual carecía de fundamento basada en la circunstancia de que la sucesión apostólica empezó al darse por supuesto que san Pedro fue el primer testigo de la resurrección. Nina manifestaba que los cuatro Evangelios explicaron que fueron *mujeres* las primeras personas que vieron vacío el sepulcro, y en dos de los Evangelios Jesús se aparece por primera vez, después de la resurrección, a María Magdalena, *no* a Pedro, que estaba escondido. Basándose en la evidencia del Nuevo Testamento, la doctora Alexander llegaba a la conclusión de que era María de Magdala, y no Pedro, quien debería haber sido la sucesora de Jesús.

Esa obra fue la que destruyó a Nina Alexander.

—¿Y crees que estos rollos —preguntó Daniel, prudentemente— pueden contener pruebas que respalden la teoría de tu madre?

Catherine habló apresuradamente.

—La crítica de mi madre no deja de señalar que el relato de la resurrección que forma parte de la primera carta de Pablo a los corintios no menciona a María Magdalena ni a *ninguna* mujer del entorno de Jesús; esa carta ni siquiera alude al sepulcro vacío. Puesto que sabemos que la carta de Pablo a los corintios se escribió por lo menos veinte años *antes* de que los Evangelios apareciesen en forma escrita, es evidente que su trabajo tiene más autoridad, dado que es más cercano en el tiempo a la fuente. ¿Y si estos rollos, Danno —aventuró Catherine mientras recogía y formaba un montón con los libros de papiro—, fuesen *anteriores* a Pablo? ¿Y si contuvieran alguna referencia a las mujeres que llegaron al sepulcro y posiblemente a la propia María Magdalena, *anterior a lo que escribió Pablo*?

Daniel abrió muchos sus ojos de pestañas doradas.

—¡Entonces toda la autoridad-base de la Iglesia católica y la institución del papado se irían a pique! ¡Cath, esto abrasa! ¿Sabías que Nostradamus profetizó que el año 1999 señalaría el fin del papado y la caída del catolicismo? ¿No sería un bombazo si estos rollos contuviesen la prueba de que tu madre estaba en lo cierto, que Pedro no tenía ningún derecho a asignarse la sucesión de Jesús y que la sucesión de papas que se ha desarrollado a lo largo de dos mil años se fundaba en un error? ¡Eso provocaría la caída en *barrena* de la Iglesia! Santo Dios, no me extraña que estés loca por sacar estos rollos de aquí cuanto antes. ¡Si las autoridades les ponen la mano encima, jamás volveremos a verlos!

—Y estos rollos pueden ser mi única oportunidad para reivindicar el honor de mi madre y restaurar su reputación. ¿Me ayudarás?

Daniel sonrió.

—¡Vaya pregunta!

—Sólo me falta coger unas cuantas cosas, esperar a que todo el mundo de ahí fuera esté distraído y entonces nos vamos.

Daniel volvió a inclinarse sobre el primer papiro, que continuaba desplegado sobre la mesa de trabajo.

—El Justo —murmuró—. ¿Eso *es* lo que dice aquí?

Catherine miraba por la ventana; su rostro recibía de lleno el resplandor de la lámpara. Observó que su equipo se había congregado junto a una fogata beduina.

—Sí —contestó en voz baja.

—¿No se alude a un Justo en los manuscritos del mar Muerto?

Catherine se volvió para mirarle.

—Éstos no son obra de esenios

—No es esa mi idea. Según se cree, los esenios eran sanadores, ¿no? La palabra esenio procede de la voz griega *essenoi*, sanador, ¿correcto? ¿Y si creía que esos sanadores místicos eran los guardianes de muchos secretos antiguos? Considera las reglas de su secta. —Daniel las enumeró con los dedos de una mano—. Era muy difícil ingresar en ella, la iniciación llevaba una eternidad y era atroz, insoportable y si uno quebrantaba la más insignificante de las normas, el castigo era severísimo. ¿Por qué? A causa de lo que has señalado aquí: *zoe aionios*. Vida eterna.

La muchacha dobló cuidadosamente el rollo, devolviéndolo a su forma de acordeón.

—¿Cuál es tu idea?

—¿Y si uno de los secretos de los esenios fuese la fórmula de la inmortalidad? Tal vez ese fuera el motivo por el que temiesen tanto a los intrusos y a los miembros que abandonaban la comunidad. Se supone que la secta esénica fue borrada del mapa cuando Roma destruyó Jerusalén y, a continuación, Masada en el año 74. ¿Cierto? Pero ¿y si sus secretos no desaparecieron con ellos? ¿Y si lograron sacar de matute el *último* rollo, el que revela la fecha del fin del mundo y quizás la fórmula de la vida eterna?

Las palabras de Ibn Hassan surgieron en la mente de Catherine: *«A mí, por lo tanto, se me concedió la clave para vivir eternamente».*

—¿Por qué no podía ser Jesús ese Justo? —continuó Daniel, entusiasmado por su propia excitación—. Muchos especialistas afirman que Jesús era esenio y por eso se le retrata en el Nuevo Testamento como sanador. De modo que supón que su mensaje de vida eterna no se refería a la vida que viene después de la muerte, sino ¡*a una existencia eterna aquí, sobre la Tierra*, una inmortalidad disfrutada con nuestros propios cuerpos, con nuestra propia carne, huesos y sangre! No resucitaba a las personas. ¿Y si resulta que todo fueron demostraciones de que conocía la fórmula para vivir durante toda la eternidad? ¡Cath, si logramos descubrir quién era Tymbos y de qué ciudad era rey, podremos encontrar el séptimo rollo y conseguir para nosotros la fórmula de la vida eterna!

—Señor Hungerford —dijo Zeke, mientras entraba y salía del círculo de luz que proyectaba la lámpara de la mesita de noche. El sol se había puesto, lo que sumió en la oscuridad la habitación del hotel—. Permítame darle una breve lección sobre el tráfico ilegal de antigüedades. Existe una ley, instituida bajo los auspicios de la UNESCO, que estipula que toda pieza antigua sacada fraudulentamente de un país debe devolverse a su punto de origen. Cuando salió esta ley, se promulgó con carácter retroactivo, lo que significa que a los coleccionistas que invirtieron grandes sumas en papiros antiguos no se les permitiría dar a conocer públicamente su colección. Lo cual tuvo un interesante efecto dominó. Y originó un aumento de los precios en el tráfico clandestino de estos materiales, que incluso se hizo todavía más clandestino. ¿Capta mi rumbo?

Hungerford arrugó la frente.

—No estoy muy seguro...

Zeke se le acercó y Hungerford pudo distinguir los puntitos blancos en torno a los pliegues de la cicatriz que dividía el rostro de Zeke como si hubiesen cosido la cuchillada con una aguja enorme.

—Bueno, señor —prosiguió Zeke en tono amable—, el comercio clandestino de rollos se ha hecho demasiado comprometido para muchos de los traficantes, de modo y manera que ha acabado por convertirse en monopolio de una selecta lista de familias. Estas familias disponen de unos servicios de información con redes de tan increíble amplitud que se quedaría usted maravillado, señor Hungerford. Están al corriente de cuantos rumores, murmullos, leyendas y hallazgos, supuestos o sospechados, se producen en todo el mundo relativos a rollos y fragmentos de papiros. ¿Sabía usted, señor Hungerford, que en Jerusalén, si surge el rumor de que existen antigüedades enterradas en una zona precisa, las partes interesadas compran la casa edificada en ese terreno y excavan en el mismo sótano, profundizando en el suelo sin que las autoridades lleguen a enterarse? A veces, llegan a *construir* una casa en el solar, si no la hay, y una vez desenterradas todas las piezas antiguas, derriban el inmueble y se marchan.

—Sigo sin...

—Lo que le estoy diciendo, señor Hungerford, es que ha decidido usted entrar en una partida muy importante en la que las apuestas son infinitamente más altas de lo que usted pueda imaginarse. Y sus compañeros de juego, señor Hungerford, o sea, sus *contrincantes*, no son estúpidos.

Hungerford empezó a sudar.

—Oh, pero no creo que...

—Usted llamó a cierto comerciante de El Cairo y le dijo que se había encontrado un fragmento de papiro, así como el cesto del que creía usted salió dicho fragmento.

Zeke se agachó, como si fuera a rascarse el tobillo, pero cuando volvió a enderezarse, Hungerford vislumbró el centelleo de un estilete.

—¿Qué ves? —preguntó Erica, mientras observaba con aire inquieto al Hombre Coyote, que interpretaba el humo sagrado.

En vista de que el hechicero indio no respondía, Erica dirigió su atención hacia lo que se desarrollaba alrededor de la piscina, donde se había reunido la familia en pleno: sus tres hijos mayores, con las respectivas esposas, y los nietos, cuyas edades iban desde el recién nacido hasta el chico de doce años. Todos estaban allí dispuestos a celebrar la Navidad y el Año Nuevo. Se había procedido a calentar el agua de la piscina para contrarrestar la frialdad de diciembre; el vapor se elevaba hacia el nítido cielo de Nuevo México, como el humo de la leña de mezquite que ardía en el recipiente sagrado trazaba espirales alrededor de la cabeza del Hombre Coyote.

El chamán leía el futuro.

Erica proyectó de nuevo su atención sobre el hechicero y se preguntó qué estaría viendo en el humo.

Últimamente había empezado a sentir una especie de vacío interior, como si estuviese perdiendo algún órgano vital. Había explorado las rutas de la meditación y la astrología, para luego fondear con los ángeles, pero al final continuaba siendo algo «nuevo». El apetito interior de Erica parecía necesitar un yantar *antiguo*, un alimento espiritual que hubiera resistido la prueba del tiempo.

Y entonces conoció en una exposición de arte de la localidad a aquel chamán indígena norteamericano. Su nombre cristiano —las leyes del hombre blanco obligaron a su pueblo a adoptar nombres cristianos doscientos años atrás— era Luke Piñeda. Pero su nombre en la tribu era Itsaqa, que significa Hombre Coyote. Indio pueblo, era el cacique del clan del Antílope y, por consiguiente, jefe político y espiritual de la aldea, lo que incluía el cargo de celador de los *kachinas* sagrados, espíritus de los antepasados. A través del Hombre Coyote, Erica conoció a Latiku, madre creadora del mundo, y la historia de la formación de la raza humana, que surgió cuando los ancestros, que moraban en las regiones subterráneas, se abrieron paso hasta la superficie para vivir bajo el sol.

—¿Qué ves? —repitió Erica la pregunta.

En esa ocasión, el Hombre Coyote sacudió la cabeza y sus largas trenzas blancas le rozaron la pechera de la camisa.

—Es muy malo, señora Havers. Definitivamente, llega el fin del mundo.

La mujer le dirigió una alicaída mirada.

—¿Lo ves en el humo?

El indio pueblo alzó los ojos, tan desteñidos que eran casi incoloros. La gente comentaba que el sol había marchitado el pigmento de los ojos del anciano.

—No, no está en el humo. El humo está vacío.

Erica lo supo entonces: era debido a que la *kachina* del pueblo acoma había desaparecido. La policía manifestaba que la habían robado, pero el hechicero declaró que el espíritu kachina se fue por sí mismo, descendió al subsuelo porque el mundo llegaba a su fin.

—Es Soyal, la Kachina del Solsticio —explicó el Hombre Coyote—. Soyal aparece en el solsticio hiemal para indicar el inicio del invierno. Es la primera vez que sale del *kiva* y atraviesa la aldea, a fin de preparar el camino para que el resto de kachinas vuelvan del mundo de los espíritus.

El Hombre Coyote había bajado al kiva para disponer la aparición de la kachina en el solsticio, que se produciría al cabo de una semana, pero comprobó que Soyal no estaba allí.

—Por primera vez en los anales de mi tribu no aparecerá la Kachina del Retorno. Y eso quiere decir que las demás no saldrán de los kivas para bendecir a mi pueblo. Lo cual es malo, muy malo.

Erica estaba a punto de formular otra pregunta cuando vio que un criado cruzaba la terraza y se dirigía a Miles, que daba la vuelta a los filetes que se asaban en la parrilla. Pensó en el regalo de Navidad que le había comprado.

Aquel año pretendía hacerle un presente único, por tratarse de la última Navidad del segundo milenio. De modo que cuando leyó que en Inglaterra había aproximadamente veinte mil títulos señoriales en venta, se interesó de inmediato. Aunque la propiedad del título no significaba la propiedad de la tierra, ni que el señor pudiese recaudar impuestos, las personas que adquirían tal título, incluso los estadounidenses, tenían derecho al tratamiento de lord o lady del Señorío. Pero con todo lo atractivo que sonaba aquello, Erica sabía que no le era posible conformarse con cualquier título.

Quería uno determinado. Sólo aquél.

Tiempo atrás, en 1990, al enterarse de que el título del señorío de Stratford-upon-Avon acababa de venderse por la cifra récord de doscientos veintiocho mil dólares, Miles comentó que le *encantaría* ser propietario del mismo. Y Erica archivó tal deseo en su cerebro, con la esperanza de que el señorío volviera a ponerse en venta.

Y ocurrió. Pero ahora, al recordar el impresionante documento que le llegó de Londres, pensó en lo alegremente que se había comportado respecto al dinero. Resultaba penoso de veras tener presente que hubo una época en que le costaba Dios y ayuda reunir los treinta y tres centavos que valía un cuartillo de leche.

De súbito le abrumó una nostalgia casi insoportable. El anhelo de una vida más sencilla. De los viejos tiempos. De la época anterior a las fechas en que Miles empezó a convertir su revolucionario sistema operativo informático en una colosal fortuna.

Una frase irrumpió de pronto en su cerebro. La había pronunciado el Hombre Coyote aquella mañana:

—¿No busca la luz, usted que está envuelta en oscuridad? ¿No busca el camino del hogar?

Y mientras consideraba toda su riqueza material, Erica se contestó en silencio: «Sí, busco el camino del hogar».

De pronto, Erica comprendió una cosa: *Busco* el camino del hogar, pensó, sorprendida ante la revelación, ante su sencillez y también ante su profunda verdad. Y sorprendida asimismo de que se le ocurriera en aquel instante, así, sin más.

¿Dónde estaba el hogar?

No aquí, en medio de todo este materialismo.

¿Dónde, pues?

El hogar está en el pasado, años atrás, antes de...

¿Antes de qué?

Erica experimentó una segunda revelación, tan clara y tan asombrosa que dejó escapar en prolongada corriente el aire que retenía en los pulmones.

Antes de la guerra...

Allí estaba, claro y manifiesto. La semilla de su reciente descontento.

Al reconocerlo, Erica comprendió que no era nada nuevo, que en realidad la había acompañado continuamente, durante las tres décadas que dedicó a criar una familia como esposa del casi legendario Miles Havers: una verdad que había conocido durante todo aquel tiempo pero que había mantenido sepultada.

El hombre con el que se había casado en 1968, la víspera de que él partiese hacia Vietnam, ya no era el mismo cuando volvió a casa.

Erica no ignoraba que aquella guerra trastornó la vida de miles de personas. Pero tenía la sensación de que, por algún motivo que ignoraba, en su caso era distinto. La experiencia de Miles en Vietnam no le había lastimado del modo en que lo hizo a muchos otros; Miles regresó a casa sin una contusión. No hubo pesadillas postbélicas, nunca se despertó de madrugada dando gritos, como Erica oyó contar a otras esposas. Después de su regreso, Miles dormía a pierna suelta. No tuvo necesidad de consultas ni tratamientos, ni buscó terapia de grupo; nada de depresiones, complejos de culpabilidad o retrospecciones psicóticas. A decir verdad, Miles regresó imbuido de una nueva y extraña ambición que no le había poseído antes. Y de un curioso optimismo que la intranquilizó vagamente.

No se mostraba dispuesto a hablar de sus experiencias bélicas, se limitaba a sonreír y a declarar que había vuelto con la pujanza del tigre. Pero ahora, tras pasarse treinta años esforzándose en hacer caso omiso de ello, Erica no tuvo más remedio que afrontar el hecho de que Miles había cambiado en un sentido preocupante: había vuelto a casa *alegre*. Por primera vez desde que terminó la guerra, Erica se preguntó: ¿Qué *había* ocurrido para que cambiara así...?

La llamada era del Sinaí.

Cuando Zeke hubo terminado, Miles lo mantuvo en línea y pulsó el intercomunicador. Le respondió una voz masculina:

—¿Sí, señor Havers?

—Señor Yamaguchi, consígame todo lo que pueda acerca de una arqueóloga llamada Catherine Alexander. Dónde vive, quiénes son sus colegas, sus amigos, sus amantes... todo. Y deprisa.

Volvió a Zeke y le ordenó concisamente:

—Prescinde de Hungerford, consigue los rollos y asegúrate de que la doctora Alexander no se queda por allí en condiciones de hablar.

Antes de volver con la familia, Miles decidió bajar a su dominio subterráneo privado, un refugio de tranquilizadores tonos pastel desierto e iluminación indirecta, insonorizado respecto al mundo exterior. Era un museo, que albergaba sus tesoros en herméticas vitrinas de cristal, protegido de la humedad, con ambiente de luz controlada, sensores sísmicos y un sistema de seguridad ultramoderno.

Aunque Havers nunca se propuso adquirir piezas religiosas, lo cierto era que la mayor parte de su colección estaba constituida por ellas. Había descubierto que, al margen de lo antiguo, raro o incrustado de joyas que pudiera ser un artículo, si contaba con un significado religioso adicional, su precio aumentaba hasta hacerse inestimable. La gente parecía conceder un valor inmenso a lo invisible.

Pensó en Erica, que últimamente andaba a la búsqueda de respuestas. No era la única. En aquellos días, periódicos y revistas rebosaban informaciones sobre casos de histeria colectiva y fenómenos religiosos inexplicables: apariciones de la Virgen María, imágenes de santos que lloraban, el rostro de Jesucristo en la puerta de un garaje. Se mostró el Santo Sudario de Turín y acudieron a contemplarlo multitudes como jamás se habían visto y fueron muchas las personas que juraron que los ojos de la imagen del sudario, hasta entonces, cerrados, ahora estaban abiertos. En Gran Bretaña tuvo que recurrirse al ejército para que mantuviese a raya a las hordas que con tiendas de campaña y en caravanas y casas rodantes se precipitaron sobre Stonehenge, con el pensamiento fijo en el cataclismo del milenio, para el que sólo faltaban dos semanas. ¡Y aviones! Partidas a bordo de QE2 y de la Seattle Space Needle, concentraciones monstruo en las cavernas de Carlsbad y en el Machu Pichu, grupos de personas que fletaban aparatos y despegaban rumbo al Pacífico Sur, donde podían volar entre dos islas situadas una a cada lado de la línea internacional del cambio de fecha y, en consecuencia, celebrar dos veces el Año Nuevo. Se había desatado una tremenda locura aérea, y a Miles le encantaba. Porque tal locura representaba beneficios. En especial la locura religiosa.

Había jugueteado con la idea de maquinar el «secuestro» de los huesos de san Pedro, llevándoselos de debajo de la basílica de Roma y exigiendo un rescate. Para recuperarlo, se complacía en especular, ¿qué estaría dispuesta a pagar la Iglesia católica, la institución más acaudalada sobre la faz de la Tierra?

Miles abrió el cofre cerrado con llave que contenía su última adquisición. Nadie, ni siquiera Erica, conocía aquella joya, de la que se sentía particularmente orgulloso.

Tallada en madera de álamo de Virginia, con cerca de sesenta centímetros de altura, puesta de pie, la figura estaba pintada de blanco espectral; llevaba una pluma de águila en la mano izquierda y por la parte posterior de la corona de su fantástica máscara emergía una pluma rosa. Miles la admiró, reverente: Soyal, la Kachina del Solsticio, de quien se rumoreaba era la más rara e inapreciable de todas las muñecas kachinas de los indios pueblo.

Y era suya.

—¿Qué rayos es todo *eso*? —preguntó el compañero de Zeke.

Zeke no contestó. Hizo dar un brusco viraje al automóvil de alquiler y detuvo el vehículo en el borde del campamento. Los faros iluminaron lo que parecía una alborotada agitación en las excavaciones.

Los dos norteamericanos saltaron fuera del coche y trataron de abrirse paso entre la excitada muchedumbre congregada en torno a una especie de reyerta. Comprobaron que la mayoría de los gritos y vítores salían de gargantas árabes y Zeke observó que los pocos occidentales que figuraban en el grupo —parte del equipo de la doctora Alexander, dedujo, y turistas que se habrían dado un paseo hasta allí desde los hoteles— presenciaban la trifulca con displicente curiosidad.

Como el gentío se desplazaba, siguiendo el foco de la gresca, Zeke se las arregló para infiltrarse entre los espectadores de la refriega y vio en el centro del corro a un árabe, vestido a la occidental, que tiraba de una mujer envuelta en los velos negros de las beduinas. El hombre no cesaba de increparla a voces, en tanto ella trataba de zafarse, mientras el resto de los reunidos, árabes en su mayor parte, lanzaban rugidos furiosos o reían y abucheaban.

Zeke trató de abrirse paso a la fuerza hacia el otro lado, donde estaba la tienda de Catherine Alexander, pero la masa era demasiado compacta. Soltó un taco entre dientes. No podía permitirse aquella dilación. En la puerta de su cuarto del hotel había colocado un letrero de «No molestar», para tener la certeza de que las doncellas no descubrirían el cadáver de Hungerford en la bañera antes de la mañana. Pero el letrero de «No molestar» no podía impedir que, durante la noche, por algún motivo, a alguien le diese por entrar en la habitación. Tal vez ya lo habían hecho.

—¿Qué ocurre? —preguntó a una de las espectadoras, que parecía norteamericana.

—Es su hermana —explicó la joven—. El hombre la acusa de haber deshonrado a la familia.

Zeke miró a la beduina, que forcejeaba para liberarse. La vestidura negra, al hincharse y ondularse como un nubarrón de tormenta, ocultaba una parte del cuerpo de la mujer. Pero cuando retorció el brazo para soltarse de la presa de su hermano, se hizo patente que estaba embarazada.

La sorpresa se apoderó súbitamente de la multitud al irrumpir un hombre que protestaba en inglés por la forma de maltratar a la beduina. La camisa clerical y el alzacuello del recién llegado fue sin duda la causa de que la mitad de los congregados manifestaran ruidosamente su aprobación, mientras la otra mitad vociferó su disconformidad.

—¡Esto no le importa! —gritó el ofendido hermano al sacerdote estadounidense.

Y la muchedumbre, adivinando la inminencia de una buena pelea, prorrumpió en alegres gritos de ánimo.

La mirada de Zeke examinó a los espectadores, mientras se preguntaba si la doctora Alexander se encontraría entre ellos, contemplando el revuelo. Pero las luces de la periferia del campamento iluminaban sólo unos cuantos rostros, la oscuridad nocturna cubría a los demás. Su vista cruzó el espacio en dirección a la tienda; había allí una luz encendida y la silueta de alguien se movía por el interior.

Intentó de nuevo abrirse paso entre la gente y en esa ocasión se salió con la suya, gracias a que la muchedumbre se apartó, en pos de la desdichada mujer y del hermano. El norteamericano echó a correr a través del campamento y llegó a la tienda de Catherine Alexander al mismo tiempo que su compañero. Introdujeron la mano bajo la chaqueta, listos para sacar las armas, y penetraron en la tienda.

Humphrey Bogart tomó a Erica Havers entre sus brazos, miró a lo más profundo de sus pupilas, murmuró: «Siempre nos quedará París» y, por último, le dio un beso de tornillo en la boca.

Se oscureció la pantalla y una cortina de terciopelo rojo se deslizó con un susurro. Al encenderse las luces de su sala de proyección particular de treinta butacas, Miles sonrió para sí. Era perfecto, mejor de lo que había esperado. Y Erica ni por asomo se lo imaginaba. Miles a duras penas podía esperar la llegada de la mañana de Navidad para ver la cara que ponía Erica.

Incluso él mismo, aunque la realización de aquel proyecto le había llevado cerca de un año, se admiraba de su propia obra. La película era el resultado de su más reciente invención, un programa *logical* que incorporaba y ponía a disposición del común de los mortales los últimos avances tecnológicos respecto a efectos especiales cinematográficos, facilitando su utilización en películas y vídeos caseros.

La idea había nacido en los días en que la empresa de Miles se aprestaba a adquirir los derechos para la reproducción digital de obras de arte célebres, que se introducirían en línea para que los usuarios pudiesen acceder a ellas a través de la World Wide Web. Cuando Tecnologías Dianuba empezara a engullir los derechos de obras literarias y cinematográficas que hubiesen caducado, para transferirlos a elegantes muebles de CD-ROM tipo mesita de café, Miles dirigiría su punto de mira hacia las estrellas de los viejos tiempos y se agenciaría los derechos en exclusiva de Rodolfo Valentino, W. C. Fields y centenares de otras figuras, procedería a digitalizar sus imágenes y, a base de manipular diminutos *pixels* o puntos de información, ubicaría las estrellas difuntas en películas completamente nuevas. Entonces, con el empleo de un ordenador personal hogareño y una videocámara corriente, cualquiera podría crear una película en la que él mismo interpretase el papel protagonista, dando la réplica a actores famosos.

Mientras se servía un vaso de Perrier frío, oyó una discreta señal anunciadora de que había alguien ante la puerta. Pulsó un botón y la puerta se abrió en silencio.

Un espigado asiático, de cabellera negra cuya cola de caballo le llegaba a la cintura, y dos pendientes en una oreja, entró en la estancia y depositó una carpeta encima de la enorme mesa escritorio de granito negro, sobre la que no había nada, salvo una insólita orquídea amarilla.

—Aquí tiene la información que deseaba, señor Havers.

Era una carpeta gruesa y una ojeada a las primeras páginas indicó a Miles que contenía una información realmente amplia. Aunque Teddy Yamaguchi estaba licenciado en bioquímica, la verdadera especialidad de aquel universitario de veintiocho años residía en el terreno de los ordenadores. Miles dudaba de que en el mundo entero hubiese un solo byte de información al que Teddy no pudiera acceder.

Todo lo referente a Catherine Alexander estaba allí, empezando por el hospital en el que nació. En el apartado de amistades, el nombre de Daniel Stevenson encabezaba la relación.

Cuando su teléfono privado empezó a zumbar, Miles despidió a Teddy y aguardó a que la puerta se hubiese cerrado para descolgar el aparato. Era Zeke y las noticias distaban de ser buenas.

—¿Qué quieres decir con eso de que la mujer se ha ido? —interpeló Miles. Escuchó un momento y luego asintió con la cabeza—. A dondequiera que la hayan llevado su amigos árabes, puedes tener la certeza de que no van a permitir que la encuentres. Mi traficante de El Cairo me asegura que soy la única persona con la que se puso en contacto, a raíz de la llamada de Hungerford. Me inclino a suponer que la Alexander ignora que conocemos la existencia de los rollos. Lo cual nos da cierta ventaja.

Contempló la foto de archivo que Yamaguchi había transferido de la United Press International. Alexander era una belleza, concedió Miles, aunque no su tipo. El toque de obstinación que se percibía en la mandíbula indicaba una voluntad férrea. Y la mirada de los ojos era retadora. La semblanza gubernamental la describía como una mujer solitaria, sin parientes, sin ningún matrimonio en su vida y sólo contados amigos íntimos. Tal vez eso explicaba la expresión de sus ojos. En las pupilas parecía haber algo así como un desafío: «Atrévete conmigo».

Se preguntó a qué se debería aquel palmario resentimiento.

Zeke continuó con su informe: un funcionario del Negociado de Antigüedades egipcio se personó en el campamento y, cuando comprobó que la doctora Alexander había desaparecido, confiscó determinados objetos de su tienda: un fragmento de papiro y un cesto. Pero nada de rollos.

Havers pensó que, si se había esfumado a escondidas, sin permitir que nadie conociese su marcha, ni siquiera los miembros de su equipo, eso no podía significar más que una cosa: se llevaba de contrabando algo valioso.

«Hungerford dijo que la había oído comentarle a alguien que los rollos eran muy antiguos.»

—Está bien, Zeke —articuló—. Vuelve a Atenas y termina la misión que tenías allí. —Cortó la comunicación y marcó de nuevo: un número de Seattle. Era una línea privada; Miles no tenía que pasar por el tamiz de una secretaria. Dijo en voz baja y sosegada—: Titus, soy yo... Sí, hace una buena temporada... Muy bien, ¿y tú?... Titus, necesito los servicios de tu empresa. —Tras un breve resumen, añadió—: Te enviaré por fax los datos de la doctora Alexander. Lo más probable es que en estos momentos esté regresando a Estados Unidos. Es preciso adelantarnos y vigilar cualquier posible punto al que pudiera ir. Mira a ver si averiguas por dónde anda un tal Stevenson. Es un arqueólogo de campo, de modo que tal vez no se encuentre en este país. —Miles escuchó durante un momento—. ¿La doctora Alexander? Ella es el problema. En cuanto tus hombres se hayan apoderado de lo que lleva, que la quiten de en medio.

TERCER DÍA

Jueves, 16 de diciembre de 1999

Catherine no quitaba ojo a los agentes de aduanas que la esperaban al principio de la cola. Si lograba pasar su inspección, se encontraría libre en casa.

Salir de Egipto había sido más fácil de lo que pensaba; el Aeropuerto Internacional de El Cairo era un auténtico manicomio, con raudales de viajeros que entraban en el país dispuestos a recibir el Milenio cerca de las pirámides. Y como la cuestión de la seguridad se había concentrado sobre las multitudes que llegaban, a los que partían se les prestaba una atención superficial. A Catherine le pasaron el equipaje por el detector de rayos X, por si llevaba armas, pero no hubo registro manual.

Aún llevaba los rollos consigo.

A través de las enormes cristaleras vio la oscura y nevada noche. En el Sinaí, el invierno podía ser crudo, pero Catherine había olvidado cómo se las gastaba diciembre en Nueva York. No iba vestida para afrontar aquella *meteorología.* Y por encima de la barahúnda que organizaban la infinidad de pasajeros que afluían allí —excéntricos viajeros cargados no sólo de regalos de Navidad, sino también de prisa por llegar cuanto antes a su punto de destino—, Catherine pudo distinguir las notas de *Noche de paz* que propalaba la megafonía del aeropuerto.

Los aduaneros del puesto de registro más próximo examinaban el equipaje de una familia de cuatro miembros, a los que obligaban a mostrar el contenido de las maletas e incluso a desenvolver los regalos de Navidad. ¿Por qué se lo tomaban tan a pecho? ¿Acaso buscaban algo en particular? ¿Otra amenaza de bomba, quizás? Su vuelo *procedía* de Oriente Próximo. Sintió un ramalazo de miedo al preguntarse cuál sería la condena por tratar de introducir ilegalmente antigüedades en el país. Había escondido bien los rollos pero, mientras observaba la escrupulosidad con que un agente de aduanas tanteaba el forro de la maleta de un hombre, Catherine se preguntó horrorizada: «¿Y si no los he escondido lo bastante bien?».

¡Todo había ido hasta entonces tan estupendamente!

En el Sinaí, mientras esperaba a Daniel, Catherine había fotografiado los rollos, que luego reveló en la tienda que había equipado como laboratorio y cuarto oscuro, algo que hacía siempre que estaba en unas excavaciones. Cuando Daniel llegó al campamento, ella había fotografiado ya todos los rollos. Las fotos habían ido a parar al neceser de Daniel, una precaución que tomaron por si acaso les sucediera algo a los propios rollos.

Y como adicional medida de seguridad, Catherine dejó tras de sí el fragmento con el nombre de Jesucristo, así como el cesto, que previamente llenaron de piedras y envolvieron de nuevo. Quienquiera que registrase la tienda encontraría exactamente lo que habían visto los testigos oculares. En último lugar, en el Hotel Isis, la muchacha le contó al señor Mylonas, por si alguien le preguntaba, que la habían llamado de casa, porque acababa de surgir una emergencia familiar.

Mientras observaba a los aduaneros y trataba de determinar cuál de ellos podría dejarla pasar sin examinar con excesivo celo su equipaje —el pelirrojo parecía más sensible a los encantos de las viajeras—, rememoró con un escalofrío el aterrador momento, en plena operación de huida, cuando pensó que iban a descubrirla, cuando volvió la cabeza y vio al padre Garibaldi zambullirse a través del gentío para salvar a la «hermana». La galante intrepidez del sacerdote hubiera descubierto el disfraz de Daniel y tirado por tierra las probabilidades de llevar a cabo la fuga con éxito.

Le costaba trabajo reconocerlo, pero el gesto galante del padre Garibaldi la había impresionado. Se necesitaba valor para intervenir en la disputa de una familia, sobre todo de una familia de una etnia y unas tradiciones tan distintas. Cabía la posibilidad de salir muy mal librado. Tal pensamiento le hizo acordarse de que Daniel también tuvo intención de ingresar en el sacerdocio; incluso había elegido el seminario. Pero luego cambió bruscamente de idea y nunca explicó la razón. A Catherine le parecía que databa de aquel día en que ambos contaban dieciséis años y ella le encontró llorando detrás del graderío. Catherine no llegó a conocer el motivo del llanto de Daniel, pero fue inmediatamente después de aquel día cuando el chico anunció su determinación de no tomar las órdenes sagradas.

La cola seguía adelante y, a la vez que avanzaba, Catherine iba empujando sus maletas con la rodilla. Quedaban ya pocos pasajeros y sólo tres puestos de aduanas en funciones. Los agentes tenían un aire macilento y habían dejado de desear «Felices Pascuas». Pero continuaban inspeccionando a fondo los equipajes.

Catherine notó que sus nervios empezaban a bailar como cables vivos. Sabía que, en parte, ello era debido al miedo: al temor de que la apartasen de la fila, la esposaran y se la llevasen de allí bajo la mirada de todo el mundo. Pero de aquella tensión y nervios también tenía parte de culpa el apremiante deseo de empezar a traducir los rollos. Como los había escondido en una maleta, y allí llevaban veinticuatro horas, no había tenido ocasión de mirarlos. Pero la sensación era la misma, era como si tirase de ella una fuerza magnética que emanaba de los papiros. *«Aemelia diakonos... el Justo... la hora del fin del mundo...»*

¿*Había* conocido Sabina a Jesús? ¿Se enteró por él de algo que no figuraba en el Nuevo Testamento ni en ninguno de los apócrifos? ¿Algo que alteraría para siempre la faz del cristianismo?

Por fin le llegó el turno.

—Abra sus maletas, señora, tenga la bondad.

A Catherine se le cayó el alma a los pies.

Hizo lo imposible por mantener la calma, a pesar de que el pulso se le había desbocado y de que tenía la boca seca, mientras abría las maletas. La primera no contenía más que ropa y unos cuantos objetos personales; la segunda llevaba sus herramientas de arqueología y, debajo, libros. Cuando la vista del aduanero se fijó en los textos, Catherine se apresuró a coger uno, *Enfermedades de las momias egipcias* —un volumen que había comprado en El Cairo para Julius—, tendérselo y abrirlo con toda la amabilidad del mundo.

Pasó intencionadamente a una página ilustrada con fotografías en color y cuando los ojos del aduanero se posaron en las horrorosas imágenes de cuerpos disecados, de ojos hundidos y rostros sin mandíbulas, devolvió el libro a Catherine, bajó la vista hacia otros textos —*Manual de arqueología de campo; Cerámica de la Edad de Bronce Tardía*— y con un movimiento ondular del brazo le indicó que había terminado. A Catherine le faltó tiempo para cerrar las maletas y alejarse rápidamente.

Entró en los aseos de señoras que tenía más cerca y se apoyó en los lavabos. Estaba mareada. ¡Qué poco había faltado! Debajo del libro sobre las momias había un texto titulado *El cuerpo en la ciénaga*, con una sobrecubierta en la que aparecía un hombre parcialmente resguardado, contraído el rostro en gesto de agonía mortal. Aquella imagen espantosa fue lo que apremió al aduanero a indicar a Catherine que siguiera adelante, un efecto con el que la muchacha había contado de antemano.

El autor del libro era Julius Voss, doctor en medicina, y, poco antes de que Daniel y ella emprendiesen la huida, Catherine decidió aprovechar la sobrecubierta del libro de Julius para sacar de contrabando los rollos: retiró todas las páginas de un viejo volumen de botánica y en su lugar puso seis paquetes de papiros. Encajaban tan a la perfección que cuando cerró el libro, los bordes de los papiros parecían los de páginas viejas y amarillentas. De modo que entonces pudo mantener los rollos protegidos y ocultos entre las tapas duras del volumen hasta haberlos llevado a casa.

Deseosa de coger el vuelo de enlace con Los Ángeles, avanzó por la caótica terminal hacia la salida donde esperaban bajo la nieve de la noche las lanzaderas que recogían pasajeros para las terminales domésticas. Pero cuando llegaba a las puertas de cristal, los altavoces anunciaron:

—¡Atención, por favor! ¡Atención, por favor! A causa de la tormenta de nieve, todos los vuelos quedan suspendidos provisionalmente. Se ruega a los pasajeros que deseen información adicional, que se pongan en contacto con su agencia de viajes.

—He dado con ella, señor Havers.

Miles pulsó al instante el intercomunicador.

—¿Dónde está?

Teddy Yamaguchi informaba desde el centro informático privado de Havers, montado junto al museo subterráneo de debajo del rancho de Santa Fe.

—Cogió un vuelo en El Cairo hasta Ammán, donde enlazó con otro que la condujo a Nueva York. Pasó hace dos horas la aduana del John Fitzgerald Kennedy.

Miles consultó su reloj. Las nueve de la noche. Lo que significaba que en el Este era medianoche.

—¿Está en camino hacia la costa Oeste?

—De momento, todos los vuelos están suspendidos a causa de una tempestad de nieve, así que la doctora Alexander o continúa en la sala de espera de la terminal o se ha registrado en alguno de los hoteles del aeropuerto.

Havers desconectó el intercomunicador y alargó la mano hacia el teléfono.

CUARTO DÍA

Viernes, 17 de diciembre de 1999

—A juzgar por la expresión de pánico de su rostro, podemos deducir que no advirtió la llegada del cataclismo. El estado de conservación del cuerpo...

Julius redujo la grabadora al silencio. Era inútil. No podía concentrarse. Desde que la noche anterior recibió el telefonazo de Catherine, con la inesperada noticia de que se encontraba en Nueva York y de que llegaría a casa en seguida, en cuanto pasara la tormenta de nieve, Julius no había podido pensar en otra cosa salvo en que iba a volver a verla.

Se levantó de la atestada mesa, se dirigió a las puertas correderas de cristal y contempló el embarcadero batido por la lluvia y el turbulento océano gris que se agitaba más allá. Otra tormenta castigaba Malibú. A Julius le gustaba la lluvia, pero por Catherine deseaba que luciera el sol.

Se alegraba de que ella hubiese cambiado de idea y decidido volver a casa para pasar las fiestas. Pero había algo que le desconcertaba. ¿Por qué abandonó el Sinaí tan bruscamente? ¿Y por qué le había telefoneado desde Nueva York y no desde Egipto? A través del hilo telefónico, la voz le pareció excitadísima. Julius se preguntó si podría alentar la esperanza de que Catherine hubiera decidido casarse con él.

«Esta vez —se dijo— va a funcionar.»

Julius se doctoró en medicina impulsado por la tradición familiar: su padre era médico, igual que lo fueran su abuelo y su bisabuelo. Sin embargo, cuando hubo concluido su periodo de residente en un hospital e inició el ejercicio de la carrera en plan particular, no tardó en darse cuenta de que lo que realmente anhelaba era la investigación. Puesto que siempre le había apasionado la historia antigua, proyectó su interés sobre una especialidad nueva, la paleopatología, el estudio de las enfermedades de la antigüedad.

Y entonces, Rachel, su primera esposa, entabló demanda de divorcio. Ahora vivía en Beverly Hill, casada con un cirujano plástico que ganaba cuatro veces el sueldo que Julius percibía en el Instituto, y todos eran felices. Julius veía a sus dos hijos adolescentes los fines de semana y durante las vacaciones y, de vez en cuando, se los llevaba consigo a las excavaciones arqueológicas.

Consultó el reloj y después miró la tormenta exterior, que sacudía despiadadamente la costa y las débiles casas construidas sobre el risco erguido frente al océano. Julius notaba los estremecimientos de su vivienda cada vez que una ola gigantesca rompía contra la arena de la playa.

Después de que Rachel cogiera a los niños y se marchase, Julius dudó de que él volviera a casarse algún día. Pero luego conoció a Catherine Alexander, que trabajaba en una disciplina relacionada con la suya: una mujer capaz de comprender la emoción que podía apoderarse de uno ante un espécimen de hueso o una hoja fosilizada. Y una mujer que, encima, era una preciosidad. A Julius le maravillaba que alguien como Catherine, tan dinámica y pletórica de vida, considerase excitante a un hombre sosegado como él.

Dejó de observar la tormenta y echó un vistazo al reloj colocado sobre la chimenea. ¿Dónde estaría Catherine?

Al acercarse a la deslucida casa con tejado de chilla levantada en la playa, Catherine notó que los latidos de su corazón aceleraban el ritmo. No le había resultado fácil abstenerse de dar la noticia a Julius cuando hablaron por teléfono la noche anterior, pero quería contarle el asunto de los rollos personalmente, cara a cara, porque deseaba ver su reacción cuando le enseñara los papiros.

Mientras esperaba a que se produjese un hueco en el denso tránsito de la autopista de la Costa del Pacífico, Catherine contempló aquella casita familiar —tan sencilla y modesta, como el resto de las residencias sin pretensiones de aquel término de Malibú, que nadie hubiera supuesto que era una propiedad que valía un millón de dólares— y decidió que no iría a su apartamento de Santa Mónica, que se quedaría allí, en la apacible casita de Julius, y que en ella traduciría los rollos.

Condujo cuidadosamente el automóvil de alquiler a través del tráfico y echó el freno en el reducido espacio que separaba la casa de la concurrida autopista. Vio que la puerta de la fachada estaba abierta y que Julius se encontraba en el umbral, de pie, esperándola.

—¡Catherine! —la saludó—. ¡Gracias a Dios que has llegado!

La abrazó allí mismo, bajo el diluvio, y la besó en los labios, con fuerza, largo y tendido.

—¡Nos estamos poniendo como sopas! —rió Catherine.

—Adentro, vamos. Ponte cerca del fuego. Llevaré las maletas.

Catherine entró en el acogedor salón e instantáneamente se materializaron dos gatos bien cebados, que empezaron a frotarse contra las piernas de la muchacha. Eran *Radius* y *Ulna*, un carey y un rabón, a los que Julius trataba a cuerpo de rey y que se acordaban de Catherine porque también los mimaba.

—¡Oh, Julius, es estupendo estar contigo! —exclamó la mujer, al tiempo que cerraba de golpe la puerta, a su espalda, como barrera a la turbulencia del día. Habían transcurrido casi dos meses y medio desde la última vez que estuvieron juntos; se llenó los ojos de la presencia física de Julius.

El doctor Julius Voss, director del prestigioso Instituto Freers de Los Ángeles Oeste, era un hombre impresionante a sus cuarenta y dos años. La larga melena negra le caía hasta el cuello de la camisa y en torno a la barba bien cuidada, en la que aparecían ya hilos de tono plateado. Aunque no era ningún atleta —el *Stairmaster* que acumulaba polvo en la alcoba daba fe de ello—, de su arrugado jersey con desgastados remiendos en los codos, de los cómodos mocasines y de la pipa *Meerschaum*, que nunca dejaba de tener a mano, derivaba no obstante un irresistible atractivo sexual. Hombre de modales amables y voz suave, Julius poseía una de esas personalidades tranquilas que irradian una gran fortaleza interior. A Catherine siempre se lo había parecido así.

—Ven aquí, ponte cerca de la lumbre —dijo Julius—. Vamos. Entra en calor. —Se hizo cargo del chaquetón de Catherine, lo sacudió y lo puso cerca del hogar. Luego le tendió los brazos, la acogió en ellos, ciñéndoselos alrededor del talle y dejando que la cabeza de la mujer descansara sobre sus hombros—. Debes de estar cansada —murmuró, mientras acercaba al suyo el cuerpo de la mujer y le tocaba el cabello.

Catherine se oprimió contra él, mientras escuchaba el tableteo de la lluvia y el reconfortante crepitar de la lumbre. Los rollos parecían hacerle señas, llamándola con el señuelo de su promesa de misterios y secretos arcaicos. La muchacha se separó, dio a Julius un leve beso en los labios y dijo:

—Tengo que llamar por teléfono.

En Nueva York, y posteriormente, cuando aterrizó en Los Ángeles, Catherine había intentado ponerse en contacto con Daniel, llamándole a su domicilio de Santa Bárbara. Danno había partido del Sinaí al mismo tiempo que ella, pero por otro camino, y como la tormenta de nieve la había retrasado, calculaba que el muchacho habría llegado a casa antes que ella. Pero nadie descolgó el teléfono. Ahora, ante el mostrador de la cocina, con *Radius* y *Ulna* ronroneando entre sus piernas, Catherine marcó el número de Daniel y aguardó con impaciencia. Pero no obtuvo respuesta. ¿Habría tropezado con dificultades?

Cuando volvió al salón, donde el chisporroteo de la lumbre y la música de Mozart que emitía el aparato estereofónico creaban un ambiente seductor, Julius le preguntó:

—¿Hubo suerte?

—No. —Una arruga frunció la frente de Catherine—. Creí que Daniel ya habría llegado a casa.

Julius le puso una copa de vino en la mano y la condujo al asiento más cómodo de la estancia, junto al fuego.

—Cabernet Sauvignon para una ocasión especial —dijo—. Y ahora, dímelo de una vez, deja de tenerme sobre ascuas. ¿Encontraste el Pozo de María?

—¡Es posible, sí!

Mientras le refería lo ocurrido aquella mañana, hacía tres días, Catherine se interrumpió un segundo antes de mencionar los rollos y echó una mirada al salón, tan acogedor, tan maravillosamente familiar y que tan agradable le resultaba después de la larga temporada que había pasado viviendo en una tienda, en pleno campo. Había por allí juguetes gatunos; fotografías de miembros de la familia por todas partes; muchas plantas, todas lozanas, exuberantes y florecientes, y un acuario con peces tropicales. Síntomas de vida, pensó Catherine, como si Julius tratase de contrarrestar su cotidiano compromiso con la enfermedad y la muerte.

Pero observó algo más. Aunque la *Hanuka*, la Fiesta de las Luces, había concluido seis días antes, su evidencia continuaba allí. Catherine vio el *menorah* de plata, el candelabro ritual, y el *dreidel* que Julius había conservado desde la infancia, una traducción en hebreo e inglés del Libro de los Macabeos que le había regalado su abuelo. Pero el chal de las oraciones era nuevo; Catherine lo veía allí por primera vez.

—Julius, anoche dijiste que *tenías* noticias.

El hombre tomó asiento frente a ella y en sus oscuras pupilas se reflejó el baile de las llamas de la chimenea. Su voz rebosaba exaltada excitación cuando empezó a hablar.

—Catherine, te he conseguido una plaza en el cuadro de profesores del Instituto. Nuestro paleógrafo se marcha y necesitamos desesperadamente alguien que sea bueno. El sueldo está muy bien y se trata de un puesto fijo y seguro. ¿Qué te parece?

Antes de que Catherine tuviese tiempo de reaccionar, se apresuró a añadir:

—Sé lo que estás pensando. Pero no te preocupes, puedes continuar tu trabajo en Sharm as Sheij. Las tareas de laboratorio no tienen por qué hacerse en el Instituto. Puedes llevar contigo fotocopias de los manuscritos cuando vuelvas al Sinaí y trabajar en ellas a tu comodidad. Pero de esta manera, Catherine, no tendrás que pasarte *todo* el tiempo en el Sinaí. Vivirías aquí y tendrías raíces, *tendríamos* raíces.

—Julius —jadeó Catherine—. ¡Me has pillado por sorpresa! ¡Esto no me lo esperaba!

—Ya lo sé —sonrió él—. ¿Qué contestas?

Catherine se levantó del sofá, se acercó a las deslizantes puertas de cristales y miró afuera. Los nubarrones negros estaban suspendidos tan cerca del océano que parecía que entre ellos y el mar iban a tragarse Malibú.

—El trabajo en el laboratorio parece algo formidable, pero tengo que concentrarme en lo de Sharm as Sheij, sobre todo ahora en que es posible que haya dado con el Pozo de María. No puedo aceptar ninguna otra cosa.

—¿Y el matrimonio? —aventuró Julius sosegadamente.

Catherine se volvió para mirarle cara a cara.

—Te quiero, Julius, pero no estoy preparada para el matrimonio.

Él sacudió la cabeza.

—Catherine, no sé cuánto tiempo podrán resistir nuestras relaciones la tensión que representa estar separados por una distancia de doce mil kilómetros. Me resulta más penoso cada vez que nos separamos.

—No hay necesidad de que vivamos separados. —Catherine habló con rapidez, al tiempo que regresaba al sofá—. Aún no te he contado toda la historia. Vi una calavera en el fondo del pozo. Creo que el resto del esqueleto está enterrado bajo una parte del muro que se derrumbó a raíz de la voladura. Habrá que excavar allí, sacarlo, datarlo e identificarlo. Acompáñame en el viaje de vuelta allí. ¡Esta es la gran oportunidad de trabajar juntos en unas excavaciones, sin que tengamos que separarnos!

—Soy el director del Instituto, Catherine. No puedo marcharme así como así.

—Y yo no puedo quedarme —silabeó ella en voz baja.

El silencio se precipitó por el espacio que había quedado libre entre sus palabras y ambos se contemplaron al resplandor de las llamas, conscientes de que por fin todo quedaba claro: la cuestión que durante dos años ninguno de ellos había sacado a relucir. Aunque en el armario del dormitorio de Julius colgaban prendas de Catherine y sus artículos de tocador estaban en el cuarto de baño, Catherine no vivía allí. Volvía a casa sólo para efectuar breves visitas, allegar fondos que invertir en unas nuevas excavaciones y, a veces, dar un ciclo itinerante de conferencias. Nunca permanecía demasiado tiempo, siempre se marchaba de nuevo.

Julius se levantó, fue hasta la chimenea y contempló las llamas.

—No sé si puedo seguir así, Catherine. Quiero que nos asentemos, tal vez fundar una familia. Y, por último, echar raíces.

—Yo no puedo afincarme en un sitio fijo. He de seguir mirando, necesito encontrar respuestas.

Se volvió para mirarle a la cara.

—En el Instituto hay respuestas que encontrar. Tenemos centenares de manuscritos y documentos que están por traducir y por datar. Te mantendrán ocupada varios años.

—¡No quiero estar ocupada! —exclamó Catherine, asustando a uno de los gatos, que pretendía reivindicar su regazo.

—Decías que deseabas escribir un libro en el que exponer tus teorías acerca de las profetisas del Antiguo Testamento. ¿Por qué no empezarlo ahora?

—Aún no he concluido mi investigación de campo.

—Comprendo. —Julius tomó la pipa, le dio varias vueltas en la mano y dijo—: Te has pasado catorce años buscando a María. ¿Crees de veras que la encontrarás algún día?

—¡Oh, claro que sí! Sé que la encontraré. Lo *presiento*, Julius. Cuando estoy en el desierto... —Se animaba por momentos—. No sé cómo explicártelo. Tengo la sensación de que el pasado no ha desaparecido en absoluto, sino que está allí, invisible quizás, pero adivino su presencia, Julius. Y últimamente, mientras excavo, mientras paleo arena, en busca de una pista vital, a veces me domina la intensa, la abrumadora sensación de que *voy a encontrarla*.

En vista de que Julius permanecía callado, ella preguntó en tono tranquilo:

—¿Crees en lo que estoy haciendo? ¿O piensas que estoy cazando fantasmas? Mi búsqueda de María no es ningún alegre pasatiempo, Julius. Quiero encontrar un modo de dar facultades a las mujeres.

—Ya lo sé, Catherine.

—Julius, los hombres siempre han utilizado las Sagradas Escrituras, y siguen utilizándolas, como su emblema de autoridad para sojuzgar a las mujeres. Pero yo tengo muy claro que, en las Escrituras, durante la época de los patriarcas y reyes, las mujeres tenían poder, eran profetisas, sacerdotisas y sabias. ¡Pero todo eso se ha perdido en el transcurso del tiempo y me propongo restaurarlo!

—Lo sé —dijo Julius—, y esa es la parte de ti que adoro. —Volvió a dejar la pipa—. Creo que tus teorías tienen validez, Catherine, pero no estoy nada seguro de que, al cabo de todo ese tiempo, consigas dar con las pruebas concernientes a las mujeres que estás buscando. No tenemos pruebas físicas de los *hombres*. Aparte de la Biblia, no hay nada que demuestre que Moisés llegó siquiera a existir. ¡Cuánto más difícil no será encontrar algo sobre las *mujeres*!

Catherine cobró nuevas energías, su excitación reapareció.

—¡Ah, pero es que *he* encontrado algo! —Abrió la maleta y sacó el libro de paleobotánica—. No te preocupes —le tranquilizó, al tiempo que lo dejaba encima de la mesita de café—. No es tu libro, sólo la sobrecubierta. La imagen de este Hombre de la Ciénaga es tan horrorosa que se me ocurrió que quitaría las ganas de abrir el libro a cualquiera que tuviese la intención de hacerlo, máxime si estábamos en la Aduana. ¡Y salió bien!

Cuando Catherine tomó los paquetes de papiros y los depositó cuidadosamente encima de la mesita, a Julius se le desorbitaron los ojos.

—¿Dónde rayos conseguiste *esto*?

Catherine le explicó en cuatro palabras lo que había aparecido inmediatamente después de la voladura y, mientras escuchaba atónito el relato, con las llamas de la lumbre crepitando a su espalda, Julius desdobló la primera «página» del primer libro, con los ojos fijos en el frágil papel dorado.

—Necesitaremos someterlos a algunas pruebas, antes de nada —dijo Catherine—. Cromatografía en fase de gas, emisiones ultravioleta, cualquier cosa que pueda proporcionarnos fecha y autenticidad.

Julius continuó mirando los libros de papiro, sin despegar los labios. Luego clavó la vista en Catherine.

—¿Estás diciendo que te los *llevaste*? ¿Que los retiraste de un yacimiento arqueológico y los trasladaste clandestinamente, sin informar de tu hallazgo?

—No me quedaba otro remedio, si quería evitar que las autoridades se los quedaran. Ya sabes lo que ocurrió con los manuscritos del mar Muerto y los Evangelios de Nag Hammadi. Desaparecieron de la circulación para siempre, celosamente retenidos por un puñado de eruditos.

—¿Qué tienen de especial *estos* rollos?

Catherine le enseñó su traducción de la carta de Perpetua.

—Observa esta palabra, Julius: *diakonos*. Cuando san Justino mártir describió la misa en el siglo primero, dijo que durante la Eucaristía, los *diáconos* ofrecían el pan y el vino, que es lo que hacen los sacerdotes ahora. Lo que significa, Julius, que en la Iglesia primitiva, los diáconos se parecían más a los sacerdotes actuales que a los diáconos. ¡Y a Aemelia se le da tratamiento de diácono!

—¿Una mujer sacerdote?

—Una *sacerdotisa*, Julius, ¡de la Iglesia cristiana! ¡Creo que es posible que hayamos hecho el descubrimiento del siglo, del milenio!

—Muy bien —silabeó Julius, cauto—. Comprendo que estés tan entusiasmada con estos libros, Catherine. Pero ¿los robaste, los sacaste de contrabando de Egipto? ¿Fue eso prudente?

Siempre supo que era un científico precavido. Con todo, la reacción de Julius la sorprendió.

—No, no fue prudente —reconoció—, pero sí necesario. Julius, de entregar esos rollos a las autoridades, jamás los habría vuelto a ver. Sólo pretendo conservarlos el tiempo suficiente para traducirlos. Después se los devolveré al personal apropiado y publicaré mi traducción.

—Perfecto, los traducirás y publicarás tus descubrimientos. Y apoyarás tus tesis con material obtenido mediante dudosos procedimientos. ¿Quién va a hacerte caso? Te atacarán por todas partes, Catherine. Tú y yo sabemos lo castrante que puede llegar a ser el mundo de los eruditos bíblicos y lo celosos de sus teorías que pueden mostrarse algunos grupos, cómo se tiran a degüello unos a otros... Lo sufriste de cerca, directamente, en el caso de tu madre. ¡Y *ella* se atenía escrupulosamente al canon! Has «encontrado algo», pero ni siquiera has dado cuenta de tu hallazgo, ni has explicado tus métodos arqueológicos, ni cómo han llegado los rollos a tu poder. ¿Y te vas a zambullir en una traducción? Se reirán de ti o te tildarán de chiflada y eso es lo más suave que puede ocurrir.

Fue a sentarse junto a ella en el sofá y tomó entre las suyas las manos de Catherine.

—Atiéndeme, Catherine. Me hago perfecto cargo de lo que esto significa para ti. Pero no va a restaurar el buen nombre de tu madre, sino que, muy al contrario, sólo conseguirás que te *crucifiquen a ti*. Perderás todo por lo que tan duramente has trabajado, tu credibilidad se evaporará y nadie te respetará... Eso sin contar con que en adelante te será imposible emprender más excavaciones ni conseguir que te publiquen algo. ¿De qué le serviría eso a tu madre? Por favor, Catherine, entrega esos rollos en el consulado egipcio de San Francisco. Puedes decirles que temías que los robasen o los destruyeran, que los sacaste de Egipto para protegerlos. Aún estás a tiempo de salvarte, Catherine.

Como la muchacha denegó con la cabeza, Julius afirmó en tono grave:

—Significará tu suicidio profesional. Pondrán en tela de juicio hasta tu propia integridad, se ensañarán con tu persona y con tu forma de ser y en adelante nadie querrá tener la menor relación contigo.

—¿Qué me dices de ti? —preguntó ella suavemente.

—Siempre estaré a tu lado, Catherine, lo sabes muy bien. Pero debo confesártelo: esto me asusta.

—También me asusta a mí, pero he de hacerlo, Julius, porque si no lo hago ahora que tengo la oportunidad a mano, si no la aprovecho, ¿cómo voy a poder seguir conviviendo conmigo misma, a sabiendas de que pude haber reivindicado el nombre de mi madre y no lo intenté?

—¿A expensas del tuyo?

—Si es necesario... Porque yo puedo redimirme más adelante, pero mi madre está muerta y no puede hacer absolutamente nada en su propia defensa.

—¿Estás segura de que esto no es una especie de venganza personal? ¿Un ataque a la Iglesia por lo que sucedió en el pasado? No fue culpa de la Iglesia, Catherine, sino de un hombre determinado.

La muchacha retiró sus manos de entre las de Julius.

—Puede que tú lo veas así, pero yo no. El padre McKinney era un sacerdote católico y los sacerdotes son el instrumento mediante el cual trabaja la Iglesia.

—Los sacerdotes también son hombres.

—Cuya fidelidad prioritaria es para la Iglesia.

Ante la sorpresa de Catherine, el padre Michael Garibaldi surgió de pronto en su imaginación y se lo representó de nuevo en el acto de abrirse paso a través del gentío para acudir en ayuda de la «mujer» beduina.

—Catherine —le reprochaba Julius—. Estás permitiendo que el pasado rija tu vida. Anida dentro de ti una amargura que tienes que expulsar, antes de que te destruya.

—Esta es una ocasión que tengo que aprovechar.

Julius la contempló durante unos instantes, luego se levantó y cogió el chaquetón que tenía colgado del respaldo de una silla.

—He de ir al laboratorio. Encontraron unos restos de esqueletos en las colinas de detrás de Bel Air. Creemos que pueden ser parte de un viejo cementerio indio, pero los de la oficina del juez de instrucción nos han pedido que los sometamos a pruebas de ácido de bencidina acética para determinar su antigüedad. —Abrió un cajón y buscó en su interior las llaves del coche—. Si resulta que los huesos tienen más de cien años, entonces entrarán en el terreno de la arqueología y las autoridades policíacas no se verán afectadas. Pero si tienen menos de cien años, entonces, según la ley, será un caso para la policía.

Catherine se puso en pie.

—¿Siempre has de actuar de acuerdo con las reglas? ¿Nunca hiciste nada simplemente porque el corazón te pedía que lo hicieras?

—Claro que sí, ahora mismo lo estoy haciendo. Precisamente porque te quiero, trato de convencerte para que te olvides de ese disparate.

—No me refería a eso. No me escuchas. *Sé* que lo que hago está mal, que es ilegal y poco ético. La cabeza me dice que tienes razón, pero el corazón me dice que he de seguir por el camino que he elegido.

Julius sacudió la cabeza con aire solemne.

—Tengo un mal presentimiento acerca de este asunto, Catherine. Creo que te has colocado, que nos has colocado, en una situación peligrosa.

—Nadie conoce la existencia de esos rollos, Julius. Tuve mucho cuidado.

Él cogió las llaves del coche.

—Se daba por supuesto que iba a efectuar esta mañana las pruebas de bencidrina, pero deseaba estar aquí cuando llegaras. El juez de instrucción aguarda los resultados. He reservado una mesa para dos en el Moonshadows. Para las ocho. A esa hora estaré de vuelta.

Le vio salir y aventurarse bajo la lluvia torrencial, llevando consigo el calor y el bienestar del salón.

Eran cosas que teóricamente no podían trasladarse.

El retumbar de la lejana tormenta la devolvió a la realidad. Miró la hora. Las cuatro pasadas. Sintiéndose un tanto entumecida, pasó a la cocina y marcó de nuevo el número de Daniel. Esa vez obtuvo respuesta.

—¡Catherine! ¡Gracias a Dios que has llamado! Llegué hace sólo unos minutos. Escúchame, estoy en un apuro de mil demonios. ¿Puedes presentarte aquí cuanto antes?

—¿De qué se trata?

—Alguien anda tras de nosotros.

—*¿Cómo?*

—Alguien se ha enterado de la existencia de los rollos.

—¡Eso es imposible!

—Y me parece que sé quién es. Cojo el coche y me acerco con las fotos...

—¡No, espera! —le cortó Catherine. Trató de pensar. ¿Cómo podía alguien haberse enterado? *Creí oír a alguien fuera de la tienda...*—. Oh, Dios —susurró, con los párpados cerrados—. Atiende Danno, no vengas aquí. Si alguien me sigue la pista, tendrán mi casa vigilada. Iré a verte yo. No contestes al teléfono y comprueba que tienes la puerta cerrada con llave. Estaré allí lo antes posible.

Rebuscó apresuradamente en la casa y encontró una bolsa de gimnasia, de nailon, guardada en una alacena. Metió en la bolsa algunos artículos de tocador, unas prendas de ropa interior y otras más para cambiarse. Y el libro de los rollos, cuidadosamente envuelto en una funda de almohada y albergado en una bolsa de plástico. Luego pasó a la cocina y le escribió una nota a Julius, diciéndole que tenía que ir a cierto sitio por una cuestión urgente y que se pondría en contacto con él dentro de unos días. Tras añadir: «Te quiero», dejó la nota en lugar visible.

Mientras subía al automóvil y se integraba en la corriente del tráfico que rodaba por la brillante autopista hacia el norte, Catherine pidió a Dios que Danno estuviese equivocado. Porque si alguien más conocía la existencia de los rollos, entonces iban a encontrarse en serias dificultades.

El eco de los pasos del joven sacerdote repicó en el pasillo al atravesar el hombre corriendo el palacio de la Congregación, en la plaza romana del Santo Oficio. Era portador de un mensaje urgente para Su Eminencia el cardenal Lefevre, que, en aquel momento, se encontraba en su despacho, de pie ante la ventana, dedicado a contemplar el cielo y a decirse que aquella mañana tenía un color distinto a cuantos había visto antes.

¿A qué se debería tal fenómeno?

Desvió la mirada hacia la plaza de San Pedro, donde una multitud más numerosa de lo que se había visto allí nunca le ponía las cosas muy difíciles a la superagobiada guardia de seguridad del Vaticano. Habían pedido ayuda a la policía de la ciudad. En boca de todos estaba la afirmación de que se acercaba el fin del mundo y que el lugar más seguro en el que encontrarse cuando se presentaran los ejércitos de Satanás era el punto de martirio del bendito san Pedro. De forma que, durante todo el año anterior, Roma se había estado preparando con vistas a recibir a los diez millones de visitantes adicionales que acudirían a la urbe para asistir al bimilenario del nacimiento de Cristo. Pero las últimas noticias indicaban que la cifra de visitantes rebasaría en mucho la prevista. Había oído que en la ciudad no quedaba libre una sola habitación y que se hablaba de llamar al ejército para que controlase a las multitudes.

Lefevre volvió a mirar el cielo. ¿Tendría un significado ominoso aquel extraño color? Meneó la cabeza. Tonterías. El cielo era el cielo, y nada más. Estaban en invierno. Se anunciaban lluvias. Tal vez necesitaba que le revisaran la vista. A los setenta años de edad, uno tenía que aceptar que sus sentidos ya no eran tan fiables como lo fueron en otro tiempo.

Cuando se apartaba del panorama celeste —tenía esperándole demasiado trabajo para perder el tiempo con especulaciones sobre el matiz cromático del espacio— oyó una llamada a la puerta y el joven sacerdote entró, casi sin aliento.

—Perdone, Su Eminencia. Acaba de llegar esto para usted. Lleva el rótulo de urgente.

Tras romper el precinto, Lefevre desdobló la hoja de papel y, al leer el contenido, sus espesas cejas se fruncieron.

—*¡Increíble!*

—¿Eminencia?

El cardenal dobló rápidamente la nota otra vez, se la guardó en el bolsillo de su sotana roja y dijo:

—Póngase en comunicación con el doctor Fuchs, del Departamento de Arqueología de la Universidad de Roma. Dígale que necesito verle de inmediato para un asunto de la máxima urgencia. Mientras tanto, estaré con Su Santidad.

En tanto abandonaba precipitadamente su despacho, con la sorprendente noticia que acababa de recibir dándole vueltas en la cabeza, Lefevre recordó el color extraño del cielo y se preguntó si no sería una señal. ¿Iba a producirse un acontecimiento apocalíptico en el momento en que el año 1999 pasara al 2000?

Catherine subía los peldaños de dos en dos en su veloz ascenso por la escalera que llevaba al apartamento de Daniel, situado en la tercera planta. Rezaba para que el muchacho continuara aún allí y todo fuese bien.

El trayecto hacia el norte hasta Santa Bárbara, que desde Malibú se cubría en treinta minutos, le llevó en aquella noche de tormenta cerca de cuatro horas. «Estamos en un apuro de mil demonios —había dicho, más o menos, Daniel por teléfono—. Alguien anda tras de nosotros.»

Pero, ¿quién?, se preguntó Catherine mientras pulsaba el timbre. ¿Las autoridades egipcias? ¿Hungerford? Se estrujó el cerebro tratando de identificar sospechosos. Al recordar el ramalazo de paranoia que la atacó tres días antes, en el vestíbulo del Hotel Isis, y que la indujo a imaginar un espía en cada una de las personas que veía, se esforzó en recordar aquellas caras... ¿Sería una de *ellas*?

Captó un movimiento al otro lado de la mirilla y acto seguido se abrió la puerta.

—¡Cath! ¡Gracias a Dios! ¡Entra, deprisa!

Cuando ella se deslizó al interior del piso, Daniel echó una ojeada a un lado y a otro del pasillo y luego cerró la puerta y echó la llave.

—¿Quién nos persigue, Danno? —preguntó Catherine, al tiempo que se quitaba el impermeable y la gorra de plástico que le protegía la cabeza—. ¿Y cómo lo sabes?

—Un momento. —Daniel se llegó a la ventana, apartó ligeramente el visillo y escudriñó el exterior—. Sólo para asegurarme de que no te han seguido.

—Nadie me ha seguido. Si alguien hubiese estado vigilando la casa de Julius, yo lo habría visto. Su casa está justo encima de la PCH, es imposible aparcar allí sin llamar la atención. Danno, ¿estás *seguro* de que alguien va tras los rollos?

Daniel dejó caer el visillo y se volvió para mirarla a través de la estancia; su pelo revuelto, las rodilleras de los pantalones y la arrugada camiseta de manga corta daban testimonio de su largo vuelo desde Egipto. Pero Catherine observó que sus ojos de pestañas áureas estaban alerta.

—Claro que estoy seguro —manifestó el muchacho—, y no creo que anden tras tu pista sólo por mera curiosidad ociosa. Te mostraré cómo lo he averiguado. —Se dirigió a la pequeña mesa de comedor donde tenía el ordenador portátil, abierto, con la pantalla brillando—. En cuanto llegué a casa me introduje en Internet. Quería explorar el Web, ¿entiendes?, para comprobar si había por ahí otros papiros similares a los tuyos.

—¡No me digas que encontraste algunos!

—Me parece que sí. Toma —le tendió una hoja de papel—. Transferí la información a mi unidad de disco duro y la he impreso para ti. No hay muchos. El número uno de la lista está en el Museo Británico.

Catherine leyó la copia impresa: *«P245 (siglo IV) Escrito al dorso de un Epítome de Tito Livio. Dos hojas de un solo cuadernillo. Relato en primera persona de un viaje a Gran Bretaña. Ref.: "comadrona" indica posible autora femenina. N. T. ref.: Lucas. 16:513»*.

Daniel se peinó con los dedos la rubia y lacia cabellera.

—¿Crees que existe alguna relación?

—No lo sé —murmuró Catherine—. ¿Qué es esta referencia de Lucas?

—La consulté. El capítulo dieciséis es la parábola del hombre rico y el administrador infiel.

Ella se quedó mirando a Daniel, asombrada.

—Palabras de Jesús.

Los ojos de Daniel se encontraron con los de Catherine.

—¿Sabina es la Justa?

La muchacha contempló la hoja impresa que tenía en la mano.

—Es posible —dijo en tono sosegado— que se copiaran los rollos de Sabina una y otra vez, del mismo modo que se copiaron los evangelios y las cartas de los apóstoles. Hay fragmentos de libros del Nuevo Testamento diseminados por todo el mundo, así que muy bien pudo haber copias de la carta de Perpetua y la historia de Sabina. Me gustaría seguirles el rastro hasta el final. ¡Podríamos sacar a la luz parte del séptimo rollo!

—Eso es lo que he estado intentando conseguir antes de que te presentaras aquí. Pero sólo salté sobre conexiones equivocadas. ¡La voz «papiro» me envió a más de mil emplazamientos del Web!

—Háblame de esas personas que dices andan tras de nosotros...

—Mira —dijo Daniel, y le tendió otra hoja impresa—. Esto es lo que me hizo creer que estamos en un apuro serio. Exploré el Web en busca de noticias del Sinaí, sólo por si acaso, y me tropecé con esto.

Catherine lo leyó en cuestión de segundos: una breve noticia acerca de unas excavaciones próximas a Sharm as Sheij que tenía sumidos en la perplejidad a los funcionarios locales. La arqueóloga que las llevaba a cabo parecía haberse desvanecido en el aire, decía la información, y en un hotel cerca habían encontrado el cadáver de un constructor estadounidense.

—¡Hungerford! —susurró Catherine.

Daniel se removió inquieto.

—Creo que sabía lo de los rollos, Cath. Y me parece que decidió cortar una rebanada del pastel. Y también me parece que los tipos que lo mataron están ahora lanzados en tu busca. Aquí dice que diversos testigos declararon que el constructor había encontrado anteriormente un fragmento de papiro que podía proceder de un primitivo evangelio cristiano. Así que, decididamente, la palabra está descartada.

—Dijiste por teléfono que sabes quién es, Danno.

Catherine observó el nerviosismo con que se quitó las gafas, se las limpió con la manga y luego volvió a ponérselas, ligeramente ladeadas.

—Cuando Samir me arrastraba a través del campamento, me pareció ver un rostro familiar entre la multitud. Un norteamericano. Durante el camino de regreso a casa, no he parado de darle vueltas y vueltas en la cabeza. ¿Dónde le había visto antes? Cuando me dispuse a asentar una entrada en mi diario me vino a las mientes...

Rasgó el aire un súbito chillido, al que siguió el rumor de los pasos de alguien que corría por el pasillo. Catherine giró en redondo.

—¿Qué ha sido eso?

—Mis vecinos, que siempre están de trifulca —repuso Daniel; bajó la tapa del ordenador portátil y cerró el estuche—. Supongo que no es saludable que remoloneemos por aquí. Empiezo a tener presentimientos realmente malos.

Catherine se acercó a la ventana, apartó los visillos y miró afuera. Mientras contemplaba la calle, que la lluvia hacía brillar, pero en la que imperaba el silencio y una oscuridad que sólo interrumpían unas cuantas luces navideñas que parpadeaban en las puertas de los edificios, notó en la garganta el pesado latir del pulso. Hungerford... asesinado.

—Sí —convino, al tiempo que se apartaba de la ventana—. Es hora de largarse.

Daniel cogió una enorme bolsa de lona con la leyenda *USS Enterprise* en un costado y empezó a recoger mapas y carpetas, que fue metiendo de la bolsa.

—Un amigo mío tiene una cabaña en Washington. Siempre me está diciendo que puedo ocuparla fuera de temporada...

—Yo me voy sola, Danno —dijo Catherine; cogió su bolsa de nailon azul y se la echó al hombro.

—¡Eh, de eso nada! —se opuso él—. Estamos juntos en esto.

—No creo que el asesinato de Hungerford sea una coincidencia, Danno. Quienquiera que lo haya matado va detrás de los rollos, lo que significa que ahora me persiguen a mí. Y lo que también significa que ninguna persona que esté conmigo se encuentra a salvo. No voy a poner en peligro tu vida, Danno.

—No hay elección. Escucha, me necesitas. Quieres encontrar a ese rey Comosellame, ¿no? Porque puede dar la casualidad de que él tenga el séptimo rollo. *¿Y pretendes hacerlo sin que nadie te encuentre?* La mejor manera de cumplir esa tarea es esconderse bien escondido en algún sitio y dejar que tus dedos electrónicos sean los que vayan de aquí para allá.

Como Catherine le dirigió una mirada rezumante de perplejidad, Daniel explicó:

—¡Internet, Cath! Puedes explorar el mundo entero sin dejar la seguridad de tu hogar. O, en este caso, la de la cabaña de mi amigo.

En vista de que ella no decía nada, el muchacho añadió:

—¿Cuándo no nos hemos ayudado el uno al otro incondicionalmente, Cath?

«¡Niña asquerosa!», vituperó la hermana Inmaculada, y sacó a Catherine a rastras de la clase. Y Danno permaneció sentado allí, con las lágrimas deslizándosele por los carrillos; el único alumno que no se había reído de ella.

—Idiota —dijo Catherine, y le besó en la mejilla—. Está bien, vámonos.

—Ah, espera —dijo Daniel al tiempo que cogía un sobre—. Las fotografías.

—Yo las llevaré.

—¿No debería seguir conservándolas yo? Por si acaso les ocurriera algo a los rollos.

—A los rollos no les va a pasar nada. Los llevo aquí —se acomodó mejor la bolsa de gimnasia sobre el hombro—. Y no pienso perderlos de vista ni un segundo.

—Entonces, si nadie sabe que existen, todo debería irnos bien.

—Un momento, hay alguien que también lo sabe. Hans Schuller, el del laboratorio radiológico de Zúrich. Le envié una muestra de papiro para que hiciera una datación con carbono. He de ponerme en contacto con él y decirle dónde puede comunicarse conmigo...

Se produjo una repentina y sonora llamada a la puerta.

—¿Y *ahora* qué? —dijo Daniel, y fue a contestar. Preguntó a través de la hoja de madera—: ¿Quién es?

—Lamento molestarle. Soy un vecino de abajo. Le estaría muy agradecido si pudiera ayudarme con una cosa.

—¿Cómo se llama?

—Martínez. Vivo en el 2A. Es muy importante, hombre.

En cuanto Daniel quitó la cadena del pestillo, la puerta se abrió violentamente.

—¡Eh! —protestó Daniel, mientras un par de adolescentes irrumpían en el apartamento. Eran dos chicos esqueléticos, parecían drogados y empuñaban navajas.

—¡Danos tu dinero, leche!

Daniel levantó las manos, con las palmas hacia fuera.
—Vamos, muchachos —retrocedió—. Tranquilos, ¿vale? Aquí no hay nada de valor...
—¡Cierra el pico y suelta la pasta, vamos!
—Mira, llevaos lo que queráis, ¿de acuerdo? Cogedlo y marchaos.
El más alto se precipitó sobre Daniel.
—¡Dame el reloj!
Mientras se quitaba torpemente el reloj de la muñeca y decía:
—Tomemos las cosas con calma...
... el otro agresor alargó el brazo con intención de echarle mano a la bolsa azul de gimnasia de Catherine.
—¿Qué llevas ahí?
Catherine saltó hacia atrás y eludió el manotazo. Pero el delincuente dio una zancada lateral y se las arregló para agarrar la bandolera de la bolsa. Catherine dio un tirón para que la soltara, pero el navajero la cogió el brazo. Forcejearon durante unos momentos, mientras el otro delincuente chillaba:
—¡Coge la bolsa de un vez, leche!
Catherine levantó entonces la pierna y arreó al ladrón un rodillazo en la entrepierna. Mientras el tipo retrocedía, Catherine dio media vuelta, a tiempo de ver al otro chico hundir la navaja en el abdomen de Daniel. El sobre se le cayó a Danno de la mano y se derramaron las fotografías en blanco y negro, brillantes, de los rollos.
Catherine se abalanzó sobre el agresor. Y entonces vio la pistola. Se la había sacado del cinto y la agitaba frente a Catherine.
—¡Dame la bolsa, zorra!
El otro atracador se estaba recuperando y se disponía a avanzar sobre ella.
De rodillas, apretándose el estómago con las manos, Danno exhortó:
—Cathy, sal de aquí. ¡Corre!
El chico de la pistola disparó, pero falló el tiro.
—Danno...
—*¡Vete!*
Catherine giró sobre sus talones y salió disparada hacia la puerta. Tropezó con el ordenador portátil, que Daniel había dejado allí. Fue a parar al suelo, cogió el ordenador ciegamente, se puso en pie de un salto y volvió la cabeza. Vio a Danno, con la sangre filtrándosele entre los dedos. Los dos navajeros ya echaban a correr hacia ella.
Catherine salió al pasillo a toda velocidad y tropezó con una vecina que iba cargada con una bolsa de comestibles.
—¡Eh! —gritó la señora, mientras bayas y naranjas volaban por

el aire. Catherine continuó lanzada a la carrera. Por el pasillo, tras ella, resonaron los pasos de los agresores y los gritos del chico de la pistola, que la conminaba a que se detuviera.

Oyó un estampido ensordecedor, como el petardeo del tubo de escape de un coche. Alzó la vista y vio que por encima de su cabeza estallaba una pequeña lluvia de yeso y pintura.

Voló escaleras abajo, saltando los peldaños de dos en dos, casi sin tocarlos, llegó a la puerta de la fachada y salió a la diluviante noche en el instante en que sonaba otro disparo. Corrió a lo largo de la acera, reluciente de lluvia, con las sandalias chapoteando contra el cemento mojado. Lanzó una mirada por encima del hombro y vio que sus perseguidores acababan de bajar la escalera y cruzaban el portal. Un segundo después estarían en la calle.

Y entonces, repentinamente, Catherine chocó con alguien, perdió el equilibrio y el estuche del ordenador surcó el aire.

—¡Uaauuu! —exclamó el hombre con el que había tropezado. Catherine se apartó de delante de los ojos el mechón de pelo que la impedía ver y se le quedó mirando, atónita. Era el padre Michael Garibaldi, que le preguntó—: ¿Está bien...?

Otro disparo restalló en la noche.

—¡Corra! —gritó Catherine.

Los proyectiles silbaron por encima de su cabeza cuando se agachó para recoger el ordenador de encima de la húmeda mojada.

—¿Qué diablos ocurre? —gritó Garibaldi.

—*¡Corra!*

Huyeron a toda velocidad, bajo la lluvia, Catherine por delante, Garibaldi, pisándole los talones. Al doblar la esquina, Catherine vio su coche.

—¡Oh, no! —protestó. Le habían acuchillado los neumáticos. Los atracadores doblaron la esquina, con las armas levantadas; Garibaldi cogió la mano de Catherine y tiró de ella acera adelante, mientras las detonaciones atronaban en la noche. Deslizándose y resbalando sobre el hormigón y la hierba, acabaron por zambullirse en un pasadizo cubierto, entre dos inmuebles de apartamentos. Catherine introdujo el pie en una maceta y chocó contra varios cubos de basura vacíos. Garibaldi la tomó de un brazo y la ayudó a incorporarse. La muchacha dio varios trompicones, entrecortado el resuello y con el corazón a punto de estallar; o así se lo parecía.

Cuando llegaron a un Mustang azul aparcado en la calle siguiente, el padre Garibaldi abrió la portezuela del lado del conductor.

—¡Adentro! —le gritó a Catherine.

La muchacha obedeció y fue a acomodarse en el asiento de la parte derecha, en el preciso instante en que una bala rebotaba en el capó. Mientras Garibaldi ponía en marcha el motor, oyeron el ruido de otro coche que también arrancaba. Y cuando el Mustang se apartó del bordillo, los neumáticos del otro automóvil chirriaron al salir disparado hacia delante.

El coche del sacerdote hizo añicos el silencio de la tranquila calle residencial, casi al unísono del Buick oscuro que se lanzó en su persecución. Catherine contuvo el aliento; casas y edificios de viviendas se desplazaban rápida y borrosamente al otro lado de las ventanillas; las iluminaciones navideñas eran continuos y fugaces relámpagos apenas entrevistos. Miró hacia atrás.

—¡Aún siguen disparando contra nosotros!

Garibaldi pisó a fondo el acelerador, los neumáticos rechinaron estridentes al doblar una esquina y una de las ruedas traseras topó con el bordillo. El Mustang se elevó en el aire, voló unos metros y acabó aterrizando con violento estruendo.

—¡Más rápido! —chilló Catherine—. ¡Se nos están echando encima!

Las luces de los faros del segundo automóvil caían ominosamente sobre ellos, inundando el Mustang de cegadora claridad.

—¡Agáchese! —voceó Garibaldi cuando otro disparo arrancó un sonido metálico al techo de su vehículo.

Giró el volante hacia la izquierda, el coche ejecutó medio trompo a través de una luz roja y por un pelo no alcanzó a una furgoneta. Catherine tenía las yemas de los dedos clavadas en el salpicadero; miró otra vez a su espalda.

—¡Siguen ganando terreno!

—¡Pues sí! —exclamó el sacerdote de pronto.

Catherine miró al frente y el horror desorbitó sus ojos. Se habían metido en un callejón sin salida.

—Si se acuerda de alguna oración, doctora —gritó Garibaldi—, ¡ahora es el momento de rezarla!

La cicatriz que tenía en mitad de la frente, del tamaño y la forma de una gran moneda, era el resultado de largos años de oración, el testimonio de los miles de veces que había tocado el suelo con la cabeza, arrodillado de cara a La Meca.

La gente le llamaba hombre santo. Sin embargo, aquella sofocante mañana, mientras rezaba en su palacio de los suburbios de El Cairo, su pensamiento no se concentraba en ninguna cuestión espiritual. Pensaba en dinero: dólares, francos, marcos, dinares, yenes... Y rezaba para que el dinero volviese a llover sobre Egipto.

Desde aquella devastadora crisis de los rehenes en el Hotel Alí Jan, dos años atrás, un suceso en el que resultaron muertos cinco turistas norteamericanos, el turismo en Egipto se había acabado. Y ya que el turismo constituía, en importancia, su segunda fuente de ingreso la consecuencia era la ruina del país.

Acabó la oración con el correspondiente «No hay más Dios que Alá y Mahoma es su profeta», levantó las rodillas del suelo y estiró su delgada figura de metro ochenta y tres de estatura. La larga *galabeya* blanca le confería aspecto de hombre humilde. Pero el trago que se sirvió —Chivas Regal en vaso de cristal tallado— y la forma en que se dirigió a él su secretaria personal, al presentarse para anunciarle la llegada de una visita, contradecían aquella estudiada humildad.

—Hemos terminado de interrogar a todos, señor presidente —informó el visitante. Se trataba del señor Sayyid, ministro de Cultura para la Organización de Antigüedades Egipcias, hombre de semblante desabrido, con miles de empleados a sus órdenes y sin fondos para abonarles el sueldo—. A la plantilla de Hungerford, y al equipo de la doctora Alexander. Aunque no existen pruebas de que encontrara rollos, los rumores indican que sí los encontró.

—¿Rollos cristianos?

—Al parecer, sí.

El presidente de Egipto se llegó al balcón y contempló las siluetas del conjunto de triángulos que se recortaban en el polvoriento horizonte: las pirámides, donde se estaban concentrando millones de peregrinos para recibir al nuevo milenio. El dinero se derramaba pródigamente sobre Egipto en aquellos momentos, pero cuando llegase el mes de enero los peregrinos se marcharían y la fuente volvería a secarse. Y los peregrinos no volverían a presentarse hasta que transcurriesen otros mil años.

El presidente no sólo era un hombre santo, era también un hombre con imaginación. Y lo que se imaginaba en aquel preciso instante, lo que veía ante sí, era un flamante edificio, situado en un parquejardín del extremo septentrional de la isla de Gezirah, en medio del Nilo: un museo que albergaría los rollos cristianos. Por *ellos*, de eso no tenía la menor duda, los turistas volverían a Egipto.

—Póngame con el señor Dawud, de Washington —pidió a su secretaria—. Y luego prepáreme una llamada al presidente de Estados Unidos.

—Tenemos la matrícula del coche del sujeto con el que huyó, Miles. Voy a comprobarla ahora mismo. Dispondremos de su identidad en unos minutos.

Miles contempló el semblante que aparecía en la pantalla de vídeo: su viejo amigo Titus, fundador y presidente de Consejeros de Seguridad, S.A., de Seattle. Blanca dentadura centelleando en un rostro atezado. Mofletudas mejillas que le daban el aire de una inocencia que no poseía. Reclutado entre las filas de los elementos duros, la inocencia no formaba parte de su profesión.

—Las fotos que conseguimos tomar del piso de Stevenson acaban de llegar —dijo Titus—. Ahora mismo te las envío.

—¿Y la cinta?

Los técnicos de Titus habían colocado escuchas en el apartamento de Daniel y grabado su conversación con la doctora Alexander.

—Transmítelo mientras seguimos con esta comunicación.

Al instante, las palabras que intercambiaron Catherine y Daniel empezaron a llegar, altas y claras, por el teléfono de Miles. De la conversación que se escuchaba, dos cosas destacaron: que Stevenson había identificado a un estadounidense en el campamento del Sinaí y que lo había registrado en un diario.

—Miles —dijo Titus—. El norteamericano que localizó Stevenson. ¿Es tu hombre?

—Es posible.

—¿Puede Stevenson relacionar contigo a ese hombre tuyo?

Havers no respondió. Miraba la primera de las fotografías que había empezado a transferirle y que ya se estaba formando en la pantalla: los puntos iban surgiendo y formando la imagen.

—Lo más probable es que éstas sean fotografías de los rollos —le dijo a Titus—. Se trata sin duda de una especie de copia de reserva por si le sucediera algo a los rollos originales. ¿Les echaron mano ya tus hombres?

—Me temo que no. Dicen que algunas fotos se salieron del sobre. Las tuvieron que dejar allí.

—¿Qué hay del individuo con el que huyó la Alexander? —quiso saber Havers.

—Mis agentes no pudieron verle bien. Ignoramos si ella le conocía o si se trata sólo de un extraño.

—¿Tus hombres están seguros de que la Alexander huyó *con* los rollos?

—Estaban dentro de una bolsa que llevaba consigo.

—¿Qué hay acerca de las menciones del diario de Stevenson?

—El registro que efectuamos no descubrió ningún diario. —Titus sonrió—. Mal asunto, pero no te preocupes, amigo mío. Destinaré más efectivos al caso. La cogeremos.

—¿Qué está ocurriendo? —exclamó el padre Garibaldi. Se obligó a reducir la velocidad del Mustang para circular a un ritmo más sensato. Rodaban por la calle State, integrados en el tráfico de los que habían salido a hacer sus compras de Navidad entrada ya la noche—. ¿Quiénes eran esos hombres? ¿Por qué disparaban contra usted?

Catherine miró por encima del hombro. Tras ellos, los faros de los coches parecían tiras de festiva luz blanca.

—Unos tipos irrumpieron en...

No podía creer que estuviese temblando de aquella forma. Hasta le castañeteaban los dientes.

—¿Qué tipos?

—¡No se trataba de un robo normal! —chilló—. ¡Eran hampones contratados!

—Un momento. Despacio. ¿A quién se refiere...? ¿De qué matones *contratados* habla?

—Los que nos perseguían no eran los mismos que irrumpieron en el piso. —Catherine continuó mirando por encima del hombro, aunque el resplandor de los faros la deslumbraba—. Les eché una buena mirada... Dos sujetos blancos con el pelo cortado al estilo de los republicanos. Y su automóvil no llevaba matrícula.

—Déme una pista, por favor —dijo el sacerdote, al tiempo que echaba un vistazo al retrovisor.

—¡Estoy diciendo —Catherine casi gritaba— que todo este asunto se preparó de antemano para que pareciese el atraco montado por un par de drogadictos en busca de dinero! ¡Pero lo que pretendían, en realidad, era apoderarse de los rollos!

—¿Quién, eh, un momento...? ¿Qué rollos?

—Dé media vuelta —pidió Catherine.

—¿Media vuelta? ¿Quiere decir que regresemos hacia el punto de partida?

—Danno estaba herido.

—Mire, no creo que volver sea una buena idea, ¿de acuerdo?

—¡Danno me necesita!

—¿Y qué ocurrirá si los republicanos están allí, esperándola?

Habían llegado a la 101. Al otro lado de la autopista se encontraba la Marina, el puerto deportivo, donde yates decorados con alegres luces navideñas de colorines se balanceaban sobre las negras aguas.

—¿Qué rumbo tomamos? —preguntó Garibaldi.

Catherine trató de pensar. Los coches situados detrás daban un concierto de bocina.

—Tengo que encontrar un teléfono.

—Muy bien, pero ¿hacia dónde tiramos?

—Doble a la derecha —indicó ella—. Hacia el norte.

Al torcer para mezclarse con el tránsito que rodaba en dirección norte, el Mustang coleó violentamente, lo que obligó a un Camarro a dar un brusco frenazo y provocó el que el conductor de un Cadillac soltara a discreción los decibelios de su bocina.

—¡Lo siento! —se excusó Garibaldi.

Catherine observó que conducía con una sola mano.

—¿Qué le ocurre?

El padre Garibaldi había estado apretándose el hombro izquierdo con la mano derecha; cuando retiró ésta, los dedos estaban manchados de sangre.

—¡Le alcanzaron!

—Creo que sólo es un arañazo...

Pero Catherine se dio cuenta de lo pálido que estaba y de que el sudor perlaba su frente.

—Detenga el coche. Ahí, desvíese hacia el arcén.

—No creo que...

—Pare. Yo conduciré.

Apenas acabó de detenerse el Mustang, Catherine ya se había apeado de un salto y, sin hacer caso de los automóviles que pasaban a toda velocidad, casi rozándola, rodeó el vehículo y ocupó el asiento del conductor. Vio entonces la sangre que teñía de rojo el brazo del padre Garibaldi.

—¡Necesita un médico!

—Estoy bien. Siga adelante.

Catherine volvió a llevar el Mustang a la corriente circulatoria mientras entornaba los ojos para mirar a través del parabrisas. Los limpiaparabrisas entonaban un rítmico *zziuuummm, zziuuummm.*

—Tenga —se sacó un pañuelo del bolsillo del jersey—. Manténgalo apretado sobre la herida.

Había una gasolinera por delante.

—Tengo que llamar a Danno —dijo la muchacha, mientras aflojaba la velocidad y aparcaba junto a la cabina telefónica.

Cuando regresó al coche, al cabo de un momento, hubo puesto en marcha el motor y salido a la autopista, explicó:

—Contestó un hombre. Se identificó como detective. Dijo que habían trasladado a Danno a un hospital. Cuando le pregunté si se recuperaría, el detective me preguntó quién era yo. De modo que colgué. —Palmeó el volante—. Esto no me gusta nada. ¡No me gusta absolutamente nada!

—¿Y ahora qué?

La muchacha miró al padre Garibaldi.

—Lo más urgente es ir a donde puedan curarle el brazo.

—Sobreviviré. Pongamos un poco de distancia entre nosotros y los individuos que nos tiroteaban, ¿conforme?

Se mantuvieron dentro de la riada de automóviles hasta llegar al desvío de la autopista 154-carretera de San Marcos. Catherine torció en el último segundo, lo que provocó más bocinazos irritados. Miró por el espejo retrovisor: dos coches se habían desviado también por aquella ruta.

—¿Puedo preguntarle una cosa? —dijo el padre Garibaldi—. Allá atrás, cuando nos tenían acorralados en aquel callejón, pasó un coche patrulla de la policía, ¿por qué no les hizo señales para pedirles ayuda?

Catherine levantó ligeramente el pie del acelerador. Uno de los automóviles que iba detrás les adelantó por el carril de la izquierda y desapareció tragado por la lluviosa noche. El otro, sin embargo, aflojó también la velocidad y continuó detrás de ellos. Las manos de Catherine apretaron con fuerza el volante.

—Lo hubiera hecho de no marcharse los pistoleros...

—A pesar de todo...

—No puedo acudir a la policía.

—¿Por qué?

—No puedo y punto. —Le miró—. Me reclaman las autoridades de treinta y dos estados.

—¡Vaya!

—Por destrozar esas etiquetas de almohada.

El padre Garibaldi se la quedó mirando. Luego esbozó una sonrisa. Y entonces Catherine, a pesar de sus esfuerzos para evitarlo, también sonrió y, un segundo después, dejó escapar una breve risa que alivió la tensión.

Rodaban ahora hacia las montañas; la carretera se estrechaba, se hacía serpenteante. Las señales que la bordeaban tenían letreros indicadores como «Parque Histórico Estatal de las Cuevas Pintadas de Chumash»; «Rancho de San Marcos»; «Camino de Diligencias». Catherine distinguió entre la lluvia pinos y quebradas rocosas. El tránsito era más fluido y menos denso, resultaba fácil determinar si alguien les seguía: volvió a echar un vistazo al retrovisor. El automóvil que marchaba inmediatamente detrás del suyo se desvió por una pequeña carretera residencial, dejando a espaldas de Catherine y el padre Garibaldi la negrura nocturna.

—Manténgase ojo avizor por si aparece alguna estación de servicio o cafetería de carretera —dijo Catherine—. Tengo que hacer una llamada para averiguar adónde han llevado a Danno. —Miró al sacerdote—. ¿Qué está usted haciendo aquí, padre? En Santa Bárbara, quiero decir. ¿Y qué le había llevado al edificio de apartamentos de Daniel?

—La buscaba a usted.

—¿A mí? ¿Para qué?

—Ayer por la mañana hubo una gran conmoción en el Hotel Isis. Aquello hervía de funcionarios gubernamentales que la buscaban. El señor Mylonas, el director del hotel, estaba alteradísimo. Todos parecían creer que había hecho usted algo malo, pero el señor Mylonas la defendía incondicionalmente, a capa y espada, asegurando que usted había vuelto a casa porque le surgió una emergencia familiar. Ellos daban a entender que usted había robado algo.

Catherine aguzó la vista para escudriñar a través del parabrisas.

—Me parece ver una luz. ¡Es un motel! Y parece que tiene puesto el cartel de plazas libres.

Garibaldi mantuvo sus ojos sobre Catherine, mientras hablaba.

—El señor Mylonas me dijo que había llegado un paquete para usted. Estaba preocupadísimo porque era un paquete certificado y asegurado y su recepcionista había firmado el resguardo antes de conocer el detalle de que usted no estaba allí para recogerlo. El señor Mylonas no sabía qué hacer. No quería devolver el paquete porque no se fiaba de los funcionarios de correos de Sharm as Sheij. Un paquete certificado significa que contiene algo valioso. Dijo que no se lo perdonaría nunca si lo robasen. Le pregunté si sabía dónde estaba domiciliada usted y cuando me contestó que en California, le dije que precisamente yo me disponía a volar a Estados Unidos, vía Los Ángeles, y que tendría mucho gusto en entregarle a usted el paquete. Pero cuando fui a su casa de Santa Mónica, me encontré con que estaba usted ausente.

Catherine redujo la velocidad y salió de la carretera.

—¿Cómo sabía que iba a encontrarme aquí?

—No lo sabía. Llevaba el paquete a la dirección que figuraba en el remite. Doctor Daniel Stevenson, calle Pedregosa, Santa Bárbara.

—¿El paquete es de Danno? —Detuvo el coche bajo la marquesina de la fachada del motel, delante del despacho de recepción—. Aguarde aquí.

Cuando salió del edificio, al cabo de unos minutos, dijo:

—He alquilado una habitación. —Puso en marcha el motor y condujo hacia un lado del motel, en un punto donde había varios automóviles aparcados delante de las cabañas sumidas en la oscuridad—. Número quince... está al final. Aparcaré por detrás, entre aquellos árboles. Si alguien pasara por aquí, no quiero que vea el coche.

Entraron apresuradamente en su cuarto y mientras el padre Garibaldi corría las cortinas, cerraba la puerta con llave y comprobaba que nadie les había visto, Catherine encendió la luz, accionó el termostato y se fue derecha al teléfono.

—Voy a averiguar a qué hospital han llevado a Danno.

Pero cuando el padre Garibaldi retiró el pañuelo que le ceñía el brazo y se subió la manga de la camisa, Catherine colgó el auricular.

—Decididamente, eso necesita una cura.

—Y yo me he quedado sin tiritas —dijo el hombre; hizo una mueca al poner al descubierto el alargado y feo corte que le surcaba el brazo.

Catherine reflexionó unos segundos. Luego cogió el ensangrentado pañuelo, se envolvió la mano con él y recomendó:

—Cierre bien la puerta en cuanto haya salido.

Estuvo de regreso unos minutos después. El padre Garibaldi se encontraba en el baño, con los grifos del lavabo abiertos.

—He traído algo de comida —le comunicó Catherine, alzando la voz—. Al menos, creo que es comida. —Lanzó una mirada dubitativa a la manzana—. Tengo la sensación de que no han repuesto las existencias de esa máquina de venta automática desde el Watergate, lo menos. ¿Cómo está el brazo?

Garibaldi salió del cuarto de baño con una toalla aplicada a la herida. Al volverse Catherine para mirarle, la muchacha experimentó dos reacciones automáticas: primero le miró fijamente y después emitió una tosecita y apartó la vista.

¿Cuándo empezaron los sacerdotes a tener cuerpos como aquél?

—Duele de un modo infernal —se quejó el hombre, al tiempo que levantaba la toalla—, pero no es profunda. Sólo una rozadura.

Catherine dio media vuelta y se esforzó en no mirar aquellos esculpidos bíceps y pectorales, con el moreno pecho reluciente a causa del agua o del sudor.

—¿Está seguro de que sólo es un rasguño? ¿No tiene la bala dentro?

—Creo que la bala se cargó la lámpara del porche de alguien.

—Siéntese —indicó Catherine, y procedió a abrir el pequeño botiquín de primeros auxilios que le habían entregado en el despacho del motel.

—¿Cómo lo ha conseguido?

—Le dije al encargado que perdí la llave de la maleta y que me corté la mano mientras trataba de abrirla haciendo palanca con un cuchillo. Me miró como si fuese un bicho raro escapado de vaya usted a saber dónde.

Catherine intentó aplicar a la herida una pomada antibiótica, pero las manos le temblaban demasiado.

—¡Bueno! —dijo Garibaldi—. Todo va bien. Aquí estamos a salvo.

—¡Es la primera vez que disparan contra mí! ¡Y estoy preocupada por Danno!

El hombre le quitó la pomada de las manos.

—Puedo hacerlo yo mismo. Trate de averiguar adónde llevaron a su amigo.

Catherine cogió el listín telefónico y lo abrió por la sección de hospitales. Al cuarto intento dio con el que buscaba.

—Sí, Daniel Stevenson —confirmó, apretando el aparato con enorme ansiedad—. Sólo quería saber... ¿Cómo? Ajá. Soy su hermana. Sí, gracias, espero. —Cubrió el micrófono y susurró—: ¡Lo he encontrado!

Mientras aguardaba, observó a Garibaldi. Se preguntó cuándo había visto por última vez a un hombre con un torso tan...

Le costó trabajo, pero consiguió apartar los ojos y mirar hacia otro sitio.

Enarcó las cejas.

—¿Qué es *eso*?

El padre Garibaldi miró en la dirección que le señalaba: hacia la mochila negra que llevaba sujetas con correas dos cañas de unos quince centímetros de longitud, pintadas de brillante laca.

—Bastones pangamot.

—¿Panga*qué*?

—Pangamot. Un arte marcial filipino.

Catherine se le quedó mirando.

—¿Practica artes marciales? —Dirigió la vista a los bastones—. ¿Los *utiliza*?

—A veces.

Ella sostuvo la mirada de Garibaldi.

—¿No le parece que...?

—¿Qué es lo que ha de parecerme?

Catherine meneó la cabeza.

—Oh, esta sí que es buena. Primero me persigue Elliot Ness y luego me rescata Chuck Norris... —El teléfono reclamó su atención—. Sí, aún estoy al aparato. Daniel Stevenson, sí. ¿Cómo está? —Escuchó un momento—. Ah, comprendo. Volveré a llamar.

Colgó.

—Está en cirugía. No sabrán nada hasta dentro de unas cuantas horas. —Permaneció sentada, con la vista fija en el teléfono, mientras la lluvia repicaba en los cristales y las luces parpadeaban—. ¿Por qué han de matarse las personas unas a otras? —preguntó—. Dios me valga, como Danno esté gravemente herido, alguien lo va a pagar caro.

Entró en el cuarto de baño y cerró la puerta.

Cuando salió, al cabo de unos minutos, vio que el padre Garibaldi se había puesto una camisa limpia: negra y de manga corta, como la otra, con los faldones metidos bajo la cintura de los pantalones. Pero Catherine observó que no se había puesto el alzacuello.

—¿Se encuentra bien? —preguntó Garibaldi.

—No —respondió Catherine.

—Quizás esto la anime —dijo el sacerdote, y le tendió el correo que le entregara el señor Mylonas.

Aunque el remite que figuraba en el paquete certificado era el del apartamento de Daniel en la calle Pedregosa, a Catherine no se le escapó que el matasellos era de Cozumel (México). Retiró con cuidado el papel de embalaje de color pardo, hasta poner al descubierto una caja de cartón. Llevaba encima una carta; entre lágrimas, la muchacha leyó:

¡Hola, Cath! ¡Sorpresa! Lo que tienes en la mano ha salido de la tumba, en serio. La tumba estaba vacía cuando la abrí, porque la habían saqueado hace siglos, pero por aquí se fueron acumulando desde entonces, a lo largo de los años, objetos y más objetos de origen desconocido. Encontré este tesoro particular en una tiendecita de Cozumel, y comprendí al instante que había salido de «mi» tumba gracias a que en uno de los murales hay una mujer, que supongo sería la Reina, la cual deposita maíz en un altar ante la que parece ser una diosa de la Tierra, ¡una de las deidades más pacíficas del panteón maya! Sea como fuere, la mujer del mural luce lo que te adjunto. Y cuando lo vi en la tienda me sorprendió la exactitud con que coincide el color del jade con el de tus ojos. Felices Pascuas y Venturoso Milenio Nuevo, Cath. Tu incondicional

DANNO.

Abrió la cajita y encontró en su interior un colgante de jade sobre una capa de algodón en rama. Al sacarlo, vio que se trataba de un jaguar en miniatura, suspendido del collar formado por una tira de cuero. Se pasó el collar por la cabeza, se levantó la melena y acomodó el amuleto entre los senos.

Contempló el jaguar unos segundos, húmedos los ojos. Luego, con impulso repentino, se irguió, tomó el estuche que albergaba el ordenador portátil, lo puso encima de la mesa, cerca de la ventana, y procedió a abrirlo.

—¿Qué hace?

—Daniel dijo que sabía quién andaba detrás de nosotros, que lo había anotado en su diario. Su diario está en este ordenador.

Levantó la tapa del estuche y se le escapó un sibilante soplido de aliento.

—¿Qué ocurre?

—Soy yo —dijo Catherine—. ¡Hay una foto mía en el estuche del ordenador de Danno!

Garibaldi introdujo la mano en el estuche y sacó un pequeño aparato negro semejante a un localizador.

—Es el pulsador de llamadas de Danno —explicó Catherine—. Un instrumento necesario en nuestro trabajo. En la mayor parte de los sitios por donde andamos tienen aún arcaicos aparatos de disco giratorio. Imposible llamar a tu contestador automático y encontrar mensajes. —Catherine localizó el interruptor de encendido del ordenador, pero cuando intentó poner en funciones el aparato no sucedió nada. Exclamó—: ¡No puedo creerlo!

—¿De qué se trata? —preguntó Garibaldi. Luego vio la pantalla:

`Pulse contraseña de acceso.`

—No conozco la contraseña que usa Daniel —confesó Catherine.

—Pruebe a adivinarla.

Intentó unas cuantas basándose en los gustos e intereses de Daniel. Escribió: *Spock, Klingon, Asimov*, pero sin resultado positivo.

—Hay algunas bastante corrientes —apuntó Garibaldi—. Pruebe con *rayo*. —No funcionó—. ¿Qué le parece *fénix*?

Catherine dejó libre la silla.

—Pruebe usted unas cuantas.

El padre Garibaldi ocupó el lugar de Catherine y empezó a teclear rápidamente, escribiendo palabra tras palabra, para obtener en todos los intentos la misma respuesta:

`Contraseña incorrecta. Pruebe de nuevo, por favor.`

—¿Dónde estudió?

—En Berkeley.

Garibaldi tecleó *Stanford*. No hubo suerte.

—Pruebe Inmaculada —sugirió Catherine.

—Esto puede prolongarse eternamente —murmuró Garibaldi.

Inopinadamente una brillante claridad barrió la estancia. El padre Garibaldi se puso en pie de un salto y empujó a Catherine de espaldas contra la pared. Cuando el resplandor hubo pasado, Garibaldi apartó la cortina un par de centímetros y miró afuera. Una furgoneta blanca se detenía en el espacio exterior de la habitación dieciséis. El letrero del costado decía: «Acampadas Los Robles».

Dejó caer la cortina.

—Falsa alarma. —Miró a Catherine, cuyo rostro estaba a escasos centímetros del suyo, y vio el miedo reflejado en los ojos de la muchacha—. ¿Se encuentra bien?

—Puestos a elegir —dijo Catherine, estremecida la voz—, estaría mucho mejor en Filadelfia.

—Yo me conformaría con Duluth.

Volvieron al ordenador, donde Garibaldi contempló la fotografía de Catherine en el estuche del portátil.

—Pruebe con su propio nombre —aconsejó.

Como no sirvió de nada, Catherine tecleó: «Alexander».

`Contraseña incorrecta. Pruebe de nuevo, por favor.`

—¿Y ahora qué? —gimió Catherine, clavados en la pantalla sus ojos furibundos—. Podríamos pasarnos la vida aquí sin dar con la dichosa contraseña.

—Voy a intentar una cosa. —Sin apagar el ordenador, lo sacó del estuche de cuero negro que lo protegía y lo puso encima de la mesa. A continuación pasó las puntas de los dedos por el filo de la tapa que constituía el teclado para localizar los cierres de presión, soltarlos y poner al descubierto las interioridades del ordenador. Murmuró—: A veces, se puede uno saltar la contraseña si... —Estudió la unidad de disco duro, las tarjetas y otros componentes electrónicos.

—¿No le harán falta las gafas? —le preguntó Catherine.

Garibaldi lanzó a Catherine una mirada sorprendida.

—¿Qué le hace suponer que llevo gafas?

—Las marcas que tiene encima de las orejas.

Instintivamente, Garibaldi levantó la mano.

—¿Aún se notan? Quiero decir que han pasado varios meses desde que me operaron. Queratotomía radial —añadió—. Me harté de llevar las gafas. —Dedicó a Catherine una larga y meditativa mirada—. Es usted bastante observadora.

Ella se encogió de hombros.

—El noventa por ciento de la arqueología es observación.

—¿Y el diez por ciento restante?

—Imaginación. Aptitud para reconstruir toda una civilización a partir de un trocito de cerámica.

Garibaldi volvió a centrar su atención en el ordenador y examinó la placa base de color verde con sus circuitos y transistores.

—Ah, Dalila —murmuró al cabo de un momento—, en qué dragoncito con hoyuelos puedes llegar a convertirte.

Le tocó a Catherine el turno de mostrarse sorprendida. El hombre se ruborizó ligeramente.

—Victor Mature se lo dice a Hedy Lamarr en *Sansón y Dalila*.

—Fabuloso —musitó Catherine—. Ahora huyo con Roger Ebert.

—¡Ya lo tengo! —exclamó Garibaldi, tras una breve inspección de la placa base—. Necesito un trozo de metal. ¿Tiene horquillas?

Catherine se pasó los dedos por la larga melena.

—Lo siento, ni una.

—¿Qué me dice de un clip sujetapapeles?

Catherine registró los bolsillos y compartimentos del estuche del ordenador; sacó una batería de recambio, un ejemplar bastante sobado de *Hawksbill Station*, de Robert Silverberg, un paquete de goma de mascar vacío, un bolígrafo, recortes de periódico y...

—¡Eureka!

Al tiempo que desenvolvía el sujetador de papel, el padre Garibaldi señaló un punto de la placa base y dijo:

—¿Ve esa JA237 de ahí? Es un puente de conexión. Si me las arreglo para provocar un corto...

Bajo la mirada de Catherine, dispuso el clip de forma que sus dos puntas abarcasen los dos minúsculos pitones, separados cosa de un centímetro, y luego bajó el sujetador de papel e hizo que las dos puntas tocasen los pitones, enlazando así el puente de conexión.

Cambió el mensaje de la pantalla.

—¿Qué es lo que hizo? —se interesó Catherine, mientras Garibaldi cerraba y aseguraba el teclado; el sacerdote arrastró una silla y se sentó ante el ordenador.

—He puesto a cero la contraseña maestra —dijo.

La pantalla rezaba:

`Ha cambiado su ESTRUCTURA de información. Pulse F2 para entrar en programa, F3 para permiso de información.`

—¿Esto nos permitirá entrar en el sistema? —preguntó Catherine.

—Ahora lo veremos —Garibaldi pulsó *F2*.

En la parte superior de la pantalla se leyó:

`ESTRUCTURA Esfinge Bios.`

Al accionar el puntero sobre el comando SEGURIDAD del menú, Garibaldi murmuró para sí:

—He de tener la certeza de que he desactivado todas las contraseñas.

La pantalla confirmó:

```
Desactivada la contraseña del usuario
Selección contraseña: [Pulsar INTRO]
Contraseña en secuencia inicial de instrucciones: [Desactivada]
Acceso disquete: [Usuario]
Fijación disco sector secuencia inicial de instrucciones: [Normal]
Recordatorio comprobación virus: [Desactivado]
```

—¡Estupendo, valores a salvo y... fuera!

Pulsó la tecla de Intro, el ordenador concluyó su secuencia inicial de instrucciones y en la parte superior izquierda de la pantalla el prompt, la guía: C:\>

—Uy, uy, uy —gimió Catherine—. Me temo que Daniel no puso al día sus programas. No sé cómo opera el DOS.

—Hace mucho tiempo que no trabajo con comandos de texto —dijo Garibaldi.

Tecleó SCI a continuación del C:\> y pulsó INTRO.

`COMANDO INCORRECTO`

—Daniel jamás hubiera utilizado el *Scimitar* —comentó Catherine—. Siempre detestó la Tecnologías Dianuba y ni por lo más remoto hubiese tocado un programa suyo.

—Muy bien, entonces probemos esto...

Garibaldi tecleó WIN y en la pantalla apareció el Administrador de Programas de Windows.

Y todos los archivos de Daniel.

—Ahí los tiene —dijo Garibaldi, y se apartó para que Catherine pudiese darle al teclado.

Recorrió los iconos con la mirada.

—Lo único que tengo que hacer ahora es dar con el archivo en el que está el diario de Danno. —Cuando tropezó con *Cuaderno de bitácora*, exclamó—: ¡Tiene que ser esto!

Le dio un doble clic al ratón y:

Diario personal de Daniel Stevenson

—¡Diana! —dijo Garibaldi—. Muy bien, así ¿qué estamos buscando?

Catherine empezó a repasar las anotaciones del diario.

—La noche en que abandonamos el Sinaí hubo un alboroto tremendo en el campamento. Danno dijo que había visto entre la multitud una cara que le resultaba conocida, de un norteamericano.

Garibaldi la miró.

—*Yo* estaba entre esa multitud.

—Me parece que es ésta. —Leyeron la anotación.

Un fulano con una cicatriz demencial en la cara y un pelo de tono blanco fantasma. Sé que lo he visto antes en algún otro sitio. ¿Pero dónde? ¡Claro, lo tengo ahí, delante de los ojos! Durante los dos últimos años he estado viendo esa espantosa jeta casi todos los días. El tipo trabaja para...

—¡Dios mío! —susurró Catherine.

—¿Qué ocurre?

La mujer dio la vuelta al ordenador para que Garibaldi pudiese leer la pantalla. Las morenas cejas del sacerdote se fruncieron.

—¿Miles Havers? ¿El magnate informático?

Era medianoche y los ordenadores echaban chispas.

Teddy Yamaguchi sabía que la gente estaba convencida de no tener biografía. Se equivocaban. Las computadoras *eran* su vida, y no había un solo punto en toda la faz de la Tierra que en aquel preciso instante no estuviera cercado por un centro de comunicaciones de moderna tecnología punta. Para ser un empleado de veintiocho años que a duras penas había logrado la licenciatura universitaria, Teddy cobraba un salario increíble a las órdenes de Havers; vivía en una casita de campo exenta de alquiler, en la inmensa hacienda de Havers, y el hecho de que tuviera que estar a disposición de Havers las veinticuatro horas del día no le importaba en absoluto porque, mientras cumpliera lo que se le encargaba, Teddy disponía de plena libertad para utilizar el equipo y las instalaciones cuanto quisiera durante las horas en que no hubiese de cumplir encargos del patrón.

A veces, las tareas que tenía que cumplir para Havers resultaban todo un desafío, pero la misión de aquella noche, a las doce, era sencilla: «Encontrar a Catherine Alexander».

Pan comido.

Acomodado ante el ordenador Balarezo986 210 Mhz 10gig HDD, con un módem de 128.000 bps, Teddy escrutaba el monitor a la búsqueda de alguna señal de tarjetas de crédito, cuentas bancarias, tarjetas de llamadas telefónicas, de gasolina, de la Seguridad Social o de alguna biblioteca... algo que pudiese aparecer en un sistema informático.

Para echarse a reír, vamos. Era como su juego de ordenador favorito, *Pulso*: dar con la chica, encontrar el tesoro, descubrir el ídolo dorado y volver por el laberinto al punto de partida antes de que Gordon acabe contigo. Nadie había superado la marca de Teddy, especialista en realizar el juego en el mínimo espacio de tiempo, y nadie podía competir con él en la misión de encontrar a Catherine Alexander y volver con ella.

Teddy cogió un puñado de comida del tazón que tenía al alcance de la mano —un revoltillo de buñuelos de cacao y porciones de jalea, con azúcar moreno y café instantáneo espolvoreado— y con su material de alta tecnología irrumpió en el interestado digital.

A veces no podía creer en su buena suerte.

Años atrás, en 1995, en su época de estudiante en Stanford, lo detuvieron y acusaron de urdir un plan para distribuir a través de Internet programas comerciales por valor de millones de dólares, copiados ilegalmente... *Software* robado a Tecnologías Dianuba, la empresa de Miles Havers. Considerado el caso más importante de piratería informática descubierto hasta aquellas fechas, un juez federal rechazó la querella criminal porque llegó a la conclusión de que el estudiante no había cometido ningún delito; la Ley de la Propiedad que cubría los derechos de autor de los programas informáticos no incriminaba de modo específico la presunta conducta de Teddy porque nada indicaba que se hubiera beneficiado financieramente de la aventura. Pero como los funcionarios gubernamentales se sentían obligados a acusarle de algo, le inculparon de conspiración para cometer fraude teleinformático. Como la imputación tampoco prosperó, el propio Miles Havers intervino en la cuestión y dejó boquiabiertos a todo el mundo al perdonar públicamente al muchacho.

—Todos sembramos vientos... —declaró.

El *software* que Teddy introdujo en Internet era el último juego diseñado por la empresa de Havers, que Teddy había sustraído y copiado ilegalmente poco antes de que lo lanzaran al mercado. Como quiera que los rumores aseguraban que aquel nuevo juego era algo sensacional, que iba a llevarse por delante a todos los de la competencia, se calculó que dos millones de usuarios copiaron el programa robado, lo que representó para Havers una baja de beneficios de varios millones de dólares. Los demás fabricantes de programas informáticos condenaron el generoso rasgo de Havers al perdonar a Teddy Yamaguchi, pero la opinión pública lo aplaudió.

Las pérdidas de Havers no duraron mucho.

Cuando se puso a la venta la segunda versión del juego, seis meses después, en esa ocasión a través de almacenes y establecimientos de informática, su éxito comercial fue mayor incluso que los alcanzados por *Myst (Misterio)* o *Doom (Muerte)*, y los analistas calcularon que Havers no sólo se resarció de las pérdidas anteriores, sino que acabó obteniendo *mayores* beneficios que los que hubiese conseguido en el caso de que la primera versión del juego se hubiese despachado a través de los canales de venta legítimos.

Para Teddy aquello había sido algo divertido de veras, porque se trataba sobre todo de una broma a costa del Departamento de Justicia. Nadie lo sabía, pero Miles Havers lo había planeado todo de principio a fin y había reclutado personalmente a Teddy Yamaguchi ¡para que robase a la propia Tecnologías Dianuba!

Al principio, Teddy no las tuvo todas consigo; desconfió cuando Havers le propuso aquel extravagante asunto. Pero Teddy, como el superpirata informático que era, se hizo cargo de la situación en un dos por tres. Miles Havers podía lanzar el juego por Internet y dejar que los usuarios lo saborearan y se les pusieran los dientes largos, como hacían las demás empresas, que por norma lanzaban al Net juegos en plan «provocador», con la esperanza de pescar nuevos jugadores, de crear adicción. Esa era la filosofía y uno nunca la quebrantaba. Pero Havers, agudo observador de la naturaleza humana, había llevado la estrategia un paso más adelante: razonó que el programa robado, como la fruta prohibida, siempre sería más apetitoso. Solía ufanarse incluso de que le encantaba aplicar a aquel sistema de mercadotecnia —al que se conocía corrientemente como método de producto compartido— el término de *«crack* compartido», puesto que creaba tanta adicción como la cocaína dura llamada *crack* y era diez veces más rentable.

Cuando Havers invitó a Teddy a trasladarse a Santa Fe y trabajar para él, el joven asiaticonorteamericano ni siquiera tuvo que pensarlo. Y durante los cuatro años transcurridos desde entonces, Teddy formó parte del equipo técnico directivo de Havers que había incrementado los beneficios de la empresa desde los ochocientos millones hasta los siete mil millones de dólares anuales.

No, en absoluto era una mala vida, sobre todo si se tenía en cuenta la opción de compra de acciones que le llegaba junto con el cheque de la paga mensual. Dentro de cinco años iba a coger su puñado de millones, abriría una tienda de cebos en Maui y, durante el resto de su vida, continuaría entreteniéndose en el terreno de los equipos, dispositivos y soportes físicos informáticos más avanzados.

Teddy lanzó una mirada a su jefe, sentado en el otro extremo de la nave, en un exótico atrio de plantas raras y delicadas que crecían alrededor de un estanque de piedra y una cascada; era un escenario tan perfecto como si todo se hubiera encajado en su sitio mediante los «clics» de un ratón. En el extremo de la sala que ocupaba Teddy, donde los ordenadores, monitores, impresoras y aparatos de fax ocupaban la mayor parte del espacio, no había plantas, pero sí un gigantesco ventanal que daba a una vista espectacular de la sierra Sangre de Cristo y del desierto de salvia y mezquite espolvoreado de nieve.

A veces, Teddy olvidaba que aquella panorámica era una ilusión generada por computadora, dado que el centro de comunicaciones privado de Miles Havers se albergaba en un búnker de hormigón situado a trescientos metros de la residencia principal y a una profundidad de quince metros bajo la superficie.

Hombre avispado, Teddy reflexionaba mientras movía las mandíbulas sobre otro puñado de combustible para cohetes a base de cafeína azucarada. El lema personal de Miles era: «El ordenador es poder. Y el poder sobre el ordenador es poder absoluto».

Teddy apartó la mirada de su jefe y la dirigió a la pantalla del ordenador. Sólo de un modo distante se preguntaba qué estaría ocurriendo: a Teddy le tenía sin cuidado lo que Havers pudiera desear de Catherine Alexander, lo único que le importaba era la cacería, el competir por una vez con el ingenio de un ser humano auténtico, en vez de hacerlo con una retahíla de códigos. Sobre la ola impulsada por el puñado de café-cacao-azúcar que llenaba su boca, Teddy empezó a exhumar el historial de la doctora Alexander: cursos que había dado, conferencias a las que había asistido, documentos que había presentado, organizaciones a las que se había afiliado. En algún punto de aquel currículo estaría la llave de oro que le permitiría localizar a la doctora Alexander y sacarla a través del laberinto antes de que el reloj de la partida hubiese consumido el tiempo reglamentado.

Sentado entre los helechos y enredaderas que tanto le seducían, mientras escuchaba una vez más la cinta de la conversación que había tenido lugar en el piso de Daniel Stevenson, Miles Havers se cercioró de que Teddy Yamaguchi no podía oírla.

Teddy vestía a menudo una camiseta de manga corta con la leyenda: *La información, como el agua, busca su propio nivel*, y Miles no ignoraba que, como la mayoría de los piratas informáticos, Teddy sostenía la absurda idea de que la información *quería* ser libre. Havers sabía qué era lo que estimulaba al joven: la emoción de la caza, el reto de cobrar la pieza sin que le sorprendan a uno, tal era siempre el objetivo del pirata informático; en sí, la información que se encontraba era algo puramente secundario. Pero Miles tampoco ignoraba que Teddy se atenía a otro credo del pirata informático: que uno podía hacer lo que quisiera *siempre que nadie resultara lastimado*.

Y puesto que conocía todo eso acerca de Yamaguchi, que al muchacho le gustaba considerarse una especie de caballero del *I-way*, cuya conducta se ceñía a ciertas reglas y a ciertas normas éticas, Miles tenía buen cuidado en evitar que Teddy se enterase de lo referente a Consejeros de Seguridad, S.A. y de que las instrucciones que éstos tenían eran las de conseguir los rollos a toda costa, incluso a costa de vidas humanas.

Durante la escucha de la cinta de la conversación mantenida entre Catherine Alexander y Daniel Stevenson, Miles prestó un interés particular a la alusión que hizo Stevenson a su diario y al montaje de un laboratorio ciberespacial. Havers recurrió entonces a las notas que había tomado de su diálogo con Titus: *«La muchacha huyó con una bolsa de gimnasia de nailon azul y un estuche negro»*.

Un estuche negro.

Los dedos de Miles tamborilearon sobre el brazo del banco de piedra.

Se preguntó: «¿Un estuche negro como los que se utilizan para llevar un ordenador portátil?».

Tal vez el diario no era un libro; quizás era un ordenador.

El ordenador que Catherine Alexander llevaba consigo.

Se disponía a alargar el brazo para coger el teléfono móvil cuando le llegó súbitamente el eco de la voz de Teddy, que sonaba en el otro extremo de la nave.

—¡Tengo un nombre, señor Havers! De alguien que vive en Malibú y dirige el Instituto Freers. El doctor Julius Voss.

—¡Tengo que llamar a Julius!

—Uaaau, eh, un momento —dijo el padre Garibaldi—. Esto no acabo de captarlo. ¿Cómo pudo su amigo Daniel relacionar al individuo de la cicatriz con *Miles Havers*?

—No lo sé —reconoció Catherine—. Pero Danno no se lo hubiera inventado.

Miró la pantalla del portátil y volvió a leer la frase del diario de Daniel: *«¡Claro, lo tengo ahí, delante de los ojos!»*.

Y entonces se encendió la bombilla en el cerebro de Catherine: el viejo y amarillento recorte de periódico pegado con cinta adhesiva en el refrigerador de Danno, una noticia acerca de la compra por parte de Havers de los Diarios de Copérnico, adquiridos a los rusos en 1997. Catherine había visto aquel recorte cada vez que fue al domicilio de Daniel y volvió a verlo mentalmente: una noticia de la United Press International, con una foto en la que aparecía Miles Havers, rico y atractivo, de pie junto a un sonriente ruso y, en segundo plano, al fondo, un individuo bajo, robusto, cuadrado; el titular decía: «Miles Havers, magnate de los ordenadores, compra diarios del siglo XV». Al lado había otro recorte, con el título: «Miles Havers anuncia la entrega de los Diarios de Copérnico para su exhibición pública». Cuando Havers compró los Diarios, de cuya existencia el mundo no tenía conocimiento, se produjo una importante protesta general... Salieron a la luz tras la desintegración de la Unión Soviética, cuando aparecieron innumerables tesoros que se creían perdidos durante la Segunda Guerra Mundial... La voz de Danno fue una de las que más sonoramente se opuso a la adquisición privada de los Diarios por parte de Havers, y las críticas le resultaron a éste tan embarazosas que acabó por donarlos a la Universidad de Varsovia. Los recortes de prensa estaban pegados con cinta adhesiva en el frigorífico de Danno, en recuerdo de una de las pocas victorias alcanzadas en su vida.

En ambas fotografías había un hombre en segundo término; pelo blanco, muy corto, y una cicatriz en la cara. Un lacayo de Havers.

Catherine se levantó de la mesa.

—Tengo que avisar a Julius. Puede que esté en peligro. —Se sentó en el borde de una de las camas y cogió el teléfono—. Pero no le diré dónde estoy ni le contaré lo que sospecho de Havers —añadió, mientras marcaba el número—. Cuanto menos sepa, más a salvo se encontrará.

Pero Julius no estaba en casa, a Catherine le respondió el contestador automático. La muchacha meditó durante unos segundos, antes de manifestar, disimulando la voz:

—Doctor Voss, aquí la señora Merititis. Me extirpó usted la vesícula biliar el año pasado. Le llamaba sólo para decirle que disfruto de una salud perfecta. A decir verdad, nunca me he sentido mejor. No hace falta que conteste a esta llamada, puesto que me voy de la ciudad para pasar unas vacaciones que necesito enormemente, lejos de teléfonos e interrupciones. A mi regreso de las vacaciones, volveré a llamarle. Espero... —Hizo una pausa, respiró hondo y concluyó—: Espero que siga usted bien.

Mientras colgaba, notó los ojos del padre Garibaldi fijos en ella:

—Esa no era su voz —comentó él—. ¿Cómo sabrá que ha sido usted quien le llamaba?

—Lo sabrá.

—No le ha puesto sobre aviso respecto a Havers.

—Sí —contradijo Catherine—. Lo que pasa es que usted no podría saberlo.

—¿La señora Merititis?

—Una reina egipcia que murió de una afección de la vesícula hace alrededor de cuatro mil años. Julius practicó la autopsia a la momia. El asunto armó cierto alboroto, por entonces; rivalidades internas en el Instituto, con espionaje arqueológico incluido. Julius descubrió posteriormente que le habían intervenido el teléfono y que sacaron en secreto fotocopias de sus notas. Un fulano se le anticipó y publicó un reportaje antes de que Julius diera el suyo a la imprenta. Al dejarle ese recado, cuento con que Julius recuerde el caso y eso le alerte sobre la posibilidad de que tenga el teléfono pinchado.

—¿Va a aclararme qué es lo que persigue Miles Havers? Dijo usted algo sobre unos rollos.

Catherine se puso en pie y empezó a pasear por el cuarto.

—No quiero complicarle en esto, padre, créame.

—Doctora Alexander, soy un tipo bastante extraño. Tiendo a tomarme las cosas muy en serio, como algo personal, cuando un par de sujetos escapados de *Pulp Fiction* me tirotean. Tal como veo las cosas, ya estoy metido en esto.

Catherine se detuvo, lo miró y, por unos instantes, al tronar la tormenta fuera y oscilar las lámparas, la habitación quedó sumida en una claridad surrealista. En la memoria de Catherine relampagueó la forma en que le había impresionado la imagen de Michael Garibaldi poco antes, cuando el hombre salió sin camisa del cuarto de baño. Era un sacerdote pero ella había reaccionado en otro sentido. Comprendió que había brotado en su interior algo nuevo, algo que no le gustaba.

Cogió la bolsa de nailon, la puso encima de la mesa, apartó el ordenador a un lado y abrió la cremallera de la bolsa. Unos segundos después, el padre Garibaldi contemplaba con expresión incrédula seis ordenados montones de papiros antiguos.

Catherine explicó rápidamente la voladura, el hallazgo del primer fragmento, el descubrimiento del túnel y del cesto y, por último, la maniobra para sacar los papiros de Egipto clandestinamente.

—La mujer beduina en cuyo favor intervino usted era Danno. El gesto heroico de usted estuvo en un tris de poner al descubierto nuestra farsa.

Los ojos de Garibaldi seguían clavados en los papiros.

—¿Qué hay en esos libros?

Catherine sacó una cuartilla de la bolsa de gimnasia.

—Esto es todo lo que he traducido hasta ahora.

Mientras Garibaldi lo leía, las luces vacilaron de nuevo y un trueno retumbó a lo lejos. Catherine vio saltar a la medianoche los números del reloj digital de encima de la mesita situada entre las dos camas.

El padre Garibaldi frunció las cejas.

—¡Esta mujer, Perpetua, invoca el nombre de Jesucristo! —Miró a Catherine—. ¿En qué año se escribieron estos libros?

—El griego es del siglo segundo.

—¿El siglo *segundo*? ¿Está segura?

—Es posible que la historia sea más antigua, puede que del siglo primero. Sabina, que dicta a Perpetua, alude a alguien llamado el Justo, que me parece muy posible que sea Jesús.

—¿Cómo puede determinar la fecha en que se desarrolla la historia?

—Confío en que me permita datarla algún detalle que figure en los rollos, como el nombre de un gobernador o emperador reinante. Pero he de darme prisa.

El padre Garibaldi alargó la mano para tocar el primer libro y acarició el frágil papel con la yema de los dedos.

—¿Prisa? ¿Por qué?

—A causa de las fotos que tenía Danno. Si Havers se hace con ellas, se apresurará a hacer lo que considere conveniente para encontrar el séptimo rollo.

—¡Uaaau! ¡Eh, vuelva atrás! *¿Séptimo* rollo?

—Estos seis dejan el relato incompleto. Continúa en otro libro.

—¿Tiene idea de dónde puede estar?

—Perpetua dice a Aemelia que lleve el asunto al rey Tymbos. ¿Ha oído hablar de él?

Mientras Garibaldi preguntaba:

—¿Rey qué?

Catherine cogió su bolso de mano y anunció:

—Voy al hospital y aguardaré allí hasta que Danno salga del quirófano.

—No creo que sea buena idea. A menos que vaya disfrazada.

—Présteme usted su ropa —dijo ella—. Me presentaré como Barry Fitzgerald.

—¿Cantando lará, larí, laró?

—¡Maldita sea, no puedo hacer nada! —arrojó el bolso.

—Espere hasta mañana —aconsejó el sacerdote—. De todas formas, no creo que antes de mañana por la mañana estén en condiciones de decirle nada acerca del estado de su amigo.

—Muy bien —dijo Catherine, hundió la mano en la bolsa de gimnasia para sacar el bolígrafo y el taco de cuartillas de color amarillo—. Pero me parece que me va a ser imposible pegar ojo. Voy a ver qué hay escrito en estos rollos.

Cuando el padre Garibaldi se hubiese dormido, ella abandonaría el cuarto furtivamente, subiría al coche y se dirigiría al hospital...

«Perpetua —decía Stevenson a través de la cinta—. Sabina... Aemelia... Rey Comosellame...»

Havers apagó la grabadora.

¿Quiénes eran aquellos personajes?

Miró las fotos que le había remitido Titus, extendidas sobre la superficie de la mesa de granito negro. Los papiros se parecían a los de los manuscritos del mar Muerto, con la diferencia de que estaban en mejores condiciones. ¿Su valor? Eso dependía. ¿Eran cristianos primitivos? ¿Un evangelio perdido, quizás? Hungerford le había dicho a Zeke que en el fragmento que encontraron a raíz de la voladura con dinamita figuraba el nombre de Jesucristo.

Havers se inclinó sobre la mesa escritorio y examinó una de las fotografías más claras. No hablaba ni leía griego, pero determinadas palabras se repetían allí con más frecuencia que otras: Αεμελια, Σαβινα, Περπετυα. Recurrió a sus conocimientos del alfabeto griego e hizo un intento de traducción: Aemelia, Sabina, Perpetua.

Nombres personales. Nombres de mujeres. Lo que significaba que, a diferencia de los rollos encontrados en las cuevas de Qumran, éstos no eran un depósito del tesoro del Templo, ni libros del Antiguo Testamento, ni reglas de conducta de una sociedad secreta. Hungerford le había dicho a Zeke que Catherine Alexander describió el fragmento de Jesucristo como una carta de alguna clase.

Havers sabía una cosa: no contaba con mucho tiempo. Si Catherine Alexander era la idealista que él suponía que era, fácil resultaba adivinar lo que iba a hacer: traducir los rollos y propagar su contenido para que el mundo lo conociese, e incluso cabía la posibilidad de que entregase los papiros a un museo o universidad para su consulta *pública.*

Tal idea le produjo un estremecimiento de pánico.

Como en el caso de los Diarios de Copérnico, a los que nadie había mirado en varias décadas, o en el de la Kachina del Solsticio, que sólo la manejaban un selecto grupo de sacerdotes, el hecho de que los papiros no los hubieran visto más que dos personas en dos mil años los hacía más deseables para Miles.

De modo que tenía que conseguirlos antes de que Catherine Alexander los hiciera públicos.

Pero ¿cómo dar con la arqueóloga? Titus tenía hombres vigilando el hospital al que habían trasladado a Stevenson, pero Miles dudaba de que la muchacha fuese lo bastante negligente como para presentarse allí. Y aunque Teddy Yamaguchi había instalado sus indicadores electrónicos, Miles no creía que Catherine llegara en su insensatez al extremo de utilizar una tarjeta de crédito. Así que ¿cómo...?

En aquel preciso momento sonó el carillón de la entrada, Miles miró el monitor de la cámara de seguridad y vio a su esposa.

Erica se había puesto una bata de seda color melocotón sobre el camisón de encaje blanco. Tenía el atezado rostro ligeramente abotargado por el sueño y, observó Havers, llevaba la cabellera rubio ceniza despeinada de forma un tanto provocativa.

—Me desperté y no estabas en la cama —dijo Erica.

Miles la acogió en sus brazos.

—Lo siento, cariño. No quería molestarte.

Los negocios que Miles tenía en todo el mundo se desarrollaban durante las veinticuatro horas del día. Con todo, a Erica le gustaba comprobar que su marido se encontraba bien.

—De todas maneras, no dormía como es debido —dijo.

—¿El insomnio? ¿Estás segura de que no quieres visitar al doctor Sanford?

—No. Creo que es culpa de tener aquí a los niños durante las fiestas. Y a Hombre Coyote.

Havers frunció el ceño. El viejo chamán.

—¿Quieres que le diga que se vaya?

—¡Oh, no! ¡Lo quiero aquí! Mañana va a llevarme al solar sagrado, en la meseta de la Nube.

—Ignoraba que existiese tal cosa.

—No existe, al menos el ojo desnudo no puede verla. Pero el Hombre Coyote afirma que si uno sabe mirar, ve los invisibles caminos del espíritu por los que circulan los dioses y los ancestros. Ya sabes, como las cantinelas de los aborígenes australianos.

—Caminos del espíritu —sonrió Miles—. Suena romántico. —La besó—. En seguida voy.

En cuanto Erica se marchó, Miles regresó a su mesa, donde contempló en silencio las fotos que habían tomado los hombres de Titus en el piso de Stevenson. Al repasar una por una las imágenes de la serie, observó que no todos los papiros se encontraban en buen estado de conservación. En realidad, algunos presentaban huecos en la parte escrita que debió de desintegrarse; en un punto faltaba una frase entera. La punta del índice de Miles golpeó el granito pulimentado. ¿Qué dijo Stevenson cuando encontró el papiro P245 en el Museo Británico? *Que Catherine acaso deseara encontrar copias de los rollos para que le ayudasen en la traducción.*

¿Cómo lo había expresado Stevenson? «Deja que tus dedos electrónicos vayan de aquí para allá y no abandones para nada la seguridad de tu casa.»

Inesperadamente, el eco de la voz de Erica resonó en su cerebro: «Invisibles caminos del espíritu».

—Pondremos manos a la obra *los dos* —dijo el padre Garibaldi; arrastró una silla y se sentó delante del ordenador—. Mientras usted traduce, me encargaré de consignarnos en Internet. Doy por supuesta esa posibilidad, dado que este ordenador tiene módem y su amigo estaba conectado.

—Danno realizaba una barbaridad de trabajo a través de Internet.

Mientras el padre Garibaldi pulsaba el ratón dos veces sobre el icono de *Utilidades de Internet*, Catherine advirtió:

—No tiene que hacer eso. Conozco el modo de buscarlo en el Web.

—Podemos duplicar los resultados si dividimos la tarea. Mi griego está oxidado, pero me las arreglo muy bien con los ordenadores.

—Pulsó dos veces en el módulo de gestión TCP y, cuando apareció la pantalla «Trumpet Winsock», murmuró:

—Esperemos que su amigo haya dejado escrito el código de entrada. Y recemos para que funcione el módem.

Al pulsar en el marcador del menú, Catherine contuvo la respiración y confió en que el módem no hubiera sufrido avería alguna cuando se le escapó y fue a caer sobre la hierba mojada.

Pero oyeron el sonido tranquilizador del marcador del módem. Un segundo después en la pantalla apareció: `Bienvenido a Omega Nets Santa Bárbara, California POP.`

Pero inmediatamente debajo estaba el término «código de entrada», seguido de dos puntos (:) y el cursor parpadeante.

—Danno no tiene escrito el código de entrada —constató Catherine.

—Lo que significa que volvemos a necesitar una contraseña. Esto es algo que no podemos saltarnos con un sujetapapeles. ¿Se le ocurre alguna idea?

Catherine pensó unos segundos... Daniel siempre estaba escribiendo notas para sí mismo, en una ocasión llegó incluso a olvidarse de su propio número de teléfono, ¿dónde habría escrito su dirección y contraseña de usuario? De pronto, tuvo una corazonada, alargó la mano y despegó con cuidado la fotografía adherida en la parte interior del estuche del ordenador portátil. La dio la vuelta y leyó: *Cath, Fecha de Graduación, 15 de junio de 1979.* Debajo, con tinta de otro color, Daniel había escrito: *dstevens, Klaatu*.

Garibaldi lo tecleó; Catherine no apartaba los ojos de la pantalla. Y entonces:

```
PPP
Código completado
PPP ACTIVADO
IP es 670.65.324.000
```

—Ahí vamos —dijo el padre Garibaldi, e hizo un doble clic sobre el icono de NetScape—. ¡Abróchense los cinturones, nos lanzamos a la autopista!

«Caminos invisibles», había dicho Erica.

Miles se sentó con rápido movimiento, introdujo la secuencia de arranque, fue directo a Acceso a Internet y marcó el código de entrada.

QUINTO DÍA

Sábado, 18 de diciembre de 1999

Catherine se despertó sobresaltada.

Mientras intentaba recordar dónde podía encontrarse, permaneció tendida donde estaba y aguzó el oído para captar los ruidos del campamento, que empezaría a desperezarse, y la llamada del almuédano desde un lejano minarete. Pero lo único que oía era algo que al principio no pudo identificar. Luego lo reconoció.

Lluvia.

¿En el Sinaí?

Se incorporó de golpe y, una vez sentada, todo afluyó a su conciencia. No recordaba haberse quedado dormida en la silla donde había estado examinando los papiros, pero comprendió que, en algún punto, el padre Garibaldi debió de llevarla a la cama, descalzarla y cubrirla con una manta. Miró el lecho contiguo. La cama estaba hecha, pero el cobertor aparecía arrugado, como si el hombre hubiese dormido encima. Dirigió la vista a la mesa situada bajo la ventana, expuesta a la claridad de un día lechoso; el ordenador de Daniel tenía el monitor levantado. Entonces se acordó: el padre Garibaldi había dicho que iba a entrar en Internet.

Vio que la puerta del cuarto de baño estaba cerrada y oyó el rumor de la ducha. Puso los pies en el suelo y sacudió la cabeza. Danno en el hospital y ella se había quedado dormida; no fue a verlo. Descolgó el teléfono.

No daba tono.

Al tiempo que soltaba una maldición en voz baja, Catherine se levantó y, pisando huevos, se acercó al equipaje. Comprobó primero los rollos. Allí estaban, a salvo entre las cubiertas del libro de paleobotánica. No parecía que los hubiese tocado. Lanzó otra ojeada hacia el cuarto de baño. Michael Garibaldi pudo haberlos cogido mientras ella dormía. Pero no lo hizo. ¿*Podría* confiar en él?

Miró la bolsa negra del sacerdote. Como seguía llegando el ruido del agua de la ducha, Catherine la abrió con rapidez y echó un vistazo al interior. Vio al instante la estola del sacerdote, un frasco de aceite, un píxide de plata para llevar la Eucaristía a los enfermos y algunos libros: una Biblia pequeña, la Liturgia de las Horas y el último Tony Hillerman.*

—Soy realmente sacerdote.

Catherine giró en redondo. Garibaldi había salido del baño vestido con unos pantalones negros y una camiseta de manga corta también negra.

—Lo siento —se excusó Catherine—. Tenía que estar segura.

—No se lo reprocho.

La muchacha observó la camiseta de manga corta y el enigmático lema en letras plateadas —*Dong Meyong Pangamot*—; sus ojos fueron después hacia los bastones de caña lacada apoyados en la pared.

—Dong meyong... No parecen precisamente palabras cálidas y suaves. ¿Es algo así como karate?

—Es un arte marcial, sí. ¿Por qué?

—No deja de parecerme extraño que un sacerdote... —Se interrumpió. Luego cambió de tema—: ¿Qué pasó en Internet? ¿Consiguió conectar?

La noche anterior, poco después de que entrasen en el sistema, la tormenta dejó fuera de servicio las líneas telefónicas de la montaña, poniendo fin a las incursiones del padre Garibaldi por el Web.

—No hubo suerte. Lo intentaremos de nuevo. —Contempló a Catherine unos segundos, antes de interesarse—: ¿Qué tal se encuentra?

—Como si acabara de vivir la experiencia de haber salido de mi propio cuerpo.

—La ducha está a su disposición y el agua caliente estupenda.

—Antes probaré otra vez a llamar por teléfono. He de saber cómo está Danno.

A fin de conceder a Catherine cierta intimidad en el cuarto, el padre Garibaldi salió a la fría mañana. Se reunió con otros viajeros en la recepción del motel, donde se servía café y rosquillas a los huéspedes. Hizo, pues, una pausa, observó el plomizo cielo, que parecía rozar las montañas circundantes, y trató de poner orden en sus agitados pensamientos.

El sueño había vuelto.

Exactamente el mismo sueño que tuvo años atrás, nada había cambiado. El mismo escenario, los mismos personajes, el mismo drama estremecedor del que no podía huir. Salvo que...

* Novelista policíaco estadounidense; su protagonista es un navajo, miembro de la policía de la reserva de su tribu. Las obras han sido publicadas por Grijalbo. (*N. del E.*)

Esta vez, la pesadilla había sido ligeramente distinta. Esta vez, además del anciano y del muchacho, había...

Volvió la cabeza, miró hacia el cuarto del motel y en su imaginación vio de nuevo a la doctora Alexander tal como la había sorprendido examinando la bolsa negra, con el entrecejo contraído por una arruga de preocupación.

En el sueño había aparecido algo nuevo, erguido en el filo de su campo visual. Ahora comprendía que se trataba de una mujer. ¿Quién era? ¿Y por qué había entrado ahora en su sueño?

Imaginó de nuevo a Catherine, en el momento en que miraba con el ceño fruncido los bastones de pangamot. ¿Era *ella*? Pero, de ser así, ¿por qué estaba en *aquel* sueño?

El repentino sonido metálico de un huésped del motel que adquiría un periódico en la máquina expendedora situada fuera de la recepción arrancó bruscamente al padre Garibaldi del fondo de sus pensamientos. Expulsó el sueño de su imaginación y hundió la mano en el bolsillo para sacar las monedas precisas.

Catherine se peinaba la larga cabellera castaña, húmeda todavía por la ducha, cuando el padre Garibaldi entró en la estancia.

—Las gasolineras están abiertas y ha dejado de llover —anunció.

Llevaba café y rosquillas, además de un periódico. Catherine observó que mientras ella estaba en el cuarto de baño, el sacerdote se había cambiado de ropa: ahora llevaba vaqueros y camisa negra clerical con alzacuello.

También se dio cuenta de que su actitud era algo retraída.

—¿Tuvo suerte con el teléfono? —preguntó Garibaldi.

—Absolutamente mudo. Tendremos que ir al hospital.

—Doctora Alexander...

—Si me piden el documento de identidad, me habrán hundido, pero —miró la camisa negra y el alzacuello blanco de Michael— ¡apuesto a que a un sacerdote sí que le dejan entrar a ver a Danno!

—Doctora Alexander... —repitió el padre Garibaldi.

Catherine se quedó paralizada. Sus ojos se dirigieron al periódico que el hombre tenía en la mano.

—Lo siento —dijo el sacerdote, y le tendió el diario—. Está en la sección B, al fondo de la página tres.

Catherine localizó la nota:

Daniel Stevenson, el arqueólogo de esta ciudad que fue apuñalado la pasada noche en su piso de Santa Bárbara, falleció a primera hora de esta mañana, a consecuencia de las heridas sufridas. La policía no ha comunicado detalles, pero sospechan que tras la agresión se oculta algo turbio. Varios testigos afirman que se vio a una mujer huir precipitadamente del lugar del suceso...

A Catherine se le doblaron las rodillas. Se dejó caer en el borde de la cama y cerró los ojos.

—Lo sabía —musitó—. No sé cómo, pero lo sabía... —Se cubrió la cara con las manos—. ¡Oh, Dios mío, Danno!

—Lo lamento —se condolió el padre Garibaldi.

Catherine estalló en lágrimas y sus bruscos sollozos se derramaron sobre las palmas de las manos. Se movió la cama al sentarse el padre Garibaldi, consoladoramente, junto a la muchacha. Los brazos del sacerdote rozaron los de Catherine. No dijo nada, se limitó a dejarla llorar.

Aquello no estaba ocurriendo. No era real. ¡Danno!

—¡Esos hijos de mala madre!

—Doctora Alexander, tiene que llamar a la policía.

Catherine apartó las manos de la cara y con airado movimiento se sacudió las lágrimas que le resbalaban por las mejillas.

—¿Para qué? —estalló—. ¿Qué voy a decirles? ¿Que Miles Havers encargó que lo mataran? ¿Cree usted por un segundo que me iban a creer? ¡Danno está muerto, padre! ¿Va a devolverle la vida la policía?

Se puso en pie, fue hasta la puerta, la abrió de golpe y, como si se estuviera asfixiando, aspiró el aire de aquel día grisáceo.

—No puedo creer que esto esté ocurriendo. ¡Oh, Dios! ¿Qué voy a hacer ahora?

—¿Quiere que rece con usted?

Catherine dio media vuelta.

—¿Rezar? ¿Para qué? ¿A quién? ¡Las oraciones no devolverán la vida a Danno!

Recordó de pronto las palabras que pronunció Daniel trece años atrás, cuando asistía al funeral de la madre de Catherine y encontró a la muchacha sentada en la oscuridad, con un frasco de pastillas para dormir. «Esa no es la solución», dijo Danno entonces.

—Hace mucho tiempo que dejé de rezar, padre —Catherine se fue sosegando paulatinamente sin apartar la vista del periódico caído encima de la cama y en el que casi pasaba inadvertida la nota de la tercera página de la sección B, una insignificante mención del fallecimiento de Daniel Stevenson, de treinta y seis años, su mejor amigo.

Ni siquiera tuvo la oportunidad de contarme los detalles de su descubrimiento de los murales mayas.

Catherine empezó a recoger sus cosas.

—He de ponerme en movimiento. Tengo cosas que hacer.

—Cierto —dijo Garibaldi.

—Usted no viene conmigo.
—Pues claro que sí.
—¿Para qué? —se exaltó la muchacha—. ¿Y por qué continúa aquí conmigo? ¿Por qué no me deja ya?
Garibaldi se tocó el vendaje del brazo.
—Tengo una apuesta personal en esto, ¿no se acuerda?
Catherine alzó el mentón. Un gesto de desafío.
—¿Es que en su parroquia no se preguntan dónde está?
—Aún me quedan unos cuantos días de vacaciones. Todavía no me esperan.
—¿Cuándo tiene que presentarse?
—Trataré eso con ellos entonces, llegado el momento.
—Haga lo que le plazca —dijo Catherine, al tiempo que, con ademanes irritados, echaba artículos de tocador en la bolsa de gimnasia—. Yo sé lo que tengo que hacer.
Cinco minutos después se encontraban en el coche y de cara a la carretera.
—¿Qué rumbo, doctora Alexander?
Catherine contuvo las lágrimas, adentró la vista por el deprimente día extendido delante de ellos, volvió luego la cabeza para mirar por encima del hombro a la autopista que, en dirección sur, conducía a Santa Bárbara y, en última instancia, a Malibú y a Julius... a la seguridad.
—Los tipos que asesinaron a Danno —dijo en tono feroz— no se van a ir de rositas. Cuando Miles Havers decidió meterse conmigo, cometió un error, porque va a tener más jaleo del que podrá afrontar.
—¿Hacia dónde, pues?
—Necesito someter los rollos a algunas pruebas. Los rollos y unas fibras textiles que encontré encima de ellos. Y hay *software* que... —se le quebró la voz— necesito transferir. Sólo existe un lugar en el que pueda hacerlo lo bastante a salvo. Está por el norte —su voz continuó firme, afilada, decidida—. Utilizaremos el laboratorio de investigaciones que la Fundación tiene en San José.
—Al norte, entonces.
Mientras el padre Garibaldi sacaba el Mustang de la zona de aparcamiento, Catherine cogió la bolsa de gimnasia y se puso en el regazo el libro de paleobotánica. Levantó la cubierta con cuidado y desdobló la frágil primera página.
Con Danno en la primera línea de sus pensamientos, comenzó a leer...

Sucedieron dos extraños presagios la noche en que nací.
Mi madre me dijo después que un augur había llegado a nuestra casa con un mensaje urgente relativo al destino de la

criatura que iba a llegar al mundo bajo aquel techo. Yo no iba a enterarme del significado de la profecía hasta que hubiesen transcurrido muchos años.

Perdona, querida Perpetua, me he precipitado un poco. En primer lugar, saludos a Aemelia, mi hermana en El Camino. Permíteme que te abrace con el beso de la paz y la noticia de que mi madre también era diácono, como yo aspiraba a serlo, antes de que el destino interviniese y alterara para siempre el curso de mi vida.

Nací en Antioquía, Siria. Mi padre poseía una empresa naviera, así que éramos ricos. Todo el mundo conocía a mi madre y la envidiaba. Pero lo que nadie sabía era que, en secreto, mi madre era infeliz, porque el suyo fue un matrimonio concertado y hasta después de haberse casado no supo que mi padre era incapaz de amar.

Yo fui su único descendiente.

Cuando yo contaba diez años, abandonamos nuestro hogar y emprendimos un largo viaje por consejo de uno de los médicos de mi padre que, al no poder curarle una dolencia de la espalda que le mantenía tullido, sugirió que probásemos las famosas aguas curativas del Mar de Sal. Y fue allí, en el desierto de Judea, donde oímos a un hombre que predicaba.

Hablaba en su lengua nativa, pero había un hombre que iba traduciendo sus palabras al griego, para que los extranjeros que formaban parte del público pudiesen entenderle. Aunque lo de aquel día en el Mar de Sal ocurrió hace muchos veranos, recuerdo con toda claridad el rostro de aquel maestro del desierto, el sonido de su voz y la forma en que la gente le escuchaba, le hacía preguntas y le llamaba «rabino». Recuerdo que mi padre se alejó del grupo para regresar a los baños y a los médicos. Pero mi madre se quedó, y yo con ella, a escuchar al maestro.

Cuando volvimos a Antioquía, mi padre declaró que las sales curativas del Mar le habían sanado la espalda. Y nunca volvió dolerle.

Cuando cumplí los dieciséis años, mi madre y yo fuimos a la ciudad a visitar al astrólogo, cosa que hacía mi madre todas las semanas. Pero cuando nos disponíamos a seguir el trayecto de costumbre, la calle principal que cruzaba el Distrito de la Epifanía para llegar directamente al centro de la urbe, mi madre dijo: «Hoy iremos por un camino nuevo». Y tropezamos con una multitud concentrada en una plaza de mercado por la que nunca habíamos pasado, un mercado donde se vendían camellos y cerdos, así como asnos y esclavos.

Aquellos eran días cargados de incertidumbre, querida Perpetua, una época de inquietud espiritual, en la que la gente busca respuestas. La ciudad era una olla en la que hervían, mezcladas, diversas creencias; cada barrio con sus propios templos, cada esquina con su propio altar, cada cruce con su estatua de un dios, hasta al emperador de Roma, nos dijeron, se le adoraba como dios viviente.

Un hombre dirigía la palabra a un grupo de personas. Mi madre siempre ha tenido la costumbre de pasar de largo por delante de tales corros, pero aquel día se detuvo a escuchar. El hombre hablaba de perdón y de cómo el perdón abría la puerta que daba al camino de la luz.

Aquel día, mi madre cambió para siempre.

Nunca pudo explicarse después por qué optó por tomar aquella ruta ni qué la indujo a detenerse y escuchar al predicador, pero luego volvimos directamente a casa y perdonó inmediatamente a mi padre por ser tan frío, tan distante y tan poco afectuoso. Fue como si las palabras del predicador hubieran disuelto la semilla de la amargura que durante tantos años había estado alojada en el corazón de mi madre.

Una luz nueva brilló a partir de entonces, y mi madre volvió a ser joven y feliz de nuevo.

El hombre del mercado dijo muchas cosas que no logré entender. Dijo: «La venganza corresponde a Dios» y el gentío preguntó: «¿Qué Dios?», y él respondió: «No hay más que un Dios».

Dijo: «El perdón es nuestro», y la gente preguntó: «¿Por qué debemos perdonar?».

«Para triunfar sobre la muerte. Nosotros, los de El Camino somos inmortales.»

Dijo: «Nada sucede por azar. Todo es parte de un proyecto mucho más importante. Lo que ha de ser, será. Pero del perdón fluye la paz. Y con la paz llega la luz y la vida eterna».

Y comprendí que eso era verdad, porque había visto cómo cambió mi madre.

A partir de entonces fuimos diariamente a aquel mercado, y después invitamos al predicador a ir a nuestra casa. Reunimos a nuestros sirvientes y esclavos, a nuestros amigos y vecinos, y escuchamos la palabra del predicador. Le formulamos preguntas acerca de las cosas que turbaban nuestros corazones —porque aquellos eran tiempos peligrosos en el Imperio— y él contestaba: «El Justo dijo: "Buscad y encontraréis. Llamad y se os abrirá"».

Pero el mensaje más importante del Justo era éste: él había vencido a la muerte.

Mientras el maestro permanecía en nuestra casa y nos enseñaba la sabiduría del hombre al que llamaba el Justo, y mientras sanaba a los enfermos y a los tullidos, tal como a él le había enseñado su Maestro, comprendí que el Justo era el hombre al que había oído en el desierto de Judea.

Preguntamos al maestro: «¿Cuándo llegará el fin del mundo? ¿Será hoy? ¿Mañana? ¿Durante nuestra vida?», porque en el Imperio se multiplicaban las guerras; había epidemias de peste en las fronteras; las colonias se rebelaban contra los señores; el descontento reinaba entre los habitantes de las ciudades, que tenían miedo, cerraban con llave las puertas de sus casas al llegar la noche y nadie confiaba en nadie. Nuestro preceptor respondió: «Habrá señales que os permitirán reconocer el fin. Os prometo que a cada uno de vosotros se os revelarán esas señales».

Mi madre me dijo: «Esta es la verdadera fe, Sabina. Y ahora debemos propagar el mensaje, extenderlo lo más ampliamente que podamos».

Las reuniones se celebraban en nuestra casa. Me dices, Perpetua, que ahora ya no se practican, a causa de las persecuciones. Pero en aquellas fechas no se nos perseguía. Teníamos plena libertad de reunión y las reuniones siempre se celebraban en casa de una persona, la cual supervisaba la lectura del Mensaje, y preparaba y distribuía el festín de amor. Acudía gente de todos los puntos de la ciudad, ávida de recibir el mensaje, y el número de nuestros miembros creció hasta el punto de que tuvimos que celebrar las reuniones en el jardín. Mi madre confirió el diaconado a otros miembros, a fin de que pudieran celebrar reuniones en sus casas. Y así la Comunidad creció y floreció.

Éramos felices en nuestra nueva fe e ignorantes de la tragedia que nos acechaba y que me impulsó a la búsqueda que me llevaría a los confines de la Tierra.

Y sólo puedo maravillarme de los lugares a los que me condujo mi destino, porque en el curso de mis ocho decenios de vida he conocido reyes y campesinos, ladrones y hombres de Estado; he aprendido el arte de sanar, he traído niños al mundo y me he sentado junto a moribundos; he viajado hasta los extremos más alejados del Imperio y he presenciado infinidad de maravillas y cosas extraordinarias. Y en todas las ciudades, pueblos y aldeas, entre todos los hombres sensatos y las mujeres sabias, los necios y los malvados, los cultos y los analfabetos, los ilusionados y los desesperados, aprendí muchos secretos y encontré la solución a muchos misterios. Pero, sobre todo, entre esas respuestas, estaban las siguientes, Perpetua:

Primera: A mí se me reveló la hora en que volverá el Justo.

Segunda: Conozco el día, la hora y el minuto del Fin de las Cosas.

Y tercera: Ahora sé que no estamos solos. En el universo hay

Otro, que es más importante y está más alto, y al que se conoce con muchos nombres: el Bueno, el Único, el Alma-Mundo, el divino Artífice, Creador, Naturaleza, Cosmos, Logos, Razón Suprema, el Eterno, Dios.

¿Me preguntas que cómo puedo estar segura de estas cosas? Tengo la prueba, querida Perpetua. Y cuando te revele esta prueba, tú también tendrás esta fe inquebrantable.

Y te otorgaré algo más: un Don. El cual se te conferirá porque es un don del Supremo para toda la raza humana.

El mensaje era tan extraño que, al principio, Julius pensó que se trataba de una broma. Pero luego cayó en la cuenta de que la que había llamado usó el nombre de Merititis, el nombre de la momia que él había examinado el año anterior. Tras pasar la cinta varias veces más, comprendió que la autora del telefonazo era Catherine, con la voz desfigurada.

Le informaba de que ella se encontraba a salvo, que iba a permanecer escondida y que no quería que nadie supiese dónde, ni siquiera él.

¿Pero por qué el disimulo? ¿A qué venía lo de Merititis? ¿Y por qué tal insistencia en que ella se encontraba bien?

Se arrepintió de haber ido al Instituto tras la discusión que tuvieron, deseó haberse quedado con Catherine. Cuando volvió a casa, la encontró vacía y vio la nota —«Tengo que irme. Estaré ausente unos días»—, marcó el número de Daniel Stevenson, con la esperanza de que Catherine hubiese ido allí. Pero nadie contestó al teléfono.

De modo que Julius fue allí, al apartamento que Catherine tenía en la calle Quinta de Santa Mónica. Utilizó su llave para abrir la puerta y entró, medio esperando encontrarla en el piso, enfrascada en el estudio de los rollos, con su larga cabellera castaña desparramándosele sobre los hombros, como siempre que se dejaba absorber por una tarea, ya que en tales circunstancias se le olvidaba pasarse el peine o recogerse el pelo con una horquilla.

Pero Catherine no se encontraba allí. La cafetera estaba fría, nadie se había acostado en la cama y un montón de cartas y de periódicos, depositados por un vecino, aguardaban encima de la mesa del comedor.

Vio en el dormitorio una foto de Catherine y él en una playa de Honolulú. Habían asistido juntos a una conferencia e hicieron el amor por primera vez allí, en el Hotel Halekulani. En los oídos de Julius aún susurraba el oleaje que rompía más allá del *lanai*, la terraza del cuarto, aún veía la luz de los rayos de la luna cruzando la cama, aún sentía el tacto de la suave piel de Catherine e inhalaba aquel aroma en el que se mezclaban el aceite bronceador de coco y el pelo recién lavado. Aquello fue lo primero que le atrajo: la melena de cabello castaño, que a menudo dejaba suelta, provocativa e incitante.

—Catherine —susurró—, dondequiera que estés, llámame, por favor. Ven a casa. Sacaremos esto adelante juntos.

—Larga melena pelirroja —aleccionaba la testigo al dibujante en la comisaría—. No, ese tono de rojo, no, tiraba más a castaño. Sí, así.

Aunque el incidente se desarrolló en cuestión de segundos (la mujer que salió precipitadamente del piso del doctor Stevenson no sabía adónde iba), la vecina pudo echarle una buena mirada; el retrato, dijo en aquel momento al artista, estaba muy logrado, un parecido casi exacto.

—¿Tiene usted idea de quién podía ser? —preguntó el detective de Santa Bárbara.

La mujer denegó con la cabeza.

—El doctor Stevenson no estaba en casa casi nunca.

—¿Qué me dice de los tipos que la perseguían?

—No pude verlos bien.

—Se encontró en la calle con un hombre —explicó el detective; tuvo que alzar la voz porque en aquella mañana de diciembre, a ocho días vista de la Navidad, el cuartelillo de la brigada era una auténtica casa de locos. Con tantos atracos, robos de automóviles, allanamientos de morada y casos de conducción en estado de embriaguez (que se acentuaban durante las fiestas) los agentes de la ley estaban al borde del ataque de nervios y como eran insuficientes en número para atenderlo todo, el detective no podía permitirse el lujo de conceder a aquel asunto el tiempo y la atención que le hubiera gustado; ni siquiera le había sido posible llevar las pruebas al laboratorio—. El individuo con el que la mujer se marchó en automóvil. ¿Pudo usted verle bien?

—Lo siento, detective.

En el otro extremo de la sala, una mujer bajita y regordeta, con vaqueros y una bolsa de macramé colgada del hombro, saludaba amistosamente a los funcionarios y se abría paso a través del caos en dirección al detective y la testigo. Rara vez tenía que mostrar la chapa que la acreditaba como miembro de la prensa; tras seis años de llevar la sección de sucesos criminales del *Santa Barbara Sun*, era una figura familiar en aquella comisaría.

Aquella mañana acudió para comprobar si detrás del asesinato del arqueólogo había un buen reportaje. Pero hasta entonces lo único que había podido averiguar era que Stevenson estuvo en la linde, un fulano tipo Carro de los Dioses que creía que en Marte había pirámides. Un tío raro.

Pero la periodista observó algo lo bastante significativo como para darle a aquel asesinato un porte curioso: aparentemente era obra de unos profesionales del robo y, sin embargo, todo indicaba que lo único que se llevaron fueron unas cuantas fotografías.

Tras echar una mirada al boceto del dibujante, la reportera siguió al detective a través de la sala, donde el repicar de los teléfonos, el tableteo de las máquinas de escribir, el zumbido de los faxes y las voces de absolutamente todo el mundo hablando al mismo tiempo creaban un pandemónium ensordecedor. Apenas audible bajo todo aquel estruendo, una emisora de radio transmitía: *Santa Claus viene a la ciudad.*

—¿Alguna pista que conduzca hacia el que lo mató?

—En este momento no puedo hacer ningún comentario —dijo el detective, y continuó su camino hasta desaparecer en el despacho del capitán.

La periodista permaneció inmóvil un momento y, mientras se preguntaba si aquella brusquedad impropia del policía era debida a la tensión de las fiestas o consecuencia del propio caso, su mirada fue hacia la mesa del detective, donde localizó un montoncito de sobres de papel, de los que se utilizan para contener el conjunto de pruebas. Estaban rotulados: *Stevenson 17.12.99; Detective Shapiro.* Asomaba por debajo lo que parecía una fotografía de veinte por veinticinco en blanco y negro, brillante, en la bolsa protectora de plástico.

Con un ojo puesto en el despacho del capitán y el otro en la alborotada comisaría, la periodista se puso de espaldas a la mesa, alargó los dedos y sacó la foto de debajo de los sobres de pruebas. Acto seguido, como seguía sin haber enemigos en la costa, se dio media vuelta y bajó la vista.

Luego volvió a mirar.

¿Qué era *aquello*?

Parecían papiros. Con escritura antigua.

Enarcó las cejas. Había visto algo similar antes. Pero ¿dónde?

Tras cerciorarse de que los detectives estaban inmersos en lo que llevaban entre manos y nadie la vigilaba, la reportera observó la fotografía con más atención. Aunque a primera vista el papiro parecía ser una sola hoja, un examen más cuidadoso permitió ver una línea en la mitad inferior, como si se tratara de dos piezas que estuvieran rotas, separadas, y que alguien puso juntas para fotografiarlas.

¿Qué *sería* aquel documento?

Y lo que resultaba aún más intrigante, ¿de *dónde* había salido?

Pensó en el apunte de la mujer que había huido del lugar del crimen. ¿Quién sería y qué relación tendría con aquel papiro? La imagen iba a acabar enterrada en la sección Metropolitana, eso seguro; el retrato-robot circularía durante cosa de una semana, tal vez, con un número de teléfono al que llamar, y a continuación desaparecería.

Miró de nuevo la foto. ¿Realmente habría *encontrado* Stevenson algo?

Tras asegurarse otra vez de que nadie la estaba mirando, dio la vuelta a la foto y leyó la nota escrita a lápiz en el dorso. No era la letra del detective. *«Fragmento de Jesucristo, encontrado 14/12/99, Sharm as Sheij.»*

¡Fragmento de Jesucristo!

No perdió un segundo. Comprobó una vez más que nadie la espiaba, rebuscó rápidamente en el interior de la bolsa de macramé y sacó, sostenida en la palma, la microcámara de vídeo digital que siempre llevaba consigo a todas partes. Equipada con una tarjeta que contenía doscientos megabytes de memoria, tomaba fotografías de calidad superior que, cuando se transferían a una computadora y se imprimían, resultaba poco menos que imposible distinguirlas de los originales.

Mantuvo firme la cámara, exploró la foto, volvió a introducir la cámara en su bolsa y estuvo fuera de la comisaría antes de que nadie sospechase siquiera lo que acababa de hacer.

«Acarícíame..., —ronroneó en tono suave y sensual la voz femenina—. Abrázame... bésame... susúrrame al oído... tus secretos... Estoy aquí para ti... para...» Una mano de hombre se deslizó sobre la pantalla. «... tu dedo.»

Y entonces, una voz masculina, alta, autoritaria:

«Dianuba 2000. Es todo lo que usted necesita.»

Se encendieron las luces y cuantos estaban reunidos en el despacho de Miles Havers se felicitaron unos a otros por aquella brillante campaña publicitaria.

—Va a ser mil veces más espectacular que la que se empleó para el lanzamiento de Windows 95 —comentó un visitante.

—¡Es fabulosa! —añadió otro—. Quiero decir, ¿cuántas respuestas al día calculas que obtiene un Yahoo? ¿Un millón? Con este nuevo *software* serán doscientos millones... ¡*cinco mil millones* de respuestas! ¡No hay límite!

Miles se mantuvo silencioso. El *software* era fruto de su inventiva, conocía su potencial. Se basaba en un concepto muy simple: básicamente, se toma un ilimitado grupo informativo cuyos puestos se proyectan alrededor del mundo sin revisión y se expanden un millón de veces. Dianuba 2000 iba a conectar entre sí cada una de los cien millones de personas que normalmente navegan por Internet, y las iba a conectar de un modo que se encontraba a años luz más allá de los sueños de cualquiera. Y la empresa de Miles había mantenido el proyecto bajo tan estrictas medidas de seguridad que la competencia sólo tenía una leve sospecha de lo que el nuevo *logical* era capaz de... La conexión global instantánea y total.

Con sólo apretar un botón.

—¿Qué hay del pleito antimonopolio? —preguntó uno de los visitantes, un accionista de los principales, al que se había invitado al pase del nuevo anuncio.

Otros invitados presentes en la sala manifestaron también su preocupación acerca de los grupos con intereses no gubernamentales y servicios de conexión que acusaban a Tecnologías Dianuba de prácticas monopolísticas, y que alegaban que el nuevo *software* eliminaría toda posible competencia. Deseaban que el gobierno obligase a Tecnologías Dianuba a vender la conexión global de Internet por separado, independientemente del Dianuba 2000, *logical* que iba a lanzarse dentro de catorce días, un minuto después de la medianoche del primero de enero.

Pero a Miles no le preocupaba el pleito antimonopolio.

—Tengo un ángel —declaró, con una sonrisa enigmática—, un ángel de la guarda negro y brillante.

Se acercó a la ventana y miró al exterior; desde su *suite*, en la tercera planta, se dominaba su campus, el complejo de veinte edificios y 12.900 empleados que constituían el «parque de la ciencia» de Dianuba. Desde allí, a través de prados tan perfectos que parecían el Astroturf, podía contemplar la zona de aparcamiento principal destinada a los empleados. Tenía todas las plazas ocupadas, naturalmente... era sábado. Pero también estaba lleno el domingo. Así era como Miles calibraba el éxito de la empresa: si los coches de los trabajadores ocupaban el aparcamiento el domingo u otro día festivo, eso significaba que la empresa era rica, próspera y en desarrollo. Un aparcamiento muerto era una empresa muerta.

Pero *su* empresa jamás estaría muerta. No mientras la impulsara aquella potencia de tigre.

Cuando sus ojos se posaron en un punto más próximo y vio su propia persona reflejada en el cristal, Miles se dedicó una centelleante sonrisa. Pero de pronto vio otra imagen, una imagen conocida, que llevaba treinta años acosándole. *Ojos achinados, en forma de almendra...*

No, nada de pensar en eso. *Tenía* que creer que se había tratado de un tigre, porque la alternativa —aquellos ojos, casi humanos— era insoportable.

Se alejó bruscamente de la ventana y se llegó a la terminal de ordenador de su escritorio, pulsó una tecla y en la pantalla apareció la última relación NASDAQ. Las acciones de la Dianuba cotizaban al cierre de la sesión del día anterior con una subida de dos dólares.

Miles contaba con 79.000.000 de acciones, lo que significaba que era ciento cincuenta y ocho millones de dólares más rico.

Y pronto, antes de veinticuatro horas lo más probable, también iba a ser seis rollos más rico.

Teddy Yamaguchi había entrado en el suministrador de acceso a Internet que utilizó Stevenson. Armados con la dirección del proveedor de servicios de información (IP), todos esperaban a que Catherine Alexander entrase en el sistema, y en cuanto se produjera la conexión con OmegaNet, se lanzarían sobre el rastro que iba a conducirles hasta ella.

—Quiero volver a entrar en Internet lo antes posible —dijo Catherine, al tiempo que irrumpía en el aparcamiento del laboratorio de investigaciones de la Fundación y ocupaba un espacio apartado de las luces que brillaban en lo alto—. Hemos de encontrar algo que nos ayude a determinar la fecha de los rollos y a dar con el séptimo.

Después de apagar el motor, el padre Garibaldi y ella observaron el discreto edificio anidado entre taludes cubiertos de hierba, sobre los que se derramaba una luz suave que los hacía destacar en la noche. Pese a lo tarde que era, en el aparcamiento quedaban aún algunos automóviles y brillaban luces en varias ventanas.

—¿Cómo nos las arreglaremos para entrar? —preguntó Michael.

—El sistema de seguridad es de los buenos. Varios museos utilizan los laboratorios de la Fundación para analizar objetos de arte. La Mona Lisa pasó una temporada aquí, allá por los años setenta.

—¡Alguien viene!

Se agacharon en los asientos y atisbaron por el parabrisas mientras un empleado de la Fundación, con una cartera de mano, franqueaba la entrada frontal y se dirigía a un Lexus.

—¿No sería sensacional —articuló el padre Garibaldi en voz baja— si el predicador que menciona Sabina resultara ser san Pablo? Antioquía fue la primera ciudad en la que predicó. Y fue allí donde llamaron por primera vez cristianos a los cristianos.

Catherine no pronunció palabra. Sabía que el padre Garibaldi pensaba conforme a la idea masculina propia de los hombres que habían contribuido a construir la Iglesia primitiva; ella no le había hecho partícipe de su esperanza personal de que los rollos pudieran arrojar luz sobre las *mujeres*. Le lanzó una rápida mirada, sentados allí en la oscuridad. Garibaldi aún llevaba el alzacuello, símbolo del poder masculino que había detrás de la Iglesia. Se preguntó cómo reaccionaría ante el concepto de sacerdotisas cristianas.

¿Qué pensaría si supiese que estoy buscando la prueba de que los hombres no tienen derecho a ser papas?

—Creo que sería asombroso —dijo Catherine, mientras ambos

mantenían la vista en el Lexus, que ya se alejaba—, si los rollos proporcionaran la prueba de que realmente existió un hombre llamado Jesús.

Garibaldi se la quedó mirando.

—¿No cree que existiera Jesús?

—Soy una científica, padre. Trato con hechos y con pruebas firmes. En lo que a mí concierne, la Biblia es una colección de mitos.

Se dio un masaje en el cuello. Habían pasado cerca de diez horas en la carretera, turnándose al volante, deteniéndose sólo para repostar gasolina y tomar un bocado en las hamburgueserías de carretera. Catherine había leído cuanto pudo del primer rollo: *«Conozco la hora en que volverá el Justo...»*.

La muchacha dirigió a Garibaldi otra fugaz mirada y se preguntó qué opinaría el sacerdote del inminente milenio. ¿Creería que el fin estaba cerca, que la Segunda Venida se encontraba al alcance de la mano?

La Segunda Venida... ¿Le confiaron a Sabina el conocimiento secreto?

Habían matado a la familia de Sabina, lo mismo que a Danno. Sabina dijo que había encontrado respuestas. *¿Dónde estaba la respuesta a la insensata muerte de Danno?*

—Creo que el terreno está despejado —dijo Michael—. ¿Cuál es el plan?

Los dedos de Catherine tamborilearon sobre el salpicadero. Luego cogió la bolsa azul de gimnasia, se la echó al hombro y pidió:

—¿Quiere hacerse cargo del ordenador?

—No pretenderá decir que vamos a entrar como si tal cosa.

—¿Por qué no? Tengo autorización. Y ya en otras ocasiones he llevado ayudantes.

Garibaldi se la quedó mirando.

—¿Soy su *ayudante*?

—Si se quita el alzacuello, no habrá inconveniente —confirmó Catherine.

Se apeó del automóvil y echó a andar con paso rápido en dirección al edificio.

Catherine no conocía al guarda de seguridad que ocupaba la garita; había transcurrido más de un año desde la última vez que estuvo allí. Mientras el hombre se incorporaba despacio, Catherine leyó rápidamente el nombre de la tarjeta y le dedicó una sonrisa.

—Hola, Gordon. Todo parece tranquilo esta noche.

—¿Me permite su identificación, por favor?

—Faltaría más. —Al tiempo que la sacaba del bolso, echó una mirada a la mano izquierda del guarda y vio el anillo de oro—. ¿Qué tal está su esposa? Estos días, con las fiestas, debe de andar atareadísima, ¿no?

El guarda examinó la tarjeta de identificación y luego escribió algo en la consola del ordenador.

—Mi esposa está bien, gracias —murmuró Gordon. Devolvió la identificación y le tendió un sujetatarjetas—. Firme aquí, doctora. —Miró a Garibaldi—. Usted también, tenga la bondad.

Cuando se apearon del ascensor, en la tercera planta, Catherine miró a ambos lados del pasillo y dijo en voz baja:

—Necesito transferir el programa Logos. Pero también necesito efectuar una prueba en el laboratorio químico.

—Indíqueme el camino —dijo Garibaldi— y haré la transferencia mientras usted está en el laboratorio.

Avanzaron por el pasillo y fueron mirando el interior de los despachos, donde los ordenadores permanecían oscuros y silenciosos. Confiaban en que uno por lo menos estuviese conectado, para evitar que se disparasen las alarmas.

—No es un programa seguro —comentó Catherine—. Al menos no lo era cuando estuve aquí hace un año.

—¿Qué hace?

—Es un instrumento indispensable para situar la fecha y traducir escritos griegos antiguos. Empezó como catálogo para la colección de papiros de la Universidad de Duke. A partir de ahí se amplió para incluir otras colecciones. Se entra una palabra y el programa la comprueba y empareja con otra a la que ya se ha atribuido fecha. Puede ahorrarle a uno semanas de trabajo.

Llegaron al último despacho y vieron el resplandor que despedía la pantalla de un monitor.

—Alguien lo está utilizando —comentó Garibaldi—. Puede que vuelva en seguida.

—No lo creo —contradijo Catherine, tras observar lo limpia que aparecía la superficie de la mesa—. No hay café, ni té, ni soda, ni comida. Han empujado la silla hasta dejarla bajo el escritorio. Y, mire, hasta han arrancado la hoja del calendario. La persona que lo utiliza se ha ido hace rato.

—Doctora Alexander, si alguna vez deja la profesión de arqueóloga, puede abrir una agencia de detectives.

Catherine se sentó ante el ordenador y buscó los archivos de Logos.

—En términos generales —comentó— se considera que el ministerio de Jesús duró unos tres años hasta su crucifixión en el 32 o 33 de la Era Cristiana. De modo que si Sabina contaba diez años cuando le oyó predicar por primera vez cerca del mar Muerto, eso situaría el nacimiento de Sabina hacia el año 20 de nuestra era. Y si vivió hasta los ochenta, como indica el rollo, entonces debió de conocer a Perpetua alrededor del año cien. ¿Ve lo importante que es determinar la fecha de los rollos? Vamos con el Logos, ¡ahí entrará usted!

—¿Tan vital es ese programa?

—Para mí, sí. Mi madre fue la mejor paleógrafa que haya existido nunca. Se pasó años y años catalogando pinceladas, densidades de tinta, trazos y formación de letras. Del mismo modo que usted distinguiría algo escrito a mano en el siglo dieciocho —como la Declaración de Independencia— de una caligrafía contemporánea, mi madre echaba un vistazo a un documento antiguo y le asignaba una fecha. Pero yo no tengo ese arte, yo necesito toda la ayuda que... ¡Aquí está!

Al tiempo que dejaba libre el asiento para que lo ocupara Michael, Catherine dijo:

—Ocupa demasiado espacio y no cabe en un disquete, tendrá que transferirlo directamente al disco duro del ordenador portátil.

—Podría haber dificultades —repuso Michael en tanto inspeccionaba el ordenador—. No, espere un momento, puede que tengamos suerte. Hay un puerto de acceso de infrarrojos. Cruce los dedos...

Contemplaron la pantalla del portátil.

Luego:

CONEXIÓN ESTABLECIDA
CONTINÚE

Catherine se dispuso a salir del despacho.

—Aguarde un minuto —dijo Michael—. ¿Está este programa en un servidor de red?

—Sí, ¿por qué?

—No se completará. Necesitamos captar un programa no instalado.

Escribió: \ *pub*\ *aplicaciones*\ *logos.*

En la pantalla del portátil: g:\ Michael tecleó: copy *.* c:\

—¿Cuánto tiempo llevará la transferencia?

—Por desgracia, la infrarroja es más lenta que una conexión directa. Quizás diez minutos.

—Que sean siete.

Y Catherine se fue.

Miles Havers se apartó de las luces del complejo Dianuba y escuchó el timbre del teléfono en el otro extremo. Al descolgar, oyó una voz familiar.

—Titus —dijo Havers—, te envío por fax una relación de los lugares en los que es posible que se presente la Alexander.

—Ya empieza a aparecer en mi aparato.

—Tengo el pálpito de que al primer sitio al que va a dirigirse está en el norte, creo que irá a la Fundación. Se encuentra en las afueras de San José.

—¿San José? ¡Eh, amigo, encárgame algo difícil! Da la casualidad de que acabo de enviar hacia esa zona a dos de mis mejores especialistas. Les indicaré que se desvíen un poco y recojan a tu dama. Aunque, sólo para mayor seguridad, destacaré también agentes en los otros puntos.

Miles colgó y permaneció pensativo unos segundos. Al final decidió que no le haría ningún daño contar con algún respaldo adicional, descolgó de nuevo el teléfono y marcó un número.

—¡Se le saluda, senador! —exclamó al cabo de un momento—. Sí, Erica está deseando verles, a usted y a Francie, en nuestra fiesta de Nochevieja. Me preguntaba, senador, si puedo pedirle un favor. Necesito ponerme en contacto con la directora de unos laboratorios de investigación científica situados en las proximidades de San José y creo que es amiga suya...

Catherine encendió las luces del laboratorio químico y exploró los mostradores en busca de un punto de trabajo. Con el oído alerta por si sonaban pasos, cogió una caja de portaobjetos nuevos de encima de un refrigerador en el que alguien había pegado una nota que avisaba: «¡Peligro: Nitrocelulosa! ¡NO sacar del frigorífico!».

Catherine colocó primero encima del portaobjetos unas fibras de las que había separado del papiro y las trató con ácido hidroclórico. Contuvo el aliento mientras observaba la reacción. Si el color se mantenía invariable, eso demostraría que las fibras se tiñeron de auténtico púrpura romano.

El color no cambió.

Pero faltaba la prueba definitiva. Sin apartar la vista de los hilos colocados bajo el microscopio, y con el oído atento a los posibles ruidos que se produjeran en el pasillo, Catherine aplicó una gota de hidrosulfito de amoniaco sobre la platina. Volvió a contener la respiración. Si las hebras adoptaban un tono amarillo brillante, eso significaría que se tiñeron con extracto de mejillón *murex*, un sistema de tinte utilizado en los primeros siglos del Imperio Romano y que se abandonó posteriormente. Los hilos amarillos indicarían que se envolvieron los rollos en una tela que databa de la edad de los césares, lo que situaba a Sabina más cerca de la época de Jesús.

`Transferencia concluida...` Al padre Garibaldi le hubiera gustado proceder al *Install* y cerciorarse de que el programa iba a funcionar, pero no había tiempo. Catherine y él llevaban ya allí doce minutos y al sacerdote no le había hecho ninguna gracia la forma en que el guarda de seguridad los observó en el vestíbulo.

—Hora de largarse —murmuró el padre Garibaldi. Apagó el ordenador y salió del despacho.

Pero al doblar la esquina del extremo del pasillo oyó al guarda de abajo que hablaba por el teléfono celular.

—Sí, está arriba, trabajando con su ayudante. ¿El nombre? Un momento, voy a ver... Sí, el nombre del ayudante es Daniel Stevenson. ¿Cómo? ¡Stevenson, *eso* es! ¡Sí, señor! Los retendré hasta que llegue usted.

Garibaldi localizó el laboratorio y entró en él apresuradamente.

—¡Las fibras se han vuelto amarillas! —exclamó Catherine, excitada—. ¡Lo cual significa que son *viejas*!

—¡Exactamente eso es lo que no llegaremos a ser nosotros, si no nos marchamos de aquí a toda velocidad!

—¿Qué...?

—Nos han descubierto. Hay orden de detenernos.

Se precipitaron a una escalera de emergencia, descendieron corriendo a la primera planta, comprobaron que el pasillo estaba despejado y se lanzaron hacia la puerta de salida.

Estaba cerrada con llave.

Probaron otra. También bloqueada.

—Podemos hacer saltar la alarma de incendios —propuso Michael—. Abriría estas puertas automáticamente, pero también es posible que impulsara a los guardas de seguridad a apostarse en todas las salidas y cogernos antes de que pudiéramos huir.

—¿Y si provocamos un incendio en alguno de los despachos de arriba?

—No sé si podríamos alejarnos de la escena con la suficiente rapidez. Lo que nos hace falta es algo con dispositivo de relojería. Algo que no se disparase hasta que estuviéramos en el lado opuesto del edificio.

—¡Nitrocelulosa! —exclamó Catherine—. ¡Papel inflamable! Hay en el refrigerador del laboratorio.

Volvieron sobre sus pasos y, después de asegurarse de que no había nadie en el pasillo de la tercera planta, se deslizaron en silencio hasta el laboratorio.

—No es más que papel corriente —había explicado Catherine por el camino—, tratado con nitrato para convertirlo en altamente inflamable. Danno me lo presentó en la facultad durante la época en que estuvo complicado en el sabotaje de los esfuerzos de la administración para subir los derechos de matrícula de los estudiantes. En el caso de que la policía les hiciese una visita por sorpresa, podían destruir las pruebas literalmente de una llamarada.

—Parece peligroso.
—Lo es.

Miles descolgó el auricular al primer timbrazo. Era Titus.
—Tengo al equipo de San José al teléfono. Acaban de abandonar la autopista. Dicen que tienen el edificio a la vista.

—Esto es altamente volátil... —advirtió Catherine, mientras colocaba dentro de la papelera, cuidadosamente, el papel inflamable. Situó después la lámpara de infrarrojos enfocada sobre él y accionó el interruptor—. El calor lo incendiará.
—¿Dentro de cuánto tiempo?
—No tengo ni idea.
—Me encanta la precisión de la ciencia —ironizó Michael, mientras corrían hacia la puerta.
Ya avanzaban a la carrera por el pasillo cuando oyeron acercarse a un guarda. Se zambulleron en un cuarto del servicio de limpieza y aguardaron allí, entre escobas y fregonas, a que pasara el guarda.
—¿Qué proporciones puede alcanzar la explosión que origine ese papel inflamable? —susurró Garibaldi.
—No tengo ni idea.
—¿Será lo bastante fuerte como para volar el edificio?
—Es posible.
—Comprendo —dijo Garibaldi—. En tal caso sugiero que abandonemos el edificio como almas que lleva el diablo.
Justo en el momento en que llegaban a la puerta del extremo más alejado del laboratorio químico, oyeron un apagado estallido. Un instante después, las alarmas se dispararon. Y las puertas de salida se abrieron de golpe.
En el preciso momento en que Michael y Catherine se abalanzaban hacia el interior de la noche, llegó chirriando un automóvil, la luz de sus faros cayó deslumbrante sobre los fugitivos y una voz conminó a pleno pulmón:
—¡Alto! ¡Quietos ahí!

EL PRIMER ROLLO

Mi madre conocía el arte de ayudar a traer niños al mundo, una habilidad que aprendí de ella y que me enseñó durante aquel verano de mi decimosexto cumpleaños.
Una noche, nos avisaron para que fuésemos a asistir a una

madre joven en un alumbramiento difícil. La mujer llevaba de parto un día y una noche y, cuando mi madre sacó al bebé, la parturienta, agotada, cayó en un sueño profundo. La criatura no medró; murió mientras la joven esposa dormía.

Mi madre envolvió al niño en un pañal y lo llevó al templo de Juno, en cuyas escalinatas se dejaba a los niños no deseados para que muriesen. Depositó allí a la criatura muerta y cogió otra que alguien acababa de abandonar. Volvió con el niño vivo y lo puso junto al pecho de la joven madre. Cuando ésta se despertó, tuvo una alegría inmensa al ver allí a su hijo. Antes de convertirse en prosélita de El Camino, mi madre nunca hubiera realizado tal acto de misericordia.

Me casé a los diecisiete años. Mi joven esposo pertenecía también a una familia acaudalada y aunque fue un matrimonio arreglado, supe que crecería en mí el amor hacia mi marido. Cuatro meses después, quedé embarazada.

Fue durante aquel invierno de los grandes disturbios.

Tal vez has oído hablar de aquella época terrible, Perpetua, cuando la peste se extendió por Antioquía y murieron muchas personas.

Noche y día, la plebe ofrecía sacrificios en los templos, pero los lamentos y gritos de duelo no cesaban nunca. Y entonces, el pueblo se dio cuenta de que la enfermedad no había llegado a los barrios ricos de la ciudad. Impulsado por el dolor y el agravio, la gente buscó un chivo expiatorio. Y como nosotros profesábamos una fe nueva, El Camino, a nosotros nos echaron la culpa.

El populacho se presentó durante la noche, armado de estacas y teas encendidas. Las oraciones no nos salvaron. Mataron a mis padres; mi joven esposo luchó con bravura antes de que también acabaran con su vida. A los miembros de El Camino que habían buscado la salvación refugiándose en nuestra casa también los exterminaron, lo mismo que a nuestros sirvientes y esclavos. Sólo yo sobreviví, aunque perdí al niño.

Con el tiempo, mis heridas físicas sanaron, pero no las del corazón. Creí morir de pena. Mi alma sólo gritaba una pregunta, de la que no recibí contestación.

Y entonces oí rumores que decían que el Justo estaba predicando su mensaje en una tierra lejana. Como había llegado a mí muchas veces la noticia de su ejecución, el relato de cómo había muerto y recobrado la vida, comprendí que él tendría la respuesta a la pregunta que acongojaba mi corazón.

Estaba en Oriente, me dijeron. De modo que hacia Oriente tendría que dirigirme. Y así emprendí el viaje que al final me revelaría las Siete Verdades que responden a todas las preguntas, disipan todos los temores y aportan riquezas ciertas a las vidas de quienes las conocen. La primera ya la compartí contigo: es la de que no estamos solos, que en el universo hay una Fuente de Vida. La segunda Verdad —que nos confiere poder— se me manifestó en la antigua ciudad de Ur Magna, a orillas del río Éufrates.

Contaba yo entonces dieciocho años, y era el cuarto año del reinado del emperador.

SEXTO DÍA

Domingo, 19 de diciembre de 1999

Al despertarse, Catherine se encontró con que el mundo había desaparecido.

Cuando desplegó el cuerpo en el asiento posterior del Mustang, donde había dormido aquella noche bajo una manta prestada, alzó la cabeza y echó una mirada al reino espectral que se vislumbraba al otro lado de las ventanillas. Una niebla espesa lo envolvía todo en un silencio blanco; Catherine no podía distinguir más que unas formas fantasmales erguidas entre la bruma: las colosales secoyas rojas.

Se incorporó hasta quedar sentada y, mientras se frotaba el entumecido cuello, observó que el asiento delantero estaba vacío. No había oído al padre Garibaldi abandonar el coche.

Vio entonces que otras personas empezaban también a desentumecer los músculos, los diversos viajeros que, lo mismo que Catherine y Michael, habían buscado refugio en la zona de descanso de montaña, para pernoctar allí. Después de salir huyendo de los terrenos de la Fundación, con el acelerador pisado a fondo, volaron en dirección este, hacia el océano, y ascendieron por montes boscosos con la esperanza de encontrar un motel con una plaza libre. Por último, tuvieron que detenerse. Michael consiguió que una familia que iba en un Winebago les dejara un par de mantas; él ocupó la incómoda parte delantera del automóvil y cedió a Catherine el dudoso lujo del asiento posterior.

Anoche... Por los pelos, otra vez. De no haberse producido aquella segunda explosión en el laboratorio, que hizo añicos las ventanas de la tercera planta y sembró de trozos de cristal el aparcamiento, organizando el desbarajuste de mil demonios que les permitió, a ella y al padre Garibaldi, precipitarse hacia el coche y la subsiguiente huida...

Catherine se apeó del vehículo y, en tanto se estiraba y aspiraba el tonificante aire salado, vio a través de la tupida neblina personas que entraban y salían de unos aseos que parecían fortines, o que ocupaban los bancos de las mesas de merendero del área de descanso. Los del Winebago calentaban ya el motor de su vehículo, así que Catherine se apresuró a devolverles las mantas y manifestarles su sincero agradecimiento. De no haber sido por las mantas, el padre Michael y ella se habrían congelado.

Michael.

Lo buscó inútilmente con la mirada y llegó a la conclusión de que debía de estar en los servicios.

Durante la noche, Catherine se había despertado y le oyó gemir en sueños. Le dio una suave sacudida y la pesadilla cedió. La muchacha se quedó mirando al sacerdote, y durante un rato examinó su rostro a la claridad fantasmal de las farolas del área de descanso.

Aunque el mal sueño parecía haber concluido, aún podía apreciarse un leve toque de sus efectos en las facciones atractivas del hombre, un conflicto interior que había dejado allí su impronta. Garibaldi era un hombre de paz que no estaba en paz, pensó Catherine. Un hombre que seguía a Jesucristo, pero que llevaba armas de artes marciales.

Las duchas de los servicios funcionaban con monedas y sólo eran de agua fría. Pero Catherine echó por la ranura del automático todos los cuartos de dólar que llevaba y disfrutó de la helada caricia húmeda sobre su cuerpo. Se secó con toallas de papel y se puso ropa limpia.

Cuando volvió a la zona de aparcamiento, la niebla se había levantado por completo, un sol alegre derramaba su luminosidad sobre los gigantescos secoyas y las familias recogían sus cosas para partir en pos de la siguiente parada.

Vio a Michael delante de su automóvil; vestía pantalones vaqueros y una sudadera de la Universidad de Loyola. El sacerdote comprobaba la presión de los neumáticos y hablaba con un hombre de traje barato y arrugado. Mantenían la conversación en voz baja y se estaban riendo de algo.

Al acercarse a ellos, Catherine oyó decir al desconocido:

—Si piensa dirigirse al sur, vale más que lo olvide. La autopista de la costa está atascada. ¡Todos los ejecutivos producto de la contracultura y la sociedad alternativa se han lanzado hacia el Gran Sur como si creyeran que los marcianos van a aterrizar allí! Yo soy de Redwood City. Pero trabajo a lo largo de la costa. Confío en poder llegar a casa para Navidad. —Dedicó una rutilante sonrisa a Catherine—. Así que, ¿están de vacaciones?

Catherine correspondió con una débil sonrisita y preguntó a Michael en un susurro:

—¿Podemos intercambiar unas palabras, por favor?

Se apartaron del automóvil. Catherine no le quitó ojo al desconocido.

—¿De qué hablaban?

Michael se encogió de hombros.

—De nada en particular. —Examinó el rostro de Catherine—. ¿Cómo se encuentra? ¿Aguanta?

—Estoy bien —articuló ella, despacio, mientras observaba al desconocido, que acabó de limpiar el polvoriento parabrisas de su Pontiac y lanzó la toalla de papel, hecha un pelota, al receptáculo de los desperdicios, como si éste fuera una canasta de baloncesto. Luego, Catherine miró a Michael—. ¿Y su brazo?

Él lo flexionó levemente.

—Un poco rígido, aún.

—Padre Garibaldi, ese hombre no es lo que parece.

—¿Qué quiere decir?

—No me gusta la forma en que nos mira sin mirarnos.

—¿Cree que es un policía?

Catherine denegó con la cabeza.

—No es policía. Observe cómo se entretiene. Da la impresión de que está esperando a que todo el mundo se vaya para poder cogernos a solas. Un verdadero policía tiraría de placa y procedería a detenernos, con testigos o sin ellos.

—¿Está segura o eso no es más que fruto de la paranoia?

—Dijo que es de por aquí, pero su coche lleva distintivos de una agencia de alquiler. Y vi la hora que marca su reloj. Va tres horas adelantado.

Las cejas del padre Garibaldi se arquearon.

—¿Hora del Este?

—Sea de donde fuere, no es la hora local.

—Mensaje recibido —dijo Michael. Exploró con la mirada el área de descanso. Sólo quedaban dos vehículos; todos los demás viajeros ya se habían ido—. Sugiero que nos pongamos en marcha ahora que todavía quedan testigos.

Pero cuando se disponían a regresar al Mustang, salió de los servicios el compañero del desconocido.

—Uy, uy, uy —comentó Michael—, tiene un colega.

—Separémonos, engañémoslos. Vaya usted al coche y yo me desviaré hacia los servicios. Hay una salida por el otro lado. Rodee los aseos y recójame allí.

Mientras Michel subía al automóvil, Catherine echó a correr hacia los lavabos de mujeres y se unió a una señora que iba con dos niños. El compañero del desconocido salió disparado tras ella, pero se detuvo en la puerta de los aseos, mientras Catherine desaparecía dentro.

Para cuando Catherine alcanzó la salida trasera de los servicios, Michael ya tenía el Mustang en movimiento. El otro automóvil también estaba en marcha. El segundo individuo subió a él de un salto.

Michael se acercaba, Catherine se aprestó a agarrarse a la portezuela de la parte derecha. Pero en vez de reducir la velocidad, Michael aceleró.

—¡Eh!

Cayó de espaldas contra el muro de hormigón y, con expresión incrédula, vio cómo el Pontiac emprendía la persecución de Michael, que se alejó autopista abajo, llevándoselo todo consigo: el bolso de Catherine, el ordenador portátil y los rollos.

La mesa escritorio engañaba.

En sus tres metros de ancho y dos y medio de fondo, la superficie de plexiglás se iluminaba por debajo al pulsar un botón y entonces aparecía un mapa electrónico que indicaba la posición en que se encontraban en aquel momento todos y cada uno de los «consejeros» de Titus destacados a lo largo y ancho del planeta. Otro toque al botón y se ampliaba el mapa de un pequeño condado africano, donde los colaboradores de plantilla de Consejeros de Seguridad, S.A. se preparaban para «apagar un incendio». Otro golpecito a la lisa superficie de la mesa y en una minúscula nación asiática brotaban como hongos los puntos donde había insurrección, tráfico de drogas, movimiento ilegal de armas... En cada uno de esos puntos, centelleaba una lucecita roja para señalar la presencia de un elemento operativo de Consejeros de Seguridad.

Titus solía reclutar su personal entre miembros profesionales del ejército, aunque también contaba en sus filas con ex agentes de la CIA y del FBI a los que les gustaba aquel trabajo y querían una paga más alta. Titus era generoso y sus agentes ejecutaban trabajos rápidos y limpios sin hacer preguntas.

El mapa que Titus examinaba en aquel momento, sentado en su despacho de la planta vigésima, de espaldas al lluvioso día de Seattle, parecía el de un planisferio planetario, con las fronteras estatales resaltando en brillante tono naranja, las ciudades señaladas en azul, las autopistas trazadas en verde y los puntos de interés, como emplazamientos de misiles e instalaciones secretas gubernamentales, en amarillo solar... y una panorámica de neón flotando en el espacio de cristal líquido negro bajo la traslúcida superficie de la mesa: California.

Y la luz roja, tierra adentro, a cierta distancia de la costa, al sur de San Francisco, indicaba la presencia de un equipo de primera.

No habían conseguido atrapar a la Alexander en el laboratorio de investigación, por lo que Titus se vio obligado a desencadenar una búsqueda extensiva del Mustang azul en el que escapó la mujer. ¿Quién era el individuo que iba con ella? Titus había seguido el rastro a la matrícula y localizó la agencia de alquiler de vehículos de la que había salido. Pero aunque accedió a los archivos de clientes sin ninguna dificultad y encontró la ficha en la que figuraba el dato de que el Mustang se alquiló en el Aeropuerto Internacional de Los Ángeles, tanto el nombre del cliente como el número de su tarjeta de crédito habían sido borrados misteriosamente. Como si alguien supiese por anticipado que habría personas interesadas en dar con él.

Titus consultó su reloj. Los agentes informarían de un momento a otro. Repasó el mapa de nuevo y luego alargó la mano para sacudir una mota de polvo de encima de la pulimentada superficie de la mesa, en la que no había absolutamente nada, salvo una figurilla.

De un tigre.

Catherine decidió que no era aconsejable quedarse por allí. Los sujetos del Pontiac podían volver.

El único problema estribaba en que, caso de que ella abandonase el área de descanso, el padre Garibaldi no podría encontrarla. De modo que decidió avanzar por el sendero contiguo a la parte lateral de la autopista, que le protegía adecuadamente de los vehículos que pasaban a toda velocidad, a la vez que le permitía ver el tráfico. Y mientras caminaba, repasó mentalmente lo sucedido..., en particular, la amistosa conversación que el desconocido y Garibaldi mantenían en el momento en que ella salió de la ducha.

¿Como si se conocieran de antes?

Catherine avivó el paso a lo largo del camino que bordeaba la autopista; se cercioró de que no podían verla desde la calzada, pese a que ella sí tenía una buena visión de la carretera. Zumbaban veloces lo automóviles, las caravanas, las casas rodantes y, de vez en cuando, algún camión. Pero ningún Mustang azul.

El modo en que Michael y el desconocido se reían. Y luego, de pronto, alzaron la voz al aproximarse ella.

¿Un montaje? ¿Organizaron todo aquel tinglado para permitirle a Michael marcharse con los rollos, presentando la maniobra como si huyese de unos atacantes?

Pero él había tenido antes varias oportunidades de desaparecer con los rollos.

Tal vez necesitaba primero un comprador.

—¡Maldita sea! —murmuró Catherine, mientras apretaba el paso por el camino flanqueado de árboles.

En el área de descanso había visto una señal que indicaba que en aquella dirección había un puesto de guardabosques. Esperaría allí al padre Garibaldi. Si no la encontraba en la zona de descanso o a lo largo de la autopista, seguro que iría a buscarla allí.

Caso de que volviera.

Claro que iba a volver. ¿Por qué no iba a hacerlo? No *era posible* que estuviese confabulado con aquellos dos individuos.

Había otro motivo susceptible de impedirle volver. Podían haberlo atrapado...

Al experimentar un súbito estremecimiento, Catherine se dio cuenta de que el sol ya no estaba sobre su cabeza, sino que había descendido para deslizarse por detrás de los gigantescos árboles. Catherine tenía a su derecha el bosque de secoyas, denso y misterioso. A la izquierda, la autopista, y al otro lado de la autopista, más foresta de secoyas. Por delante, la carretera desaparecía engullida por un horizonte de arbolado. Las sombras empezaban a alargarse y la niebla ascendía desde el océano. A Catherine le pareció que circulaban menos vehículos, que el tránsito era más fluido.

¿Dónde estaría el padre Garibaldi?

Cuando empezaron a castañetearle los dientes, comprendió que era más de miedo que de frío. ¿Y si lo habían cogido? ¿Le matarían también? Como a Danno... No, no iba a caer en la deprimente tentación de considerarlo siquiera.

Entonces, ¿qué era lo que le retenía tanto tiempo?

La oscuridad comenzaba a espesarse y cada vez costaba más distinguir el camino que bordeaba la autopista. Entre los automóviles que pasaban zumbando aumentaba el número de los que llevaban encendidos los faros. Y Catherine empezó a sentir verdadero frío. El jersey se había quedado en el Mustang, con el padre Michael.

¿Habría animales salvajes en aquellos bosques?

Catherine comprobó que el miedo ascendía otro punto. La señal del área de descanso indicaba que la cabaña de guardabosques estaba en *aquella* dirección, ¿no era así?

Y si no la encuentro, ¿qué?

Habrá que darle al dedo.

Pero Catherine descartó en seguida la idea de hacer autoestop. Con la niebla subiendo y la oscuridad bajando, no podría distinguir la clase de coche que rodaba tras las luces de los faros. Era posible que en aquel momento los dos tipos del Pontiac anduvieran buscándola por la autopista.

¡Allí estaba! ¡El puesto de guardabosques!

Catherine corrió camino abajo, con la impresión de que sus piernas se le habían convertido en plomo después de tantos kilómetros de marcha entre matorrales y hierba. Buscó con la mirada el Mustang azul, con la esperanza de que Michael se hubiese detenido allí, por si estaba ella, antes de llegar a la zona de descanso. Pero al acercarse a la cabaña de troncos no vio ningún coche azul. Tampoco había ningún vehículo oficial de guardabosques. No había vehículos de ninguna clase.

El puesto estaba cerrado.

—¡Eh! —llamó Catherine, al tiempo que aporreaba la puerta.

¡*Tenía* que haber alguien! Atisbó por una ventana. El lugar estaba vacío y a oscuras.

Se mordió el labio inferior mientras miraba en torno. La penumbra se habían enseñoreado ya del bosque. Abrió la boca, asustada, al oír un roce a su derecha. Dos ojos dorados la miraron a través de la maleza y luego desaparecieron.

Catherine rodeó la cabaña, esforzándose en dominar su creciente pánico. Pronto iba a ser noche cerrada, sin luna ni estrellas, sin luces de farolas callejeras, sólo negrura, niebla espesa y frío congelante. Y, encima, por si fuera poco, se dio cuenta de que no había probado bocado desde la noche anterior.

Probó a abrir la puerta. Estaba cerrada con llave. Repiqueteó en las ventanas. No había forma de entrar. Entonces, a cierta distancia, en una zona lateral donde había bancos y mesas de merendero... ¡un teléfono público!

Con gran alivio, comprobó que funcionaba y que incluso tenía una guía telefónica intacta.

La hojeó a toda prisa hasta dar con un servicio de grúas especializado en remolcar vehículos averiados en la montaña. ¿Qué más daba que ella no tuviese automóvil? Difícilmente se negaría el conductor del coche grúa a llevarla a la ciudad.

Y luego, ¿qué?

Afrontaremos ese problema llegado el caso.

Pero cuando Catherine se rebuscó en los bolsillos, los encontró vacíos. Había gastado todas sus monedas en el área de descanso.

Mientras exploraba los alrededores, trató de no dejarse dominar por el pánico. La niebla era espesa. La temperatura descendía. Y llevaba un buen rato sin oír pasar un coche.

Vuelve al área de descanso.

Pero... ¿por qué camino? Apenas podía ver unos palmos por delante de sí.

En aquel momento percibió el ruido de un motor que sonaba a lo lejos. Segundos después comprendió que se acercaba. Luego, a través de la bruma, vio la luz de los faros.

¡Michael!

—¡Eh! —gritó, a la vez que agitaba los brazos—. ¡Estoy aquí!

Pero se trataba de un automóvil blanco y parecía rodar a excesiva velocidad.

Catherine dio media vuelta y echó a correr.

El coche blanco rodó tras ella, persiguiéndola por la ruta de incendios que partía del puesto de guardabosques hacia el interior de la foresta. Catherine se apartó del camino para zambullirse entre los árboles.

—¡Eh! ¡Espere, Catherine! ¡Soy yo!

La muchacha se detuvo y volvió la cabeza. Era Michael.

Se arrojó en sus brazos.

—¡*Me* alegro tanto de verle!

—¡No sabe lo preocupado que estaba! —dijo él, mientras sus cuerpos se separaban—. ¡Llevo más de una hora buscándola!

—¿Por qué me dejó?

—Supuse que si iban detrás de los rollos, me seguirían a mí y usted tendría la oportunidad de escapar.

—¿Por qué ha tardado tanto en volver?

—Cuando conseguí despistar a esos individuos, dejé el Mustang en una calle de una zona residencial y me llegué a la agencia de alquiler de automóvil más cercana. Llevaba encima el ordenador portátil, por si acaso encontraba usted un teléfono público y me llamaba.

—¡El ordenador portátil! Intenté hacer una llamada, sí... pero no se me ocurrió hacerla al ordenador —confesó Catherine, casi sin aliento—. Mi intención era avisar a un servicio de grúas-remolque, ¡pero me había gastado todas las monedas en aquella ducha!

Subieron al coche y el aire caliente de la calefacción envolvió a Catherine.

—Fue una buena idea esa de desembarazarse del Mustang —aprobó Catherine, mientras saboreaba aquel bendito calor—. Ahora no tendrán modo de encontrarnos.

—Piense otra cosa.

Michael le tendió un periódico y un grito se escapó de los labios de Catherine cuando lo desdobló.

Miraba su propio rostro.

En la primera página del rotativo del domingo.

Su cara era tan bonita que Julius casi lamentaba tener que cortarla.

Tuvo que recordarse que su escalpelo no iba a desfigurarla más de lo que la naturaleza ya lo había hecho, porque la hermosura de aquella reina antigua no era perceptible en su verdadero semblante de carne, piel y hueso, sino en la máscara funeraria que lo cubría. Siempre que efectuaba la autopsia de una momia le gustaba tener cerca la máscara, una estatua o alguna representación del espécimen, para que le recordara que estaba trabajando sobre lo que en otro tiempo había sido una persona viva, que merecía el mismo cuidado y el mismo respeto que una mujer o un hombre fallecidos recientemente.

Julius consideraba que la vida era algo sagrado y se aproximaba al cuerpo de toda otra persona con reverencia; era un templo de Dios, que no se podía denigrar ni profanar. Y siempre, cuando estaba a punto de efectuar una incisión en la carne quebradiza, momificada, recitaba en silencio la oración hebrea: *Barukh Dayan ha-Emet*, «Bendito seas, Juez Verdadero».

Sin embargo, aquella tranquila mañana de domingo en el Instituto, que tenía casi en exclusiva para él solo —con la excepción de un técnico de laboratorio, adventista del Séptimo Día, que, como él, había celebrado el Sabbath, la festividad semanal, el día anterior—, a Julius le resultaba anormalmente difícil concentrarse en su trabajo. Hacía dos días que Catherine se marchó y desde entonces, salvo aquel enigmático recado de la «señora Merititis» que dejó en el contestador automático, no había vuelto a tener noticias de ella.

Julius estaba muy preocupado.

—Ahí se queda, doctor Voss —se despidió, radiante, la técnica, mientras depositaba encima de una banqueta el grueso periódico dominical—. Me largo y estaré fuera el resto del día. ¡Las compras navideñas tienen la culpa!

—¡Gracias, Tracy! —respuso Julius; observó que, con el periódico, la mujer dejaba una taza de café y un pastelito. Le advirtió, mientras la mujer se alejaba—: Por favor, avise al guarda de seguridad de que aún estoy aquí. ¡La semana pasada me dejaron encerrado!

En tanto el ruido de los pasos de Tracy se perdía pasillo abajo, Julius se apartó de la momia, se quitó los guantes de goma, cogió el café, la pasta y el periódico y entró en su despacho, cuya abierta ventana dejaba el paso franco al fresco aire salino del océano y daba la bienvenida al primer beso de la humedad que la niebla impelía hacia el interior de la estancia.

«Oh, Catherine, ¿dónde estás?»

Tal vez debería telefonear otra vez a Daniel Stevenson y comprobar si él había tenido noticias de Catherine. O quizás ponerse en contacto con la Fundación que sufragaba los gastos de las excavaciones del Sinaí...

Súbitamente, la copa se le escapó de las manos, el café caliente le salpicó los pantalones y el pastelito se estrelló conta el suelo con sordo impacto.

¿HALLAZGO DE UN ROLLO DE JESUCRISTO?, vociferaba el titular. Debajo, la fotografía de un papiro cubierto de escritura en griego antiguo. Y a continuación...

Julius se había quedado de una pieza.

¿Han visto a esta mujer?, decía el pie de una foto de Catherine. Mientras su mirada recorría el artículo a toda velocidad —Daniel Stevenson, asesinado; habían visto a una mujer huir corriendo del piso de la víctima—, Julius se sentó en la silla, justo en el momento en que le fallaban las piernas. Devoró rápidamente hasta la última palabra de la historia.

Testigos presenciales afirmaban que la mujer se marchó con un hombre a bordo de un automóvil. ¿Qué hombre? ¿El asesino de Daniel? ¿Había secuestrado a Catherine? ¿Corría peligro la vida de la muchacha?

¿Estaría ya muerta?

«Dios mío, Catherine. ¿Cómo permití que sucediera esto? ¿Por qué no me quedé contigo? ¿Por qué tenía que ser tan condenadamente santurrón?»

En Santa Bárbara, decía el reportaje.

Pero eso había ocurrido dos noches antes. Catherine podía encontrarse ahora en cualquier sitio.

Huyó en compañía de un hombre sin identificar...

Julius se puso en pie bruscamente. Sólo podía hacerse una cosa. Ir a la policía. Explicarles quién era Catherine y lo que él sabía. Ayudarles a encontrarla.

Cinco minutos después abandonaba el aparcamiento del Instituto. No reparó en el automóvil que se separaba del bordillo y partía tras él.

Mientras avanzaban despacio por la autopista inmersa en la niebla, Catherine echó un vistazo a la primera página del periódico, con el retrato-robot trazado por el dibujante de la policía, la foto del fragmento de Jesús y el titular: ¿SEÑALA ESTE DOCUMENTO ANTIGUO LA FECHA DE LA SEGUNDA VENIDA?

—Aquí dice que la policía me busca en relación con el asesinato de Danno. ¡Y mire este dibujo! ¡Casi es una foto mía!

—¿El documento es uno de los rollos?

—Es la foto que tomé tras unir el fragmento con la primera página del primer rollo... La carta de Perpetua. No conservé el fragmento. Lo dejé en la tienda. Creía que Havers se apoderó de todas las fotografías, pero parece que no fue así. El periódico dice que la policía encontró algunas fotos en el piso de Danno. Pero yo saqué más de un centenar, lo que significa que, aunque Havers pueda haberse hecho con algunas, no las tiene todas.

Catherine leyó el pie del dibujo que representaba su rostro: «¿Han visto a esta mujer? Se ruega a quienquiera que posea información sobre su identidad o paradero telefonee al detective Shapiro, del Departamento de Policía de Santa Bárbara: 1-805-897-2300».

—Sólo es cuestión de tiempo. No pasará mucho antes de que alguno de mis amigos o colegas vea esto —comentó Catherine, con el pensamiento puesto en Julius.

—Y la firma no es de un periodista de San José. Dice Associated Press, lo que quiere decir que ha salido del teletipo. Este reportaje, junto con las dos imágenes, probablemente estarán circulando por los periódicos de todo el país. Es posible, incluso —añadió Garibaldi, con una fugaz mirada a Catherine—, que estén dando la vuelta al mundo.

A la memoria de Catherine acudió de pronto Hans Schuller, del Instituto Radiológico de Zúrich. Tenía intención de llamarle para ver si había podido datar mediante el carbono 14 la muestra que le envió desde el Sinaí. Pero ahora ya no le era posible hacerlo. En el caso de que el hombre hubiera leído la noticia, podría negarse a ayudarla.

Incluso podía contárselo a las autoridades.

Catherine estrujó el periódico y lo arrojó al suelo.

—En cuanto encontremos un sitio donde parar, llamaré a la policía. Yo no maté a Danno. ¡Pero sé quién lo hizo!

—¡Ándese con ojo! —le advirtió Michael—. Si la persona a la que llame dispone de identificador de llamadas, sabrán de inmediato de dónde procede la de usted.

—Mi despertador no funciona —Catherine alzó las manos—. Eso es. Estoy en casita, profundamente dormida en mi preciosa y segura cama. Sufro esta pesadilla y mi Sony de tres al cuarto, que conseguí gratis a cambio de cupones, se ha escacharrado y la alarma no suena.

—Ahí tenemos una plaza libre —Michael indicó un motel situado por delante de ellos, en una callecita que conducía a la playa.

—Gracias a Dios —dijo Catherine. Le había estado martirizando el temor de tener que pasar otra noche en el automóvil.

Era el See-Side Inn, a treinta y dos kilómetros al sur de San Francisco, y Michael formalizó el registro mientras Catherine permanecía oculta en el coche.

Una vez en la habitación, se apresuraron a abrir las bolsas del Sav-Mart, donde habían hecho un alto para comprar ropa y provisiones, que pagaron con los cheques de viajero de Michael. Catherine estaba sacando de una de las bolsas la leche, el zumo de frutas y las galletas de harina de avena, cuando se interrumpió y miró a Michael.

—¿Qué es todo eso?

Garibaldi había depositado encima de la mesa unas cuantas herramientas y tenía en la mano lo que la muchacha supuso era un soldador. Luego, el hombre abrió el ordenador portátil y extrajo el disco de tono del aparato de Daniel.

—Es por si acaso las circunstancias vuelven a separarnos —explicó, al tiempo que procedía a desatornillar el dorso del marcador—. No quiero arriesgarme a otro incidente como el de esta mañana.

Fascinada, Catherine le observó mientras Michael fundía cuidadosamente la soldadura en el conjunto de circuitos y extraía un minúsculo cilindro de metal.

—Esto es el cristal —dijo él—. Es lo que da tono al aparato. Y esto —levantó un diminuto componente cuadrado que había adquirido en la sección de electrónica del Sav-Mart— es un cristal que nos dará un tono distinto.

Despacio, con la esmerada meticulosidad de un joyero, pensó Catherine, soldó el nuevo cristal, fijándolo en su sitio. Tras colocar de nuevo el dial, instaló las baterías y pulsó los botones para comprobar si el aparato funcionaba.

—¿Oye eso? —preguntó—. Es la señal, el tono que hace que un teléfono crea que se han depositado las monedas. En la jerga de los piratas telefónicos se llama «caja roja». Se pueden hacer gratis todas las llamadas que uno quiera, desde cualquier punto del planeta.

Se lo tendió a Catherine.

—¿Es legal?

—Claro que no. Llévelo encima siempre. Si volvemos a separarnos, puede conectar conmigo a través del módem del ordenador.

Catherine le dirigió una larga y pensativa mirada.

—¿Quién es usted *en realidad*, Garibaldi?

Michael sonrió al tiempo que guardaba las herramientas.

—Si se lo digo, tendré que matarla. —Alzó los ojos hacia ella—. En serio, *soy* el padre Michael Garibaldi. ¿Quiere que la lleve del cero a la culpabilidad en sesenta segundos?

—Voy a despertarme de un momento a otro, ahora lo sé. —Retiró una silla y se sentó junto a él—. Probemos el *logical* del Logos.

Mientras Catherine sacaba el mando de lector manual adjunto al ordenador, desenrollaba el cable y lo enchufaba en la computadora, Michael introdujo la secuencia de llamada y localizó el Logos.

Aguardaron. Luego:

```
SCSI Unidad no cargada
```

—¿Qué significa eso? —inquirió Catherine.

—Significa que el lector no funciona.

—¿Que no funciona? ¿Por qué?

—Bueno, puede que haya tropezado usted con una de las más importantes cuestiones metafísicas en el terreno del equipamiento informático.

—En otras palabras, que no lo sabe.

—Lo siento, parece que no le va a quedar más remedio que hacer la traducción a la vieja usanza.

—Está bien. Mientras tanto, pongámonos en línea —prosiguió Catherine.

—Mis hombres ya están explorando la zona —dijo Titus por el videófono—. Pero es una zona muy extensa. Y es posible que la mujer esté bien agazapada.

—Tal vez no podamos agarrarla físicamente —dijo Miles, pensando en autopistas invisibles—, pero hay otro medio. Si la doctora Alexander quiere traducir esos rollos en seguida, va a tener que conseguir ayuda a través de las líneas interactivas. Yamaguchi ya ha localizado el servidor y la dirección del prestatario de servicios que la doctora ha de usar. En cuanto entre en el sistema dispondremos del número de teléfono. En dos minutos habremos dado con la pista.

—Seguiré al pie del cañón —dijo Titus.

—Confiemos en que Daniel pague la cuenta de Internet —comentó el padre Michael mientras tecleaba en el ordenador pidiendo la conexión.

Catherine estaba sentada en el borde de una de las dos camas gemelas. Desplegaba con el máximo cuidado el papiro del segundo rollo. Había llegado al final del primero, que estaba ya completamente traducido y guardado en la caja de cartón que sirvió para trasladar su blusa y sus pantalones nuevos. Pero las dobleces del segundo rollo demostraban haber sido menos resistentes que los del primero y en muchos puntos el pergamino parecía a punto de rasgarse.

«Era el cuarto año del reinado del emperador...»

¿Cuál?, le entraron ganas de gritar a Catherine. ¿Qué emperador? Pero aquel trocito de fragmento se había perdido.

Catherine dejó escapar un suspiro de impaciencia, abandonó y se situó de pie detrás de Michael, que tecleaba en el ordenador. Él hombre emitía un leve rumor; ella pensó que estaba rezongando, pero luego se dio cuenta de que lo que hacía era tararear.

—¿Qué es eso?

—«Cogiendo la calderilla del cambio que se les cae a los ángeles cuando vuelan.»

Catherine le contempló, sorprendida.

—¿Es admirador de Laurie Anderson?

Las orejas de Garibaldi enrojecieron.

—¿Quiere oír mi interpretación de *Walking & Falling*?

—Paso.

Catherine miró la pantalla:

```
Gestor TCP
COM 1 Módulo de gestión Interno SLIP
Velocidad en baudios = 54600
Condensación memoria intermedia = 32
```

Michael bajó el marcador del menú y pulsó «Entrada».

Apareció en la pantalla: `Nombre del usuario.` Michael tecleó: *dstevens*. El monitor solicitó: `Clave de acceso:`

Pero cuando Michael empezaba a teclear *klaat*... Catherine le sujetó repentinamente la muñeca.

—¡Espere! —conminó—. ¡Apáguelo!

—¿Por qué?

—¡Apáguelo! ¡Rápido!

—Está bien, pero...

Garibaldi pulsó la correspondiente tecla y «Adiós».

Acto seguido en la pantalla aparecieron las palabras TRANSMISIÓN SUSPENDIDA.

—¿A qué viene eso?

—Si a Havers se le ha ocurrido pinchar la computadora de Julius, ¿no cree que también puede tener intervenida la cuenta de Internet de Danno? Para Havers sería un juego de niños colarse en plan pirata en OmegaNet y aguardar allí como una araña a que entrásemos nosotros en el sistema.

—Y en cuanto lo hiciésemos, se lanzaría sobre el rastro... ¡que le traería hasta aquí! Maldita sea, ¿por qué no pensé en eso?

—¿Qué hacemos ahora?

Michael cogió la guía telefónica, fue a las páginas amarillas y buscó los prestatarios del servicio de acceso a Internet.

—Aquí hay uno. Garantiza acceso instantáneo.

—Señor Yamaguchi —dijo Havers, mientras se embutía en la chaqueta de su esmoquin—. La señora Havers y yo tenemos que salir esta noche. Hay muchas probabilidades de que la doctora Alexander contrate los servicios de algún nuevo prestatario de acceso.

—No hay problema, señor Havers. Todo lo que tiene que hacer es utilizar su tarjeta de crédito.

—En el momento en que entremos —dijo Michael, con la vista clavada en la pantalla del ordenador—, será cuestión de moverse rápido. Si Havers está al acecho de su tarjeta de crédito, en seguida sabrá a través de qué proveedor ha accedido usted al sistema.

Para contratar una cuenta de Internet, se necesitaba la tarjeta de crédito. Habían probado con la de Michael... para descubrir que había rebasado su límite; LinkNet la rechazó. De modo que tenían que utilizar la de Catherine.

—Pero no localizará nuestra situación hasta haber entrado en el sistema del prestatario. Por eso he optado por un servidor del condado de Orange. Lo expulsará.

Catherine volvió a sus papiros y mientras separaba con toda la cautela del mundo las rígidas hojas, observando alarmada los frágiles bordes rotos, incluso desintegrados en algunos puntos, se preguntó qué habría ocurrido con sus excavaciones. ¿Continuarían trabajando en el yacimiento o las autoridades lo habrían clausurado? ¿Y las voladuras? ¿Seguiría adelante la obra de Hungerford o estaban allí ahora los arqueólogos, excavando el pozo, sacando a la superficie el esqueleto?

—Aún no hay acceso —anunció Michael, y Catherine le oyó pulsar de nuevo el número del prestatario.

—Si no funciona, ¿qué vamos a hacer?

—Ya se nos ocurrirá algo. Aunque debo confesar que no me había enfrentado con un desafío como este desde el día en que la hermana Mary Agnes se encerró en la sala de equipamientos deportivos y tuve que dar con la combinación de la cerradura para poder sacarla de allí. ¡Mientras el padre Murphy, a mi lado, me ofrecía diez pavos para que la dejase allí dentro hasta la mañana siguiente!

Catherine decidió dejar los papiros para más adelante, cogió una de las bolsas del Sav-Mart y desapareció dentro del cuarto de baño. Reapareció al cabo de un momento, con los hombros cubiertos por una toalla y el pelo cayendo sobre ella, liso, lacio y mojado. Alzó hacia su cabellera la mano en la que sostenía unas tijeras.

—Vale más que acabe con esto.

Michael se levantó del ordenador y frunció el ceño perplejo al ver las tijeras.

—¿Está segura de que quiere liquidarlo?

La mujer miró el periódico y la imagen tan parecida a ella que figuraba en primera página.

—No tengo elección. ¿Le importaría hacerlo usted? Si lo intento yo misma, me temo que el resultado será un auténtico desastre.

—Será la primera vez que haga un corte de pelo sin la ayuda de una sopera —dijo Michael, y tomó las tijeras.

Catherine notó la rigidez con que movía el brazo.

—¿Cómo va la herida?

—Duele, pero parece que aún puedo tocar la tuba.

Como era más alto que ella, Catherine tuvo que alzar la cabeza para mirarle. Llevaba una camisa de cuadros comprada en Sav-Mart, y, lo mismo que ella, unos vaqueros nuevos y ajustados. Por primera vez, la muchacha notó un leve efluvio de loción para después del afeitado o de colonia masculina. Catherine se sintió momentáneamente desequilibrada. Aunque el alzacuello, constante recuerdo de que era un sacerdote, la había turbado, en ropa de calle Michael Garibaldi era simplemente un macho más, un macho *sexualmente atractivo*, lo que la obligaba a un esfuerzo adicional para acordarse de que *era* un sacerdote. Por lo menos, el alzacuello se había encargado de eso.

—¿Lo quiere muy corto? —preguntó Michael, una vez se sentó Catherine en la silla.

—Sí, pero no tan corto como el suyo.

—Ya. —Michael se echó a reír—. La gente no para de decirme que el pelo cortado al cepillo ya no se estila. Pero yo sigo llevándolo así por razones prácticas.

—¿Qué razones prácticas son esas?

Michael pareció titubear.

—El pangamot —dijo. No dio más detalles, ni Catherine le incitó a darlos.

Cuando se colocó detrás de la muchacha y examinó aquella espesa melena de pelo castaño, volvió a preguntar:

—¿Está segura de lo que quiere?

—Hace tiempo que pensaba en un buen recorte.

—¿Eso es lo que desea? ¿Un recorte?

—Quite unos veinte centímetros.

Michael levantó un mechón de pelo y le metió las tijeras. Catherine oyó que, en la zona de aparcamiento, al otro lado de las corridas cortinas y de la puerta, pasaba un automóvil con la radio puesta. La emisora difundía *Joy To The World.*

—Cuesta trabajo creer —comentó Catherine, hablando con la sana intención de no pensar en las guedejas castañas que iban cayendo una tras otra en la papelera— que estamos sólo a cinco días de la Navidad. Julius quería que me tomase un respiro, que dejara las excavaciones y viniera a celebrar las fiestas con él. Si le hubiese hecho caso, no habría estado allí cuando Hungerford hizo estallar la dinamita. Y nada de esto habría sucedido. Y Danno estaría vivo. —Acarició la pantera de jade que llevaba al cuello. Susurró—: Este año en ningún momento salí a comprarle un regalo de Navidad.

—Dice usted que Julius es su novio. —Tris, tras. Otro mechón de pelo trasquilado—. ¿Para cuándo es la boda?

—No estamos prometidos oficialmente. En cuanto a casarnos... Dios, lo que daría por poder llamarle. Sólo hablar con él.

—Con un poco de suerte y otro poco de perseverancia —dijo Michael, al tiempo que rodeaba la silla y seguía aplicando suaves y cuidadosos tijeretazos— encontraremos en Internet las respuestas que necesita y, antes de que se haya dado cuenta, estará en casa con su familia y sus amigos.

Familia y amigos. Qué extraño sonaba. De familia, nada, pensó Catherine. Ni siquiera un simple primo lejano. ¿Amigos? La verdad era que eso nunca se le pasó por la cabeza, pero ahora que pensaba en ello a su mente no acudió un solo nombre de persona a la que pudiera considerar amiga. Tenía colegas, naturalmente, y conocidos con los que la costumbre la inducía a codearse, pero ¿alguien a quien pudiera llamar amigo? Julius era uno, Danno había sido otro.

«¿De veras me he mantenido tan aislada durante todos estos años?»

Tomó de nuevo conciencia de que Michael estaba a su espalda, aplicándole la tijera al pelo. «No tengo familia», le había dicho él la noche anterior. ¿Y amigos? ¿Los curas tienen amigos, amigos de *verdad*?

—Estaba usted en Israel —articuló Catherine, cada vez más consciente de la cercanía del hombre, de los dedos masculinos que le rozaban el cuello. Se daba cuenta por primera vez de lo íntimo que podía ser el acto de cortar el pelo—. ¿Por qué se marchó de allí antes de la Navidad?

—¿Estuvo usted alguna vez en Jerusalén durante una festividad religiosa? ¡Tardé cinco horas en recorrer la mitad de la Vía Dolorosa!

—De modo que se dirigió a los amplios espacios abiertos del Sinaí.

Michael vaciló. Las tijeras se inmovilizaron. Catherine le sintió a su espalda, percibió su lenta respiración.

—Sí —articuló Michael por último, y volvió a darle a las tijeras—. Los amplios espacios abiertos. ¿Y usted qué buscaba en el Sinaí? El director del Isis me citó algo acerca de la ruta del Éxodo.

—Busco a María.

—La profetisa.

—¿Conoce eso?

—Bueno, *soy* sacerdote. Sé lo que se refiere a María. «¿Acaso sólo con Moisés habla Yahvé? ¿No nos ha hablado también a nosotros?»

—Números —silabeó Catherine, asombrada—. Capítulo doce. Creo que María comandaba al pueblo judío en igualdad de condiciones que Moisés, pero mi teoría no es muy popular entre los eruditos de la Biblia.

—Claro que no. ¿Cómo íbamos a mantener a las mujeres en su lugar si concedemos que cabe la posibilidad de que en los tiempos bíblicos acaso tuvieran cierta influencia?

Súbitamente, aquel instante se vio impregnado de un sentimiento de intimidad tan profunda que Catherine sintió un breve vértigo. Al padre Garibaldi le ocurrió también lo mismo, Catherine lo adivinó; se lo hizo notar el cuidado que ponía en tocarle sólo el pelo, en la rapidez con que el hombre retiraba los dedos si le tocaban accidentalmente la piel. Catherine comprendió que Michael no debía de tener mucho contacto con mujeres y, desde luego, ninguno en una forma tan personal como la que procuraba el cortarle el pelo.

Al mirar la papelera y ver la cantidad de cabello que le había cortado, Catherine se sobresaltó. Pero le había dicho que se lo dejase muy corto, para que su aspecto fuera lo más diferente posible al de la imagen del periódico.

—¿Qué tal? —preguntó finalmente Garibaldi, y se echó hacia atrás.

Catherine se palpó la melena. Aunque notaba el pelo alrededor de la cabeza, le pareció espantosamente corto. La parte posterior del cuello quedaba totalmente al aire y tuvo una extraña sensación de desnudez. Había llevado el pelo largo toda la vida; aquel corte le hacía sentirse repentinamente vulnerable.

—El flequillo —dijo.

Michael enarcó las cejas.

—¡El flequillo! ¿Está segura?

Era la primera sorprendida por su sugerencia. La idea del flequillo acababa de surgir en su cerebro.

—Sí. Por favor.

Pero cuando Michael se situó frente a ella y le peinó hacia delante, sobre la mano para proteger los ojos de Catherine de los pelos que iba a cortar, la muchacha aspiró hondo y contuvo el aliento. Las rodillas del sacerdote tocaban las suyas y el cinturón de los vaqueros de Michael quedaba a escasos centímetros de su rostro. Catherine comprendió en aquel momento por qué le había pedido que le recortase el flequillo.

Michael trabajó con rapidez; ella adivinó su disgusto, su incomodidad. Catherine cerró los ojos y notó sobre los párpados el roce del dorso de la mano masculina. Tris, tras. Garibaldi hizo un pausa, echó un poco más de pelo hacia delante y apartó unos mechones de detrás de las orejas. El contacto de Michael le pareció a Catherine la caricia de un amante. Se horrorizó al darse cuenta de que le ardían las mejillas.

—Misión cumplida —manifestó Michael por último, y retrocedió unos pasos. Parecía aliviado.

Catherine fue a colocarse frente al espejo de encima de la cómoda a fin de examinar la obra de arte.

—Parezco Buster Brown —opinó.

—Yo diría que más bien Louise Brooks.

—Y ahora la fase siguiente. —La muchacha alargó la mano hacia la bolsa del Sav-Mart, pero Michael se le anticipó y sacó del interior la caja de tinte Dazzl-Em Ultra-Blonde—. Aquí dice que ha de hacerse una prueba antialérgica con cuarenta y ocho horas de anticipación.

—No hay tiempo para eso.

Michael la miró, muy serio.

—¿Sabe bien lo que hace?

—Necesito un cambio de aspecto tan drástico como sea posible. Y, de todas formas, ahora es mi oportunidad de comprobar si de verdad las rubias se divierten más. Claro que eso es algo que no puedo hacer exclusivamente por mi cuenta.

Garibaldi asintió con la cabeza y se dirigió a la puerta.

—En tal caso, voy a ver si encuentro alguna edición vespertina del periódico local.

Catherine entró en el cuarto de baño y se detuvo ante el lavabo. Le sorprendió observar que aún tenía las mejillas inflamadas. Mientras estiraba y se ponía los guantes de plástico, recordó el tacto de la punta de los dedos de Micahel rozándole el cuello. Al tiempo que quitaba el tapón del frasco de revelador y vertía el gel de tinte, siguió pensando en Michael, de pie muy cerca de su cuerpo, inclinándose sobre ella, dándole a las tijeras, cuyas hojas se movían sobre su piel. Agitó el frasco para mezclar la solución y luego procedió a echarse ésta sobre el pelo. No dejaba de pensar en Michael y en cómo empezaba a afectarla. El amoniaco impregnó el aire y a Catherine empezaron a escocerle los ojos, pero el recuerdo de la loción para después del afeitado era más intenso. Reflejados en el espejo, vio a su espalda los bastones de caña que el hombre llevaba consigo a todas partes.

¿Quién era, en realidad? ¿Cuál sería su pasado, su historia? ¿Qué familia tendría, por qué se haría sacerdote?

Por último, vertido todo el gel de tinte rubio, se frotó los cortos cabellos hasta que la cabeza quedó cubierta por un casquete de espuma. Las instrucciones indicaban que debía dejar actuar al tinte durante cuarenta y cinco minutos.

Así que Catherine tomó asiento delante de la computadora y marcó el número del proveedor. Al aparecer `Usuario` en la pantalla, Catherine tecleó «fantasma», la clave de acceso que Michael y ella habían acordado.

Un instante después: `Conexión incorrecta.` Aún no se había activado el servicio.

Volvió a marcar y tecleó otra vez la contraseña.

`Conexión incorrecta.`

Para entonces ya deberían tener dispuesto el acceso. ¿Algo iba mal?

Tecleó de nuevo la clave de acceso. Oyó la llamada del módem y el timbre del teléfono que sonaba en el otro extremo de la línea... Contuvo la respiración, con la vista clavada en la pantalla. Al cabo de un momento oyó un nuevo sonido, como el chirrido de una bisagra oxidada: el «apretón de manos» de la computadora. Se había activado la cuenta.

Rápidamente hizo el clic sobre Salir de Red y, acto seguido, lo repitió sobre Buscar Red, repasó los programas que se ofrecían y se inclinó por el Lycos, de la Universidad de Carnegie-Mellon. Oprimió el clic del ratón sobre *Gran base de datos de búsqueda.*

Clic. Y apareció la Selección de búsqueda, con el cursor parpadeando en Palabra clave. Pensó: «¿Por cuál empiezo?».

Vaciló cuando tenía *Sabina* a medio teclear. Su mirada volvió a los bastones lacados de Michael. ¿Cómo dijo que se llamaban?

Tras morderse el labio inferior durante unos segundos, Catherine borró el principio de *Sabina* y lo sustituyó por *pangamot*. Pulsó la tecla de Intro.

Lycos ofreció veintinueve propuestas. Catherine eligió un artículo publicado hacía poco en la revista *Soldier of Fortune Magazine*: «Para el guerrero pangamot, la autodefensa es una actitud pasiva. El combatiente pangamot es agresivo, adiestrado en el designio de matar. No hay reglas. Y como premio, el ganador no recibe un trofeo, sino su vida».

Una conexión interzonal de hipertexto remitía a la página de Red de Artes marciales filipinas, que mostraba diversas ilustraciones de hombres en distintas posturas de lucha, los cuales esgrimían letales bastones de caña idénticos a los de Michael. El objetivo, al parecer, era matar.

Catherine oyó abrirse y cerrarse la puerta y los pasos de Michael, que entró y se detuvo a su espalda.

—Podía haberme preguntado —dijo Michael al ver la pantalla—. Le hubiese dicho cuanto deseara saber.

Catherine no le miró.

—Usted dijo que el pangamot era para la autodefensa.

—Nunca dije tal cosa.

—Es un arte de combate. Usted practica la violencia.

—No es así. La controlo.

Catherine alzó la vista.

—¿Quiere decir que controla la violencia de su antagonista?

Él denegó con la cabeza.

—Mi propia violencia.

Catherine se sintió de pronto fría y vagamente repelida. Pero tenía que saber...

—Dígame, ¿por qué *lleva* el pelo tan corto?

—Porque uno de los movimientos del pangamot es agarrar al adversario por el pelo y sacudirlo...

Catherine se apartó.

—No debí preguntarlo.

—Acláreme por qué le molesta tanto.

—Porque odio la violencia, cualquier forma de violencia y...

Su padre arrodillado sumisamente con los demás.

—¿Y?

«Porque usted es sacerdote —deseaba decir—. Porque no deja de perturbarme que un sacerdote practique un deporte tan violento.»

Michael se la quedó mirando durante un momento. Luego, abrió la bolsa negra donde llevaba los bastones, los sacó y tendió uno a Catherine.

—Tenga, cójalo.

—No.

—Se trata sólo de dos trozos de caña, barnizados y pulimentados. Tal vez si usted los manejara eso contribuiría a disipar el miedo que le producen.

Catherine los contempló, momentáneamente hechizada por los largos y fuertes palos.

—No son los *bastones* lo que me asusta —dijo. Alzó la cabeza y le miró a los ojos—. Lo siento, no quiero seguir hablando de esto. No debí sacar el tema a colación. —Entró en el cuarto de baño—. Tengo que enjuagarme la cabeza y quitarme esto del pelo.

—Conforme —repuso Michael, al cabo de unos segundos, y dejó los bastones—. Empezaré la búsqueda en el ordenador. ¿Con qué pruebo primero?

¿Por dónde empezar? En la cabeza de Catherine giraron como en remolino varias palabras: *diakonos*, El Camino, Antioquía, el Justo. Respecto a los rollos, ¿cuál era el detalle más importante que necesitaba determinar?

«Su antigüedad —pensó—. Necesitamos saber cuándo los escribieron.»

—Sabina dice que todo el mundo estaba conmocionado por la noticia de la matanza de las legiones romanas. Si el general romano era Publio Quintilio Varo, entonces tenemos nuestras fechas.

En aquel momento, sin embargo, la mirada de Catherine se posó en uno de los periódicos que había ido adquiriendo durante el trayecto costa arriba. Un titular le saltó a los ojos desde la primera página: ¿PREDICE UN PAPIRO ANTIGUO EL FIN DEL MUNDO? Catherine pensó: «El séptimo rollo. Tenemos que ser los primeros en encontrarlo».

—Tymbos —dijo—. Busque Rey Tymbos.

Michael tecleó *Tymbos* y pulsó Iniciar búsqueda...

—¡Ya está en la Red!

—¡Gracias, señor Yamaguchi! —dijo Miles Havers; colgó el teléfono del automóvil y simultáneamente oprimió el botón que accionaba el panel situado debajo del videocasete de la limusina. Al desplazarse, el panel descubrió un pequeño ordenador. Introdujo unos cuantos comandos e inmediatamente conectó con Teddy Yamaguchi, en la terminal de la casa. Luego marcó un número en el teléfono y entró en contacto con Titus, en Seattle. Aunque iba solo en la limusina —Erica, acompañada de la hija y de los nietos, viajaba en otra que marchaba detrás—, Miles habló en voz baja.

—Catherine Alexander ha utilizado su tarjeta de crédito para contratar un acceso con un prestatario. LinkNet, del condado de Orange. Ya la rastreamos. —Hizo una pausa al ver las luces del pueblo por delante y las multitudes congregadas bajo las estrellas. Hombre Coyote había convocado una ceremonia especial a fin de que, a través de las oraciones y las danzas, la Kachina del Solsticio se conmoviera y volviese con su pueblo—. Mi esposa y yo asistimos esta noche a un acto ritual —explicó Miles—, así que el señor Yamaguchi te informará en cuanto localice a la doctora Alexander. —Antes de colgar, añadió—: Titus, confío en que hayas dado a tus hombres las instrucciones pertinentes. Han de apoderarse del ordenador portátil y del conjunto de libros de papiro, y han de encargarse de quitar de en medio a la doctora Alexander.

Mientras la limusina avanzaba centímetro a centímetro entre la muchedumbre, Miles tecleó un comando y apareció en pantalla la primera página del periódico de la mañana: el fragmento de Jesucristo y su traducción al inglés. Miró la última línea de la página: «Llévalo al rey...».

—¿Qué rey? —murmuró, y se inclinó sobre el monitor—. ¿Llévalo al rey quién?

—Lo siento, nada de Tymbos —informó Michael—. Rey o no rey. ¿Está seguro de que lo ha deletreado correctamente?

Catherine salió del cuarto de baño; se peinaba el cabello, húmedo y casi rubio platino. Michael se la quedó mirando.

—Parece otra persona.

—Esa es la idea —dijo Catherine, y frunció las cejas al mirar la pantalla.

Michael no podía apartar los ojos de la muchacha. Desaparecida la melena, el cuello quedaba al aire. A diferencia del rostro y de los brazos, bronceados, el esbelto cuello aparecía blanco como la leche y con un aspecto casi de frágil porcelana. El recién cortado pelo —no era una obra de profesional, sino más bien una chapuza de esquilador aficionado— parecía un corte ejecutado como una especie de castigo y el teñido de droguería que se había aplicado daba a Catherine un aire de chiquilla que acababa de pasar un rato mangoneando en las cosas de mamá.

Anteriormente, en el laboratorio de investigación, se manifestó enérgica y decidida; si tenía miedo, no lo demostró. Pero ahora parecía tan... *vulnerable.* Y Michael se vio sacudido por un súbito e intenso deseo de protegerla.

Catherine se apartó de la computadora y fue a la caja que contenía el primer rollo. En la parte superior de la primera hoja le señaló a Michael: ΤΨΜΒΟΣ.

—Tiene usted razón —convino Michael—, no cabe la menor duda. ¿Podría ser, quizás, un anagrama? A los primeros cristianos les apasionaban. Ya sabe, como *ichtus*.

—Es posible —dijo Catherine.

El anagrama de *ichtus*, compuesto mediante las iniciales de las palabras de la frase *Iesous Christos Theou Uius Soter* —Jesu Cristo, Hijo de Dios, Salvador—, daba como resultado la voz que en latín significa pez, creando así uno de los primeros símbolos de la religión cristiana. ¿Había recurrido Perpetua a un código secreto similar?

Michael observó la hora que reflejaba la pantalla del ordenador y dijo:

—Supongo que tenemos tiempo para efectuar otro intento de búsqueda y luego vale más que salgamos zumbando del sistema. Que sea acertado, profesora.

Continuó en la silla con las manos sobre el teclado, dispuesto a escribir la palabra. Catherine repasó mentalmente su lista. Aemelia, Perpetua, Sabina, El Camino, el Justo. Sin los apellidos de las mujeres iba a ser difícil, por no decir imposible dar con ellas. Y tanto El Camino como el Justo eran demasiado amplios; Lycos ofrecería miles de opciones de frases que contuvieran una de esas palabras.

Volvió a la cama donde el segundo rollo se encontraba parcialmente desplegado y leyó la primera línea: *Me incorporé a la caravana de un alquimista que profundizaba en los misterios ocultos de la vida y la muerte...*

Me incorporé a la caravana de un alquimista que profundizaba en los misterios de la vida y la muerte.

Había estudiado a los más importantes magos y brujas de Persia y se sentía impulsado a investigar, a la búsqueda de la antigua fórmula de la vida eterna. Me contó que, mucho atrás, el mundo estaba habitado por gigantes. Aquella época se llamaba Edad de Oro y la vida de las personas era extraordinariamente longeva. Me demostró la evidencia de ello, en los escritos de Platón y Sócrates, así como en la escritura de los judíos, donde se hace constar que hombres llamados Adán, Set y Matusalén vivieron cerca de mil años cada uno.

Era estoico en su fe, pero también creía en los Eternos, de quienes, dijo, la raza humana conoció el secreto de la longevidad. Pero tal secreto, dijo, se perdió largo tiempo ha. Sin embargo, podía volver a encontrarse, si uno se entregaba a su búsqueda.

Así, pues, con el fin de viajar protegida hacia Oriente, en busca del Justo, me uní a la caravana de Cornelio Severo...

http://home.mcommcom/home/internet-search.html

MEDIOS DE BÚSQUEDA

Búsqueda InfoSeek

InfoSeek es un medio de búsqueda WWW de gran amplitud y precisión. Puede usted teclear su solicitud de búsqueda en inglés corriente o introducir las palabras y frases clave. También puede utilizar operadores de consulta especial:

Introducir: *Cornelio Severo*

EJECUTAR CONSULTA TEXTO DE CONSULTA EN CLARO

htpp://www2.infoseek.com/Títulos?ct=Cornelio+Severo

Resultados Búsqueda InfoSeek

Su búsqueda de: *Cornelio Severo*
No hay páginas en WWW que correspondan a su consulta.

Mientras avanzaba con su familia hacia el centro del pueblo, donde ya habían empezado las ceremonias, Miles mantenía pegado a la oreja su pequeño teléfono celular.

—Ya he conseguido la dirección de su proveedor de información —oyó decir a Teddy—. Dentro de un par de minutos tendré el número de teléfono desde el que la doctora Alexander ha accedido.

Miles acompañó a Erica, ataviada con vestido de noche blanco, en torno a las gradas provisionales, hacia la zona reservada a los invitados especiales. El graderío rebosaba de familias nativas norteamericanas, simpatizantes, turistas y medios de información. Todos aguardaban expectantes a que Hombre Coyote empezase a tocar la flauta mágica que induciría a la Kachina a salir del subsuelo. Prometía ser un buen espectáculo.

—Se inicia ya el rastreo —dijo Teddy por el teléfono.

Havers contuvo la respiración.

Michael miró a Catherine.

—¿Quiere probar otra búsqueda?

—No —repuso ella, tras observar el parpadeo del cursor—. Salga del sistema.

```
Salir de Archivo
 Cerrar disco
PPP DESACTIVADO
FIN DE CONEXIÓN
```

Llenaban el aire los aromas del pan indio frito y el repique de los tambores. Todos los ojos permanecían clavados en Hombre Coyote, que tocaba su flauta mágica. En voz baja, Miles pidió excusas y se retiró. Era inútil seguir allí a la espera de algo que no iba a suceder.

Al llegar a su limusina, estacionada entre automóviles, furgonetas y vehículos con tracción en las cuatro ruedas, el chófer le abrió la portezuela del pasajero y Miles subió al coche. Llamó primero a Teddy, para recibir la buena y la mala noticia. La buena: que habían empezado a llegar desde El Cairo los faxes que Miles esperaba con gran ansiedad: el principio de la traducción de los rollos. La mala: que Catherine Alexander había puesto fin a la sesión con Internet antes de que Teddy pudiera rastrearla.

—Muy bien, señor Yamaguchi —dijo Miles—. Ha llegado el momento de poner la trampa. Inicie el programa, por favor.

Telefoneó a Seattle.

—El ordenador portátil de esa mujer contiene datos que posiblemente me incriminen. No me cabe la menor duda, Titus, de que otros se van a sumar a la búsqueda de la doctora Alexander. Y no hace falta que te haga hincapié en lo esencial que es para nosotros encontrarla antes que nadie.

En el momento en que cortaba la comunicación, en el fax de la limusina empezaba a llegar una transmisión. De El Cairo. La traducción al inglés de las fotografías del primer rollo.

En los aposentos papales que daban a la plaza de San Pedro, las luces se habían encendido desacostumbradamente temprano.

Y mientras esperaba a que Su Santidad le recibiera en audiencia, el cardenal Lefevre paseaba, nervioso e inquieto, agitados sus pensamientos en alborotada confusión.

«Perros de Dios. Sí, eso es. Así los llamaban. Un juego de palabras a costa de nuestra orden, Dominicos, bautizada así por nuestro fundador, Santo Domingo, pero alterado ligeramente el nombre —*Domini Cane*— para que signifique los perros de Dios.»

¿Por qué nos odiaban de ese modo?, se preguntó Pierre Lefevre, mientras paseaba ante el estudio del Papa en el Palacio Apostólico que dominaba la plaza de San Pedro, donde la guardia suiza del Vaticano se las veía y se las deseaba para contener a una multitud cada vez más considerable.

«Sólo intentábamos proteger la fe de la amenaza de los herejes y adoradores del diablo. Nos injuriaban cuando hubieran debido aplaudirnos. Y ahora vuelven a necesitarnos. ¿Seremos otra vez los Perros de Dios?»

—¿Eminencia? —la voz de un joven sacerdote interrumpió sus pensamientos—. Su Santidad le recibirá ahora mismo.

En cuanto estuvieron solos, el Padre Santo fue derecho al grano.

—El embajador egipcio en Estados Unidos ha solicitado una reunión urgente en la Casa Blanca. Tengo noticias de que el motivo de esa entrevista se relaciona con los papiros hallados en el Sinaí. Lo cual sólo puede significar una cosa: el gobierno egipcio quiere que se le restituyan tales papiros.

—Eso parece, Su Santidad.

—¿Con qué objeto, supones?

—Para exponerlos.

Su Santidad contempló a Lefevre, viejo amigo desde los años de seminario.

—¿Eso crees? ¿Harían una cosa así?

—Si los rollos son cristianos, si su fecha es anterior a cualquier Evangelio del que se tenga constancia y si pueden autentificarse más allá de toda duda posible como el relato de un verdadero *testigo ocular* del ministerio de Nuestro Señor...

El cardenal Lefevre alzó las manos para indicar lo evidente.

Su Santidad asintió. Los rollos atraerían muchedumbres que derramarían sobre Egipto una lluvia de dinero. Sí, los expondrían.

—¿Crees que tenemos algo que temer de lo que haya escrito en esos rollos?

—Si están relacionados con algo que ya obra en nuestro poder, sí que hay mucho que temer.

Su Santidad conocía el documento al que Lefevre acababa de referirse.

—Enviaré a alguien a Washington —dijo al final—. Ya he informado al gobierno estadounidense de nuestro deseo de asistir a esa reunión. No es preciso exteriorizar nuestra preocupación.

—Puedo partir de inmediato —se ofreció Lefevre.

Pero Su Santidad dijo:

—Esto requiere los oficios de alguien especial.

Ya tenía pensada la persona idónea, alguien que llevaría a cabo con éxito la tarea de convencer al presidente de Estados Unidos de la urgencia diplomática de la situación.

«Padre Garibaldi —escribió Catherine en una hoja de papel arrancada de su taco—, lamento hacerle esto, pero no tengo elección.»

Hizo una pausa y observó la figura que dormía en una de las camas gemelas. Ella no se había acostado en su lecho, a pesar de ser ya medianoche. Y tenía la bolsa preparada, junto a la puerta. Continuó la redacción de la nota:

«No puedo exponerle a ningún peligro más. Pasaré el resto de mi vida llorando a Danno y no creo que pudiera sobrevivir en el caso de que también fuera la causa de su muerte.

»Espero que me perdone por llevarme un poco de su dinero. Recoja la calderilla del cambio que se les cae a los ángeles cuando vuelan.»

Firmó la nota, recogió la bolsa y salió a la brumosa noche.

El segundo rollo

Le conocían por muchos nombres: Sanador, Salvador, Divino Pastor, Unigénito. Y después de darle muerte, le llamaron Cordero Sacrificado. Cuando pregunté a sus prosélitos y me dijeron que había nacido de una virgen, que procedía de Jerusalén, que lo crucificaron y enterraron y que luego resucitó, comprendí que había encontrado al Justo.

La caravana de Cornelio Severo llegó a un gran caravasar instalado a orillas del río Éufrates, en las llanuras que rodean la antigua ciudad de Ur Magna. Nos costó muchas semanas llegar allí y yo ardía en deseos de hablar con el Justo. Pero cuando fui al templo, los sacerdotes me dijeron que hablar con él no era tan sencillo; antes debía purificarme y acceder a la iniciación secreta. Lo hice gustosamente, porque yo era el último miembro de la familia Fabiano y tenía que formular al Justo una pregunta que pesaba mucho sobre mi corazón.

El periodo de neófito duró cuarenta días, en el curso de los cuales ayuné, medité y aprendí las enseñanzas del Salvador. Cuando llegó el día de la iniciación, tomamos baños de inmersión y nos pusimos vestiduras blancas. Y después nos condujeron a las cámaras secretas de debajo del templo que simbolizaban el mundo subterráneo, porque íbamos a sufrir un rito de muerte. El Sumo Sacerdote nos introdujo en la oración mística, que se prolongó ininterrumpidamente durante varias horas, acompañada por el rítmico tintinear de las campanas y la quema constante de incienso. El Sumo Sacerdote entonaba: «Confiamos en vuestro ascendido Señor, porque el dolor que Él ha soportado, nuestra salvación ha procurado». Y en tal atmósfera de fervor místico, empezamos a experimentar fenómenos carismáticos.

Algunos neófitos se desplomaron sobre el suelo en trance extático, otros empezaron a hablar lenguas extrañas, mientras otros veían los espíritus de los muertos. De estos dones carismáticos, el que recibí yo fue el don de la profecía y lo supe porque, cuando el sortilegio de la oración mística cayó sobre mí, experimenté una revelación maravillosa.

Cuando concluyó la ceremonia de la iniciación, me llevaron del subsuelo del templo a la luz, donde familiares y amigos aguardaban para recibirnos y regocijarse con nosotros en nuestro nuevo «nacimiento».

Y entonces me enteré de que el salvador que buscaba —el Justo— ¡no era el que habitaba en aquel templo! Porque el «mesías», como le llamaban, era Tammuz, un salvador muy anciano, que llevaba largo tiempo viviendo en el Gran Templo de Jerusalén, y al que también habían matado y que también resucitó.

Me dijeron que había encontrado al falso dios. Pero que había otro salvador al que veneraban en Ur Magna, nacido igualmente de una virgen, y que, al venir al mundo, una estrella apareció en el cielo para anunciar su nacimiento, y una delegación de magos y astrónomos fue a adorar al recién nacido y a llevarle presentes. Era el Redentor y había vivido dos mil años atrás. Pero al hablar con sus seguidores, me enteré de que el nombre de este salvador era Josa. No se trataba del Justo.

Aunque decepcionada porque, después de todo, no había encontrado al Justo, me sentí al mismo tiempo muy contenta por aquella nueva clarividencia que había recibido debajo del templo: el don de la profecía. Y con esa nueva perspicacia, comprendí claramente lo que no había comprendido hasta entonces. Esto, queridas Aemelia y Perpetua: que somos divinas.

Como algún día llegaré a saber, a recibir verdaderamente la prueba de que hay una Fuente de Vida en el universo, así se me reveló que nosotras surgimos de esa Fuente. Se nos creó de ella. Tanto vosotras como yo estamos hechas de la materia de Dios. Como los hijos se parecen a los padres, nosotras somos divinas.

Tenedlo presente, Perpetua y Aemelia y todas mis hermanas de El Camino, porque es parte de lo que, llegado el momento, conoceremos como las Siete Verdades, que son la fórmula para alcanzar una vida de felicidad y abundancia, una vida en la que no existirá el miedo y sólo habrá comprensión y conocimiento de quiénes somos y adónde vamos.

La tercera Verdad, que incluso aumentó mis capacidades, se me reveló en la remota India.

SÉPTIMO DÍA

Lunes, 20 de diciembre de 1999

—¿Doctora Alexander? *¡Doctora Alexander!*

El ruido del agua corriente impedía a Catherine oírle. Había abierto al máximo el grifo de la ducha, con el agua todo lo caliente que el cuerpo toleraba, y ni siquiera oyó los golpes que el padre Michael asestaba a la puerta del cuarto de baño.

Pero un instante después notó el ramalazo de una súbita corriente de aire. Y la voz de Michael Garibaldi atravesó el vapor para sobresaltarla.

—¡Doctora Alexander, tenemos que largarnos de aquí, *ya*!

Acto seguido oyó el golpe de la puerta al cerrarse y la corriente de aire cesó.

Minutos después, casi sin haberse secado del todo, Catherine salió del cuarto de baño, vestida con vaqueros y camiseta de manga corta, y empezó a ponerse los calcetines apresuradamente. Le sorprendió ver a Michael metiendo las cosas de ella en la bolsa y llevándola hacia la puerta, para ponerla junto a la de él.

—¿Qué ocurre? —preguntó Catherine, al tiempo que, a la pata coja, se dirigía hacia sus zapatos.

Se detuvo bruscamente y se le quedó mirando.

Los vaqueros y la camisa clerical de manga corta habían desaparecido. El padre Garibaldi vestía una larga sotana negra, que le llegaba a los tobillos, abotonada desde el cuello hasta el dobladillo, con un rosario de cuentas negras colgado del fajín de seda ceñido alrededor de la cintura. Una escena retrospectiva pasó como un relámpago por la mente de Catherine: la noche en que murió su madre, el padre McKinney se presentó en el hospital vestido con sotana. Era la primera vez que ella le veía ataviado así y le acusó de elegir aquella prenda eclesiástica como un arma demostrativa de su poder, esperando que influyera sobre la madre de Catherine.

La cantidad de cosas de que le acusó aquella noche, a él, a la Iglesia, a Dios...

—¿Cómo es que se ha vestido *así*?

—En los periódicos no se menciona al hombre con el que huyó

usted —dijo Michael, mientras cerraba el estuche del ordenador y lo dejaba junto a la puerta—, de modo que no creo que ni Havers ni la policía sepan nada respecto a mí. Imagino que si voy vestido así gano algo de tiempo. La gente se fijará más bien en el sacerdote y no prestará la menor atención a la mujer que le acompaña.

—¿Por qué nos vamos?

Le arrojó un periódico.

—Ya saben quién es.

Catherine no podía creerlo. Allí estaba de nuevo su rostro, en primera página, sólo que esta vez no era el boceto de un dibujante de la policía, sino una foto reciente. El pie la identificaba como Catherine Alexander, doctora en filosofía, de Santa Mónica (California). «Se la busca en relación con dos asesinatos, robo con allanamiento de morada, robo y contrabando internacionales, sabotaje industrial.»

Catherine leyó rápidamente el artículo: «Se cree que la doctora Alexander está complicada en el allanamiento y robo perpetrado en un laboratorio de investigación científica del Silicon Valley, donde en diversas papeleras se colocaron bombas que ocasionaron daños materiales considerables...».

Era una larga historia. Habían interrogado absolutamente a todo el mundo, al parecer: al director de la Fundación, al señor Mylonas del Hotel Isis, a Samir, a los agentes de la Aduana de Estados Unidos... Catherine buscó el nombre de Julius. No estaba.

—No podemos quedarnos por aquí —dijo Garibaldi—. Alguien puede recordar que la vio anoche, antes de que cambiara de peinado.

Bajo la mirada de Catherine, Michael se puso los bastones de pangemot bajo el brazo.

—Padre Garibaldi, anoche tuve intención de marcharme.

—Lo sé. No estaba dormido. —La miró—. ¿Qué la hizo cambiar de idea?

—La niebla asesinaba mi pelo.

Oyeron una sirena a lo lejos, y cuando comprobaron que se aproximaba, cogieron sus cosas, saltaron al coche y Michael pisó a fondo el acelerador en cuanto abandonaron el aparcamiento.

«Doctor Voss, ¿se da usted perfecta cuenta de que introducir en este país objetos artísticos de contrabando es un delito? ¿Y comprende que eso es lo que se sospecha que ha hecho la doctora Alexander? ¿Dónde está ahora la doctora Alexander? ¿Qué relación tiene con el asesinato de Daniel Stevenson?»

Julius se levantó de la mesa y se frotó las sienes. No podía quitarse de la cabeza aquel interrogatorio imaginario. Lo tenía fijo allí desde el día anterior, cuando frenó el automóvil delante de la comisaría, a donde fue con la intención de hablarles de Catherine. Al final, ni se apeó del vehículo. «¿Dice usted que el nombre de esa mujer es Catherine Alexander? —le interrogaría el agente—. ¿Y sabe usted con certeza que introdujo de contrabando en este país unos rollos?»

Hubiera sido como denunciarla.

Hasta entonces, o por lo menos hasta la noche anterior, las autoridades ignoraban la identidad de Catherine, qué relación tenía con Daniel e incluso que estaba en posesión de los objetos robados. Julius cambió de idea y abandonó la zona de aparcamiento de la comisaría, tras decidir que, por *él*, no iban a enterarse de nada. Además, como ocurriera la noche anterior, Catherine aún tenía la posibilidad de escapar.

Claro que la noche anterior las cosas eran distintas. La brumosa mañana había producido un brusco despertar en forma de primera plana del *Los Angeles Times*, decorada con el semblante *real* de Catherine, así como su identidad.

Julius agradeció a Dios el que aún estuviese viva. Verla en aquella primera página le inquietó, pero la sensación de alivio que le produjo descubrir que parecía encontrarse bien resultaba abrumadora. El reportaje no decía nada acerca del hombre con el que supuestamente Catherine había abandonado el piso de Daniel; así que, después de todo, no parecía que la hubiesen secuestrado. Sencillamente, huía.

Cogió el periódico y volvió a leer el reportaje. Informaba de que la policía encontró diecinueve fotos. Pero Catherine le había dicho que tomó una foto de cada página del rollo, más de un centenar. ¿Se había llevado el resto la persona que mató a Daniel?

Arrojó el periódico sobre el desordenado escritorio y hundió las manos en los bolsillos. ¡Se sentía tan impotente! Deseaba hacer algo por Catherine. Pero ¿qué?

Y entonces se le ocurrió: *encontrar el séptimo rollo.*

¿Cómo? Seguramente, Catherine también estaría buscando el séptimo rollo, lo mismo que la persona que había matado a Stevenson. Y sólo Dios sabía cuántas más estarían involucradas en aquella demencial búsqueda del tesoro, todas y cada una de las cuales parecían disponer del «mapa», tanto si eran los propios rollos como las fotografías de los mismos, que posiblemente contuvieran pistas decisivas.

Mientras recorría su despacho a grandes pasos, volvió mentalmente a la lluviosa tarde anterior en su casa, cuando inopinadamente se presentó Catherine, recién llegada de Egipto, y desplegó sobre la mesita de café un más que asombroso trofeo en forma de papiros. ¿Qué dijo? Algo así como: «Perpetua le pide a Aemelia que lleve el último rollo a un rey del que debe temer persecución». ¿Pero qué rey? ¿Cómo se llamaba?

Julius se frotó la frente, las sienes y el cuello para dar más fluidez a la circulación sanguínea, a ver si así desbloqueaba la memoria. Cerró los párpados e imaginó los paquetes de papiros. Catherine había abierto uno. Julius recordaba que se inclinó sobre él, escrutó la escritura en griego antiguo que si en algunos puntos a duras penas podía distinguirse, en otros era notablemente clara. Un nombre le había saltado a los ojos.

—¿El nombre de quién? No era de un rey; de alguna otra persona.

Volvió a coger el periódico y leyó la traducción, reparando en los nombres: *Aemelia, Perpetua, Sabina.* Resultaría muy sencillo repasar los índices de los archivos y comprobar si algún archivo contenía un fragmento en el que figurase alguno de esos nombres. Pero tal proceso, incluso realizado mediante ordenador, sería largo y consumiría una barbaridad de tiempo. Y Catherine, mucho se lo temía él, no contaba con demasiado tiempo.

¡Si pudiera recordar el nombre que leyó en el papiro!

Se llegó a la puerta de su despacho y se dispuso a abrirla. Pero se detuvo. No tenía idea de adónde iba a ir. Desde luego, no podía trabajar. Y en aquel momento empezarían a llegar otros miembros de la plantilla. Todos sabían que Julius y Catherine eran pareja, se producirían comentarios, preguntas o, lo que aún era peor, corteses pero incómodos silencios.

No debía haber acudido al trabajo. Debería estar por ahí, haciendo algo por Catherine.

Pero, maldita sea, ¿qué?

En toda su vida, jamás se había sentido más impotente.

Se acercó a la ventana y miró la calle. Aunque eran las ocho de la mañana, ya se habían encendido las luces de Navidad que engalanaban el Bulevar Wilshire. En teoría no iban a encenderse hasta el anochecer, pero sin duda al no brillar el sol y estar el cielo encapotado, los sensores lumínicos se dejaron engañar. Tibias luces rojas y verdes cobijadas en laso oropel..., la decoración resultaba mucho más espectacular por la noche.

Fabiano.

Julius aspiró aire con fuerza.

¡Ese era el nombre! ¡Fabiano!

Se apartó de la ventana y atravesó la estancia en dirección a la pared de estantes llenos de libros y periódicos. ¿Quién era Fabiano?, se preguntó mientras miraba títulos, a la búsqueda de un punto de partida. ¿El padre de Sabina? ¿Un hombre con el que se había casado? ¿Acaso el rey a quien se entregó el séptimo rollo?

Se llegó a la mesa y encendió el ordenador, al tiempo que repasaba mentalmente la lista de medios o programas de búsqueda: Lycos, InfoSeek, OmniSearch...

«Señora Merititis...»

Se quedó en suspenso.

¡Por *ese* motivo utilizó Catherine el nombre de la momia en su sibilino mensaje telefónico! Para recordarle las mezquinas envidias del año anterior, la rivalidad interna que el descubrimiento de la reina había provocado: ¡el ex colega llegó incluso a intervenir el teléfono de Julius!

Enarcó las cejas. ¿Por qué se le ocurriría pensar a Catherine que alguien iba a pinchar su teléfono y su ordenador? Irritado, apagó el aparato. Si no podía emplear la computadora, ¿cómo iba a buscar el séptimo rollo?

Su mirada se posó una vez más en el periódico, que estaba encima de la mesa. Las fuerzas de la ley locales y federales se estaban poniendo en contacto con toda persona que tuviese alguna relación con la doctora Alexander. Sabía que sólo era cuestión de tiempo el que se enterasen de los vínculos que le unían a ella. ¿Cómo darles esquinazo por lo menos hasta que se hubiese hecho una perfecta y absoluta composición de lugar?

Con rápidos ademanes, Julius cogió su chaqueta de *tweed*, el periódico y la maltratada cartera de cuero, abandonó el despacho y anduvo apresuradamente por el laberinto de pasillos y laboratorios que constituían el Instituto. Luego se entregó en brazos de la lóbrega mañana saturada de salitrosa humedad oceánica y sometida a la amenaza de una lluvia que parecía inminente. Pensó: «Iré a la cabaña». Vio demasiado tarde las furgonetas de televisión, los equipos de informadores, las cámaras y el automóvil de la policía que frenaba junto al bordillo.

Miles Havers sintió los taponazos en los oídos cuando su reactor privado inició el descenso. El vuelo había durado poco más de seis horas.

No era imprescindible que hubiese ido él en persona. Pudo enviar a su abogado para que se encargase de la transacción. Pero los rollos significaban mucho para Miles Havers, demasiado como para confiar a otra persona el cierre del trato.

Si las autoridades policíacas contaban con diecinueve fotos, una de las cuales había salido impresa en los periódicos, Miles se dijo que lo único que tenía que hacer era encontrar las dieciocho restantes.

Hasta entonces sólo había localizado tres: uno en el archivo de la Universidad de Duke, el segundo en el Museo Británico: ambos no eran más que pequeños fragmentos en muy malas condiciones, sin nada que proyectase nueva luz sobre la vida de Sabina Fabiana. Pero del tercer papiro, perteneciente a la colección particular del señor Aki Matsumoto, acaudalado hombre de negocios japonés, había aparecido un reportaje en la revista *Archaeology*, en el que, junto con una foto de un pergamino del siglo VI excelentemente conservada, se decía que era una copia de un papiro del siglo II. Se leía claramente el nombre de Fabiana.

Miles tenía intención de adquirir aquel documento.

Fulguró repetidamente la luz amarilla del intercomunicador situado junto al asiento de Miles; era la señal piloto indicadora de que se aproximaban al aeropuerto de Hilo. La mirada de Miles descendió hacia el océano de tonalidad aguamarina extendido abajo, con sus hileras de islas como esmeraldas diseminadas por el mar. Había sido una decisión difícil la de efectuar aquel viaje personalmente y dejar a Erica sola, encargada de atender a los invitados que llenaban la casa y de supervisar los preparativos para la Nochevieja, que iba a celebrarse diez días después: una fiesta cuajada de personalidades estelares que prometía ser la noche de los Oscar, el Baile Inaugural y el Festival Cinematográfico de Cannes, todo en una pieza. Pero Miles estaba obsesionado. Sabía que su satisfacción sería inmensa si le era posible recibir a sus invitados sabiendo que los raros y relativamente «vírgenes» rollos de Sabina se albergaban en su museo particular del subsuelo, en las profundidades de la casa.

El reactor aterrizó y rodó hasta el extremo más distante del aeropuerto, donde los aviones privados compartían los hangares de servicio con pequeñas líneas aéreas de transporte y escuelas de vuelo. El auxiliar que había atendido las necesidades de Havers durante las seis horas de travesía aérea abrió la puerta de la cabina y admitió la irrupción de la sofocante brisa hawaiana. Regresó al cabo de unos minutos para informar a su patrón de que el contacto había llegado.

Miles miró por la ventanilla y vio aparcada en el asfalto una bruñida limusina Mercedes de color negro, con los tintados cristales de las ventanillas subidos.

Miles sabía que el invisible pasajero del asiento posterior era el señor Matsumoto, un hombrecillo de hablar suave, piel pálida y ojos melancólicos. Matsumoto, por otra parte, desconocía la identidad del hombre con el que iba a tratar. En negociaciones delicadas de aquella índole Miles conservaba siempre el anonimato; todos los contactos telefónicos y por escrito se habían realizado a través del abogado de Miles. Y, desde luego, no había acudido a la cita en el avión de la empresa, con el distintivo de Dianuba en la parte lateral del fuselaje, sino en su reactor particular Hawker Siddeley HS-12T, más pequeño y de color blanco, sin señal identificadora alguna.

Miles tendió un sobre al auxiliar de vuelo, que ya tenía sus instrucciones, aunque ignoraba que el sobre contenía fotos de la hija de Aki Matsumoto, adolescente de catorce años retratada en la cama con una popular estrella de películas de kung-fu. El auxiliar de vuelo se apeó del reactor, anduvo hasta la limusina y entregó el sobre por la ventanilla del chófer.

Havers había ofrecido al señor Matsumoto una generosa cantidad de dinero por el pergamino, pero le fue rechazada. Así que Miles optó por ofrecer otra clase de moneda, que suponía que el señor Matsumoto iba a considerar más persuasiva. Vio que el chófer tomaba el sobre; un momento después, el auxiliar de vuelo recibía a cambio otro sobre, que se apresuró a trasladar a bordo del avión.

Sin abandonar la comodidad de su mullido asiento tapizado de cuero gris, Miles levantó la rígida cubierta de cartulina e inspeccionó el pergamino y el certificado de autenticidad, que lo databa con absoluta exactitud en el año 568 de la Era Cristiana. Tendió después al auxiliar de vuelo un segundo sobre lacrado, que contenía los negativos correspondientes a las fotografías del primer sobre.

Mientras se concluía la transacción, sin que mediase palabra, en la limusina, Miles escrutó el documento, en busca de las palabras clave que ya había aprendido a reconocer: *Aemelia, Perpetua, Sabina, Cornelio Severo*. No había ninguna más que pudiera identificar, ni cualquier otra que pareciese ser nombre propio. No obstante, la palabra Fabiana aparecía clara y nítida al final, donde el documento daba la impresión de acabarse en mitad de una frase. Manipulando la hoja con cuidado, la colocó sobre el analizador de la computadora de a bordo y transmitió inmediatamente la imagen por fax a El Cairo, no sin añadir la posdata de que, en cuanto estuviese de vuelta en Nuevo México, remitiría una imagen fotográfica más nítida.

La limusina se alejó y el auxiliar de vuelo regresó y subió a bordo. Como quiera que aún no habían terminado de repostar el aparato, Miles decidió apearse y estirar las piernas. Levantó el rostro hacia el sol tropical y se sintió encantado respecto a la transacción en particular y respecto a la cacería de los rollos en general.

Los periódicos habían identificado a la doctora Catherine Alexander. Ahora que la muchacha era prisionera de su propia cara, poco podía hacer sin que la localizasen. No le era posible ir por el mundo recogiendo fragmentos aquí y documentos allá, cosa que a él sí le resultaba factible. ¡La doctora Alexander ni siquiera estaba en disposición de entrar en una biblioteca para consultar una enciclopedia!

Todas las ventajas estaban ahora de parte del tigre.

—En este asunto, señor presidente —decía el embajador egipcio—, la urgencia está sustentada por el hecho de que tenemos razones para creer que ciertos elementos particulares andan detrás de los rollos. No podemos permitir que caigan en sus manos.

El presidente miró a su ayudante, la única persona presente en el despacho oval, aparte los dos visitantes.

—Señor Dawud —se dirigió al embajador—, ¿sobre qué base sospecha su gobierno que *existen* tales rollos?

Dawud, hombrecillo enérgico que hablaba atropelladamente y acompañaba sus palabras con ademanes bruscos, intermitentes, dijo:

—En primer lugar, se *encontró* un papiro. Luego la doctora Alexander halló un cesto en un pozo cercano. Vació el cesto y después lo llenó de piedras y lo abandonó para que lo descubriéramos nosotros. Examinamos el cesto y hallamos pequeñas escamas de papel, así como fibras pardo rojizas que concuerdan con las encontradas en el esqueleto del pozo. —Pareció que iba a sentarse, pero permaneció de pie; era un hombre cuyos pensamientos volaban por delante de las palabras—. Señor presidente, si la doctora Alexander no nos escamoteó los rollos, ¿por qué, entonces, se marchó de Egipto tan precipitadamente? ¿Por qué se oculta? ¿Por qué visitó unas instalaciones de investigación y luego provocó dos explosiones como maniobra de diversión mientras huía de allí?

El presidente se dirigió a su consejero:

—¿Sabemos ya qué era lo que buscaba la doctora Alexander en esas instalaciones?

—En estos momentos tratan de determinar qué fue lo que transfirió por un programa de *software*, señor.

—¿Qué clase de programa?

—Se llama Logos. Una herramienta que sirve para traducir griego antiguo.

—Señor presidente —manifestó Dawud—, creo que no necesito recordarle el espantoso estado en que se encuentra la economía egipcia, como consecuencia de la pérdida de la industria turística. Y me consta que tampoco tengo que hacer hincapié en lo que esos rollos representarían para nuestras finanzas si pudiéramos exponerlos. Tal como están las cosas, los créditos que su gobierno nos está concediendo a duras penas son suficiente...

Dejó que la voz se le quebrara, para conferir más dramatismo a su argumento.

La cuarta persona presente en la sala casi no había despegado los labios hasta entonces. Alta, de porte aristocrático, con el blanco cabello impecablemente sujeto en su lugar mediante horquillas de oro, habló en tono algo arrogante y sus palabras sonaron como las de alguien acostumbrado a imponer su autoridad.

—Señor presidente, con el debido respeto al señor Dawud, ¿he de recordarle que si los rollos son cristianos pertenecen legalmente a la Iglesia?

El presidente ya se las había tenido tiesas con ella en varias ocasiones anteriores, en cuestiones relativas al aborto, la anticoncepción, la educación sexual y los derechos de gays y lesbianas, a todo lo cual la dama se oponía enérgicamente. La voz de la mujer tenía su propio y potente peso específico, pero la que escuchaba el presidente en aquel momento era la voz que la respaldaba, porque la doctora Zorah Kane, profesora de medicina de la Universidad de Harvard, no se encontraba allí aquella noche como agente independiente que hablaba en nombre propio, sino como representante especial de un poder todavía más importante: el Vaticano. Su Santidad en persona la había elegido para que supervisara el asunto en nombre de la Iglesia.

—Doy por supuesto, señor presidente, que puedo informar a Su Santidad que contamos con la cooperación plena de su gobierno, ¿no es así?

—Señor Presidente —terció Dawud rápido—. Los rollos se encontraron en suelo egipcio...

Cuando la doctora Kane se aprestaba a replicar, el presidente recurrió a la diplomacia para tranquilizar a sus dos visitantes:

—La agencias federales ya han procedido a tomar cartas en el asunto —añadió—, de forma que los resultados no se harán esperar.

Al propio tiempo, el presidente maldijo en su fuero interno a Catherine Alexander, a quien no tenía el disgusto de conocer, por haberle colocado en aquella precaria situación.

Titus hundió las manos en los bolsillos y estudió el mapa que relucía bajo la superficie de su mesa escritorio. Las luces y los números centelleaban y parpadeaban, lo mismo que lo hacían a su espalda los rascacielos de Seattle, rutilando contra el cielo nocturno. Enfocó la mirada sobre una luz brillante con la etiqueta de «San Francisco».

—Mi sospecha es que se dirigió allí —dijo al otro ocupante de la estancia—. Gran ciudad. Montones de gente. Multitud de sitios donde esconderse.

Su ayudante, un hombre que estaba con Titus desde el principio, cuando Consejeros de Seguridad, S.A. operaba fuera del apartamento de habitación única de Titus, cogió la figurilla de tigre de encima de la mesa y la examinó mientras decía:

—Hemos explorado la zona hasta San Simeón, por el sur, y hasta Fresno, por el este. No hay plazas libres en todo el litoral. La gente se pega al océano como si fuese sangre vital. Deben de creer que el apocalipsis está a punto de desencadenarse.

—O de *no* desencadenarse —murmuró Titus—. Esa mujer está en algún punto de la zona. ¿Pero dónde...?

—¿Cuál es su necesidad primordial? —preguntó el otro hombre.

Con aire ausente, Titus se rascó la cicatriz del mentón, un recuerdo de su época en la CIA.

—¿Su necesidad primordial? El cliente dice que lo que necesita a morir es acceso a Internet. Y que lo necesita de forma anónima.

—Acceso anónimo a Internet.

El otro hombre sonrió.

A Catherine le había estado preocupando la posibilidad de llamar la atención, destacar entre la multitud y que les localizasen fácilmente. Pero la noche anterior estuvieron en el At Dot Com Cafe y ninguno de los clientes del local mostró el menor interés por el sacerdote católico de larga sotana y su acompañante, la rubia platino con la bolsa de gimnasia colgada del hombro. En realidad, Catherine pudo darse cuenta, al echar una mirada a su alrededor, en el ruidoso ciberbar de la calle Sutter, de San Francisco, que el padre Garibaldi y ella parecían deprimentemente normales entre los internautas pirados, adictos a la charla en grupo, cabezas de circuito, grumetes de nave pirata informática y pipiolos locos por la telaraña global, que, con ojos vidriosos, permanecían frente a los monitores sin que los dedos dejasen de sobrevolar por los teclados.

La cafetería para cibernautas alardeaba de contar con cincuenta y seis computadoras con acceso directo a Internet, y las mesas disponían de las adecuadas conexiones a Internet para ordenadores portátiles. Las paredes estaban dispuestas de forma que pareciesen gigantescas placas de circuitos y numerosos letreros estratégicamente situados advertían a la clientela que todo aquel que pronunciase con excesiva frecuencia las palabras «ciber» y «tecno» sería arrojado a la calle sin miramientos. El aire estaba impregnado de olor a café y a chocolate; y por encima del estruendoso tableteo de los teclados se mantenían conversaciones a voz en cuello de una mesa a otra, charlas que en su mayor parte trataban del nuevo programa *logical* Dianuba 2000, que se iba a lanzar al mercado un minuto después de la medianoche del día de Año Nuevo.

Michael se inclinó para acercarse más a Catherine y murmuró:

—Me parece que aquí podremos adelantar el trabajo una barbaridad.

Catherine estuvo de acuerdo.

—Nuestra prioridad número uno es datar los rollos. Sabina alude a una visita al templo de Ur Magna. Sabemos que un terremoto destruyó ese templo hace mucho tiempo, pero no recuerdo la fecha. Si esa destrucción del templo tuvo efecto antes de que viviese Jesús, entonces es imposible que Él fuera el Justo. Y estoy segura de que en cuanto eso se supiera, todo el mundo abandonaría, incluido Havers, y nos dejarían en paz.

Michael la cogió del brazo en gesto protector.

—Vamos a ver si conseguimos localizar un par de ordenadores libres que estén uno junto al otro. Manténgase cerca de mí.

Los ocupantes del Pontiac blanco aguardaron sobre el asfalto mientras el reactor privado tomaba tierra y se detenía. Desembarcaron cuatro hombres. Dos de ellos subieron al Pontiac y los otros dos hicieron lo propio en un automóvil de alquiler aparcado junto al primero. El jefe de los recién llegados iba provisto de una relación de todos los cibercafés de la zona de San Francisco.

—En marcha —dijo.

Tenían que esperar a que alguna computadora quedase disponible, de modo que se acomodaron en un reservado de la cafetería, donde Catherine cogió un periódico de encima de una silla. Tras darle un rápido repaso, leyó luego en voz baja al padre Michael:

—«El Servicio de Aduanas de Estados Unidos declaró hoy que la doctora Catherine Alexander entró en el país el 16 de diciembre, hace cuatro días, a través del aeropuerto John Fitzgerald Kennedy. Los funcionarios de Aduanas no tienen idea del modo en que los manuscritos viajaron del Sinaí a Estados Unidos y desean interrogar al respecto a la doctora Alexander. Aunque todavía no se ha acusado formalmente de ningún delito a la doctora Alexander, tanto las autoridades de Egipto como las de Estados Unidos creen que los dos asesinatos —el de J. J. Hungerford, aparejador norteamericano, y el del doctor Daniel Stevenson, arqueólogo— están relacionados con los rollos introducidos de contrabando y la desaparición de la doctora Catherine Alexander, que se sospecha permanece escondida en algún lugar de California del Sur.»

—En su descripción, el periódico dice que su pelo es oscuro y que lo lleva largo —comentó Michael—, lo que significa que esos individuos del área de descanso no eran policías.

—Esbirros de Havers.

—O de alguna otra persona. Creo que la caza del hombre está cobrando dimensiones alarmantes y que nuestras probabilidades de sobrevivir en público disminuyen a pasos agigantados. Me preocupa de veras su seguridad.

Catherine se le quedó mirando.

—¿En serio?

Michael no podía expresar en palabras aquel creciente sentimiento protector que se desarrollaba en su ánimo. Cuando cuatro individuos ocuparon la mesa de al lado, el sacerdote se acercó más a Catherine y estiró el brazo a lo largo del canto del tabique del reservado. Al tiempo que exploraba el local, no por eso dejaba de lanzar también agudas miradas a Catherine. Observó que, de vez en cuando, la muchacha se acariciaba la barbilla: un gesto inconsciente de desafío. Se la imaginó luchando a brazo partido ella sola contra todo un ejército, disparando los puños hasta el final. También se percató, desde el ángulo que ocupaba, que detrás de la oreja de Catherine, las puntas del pelo presentaban trasquilones, allí donde las tijeras no lo cortaron como era debido. Le dolió verlo; deseó peinarlo hacia atrás, hacerlo menos evidente. Recordó de súbito el sueño de la noche anterior, el mismo que le acosaba desde el pasado, aunque no fue del todo igual. Había entrado en escena un nuevo personaje —una mujer—, pero en esa ocasión no actuaba en la periferia, sino en el mismo centro de la acción. No pudo verle la cara, pero aquel personaje femenino daba la impresión de pretender decirle algo.

—¿Sí? —articuló por fin.

Catherine le miró, como extrañada.

—¿Sí qué?

—Me tiene preocupado.

Por un instante, el bar y la gente que lo llenaba se desvanecieron; el reservado de vinilo se convirtió en un universo en el que Michael y Catherine sólo se veían el uno al otro.

Luego, Garibaldi se echó hacia atrás y cambió de postura.

—La situación cada vez resulta más peligrosa para usted, doctora Alexander —dijo, utilizando las palabras para crear distancia entre ellos.

—Así que opina que debo abandonar, retirarme, ¿no es eso? Ya vio hoy el telediario. —Se habían detenido para almorzar en Daly City, en una cafetería con el televisor suspendido encima del mostrador. Habían conectado con el Sinaí, donde el gobierno egipcio excavaba el pozo de Catherine. Expusieron el esqueleto, establecieron que pertenecía a alguien del sexo femenino y descubrieron que las muñecas y los tobillos estuvieron atados—. Dijeron que al parecer la enterraron viva. La martirizaron por aquellos rollos.

—De modo que ese es el motivo por el que arriesga la vida: ¿a causa de una posible mártir cristiana?

—Padre Garibaldi —advirtió Catherine; pero al momento lanzó una rápida mirada en torno y bajó la voz—. Mi madre era algo más que una profesora de teología. Tuvo la audacia de poner en tela de juicio la traducción aceptada de la Biblia. Y el coraje de señalar que en el Génesis, la tradición de que Eva se creó como simple ayudante de Adán es resultado del prejuicio masculino. La palabra hebrea no significa «ayudante», sino que significa «igual a todos los efectos». Y en el Deuteronomio —continuó, apasionada—, versículo treinta y dos, se dice: «De la Roca que te procreó te olvidaste; diste al olvido al Dios que te engendró». Pero el término hebreo que se tradujo como «engendró» hoy significa «parió con dolor». Apostaría mi renta, padre, a que a los hombres que tradujeron la Biblia no les hacía ninguna gracia la imagen de Dios pariendo con dolor como una mujer. De modo que la alteraron. Y el empleo por parte de Pablo del título de diácono...

Michael alzó una mano.

—¡Uaaauu! ¡Estoy de su parte!, ¿no se acuerda?

—No puede estar de mi parte. Cuando el dogma católico surge, estamos en lados opuestos.

—No creo que la Iglesia trate injustamente a las mujeres. Son precisamente los católicos los que veneran a la Madre de Dios, no lo olvide.

—La veneración de la Virgen María y el trato humano que se da a las mujeres son dos cosas distintas, padre Garibaldi. Cuando, de niña, me enteré de que no podía recibir los siete sacramentos, volví a casa corriendo, hecha un mar de lágrimas, sólo para que mi madre me explicase que las sagradas órdenes era uno de los sacramentos y que las chicas no pueden ser sacerdotes.

—Bueno, eso es...

—Padre Garibaldi, fui una muchachita católica ardorosamente devota, y nada deseaba con mayor anhelo que servir en el altar. Pero eso sólo se les permitía a los chicos. Y algunos de esos mocosos, se lo digo yo, eran repugnantes imbéciles que se bebían a escondidas el vino de misa y se burlaban de los sacerdotes a sus espaldas. Yo jamás hubiera hecho tal cosa y, sin embargo, ¡no era digna de servir en el altar porque sólo los chicos podían ser monaguillos! Y en 1965, cuando yo tenía dos años, mi madre presentó su candidatura para enseñar en Yale y la rechazaron ¡porque no querían que una mujer formase parte del claustro de profesores!

—Yo no hice las reglas —articuló Michael en voz baja.

—Sólo hubo mujeres al pie de la Cruz; fueron mujeres las que se encargaron de bajar el cuerpo y darle una sepultura decente y también fueron mujeres quienes lo velaron en la tumba, mientras los apóstoles andaban escondidos, temiendo por su vida. Y cuando Jesús reapareció, la primera persona ante quien se reveló fue una mujer. *¿Cuándo tomaron las riendas los hombres?*

—Está predicando al coro. Nunca me he opuesto a que se ordenen sacerdotes a las mujeres.

Llegó la camarera con dos cafés y un cuenco de galletitas saladas. Catherine guardó silencio mientras Michael pagaba en efectivo y encarecía a la camarera que les avisase en cuanto quedase libre un ordenador.

—En 1973 —continuó luego Catherine—, mi madre publicó un librito documentadísimo titulado *María Magdalena, el Primer Apóstol*.

Michael asintió con la cabeza.

—Creo recordar que estaba en el índice de libros prohibidos del seminario.

—Así que no llegó a leerlo.

—No, no lo he leído. —Michael sonrió—. Por aquellas fechas aún me quedaba mucho que aprender respecto a la obediencia.

—La razón por la que ese libro originó un verdadero escándalo —dijo Catherine— estriba en que en todos los trabajos anteriores de mi madre se daba a las mujeres un tratamiento que se ceñía al punto de vista de su condición femenina, hasta el extremo de que ni siquiera causó el menor revuelo la sugerencia que hizo un periódico de que María Magdalena había sido *esposa* de Jesús, porque la forma en que mi madre presentó siempre a Magdalena se atenía *al papel femenino tradicional*. Sin embargo, con el libro del Apóstol, se pasaba de la raya. Se atrevió a asignar a María la misión de un *hombre*, y eso no podía tolerarse.

Catherine hizo una pausa, antes de proseguir:

—Padre Garibaldi, en ninguna parte del Nuevo Testamento se dice que María Magdalena era prostituta. La pista de esa tradición particular puede rastrearse hasta los primeros siglos, cuando eran numerosas las facciones que luchaban por el poder en la Iglesia. Al declarar que María había sido ramera, la despojaban de toda su dignidad y poder y le arrebataban su verdadera condición, la de *primer* apóstol.

Un repentino clamor de alegres vítores que estalló en el salón contiguo los sobresaltó. Oyeron un animado parloteo acerca de la irrupción en Alpha World. Catherine se volvió de espaldas a aquel alboroto, brillantes de pasión los ojos.

—La voz griega *apóstol*, padre Garibaldi, significa «el que ha sido testigo y al que se ha enviado a predicar la Palabra». María Magdalena cumplía todos los requisitos, desde el momento en que vio con sus propios ojos tanto la sepultura vacía como la Ascensión de Cristo, y luego dio la noticia a los demás. Pero, posteriormente, *Pedro* se erigió en sucesor de Jesús como cabeza de la nueva Iglesia, ¡en virtud del hecho de que *fue* la primera persona que presenció la resurrección! ¿Estoy en lo cierto?

Michael asintió.

—De modo y manera que durante dos mil años los hombres han venido sucediendo a Pedro como supremos pontífices, fundamentando su autoridad papal en la de Pedro. ¡Una autoridad que fue realmente usurpada! Ahora, padre Garibaldi, dígame qué ocurriría si resultase que los rollos demostraran que María Magdalena *era* la sucesora de Jesús... Si los rollos de Sabina fuesen, tal vez, *anterio-*

res en el tiempo a los Evangelios. ¿Se imagina el impacto de ello sobre la Iglesia? Sería como presentarse en la casa de alguien, llamar a la puerta y decir: «¿Puede enseñarme la escritura de propiedad de su casa?». Usted la examina y a continuación saca una escritura con una fecha más antigua y dice: «Lo siento, en realidad esta casa es mía. Tiene usted que desalojarla».

Con aire meditativo, Michael removió el café.

—Así que ese es el motivo por el que lucha usted, esforzándose en conservar esos rollos —dedujo—. Se ha arrogado la tarea de concluir la obra de su madre.

Una imagen centelleó en la mente de Catherine: la foto periodística de su padre arrodillado con los demás. La habían publicado en primera página periódicos de todo el mundo.

—A mi madre la silenciaron —la voz de Catherine estaba cargada de amargura, mientras expulsaba de su cerebro aquella imagen—. Pero voy a tomar el relevo y a mí no me van a acallar. Sí, he violado la ley. Sustraje objetos arqueológicos de Egipto y los pasé de contrabando a este país. Pero a veces uno tiene que quebrantar la ley para hacer lo que es justo. Si Sabina tiene un mensaje importante para nosotros, entonces el mundo merece oírlo.

Llevó la mano hacia el amuleto de jade colgado del cuello, su relación con Daniel, y al curvarse sus dedos sobre él, sintió al propio Danno a través del jade, la propia energía de Danno, su acometividad de terrier, que la apremiaban a seguir adelante. «Pone obscena, Cathy», le había dicho Danno mucho tiempo atrás, después de que la hermana Inmaculada la humillase delante de la clase, llamándola niña asquerosa. Catherine le preguntó a Danno qué decía el letrero que la hermana le colgó del cuello mientras Cathy estaba de pie encima de la banqueta. «Pone obscena». Aunque ninguno de los dos chiquillos, a sus diez años, sabía qué significaba la palabra.

—Y aún queda una razón más por la que no voy a darme por vencida —dijo Catherine, mientras sacaba de la cartera su tarjeta Visa—. Mataron a Danno.

—¡Ya la tengo! —exclamó Teddy—. ¡Acaba de volver a usar su tarjeta de crédito!

—¿Para contratar los servicios de un proveedor de acceso? —preguntó Havers.

—Dando un rodeo —explicó Teddy con una sonrisa—. La doctora Alexander está en un ciberbar de San Francisco. Se llama At Dot Com. Acaba de pagar cinco horas de conexión y dos bocadillos de *pastrami*.

Se bautiza a sus discípulos, su madre fue virgen y a lo largo de su vida realizó numerosos milagros, sanó al enfermo, consiguió que el cojo anduviera y expulsó demonios. La noche antes de su muerte celebró una última cena con sus doce discípulos y en memoria de ello, sus seguidores, que le llamaban Hijo de Hombre y Mesías, participan de una comida sacramental en la que comen pan marcado con una cruz. Y cuando me enteré de que su triunfo sobre la muerte y su ascensión a los cielos se celebran en el equinoccio de primavera, me dije que por fin había encontrado al Justo.

Deseé con toda mi alma plantearle la pregunta que abrumaba mi corazón.

Habíamos ido a Persia siguiendo la sed de Cornelio Severo por descubrir los secretos de la alquimia, la astrología y la inmortalidad. Y cuando Severo conoció al mago, yo fui al templo del Salvador, al templo de quien creía que era el Justo.

Pero cuando manifesté mi deseo de adentrarme en los misterios, como había hecho en Ur Magna, me dijeron que la religión estaba prohibida a las mujeres. Y así fue como comprendí que no había encontrado al Justo, porque el salvador al que adoraban los persas resultó ser Mitra, al que también veneran en Antioquía y en Roma, donde todos los años, el veinticinco de diciembre, se celebra invariablemente su nacimiento.

En Persia conocí también a los seguidores de Zaratrusta, un profeta que había nacido de madre virgen y que vivió hace cientos de años, pero cuya existencia y obras fueron tan semejantes a las del Justo que me pregunté si Zaratrusta no habría sido reencarnado en Judea.

Según sus innumerables adeptos, el nacimiento del profeta Zaratrusta señalaba el principio de los tres mil años finales de la duración del mundo; seguirían al profeta tres salvadores, dicen, cada uno de los cuales llegaría con un intervalo de mil años. Con la aparición del último, que los zoroastristas calculan ocurrirá dentro de dos mil años, amanecerá el Día del Juicio Final; a aquellos que hayan luchado contra el mal se les ofrecerá la bebida de la inmortalidad y se establecerá una nueva creación.

Esto es lo que predican los persas: «Entonces llegará la resurrección general, cuando los justos entrarán en el cielo y se purificará a los malvados con metal fundido. A partir de ese día, todos disfrutarán de felicidad y entonarán alabanzas al Eterno».

Pero Zaratrusta tampoco resultó ser el Justo al que yo sigo buscando. Así que cuando Cornelio Severo nos dijo que emprendía viaje al valle del Indo, volví a incorporarme a su caravana. Porque, mientras estaba en Persia, me enteré de que en la India había un Salvador, llamado Redentor, nacido de virgen, crucificado y resucitado. Los relatos de su nacimiento me eran familiares, hablaban de que cuando vino al mundo, un veinticinco de diciembre, hombres sabios le llevaron presentes: oro, incienso y mirra. De modo que tuve la certeza de que la India era el país al que el Justo había ido.

Y allí, en el valle del Indo, querida Perpetua, querida Aemelia, iba a recibir otra revelación más: la tercera de las Siete Verdades.

OCTAVO DÍA

Martes, 21 de diciembre de 1999

Cuando Julius salió por la puerta posterior del Instituto, no se encaminó directamente hacia su automóvil, estacionado en la plaza de aparcamiento que tenía reservada, sino que atravesó éste, salió a la calle y se acercó a un coche detenido junto al bordillo de la acera. Al golpear el cristal de la ventanilla dio un pequeño susto al conductor.

—Voy a tomar un piscolabis en el Johnny's de Culver City —dijo, cuando el hombre bajó el cristal—. ¿Sabe dónde está? Vaya recto Pico abajo y doble a la derecha al llegar a Sepúlveda. Después de tomar mi bocado, iré a hacer unas compras navideñas a Santa Mónica. Y luego me llegaré a la sinagoga de las proximidades de San Vicente, a visitar a mi rabino. Conduciré despacio, para que usted no me pierda.

Julius ignoraba por completo quién era aquel hombre y para quién trabajaba —no tenía idea de si era un reportero, un policía o un detective al servicio de algún particular—, pero sí sabía que llevaba dos días siguiéndole. Y a Julius le fastidiaba tanto ver así invadida su intimidad que decidió hacerle saber a aquel cernícalo, quienquiera que fuese, que él, Julius Voss, estaba enterado de que le vigilaba.

Al llegar a la sinagoga, muy entrada la tarde, Julius agitó la mano en dirección al individuo, se preguntó cuándo habría ido a comer o a visitar el lavabo, y entró en el templo.

El rabino Goldman llevaba en la sinagoga tantos años como pudiera recordar su miembro más antiguo; lo que, teniendo en cuenta la edad del rabino, más años que nadie. Acogió a Julius con una sonrisa luminosa y con ojos agudos y vivarachos.

—¡Qué inmenso placer verte por aquí, Julius! —saludó, al tiempo que se estrechaban la mano.

—Gracias por recibirme tan pronto, rabino Goldman, aunque le anunciara mi visita con tan poca antelación.

—¿En qué puedo servirte?

—Me preguntaba, rabino —empezó Julius, mientras observaba

el interior de la residencia de Goldman que, pese a lo desordenado que aparecía y a su olor a moho, era el hogar de un auténtico y cultísimo amante de los libros—, si me permitiría usted utilizar su ordenador durante cosa de una hora.

El gentío rugía entusiasmado mientras el toro se precipitaba hacia la muchacha medio desnuda; luego, la multitud prorrumpió en un clamor eufórico, cuando la chica agarró diestramente al animal por los cuernos, se puso de un ágil salto encima de su lomo y, finalmente, dio una voltereta en el aire y aterrizó de pie detrás del astado, en limpia y exacta recreación —la gerencia del Hotel Atlántida se jactaba de ello— del antiguo deporte minoico del salto del toro que se practicaba en la isla de Creta hace más de tres mil años.

Allí, en pleno vestíbulo del hotel.

Pero la danza del toro no era el número más extraño del más flamante y plebeyo hotel de Las Vegas, pensaba el padre Garibaldi en tanto se abría paso entre la multitud hacia el mostrador de Recepción. Con todo lo increíbles y extravagantes que llegaban a ser algunas de las peculiaridades del Atlántida, ninguna superaba la circunstancia de que aquel hotel de veinte plantas, construido en una isla situada en el centro de un lago de veinticuatro hectáreas, no tenía un solo ascensor. El motivo argumental que presentaba aquel centro turístico, erguido frente al Beau Rivage, al otro lado del bulevar Las Vegas, era, según un crítico, «Marte se enfrenta a Minos», una de cuyas atracciones principales la constituía el Laberinto del Minotauro situado bajo el colosal hotel, mientras que por arriba abundaban los frescos y columnas antiguos, las estatuas y pilares, aunque no faltaba tampoco la arquitectura superfuturista, incluidas las «naves espaciales» antigravedad que zigzagueaban por el abierto espacio del patio más amplio del mundo y trasladaban de un lado a otro a los huéspedes que ocupaban las cuatro mil habitaciones del hotel. Aunque las naves espaciales daban realmente la impresión de surcar el aire sin apoyo alguno, esa ilusión, si ha de creerse a los guías del hotel, la creaban las luces y los efectos o trucos arquitectónicos que ocultaban los muy sólidos raíles sobre los que «volaban» los vehículos marcianos.

El Atlántida era un establecimiento hotelero tan popular que siempre tenía al completo su capacidad, que siempre estaba rebosante de turistas desgalichados.

—Allí estaremos seguros y a salvo —le había asegurado Michael a Catherine cuando partieron de San Francisco—. Entre tanta gente no darán con nosotros.

A pesar de todo, al llegar al mostrador y dirigirse al conserje y notar cómo le miraban, comprendió que seguía llamando la atención. No era corriente ver en un casino a sacerdotes luciendo larga sotana.

Sin embargo, consideraba que su atavío era un buen camuflaje, y aquel hotel una estupenda elección como escondite. Lo que tampoco era óbice para que se mantuviera alerta, agudizados los sentidos más que nunca. Si alguien quería llegar a Catherine, tendría que hacerlo a través de *él*, y valía más que los individuos estuviesen preparados para luchar, se prometió Michael.

¿Y matarías para protegerla?, susurró una voz en el fondo de su cerebro.

Confío en que no se llegue nunca a ese extremo.

¿Pero lo harías?

Michael desvió su atención del mostrador hacia el espectáculo que ofrecía la ajetreada calle, al otro lado del ventanal del restaurante. Pensó que Las Vegas era una ciudad como no había otra. Simpre era un lugar delirante, por encima de la cumbre, pero aquel mes parecía superarse a sí misma, parecía una Las Vegas incluso más singular que Las Vegas. Esa sensación la tuvo en el mismo instante en que Catherine y él entraron en la urbe y vieron la densa circulación y las aceras rebosantes de peatones. En el aire flotaba un algo apremiante, aquellos últimos días de 1999, un latir frenético que sugería miedo, incertidumbre, esperanza cargada de inseguridad. Tal vez eran las naves espaciales, o acaso sólo otra resaca de Año Nuevo. El padre Garibaldi sospechaba que la gente acudía a Las Vegas para disfrutar de su última juerga en aquella Sodoma moderna, para jugarse la hipoteca con la ilusión de ganar un pleno, un premio gordo, antes de que llegase el día siguiente, o acaso para hacer algo salvaje, echar una cana al aire con una corista de Las Vegas, cometer pecados que de otro modo no cometería, porque el mundo iba a acabarse. O quizás no era así.

—Aquí tiene, padre —dijo el conserje, y tendió a Michael su tarjeta provisional de Internet—. Su nombre de usuario y la clave de acceso que sólo conoce usted. Puede permanecer conectado todo el tiempo que guste.

Uno de los más recientes servicios que ofrecían los hoteles importantes era el acceso a Internet por el propio sistema del establecimiento; a los huéspedes se les cargaba una pequeña cantidad en proporción al tiempo que se mantuvieran conectados a la red. Los hombres de negocios utilizaban el servicio para conferenciar y hasta para crear oficinas virtuales; en cuanto a los clientes de vacaciones, sus chicos estaban seguros en sus cuartos, navegando por las autopistas de la red, mientras los padres jugaban abajo.

A su regreso a través del vestíbulo, bajo los rayos solares que se derramaban como una catarata de oro que atravesaba las altas puertas cristaleras, Michael hizo un alto para adquirir un periódico en un quiosco que, teóricamente, lo mismo podía ser una fontana de Marte que un sarcófago minoico. Cuando volvió la cabeza y su mirada recorrió la muchedumbre, se dijo: *Haré cuanto sea preciso para protegerla.*

—Se llamaba el síndrome de Matusalén —decía el personaje invitado al programa de entrevistas de la emisora local de Santa Fe—. El deseo de vivir eternamente o la delusoria idea de que se es inmortal.

—Dígame, doctor —sonrió el busto parlante—, ¿cree usted que esos rollos pueden contener la fórmula de algún antiguo hechizo mágico que capacite a las personas para vivir eternamente? Desde luego, eso es lo que espera una barbaridad de gente.

El invitado al programa carraspeó para aclararse la garganta y asumió un aire de hombre importante.

—Por desgracia, John, ignoramos el contenido de los rollos, ni siquiera sabemos si los rollos existen o, lo que viene a ser lo mismo, ¡si la propia Catherine Alexander realmente existe! Pero toda esta histeria acerca de la inmortalidad procede de una frase, mejor dicho, de sólo dos palabras, que aparecen en el fragmento que publicaron los periódicos. *Zoe aionios* —dijo—, que significan vida eterna.

—¿Pero eso significa vida eterna aquí, en la Tierra, o en el cielo después de morir?

Miles Havers apagó el televisor y fue a servirse una Perrier helada en el bar de su despacho gris y borgoña. ¡La Segunda Venida y la Inmortalidad! ¡Cómo se había aferrado el público a aquellos dos términos inocentes del fragmento: *parousia* y *zoe aionios*. Se preguntó qué haría la gente si se enterara de que la autora de aquellos rollos había viajado en compañía de un alquimista a la búsqueda del antiguo secreto de la longevidad.

Mataría para apoderarse del documento.

Al acercarse a la ventana para echar un vistazo al regocijo que se explayaba sobre el césped de los prados que limitaban su campo de golf, se maravilló de la «chaladura», así lo calificaría su padre, que se había propagado por todo el mundo. En aquellas fechas, los noticiarios apenas hablaban de otra cosa que no fuera el milenio que estaba al caer. Un grupo de Montana había avistado la Nueva Jerusalén; surcaba el espacio rumbo a la Tierra, afirmaban, e iba a llegar el Día de Año Nuevo. Otros grupos declaraban que los astrónomos mantenían en secreto el descubrimiento de un agujero negro en el Polo Norte, porque se trataba de una puerta hacia el Cielo. Y no faltaba tampoco quien afirmase que había visto moverse por sí solos a los monumentos megalíticos de Stonehenge.

¡Preparándose, sin duda, pensó Miles con ironía, para la vuelta de sus creadores venusianos!

Tomó un sorbo del agua burbujeante y contempló a los centenares de chiquillos que se lo estaban pasando en grande, chillando alegremente en el tiovivo, guardando cola para ver a Santa Claus o acercándose con avergonzada timidez a la mesa donde el asado les aguardaba, dispuesto, en plan autoservicio, a saciar su voracidad. Se trataba de la fiesta anual de Navidad que Erica organizaba para los niños discapacitados de la misión india, hospitales, orfanatos... e incluso para niños sin hogar, a todos los cuales se transportaba a la finca de Havers a fin de que, una vez al año, saboreasen la esplendidez antes de volver a sus miserables existencias.

Vio a Hombre Coyote, bastante apartado.

—¡Vamos a ir a la meseta de la Nube! —había jadeado Erica la noche anterior—. Hombre Coyote explicó que, hace siglos, la Estrella del Pueblo llegó allí, volando por el cielo en vainas de semilla solar. ¡Afirma que en las noches propicias, si uno levanta los ojos al cielo, puede ver en él triángulos volantes, campanas cósmicas y lenguas de fuego!

¡Campanas cósmicas! ¡Lenguas de fuego! A Miles no le caía bien el astuto viejo chamán. No le gustaba el modo en que a veces le miraba..., al *fondo* de él. Era casi como si pudiera *ver* el tigre.

Goldstein, diez años atrás, gritando en mitad de la noche, para decir con voz atribulada: «Eh, Miles, era un tigre, ¿verdad?».

Goldstein se suicidó poco después.

Seis entraron y seis salieron. Pero sólo tres sobrevivían...

¿Adónde fueron a parar después las columnas vertebrales?, se preguntó Miles. Aki Matsumoto..., su necrológica había aparecido en el periódico de la mañana. *Sepuku*, lo llamaban. Suicidio ritual como consecuencia de una deshonra familiar cuya naturaleza el hombre no estaba dispuesto a divulgar.

¿Y por qué? El pergamino del siglo VI que Miles obtuvo de Matsumoto resultó serle inútil. La traducción que recibió de El Cairo iba acompañada de una nota en la que se decía que la Fabiana citada allí no tenía nada que ver con Sabina Fabiana. De modo que las trece horas y media que invirtió en aquel viaje de ida y vuelta no le sirvieron de nada.

—¡Tiempo perdido!

¡Y encima el fiasco del ciberbar! ¡Los hombres de Titus se lanzaron al ataque... para echar el guante a un par de imbéciles con la cara sembrada de granos que habían cometido la estupidez de coger la tarjeta de crédito que la Alexander había dejado abandonada, y que se las prometieron muy felices pensando que iban a disfrutar de una gratuita travesía por las rutas de Internet!

Zumbó el intercomunicador.

—Ya está en marcha, señor Havers.

—Gracias, señor Yamaguchi.

Muy bien. La trampa ya estaba dispuesta y operando.

La habían tendido cuidadosamente en Internet, con un cebo que cierta cándida arqueóloga se tragaría y que luego él atraería hacia sí, recogiendo el sedal.

En el valle del Indo recibí la tercera de las Verdades Inmutables...

Catherine hizo un alto en su tarea y lanzó una ojeada a Michael, sentado ante el ordenador.

Habían conseguido una *suite* comercial en el Atlántida, lo que representaba dos dormitorios, cada uno con baño independiente, y un salón central equipado con dos mesas escritorio, fax, dos módem, dos líneas telefónicas distintas e incluso un surtido de artículos de escritorio: grapas, sujetadores de papel, cintas de goma y cuadernos de taquigrafía.

Habían abandonado el At Dom Cafe sin utilizar sus servicios informáticos. Cuando Catherine detectó la presencia de dos individuos sospechosos que miraban desde la calle, dos sujetos cuyos conservadores trajes y cortes de pelo los hacían destacar entre la tropa de vestimenta colorista que pululaba por la zona, la muchacha dejó abandonada adrede la tarjeta de crédito cerca de la caja, con la esperanza de que alguien le echase el ojo y decidiera darse un paseo internáutico gratis a cuenta de la Visa. Le encantó imaginarse la cara que pondrían los tipos de Havers cuando irrumpiesen allí, convencidos de que la habían atrapado.

Al observar ahora a Michael, con su atractivo semblante reconcentrado en la pantalla, Catherine pensó en la noche anterior, cuando pensó dejarlo en el motel. Le había escrito una nota y luego salió a la noche y echó a andar a través de la niebla, con la intención de seguir sola. ¿Qué la impulsó a volver? En aquel momento, se dijo a sí misma que lo hacía a causa de los rollos. Había recorrido tres manzanas entre el frío y la humedad y entonces comprendió que, por los rollos, era mejor que continuase con Michael.

¿Pero esa era la auténtica razón?

Aquella primera noche, en el motel de las afueras de Santa Bárbara, cuando Michael salió del cuarto de baño sin llevar puesta la camisa, un estremecimiento inesperado había sacudido a Catherine de pies a cabeza.

Es sacerdote, se recordó ahora, cosa que debía hacer cada vez con mayor frecuencia. Un sacerdote como el padre McKinney, sólo que con mejor envase.

Pero no era sólo eso... Catherine sabía que Michael Garibaldi era bastante más que un cuerpo sexualmente apetecible. Tras su separación en la zona de descanso, a partir del momento en que Michael la encontró en la niebla del puesto de guardabosques, se había mantenido junto a ella en todo momento, atento y vigilante. Cuando se encontraban entre la gente, él siempre se interponía entre Catherine y cualquiera que pudiese representar una amenaza; continuamente notaba sobre el brazo la mano de Michael, presentía su estado de alerta, su disposición a defenderla. Para Catherine era una experiencia nueva, estar junto a un hombre tan protector.

—¡Allá vamos! —prorrumpió Michael de pronto.

Mientras ella se le acercaba, con dos vasos de 7-Up helado, Michael fue al Directorio Net, hizo el clic correspondiente y lo repitió para entrar en Lycos.

Cuando apareció el formulario de búsqueda, tecleó Ur Magna, y ambos contuvieron el aliento.

—¡Encontradas cuatro fuentes! —anunció Michael.

—El yacimiento —eligió Catherine, mientras indicaba la cuarta entrada de la lista—. Pulse esa.

Y en la pantalla apareció la imagen a todo color de unas excavaciones arqueológicas en un desierto rojizo.

—Las ruinas de Ur Magna —leyó Michael—, actualmente en fase de reconstrucción por parte de un equipo que forman...

—¡Ya está! —exclamó Catherine—. Un demoledor terremoto destruyó Ur Magna en...

—¡En el año cien del Señor! —remató Michael—. Lo que quiere decir que Sabina estaba allí en el siglo primero.

—¡Eso incrementa las probabilidades de que Jesús sea el Justo de Sabina!

—¿Qué viene ahora? —dijo Michael, con las manos sobre el teclado—. No hay nada que no podamos encontrar, especialmente con este *software* rápido. Lo siento —se apresuró a añadir—. Supongo que no debí mencionarlo.

El sistema informático del Atlántida utilizaba programas de Tecnologías Dianuba, incluido el rápido y flamante *Scimitar*.

—Está bien. ¡Me producirá cierta satisfacción batir al señor Miles Havers utilizando su propio *logical*! Veamos si nos es posible dar con el Localizador de recursos uniforme de la página de papirología.

Al tiempo que tecleaba, Michael volvió la cabeza fugazmente y dirigió una sonrisa a Catherine, cuyo corazón se saltó un par de latidos. En contadísimas ocasiones de su vida había experimentado tal sensación... la riada de adrenalina provocada por el peligro o por la emoción de un hallazgo. Michael y ella podían estar en la habitación de un prosaico hotel, sentados frente a un ordenador inofensivo, pero Catherine tenía la sensación de que navegaban por el ciberespacio, convertidos en un par de audaces aventureros que desafiaban a la muerte, en pos de una presa. Y Michael también lo experimentaba. Catherine se dio cuenta de que, sin saber cómo, adivinaba los sentimientos del sacerdote; veía la excitación fulgurando en sus ojos y el modo en que sonreía —aquel hombre que, sólo una semana antes, era un completo desconocido—, como si le enviara un mensaje: «Estamos juntos en esto, es nosotros contra ellos».

Catherine comprendió de pronto que tenía que levantarse, dar un paseo por la habitación y quemar la energía nerviosa acumulada en su interior. Lanzó una mirada al televisor, que estaba encendido pero sin sonido. Su rostro, el de la propia Catherine, volvía a llenar la pantalla. Aumentó el volumen del sonido. La presentadora decía:

—Un portavoz del FBI ha manifestado hoy que se espera detener a la doctora Catherine Alexander de un momento a otro.

Michael se levantó de la mesa.

—¡Como si en el mundo no ocurriera ninguna otra cosa! —comentó, irritado—. ¡Esto se está convirtiendo en un circo!

—En relación con esta noticia —continuó la presentadora—, el gobierno egipcio ha solicitado que el departamento de policía de Santa Bárbara proceda a entregarles el resto de las fotografías. Sin embargo, la policía ha respondido que dichas fotos son pruebas en la investigación de un caso de asesinato, por lo que no les es posible prescindir de ellas. Las autoridades egipcias piensan elevar su protesta directamente a la Casa Blanca.

Sucedió al telediario una entrevista en estudio a un hombre al que se presentó como especialista espiritual.

—Doctor Cochran —empezó el presentador—, ¿a qué se debe el creciente movimiento espiritual que se está desarrollando en este país?

—A que los niños bonitos están envejeciendo, Steve. Empezamos a enterrar a nuestros padres. Ello nos obliga a encarar nuestra propia mortalidad y preguntar: ¿qué viene después?

—En tal caso, ¿por qué no se produce una vuelta más o menos masiva a la iglesia tradicional?

—Bueno, Steve, soy un antiguo católico que ahora prefiere ser miembro de la Nueva Edad, como están haciendo muchos de mis amigos. Y creo que hablo en nombre de todos nosotros cuando digo que rechazamos las creencias religiosas de nuestros padres porque ya no satisfacen las necesidades actuales. Francamente, Steve, somos muchos los que opinamos que el catolicismo es demasiado viejo.

Michael sacudió la cabeza y musitó:

—Una fe perdida en el polvo de los siglos. ¿No le parece irónico, rechazar una fe porque es vieja?

—Todo lo que ha hecho ese hombre es cambiar rosarios y santos por cristales y ángeles —dijo Catherine. Pasó de la televisión a la radio y fue sintonizando emisoras que transmitían música hasta dar con una que radiaba entrevistas y atendía preguntas telefónicas de radioyentes.

—Esta noche tenemos con nosotros al doctor Raymond Pearson —anunciaba el locutor—, fundador de la Sociedad Histórica de Jesús. ¿Qué puede decirnos acerca del fragmento de papiro, doctor Pearson?

Michael regresó a la mesa, cogió su 7-Up y contempló la consola de TV y radio con el ceño fruncido.

—Bueno, Edie —respondió el doctor Pearson—, en primer lugar, el examen paleográfico sitúa la escritura hacia el siglo I o II de la Era Cristiana. Sabemos que lo escribió una mujer, y que lo más probable es que se dirigiera a los primeros cristianos... La palabra *diakonos* así lo indicaría. Y, naturalmente, en el papiro figura el nombre de Jesucristo. Si realmente esos rollos los escribieron miembros de la primitiva Iglesia cristiana, entonces podrán suministrarnos muchos datos acerca de cómo fueron los principios del cristianismo.

—Doctor Pearson, algunos portavoces de la Iglesia dicen que es posible que esos rollos sean blasfemos o heréticos.

Pearson emitió una risita entre dientes.

—Más que sentirse amenazados por ellos, Edie, las iglesias establecidas de hoy se apresurarían a recibir con los brazos abiertos lo que esos rollos puedan contarnos acerca de los inicios de nuestra fe, sin las leyendas, misticismos y fábulas que han ido agregándose al cristianismo a lo largo de los siglos. El resultado final seguramente sería liberador.

—¿Está usted diciendo, doctor Pearson, que el Nuevo Testamento no nos dice cómo fue la Iglesia cristiana original?

Allí de pie, mientras escuchaba, Catherine notó la presencia de Michael a su espalda.

—Probablemente no —respondió el doctor Pearson—. El que se conoce como Evangelio de Marcos se escribió alrededor del año 65; los de Mateo y Lucas se tiene entendido generalmente que se redactaron veinte años después; el de Juan es de hacia el 95. Y ya ve, a pesar de lo intensivo de las investigaciones efectuadas, no se ha logrado encontrar nunca un solo original de los cuatro evangelios. Se perdieron en el transcurso del tiempo.

—¿Cómo, pues, podemos fiarnos siquiera del Nuevo Testamento?

—Porque tenemos *copias* muy tempranas. Por ejemplo, en 1925 se encontró en las soledades egipcias un pequeño fragmento de papiro, el cual se vendió a unos arqueólogos de El Cairo. Los análisis revelaron que se trataba de un texto en griego que contenía el evangelio de Juan, pero escrito cien años después de la crucifixión. En realidad, es el fragmento del Nuevo Testamento más antiguo de que disponemos. Las primeras fracciones con que contamos de Lucas y Mateo no son anteriores al año 200..., es decir, ciento setenta años después de la ejecución de Jesús. Por último, hay un trozo del de Marcos, del año 225.

—Así pues, doctor Pearson, está usted diciendo que el evangelio de Marcos se escribió hacia el año 65 y, sin embargo, la primera copia que hemos conseguido data del 225.

—Exactamente. Lo que le hace a uno preguntarse qué clase de cambios habrá experimentado el Evangelio durante todo ese tiempo.

—¡Muy bien! —dijo el locutor—. Las líneas están abiertas, ustedes conocen nuestro número... Formulen sus preguntas al doctor Pearson. Texas, entra usted en antena.

—Escuche, doctor Quien Sea, sepa que va a arder en el infierno por lo que acaba de decir...

—Gracias, Texas. Nebraska, ahora usted.

—Doctor Pearson, ¿está usted diciendo que el Nuevo Testamento no es la palabra revelada de Dios?

—Oh, no, creo que sí lo es. Pero lo que ignoramos es cuáles fueron las palabras originales *reveladas*.

Catherine notó a Michael removerse impaciente a su espalda.

—Sabemos que a la muerte de Jesús hubo una lucha por el poder —dijo Pearson—, eso aparece claramente documentado en los Hechos. Y en el curso de los primeros cien años siguientes surgieron numerosas sectas cristianas a lo largo y ancho del Imperio Romano, cada una de ellas con distintas creencias, normas, etcétera, y cada una de ellas atestiguando que la suya era la única fe verdadera. Circulaban infinidad de evangelios y cartas, unos grupos se adherían a las enseñanzas de Pedro, otros a las de Pablo. Recuerde, Pedro insistía en que los nuevos conversos estuvieran circuncisos, Pablo discrepaba. Esas disputas se prolongaron durante otros doscientos años, con grupos que se segregaban y establecían sus propias iglesias; cada uno afirmaba que la suya era le Verdadera Fe, pero con diferentes ritos, oraciones y puntos de vista respecto a quién era Jesús y qué dijo. En el siglo IV, el «bando» más poderoso se impuso y compiló lo que llamaron el Nuevo Testamento, para el cual eligieron sólo cuatro evangelios de los numerosos que la gente leía por aquellas fechas. A todos los demás los declararon heréticos. Sin embargo, si los rollos que la doctora Catherine Alexander sacó supuestamente de modo ilícito de Egipto son de veras el relato de un testigo presencial de la misión del Señor en la Tierra, entonces dispondremos de la primera panorámica auténtica de los orígenes e intenciones del cristianismo, antes de que sus miembros se separaran y se combatieran. Cosa que puede también revelarnos una Iglesia enormemente distinta de la que conocemos hoy.

—Gracias, doctor Pearson. Entra en antena Los Ángeles. ¿Cuál es su pregunta?

—Para empezar, es usted una mierda de profesor. Creo que la doctora Alexander es el Anticristo enviado a la Tierra para apartar a los buenos cristianos de la Verdadera Senda en estos últimos días que preceden al Apocalipsis. Y si usted...

Catherine se quedó boquiabierta.

—¡El Anticristo! ¿Me ha llamado el Anticristo?

—Gracias, Los Ángeles. Reno, en antena.

—Jesús *está* en camino, eso lo sabemos, y *va* a establecer su reinado de un millar de años sobre la Tierra. Mi pregunta es: si los rollos que obran en poder de esa mujer nos precisan el día y la hora, ¿por qué las autoridades no toman cartas en el asunto y hacen algo para arrebatárselos a fin de que podamos prepararnos?

—Estoy seguro de que las autoridades se están esforzando al máximo para encontrar a la doctora Alexander. Gracias, Reno. San Francisco, ahora va usted.

—Este mensaje es para Catherine Alexander. Vas a abrasarte en el infierno, so mierda.

—¡Bien, muchachos! —intervino el locutor—. ¡Parece que el público está haciendo saber su opinión! Adelante, San Luis.

—Dígale a esa zorra...

Michael cruzó la estancia y condenó la radio al silencio. Miró a Catherine.

—¿Se encuentra bien?

La muchacha fulminaba la consola con los ojos.

—¿Por qué dicen esas cosas de mí? ¿Por qué tengo a todo el mundo en contra?

—Supongo que eso es porque usted no ha dicho nada. Toman su silencio por reconocimiento de culpa. El público necesita conocer también su versión del asunto. Mire —dijo Michael—, no me gusta cómo se están desarrollando los acontecimientos. Con toda esta locura del milenio que parece haber hecho perder la razón a todo el mundo, a usted puede ocurrirle cualquier cosa si la localizaran y la reconociesen. Algún fanático podría secuestrarla, o algo peor. Y me temo que, aun en el caso de que se entregara a la policía, tal vez las autoridades no fueran capaces de garantizar su protección. Demasiados lunáticos andan sueltos por ahí, convencidos de que usted o los rollos son el Maligno.

—¡En tal caso tengo que arreglármelas para que el público conozca la verdad! ¡He de explicarles mi versión de las cosas!

—¡Formidable! Pero ¿cómo? No puede llamar por teléfono, la localizarían.

—Usaré Internet. Situaré un cartel en alguna parte, con el ruego de que transmitan y difundan un mensaje.

Michael inclinó la cabeza meditativamente.

—Tal vez funcione, si coloca ese letrero en algún punto estratégico donde una gran cantidad de personas lo lean; así tendrá alguna probabilidad de que al menos una persona pase el mensaje.

Catherine tomó asiento delante del ordenador y trató de imaginar algo efectivo.

—No puedo enviar ese cartel a WELL ni a ECHO —dijo, enarcadas las cejas—, porque hay que estar suscrito. UniCom sería el más apropiado, ya que todo el mundo está ahí, pero cobran la tarifa por adelantado. Lo mismo ocurre con la Red Dianuba.

—Bueno, tampoco puede colocar el cartel en el grupo Usenet, porque la localizarían a través del encabezado. Es una lástima, ya que mediante la difusión cruzada del cartel podría llegar a un sinfín de personas.

—¿Qué me dice del IRC? Hay algunos canales popularísimos en esa Charla en Grupo de Internet.

—Es probable que Havers haya previsto ya que pensaría usted en eso y seguramente tendrá a alguien al acecho en los canales populares. En cuanto empezara usted a lanzar su mensaje, captaría la dirección del centro de servicio y rastrearía la pista hasta aquí.

—No puede vigilarlos a todos —repuso Catherine—. ¡Hay miles de canales IRC!

—Cierto, pero en la mayoría de ellos sólo hay tres o cuatro usuarios conectados simultáneamente. Intervenir en una de esas tertulias no le proporcionará muchas probabilidades de que crean su mensaje y mucho menos de que lo pasen.

«Tiene que haber algún sistema», pensó Catherine mientras observaba el desconchado estuche del ordenador de Danno, con sus pegatinas de Microsoft y Tecnología Dianuba. Abrió la caja y sacó el sobado ejemplar de *Hawksbill Station*, de Robert Silverberg.

—Este era el libro favorito de Danno —murmuró—. Es la historia de un grupo de hombres, aislados de su mundo y de su tiempo, desplazados...

Empezó a teclear con rapidez.

Michael arrastró una silla y se sentó junto a ella.

—¿Qué hace?

—Un verano estuve trabajando en México con Danno. Él buscaba un templo maya. Todas las mañanas y todas las noches, sin falta, Danno se pasaba una hora en Internet, y creo que era en el Internet Relay Chat, en la Charla en Grupo de Internet. —Hizo clic en el icono del Administrador de Programas del IRC—. Y me parece que el canal se llamaba Hawksbill.

—¿Y qué va a decir, en el caso de que encuentre el canal?

—Voy a decirles quién soy a los miembros de esa charla en grupo Internet, a declarar mi inocencia y a pedirles que difundan el mensaje todo lo ampliamente que puedan.

Tecleó *pasadena.ca.us.undernet.org.* Luego pulsó: *Intro.*

—¿Es muy nutrido ese grupo?

Catherine marcó el icono de conexión.

—Hace un par de años lo formaban diez miembros.

Mantuvo los ojos sobre el monitor. *Su anfitrión es pasadena.ca.-us.undernet. org. Servidor creado en 23/7/96 a 16:43 PST. 2.000 usuarios, 1500 invisibles en 127 servidores.*

—Ya sé que son pocos —comentó Catherine—, pero si lanzara mi cartel en plan anónimo a un sistema de boletines electrónicos con un centenar de lectores, eso sería el fin. Que cien personas sepan que soy inocente no garantiza que propaguen esa idea. Pero me parece que puedo contar con la lealtad de cada uno de los miembros de *este* grupo.

En la pantalla se leyó:

```
MOTD: No se admite ningún falso usuario del
anfitrión @ en este servidor. Los que insis-
tan en quebrantar esta norma verán a su anfi-
trión excluido de este servidor.

En este servidor sólo se admiten bots previa
aprobación del servidor. No se admite absolu-
tamente a NINGÚN bot clónico.
Fin de/comando MOTD
```

—Recemos para que aún esté ahí, padre —articuló Catherine, mientras tecleaba: */ list -min 4.*

En la parte derecha de la pantalla, dividida en dos, empezaron a surgir nombres y números:

#águila 4
#charlatán 7
#perros 5
#día del juicio final 9
#inglaterra 12
#amable 32
#alemán 6

—¡Ahí está! —exclamó Michael—. ¡Hawksbill!

—Hay cuatro personas en él. Espero que se acuerden de Danno.

Señaló *#hawksbill* y pulsó dos veces el ratón. En la pantalla apareció: `Ha entrado en Hawksbill,` y, en una ventana lateral, la lista de los «tiradores» —alias— de los ocupantes de la sala:

BENHUR, DOGbert, astroNauta y Jean-Luc. Éste, el cuarto, tenía el signo @ delante del nombre, indicando así que, él o ella, era el operador del canal.

Aún siguen ahí —manifestó Catherine, maravillada.

—¿Conoce a esas personas? —preguntó Michael.

—No.

Pero Catherine experimentó una repentina sensación de *déjà vu*: tres veranos antes, cuando sudaba con Danno en el sofocante bosque pluvial del Yucatán, miró una vez por encima del hombro del muchacho en el momento en que acababa de conectar el ordenador para la charla matutina con unos viejos amigos a los que no conocía en persona. Catherine recordó ahora aquellos curiosos nombres.

Tan pronto intentó acceder al sistema, un icono de la esquina inferior izquierda de la pantalla empezó a centellear y a emitir pitidos intermitentes. Leyó: *IRC hawksbill particular.*

—Ujú —pronunció Michael—. Le están diciendo que no puede conectar, que es usted una desconocida. Si insiste, la echarán a la fuerza.

Catherine tecleó */salir* y pulsó *Intro*. Acto seguido volvió a Conexión/Servidor para ver qué alias había registrado Daniel. Era Klaatu.

—No lo entiendo —confesó Catherine—. Tiene que ser éste.

—Pruebe otra vez.

Catherine repitió la operación inicial, hizo caso omiso de los destellos del icono y desplazó el cursor hacia el punto donde se estaba desarrollando la conversación del grupo de charla.

[astroNauta] Te digo que es una conjura. Su teoría de la Atlántida y +todo. Alguien quería silenciarle

<SERVIDOR> ¡Tostada con queso! ¡Rayos! @mach1.wlu.ca.ha entrado en este +canal

[Jean-Luc] Hola, Tostada con queso tú conejo. Cuánto tiempo sin ver- +te:-)) [Sarcasmo]

[Tostada con queso] ¿Lo habéis leído? Hawksbill pasó a mejor vida

[BENHUR] ¡La conjura del liguero de mi tía mildred!

—¿Sabe algo de esas personas? —inquirió Michael mientras la conversación continuaba por ignorados puntos del ciberespacio.

—Danno ni siquiera sabía si eran machos o hembras. Ésa es la norma de la Hawksbill Station. Son exiliados, no hablan de su vida anterior.

—Si no conocen la verdadera identidad de sus contertulios, no sabrán que el Daniel Stevenson de las noticias que acaso hayan oído es un miembro de su grupo.

—Danno creó este canal. Fue su fundador. Él y otro amigo, la persona que atiende por Jean-Luc, creo. Escuche lo que dicen. Están comentando la muerte de Danno.

Y entonces:

[Jean-Luc] Klaatu: lo siento, éste es un canal privado. Tienes que +abandonarlo.

—Éste no es otro problema de contraseña —rezongó Michael—. No disponemos de grandes cantidades de tiempo, doctora. Si Havers está rastreando el IRC, o si el FBI anda...

Mientras se devanaba las meninges a la búsqueda de alguna solución, Catherine tenía la vista fija en el maltratado ejemplar de *Hawksbill Station*. Cogió el libro, lo abrió por la primera página y leyó las líneas iniciales: «Barret era el rey sin corona de Hawksbill Station. Nadie le disputaba ese trono. Era el que más tiempo llevaba allí; el que más había sufrido; el que más hondo había profundizado en los recursos internos de fortaleza».

Al tiempo que pulsaba rápidamente en Conexión/Servidor, borraba *Klaatu* y tecleaba un nuevo sobrenombre, Catherine dijo:

—Es probable que Danno perteneciese a más de un canal y que empleara un alias distinto para cada uno de ellos.

Hizo clic otra vez sobre *#hawksbill* y tecleó: *Saludos, compañeros exiliados.*

<Barrett> Saludos, compañeros de exilio.
[astroNauta] ¿Qué infiernos es esto?
[BENHUR] Barrett ha muerto, hombre:- [Cara triste]
[Jean-Luc] Fuera de este canal

Catherine tecleó: *Soy Barrett.*

[Jean-Luc] No puedes ser Barrett
**Tostada con queso está consternadísimo*
**DOGbert se desmaya al ver un fantasma*
[astroNauta] ¡Echad al impostor!
[SERVIDOR] Se le advirtió.
<Barrett> Un momento, por favor, os necesito
**DOGbert se levantó del suelo*
[Jean-Luc] Estás muerto>:-1 [Gesto de dolor]
[DOGbert] Esto no tiene gracia hombre, estamos aflegidos
*[DOGbert] *afligidos**
<Barrett> Necesito vuestra ayuda. La doctora Catherine Alexander no +me asesinó. Es inocente. Era mi mejor amiga.
[astroNauta] Estás causando más dolor. Perdimos a Barrett miserable.

<Barrett> Catherine Alexander era mi mejor amiga. Necesita vuestra +ayuda desesperadamente.
[Jean-Luc] ¡¡¡IDENTIFÍCATE!!!!!!!

—No la creen —observó Michael, y consultó su reloj. Llevaban quince minutos en la Charla en Grupo de Internet—. Va a tener que convencerlos de que realmente es la mejor amiga de Daniel y no un impostor. Y va a tener que hacerlo rápido.

Catherine reflexionó unos segundos y luego tecleó velozmente: *¡Soy el Gato!* La firma de Danno.

Pulsó *Intro* y aguardó.

En vista de que no llegaba respuesta alguna, tecleó: */os ruego que escuchéis*, que tradujo a las otras pantallas como **Barrett os suplica que escuchéis.*

[astroNauta] ¿Qué catherine alexander?
[DOGbert] ¿Por qué tendríamos que ayudarla?
[BENHUR] muerte a los impostores
[Jean-Luc] ¿Eres Janet?

Catherine se quedó contemplando la pantalla.

Michael enarcó las cejas.

—¿Quién es Janet?

—Ni idea.

—¿Tenía novia Daniel?

—Me lo hubiera dicho.

[Jean-Luc] Repito: ¿Eres Janet?

—Esperan su respuesta.

Catherine se mordió el labio inferior. Daniel jamás mencionó a ninguna Janet.

—Esta es mi única oportunidad de conseguir su ayuda. He de ganarme su confianza u olvidarlo. ¿Pero y si esto es una prueba, contesto sí y resulta que debía responder no?

La mirada de Michael cayó sobre la instantánea de Catherine pegada en la parte interior del estuche del ordenador portátil.

—No creo que se trate de una prueba —decidió al cabo de un momento—. Creo que Daniel debió de hablarles de usted, pero que en vez de su verdadero nombre utilizó el de Janet.

—¿Por qué?

Michael cogió la novela de ciencia ficción y la hojeó.

—Aquí está —dijo, y enseñó la página a Catherine—. Janet era la amante de Barrett.

—¡Amante!

—Creo que Barrett estaba enamorado de usted.

Catherine contempló a Michael durante unos segundos y luego tecleó apresuradamente:

<Barrett> Sí, Jean-Luc. Soy Janet.

Observaron con atención la pantalla. Durante unos momentos no apareció nada; después las palabras empezaron a desplegarse rápidamente.

[Jean-Luc] Barrett: Te echábamos de menos.

[BENHUR] ¿Eres tú de verdad?????? <:-) [Mueca de duda]

[DOGbert] La Station no es la misma desde que nos dejaste. ¿Quién te +mató, hombre? ¿Por qué no lo ha detenido la policía?

[BENHUR] BRB

[SERVIDOR] BENHUR ha salido de este canal.

[Jean-Luc] Barrett: ¿Por qué te mataron?

[astroNauta] Estábamos como locos furiosos. ¿Qué podemos hacer?

<Barrett> Por algo que tenía.

[SERVIDOR] Azúcar! _ kharvey@scgrd.demon.co.uk.ha entrado en este +canal

[DOGbert] ¿Quién te mató?

[SERVIDOR] Trilog Y!^tombak@ix-orl-22.ix.vetcom ha entrado en este +canal

<azúcar> BENHUR me encontró en una dimensión de multiusuario Sugirió +que me uniera a vuestra tertulia. ¿Qué es eso de que Barrett ha +vuelto?

<Barrett> Jean-Luc: me mató un Villano

[SERVIDOR] Maynard! _ rismith@alice.brad.ac.us. ha entrado en este +canal

**Trilogía no para de hacer muecas y de decir que ni hablar. Barrett +está muerto!!!!*

[astroNauta] Cierra la boca y escucha

[Maynard] ¡Eh chicos! ¿Alguien ha echado un polvo últimamente?

[SERVIDOR] Zipcodelzelinksi@ouray.cudenver.edu ha entrado en este +canal

[azúcar] Mayn-Hombre ¡Bienvenido de vuelta a bordo!!!!

[DOGbert] No se habla de sexo en este canal

[Maynard] Lo siento ;-p [Duelo]

[Jean-Luc] Barrett está aquí, Maynard

[SERVIDOR] Benhur! – George@Sebaka-I.DialUp.Polaris-Tel.Net ha entrado +en este canal

[Maynard] No es posible hombre.

[azúcar] Sí es posible

[Jean-Luc] Barrett: ¿estás todavía ahí?

[Maynard] Leí la noticia en el periódico. Lo asesinó una chavala que +salió huyendo de la escena del crimen.

[SERVIDOR] Zipcode ha salido de este canal

<Barrett> Catherine Alexander no me mató. Ella es inocente. Necesita +vuestra ayuda. El Villano la persigue y también quiere matarla. Era +mi mejor amiga y ahora necesita la ayuda de mis amigos

[SERVIDOR] Carlos!mmongo@dianuba.com ha entrado en este canal

[Trilog Y] Hola, Carlos.

[Carlos] ¿Qué es lo que pasa? Benhur me ha arrancado de mundo alfa

[Jean-Luc] Se trata de Barrett

[azúcar] Los exiliados forman una piña. Dinos qué hay que hacer, +Barrett.

[Carlos] Barrett era estupendo, todo un poderoso señor.

<Barrett> Entrad en contacto con el doctor Julius Voss jlvoss@freers +.org. Decidle que Catherine está sana y salva. Transmitid a cuantos +circulen por el Net que la doctora Alexander es INOCENTE y que la +persiguen injustamente. Decid que la policía NO sabe quién me mató, +que mi asesino la está persiguiendo ahora y que ella necesita pro+tección.

[Trilog Y] ¿Es la moza de los rollos?

Catherine reflexionó unos segundos. Luego tecleó: *Ayudad a la doctora Alexander a encontrar a Tymbos. ¿Es un lugar, una persona o un anagrama? Volveré a conectar con vosotros para ver si lo habéis encontrado, sea lo que sea: él, ella o ello. Pero entraré en el canal con otro nombre porque el Villano está tras mi pista. NO LE DIGÁIS NADA A NADIE ACERCA DE TYMBOS.*

—¿Cree que eso es sensato? —preguntó Michael—. Si se van de la lengua es posible que Havers se entere del asunto.

—Cuento con su lealtad hacia Danno. Conectaré con ellos dentro de un par de días para ver si han localizado a Tymbos. Según me parece recordar, Danno dijo que uno de esos internautas era astrofísico. ¡Tal vez él o ella pueda dar con la clave!

[azúcar] Barrett: ¿qué es tymbos?

[Trilog Y] Lo mismo digo

<Barrett> Una persona. O quizás un anagrama.

[Jean-Luc] Anagrama: ¿como qué?

<Barrett> ¿Alguno de vosotros es cristiano?

Tras un breve silencio:

[Carlos] Juan 3:16

—«Porque tanto amó Dios al mundo —recitó Michael en voz baja— que le dio su Unigénito Hijo, para que cuantos crean en Él no perezcan, sino que disfruten de una vida eterna.»

Catherine tecleó: *ichthus*

[Carlos] Iesous Christos, theou uios soter

[azúcar] Barrett: ¿tymbos es un término griego o latino?

<Barrett> No lo sé. Griego supongo. Puede que Tymbos esté donde pueda +estar el séptimo rollo

<Barrett> Rollo

[azúcar] Barrett/Janet: ¿Tiene rollos la doctora Alexander?

[Jean-Luc] Profetizan el fin del mundo como todos aseguran.

[Carlos] ¿La Segunda Venida?

<Barrett> La doctora Alexander tiene en depósito algo que pertenece +a toda la humanidad. Cuando haya terminado su trabajo con eso, lo +entregará al mundo como obsequio. Es uno de los nuestros. Ha recu+rrido a Internet para salvar la vida. La persecución debe cesar. Y +hay que descubrir a mi asesino antes de que vuelva a matar. Por fa+vor, difundid este mensaje en nombre de un amigo al que todos echa+remos de menos...

Catherine contempló el monitor. Sus palabras continuaron inconmovibles en la parte inferior de la pantalla. Siguieron siendo las últimas.

—No dicen nada —comentó.

—Probablemente estarán intercambiando mensajes privadamente entre ellos, para decidir si es usted legal.

Mantuvieron los ojos en la pantalla. No aparecía ninguna palabra nueva; el diálogo no se fue desplazando hacia arriba.

—Esto no me gusta esto —determinó Michael—. Vale más dar por concluida la conexión.

—Aguarde —dijo Catherine—. No estoy segura de que podamos confiar en ellos.

—Tampoco yo estoy muy seguro de eso.

Catherine esperó otro minuto. En vista de que la pantalla seguía inalterable, tecleó un mensaje final:

<Barrett> No puedo volver a meterme en este canal porque es

posible +que me detuvieran. Pero me pondré en contacto con todos vosotros +dentro de un par de días. Vigilad el IRC, la Charla en Grupo de +Internet. Crearé un canal. Creedme, por favor. Manteneos ojo avi+zor...

A continuación tecleó */salir* y marcó un clic sobre el icono de Desconexión Servidor.

```
Salir Archivo
Marcador de Adiós
FIN DE CONEXIÓN
```

EL TERCER ROLLO

Esta vez he sido más prudente en mi esperanza, porque en dos ocasiones anteriores había creído encontrar al Justo y sólo conseguí quedar decepcionada.

Cornelio Severo era hombre de gran dignidad e influencia; llevaba consigo una carta del emperador que le abría puertas que de no ser por dicha recomendación permanecerían cerradas. Y como por entonces ya llevaba yo cerca de dos años con él y mi competencia de comadrona estaba bien probada —ayudé a venir al mundo al tercer hijo de su esposa—, Severo me invitó a acompañarle en una reunión que iba a tener con rajás y reinas. Dije a tan nobles señores y damas que buscaba a un hombre sabio al que los correligionarios de El Camino llamábamos Redentor. Les expliqué que ese hombre había nacido de virgen, que curaba enfermos, hacía milagros y predicaba en parábolas.

Me contestaron: «¡Sí, estuvo aquí!». Me desilusionó enterarme de que lo había perdido. Pero cuando dijeron: «Estuvo aquí hace mil doscientos años», pregunté su nombre y me contestaron que se llamaba Krisna y que sus adictos son legión. La madre terrenal de Krisna fue una virgen embarazada por un dios, me contaron, y una estrella anunció el nacimiento de Krisna, al que asistieron magos, ángeles y pastores que acudieron a honrarle. «En el fruto de tu vientre, oh dilecta entre todas las mujeres, todas las naciones tendrán motivo de regocijo.» Krisna sobrevivió a una matanza de inocentes cuando un gobernador infame ordenó que se diera muerte a todos los primogénitos. Luego bautizaron a Krisna en el río Ganges y emprendió una existencia dedicada a curar leprosos, resucitar muertos y predicar que los pobres son los elegidos de Dios y que la bondad redime al hombre del pecado.

En cuanto a su muerte, ¿qué?, pregunté.

Y ellos dijeron: «Nuestro Señor y Salvador Krisna murió joven y solo, y su cuerpo ascendió a los cielos. Nació para sufrir y morir por los pecados de la raza humana». Y en las imágenes de sus templos se representa a Krisna colgado de una cruz y con los pies traspasados.

«Pero no le lloramos —se apresuraron a añadir—, porque el Señor se levantó de nuevo tras morar tres días en el reino de los muertos. ¡Se despojó del sudario y caminó otra vez entre los vivos!»

En Persia me habían dicho que Mitra también se había levantado después de pasar tres días en el mundo de los difuntos, y de todos es sabido que los dioses Prometeo y Marte, después de ser ejecutados, permanecieron tres días entre los muertos y después se incorporaron y anduvieron nuevamente entre los vivos. Y así lo hizo mi propio Señor, el Justo.

Me pregunté cuál de esos dioses sería el verdadero.

Llegó una carta de mi abogado en Antioquía, el hombre que había dirigido las propiedades de mis padres y que ahora administraba mis finanzas. Mi padre y mi madre me legaron una gran herencia y dicho hombre me remitía informes regulares acerca de la gestión de mi hacienda. Había ingresado en la Comunidad cuando mi madre era diácono, y también me enviaba periódicamente noticias respecto a los progresos de El Camino.

En la carta a que me refiero incluía otra, escrita por una mujer que había conocido personalmente al Justo. Fue una de sus primeras adeptas y se llamaba María. Era costumbre de la Comunidad copiar cartas redactadas por quienes habían conocido al Justo y difundir tales copias entre miembros de El Camino de otras ciudades y comunidades. Mediante tal sistema propagaban la palabra. En su carta, María expresaba: «Saludos a la Comunidad de Antioquía, de vuestra hermana, que os envía el beso de la paz. Os ruego que acojáis en vuestro seno a este fiel servidor, Andrés, portador de la presente.

»Benditas las palabras del Justo cuando dijo: "Soy el Primero y el Último, el Honrado y el Despreciado. Y siempre estaré contigo".

»No olvides las palabras de Salomón, quien dijo que la muerte del justo no es más que una ilusión, que si uno cree vivirá eternamente. El poder de Dios salva a todo el que tenga fe. El hombre recto encuentra vida a través de la fe. La muerte es una ilusión. La liberación de la muerte llega a través de la paz. Y la paz llega desde el perdón.»

He hecho copias de esta epístola y las he entregado a mis amigos de la India.

Empezaba ya a desesperar de encontrarme algún día con el Justo, cuando a mis oídos llegaron de nuevo rumores de que aún vivía y predicaba su mensaje. Pero las noticias resultaban ahora un tanto discutibles, porque seguían situándolo más lejos hacia el este. Y me pregunté: ¿hay algo más hacia Oriente que la India?

En su afán de conocimiento, Cornelio Severo visitó una pequeña comunidad de personas que eran comerciantes de la remota China. Nos invitaron a sus hogares y compartieron con nosotros su té y las historias de sus dioses. En el hogar de una familia vi un altar dedicado al dios Yu, quien, según me contaron aquellas gentes, nació de madre virgen, allá en la noche de los tiempos. Se llamaba Shing-Mon y la embarazó el dios conocido como Padre de las Misericordias. El nacimiento de Yu, me dijeron, lo anunció una estrella nueva que empezó a brillar en el cielo.

Otro grupo de mercaderes chinos se mostró deseoso de hablar del hombre santo del que eran correligionarios, y cuya historia resultó análoga a la de Tammuz, Mitra y Krisna —y como me enteré posteriormente, a la de Prometeo, Zeus, Hércules—, empezando por su nacimiento de madre virgen. Como en el de Krisna, asistieron a su nacimiento magos y ángeles. Recorrió la tierra con doce discípulos y predicó que debemos respetar al prójimo como deseamos que el prójimo nos respete a nosotros. Este hombre santo se llamaba Confucio y en China sus seguidores son muchos.

En todos los hogares chinos en los que entraba, hice la misma pregunta: ¿está el Justo en China? Pero nadie le conocía.

Querida Perpetua, en mi celo por encontrar al Justo para poder formularle mi única pregunta, ¡he ido de un lado para otro como un ciego! ¡Miraba, pero no veía! Te he dicho que allí, en el valle del Indo, recibí la tercera de las Siete Verdades Inmutables. Así es. Sin embargo, no lo conocí en aquel momento. Estaba allí, ante mis ojos y no supe verlo. Sólo años después se me abrieron los párpados y contemplé la Verdad que se me había revelado en la India.

La compartiré contigo ahora, porque es una verdad que el mundo necesita conocer urgentemente.

Es esta: que la muerte no existe.

Como el Justo nos enseñó, como el predicador de Antioquía nos dijo, no hay muerte. Me preguntarás que cómo puedo saberlo. Por esta razón: ya conoces la existencia de la Fuente y sabes que nosotros somos creación de la Fuente. La Fuente es divina, por lo tanto, somos divinos. Y al ser divinos, somos eternos.

En consecuencia: todos regresaremos a la Fuente. Y así no moriremos.

Te dije que tengo prueba de ello. Y es cierto. Pero la daré a conocer llegado el momento. Por ahora, conserva estas tres Verdades cerca de tu corazón: la de que no estamos solos; la de que somos divinos; la de que somos inmortales.

A ellas sigue una cuarta verdad, y es una verdad de la que podéis hacer uso, querida Perpetua, querida Aemelia, como instrumento que guíe y confiera autoridad a vuestras vidas.

NOVENO DÍA

Miércoles, 22 de diciembre de 1999

—¡Otra vez no! —exclamó Michael, y descargó el puño contra la mesa.

Catherine, hasta un segundo antes profundamente absorta en el relato de Sabina, alzó la cabeza.

—¿Qué ocurre?

—Todo el mundo y la madre deben de estar intentando meterse —señaló con ademán impaciente el monitor de la computadora.

Catherine se levantó, entumecida, de la mesa. Llevaba varias horas inclinada sobre los rollos; le dolían el cuello y los hombros. Se sorprendió al ver que, al otro lado de la ventana, el cielo adquiría un color anaranjado. ¿Adónde había volado el tiempo? Al sentarse junto a Michael sus ojos cayeron sobre el mensaje que aparecía en la pantalla:

`Perdón. No es posible conectar con el anfitrión.`

Luego vio la dirección a la que había intentado acceder: *http://-christusrex/archivo/vaticano.html*

—¿La Biblioteca Vaticana? —preguntó Catherine.

—Allí hay miles de manuscritos y documentos, muchos de ellos ni siquiera están traducidos o catalogados. Creí que sería un sitio ideal para pescar un comodín. Pero no ha habido suerte. La línea está saturada.

Se echó hacia atrás en el asiento y estiró los brazos por encima de la cabeza. Cuando vio tensarse el tejido de la negra camisa clerical sobre los tonificados y fuertes músculos, Catherine volvió la cabeza y contempló los medio fundidos rayos de sol que se filtraban por el cristal de la ventana, para proyectar las últimas claridades del día sobre la gruesa alfombra. Se obligó a pensar en Julius, a recordarse lo mucho que le quería, a concentrarse en él.

¿Qué estaría haciendo en aquel momento? ¿Cómo se sentiría? ¿Cuáles serían sus pensamientos? «Colaborar en esta locura de plan no es apoyarte, Catherine.» Esa fue una de las últimas cosas que le dijo, aquella tarde lluviosa en Malibú, cinco días antes. ¿Continuaría pensando lo mismo, que ayudarle sólo serviría, como señaló, para destruirla?

Catherine se preguntó si los miembros de la Hawksbill habrían entrado en contacto con él. De ser así, tal vez el mensaje que ella envió le ayudaría a comprender por qué estaba haciendo aquello y por qué no podía abandonar.

¡Si pudiera conectar y enterarse de si había funcionado la súplica que lanzó la noche anterior a los amigos de Daniel! Pero ni Michael ni ella se atrevían a acceder a los grupos de noticias ni a los canales IRC, la Tertulia de Internet, por temor a que alguien pudiera seguirles el rastro hasta la dirección de protocolo del hotel. La Telaraña era segura porque permitía el anonimato. Al menos, así lo esperaban ellos. Tenía tantos miles de emplazamientos diseminados por el planeta, que era imposible que Havers pudiera vigilarlos todos.

Catherine se acercó a la mesa escritorio y se quedó de pie ante el nuevo texto que estaba traduciendo. *«Me preguntas que qué ha sido de mi vida personal en el curso de estos años, querida Perpetua. Pero poco hay que decir de ella...»*

—Sólo con que... —murmuró Catherine.

Michael alzó la cabeza.

—¿Sólo con que... qué?

—Me gustaría que Sabina nos diese detalles, que describiera lo que ve. Tengo una imaginación bastante bien dotada, pero esto me deja *in albis*. Quiero ver lo que Sabina ve: las personas, las ciudades...

Michael se apresuró a volver a su monitor, a eludir la mirada de Catherine.

—Me temo que no puedo ayudarla. Nunca tuve mucha imaginación.

Catherine se frotó la nuca.

—Me siento como un animal enjaulado.

—¿A qué viene decir eso? —preguntó Michael, a la vez que daba golpecitos a la pantalla del ordenador—. En los últimos días hemos recorrido miles de kilómetros de esas autopistas invisibles. Hace un momento visité la Universidad de Duke, desde allí, de un salto, me planté en Pekín, di media vuelta y me trasladé al Instituto Oriental de Chicago, y ahora que el Vaticano está bloqueado, creo que vagaré por las salas académicas de la Universidad de Stuttgart. ¿Le importa acompañarme?

Ya estaba tecleando, pero Catherine observó que la dirección electrónica no incluía *@uni.stutt.edu.*

—¿Qué está buscando? —preguntó la mujer.

—Al acceder en San Francisco a una página vi cierta mención a un directorio de colecciones privadas de antigüedades; sin embargo, no se trataba de un enlace de hipertexto, de modo que he estado intentando dar con él a través de otra ruta.

Catherine lanzó una mirada al bloque de notas situado junto a la computadora y observó que Michael había añadido a su relación de búsquedas la de «Epístola de María/Mary». Se preguntó: ¿y si María —la versión griega de Mary— resultaba ser María Magdalena? Aunque el de María era un nombre bastante corriente en aquella época, Sabina afirmaba que *María* había conocido al Justo. ¿Existía una copia de aquella epístola? Según Sabina, la Comunidad de Antioquía había hecho copias, y la propia Sabina también hizo algunas. ¿Sería posible que en algún lugar del mundo existiese hoy una carta de María Magdalena?

—¡Ahí está! —exclamó Michael—. La lista de las colecciones privadas.

Catherine se inclinó hacia el ordenador y enarcó las cejas.

—*¿Página de Fred?*

Michael pulsó el botón del dispositivo indicador sobre enlace de hipertexto y de pronto tuvieron frente a sus ojos una página de la Telaraña que, por alguna misteriosa razón, exponía la foto de un perrito doméstico llamado *Fideos*. Michael llevó el cursor texto abajo; un texto que relacionaba las características del perro —edad, peso, fecha de nacimiento, primer pelaje de la barriga— hasta llegar a: Nombre del propietario. Michel le dio al pulsador del dispositivo de indicación y surgió: *Página del Hogar de Fred.*

—¡Colecciona colecciones! —dijo Catherine, maravillada ante la foto de un tipo con cara de bobalicón que abrazaba a una hinchado velocirraptor de *Parque Jurásico*.

Michael siguió desplazando la lista. Al llegar a `Históricas`, pulsó botón.

`Antiguas,` *clic.* `Artefactos,` *clic.* `Escritos,` *clic.* En cuanto se materializó la nueva lista, a Catherine le faltó tiempo para leerla.

—¡En la vida había oído hablar de algunas de éstas! ¡Deben de ser colecciones *pequeñas*!

Michael continuó desplazando el texto.

—Echemos una mirada —dijo Catherine—. Aguarde, quédese ahí.

Muchas de las colecciones de la lista le eran familiares, conocía sus papiros. Pero cuando llegó la Colección Langford, una arruga surcó su frente. Era la primera noticia que tenía de su existencia.

Michel accionó la bola de seguimiento hasta que el cursor señaló LANGFORD. Se disponía a pulsar el botón, cuando Catherine le cortó:

—Un momento. Antes de conectar, hagamos una comprobación cruzada sobre Lycos.

—¿Por qué?
—No lo sé. Tengo una mal presagio.
Al cabo de un minuto leían:

`Búsqueda de:` *Langford* `0 aciertos`

—No me gusta nada —dijo Catherine—. Desconectemos.
—¿Por qué?
—Algo va mal.
—¿Ni siquiera desea ver lo que hay en la Colección Langford?
Catherine contempló las letras azules. Y la sensación de mal agüero se intensificó.
—Salga —indicó, y apoyó la mano en el brazo de Michael—. Por favor.
Una vez oscurecida la pantalla, continuaron sentados en silencio, escuchando el suave rumor del cálido aire que expulsaban los ventiladores del acondicionador central del hotel, que mantenía una perfecta temperatura ambiente de veintidós grados centígrados en medio del frío círculo del desierto circundante. Los ojos de Catherine permanecían fijos en los restos del almuerzo que les llevó el servicio de habitaciones del hotel. Habían transcurrido varias horas desde la última vez que comieron, pero Catherine no tenía apetito.
Oyó suspirar a Michael y le sugirió:
—¿Por qué no sale a dar un paseo? Lleva todo el día pegado a ese ordenador. Usted es libre de andar por ahí, soy yo la que tiene que permanecer encerrada.
—No lo sé —dijo Michael, con una suave risita—. Las Vegas es un lugar peligroso para mí.
—¿Por qué?
—Tengo debilidad por el juego. Es algo que nunca he conseguido superar del todo. De joven, apostaba a todo, a los caballos, a los deportes, ¡incluso al color del vestido que iba a llevar la señora Nussbaum en la panadería!
Dirigió la mirada hacia la mano de Catherine, todavía sobre su brazo.
Ella la retiró bruscamente, como si se hubiese quemado. Durante los segundos que permanecieron mirándose el uno al otro, Catherine continuó sintiendo en la yema de los dedos el contacto de la tersa piel del sacerdote.
—Catherine —articuló Michael atropelladamente—. Hay algo que tengo que decirle.
Pero antes de que pudiese añadir una palabra, notaron que las sillas empezaban a vibrar de pronto. Y a continuación comprobaron que la estancia en pleno comenzaba a temblar.
—¿Qué...? —exclamó Michael, y se puso en pie de un salto.

—¡Es un terremoto!

Corrieron hacia la ventana y miraron la calle. No vieron más que las brillantes luces de Las Vegas titilando sobre la oscuridad del cielo. Los demás edificios no parecían estremecerse, nada parecía desplomarse. Mientras se incrementaban los temblores, acompañados de un ominoso rumor sordo, comprendieron lo que estaba ocurriendo: el Atlántida se hundía.

Otra vez.

En una de las islas que rodeaban el hotel en aquel lago de veinticuatro hectáreas se había construido la imagen que alguien tenía de la perdida civilización de la Atlántida, una reproducción completa, con sus templos, pilares y gigantescas estatuas de dioses. Y dos veces al día, con la precisión de un reloj, la Atlántida se hundía: isla, templos, dioses y todo. Durante el día el espectáculo no era ni mucho menos tan dramático como por la noche, cuando en los templos ardían las antorchas que los iluminaban y las lenguas de las llamas emergían de lo que todo indicaba eran fisuras volcánicas recién abiertas. El espectáculo se ambientaba incluso con efectos de sonido: retumbante estruendo de sillares que se venían abajo, gritos de personas empavorecidas.

Al tiempo que contemplaba el apocalíptico acontecimiento y aunque sus ojos se proyectaban sobre la isla, en el cerebro de Catherine se iba filtrando la presencia de la multitud de espectadores que se habían congregado alrededor del lago para presenciar y ovacionar el desastre. Intelectualmente, Catherine no dejaba de darse cuenta de que era una ilusión, como una atracción de Disneylandia, impulsada por mecanismos ocultos, ruedas, poleas y un ordenador que orquestaba la coreografía de toda aquella impresionante catástrofe, cuyo realismo espectacular la llenaba de pánico... Como si el número fuese un ensayo previo a lo que sucedería la noche del 31 de diciembre, ocho días después. Se le aceleró el pulso y contuvo la respiración, en tanto las llamas ascendían hacia el oscuro cielo y los pilares, que parecían de sólido granito, se bamboleaban, se agrietaban y se derrumbaban, con resonante estrépito. Olas formidables, como montañas de agua levantadas por un maremoto, se engullían la isla. La colosal estatua de una diosa, que se erguía dominante en el punto más alto de la isla, se tambaleó, giró y se desplomó también hacia el agua, donde rodó como un tronco antes de hundirse definitivamente.

Por último, la Atlántida desapareció por completo, toda una civilización sumergida, sin que quedase el menor rastro de isla o de vida sobre las tranquilas aguas del lago.

Catherine y Michael guardaron silencio durante unos segundos, al cabo de los cuales Catherine dijo:

—¿Cómo pueden extraer diversión de la violencia? ¿Oyó las

aclamaciones de los espectadores que cubrían las aceras de allí? Presenciaban un acto de profunda destrucción, acompañada de una realista banda sonora de gente chillando y muriendo, ¡y aquellos espectadores se reían a carcajadas!

—Sólo se trata de un espectáculo. No es de verdad,

—De modo que, como sólo es una ilusión, todo está bien, ¿no? ¿Y cuántos numeritos de ilusión hemos de presenciar antes de volvernos indiferentes por completo a la violencia? —Catherine se alejó—. Voy a tomar un baño. Necesito eliminar esta rigidez del cuello y de los hombros.

Michael se la quedó mirando, como si debatiese consigo mismo la conveniencia de decir algo. Al final declaró:

—Me parece que iré a comprobar la categoría de las instalaciones deportivas que ofrece el hotel. Con seis piscinas aquí supongo que podré nadar unos largos.

Cuando Michael desapareció del dormitorio, sin olvidarse de cerrar la puerta, Catherine continuó frente a la ventana, dedicada a contemplar la reaparición de la isla, que emergía despacio de las profundidades del lago para recuperar su situación a la espera de volver a ser destruida. Catherine exploró sus sentimientos e identificó el nuevo temor que empezaba a enroscarse alrededor de su corazón; no era sólo el miedo a Havers o la duda de que pudiera descubrir a tiempo el séptimo rollo. Algo más espantoso se estaba desarrollando, tenebroso, desconocido y fastidioso. De todas las amenazas que la acosaban, aquella era la que más le empavorecía. Tenía mucho que ver con Michael.

Cerró los párpados y evocó su imagen; podía verle perfectamente, con todo detalle, el pequeño lunar negro de detrás de la oreja derecha, la línea recta del corte de pelo en la parte posterior de la cabeza, los leves toques de gris sobre las sienes. Luego trató de recordar a Julius, los líquidos ojos negros, los románticos rasgos semíticos. Pero Julius no acudía a su mente de un modo tan nítido como Michael. Intentó rememorar el perfume de la loción para después del afeitado de Julius, pero no lo conseguía del todo, sólo que una vez le pareció que tenía una fragancia melancólica. El padre Michael se aplicaba Old Spice, el original, tradicional, varonil olor de «hombre». Llevaba ya con él cinco apretados días, con sus cinco noches; más de un centenar de horas en su constante compañía. ¿Se traducía eso en cinco semanas de relación normal, o acaso en cinco meses? Le asombraba lo profundamente que la presencia física de Michael se había grabado en su cerebro. Sin embargo, sabía muy poco acerca de él. Ignoraba su procedencia, por qué había entrado en el sacerdocio.

Faltaban sólo dos días para la Navidad. ¿No estaban obligados los sacerdotes a decir misa en Navidad?

Le oyó salir de la alcoba y le vio reflejado en el cristal de la ventana cuando se inmovilizó en el centro de la estancia. Llevaba su bolsa negra. Y algo en la otra mano, algo que Catherine no podía ver. Incluso aunque en todo momento vestía la negra camisa clerical y el alzacuello, a Catherine le costaba cada vez más trabajo verlo como sacerdote.

—Padre Michael —dijo, pero siguió de espaldas a él—, ¿cree usted que los miembros de la Hawksbill habrán pasado mi mensaje a Julius?

—¿Quiere que conectemos para comprobrarlo?

Catherine se volvió de cara a Michael.

—No, es pronto para entrar de nuevo en ese canal. Si Havers se ha enterado de la cuestión y me está esperando allí, entonces captará nuestra localización y usted y yo tendremos que ponernos en marcha otra vez. Voy a concederles unos cuantos días, a ver si entre tanto descubren algo acerca de Tymbos.

—Quién sabe —sonrió Michael—. Tal vez Jean-Luc es el archivero jefe de la Biblioteca del Congreso.

Catherine le devolvió la sonrisa y sus ojos se encontraron a través de la habitación. Y ambos se quedaron silenciosos.

Cuando el cura se disponía a salir por la puerta, Catherine le preguntó:

—Padre Michael. Pasado mañana es Navidad. ¿No quiere ir a casa?

Le sobresaltó un poco ver oscurecerse de súbito la expresión del sacerdote; observó que se le tensaban los músculos del cuello y recordó que, justo antes de que se produjera el «terremoto», Michael había estado a punto de contarle algo.

El hombre sacudió la cabeza sin pronunciar palabra, dio media vuelta bruscamente y salió por la puerta. Cuando la hoja de madera se cerraba tras de sí, Catherine pudo echar un vistazo a lo que llevaba en la otra mano.

Los palos de lucha filipina.

El busca de Miles se apagó.

Con discreción, echó una mirada al mensaje del pequeño panel: era una dirección de Internet. La señal que alguien había puesto en línea en su recién construida página de la Red.

—Perdóneme, senador —tras excusarse, se levantó de la mesa, donde la opípara cena dispuesta por Erica se encontraba en pleno apogeo.

Abajo, ante las consolas de los ordenadores, Teddy manifestó:

—Lo siento, señor Havers. Ahora mismo iba a llamarle. Me temo que ha hecho usted el viaje en balde.

Miles contempló la pantalla donde se registraban sus «aciertos» de emplazamientos en la Telaraña global. El busca que llevaba al cinto estaba programado para avisarle en cuanto alguien accediese a la página de la Colección Langford.

—¿No era ella?

—Algún tablista de Oslo.

Havers se trasladó al siguiente puesto de trabajo.

—¿Nada tampoco aquí?

—Aún no.

Habían accedido al Servicio de Filtración de Noticias de la Red, de Stanford, que exploraba trece mil grupos de noticias y registraba sus varios millones de mensajes por el nombre de quienes se ponían en línea. Existía una remota probabilidad de que Catherine Alexander tratase de buscar ayuda entre sus colegas arqueólogos.

Tarde o temprano, tendría que aventurarse en la Red y emprender un viaje.

Conocí a Satvinder en una redada de peces...

Catherine frunció el entrecejo. Luego releyó la frase que acababa de escribir: «Conocí a Satvinder en una redada de peces». No tenía sentido.

Cogió la lupa, acercó más la lámpara al papiro e intentó distinguir bien la última palabra.

Αγρα. Rotundamente «agra».

Abrió el *Nuevo Testamento Griego* de Strong y consultó la palabra «#0061-NGS: *agra* — redada (cogida) de peces. KJV: draught: redada».

Regresó al papiro, acercó la lámpara todavía más, hasta el punto de que notó que le abrasaba el pelo, y fue subiendo y bajando despacio la lupa, entre la página y sus ojos, entornados los párpados mientras forzaba la vista sobre la palabra.

Y entonces lo vio, la minúscula «o» emparedada entre la g y la r.

—*¡Agora!* —exclamó—. ¡Catherine Alexander, eres tonta de remate! ¡Sabina conoció a Satvinder en el *mercado*, no en una redada de peces!

El lector de Danno lo habría percibido, de funcionar aquel maldito trasto.

Dejó la pluma y consultó la hora. Había transcurrido un buen rato desde que contemplaron el hundimiento de la Atlántida. ¿Por qué no habría vuelto ya Michael del club deportivo?

Catherine se levantó de la mesa escritorio y paseó con nerviosismo por la habitación, mientras se esforzaba en situar un nombre que la preocupaba. No era sólo que la traducción avanzase a paso de tortuga, era otra cosa...

Lanzó una mirada al ordenador, apagado y silencioso. Experimentó de pronto la necesidad de hacer algo, de modo que se sentó, encendió el aparato, marcó el acceso a Internet del hotel y tecleó el número de usuario temporal y la clave de acceso. Se interrumpió cuando estaba a punto de entrar en la Red, lo pensó unos instantes y luego, con súbito impulso, pulsó el dispositivo sobre Lector de Noticias.

¿Solicita del Servidor la última Lista de Grupo?

Pulsó *Sí.*

TRANSFERENCIA...

Catherine sabía que conectar ese servicio no representaba peligro alguno, puesto que no entraba en él de modo activo, sino que simplemente leía los datos de su disco duro. Cuando apareció la lista de grupos, procedió a desplazar el cursor y se detuvo en *alt.bible.prophecy.*

Accionó el pulsador, encontró un debate sobre el Fin de los Tiempos y volvió a pulsar.

Organización: Universidad de Cambridge (Inglaterra)
Líneas: 26
Mensaje-ID: <4pvrpd_50q@favor.csx.cam.ac.uk
NNTP-Destino-Anfitrión: usen.chu.cam.a-uk
Tema: Red Fin de los Tiempos

>>>Libros apócrifos de la Biblia apoyan la profecía bíblica de los últimos días.
>>>Steve
>>Steve, tú sí que sabes. Apócrifo no es palabra de Dios.
>>Aporta pruebas. Ray.

Lamento haber tardado tanto en responder. Estuve reuniendo tus pruebas. Ref.: P245 Museo Británico. P14 Archivo Broderick, Universidad de Duke et al. Tenemos el Milenio encima, compañero, según la documentación salida de Canon.

Catherine volvió a los papiros citados, pero comprendió que ya estaba familiarizado con ellos... Allí no había nada que arrojase luz sobre los rollos de Sabina. Regresó a la lista de grupos y buscó en ella hasta llegar a *alt.arqueología.* Le dio al pulsador y exploró los artículos. Se detuvo de pronto, clavados los ojos en la pantalla.

1999 30/11 Daniel Stevenson «Atlántida»

Pulsó el botón sobre él.

Xref.: noticias.omeganet.com.ci.arqueología
En 25 Nov. 1999 18:44:37 + 0100, stan@rayoluna.vamp.co.aus. escribe:
>Atlántidos - Mayas

>Stevenson: Enviaste por correo esta basura hace cosa de un par >de meses y se te dijo que era pura inmundicia. ¿Por qué vuelves >a sometérnosla con cargo a la transferencia?
>Stevenson: Eres un derrochón de amplitud de banda.

Catherine sintió hervir la cólera en su interior. Atacaban a Danno como de costumbre. Siempre ocurrió lo mismo con él. Siempre fue el desvalido abogado de pobres, siempre luchando por los derechos de alguien o por una causa impopular. *Danno sentado ante su pupitre, con las lágrimas deslizándose por sus mejillas en solidaridad con las lágrimas de vergüenza que humedecían el rostro de Catherine, que permanecía de pie encima del taburete en la clase de quinto de sor Inmaculada, de cara a los alumnos, que le señalaban con el dedo y se reían por lo bajo.*

A Catherine le entraron unos repentinos, apremiantes y locos deseos de irrumpir en el grupo de noticias y poner de vuelta y media a aquel imbécil de Australia. Pero no podía hacerlo. En el preciso instante en que conectara, aparecería su dirección electrónica y cualquiera que estuviese leyendo su correo en aquel momento, o incluso más adelante, podría rastrear su pista hasta el hotel.

Apagó el ordenador y cuando la pantalla se quedó a oscuras, Catherine observó durante unos segundos su retrato pegado en la parte interior del estuche del ordenador de Danno. ¿Por qué lo *pondría* allí? «Creo que Daniel estaba enamorado de usted», había dicho Michael.

Michael...

Aquello que la incordiaba parecía tener algo que ver con Michael. No había dejado de jeringar en el canto del cerebro desde que el sacerdote se había marchado para comprobar qué tal eran las piscinas del hotel.

Se percató de que su nerviosismo iba en aumento y encendió el televisor con la esperanza de que escuchar una voz humana aliviase su impaciencia. Lo que encontró, en cambio, fue una introducción de telediario que a punto estuvo de arrancarle un grito: «Los rollos sustraídos se han declarado obra del Anticristo».

Cambió de canal. Ted Koppel entrevistaba a un famoso físico, que en aquel momento decía:

—Este es el principio del Fin de las Cosas, Ted. El sincronismo es real. ¿Cuántos de nosotros observamos cada vez más coincidencias? Ello indica que las cosas se están uniendo y ajustando: todos los hilos, los reinos, las corrientes del universo empiezan a tocarse, y cuando eso ocurre el resultado es la coincidencia. Cuando suceden cada vez más casos de ello, eso significa que la conjunción se extiende, que los planos, corrientes y esferas invisibles se tocan con mayor frecuencia, hasta que, por último, todos los puntos individuales del universo entrarán en contacto y el cosmos implosionará, disminuirá bruscamente de tamaño y volverá a la Tiniebla primordial. Lo tengo calculado matemáticamente. El acontecimiento final se producirá con las campanadas de la medianoche del 31 de diciembre de 1999.

Catherine redujo el televisor al silencio y reanudó sus paseos por la estancia.

Al ver encima de la mesita de café la Liturgia de las Horas, con su cubierta de cuero color verde oscuro y el *chi-rho* estampado en oro —la P mayúscula, en cuyo tallo se superponía la x, erguida sobre las dos primeras letras de *Cristo*—, pensó en la cantidad de veces que, en el curso de las últimas fechas había visto al padre Michael leer en sus páginas, a veces moviendo los labios, de entre los cuales se escapaba de vez en cuando algún suspiro. Se despertó su curiosidad: ¿estaba escrito en inglés o en latín? Eran oraciones o se trataba simplemente de dichos, de palabras de consuelo, de himnos tal vez. Catherine no había leído nunca la Liturgia; el libro de su juventud católica había sido el misal.

Lo cogió, lo abrió y observó que estaba dispuesto verdaderamente conforme a horas y días. Pasó las hojas hasta la del 22 de diciembre, oración vespertina, y leyó:

Dios es luz: si vivimos y actuamos bajo la luz, hay amor entre nosotros.
Sin amor no puede haber paz en el mundo: libra a nuestro mundo del odio y el miedo.
Ayuda a maridos y esposas a hallar consuelo en el pesar y fortaleza en el sufrimiento; concédeles amor perdurable.
Señor, mantén a todos los muertos bajo tu cuidado: a los que amamos y a los que nadie recuerda.

Catherine cerró los ojos. *Mantén a todos los muertos... a los que amamos...*

Percibió un momentáneo rumor de paz.

Pero entonces surgió repentinamente en su memoria una conversación mantenida mucho tiempo atrás: en su undécimo grado, Catherine preguntó a Stanley Furmanski cómo imaginaba la vida ulterior.

—Me la imagino justo como la vida anterior —había dicho él.

—¿Se refiere a antes de nacer?

—¿Recuerdas algo de ello?

—Claro que no.

—Ahí lo tienes.

Y ella pensó: «¿Es eso? ¿Un no-estado? ¿Ahí es a donde fue mi madre? *¿Ahí es donde está Danno?*».

Cerró el libro y volvió a dejarlo donde estaba. *Mantén a todos los muertos...* Era una bonita oración, pero una oración católica, y ella no podía disociarla de la institución que la había escrito.

Volvió a pensar en Michael. Y entonces lo comprendió: lo que le había estado incomodando clandestinamente. «Con seis piscinas aquí —había dicho él—, supongo que podré nadar unos cuantos largos.» Pero había llevado consigo los palos de pangamot.

Se colocó de nuevo ante el ordenador, lo encendió, pulsó el botón sobre Lycos, tecleó rápidamente para entrar en *pangamot*, de donde saltó al enlace de hipertexto que la envió directamente a la página de la Red dedicada a Artes Marciales Filipinas. No había accedido a ella desde la noche en que Michael le cortó el pelo, y cuando apareció la página, con su símbolo de espada y bastón cruzados, se preguntó si encontraría una explicación para lo de Michael Garibaldi.

Tras leer brevemente la introducción previa, fue saltando de vínculo en vínculo hasta llegar a las *Preguntas más frecuentes*; empezó a revisarlas, en busca de respuestas...

La piscina olímpica estaba en la planta decimoquinta, junto al club deportivo, y cuando Catherine no vio allí a Michael y un empleado le dijo que nadie había dado su número de habitación para registrarse, la mujer vio confirmadas sus sospechas.

Echó un vistazo a las salas de halterofilia y de aparatos y la pista de atletismo cubierta. Luego, tras hacer un alto en el bar de zumos y en la tienda, preguntó en la sala de masajes y en la zona de pugilismo. Al final, Catherine se encaminó a la parte donde se daban clase de danza, yoga y aerobic. En dos de las salas había grupos dedicados a sus ejercicios, pero al recorrer el pasillo hasta el final, Catherine descubrió que el resto estaban vacías y a oscuras.

Había llegado a la salida de incendios y estaba a punto de dar media vuelta, cuando creyó oír algo.

Echó una ojeada a la habitación del fondo y, al principio, no distinguió nada. Las luces estaban apagadas y él sólo era una sombra de pantalones negros y camiseta de manga corta. Parecía ejecutar una especie de baile. Catherine se mantuvo en segundo plano, fuera de la vista, y observó.

«Una idea falsa muy corriente —le había explicado la página de la Red destinada a AMF— *es la de que las artes marciales filipinas se practican sólo con bastones de combate. Pero las AMF cuentan también con disciplinas, habilidades y golpes en los que intervienen los pies y los puños, en los que el cuerpo a cuerpo y las presas resultan fundamentales.»*

Michael tenía los pies separados y las rodillas dobladas mientras se movía con lentitud; levantó la mano derecha y luego la bajó con graciosa fluidez. Repitió el movimiento de subida y bajada de un modo que a Catherine le hizo pensar en una mujer que estuviera cosiendo con elegantes movimientos del brazo, pero muy despacio, controlados todos los músculos y tendones, con perfecto equilibrio, en absoluta armonía el cuerpo.

«Comparación con otras artes marciales: el tai-chi es circular, interno y suave, mientras que el pangamot es lineal, externo y duro.»

Michael se encontraba erguido, adelantada una pierna, en una postura que a Catherine le sugirió el tai-chi, pero en vista de que algunos de los movimientos concluían de forma brusca, como golpes que hicieran impacto en una pared de cristal, Catherine conjeturó que debían de ser movimientos mortales.

«En las Filipinas, los contrincantes no se emplean a fondo en los torneos. No tiene nada de extraño que alguien sufra graves heridas o incluso que resulte muerto.»

Los espejos de las paredes reflejaban su figura y algunos devolvían las imágenes que reflejaban otros espejos, de forma que, desde todos los ángulos, podían verse centenares de figuras de Michael, lo que permitió a Catherine disponer de muchas perspectivas del hombre, cada una de ellas, ante su sorpresa, era distinta. En una imagen parecía sonreír y en otra Catherine tuvo la impresión de captar en su expresión cierto sentido del humor. Pero otro espejo le envió la cara de un individuo furioso, mientras que en otra parecía preocupado mientras su cuerpo se movía lentamente, empeñado en la danza sombría de un combate mortal.

A Catherine le repelía lo que contemplaban sus ojos, pero también se sentía hipnotizada. No le era posible apartar la vista de aquel cuerpo que le dejaba sin aliento y se imaginó a sí misma haciendo el amor con él, empleando la misma energía exquisitamente controlada: *lineal, externa, dura.*

«Los doce ángulos de ataque son los siguientes...»

¿Cómo podía conciliarse un agente de paz con el adiestramiento en un arte marcial que sólo tenía un objetivo? ¿Cómo podía justificar el ser sacerdote y al mismo tiempo practicante de las artes marciales?

«A los palos de caña, o bastones, también se les denomina a veces Palos de la Muerte...»

Aunque Catherine odiaba lo que veían sus ojos, se sintió no obstante atraída por ello y, de súbito, deseó unirse a él, colocarse a su espalda, oprimir su cuerpo contra el de Michael, extender los brazos a lo largo de los suyos y moverse con él, sentir aquella energía violenta y controlada fluir del cuerpo de Michael y entrar en el de ella. Y le aterró la idea de que podía hacerlo: unirse a él espontáneamente en aquella danza que la repelía, actuar arrastrada por un impulso que iba en contra de todas sus creencias y convicciones. Michael había entrado en una parte de ella cuya existencia la propia Catherine ignoraba que existiese. Aparte de que estaba más allá de su dominios...

Por último, Michael hizo un alto, entrelazó las manos por debajo del mentón y dedicó una leve reverencia a su invisible adversario. Tras una pausa, en completa inmovilidad, empuñó los palos de caña y los hizo girar durante un momento como si fueran bastones, como si se estuviese preparando para encabezar un desfile. Luego adoptó una postura de combate: un pie delante del otro, separadas las piernas, las rodillas dobladas, y empezó a blandir los palos en una compleja rutina. Primero llevó el palo derecho a la nuca, en tanto enarbolaba el otro frente a sí, como una espada; después, deslizó el palo derecho hacia fuera y lo cruzó con su compañero, trazando en el aire una equis letal, que procedió a girar como un intrincado reloj cuyas saetas se moviesen sobre piñones y ruedas dentadas, lentamente al principio, para luego ir adquiriendo velocidad, girar cada vez más deprisa, cobrar furia y poder hasta que Catherine oyó los chasquidos de los palos, que sacudían el aire como tijeretazos, como si cortasen cintas exangües.

Michael avanzó con los bastones, lanzado a un ataque sobre su invisible adversario, respirando a base de jadeos cortos y ásperos mientras descargaba rápidos, potentes golpes. Dio un salto lateral, paró un cintarazo imaginario, hincó una rodilla y lanzó un tajo circular a las piernas de su enemigo. Levantado de nuevo, dando pequeños saltos sobre la punta de los pies, como un boxeador, golpeando cada vez con más violencia, fue cargando de furia la atmósfera hasta el punto de que Catherine contuvo la respiración y notó que su propio cuerpo se ponía rígido a causa del nerviosismo y la expectación.

Pensó: «Sigue entrenándose en un arte de combate, continúa manteniéndose en forma para matar. ¿Por qué? ¿A quién pretende eliminar? ¿Qué le proporcionó el arte marcial que el catolicismo no pudo darle? *Si la oración no funciona, tal vez entonces lo hagan los bastones de pangamot»*.

Catherine retrocedió, apartándose de la puerta, de una escena que tiempo atrás le habría disgustado, pero que ahora...

Una imagen se formó inesperadamente en su cerebro: el recuerdo de algo muy lejano. Catherine era muy joven en aquella época, cuando se acercó a ver a sus padres. Llegó a la puerta del dormitorio, que estaba abierta, y los vio dentro del cuarto. Su madre, de pie en el centro de la estancia, y su padre, de rodillas, con los brazos alrededor de las piernas de Nina, hundida la cara en el abdomen de la mujer. Nina tenía las manos sobre la cabeza de su marido, como si le bendijera. Estaban completamente vestidos, no se trataba de sexo. Pero en la actitud de ambos y en la expresión tierna, tolerante y comprensiva que reflejaba el rostro de su madre, Catherine vio algo que estaba por encima del sexo, del romanticismo y del simple cariño material. Era un amor absoluto, de entrega total. La clase de amor que, en opinión de Catherine, pocas personas encontraban y que, caso de encontrarlo, sólo vivían una vez.

Al volver a mirar a Michael, la imagen que tenía en su mente cambió, se convirtió en otra formada por ella misma, de pie en mitad de la habitación, y Michael rodeándola con sus brazos y el rostro hundido en el abdomen de Catherine, cuyas manos descansaban sobre la cabeza del hombre.

Y fue una *sensación* intensa, un golpe emocional tan fuerte que la pilló desprevenida y casi le arrancó un grito.

Se retiró hasta quedar fuera de la vista de Michael, lejos de su recuerdo y huyó pasillo adelante; la alfombra del corredor apagó el ruido de sus pies lanzados a la carrera.

En la oscuridad del estudio de danza, Michael se inmovilizó y dejó quietos los palos de pangamot. Respiraba entrecortadamente, bañado en sudor todo su cuerpo. Observó la miríada de reflejos que cubrían las lunas azogadas y la tensión que le afloraba en el cuello y las mandíbulas.

Por primera vez después de una sesión de ejercicios, no se sentía restaurado.

Su pesadilla. La mujer ocupaba ahora el centro del escenario y podía verla con más claridad. Vestida de blanco, con las sandalias cubiertas del polvo de mil viejos caminos, se erguía a la entrada de un templo, estirados los brazos hacia él, abiertas las manos, como si se dispusiera a abrazarle. Al parecer, deseaba llevarle al interior. Una sonrisa iluminaba su rostro.

El recuerdo de esa escena le hizo estremecer; los bastones de combate se le escaparon de las manos y resonaron con estrépito al estrellarse contra el piso de madera.

La mujer del sueño era Catherine.

«Sólo con que pudiera *ver* —había dicho ella antes—. Quiero ver lo que Sabina ve.» Y él le contestó: «No puedo ayudarla».

Pero la cuestión era que sí *podía* ayudarla, porque él estaba viendo lo que Sabina había visto. Sus sueños estaban llenos de visiones de templos y carreteras, de caravanas de camellos y personas reunidas apaciblemente en torno a fogatas de campamentos y que conversaban bajo las estrellas. Pero no podía hablarle de ello a Catherine, porque entonces tendría que contarle el resto... Que él deseaba caer en aquellos brazos extendidos y dejar que le llevase al interior del templo. Pero tenía que luchar contra eso, porque al lugar al que iba nadie podía seguirle; Michael tenía que recorrer solo su camino. Y Catherine contaba con su propia carretera; no podían compartir un destino común.

No somos más que dos extraños que viajan juntos por la misma carretera durante cierto trecho y que luego debemos continuar por caminos separados, cada uno por el suyo.

Había que prescindir del sueño, significara lo que significase.

Michael recogió los palos de pangamot, respiró hondo y empezó de nuevo.

En la tercera planta del edificio de la sede central del FBI, en la calle Décima y la avenida de Pennsylvania de Washington DC, agentes especiales trabajaban horas extraordinarias en el laboratorio de ciencia criminal.

El jefe de la Sección de Huellas Dactilares Latentes, Wally Walter, trataba de identificar las que se tomaron en el Mustang azul abandonado cerca del Parque Estatal de Castle Rock, en el norte de California. Las habían cotejado con las huellas tomadas en la puerta de salida de un laboratorio de investigación de la periferia de San José y ahora las estaban pasando por el ampliador de imágenes del ordenador, como medida previa para convertirlas en imágenes digitales que permitiesen una comparación más nítida. El paso final consistía en remitir las huellas a la División de Identificación de Huellas Dactilares, la unidad operativa más importante dentro del FBI, cuya plantilla rebasaba la cifra de dos mil empleados y cuyos archivos almacenaban más de doscientos millones de huellas dactilares.

—Es un caso de mil demonios, Wally —comentó el ayudante del jefe, al entrar cargado con una parda bolsa de emparedados—. Hasta el presente, Catherine Alexander no ha cometido ningún delito, que sepamos con certeza. Todos son rumores y especulaciones. ¿Lo quieres de *pastrami* o de queso? Puede que existan rollos robados y puede que no. Quizás sea ella la que salió zumbando del piso de Stevenson, y quizás no lo sea. Tal vez originó una explosión en el laboratorio de investigación y tal vez... Creo que este es el café con crema y azúcar. Necesitamos tener algo sólido para cargárselo.

Wally desenvolvió su emparedado.

—El individuo que estaba con ella en el laboratorio transfirió *software* en un ordenador. Hay bastantes probabilidades de que circule también por Internet.

—Eh, acaso podamos pescarla con algún legalismo. El Título 18, quizás —dijo el ayudante, refiriéndose a la sección del Código de Estados Unidos que prohibía la transmisión por interestatal o comercio internacional de cualquier comunicado que incluyese amenaza de secuestro o de causar lesiones a alguien—. En teoría, si la Alexander mete el remo y hace comentarios amenazadores a alguien a través de la Telaraña, podemos echarle el guante y no me extrañaría un pelo que se pasara cinco años en chirona.

—*Si* pierde la compostura —convino Wally; se irguió repentinamente en el asiento, alerta.

El jefe estaba en Huellas Dactilares Latentes desde antes de que este departamento se desmembrara de la División de Identificación para convertirse en parte del laboratorio de ciencia criminal, y justo cuando Wally creía haberlo visto todo en su profesión y empezaba a aburrirse, siempre surgía algo jugoso que renovaba su fe en los criminales estadounidenses.

Como en aquel momento. El ordenador encontraba una correspondencia..

—Vaya, vaya —silabeó al leer el nombre de la persona a la que pertenecían las huellas—. *Esto* sí que es interesante...

El grito perforó su subconsciente.

Catherine se despertó con un respingo y contempló el oscuro techo, mientras se preguntaba dónde estaba. Sus ojos se desviaron después hacia el reloj de la mesilla de noche. Eran poco más de las doce. Sólo había dormido unos minutos.

Escuchó el silencio. ¿Qué la había despertado?

Otro grito, saturado de angustia.

Se sentó en la cama. Parecía de Michael.

Catherine ya se había acostado cuando él regresó del club deportivo, una hora antes. Le oyó encaminarse en silencio a su dormitorio y cerrar la puerta.

—*¿Por qué no me dejas en paz?*

Catherine saltó de la cama, cruzó corriendo la *suite*, con el blanco camisón flotando como un fantasma a través de los rayos de la luna, e hizo una pausa ante la puerta de la alcoba de Michael. Le pareció que el sacerdote respiraba trabajosamente, que gemía, como si estuviese enfermo.

—¡Padre Garibaldi! —llamó Catherine—. ¿Se encuentra bien?

Aplicó el oído a la hoja de madera. Creyó oír un sollozo.

—¿Padre? —dijo. Llamó a la puerta—. ¿Michael?

Entreabrió la puerta y atisbó por la rendija. La luz de la luna se colaba por la ventana para iluminar las sábanas retorcidas y la manta hecha un montón sobre el suelo. Y a Michael, presa de una pesadilla, reluciente de sudor la piel. Cuando vio la cabeza inclinada fuera de la almohada y la expresión atormentada de su rostro, Catherine entró en la habitación.

—¿Michael?

El padre Garibaldi tenía los ojos cerrados; las mandíbulas apretadas hacían que las venas del cuello resaltasen. Como no llevaba camisa, Catherine vio los músculos del pecho y de los brazos, que se flexionaban y tensaban en el curso de aquel combate con un demonio invisible.

Catherine se acercó a la cama y permaneció de pie junto a Michael. Le puso la mano en el hombro y le sacudió suavemente.

—Michael, está soñando. Despierte.

—No —murmuró él—. Eso no...

Catherine se sentó en el borde de la cama.

—¡Despierte! —dijo en tono agudo—. Tiene una pesadilla. Michael...

—*¡Oh, Dios!*

Los párpados se abrieron de golpe.

—Estaba soñando —dijo Catherine—. No pasa nada. Sólo tenía usted una pesadilla.

Michael aspiró aire profundamente y luego lo exhaló mientras un estremecimiento recorría su cuerpo. Después se incorporó hasta quedar sentado en la cama, pestañeó unas cuantas veces y trató de enfocar la vista sobre Catherine. De súbito, alargó los brazos, la atrajo hacia sí y enterró la cara en el cuello de la muchacha. Automáticamente, Catherine se pegó a él y notó las sacudidas del cuerpo masculino, que vibraba a impulsos de los sofocados sollozos.

Michael se mantuvo apretado contra ella durante un prolongado instante, sin pronunciar palabra, respirando suavemente sobre la nuca de Catherine. Luego se echó hacia atrás.

Catherine vio la humedad de sus mejillas y la secó.

—¿Se encuentra mejor? —preguntó.

—Me ha sacado de un lugar muy tenebroso —musitó Michael.

La expresión de sus ojos retuvo la atención de Catherine unos segundos; vio miedo en aquellas pupilas, y una vulnerabilidad tan palmaria que la sobresaltó.

—¿Quiere hablar ahora de ello?

Michael asintió.

Catherine volvió a su cuarto, se puso la bata y, cuando se ataba bien ceñido el cinturón, llevó la mano al jaguar y curvó los dedos a su alrededor. Una imagen llameó en su cerebro: la cruz de oro que Michael llevaba siempre, descansando sobre su pecho desnudo...

En la sala, Catherine encendió las luces y, al salir Michael, vio que se había vestido totalmente. Llevaba vaqueros y camisa de cuadros; observó que incluso se había puesto calcetines y calzado los zapatos.

La miró, se encontraron sus ojos y en la atmósfera de la habitación hasta la luz pareció experimentar, pensó Catherine, un cambio sutil. Volvió a notar los brazos de Michael alrededor de su cuerpo, sus propias manos apretadas sobre los músculos firmes de la espalda desnuda, las manos varoniles acariciándole el pelo, los labios sobre su oreja...

—Lamento haberla despertado —se excusó Michael.

—No dormía. ¿Quiere contarme lo de ese sueño?

Michael se llegó al minibar y sacó una Evian fría.

—Era bastante espantoso. Me alegro de que me despertase.

—¿Tiene pesadillas a menudo?

Michael tomó un largo trago, casi vació del todo el botellín, antes de respirar. Luego se acercó a la ventana y apartó las cortinas para franquear el paso al fresco de la noche y a la claridad de platino de la luna. Catherine contempló en silencio la silueta de los anchos hombros recortándose contra las estrellas del desierto.

En vista de que Michael no contestaba, Catherine dijo:

—Antes le estuve buscando. Le vi en uno de los estudios de danza. Le observé. El pangamot no es para defenderse. Su objetivo es matar. ¿Por qué lo practica?

—Por dos razones —repuso Michael en voz baja.

—¿Alguna vez ha... matado a alguien?

—¿Con el pangamot? No.

Se apartó de la ventana y fue a sentarse en una silla situada frente al sofá, de cara a Catherine. Sus ojos rebosaban sombras de desasosiego mientras miraba tristemente el botellín que sostenía en las manos.

—¿Puede controlar su fuerza? —preguntó Catherine—. Si le golpease...

Michael levantó la cabeza con brusco movimiento.

—¡Por Dios, Catherine! ¡Jamás le haría daño! Debe creerlo. Por favor, no tenga miedo de mí.

Ella levantó las manos en ademán de impotencia.

—Tal vez si comprendiese por qué lo hace... Antes, cuando creía que era algo semejante al kárate, cuando pensaba que era autodefensa, podía aceptarlo. Me dije que usted lo hacía por disciplina mental, o para mantenerse en forma. Pero ahora estoy confundida.

—¿Quiere saber por qué puedo ser sacerdote y al mismo tiempo complicarme en un combate de arte marcial?

—Sí —declaró Catherine. *Y también querría comprender por qué mi cuerpo se siente estimulado por algo que mi mente y mi corazón me advierten que está mal.* Le entraron ganas de gritar: «Michael, no me gusta lo que he descubierto acerca de usted. Pero, lo que es aún peor, no me gusta lo que he descubierto acerca de mí misma».

Michael pareció sopesar las palabras, antes de decir:

—Me crié en una casa donde el principal sistema de comunicación eran los golpes. Mi padre sacudía primero y preguntaba después. Borracho o sobrio, daba lo mismo. Hizo de mí un chico realmente duro, el matón del barrio, con una tendencia tremenda a liarme a mamporros con el primero que me tosiera. Una noche, unos cuantos amigotes y yo nos emborrachamos y decidimos hacer un buen destrozo en la iglesia del vecindario. El párroco no llamó a la policía. Lo que hizo, en cambio, fue avisar al padre Pulaski, un polaco gigantesco de una parroquia del otro extremo de la ciudad. El padre Pulaski me llevó detrás de la iglesia y me arreó una zurra de campeonato. Luego me matriculó en un cursillo de kárate de la Asociación de Jóvenes Cristianos. Ése fue el principio de mi carrera en las artes marciales. Entonces descubrí que...

—¿Qué descubrió?

Dirigió a Catherine una mirada limpia.

– Que hay algo dentro de mí que necesito mantener constantemente controlado. No puedo describirlo, pero me aterra.

—¿La pesadilla es consecuencia de eso?

—Cuando tenía dieciséis años, Catherine, había una tienda cerca de mi casa, uno de esos pequeños negocios de barriada. El dueño era un viejo, no me acuerdo de su nombre. Un inmigrante de Europa, que hablaba con mucho acento. Se le había muerto la esposa años atrás y llevaba el establecimiento él solo. Un buen hombre, siempre daba caramelos a los chicos.

»Estaba yo allí una noche, bastante tarde, y era el único cliente. El viejo se disponía a cerrar. Siempre me llamaba Mikey, así que me dijo: "Date prisa en elegir lo que necesitas, Mikey, no quiero perderme el último telediario". Y entonces entró aquel delincuente juvenil. Era mayor que yo, pero esquelético y con el síndrome de algo. Se fue derecho a la caja, tiró de pistola y exigió el dinero. No sabía que yo estaba allí. El viejo se quedó quieto detrás del mostrador y dijo algo así como: "Estoy seguro de que no quieres hacerlo, hijo. Destrozará tu vida". El pobre tendero me vio llegar por el pasillo con mi paquete de seis botellines o lo que llevara. Me detuve. El ladrón no me vio. El viejo seguía mirándome. La escena era petrificante. Transcurrió un minuto sin que se produjera ningún sonido, como si el mundo se hubiese paralizado momentáneamente. Los ojos del viejo estaban clavados en mí, implorándome que hiciese algo. Pero no hice nada. Permanecí allí como una estatua. Y entonces el atracador le disparó. Tres balazos en el pecho. Saltó por encima del mostrador, cogió el dinero de la caja y salió corriendo.

»Y eso, Catherine, es lo que me visita en mis sueños. Me veo otra vez en la tienda, inmóvil allí, mientras el delincuente juvenil se lleva por delante la vida de un inocente.

—Usted no tuvo la culpa. Sólo contaba dieciséis...

—Le sacaba catorce kilos por lo menos a aquel criminal, y no hice nada.

—Él tenía una pistola.

—Y yo la ventaja de la sorpresa. —Michael se puso en pie—. Sea como fuere, después de eso me volví un loco furioso y pensé que sería estupendo montarme sesiones de pintadas dentro de una iglesia.

—¿Cómo fue que acabó de sacerdote?

—El padre Pulaski me puso en ese camino.

Michael se dirigió a su dormitorio y regresó al cabo de un momento con un reloj que Catherine le había visto sacar y dar cuerda con mucha frecuencia. Se trataba de un reloj de bolsillo antiguo, la clase de reloj que Catherine imaginaba solían lucir los comerciantes victorianos prósperos, con una leontina cruzándoles el opulento estómago.

—Me lo regaló el día de su muerte —dijo Michael, al tiempo que tendía el reloj a Catherine—. A él se lo había dado su preceptor, que lo había recibido de *su* maestro. Es muy viejo, apenas se distingue la inscripción que lleva grabada...

Catherine cogió el reloj y lo sostuvo en el hueco de la mano.

Michael siguió paseando por la estancia.

—El padre Pulaski era un corpulento y alborotador polaco que siempre hablaba prodigando decibelios. Cuando le confesé que pensaba entrar en el sacerdocio, me dijo: «¡Has sido llamado al servicio del Señor, muchacho!». Entonces le pregunté: «¿Y ahora qué tengo que hacer?». Y me vociferó: «¡Pues atender esa llamada, muchacho, atender esa llamada!».

Michael se detuvo ante la ventana y apoyó los dedos en el cristal.

—El padre Pulaski se oponía a la nueva misa, hasta el día de su muerte continuó diciendo la misa en latín, a pesar incluso de que le ordenaron que la dijese en lengua secular. Recuerdo cuando el obispo fue a hablar con él. El padre Pulaski gritó: «¡Muy bien, de modo que la misa ha de decirse ahora en inglés! ¡Pero uno puede conservar una parte de latín! ¡Al menos se podrá mantener el kyrie!». Ninguno de nosotros tuvo suficiente valor para recordarle que el kyrie era la única palabra *griega* de la misa —Michael miró a Catherine—. El padre Pulaski hizo una colecta y me envió a la escuela, donde descubrí que tenía talento para las matemáticas y las computadoras. Cuando en el año 1984 me gradué en ciencia informática, tenía veintisiete años y hacía seis que me había ordenado sacerdote.

Catherine depositó el reloj con cuidado encima de la mesita de café.

—¿Por qué continúa conmigo, Michael? —preguntó—. ¿Por qué no ha vuelto a la seguridad de su parroquia?

—¿Por qué sigue *usted* aquí? ¿Por qué no ha vuelto a la seguridad de sus excavaciones, o a la seguridad universitaria de cualquier sitio?

Catherine bajó la vista sobre sus manos y se examinó las palmas como si se estuviese leyendo la buenaventura. Luego contestó:

—Ya le he hablado de mi madre, de su obra. Era una mujer amable, dulce y profundamente religiosa. Lo último que hubiera deseado hacer era atacar la fe de alguien. Si aspiraba a algo era a iluminar esa fe. Pero la Iglesia la consideró una amenaza. Y como daba clases en un colegio mayor católico, la Iglesia tenía atribuciones para censurarla. Al principio, mi madre resistió, pero acabaron por enviar a un hombre desde Roma, para hablar con ella. El hombre del Vaticano era un dominico, trabajaba en la oficina de la Inquisición.

—Ya no se llama así, desde 1965.

—Lo sé. Le dieron un nombre más limpio: Congregación para la Doctrina de la Fe. Pero durante seiscientos años se le llamó la Inquisición, y sólo porque desde hace treinta y cuatro se le aplique otro nombre eso no significa que sea otra cosa. Sé lo que hace la Congregación, padre Garibaldi. Su objetivo consiste en investigar todo lo que pueda constituir una amenaza para la Iglesia, y sé que esas investigaciones se llevan siempre en el más absoluto secreto.

Inclinó la cabeza y bajó la voz:

—Ah, sí, lo sé todo acerca de la Congregación, cómo se forma el tribunal, con un juez al que denominan asesor y un ayudante llamado el comisario; sé cómo investigan a todo aquel que pueda representar una amenaza para la unidad de la Iglesia. Emprendieron esa labor a través de nuestro párroco, el padre McKinney. Llegaba a casa y le decía a mi madre que cejara en sus ataques a la Iglesia, pero ella siempre entablaba fogosas discusiones con él; le argumentaba que la Iglesia tenía la obligación de evolucionar conforme a las necesidades de sus miembros. Supongo que cuando el representante del Vaticano intervino, el padre McKinney lo tomó como prueba de su fracaso personal a la hora de controlar a aquella hereje femenina. Tuvo la impresión de que mi madre le había humillado.

—¿Qué ocurrió?

—La Inquisición recomendó por escrito al Papa que se separase a mi madre de su plaza de profesora en el colegio mayor y se la declarase no cualificada ya para enseñar la doctrina católica romana. A mi madre llegó a decírsele incluso que dejaba de ser teóloga del catolicismo y se le prohibió escribir o publicar nada más. Y ella cumplió. Sin embargo —continuó Catherine—, para el padre McKinney no era suficiente. Nunca olvidaré aquel domingo... Yo tenía diez años. En el curso de su sermón, el padre McKinney habló de herejía mientras miraba fija y directamente a mi madre. Fue un momento terrible: los ojos de todos los feligreses, en silencio, clavados en nosotras. Con la cabeza muy alta, mi madre se levantó, digna, salió del templo en mitad de la misa, y no volvió nunca más a la parroquia.

»A partir de entonces, sólo mi padre y yo asistíamos los domingos a misa. Yo notaba que la gente seguía mirándonos y, en el colegio, los otros alumnos insultaban a mi madre y decían que iba a quemarse en el infierno.

Catherine cerró los ojos ante la imagen súbita y espontánea: *la clase de quinto soltando risitas y murmurando mientras ella permanecía castigada, de pie en la banqueta, encendida la cara de vergüenza y notando la humedad chorreando poco a poco por sus piernas abajo.*

—Lo que la gente ignoraba —prosiguió Catherine— era que mi madre seguía asistiendo en secreto los domingos a los servicios religiosos. Continuaba siendo creyente, pero se negaba a recibir los sacramentos. De modo que la excomulgaron.

—¿Y por eso abandonó usted la Iglesia?

—No, eso ocurrió después, cuando murió mi padre. —Catherine se levantó del sofá y fue a situarse junto a Michael, en la ventana. Miró con los párpados entornados el potente rayo de luz que se elevaba desde la pirámide de Luxor, como una autopista que condujese a otra galaxia. Dijo sosegadamente—: Fue a África en misión de paz, cargado de medicinas y de biblias. Hubo una insurrección..., una tribu se alzó contra otra. Mi padre y su partida se vieron sorprendidos en medio. Los ejecutaron como espías. A mi padre, un sacerdote y a tres monjas. Los telediarios dieron la noticia... no cesaban de pasar las imágenes de los cadáveres...

—Lo recuerdo. No sabía que fuese su padre.

—Lo repatriaron, le dedicaron un funeral solemne y lo enterraron en un cementerio católico. Mi madre falleció al cabo de unos meses... Neumonía, diagnosticaron los médicos, pero yo sabía que fue el corazón destrozado. Mis padres se amaban intensamente, su mutua entrega era total y, sin mi padre, mi madre ya no tenía razón alguna para vivir.

Miró a Michael.

—La noche en que murió, mi madre me dijo que deseaba que la enterraran al lado de mi padre, para seguir juntos toda la eternidad. Pero su deseo sólo podía cumplirse si mi madre se confesaba y recibía la absolución. Accedió a ello, tras estar varios años separada de la Iglesia a la que tanto quería...

Catherine respiró hondo y dejó escapar el aire despacio, consciente de que los ojos de Michael seguían sobre ella.

—Mi madre me pidió que avisara a un sacerdote. Telefoneé a la iglesia y el hombre que enviaron era el padre McKinney. Y en sus ojos había algo, no sé, una especie de triunfo, cuando entró en aquel cuarto de hospital y se acercó a la cama de mi madre. Era como si para él llegase el momento del ajuste de cuentas final, el momento de ejercer el poder y ser él quien se alzara con la victoria. Todo lo que mi madre deseaba era morir en paz y reunirse con su esposo. Pero el padre McKinney...

»Abandoné el cuarto. No debí hacerlo, pero lo hice. Pensé que mi madre desearía intimidad. Ignoro qué sucedió en realidad. Al cabo de un momento salió el padre McKinney, con el semblante rojo de ira, y se alejó como un huracán, sin dirigirme la palabra. Entré de nuevo en la habitación y mi madre estaba llorando. Comprendí que no había recibido la absolución del último sacramento. Me di cuenta de que no iba a morir como católica redimida. Hice por ella lo que pude. Intenté encontrar otro sacerdote, pero ya era demasiado tarde.

Oyó a Michael murmurar algo. No lo distinguió con claridad, pero le sonó a *Ora pro nobis*. Ruega por nosotros.

—A mi madre no la enterraron junto a mi padre, ni siquiera en terreno consagrado, sino en un cementerio público. Pero ella había deseado pasar la eternidad con el hombre al que amaba.

Catherine se volvió hacia el sacerdote.

—Padre Garibaldi, la Iglesia terrena y un simple hombre con el título de padre, ¿tienen facultades para condenar a mi madre a una eternidad en solitario o acaso a ninguna eternidad?

—No puedo responder a eso —dijo Michael— sin saber qué ocurrió entre su madre y el padre McKinney. Pero si su madre se confesó directamente a Dios —añadió en voz baja—, entonces está perdonada.

Catherine se representó a su madre en la cama, con la cabeza sobre la antiséptica almohada, exhalando sus últimos suspiros, consolando a su hija en vez de que ésta la consolara a ella.

—No te aflijas —había musitado Nina—. Voy a reunirme con tu padre.

¿Pero fue así?

—¿Adónde fue mi madre después de morir ¿Dónde se encuentra ahora su alma, si es que tenía alma?

—No *tenemos* alma, *somos* alma. Lo que tenemos es cuerpo... temporalmente.

—¿Y qué sucede cuando morimos?

—Al morir se nos recompensa con la amorosa presencia de Dios.

—¿Y qué es de las personas que mueren inconfesas? ¿Qué me dice del infierno?

—Como sacerdote se me pide que predique el castigo del infierno. Pero en el fondo de mi corazón no puedo creer que nuestro Padre celestial nos crease para poder luego arrojarnos al tormento eterno.

—¿Y el Purgatorio?

—Creo en el Purgatorio, y que permanecemos allí hasta que alguien reza por nuestra redención.

—Así pues, ¿ayudan a los que partieron las oraciones que por su alma rezan los que quedamos en la tierra?

—Sí.

—¿Rezará usted por mi madre?

—Sí. Pero también puede rezar usted.

Catherine se apartó de él y de la panorámica de la pecaminosa y seductora ciudad.

—No serviría de nada, viniendo de mí.

—¿Por qué no?

—Porque no soy creyente.

—Entonces, ¿quiere que crea yo por usted?

Catherine le miró de nuevo.

—*Quiero* creer. Desearía *poder* creer, como mi madre.

—Todos nosotros nacemos con nostalgia del cielo, Catherine. La cuestión consiste en encontrar el camino de vuelta.

¿Cómo?, deseaba saber Catherine. *¿Cómo?*

—Ahora lo entiendo —dijo Michael, y se apartó de la ventana—. El padre McKinney es la razón por la que yo no le caí simpático cuando nos conocimos.

Catherine se le quedó mirando mientras Michael apuraba el resto de agua de Evian y dejaba el botellín encima del minibar.

—El padre McKinney no era la razón completa —repuso ella—. Me siento incómoda entre personas de fe profunda.

—¿Y por eso no quiere casarse con Julius?

Se arquearon las cejas de Catherine.

—¿Qué le hace pensar tal cosa?

—No lo sé. Quizás algo que dijo usted. O que no dijo.

—Julius es un hombre devoto y acata las normas y leyes de su religión. Yo no podría vivir con alguien así. Sería un recordatorio constante de las cosas de que carezco.

Tras contemplarla durante unos segundos, Michael preguntó:

—¿Tanto aborrece el catolicismo?

—Adoro el catolicismo. Es una religión hermosa. Aunque ya no creo en Dios, echo de menos el incienso, los santos, la Virgen misericordiosa, el consuelo y el solaz. Y por eso me siento tan indignada. Me arrebataron todas esas cosas.

—Puede recuperarlas.

—No, no puedo. —Observó la sonrisa de Michael y recordó cuando, en el Colegio de Nuestra Señora de la Gracia, los chicos y las chicas se sorprendían siempre al ver a una monja guapa o a un sacerdote bien parecido y pensaban: «¡Qué lástima!». Se preguntó cuántas chicas, en la parroquia del padre Michael, estarían enamoradiscadas de él en secreto—. Michael, ¿el catolicismo es la fe verdadera?

—*Yo* así lo creo.

—Si usted hubiese estado allí con mi madre, junto a su cama, ¿qué hubiera hecho?

—Le habría preguntado si se arrepentía de sus pecados, y después le habría dado la absolución. La disputa personal del padre McKinney con su madre y la cuestión de lo que ella escribió sobre ello no tiene sitio en el confesionario.

—¿Está ella ahora con mi padre? ¿Están juntos?

—Desconozco la respuesta a esas preguntas, pero puedo asegurarle que la oración ayudará.

Catherine asintió. Luego se aclaró la garganta y dijo:

—De todas formas, ahora ya sabe por qué me inquieta tanto el pangamot. A causa del modo insensato y violento en que murió mi padre. —Se puso de cara a Michael—. Me repugna toda clase de violencia. Y me confunde que usted...

—Comprendo —repuso el padre Garibaldi.

Pero Catherine percibió cierta dureza en su voz y observó la manera en que consultaba el reloj, como si buscara la hora de su destino en la esfera de la máquina. Se mostró repentinamente inquieto, lo que sorprendió a Catherine.

—Voy a salir para que me dé un poco el aire —dijo Michael bruscamente.

Ella parpadeó.

—Le acompaño.

—Preferiría ir solo —Michael se dirigió a la puerta—. No me espere levantada.

Salió de la *suite*.

Catherine se quedó con la vista clavada en la puerta, al tiempo que se preguntaba qué había ocurrido. Luego se vistió apresuradamente y marchó tras él.

Un portero nocturno le dijo que el hombre que había salido de la habitación había tomado un ascensor que subía a la azotea. Explicó que allí había un jardín, fuentes y templos. Catherine montó en el ascensor antes de que el hombre hubiese terminado su descripción.

Unos cuantos huéspedes disfrutaban del paraíso de la azotea, donde el viento del desierto soplaba tan gélido y cortante, mientras Catherine pasaba entre helechos y palmeras tropicales, que la muchacha casi esperó ver nieve. Encontró a Michael en el extremo de la terraza, de cara al negro desierto, que se extendía ominoso más allá de la línea de las deslumbrantes luces de la ciudad. Fue a colocarse junto a él y gozó de la caricia del frío viento a través de su corta melena.

Segundos después, sin mirarla, Michael dijo:

—¿Sabe lo que siento al saber que algo que hago yo la repugna? ¿Que el pangamot la asusta? ¿Que la asusto *yo*?...

Michael volvió la cabeza y Catherine vio angustia en sus ojos, como si estuviera viviendo despierto una pesadilla.

—Catherine, me preguntó por qué me he quedado con usted, por qué no he vuelto a la seguridad de mi parroquia. Voy a confesarle algo que jamás he dicho a nadie, ni siquiera al padre Pulaski. —Hablaba apresuradamente, como si temiera perder el valor—. Durante mucho tiempo creí que aquel suceso de la tienda fue el modo que tuvo Dios para llamarme a su servicio. Que me había puesto allí en aquel momento para que cambiase de camino y tomara el que conduce a Él. Que por aquel incidente me hice sacerdote. Pero... he empezado a tener mis dudas. No acerca de mi fe, sino acerca de mi vocación.

Aguardó, como si tratase de comprobar cuál podría ser la reacción de Catherine.

—Durante años no tuve la pesadilla —continuó—, pero luego volvió a repetirse, y ahora me veo obligado a revivir aquella noche una y otra vez. Incluso durante el día, el rostro del anciano tendero me persigue. Me he llegado a obsesionar con él, tratando de imaginar por qué.

—¿Y lo consigue?

—Creo que es mi propia conciencia, que vuelve a atormentarme después de todos estos años.

—Pero ¿por qué? Usted no sabe si pudo o no haberle salvado, Michael.

Sopló una racha de viento, helada y cruel. Catherine se apretó el cuerpo con los brazos, aunque se había puesto un chaquetón. Sin embargo, Michael, que sólo llevaba una camisa, parecía no sentir aquel viento congelante.

—¡No es eso! Catherine, el día en que recibí las órdenes, ¿sabe lo que experimenté? Nada de alegría ni de exaltación religiosa. Sentí *alivio*. Tuve la sensación de que por fin se me perdonaba el no haber actuado aquella noche. Pero ¡Dios mío! ¡Esa no es la razón por la que entré en el ministerio sagrado. Un hombre se hace sacerdote porque desea servir a Dios, ¡no porque sea un estado en el que esconder su culpabilidad! Traté de convencerme de que servir a Dios era un modo de compensar mi fallo aquella noche, pero no es así. Tomé las Órdenes Sagradas como medio para alcanzar mi propia salvación. Me convertí en sacerdote por motivos egoístas. Soy un farsante.

—Michael...

—Catherine, le dije que estaba en Israel de vacaciones. No es verdad. Estaba allí en peregrinaje personal, fui a hacer examen de conciencia, a ver si era digno de continuar en el sacerdocio. Y luego acabé en el Sinaí y me vi envuelto en el asunto de unos rollos recién descubiertos susceptibles de arrojar luz sobre el mensaje de Dios. Y por tal *motivo* permanecí con usted, para comprobar si los rollos contenían las respuestas.

—¿Qué respuestas, Michael? ¿Si debería continuar siendo sacerdote?

Michael no contestó.

—Si no es eso —gritó Catherine, y el viento se llevó su voz por el desierto—, ¿entonces qué? Dígamelo.

—No puedo. Todavía no. Tal vez nunca.

—Por favor, Michael, permítame ayudarle.

Michael la agarró por los hombros, tan inopinada y bruscamente que la asustó.

—De verdad quiere ayudarme, ¿no es cierto? Odia a los sacerdotes y sin embargo desea ayudar a uno. —Michael alzó la vista hacia el cielo, exploró las estrellas y luego bajó los ojos sobre la muchacha—. ¿Sabe que es usted toda una paradoja, Catherine? Afirma que detesta la violencia y no obstante se empeña en luchar cuando todo lo tiene en contra. Hay individuos decididos a matarla, pero usted no está dispuesta a abandonar, ¿verdad? Usted y yo somos iguales, Catherine. Luchamos contra viejos demonios, sólo que lo hacemos en palenques distintos. —Dejó caer las manos lejos de los brazos de Catherine e intentó sonreír—. En el pangamot, sería un adversario formidable.

—Luchar es fácil —dijo Catherine—. Lo parte dura es...

—¿Es qué?

—Quería mucho a mi padre, Michael. Lo adoraba.

«Niña asquerosa —dijo la hermana Inmaculada, y tiró de Catherine para que bajase de la banqueta—. Ya hemos llamado a tu padre. Quizás consiga imbuirte a golpes un poco de respeto.»

—La ruptura de mi madre con la Iglesia fue lo que le impulsó a ir de misionero por el planeta. Para todo el mundo era evidente que mi padre se vio obligado a ello para purgar el supuesto pecado de mi madre. Cuando lo mataron, yo dije cosas terribles a mi madre. La culpé de su muerte. Dios se apiade de mí, Michael, en el fondo no sentía lo que dije. Y unos meses después, mi madre falleció, ¡y nunca me acerqué a manifestarle que lo lamentaba!

Catherine estalló en lágrimas y cuando exclamó: «¡Oh, maldita sea!», Michael la rodeó con sus brazos para protegerla del bronco viento del desierto. La mantuvo abrazada mientras ella combatía las lágrimas y se esforzaba en recuperar el dominio de sí. En tanto la tenía apretada contra su cuerpo, Michael murmuró:

—Permite que nuestras oraciones lleguen a ti, Señor, mientras humildemente te pedimos misericordia, y del mismo modo que en tu amor contabas con tu servidora, Nina Alexander, entre tu pueblo de este mundo, condúcela ahora a la morada de paz y de luz y acógela entre tus santos. Concédele eterno descanso, oh, Señor, y permite que la luz perpetua se proyecte sobre ella. Que descanse en paz. Que nuestra oración vaya directamente a nuestro Señor. A Jesucristo nuestro Señor. Amén.

—Amén —musitó Catherine. Continuó un momento entre los brazos protectores de Michael, retrocedió luego unos pasos. Sintió de pronto la necesidad de que el gélido viento circulara entre ellos—. Será mejor que bajemos a la *suite* —dijo; dio media vuelta para enjugarse las lágrimas de la cara y para ocultar la sensación de incomodidad que le producía el que Michael la hubiese visto llorar. Y también para que él no viese lo encendidas que estaban sus mejillas. El deseo crecía en su interior; la horrorizó la pérdida de control. Añadió—: Mañana nos espera un día de trabajo tremendo.

—Catherine —dijo Michael—. Respecto a mañana...

Ella giró en redondo.

—¿Qué hay respecto a mañana?

—Me temo que tendremos que dejar el hotel.

—¿Qué quiere decir?

—Cuando volví del club deportivo creí que estaba dormida y pensé que lo mejor era esperar a mañana para decírselo. —Hizo una pausa—. Al concluir mis ejercicios fui a la sala de vapor, y cuando salí me encontré con que habían abierto mi taquilla. Y había desaparecido la cartera.

—¡Desaparecido! ¿Quiere decir que se la robaron?

—Informé de ello a la dirección del hotel, pero me han dicho que no me haga muchas ilusiones de recuperarla. Aparte de los veinte dólares que tiene usted, estamos en la ruina más absoluta. Lo siento.

—Tiene que bajar, señor Havers —dijo Teddy—. ¡Está ocurriendo algo de lo más *extraño*!

Cuando Miles colgaba el teléfono y se disponía a levantarse de la cama, Erica se agitó bajo las sábanas de raso color amanecer.

—¿Cariño...?

—He de ir a comprobar una cosa, querida. Vuelve a dormirte.

Mientras se enfundaba su bata granate de seda cruda cosida a mano y se anudaba el cinturón en torno a la estrecha cintura, Miles Havers observó cómo Erica se dormía de nuevo.

Al entrar en el centro de comunicaciones subterráneo, donde Teddy Yamaguchi estaba sentado a solas entre instalaciones electrónicas por valor de millones de dólares, Miles se apresuró a dirigirse al aparato de fax especial para ver si habían llegado más traducciones de El Cairo. La bandeja estaba vacía. Tampoco había recibido buenas noticias de los tres técnicos de Dianuba que había destinado a la tarea de efectuar búsquedas independientes de cuanto tuviese relación, por remota que fuera, con los rollos de Sabina.

—¿Qué ocurre? —preguntó—. ¿Ha recibido Voss más correo electrónico?

Teddy no había tenido ningún problema para introducirse en el sistema del Instituto Freers y piratear el correo de Julius Voss. Había tropezado con un programa de codificación que protegía el correo electrónico del Instituto, pero se trataba del *KeepOut* (Prohibida la entrada), un *logical* de seguridad creado por Tecnologías Dianuba. Teddy logró franquearlo, pero no pudo impedir que las computadoras del otro extremo enviaran su aviso a los usuarios de Freers, indicándoles que alguien había irrumpido en su sistema y estaba examinando los archivos y ficheros. No importaba. Con Voss, Teddy no necesitaba ser demasiado sutil. No ignoraba que, en aquel juego, ¡todo el mundo sabía que todo el mundo espiaba a todo el mundo!

El primer mensaje había aparecido la noche anterior, una nota enigmática de alguien que vivía en Inglaterra, que decía simplemente: «Catherine está viva, se encuentra bien». Teddy y Miles se quedaron un poco perplejos y se preguntaron si la doctora Alexander habría abandonado el país. Pero luego llegó otro mensaje dirigido a Voss, esa vez de alguien residente en Denver, que decía lo mismo. El tercer comunicado apareció pocos minutos después, emitido en Seattle, y era una repetición de los dos anteriores, pero añadía: «Y ella no mató a Daniel Stevenson». Llegó el cuarto: «La doctora Alexander aún tiene los rollos y su intención es donarlos a la humanidad, una vez haya terminado con ellos», y Teddy procedió inmediatamente a rastrear a los remitentes, pero en definitiva no encontró conexión alguna entre ellos y la doctora Alexander.

A continuación, un goteo de curiosos mensajes estuvo discurriendo a lo largo de todo el día. Hasta aquel mismo momento.

—No, no se trata del correo electrónico de Voss —dijo Teddy—. Es algo *realmente* extraño. Observe esto.

Teddy tenía adoptada su postura habitual de trabajo ante el ordenador: recostado en la silla, con el teclado sobre el halda, los brazos oprimidos contra los costados y los dedos martilleando como diez pequeños émbolos. Teddy no miraba nunca el teclado, sus ojos se pegaban a la pantalla, como si una red de neuronas y dendritas crease un puente invisible desde el monitor al cerebro, para descender luego desde allí hasta los dedos, dejando al margen por completo al resto del cuerpo.

Cuando Teddy dijo:

—Me dejé caer en un canal llamado felinos...

Havers comprendió que se refería a un Canal de Relevo de Internet, también conocido por «charla de tiempo real». A Teddy le gustaba relajarse patrullando por los canales de tertulia, entrando y saliendo para ver qué se cocía en el ciberespacio, mientras se tragaba cosas increíbles. Miles observó que aquella noche tocaba *Skittles, Ding Dongs regados con Snapple.*

—... Estaban hablando de Los Ángeles Lakers —explicó Teddy, cuando, de pronto... Bueno, véalo usted mismo.

Havers miró el monitor. Después de los acostumbrados MOTD, Ping y Pong y «refresco» apareció el diálogo en curso.

[catbox] Whachoo toda planificación para Año Nuevo 8-} [Mueca}

[Celsio] Mike, la diferencia es dos.

<SERVIDOR> Francie! _fjames@kendaco.telebyte.com ha entrado en este +canal

—¿Qué estamos buscando? —preguntó Havers. A juzgar por lo que veía, aquello no era más que las estupideces de costumbre; tertulias de Internet que habían sustituido a las charlas de bar, con diálogos tan insustanciales como aquellos.

—Aguarde —dijo Teddy.

[Mike] Hola, Francie!

[catbox] Bienvenido Francie. ¿De dónde eres?

[Francie] La doctora Catherine Alexander huye para salvar la piel. Es +inocente. La persiguen Villanos. Corre la voz.

<SERVIDOR> FRANCIE ha salido de este canal.

—*¡Qué!* —exclamó Havers.

—Así es como se está desarrollando la cosa. Gente que entra, dice que la doctora Alexander es inocente, y sale.

Miles arrastró una banqueta y se situó delante del monitor contiguo. Conectó con la Charla en Grupo de Internet utilizando su viejo alias de pirata, Vengador, y procedió a meterse en los canales, saltando de uno a otro como si estuviera de crucero.

<SERVIDOR> Bienvenido a #Planetas

[figgy2] ¡Hola Vengador! Toma una coca cola.

**figgy2 tiende una coca cola a Vengador*

<SERVIDOR> Perrito Lunar!phil@actcom.co.il ha entrado en este canal

[bOzO] figgy2, responde a mis preguntas.

[PerritoLunar] Alguien trata de matar a Catherine Alexander. Ella +tiene los rollos y los está protegiendo para todos nosotros.

<SERVIDOR> PerritoLunar ha salido de este canal.

—Cualquiera diría —opinó Havers— que nuestra inteligente doctora va de barra en barra. Y parece que salta a ciegas por la Tertulia de Internet. Si lográsemos encontrar el modo de adelantarnos a ella, estar en un canal antes de que conectase, coger su dirección de anfitrión...

<SERVIDOR> Cuarenta y uno plus. Tranquilo. Por mis servicios/msg +Astuto

[crema] ¡Compras de Navidad! ¡Aaaaaaaagh!

[ToTo] talla seis, creo. No, quizás ocho. Gollee, ¿estás ahí chavala?

<SERVIDOR> Maynard! _rismith@alice.brad.ac.us. ha entrado en este +canal.

[crema] Hola, Maynard. ¿Tú efe o eme?

[Gollee] ToTo: tuve que dejar el gato encerrado. ¿De qué estamos ha+blando?

*[Maynard] Di a todo el mundo que sabes que la doctora Catherine Ale+xander no asesinó a Daniel Stevenson. Es I.N.O.C.E.N.T.E. Y los po+lizontes *no* la van a atrapar.*

<SERVIDOR> Maynard ha salido de este canal.

—Aquí no hay ninguna doctora Alexander, señor Havers —declaró Teddy, que había abandonado su postura ralajada y ahora estaba sentado muy derecho ante dos pantallas, que controlaba simultáneamente—. Todas estas direcciones de anfitrión... ¡Se trata de personas distintas! —A Teddy le brillaban los ojos, como dos ópalos llameantes, mientras observaba fascinado las pantallas—. ¡Y están por todo el mapa! —exclamó, mientras entraba y salía de los canales con la misma celeridad con que lo hacían los paladines de Catherine Alexander.

—*¿Quiénes* son? —quiso saber Havers, en el instante en que entraba en #Geología a tiempo de ver:

[Carlos] Decid a los policías que dejen en paz a la doctora Alexan+der.

<SERVIDOR> Carlos ha salido de este canal.

Teddy se encogió de hombros, con rápido gesto. Parecía conectado directamente a los ordenadores. Tecleó: #Zippers, pulsó *Intro* y recibió el saludo de *Hola, Ratón*, su alias en la Charla en Grupo de Internet. Y un instante después:

SERVIDOR> Carlos!mmongo@dianuba.com ha entrado en este canal.

—¡Carlos! —ladró Teddy. Carlos acababa de salir del *último* canal.
Teddy abandonó #Zippers y entró en #Alemán.

[DamaGris] Ola, ratón. Lo siento. Wie geht's. Estoy en España. ¿dónde +estás tú?
[corBeta] Eso hace que ahora tengamos cinco países, hombre.
<SERVIDOR> Figgy2!ashame@ppp26.cac.psu.edu ha entrado en este canal
[Troy] Halo Figgy2. Halo rato
[Troy] ratón.
[figgy2] Dile a todo el mundo en Alemania que Catherine Alexander +no mató a Daniel Alexander, que no robó a nadie ningún rollo, que +quiere que la dejen en paz, y que tiene un conocimiento secreto del +Nuevo Milenio. Corre la voz.
<SERVIDOR> figgy2 ha salido de este canal.

Teddy dejó escapar un gañido.
—¡Esto es increíble! ¡Los cables echan chispas ¡La Alexander tiene a todos de su parte!
Havers no despegó los labios mientras entraba rápidamente en los canales para, a continuación, salir de ellos, todo sin pronunciar palabra. Lo mismo que Teddy, se había dado cuenta del patrón de aquel juego: una ola del océano que se hincha hasta convertirse en una montaña líquida, o sea, los internautas de otros canales captan el mensaje, lo recogen, lo sacan del canal por el que circulaba, lo introducen en otro y el mensaje va multiplicándose.

#Coches:
[DamaGris] Alguien está en apuros. Katherine Alexander. Di al personal +que eche una mano.
<SERVIDOR> DamaGris ha salido de este canal.

#MismoAmor:
<SERVIDOR> CorBeta! _ Johnson@ix-ch/2-04.ix.netcom. ha entrado en este +canal
[mimbre] Has pasado un tiempo muerto con la familia):-([Cara +larga]

[Mister T] ¡Hola corBeta! Tienes una.
[CorBeta] Catherine Alexander...

Havers se puso en pie bruscamente y hundió las manos en los bolsillos de su bata granate. A excepción del zumbido del aire que circulaba por los respiraderos del acondicionador y por el rumor continuo del agua de la cascada de la «gruta» del fondo del búnker, el único ruido que se oía en la sala era el rápido tableteo, *clac, clac*, de las manos de Teddy, que volaban sobre los dos teclados. Sus ojos reflejaban los destellos de las dos pantallas gemelas, donde la información cambiaba a la velocidad del obturador de una cámara. Miles adoraba todas aquellas salas de tertulia esparcidas por el mundo, que sólo existían en microcircuitos y en la Red Digital de Servicios Integrados. Nombres sin personas, palabras sin voz, habitaciones sin paredes.

Y dentro de nueve días, un minuto después de la medianoche de la víspera de Año Nuevo, todas aquellas charlas, canales y contertulios iban a quedar instantánea y universalmente unidos por un nuevo *logical*, el Dianuba 2000.

El poderío de aquel software.

#jazz:
[chuck] No sé. Nueva Orleans, quizás. Et vous?
<SERVIDOR> CorbBeta _Johnson@ix-ch/2-04.ix.net.com ha entrado en este +canal
[GORDO] ¡Io, Beta!
[chuck] bonjour
[CorBeta] Dile a todo el mundo que Catherine Alexander...

#Cuarenta+
[midWICH] No consigo decidirme entre Stenehenge o Perú. De todas for+mas, ¿de dónde eres tú?

<SERVIDOR> Gordo! _caraniño@aol.com.ha entrado en este canal
[DeltaCom] ¿Por qué Perú?
[Delta Com] Riverside. ¿Y tú???:)) [Sarcasmo feliz]
[DeltaCom] Bienvenido, Gordo.
[GORDO] Atiende. Ayuda a la dama que huye con los rollos...

—¿Dónde empezó esto? —preguntó Miles. Veinticuatro horas antes, Catherine Alexander era el Anticristo. Ahora se había convertido en una heroína.

Teddy movió la cabeza negativamente.

—No hay manera de averiguarlo. Pudo haber sido en cualquier

sitio, en un canal de Tertulia de Internet, en un grupo de noticias e incluso en un calabozo o en una dimensión multiusuario. ¡Y no para de aumentar! Mire, acaban de entrar en esta sala tres nombres que ya he visto en otras estancias. Todo el mundo está en continuo movimiento, entran y salen de los canales tan rápido que no puedo captarlos. ¡La Red está viva! Ni siquiera saben quién es Catherine Alexander, pero han adoptado su causa y la secundan. Hombre, ¡esa chavala es *dueña* de la charla en grupo de Internet!

Havers sabía que Catherine Alexander no estaba sólo en la IRC, la charla en grupo, la tertulia de Internet... Los grupos de noticias zumbarían ya refiriéndose a ella, en cada conversación de la Telaraña se vería su nombre; lo mismo que en el correo electrónico que atravesaba el globo de un punto a otro, desde Islandia hasta Nueva Zelanda, de Johannesburgo a Alemania, todos hablando acerca de aquella mujer a la que nadie conocía siquiera. Incluso su foto, Havers no albergaba duda alguna de ello, la estarían transmitiendo mediante octetos a lo largo y ancho del mundo.

Entregaré los rollos como regalo a la humanidad, había tenido la audacia de declarar públicamente. Y las cibermasas, pensó Miles, que nunca se dieron la gran vida, hicieron suya una causa de la que no sabían absolutamente nada. ¡Corre, Cathy, corre!, podía ser su grito de ánimo conjunto, pese a que no reconocerían a «Cathy» ni aun en el caso de que les escupiera a la cara.

Mientras observaba a Teddy cabalgar sobre los rompientes de la Tertulia de Internet, como un maniaco deslizándose sobre las olas de un *tsunami* producto de un maremoto, Miles sonrió y asintió para sí. «Muy bien, doctora Alexander. No me deja otra opción. Es hora de que el tigre se lance al ataque dispuesto a matar.»

Aquello iba a ser divertido.

El cuarto rollo

Conocí a Satvinder en el mercado de una ciudad donde las vacas deambulan por las calles sin que las molesten porque se las considera sagradas.

Satvinder era médico, pero como era mujer, veía limitada su actividad profesional a atender sólo pacientes femeninas. Nos conocimos en el puesto de los astrólogos y cuando se me reveló que habíamos nacido bajo el mismo signo, nos hicimos amigas. El resto del tiempo que estuve en la India lo pasé con Satvinder, que me enseñó sus artes, como yo le enseñé las mías.

Satvinder era seguidora de un hombre engendrado por el Señor de Multitudes y nacido de una virgen llamada Maya. Predicaba una vida de pobreza y castidad, de bondad y humildad. Sus adeptos esperan su retorno a la Tierra y su llegada señalará el Fin de las Cosas; será el juez justo, castigará a los malvados y creará una nueva Tierra. Se llama Buda y vivió hace quinientos años.

Me preguntas por mi vida durante estos años, querida Perpetua. De la cual hay poco que decir, salvo que continúo soltera. En la comitiva de Cornelio Severo había un hombre, erudito como Severo y un caballero. Me pidió en matrimonio, pero decliné porque ya había acabado con el matrimonio y con la esperanza de tener familia. En mi corazón sólo hay sitio para una cosa: la pregunta que debo formularle al Justo.

He aprendido mucho durante mi estancia en la India, pero las revelaciones más importantes aún han de llegar. Te dije que somos eternas y que volveremos a la Fuente, donde la muerte no existe. Pero, en esta vida, somos como marinos perdidos en un océano borrascoso. Necesitamos conocer el derrotero de vuelta a la patria.

He encontrado esa ruta, Perpetua. Y su sencillez te asombrará. Porque las siguientes tres verdades forman la senda triple que se convertirá en la estrella orientadora que te guíe y te ayude en tu navegación rumbo al Hogar, de regreso a la Fuente y a la vida eterna.

Unos viajeros me han hablado de un dios que se llama Logos —el Verbo Hecho Carne—, cuyos adeptos dicen que pronunció la Palabra y el universo quedó creado. Y así, cuando Cornelio Severo anunció su marcha de la India, una vez más me uní a su partida, cuyo destino era Alejandría, la patria de Logos, que espero sea, por fin, el Justo.

DÉCIMO DÍA

Jueves, 23 de diciembre de 1999

Catherine empezaba a preocuparse. Había buscado a Michael por todo el Atlántida, pero no lo encontró en ningún lugar del hotel.

La muchacha se había despertado con el alba, para descubrir que Michael ya no estaba y que con él se fueron los últimos veinte dólares que quedaban en el bolso. Supuso que habría bajado al casino con ánimo de ganar algo de dinero —para recuperar el que le robaron de su taquilla la noche anterior—, de forma que Catherine decidió salir en su búsqueda.

Aunque llevaba unas enormes gafas de sol y la policía aún ignoraba que se había cortado y teñido de rubio el pelo, Catherine aún no las tenía todas consigo. «Esos fanáticos pueden secuestrarla, o algo peor», había dicho Michael. Pero eso fue la otra noche, cuando el mundo en pleno parecía estar en contra de ella. Ahora, todo indicaba que la opinión pública había dado un giro de ciento ochenta grados. Al pasar por delante del puesto de periódicos del vestíbulo, vio el titular de un rotativo: ¡DEJADME EN PAZ! La noticia iba ilustrada con una foto de ella. Comprendió que el reportaje trataría del revuelo armado en Internet, cuyos canales eran un hervidero de comentarios acerca de Catherine Alexander.

Su apelación al ciberespacio había producido resultados increíbles. Aquella misma mañana había oído al detective Shapiro, de Santa Bárbara, expresarse así por la radio: «No la hemos acusado de nada. Sólo queremos interrogarla. Varios testigos afirman que la perseguían hombres que empuñaban armas de fuego, por lo que dudamos de que ella matase a Daniel Stevenson».

Hasta el cardenal Lefevre, en el Vaticano, parecía haber alterado su postura:

—Ignoro por qué todo el mundo persigue a esa pobre mujer. Ningún gobierno la ha acusado formalmente de nada, ni la Organización de Antigüedades Egipcias precisa con exactitud qué se supone que les ha sustraído. Creo que deberíamos dejarla en paz y rezar para que supere sana y salva esta prueba.

A pesar de todo, Catherine no iba a bajar la guardia. Mientras daba un repaso al puesto de periódicos y se preguntaba adónde podría haber ido Michael, no quitaba ojo a la gente; pero la atención de todos, al parecer, se centraba en las atracciones del vestíbulo del hotel, un gigantesco zaguán de las proporciones de un campo de fútbol.

En el momento en que se disponía a dar media vuelta, su mirada tropezó con un expositor de cintas de casete, en particular con una de ellas, *Chant3*, piezas de canto gregoriano grabadas en un monasterio de España. Impulsivamente, compró la cinta, dijo que cargaran su importe a la cuenta de la habitación, y la guardó en la bolsa azul de gimnasia. Cuando se alejaba del quiosco avistó a Michael; se dirigía a uno de los ascensores en forma de nave espacial. No llevaba sotana ni alzacuello, por lo que parecía un turista más.

Catherine corrió a través del vestíbulo y, sin aliento ya, alcanzó al sacerdote al pie de la estatua de tres pisos que representaba a la diosa Atenea y que en realidad era un soportal de vídeo.

Michael levantó el estuche del ordenador.

—Necesitábamos baterías nuevas, —dijo. Catherine observó que también llevaba consigo la bolsa negra y los bastones de pangamot. Michael lanzó una mirada en torno y dijo—: Buenas noticias. Después de todo, no tendremos que marcharnos. He conseguido algo de dinero, el suficiente como para aguantar cierto tiempo. —Al dirigirle ella una mirada interrogadora, Michael añadió—: No se preocupe, no recurrí a los veinte dólares. Estuve en el mismo umbral del casino y a punto de entrar. Pero no entré.

—¿Cómo, pues...?

—Se lo explicaré luego —dijo Michael—. Ahora es mejor que volvamos a la habitación, antes de que alguien repare en usted.

Puso una mano sobre el brazo de Catherine, que notó una sacudida a lo largo de su cuerpo y le hizo recordar el abrazo de la noche anterior en la azotea. Después de aquello, había pasado una noche inquieta, rebosantes sus sueños de turbadoras imágenes de Michael, desnudo el torso bajo la claridad de la luna, combatiendo a un adversario invisible con los palos de pangamot.

También había soñado que él la besaba.

—Se me ha ocurrido un nuevo emplazamiento en el que conectar...

De súbito, dos hombres les cortaron el paso. Uno de ellos mostró una tarjeta de identificación gubernamental, mientras decía:

—¿Tiene la bondad de acompañarnos, doctora Alexander?

—Perdón —intervino Michael—. Nos está bloqueando el paso.

—Se trata de un asunto oficial...

—¿Sí? ¿Y quién se supone *usted* que es? —silabeó Michael, impaciente—. ¿El pobre hombre de Jack Lord?

—Limítese a acompañarnos, por favor, doctora Alexander —insistió el agente del gobierno, haciendo caso omiso de Michael.

—Le sugiero que deje en paz a la señora.

—No se meta en esto, señor.

El funcionario cogió a Catherine por un brazo y Michael entró en acción antes de que nadie previese lo que iba a ocurrir. El puño derecho salió disparado hacia arriba, el otro dobló y el agente del gobierno perdió pie, al tiempo que una expresión de sorpresa decoraba su rostro.

—¡Corra, Catherine! —voceó Michael—. *¡Deprisa!*

En dos saltos, Catherine se mezcló con la gente, empezó a abrirse paso apartando al personal y, cuando volvió la cabeza, vio que Michael agarraba al segundo agente por el pelo y lo sacudía como si fuese una muñeca de trapo. Se aprestaba a volver sobre sus pasos cuando divisó al primer funcionario, que se ponía en pie trabajosamente, se limpiaba la sangre de la nariz y se disponía a perseguirla. Su compañero, que se había repuesto con rapidez, ya atacaba a Michael entre una secuencia rápida y borrosa de movimientos de kárate.

Catherine zigzagueó a ciegas entre la multitud, esquivó a varios grupos de personas y en un tris estuvo de tropezar con una carretilla de equipajes que rodaba por el vestíbulo. Al pasar a toda velocidad por las rampas de lanzamiento de ascensores, donde un espejo que parecía una torre reflejaba el colosal vestíbulo, observó que el agente del gobierno corría entre el personal, en su busca.

Catherine vio por delante la atracción subterránea del Laberinto del Minotauro, con una cuerda tendida a través de la cavernosa entrada y un letrero que advertía: ¡ATENCIÓN! CERRADO AL PÚBLICO. PROHIBIDA LA ENTRADA.

Catherine franqueó la cuerda de un salto y se precipitó a las tinieblas interiores. Una mirada a su espalda le permitió ver que su perseguidor corría en la misma dirección que ella. De Michael, ni rastro.

El laberinto era una reproducción del de Creta, donde viviera el Minotauro, monstruo medio hombre y medio toro que se alimentaba de las víctimas que se perdían en los túneles del laberinto, negros como la pez. El trayecto se hacía en embarcaciones, que se deslizaban por oscuros canales.

Catherine avanzó presurosa por una estrecha acera que bordeaba el canal principal; sus hombros rozaban la aspereza de unos muros que parecían desbastados toscamente en roca viva. La atmósfera estaba saturada de humedad.

Hizo un alto para mirar hacia atrás y escuchar. La luz de la entrada no parecía aventurarse mucho en el interior; Catherine estaba envuelta en tinieblas. Tanteó dentro de la bolsa, en busca del bolígrafo-linterna, dio con él, lo encendió y la línea de luz, delgada como un lápiz, se proyectó sobre el estrecho andén que orillaba las lóbregas aguas. Quince centímetros de anchura.

Pensando que podría encontrar una salida de urgencia o puertas que condujeran a las salas de mandos y equipamientos, se aventuró hacia delante, adentrándose en el abismo.

No tenía idea de los «números» de aquella atracción, pero imaginó que su objetivo sería provocar escalofríos y sensación de peligro. ¿Miedo al Minotauro?, se preguntó. Habría grabaciones de respiración entrecortada, gemidos bestiales, acaso sombras en las paredes, imágenes del monstruo acercándose, embistiendo...

Tropezó con algo que resonó con estrépito. Se le escapó un grito. Al dirigir el tenue rayo de luz por la pared, se encontró frente a un esqueleto humano, colgado de unos grilletes de hierro.

Avanzó poco a poco, pasó junto a candelabros fijados en los muros, los cuales sostenían antorchas que era de suponer proporcionarían una claridad a tono con aquella atmósfera siniestra, pero que en aquel momento estaban apagadas. Dobló esquinas y trató de adivinar la dirección que seguía, pero siempre acababa en callejones sin salida, en puertas que parecían de verdad pero que no pasaban de ser efectos ópticos o en corredores aparentemente interminables pero por los que ella no dudaba en aventurarse. Era un dédalo demencial, como algo tomado de una película de dibujos de Correcaminos, sólo que no resultaba divertido.

Se esforzó en no dejarse dominar por el pánico. Sólo se trataba de un recreo de feria, se dijo, dispuesto en el subsuelo del vestíbulo de un hotel. Pero no podía oír el menor sonido y la única luz de que disponía era el débil rayito de su bolígrafo-linterna, que notó empezaba a debilitarse. ¿Sería posible que se perdiera en aquel laberinto? ¿Y si aquella atracción permanecía cerrada al público durante días, o semanas, sin que ningún empleado apareciese por allí? ¿Y si habían construido el laberinto con tal realismo que verdaderamente había un minotauro dispuesto a atrapar víctimas desvalidas?

Hizo un alto y aguzó el oído. Pero lo único que pudo oír fue su propia respiración entrecortada y los latidos de su corazón.

Llegó a un cruce con columnas pintadas de rojo y enmarcados frescos de airosas saltadoras taurinas y diosas-serpiente de pechos desnudos. Había visto una intersección semejante hacía poco, ¿o era la misma?

¿Estoy caminando en círculo?

Trató de recordar hacia qué lado torció la última vez. Había sido a la derecha; en esta ocasión dobló hacia la izquierda y avanzó tanteando la pared, con cuidado para no caer en el canal. Los delicados rollos de papiro que llevaba en la bolsa de gimnasia... no haría falta mucha agua para que se estropeasen hasta el punto de que la escritura resultase irreconocible.

Volvió a detenerse y escuchó de nuevo. Esa vez le pareció oír algo. Continuó adelante y llegó a una intersección en la que parecía haber una fuente de luz. Apagó la linterna y comprobó que podía distinguir algo.

Avanzó en dirección a la fuente de luz y mientras se preguntaba adónde conduciría llegó a una salida en forma de cueva. Comprendió, desalentada, que había vuelto al punto por donde entró. El agente del gobierno se encontraba a unos pocos centímetros, de espaldas a ella, dedicado a examinar atentamente el gentío del vestíbulo.

Catherine se retiró, extremando las precauciones para no llamar la atención de los que pasaban, cualquiera de los cuales podría detenerse para mirarla, lo que impulsaría al agente a volver la cabeza para comprobar qué era lo que había despertado el interés del papanatas. Al retroceder, Catherine vio un letrero que antes le pasó inadvertido: ¡AVISO! ESTE ES UN AUTÉNTICO LABERINTO. PROHIBIDA LA ENTRADA A PIE O CUANDO LA ATRACCIÓN NO FUNCIONE.

A Catherine se le secó la boca. Seguramente el cartel estaría allí para dar más emoción al viaje. Si el laberinto fuese realmente peligroso, habrían puesto una cerca que impidiera el paso, ¿no es cierto?

Miró por encima del hombro al negro vacío del interior. La pila del bolígrafo-linterna no iba a durar mucho más; desde luego, aún le serviría menos si ella seguía perdiendo el tiempo dando vueltas en círculo.

Miró de nuevo al agente. No daba la impresión de que fuera a moverse de allí.

¿Dónde estaría Michael?

Catherine se retiró a la protección de la oscuridad, pero sin quitar ojo al funcionario gubernamental. A la muchacha se le paralizó el corazón cuando el hombre se puso a examinar la entrada del laberinto. Y cuando se acercó a la cuerda, al tiempo que sus ojos entornados escudriñaban el túnel, Catherine se echó hacia atrás unos palmos más.

¡Iba a entrar!

Trató de pensar a toda velocidad, de llevar a su memoria todo lo que sabía acerca de la leyenda del Laberinto del Minotauro. Su creador lo había creado con la idea de que nadie encontrase la salida y era evidente que los diseñadores modernos de aquella atracción lo hicieron con idénticas intenciones. Pero un héroe griego, Teseo, había matado al monstruo...

Rápidamente, Catherine hundió la mano en la bolsa de gimnasia y buscó la cinta de casete que había comprado poco antes. Al rasgar el envoltorio de celofán a punto estuvo de caérsele la cinta de las manos, pero consiguió romper la funda protectora y, sin perder de vista al agente, que ya saltaba por encima de la cuerda, fue tirando de la cinta hasta sacar un buen trozo. Estiró hasta romperla y luego, a toda prisa, ató un extremo a un candelabro de la pared, se aseguró de que se aguantaba firme y se alejó por la estrecha acera, mientras desenrollaba despacio la cinta del *Canto*.

Ahora ya sabía que no iba a caminar en círculo. Se había familiarizado lo suficiente con los túneles como para no necesitar el bolígrafo-linterna, cuya pila era cuestión de ahorrar por si surgía alguna emergencia. Estaba en condiciones de avanzar con relativa rapidez y de sacarle ventaja al agente, que no disponía de luz ni conocía el laberinto. Pero Catherine no abandonó sus precauciones, fue desenrollando la cinta con cuidado para no romperla, se fijaba en los giros, a la derecha o a la izquierda, y cuando topaba con un callejón sin salida y se veía obligada a retroceder, tomaba nota mental por si debía tomar otro camino. Y una vez, cuando, tanteando la pared frente a sí, sus dedos tropezaron con la cinta, se percató de que, sin darse cuenta, había trazado un círculo en torno a una pequeña sección del laberinto.

En la oscuridad, y en su miedo, perdió todo sentido de la orientación. Descubrió que le era posible doblar recodos y tener la extraña sensación de que avanzaba en línea recta. De vez en cuando hacía un alto y escuchaba para localizar a su perseguidor. Oyó el ruido de algo que caía en el agua. Después percibió el de un resbalón o un arañazo, seguido de una brusca aspiración de aliento y un taco pronunciado en voz baja.

El agente continuaba en el laberinto, aún iba tras ella. Como el Minotauro.

Por último, Catherine distinguió una luz tenue al fondo. Y vio nuevas pinturas murales, pero no representaban ejecutantes del salto del toro, sino que eran personas vestidas de modo extraño, sobre un fondo de siluetas de altos edificios de curiosa arquitectura, mientras surcaban el aire lo que parecían naves espaciales.

Antes de lanzarse en pos de la libertad, Catherine retrocedió para adentrarse de nuevo en las tinieblas, aunque grabándose el camino en la memoria, rompió la cinta y la arrojó al agua, por si el agente la había encontrado y se valía de la misma para llegar a ella. Después, la muchacha volvió sobre sus pasos, hasta que vio de nuevo el resplandor de aquella luz.

Casi mareada de puro alivio, Catherine se aproximó a la claridad. ¡Había encontrado la salida del laberinto! Y en cuanto se viese fuera, correría con toda la rapidez que le permitiesen las piernas.

Pero al emerger, observó con horror que se encontraba en una de las islas que rodeaban el hotel, el cual también estaba en una isla. Y en seguida se dio cuenta de la isla que era.

La que se hundía periódicamente.

La dominó una súbita desesperación —el agente aparecería en cualquier momento—, miró al otro lado del agua y, más allá, a la acera rebosante de peatones. Al otro lado se alzaba el fabuloso centro turístico de Beau Rivage, rutilante bajo los resplandores del sol de la mañana. ¿Cómo podría alcanzar aquella orilla sin que se mojasen los rollos?

Mientras se esforzaba en idear algún modo de abandonar la isla sin meterse de nuevo en el laberinto, tuvo un acceso de vértigo. Y el suelo empezó a retumbar sordamente.

¡La Atlántida estaba punto de hundirse!

Volvió la cabeza para mirar hacia el interior de la boca del laberinto y, al ver que el agente ascendía desde la oscuridad, se alejó de la cueva de entrada y se apresuró ladera arriba hacia un grupo de templos de mármol blanco. Catherine había presenciado ya cuatro veces la destrucción de la Atlántida y cada vez reaparecía tan impecable como nueva. Pero no ignoraba lo que estaba a punto de suceder. El agua se engulliría la isla.

El sordo retumbar fue aumentando de volumen hasta que el suelo empezó a temblar y Catherine estuvo en un tris de perder el equilibrio. Las estatuas pequeñas se vinieron abajo; delicadas fontanas se resquebrajaron y desaparecieron. Desde tan cerca, mientras el suelo se estremecía como si se estuviese produciendo un auténtico terremoto, Catherine pudo ver los goznes, muelles y mecanismos encargados de que pilares y pórticos se «desplomaran». Los efectos sonoros resultaban ensordecedores. Cuando oyó los alaridos que brotaban torrencialmente de los ocultos altavoces, Catherine llegó a creer durante un momento que no estaba sola en la isla.

Y no lo estaba. El agente acababa de localizarla y corría hacia ella.

El templo principal se erguía sobre un montículo, en lo alto de una elegante escalera de mármol flanqueada de preciosas urnas y estatuas, de cipreses y fuentes. Durante su precipitada ascensión por la escalera, Catherine volvió la cabeza. El funcionario se le estaba acercando.

Alrededor de la isla, las aguas empezaban a agitarse. Catherine apretó contra sí la bolsa de gimnasia, tratando de proteger los rollos. Vio a los espectadores concentrarse en la cerca para presenciar el espectáculo. Gritaban y animaban, disparaban sus cámaras.

Y entonces la isla empezó a hundirse.

Entre chirridos y crujidos, empezaron a escucharse los volcánicos efectos especiales, surgieron el vapor y el humo, los géiseres de lava y los fuegos artificiales. Catherine tosió al trepar escaleras arriba a través de aquel infierno, cegada por la humareda. Sintió el calor de la lava... no tenía idea de lo que producía aquel calor, pero lo notaba.

La isla empezó a estremecerse lateralmente; se quebraba.

Catherine perdió pie y cayó sobre el mármol. El agente se encontraba ya a su espalda. Le agarró por un tobillo. Ella le lanzó una patada, no le acertó en el rostro pero sí en el hombro.

Oyó vítores por parte de la multitud. ¿La estaban viendo? ¿Por qué no interrumpía el programa la dirección del hotel?

Tal vez no les era posible hacerlo.

La isla continuaba desarbolándose y el agua ascendía con rapidez. La media parte inferior de la «Atlántida», donde estaba la salida del laberinto, se encontraba ya completamente sumergida. Sólo el templo, en la cima del montículo, seguía a la vista.

Catherine gateó, empapados los zapatos y los pantalones vaqueros, manteniendo la bolsa de gimnasia todo lo alto que podía para evitar que la salpicara el agua. Una estatua se desplomó y rodó hacia el agente. El hombre puso cara de sorpresa y saltó para esquivarla.

Catherine oyó un chasquido impresionante. Alzó la vista y vio horrorizada que la gigantesca estatua de la diosa empezaba a tambalearse. La muchacha trató de recordar hacia qué lado caía. Cada vez era el mismo, *¿pero cuál?*

La estatua giró locamente en su pedestal, creando la impresión de que una tonelada de mármol iba a derrumbarse de un momento a otro. Pero Catherine echó una ojeada al mecanismo montado debajo y al núcleo hueco de la estatua.

La muchacha volvió a caerse; la bolsa de gimnasia se le escapó de las manos. El agente alargó el brazo y sus dedos se cerraron en torno al tobillo de Catherine. Ella trató de zafarse. Las aguas lamían el borde de la escalera y casi tocaban la bolsa de gimnasia. La muchedumbre de la otra orilla rugía de entusiasmo. Y la estatua se inclinaba ya hacia aquel lado, como si se preparase a ejecutar su espectacular desplome.

Catherine cogió la bolsa de gimnasia, la volteó en el aire, levantándola al máximo, y la descargó contra la cabeza de su perseguidor.

El hombre no le soltó el pie.

Las aguas se agitaban y ascendían. Catherine continuó subiendo hacia el altar, con el funcionario aferrado a su pie, subiendo también con ella.

La estatua se bamboleaba amenazadoramente. Ahora, en la dirección del hotel, Catherine vio lanchas que surcaban las aguas en su dirección: el servicio de seguridad del hotel. —No podía dejarse coger.

Propinó otra patada al agente. Y luego levantó la mirada hacia la estatua. El hombre hizo lo mismo y durante unos segundos aflojó la presa. Lo cual permitió a Catherine liberarse y trepar rumbo al refugio del templo, lo único que quedaba por encima del nivel del turbulento oleaje del lago.

Volvió la cabeza y observó que el agente aún seguía avanzando. Catherine corrió hacia el borde del santuario, donde no quedaban más que cuatro pilares y la tambaleante estatua.

Al mirar al otro lado de las aguas, vio que Michael franqueaba la cerca y corría por el césped hacia el borde del mar. Agitaba los brazos, indicándole por señas que saltara. Pero el trecho era excesivo y, además, ella no podía zambullirse con los rollos.

La estatua. ¡Lo recordaba! Caía *a distancia* de la isla, en el lago. Y permanecía a flote un momento, antes de hundirse.

Iba a tener que actuar con rapidez.

El agente saltó hacia Catherine y sus dedos se curvaron en torno al asa de la bolsa de gimnasia. Al encontrarse sus miradas, en los ojos del hombre había un fulgor de triunfo.

La estatua inició entonces su caída. Catherine chilló y el sobresalto que produjo su grito en el agente le proporcionó el instante que necesitaba para pillarle desprevenido. Le propinó un puntapié rápido y violento, que dejó al funcionario sin resuello. Automáticamente, Catherine giró en redondo y saltó de la plataforma de mármol, permaneció suspendida en el aire unos segundos, como inmovilizada en el vacío, y luego aterrizó en el pedestal de la estatua, justo a tiempo de mantener seca la bolsa de gimnasia.

La diosa permanecía tendida sobre el agua, aunque hundiéndose con rapidez. Catherine corrió a lo largo de aquel cuerpo colosal, patinando y resbalando al rodar la estatua sobre sí misma. Llegó a la cabeza de la diosa en el momento en que el agente se las arreglaba para saltar también del santuario una fracción de segundo antes de que las aguas se lo tragasen; se agarró al pedestal, trepó a él y reanudó la persecución de Catherine.

La muchacha se encontraba a escasos metros de la orilla, pero la corona de la diosa ya se sumergía, el agua le llegaba a Catherine a las rodillas y seguía hundiéndose.

—¡Catherine! —gritó Michael, extendidos los brazos hacia ella—. ¡Écheme la bolsa! ¡Rápido!

Ella la volteó en el aire y, con el corazón en vilo, la vio trazar un arco contra el cielo e ir a caer, con su inapreciable contenido..., en las manos de Michael.

La muchedumbre rugió.

—¡Vamos! —apremió Michael, que tras echarse la bolsa al hombro, tendía los brazos a Catherine—. ¡Salte!

Ella volvió la cabeza: el agente se afanaba avanzando penosamente a lo largo de la estatua sumergida. El agua les llegaba ya a la cintura. Y las lanchas del servicio de seguridad del hotel ya estaban allí mismo, agitando aún más las aguas y provocando el que los giros de la hundida estatua resultasen más turbulentos.

—¡Quédese donde está! —llegó una voz a través del megáfono—. ¡Ahora mismo la rescatamos!

El lago era una vorágine de olas gigantes. Catherine dirigió a Michael una mirada de impotencia. No podía saltar.

Y, de pronto, un imponente mugido llenó el aire y la estatua vibró bajo los pies de Catherine. Estiró los brazos para conservar el equilibrio... y la estatua empezó a elevarse.

¡Había dejado de hundirse y el movimiento se invertía!

Los gritos de los espectadores de la orilla se convirtieron en salvaje aclamación. Pero Catherine vio policías que avanzaban abriéndose paso hacia Michael.

—¡Rápido! —apremió, extendidos los brazos—. ¡Salte!

La estatua continuaba subiendo y subiendo. El funcionario gubernamental alargó la mano y sus dedos rozaron la blusa de Catherine. Un guarda de seguridad le arrojó una cuerda.

Y Catherine saltó, impulsándose desde la corona de la diosa, que ya afloraba a la superficie, y cayó directamente en los brazos de Michael.

Oyó el clamor que brotó de las gargantas de la multitud, vitoreando, mientras ella se aferraba al sacerdote y éste la sostenía con fuerza.

—¡Larguémonos de aquí! —dijo Michael.

Corrieron a través del gentío, esquivaron a los policías y consiguieron llegar a la entrada del hotel, donde encontraron un taxi, saltaron a su interior y huyeron entre chirridos de neumáticos que arrancaban bruscamente.

Julius no podía dar crédito a sus ojos. Lo había encontrado. A decir verdad, había tropezado con ello mientras buscaba otra cosa. Allí, en aquella página, lo que todo el mundo estaba tratando de localizar.

El final de la historia. El destino de Sabina Fabiana.

El rabino Goldman le había prestado aquel viejo volumen: un tomo enorme, publicado cien años atrás y que en aquella época debía de ser el catálogo más completo de antiguos documentos, rollos, códices manuscritos y cartas conservadas en colecciones particulares, algunos de los cuales Julius sabía que serían demasiado reducidos o esotéricos para que se justificase su inclusión en la World Wide Web. Y mientras los revisaba, con la esperanza de dar con alguna relación de papiros antiguos, Julius tropezó con un curioso manuscrito medieval escrito en latín y rotulado: *Thomas de Monmouth, atribuido. S. XII.* Y allí, como brotando de la página, el nombre: Sabina Fabianus.

Tenía la absoluta certeza de que Catherine ignoraba la existencia de aquel pergamino; no había forma de localizarlo a través de Internet y Julius dudaba de que ella se arriesgara a exponerse efectuando una búsqueda por las bibliotecas.

Contempló el documento con respeto reverencial. Su latín era vacilante, pero lo conocía lo suficiente como para saber que aquel era el instrumento mediante el cual por fin iba a serle posible ayudar a Catherine.

Pero en vez de sentir alivio, una inesperada inquietud se apoderó de él al preguntarse súbitamente si debía o no hablar a Catherine del pergamino. Comprendió que era un conflicto entre su conciencia y su cariño hacia la muchacha. Siempre se había atenido a un estricto código ético y no deseaba traicionar ese código. Pero tampoco deseaba traicionar a Catherine.

Sonó el teléfono y la voz de la persona que llamaba dijo a través del contestador automático:

—Doctor Voss, aquí Camilla Williams, del programa Noticias del Testigo Ocular. Desearíamos saber si podemos contar con usted en nuestro espacio de entrevistas en directo...

Julius fue a la cocina y oprimió el botón de «alto», silenciando el aparato. Consideró brevemente la conveniencia de desconectar el teléfono, pero siempre existía una probabilidad, por débil que fuese, de que Catherine le llamase.

Se disponía a regresar al salón para continuar con el preocupante documento, cuando sus ojos captaron el reflejo de su rostro en la resplandeciente puerta del horno microondas. Había supuesto que últimamente su aspecto sería el de un hombre cansado, pero lo que no se esperaba era tener aquellas ojeras y aquellas mejillas tensas y hundidas. ¿Era cuestión de extrañarse? Apenas había dormido y comido durante las últimas veinticuatro horas, que había pasado trasladándose como un loco de un ordenador a otro —desde el del rabino Goldman hasta los de la Biblioteca de Los Ángeles y los del departamento de arqueología de la Universidad de California de Los Ángeles, para volver de nuevo al del rabino Goldman— torturándose el cerebro para encontrar el modo de ayudar a Catherine. Había fracasado por completo en sus esfuerzos por localizar a la Fabiano en cualquier punto de Internet o de la World Wide Web, y tampoco había encontrado nada relacionado con Sabina y los rollos.

Cuando, finalmente, contó todo el asunto al rabino Goldman, el paciente y veterano erudito puso en las manos de Julius un libro polvoriento, de frágiles páginas, y dijo con una sonrisa:

—Puede que no sea tan rápido como una computadora, pero sus mecanismos no se estropean nunca.

Julius se dirigió a las puertas correderas que daban a una terraza solana y salió para recibir la caricia tonificante del aire del océano.

El sol no caía ahora sobre la terraza, confortablemente dispuesta con muebles de madera de secoya, macetas de geranios rojos y rosas y una estrella de mar que Catherine y él encontraron una noche en un charco dejado por la marea.

Era la segunda vez que hacían el amor, en la playa, bajo las estrellas... poco antes de que les sobresaltara una invasión por sorpresa de cazadores de peces gruñones, que llegaron con sacos y linternas. El recuerdo le provocó una sonrisa. Y luego le entraron ganas de llorar. Catherine...

Al final había tenido que contar a las autoridades todo lo que sabía. Sí, la doctora Alexander está en posesión de unos papiros. No, no sé con exactitud cómo los introdujo en Estados Unidos. No, ignoraba dónde los encontró. Les dijo medias verdades, trató de no mentir pero al mismo tiempo intentó no comprometer a Catherine. Tuvo la sensación de que aquello le estaba destrozando. Se preguntaba: ¿dónde acaba la conciencia de un hombre y empieza el amor por una mujer? ¿Tiene que excluir una al otro? En aquel caso, pensó, sombrío, sí.

Forzó la vista para mirar a la lejanía del horizonte, a través de la superficie nacarina del Pacífico, hacia la línea donde las nubes bajas y resplandores astillados del sol besaban el agua. Más allá del horizonte, al otro lado de la curva que formaba la tierra, estaban Hawai y el Hotel Kalekulani, donde Catherine y él se acostaron juntos por primera vez. Si hubiese algún sistema para conseguir que el reloj retrocediese, para que los días invirtieran su paso y las estaciones volvieran hacia atrás, de retornar a una edad más inocente, para empezar de nuevo, sabiendo lo que le esperaba a uno y disponiendo de tiempo y ocasión para eludirlo.

Cuando oyó sonar otra vez el teléfono dentro de la casa, aguzó el oído, con la esperanza de que pudiera ser Catherine. Pero a través del contestador automático llegó una voz masculina, la de otro reportero de prensa amarilla, que ofrecía a Julius pagarle a buen precio su historia.

Incluso, aunque no dejaba de alimentar la ilusión de que Catherine fuera a llamar, se daba perfecta cuenta de que ella no podía hacerlo. Cuando empezaron a llegar todos aquellos mensajes de correo electrónico, enviados por personas desconocidas de todo el mundo que le aseguraban que Catherine se encontraba bien, en el ordenador de Julius apareció el aviso de que el programa de codificación de su sistema había sido violado y que alguien leía su correo electrónico. Catherine tenía razón.

Furioso consigo mismo a causa de su impotencia, Julius volvió a entrar en la casa, se quitó la sudadera que había llevado durante todo un día y una noche y se metió bajo la ducha más caliente que su cuerpo podía soportar. Si le hablaba a Catherine del documento de Thomas de Monmouth, la estaría ayudando en algo que él consideraba nefasto. Pero si *no se lo decía*, entonces la búsqueda de Catherine se prolongaría durante semanas, meses, incluso, y ella correría cada vez más peligro.

Mientras se vestía pensó en la conversación telefónica que había mantenido aquella mañana con su madre... La había llamado, alteradísimo, después de oír lo que dijeron en las noticias acerca de Catherine.

Su madre le había dicho:

—Llevas una carga muy pesada, Julius. No la soportes tú solo. Ponte en manos de Dios. Ruégale que te guíe.

Y de súbito Julius se encontró pensando en el reconfortante ambiente de la sinagoga, el Arca que guardaba los rollos de la Torá, la lámpara encendida para simbolizar que la luz de la Torá nunca se extinguiría y, sobre el Arca, la inscripción en hebreo: *Reconoce ante Quién estás*.

Se dijo: «Iré a la sinagoga a rezar».

Pero cuando a la voz de la madre se unió la del padre, que llegaba desde muy lejos en el tiempo para decir: «Baal Shem-Tov nos manifestó, "A Él se le puede encontrar allí donde uno le abre paso"», Julius prescindió de las llaves del coche para, en cambio, abrir un cajón especial de la mesilla de noche y sacar del mismo el *tallit* y los *tefillin*, el chal y las filacterias de oración. Aunque Julius recitaba regularmente el *shaharit*, la oración de la mañana, comprendió en aquel momento que había caído en la rutina de rezarla de forma inconsciente y repetitiva, mientras se preparaba para ir a trabajar.

Aquella mañana se tomaría el tiempo que hiciese falta para rezarla adecuada y conscientemente.

Tomó el primer *tefillin*, se colocó el *bayit* —el cubo negro que contenía pasajes de la Torá— en el brazo izquierdo, rodeó la parte superior del brazo con la tira de cuero negro y luego dio con ella siete vueltas antebrazo abajo, hacia la mano, que cruzó en diagonal, pasándola entre los dedos pulgar e índice, al tiempo que pronunciaba la bendición:

—Barukh, vetzivanu le-ha-ni-ah tefillin. («Bendito seas Tú, El que nos ha ordenado ponernos el *tefillin*.»)

Tomó el segundo *tefillin*, se colocó el *bayit* en la frente, se pasó el adorno circular de cuero negro por encima de la cabeza, con el nudo en la espalda y las dos bandas descendiendo una por el lado derecho y la otra por el izquierdo del pecho, mientras recitaba:

—Barukh, vetizvanu al mitzvat tefillin, Barukh Shem kevod malkhuto le-olam va-ed. («Bendito seas Tú, El que nos ha ordenado lo que concierne al Mitzvah de *tefillin*. Bendito sea Su glorioso Reinado por los siglos de los siglos.»)

Volvió a la mano, desenvolvió parte de la cinta, rodeó con ella primero el dedo corazón y después el anular, y empleó el resto de la cinta para envolver el pulgar y el índice, mientras recitaba:

Y te desposaré para siempre;
Sí, te uniré indisolublemente a mí en rectitud y
en justicia, en amorosa bondad y en compasión.
Y te uniré indisolublemente a mí en fidelidad;
Y conocerás al Señor.

Antes de levantar el *tallit* —el chal azul y blanco con flecos en las cuatro esquinas— echó una mirada al reloj de encima de la mesilla de noche. Aún no era mediodía; oficialmente, pues, era por la mañana. Con la prenda de seda entre las manos extendidas, ofreció una bendición:

—*Barukh attah, vetzianu le-hit'atef ba-tzitzit.* («Bendito sea, El que nos ha ordenado que nos envolvamos en el *tzitzit*, el chal de los flecos.»)

Tendido el *tallit* momentáneamente por encima de la cabeza y el cuerpo, y luego sobre los hombros, Julius tomó el *Siddur*, el libro de oraciones, se dirigió a la puerta corredera que conducía a la terraza y la abrió, para dejar paso a la brisa del océano.

Con voz clara y resonante, recitó:

—*Sh'ma Yisrael: Edonai Elohenu Adonai Ehad! Barukh Shem Kevod Malkhuto le-olam va-ed!* («¡Escucha, oh, Israel: Señor Dios Nuestro, el Señor es uno! ¡Bendito su glorioso reino por los siglos de los siglos!»)

Luego abrió el *Siddur* e inició el canto:

—*Barukh attah Adonai Elohenu Melekh ha-Olam.* («Bendito Tú, Señor Dios nuestro, Gobernador del universo.»)

Su voz pareció tintinear sobre la arena de la playa, donde las gaviotas y los andarríos se alimentaban entre las algas secas.

Empezó a balancear el cuerpo siguiendo la cadencia del cántico:

—*Hamotzi lehem min ha-aretz.* («Eres El que hace que el pan brote de la tierra.») —Su voz ganó fortaleza y notó que se le levantaba la moral. Era como si las vocales y consonantes sagradas le llenaran la boca para de inmediato brotar de sus labios—: *Osseh maaseh bereshit.* («Eres El que realiza el acto de la creación.»)

Y luego se adentró por la *Amida*, la Devoción Silenciosa, y acabó con el *Sim Shalom.* («Establece la paz.»)

Cuando finalmente levantó los ojos del libro de oraciones, vio que el sol había ganado la batalla a las nubes; el cielo azul y los rayos del sol bendecían a Malibú. Julius se sintió extrañamente reconfortado, como si hubiera comido bien y dormido profundamente. Tenía la mente clara; en su cerebro ya no había confusión ni indecisión.

Entró en la sala de estar, bajó la mirada sobre la reproducción del iluminado manuscrito incluido en el catálogo antiguo del rabino Goldman..., y Julius vio con toda claridad el camino. Supo lo que tenía que hacer.

Se dirigió a la cocina, marcó el número de Noticias del Testigo Ocular y preguntó por Camilla Williams. Y mientras esperaba a que le pusieran en contacto con la famosa presentadora, sus ojos vagaron de nuevo hacia el salón, hacia el cardinal volumen que contenía la crónica de los últimos días de Sabina Fabiano: cómo y dónde murió, y el hecho de que había fallecido antes de que se pudiera contar su historia completa.

«Dejó tras de sí seis rollos sobre alquimia y brujería —señalaba claramente el documento—. Del séptimo, que es materia de leyenda, no existe conocimiento, *porque nunca llegó a escribirse.*»

—¿Doctora Alexander? —Con más firmeza—: ¿Doctora Catherine Alexander?

La señora de edad que ocupaba el asiento de ventanilla dio un leve codazo a Catherine y dijo:

—Creo que se dirigen a usted, querida.

Catherine alzó la cabeza y vio la insignia oficial a unos centímetros de la cara.

—¿Doctora Alexander? Policía del aeropuerto.

Catherine notó que los ojos del resto de los pasajeros se clavaban en ella.

—¿Perdón? —articuló.

En cuanto el reactor rodó hasta la terminal, los auxiliares de vuelo rogaron a los pasajeros que permanecieran en sus asientos. Después abrieron la puerta y franquearon el paso a dos policías de paisano, mientras otros dos agentes de uniforme se quedaban fuera, junto a la entrada.

—¿Tiene la bondad de acompañarnos? —dijo el hombre de la insignia.

—Se equivoca usted. No me llamo Alexander.

—¿Me enseña, entonces, algún documento que la identifique, por favor?

Ella se encogió de hombros con aire de impotencia.

—Me robaron el coche en Las Vegas. Mi bolso y mi equipaje iban en él.

El policía se colocó tras ella, para dejar libre el pasillo, mientras su compañero retrocedía unos pasos.

—¿Tiene usted la bondad de acompañarnos?

—Pero es que han abordado ustedes a la persona equivocada.

—En ese caso, estoy seguro de que aclararemos esto en unos minutos.

El Aeropuerto Internacional de Los Ángeles era un manicomio, cuajado de excéntricos viajeros en vacaciones que la intensificación de las medidas de seguridad hacían más excéntricos aún. Los cuatro funcionarios policíacos del aeropuerto acompañaron a Catherine a través de la abarrotada terminal, uno a cada lado de la muchacha y los dos de uniforme inmediatamente detrás. La condujeron escaleras arriba a una planta de despachos particulares donde los teléfonos no dejaban de sonar y los ajetreados agentes de las compañías aéreas trataban de hacer frente a los vuelos con retraso, el sistema informático sobrecargado y una nueva alarma terrorista.

—¿En dónde van ustedes a hablar conmigo? —preguntó Catherine, al observar que los policías daban la impresión de estar buscando un despacho libre—. Quiero decir que este no es el procedimiento normal, ¿verdad?

En vista de que no contestaban, Catherine añadió:

—Conozco este aeropuerto. El edificio de la administración está por allí, donde la torre.

Los dos que la escoltaban intercambiaron una mirada. Por último, el que iba a su izquierda explicó:

—Tenemos en este momento un pequeño problema de exceso de pasajeros.

Era el que le enseñó la insignia en el avión. Hasta entonces, su compañero permanecía mudo.

—¿Estoy arrestada?

—No, señora, sólo queremos formularle unas preguntas.

Por el cerebro de Catherine cruzó fugazmente la sospecha de que tal vez no fuesen lo que afirmaban ser. Pero cuando los examinó con ojo crítico —un afronorteamericano alto y un tipo rubio, más bajo y delgado—, vio que llevaban encima la marca de «polizontes». Incluso aunque iban vestidos con traje civil en vez de llevar uniforme, su corte de pelo, la forma en que caminaban, la cara de póker que ponían los traicionaban. Además, la gente con la que se cruzaban en los pasillos parecía conocerlos.

Llegaron finalmente a un despacho con carteles de canguros, un sombrero de las Fuerzas Aéreas de Australia y Nueva Zelanda colgado de una percha y un koala disecado con un lazo de Navidad alrededor del cuello. Sólo una persona ocupaba aquella oficina y cuando el policía rubio mantuvo un breve intercambio de palabras con ella, la mujer dijo:

—¡Faltaría más! Considérense en su casa. De todas formas, iba a salir ahora a almorzar.

Cogió un jersey y un bolso, dedicó a los dos agentes un coquetón floreo del brazo y desapareció.

El policía rubio cerró la puerta, cortando el paso a los ruidos del corredor, y echó la llave, mientras su compañero invitaba:

—Tome asiento, doctora Alexander. Esto no nos llevará mucho tiempo.

Catherine dio repaso visual al despacho, reparó en el ordenador y en la circunstancia de que estaba encendido.

—Ya se lo he dicho. No soy la doctora Alexander. ¡Hagan el favor de explicarme a qué viene todo esto!

Cuando, derrochando cortesía, le explicaron que aclarar el asunto de su identificación sólo llevaría unos minutos, Catherine comprendió que trataban de ganar tiempo. Esperaban a alguien.

Se sentó, se cruzó de brazos y trató de mostrarse tranquila mientras apremiaba a las meninges, para que pensaran a toda velocidad. Sólo había dispuesto de un minuto para prepararse, una vez vio a los policías atravesar corriendo la sala de embarque hacia la puerta de llegada, lo que la hizo suponer rápidamente que iban a detenerla.

—¿Dice usted que le robaron el equipaje? —el que ahora preguntaba era el afronorteamericano.

—Así es.

—Entonces debió denunciarlo a la policía...

—Bueno, ejem, no dispuse de tiempo. Tenía que coger un avión.

—¿Ha venido a esperarla alguien? ¿Alguien que pueda responder por usted?

—Mire, conozco mis derechos. Si estoy detenida, entonces quiero contar con la presencia de un abogado. Y tengo que hacer una llamada telefónica.

—Podrá hacer esa llamada dentro de unos minutos, doctora Alexander.

—¡Deje de llamarme así!

El hombre bajó la mirada hacia las piernas de la muchacha.

—¿Dónde dejó la ropa mojada?

A Catherine le dio un vuelco el corazón. Se había cambiado en el Aeropuerto McCarran, donde arrojó los empapados pantalones a un contenedor de basura.

—No sé de qué me habla.

—Si le habían robado el bolso, ¿cómo pagó usted el billete?

—El billete ya lo tenía comprado, lo llevaba en el bolsillo. —Trató de conservar la calma. Se llevó la mano al pecho, para acariciar el jaguar de Danno.

Al darle el dinero para que adquiriese el pasaje, separando los billetes de banco de un fajo, Michael le había explicado:

—Antigüedades y Objetos Raros de Hartmann, en el vestíbulo del hotel. El letrero decía que estaba abierto las veinticuatro horas, así que me figuré que alimentaban de fondos a los jugadores desesperados que se quedaban sin blanca y deseaban empeñar artículos de valor.

Había pignorado el reloj del padre Pulaski.

De modo que ahora, cuando Catherine se llevó la mano al pecho, en busca del consuelo del amuleto de Danno, el jaguar no estaba allí. Porque en el curso de su búsqueda de Michael, Catherine también había reparado en el letrero de veinticuatro horas del establecimiento Antigüedades y Objetos Raros de Hartmann. El señor Hartmann no le dio ni de lejos lo que ella pensaba que valía aquel regalo, pero se dijo que Danno lo entendería. Siempre lo entendía...

Catherine de pie encima de la banqueta mientras la hermana imparte la clase de quinto. Lágrimas de solidaridad resbalan por las mejillas de Danno cuando Catherine empieza a notar que algo chorrea por sus piernas abajo. Los niños empiezan por reír entre dientes y luego lo hacen a carcajadas hasta que alcanzan la histeria en tanto Catherine Alexander, cuya madre todos saben que se está abrasando en el infierno, se hace pis en las bragas. Luego, las risas mueren y los niños se quedan silenciosos, incómodos por ella. Y el silencio es peor que las risas, porque Catherine sabe que tienen plena conciencia de la profunda vergüenza que ella siente.

Observó a sus dos guardianes. El rubio pasea nervioso por la estancia, consulta su reloj cada dos por tres, mientras el policía alto y negro, que no para de mascar chicle, desenvuelve una nueva pastilla, la dobla y se la introduce en la boca, que ya tiene llena de goma de mascar.

Havers se encontraba en su campo de golf privado cuando se produjo la llamada. Se excusó y se retiró antes de tomar el teléfono celular, a la suficiente distancia para que los demás no pudiesen oír la conversación. Era Titus.

—Estuvieron a punto de detener a la Alexander en Las Vegas.

—¿En Las Vegas? ¿Quién?

—La CIA.

—¿Cómo se las arreglaron para seguirle la pista hasta allí?

—No lo sé. Sospecho que disponen de una fuente que nosotros no tenemos. Pero no te preocupes, no hemos perdido a la moza. La doctora Alexander tomó un avión en el Aeropuerto McCarran y aterrizó hace unos momentos en Los Ángeles. El FBI ha enviado a un agente para que se haga cargo de ella. Pero mis muchachos la cogerán antes.

—¿Y el hombre que iba con ella?

—El empleado que despacha los billetes en el McCarran dijo que la Alexander subió a bordo sola. Los policías de Los Ángeles dicen que iba sentada al lado de una señora de edad y ninguno de los pasajeros del aparato responde a la descripción del individuo. Los agentes de Las Vegas declararon que no estaban seguros de si el tipo la acompañaba o era simplemente un espectador que acudió a rescatar a la dama.

—¿A quién vas a enviar?

—A Rosenthal. Es bueno y está cerca.

Sonó el teléfono de encima de la mesa. Contestó el policía rubio. Escuchó un momento y luego dijo:

—Dale este número —y colgó—. Vale, Lionel —comunicó a su compañero—. Los federales ya tienen a alguien en camino. En cuanto llegue, lo primero que hará, antes de subir, es telefonear —indicó con un gesto el teléfono de encima del escritorio—. Se llama Rosenthal. Le entregaremos la mujer. —Se dirigió a la puerta—. He de acercarme a la United. Hay un motín o algo por el estilo en el despacho de billetes.

Una vez se hubo marchado, Catherine insistió:

—Le repito que yo no soy quien creen que soy.

—Puede usted aclarar todo eso cuando esté aquí el enviado del gobierno. La orden que nos dieron a nosotros fue la de hacernos cargo de usted en el avión y retenerla hasta que vinieran a buscarla.

Catherine lanzó una ojeada al periódico que estaba encima de la mesa y al titular, que, por una vez, no se refería a ella.

—Veamos, Lionel —dijo—, ¿qué opina del asesinato de O. J.?

La callada por respuesta.

—¿Quién cree que lo hizo?

Tampoco recibió contestación.

Trató de pensar. Lo único que necesitaba era estar un minuto sola en el despacho.

—¿Cree usted que podría saborear un vaso de agua?

El hombre se llegó a la puerta, miró hacia fuera, llamó a alguien que pasaba y, al cabo de un momento, en el despacho entraba un vaso de plástico lleno de agua.

—Gracias —dijo Catherine. Tomó un sorbo; luego se oprimió las sienes con la yema de los dedos—. Tengo un dolor de cabeza espantoso. ¿Supone que le sería posible conseguirme una aspirina en alguna parte?

—Tal vez haya alguna en el escritorio.

—No importa.

Era evidente que no estaba dispuesto a abandonar el despacho. Cuando le vio desenvolver otra pastilla de chicle y metérsela en la boca, Catherine expuso:

—¿Sabe lo que realmente me sabría a gloria en este momento? Estoy loca por un cigarrillo. Tal vez haya alguno en la mesa...

—No sé de quién es este despacho —confesó el policía en tono brusco, y se puso en pie—. No deberíamos fisgar por aquí. Hay una máquina pasillo abajo. No toque nada.

Cerró con llave la puerta tras de sí.

Catherine había visto la máquina de cigarrillos; no estaba lejos; el hombre volvería en cuestión de segundos. Se precipitó hacia la mesa escritorio, pero cuando levantó el auricular del teléfono observó que allí no figuraba ningún número.

—¡Maldita sea!

Se pellizcó el labio tratando de flagelarse la memoria. Había un sistema para averiguar el número de un teléfono... ¿cuál era?

Lo recordó de pronto. Descolgó el auricular, marcó a toda prisa 1-800-MY-ANIIS. Un instante después, la voz de una computadora articuló en el otro extremo de la línea:

—Su ANI es 213-555-4204.

Volvió a su silla en el preciso momento en que Lionel regresaba. Catherine observó que el paquete estaba abierto y que el hombre olía a humo de tabaco.

—Gracias —dijo Catherine, y tomó un cigarrillo. Pero cuando él le ofrecía lumbre, la muchacha dijo—: Tengo que ir al servicio.

—Doctora Alexander... —empezó el agente.

—Conozco mis derechos. No puede negarme el uso de un lavabo. Y, de todas formas, se han equivocado de persona. Quiero que sepa que tengo amigos importantes. Me encargaré de que lo degraden hasta dejarlo en simple mozo de cuerda...

—Vale, vale —se dio por vencido el policía—. Vacíese primero los bolsillos.

—¿Por qué?

—Mera precaución.

Catherine se volvió del revés los bolsillos de los vaqueros.

—¿Ve? Nada de limas por aquí, ninguna bomba por allá...

—Está bien, que sea cuestión de un momento. —Durante el trayecto hacia el lavabo de señoras, el policía hizo un alto y le quitó el cigarrillo—. No fuera caso que le diera a usted por montarse un incendio con la papelera.

—Ha visto demasiados telefilmes policíacos, Lionel.

Una vez dentro de los servicios, Catherine echó una rápida mirada en torno y comprobó con alivio que había un teléfono público. Introdujo la mano bajo la tela de su blusa y se sacó de dentro del sujetador el disco de tono de Danno. Lo había guardado allí segundos antes de que los policías abordasen el avión. Descolgó el auricular del teléfono público, y marcó 1-0-ATT, seguido del número del módem de Danno. Una voz grabada dijo: «Deposite un dólar, por favor». Rezando para que la modificación ilegal de Michael funcionase y el ordenador portátil estuviese encendido, Catherine oprimió el botón preprogramado del disco y colocó éste sobre el micrófono.

Oyó las cinco señales de tono por la línea, al final de las cuales la voz de la computadora anunció: «Tiene un crédito de veinticinco centavos», y empezó a sonar el timbre en el otro extremo de la línea.

Michael respondió al segundo timbrazo. Estaba esperando la llamada.

—Me retienen en el aeropuerto —informó Catherine apresuradamente, sin apartar la vista de la puerta—. Estoy en la planta superior de la terminal Bradley, en uno de los despachos de la Qantas. Un agente va a venir a recogerme. Se llama Rosenthal. La idea es que, antes de subir, llamará por teléfono al despacho donde me custodian.

Dio a Michael el número del teléfono de la oficina de Qantas y colgó.

Llegaron varios automóviles simultáneamente y se dirigieron a una zona de seguridad.

—Esperen aquí —ordenó Rosenthal. Indicó por señas a los ocupantes de los otros coches que se dispersaran de acuerdo con el plan previsto.

Dos de los funcionarios se apostaron en la entrada de seguridad para cubrir a los agentes federales cuando entrasen.

Rosenthal hizo una llamada desde la zona de equipajes.

Sonó el teléfono del despacho. Lionel descolgó.

—Aquí, Franklin. Sí, la tenemos aquí. ¿Cómo se llama usted? ¿Rosenthal? Conforme, le estamos esperando. Suba. Nos encontrará en el despacho del final del pasillo.

Miró a Catherine.

—Sea lo que sea lo que ha hecho usted —comentó—, tiene que haber sido algo gordo para que dediquen tanta gente a perseguirla.

Catherine sonrió, mientras resistía el impulso de secarse en las perneras de los vaqueros el sudor que le humedecía las palmas de las manos.

Rosenthal. *Tenía* que ser Michael.

Oyeron una aguda llamada a la puerta y, cuando Lionel abrió, Catherine puso unos ojos como platos al ver el hombre alto, de chaquetón negro, guantes de cuero también negros y sombrero de ala ancha. No parecía un agente federal.

—Mucho trabajo, ¿eh? —saludó a Lionel—. Os liberaré de ella.

—Antes he de ver los papeles...

—¡Un momento! —terció Catherine—. ¡No se deje engañar, Lionel! Este hombre no es agente del gobierno.

—Lo siento, doctora Alexander...

—¡Maldita sea, no soy la doctora Alexander y usted no puede permitir que este individuo se me lleve!

Se levantó de la silla dando un bote y corrió hacia la puerta.

Rosenthal se precipitó hacia ella y la atrapó, mientras Lionel empuñaba la pistola.

—¡Suélteme! —chilló Catherine.

—Todo va bien —tranquilizó el agente a Lionel, al tiempo que sujetaba a la espalda el brazo de Catherine—. No será preciso. Tengo ayudantes en el corredor. Esta es una dama muy peligrosa. La reclaman en treinta y dos estados.

—Llévesela fuera de aquí.

Mientras se alejaban apresuradamente pasillo adelante, Catherine susurró:

—¿De dónde ha sacado esa ropa?

—La tomé prestada. —Al pasar por delante de las puertas de las oficinas de la Lufthansa, de par en par, Michael se quitó rápidamente el chaquetón, los guantes y el sombrero y lo arrojó todo al interior—. No creo que los echen nunca de menos.

Se acercaban al ascensor cuando las puertas de éste se abrieron y dos hombres vestidos con traje oscuro se apearon de él. Al observar los auriculares que llevaban, Catherine advirtió:

—Michael...

—Ya los veo.

La cogió del brazo y la condujo hacia las escaleras mecánicas, donde se mezclaron con un grupo de asistentes de vuelo y personal de tierra que iban en mono de trabajo. Catherine y Michael se abrieron paso entre ellos, para fundirse después con el gentío del aeropuerto y desaparecer.

—¿Tiene los rollos? —preguntó Catherine cinco minutos después, cuando rodaban a toda velocidad por la Autopista Imperial, rumbo al océano.

—La señora que iba sentada junto a usted necesitó que alguien le ayudase a recoger sus cosas en medio de aquel alboroto. Mientras estaba en ello, encontré también las de usted.

—Buena idea la de adquirir pasajes por separado y no ir sentados juntos en el avión.

Catherine le miró. Había vuelto a ponerse ropa de paisano. Se cambió en los lavabos del avión, de forma que cuando los policías subieron al aparato vieron un sacerdote católico que viajaba en la sección de cola.

—Espero no haberle hecho daño —se excusó Michael.

Ella dejó oír una breve risita.

—¡Desde que nos conocimos no ha dejado de intentar retorcerme el brazo!

—¿Qué pasó ahí detrás?

Cuando Catherine hubo terminado el relato de la odisea vivida en el despacho, Michael comentó:

—Al ver que el subterfugio del agua y de la aspirina no daba resultado, ¿qué le hizo suponer que funcionaría el de los cigarrillos?

—Observé que tenía en el cuello una mancha de nicotina y, a juzgar por el modo en que se metía en la boca las pastillas de goma de mascar, comprendí que era un hombre que trataba desesperadamente de dejar de fumar. Conté con que no sería capaz de resistir la tentación, que no desaprovecharía la oportunidad de agenciarse un cigarrillo.

—Sherlock Holmes ataca de nuevo —sonrió Michael.

Catherine le devolvió la sonrisa.

—Tampoco a usted se le da tan mal. —Añadió—: Para ser un sacerdote.

Ante la sorpresa de Catherine, Michael redujo la velocidad del automóvil, salió de la autopista y aparcó en la hierba que bordeaba la playa. Paró el motor, se volvió hacia la muchacha y dijo:

—No sabe lo preocupado que me tenía. Catherine, si le hacen daño de algún modo...

—Hasta ahora no me lo han hecho —repuso ella, impresionada por el súbito tono apasionado de Michael. Luego sonrió, en un esfuerzo para aligerar la situación: sus emociones parecían evolucionar hacia la pérdida del control—. Al menos, usted no ha irrumpido con dos pistolas soltando llameante plomo.

Michael la cogió por los hombros.

—Le dije anoche que puedo dominarme, que nunca le haría daño. Pero ha de saber, Catherine, que si alguien se atreve a tocarla, por Dios que vale más que estén asegurados. Catherine...

Ella contuvo la respiración, fascinada.

—Catherine, tengo una confesión que hacer.

El cuarto rollo

Encontré al Justo en Alejandría.

Los estoicos dicen que Dios está en todo lo que uno ve, en cada movimiento que uno hace, en la totalidad de las cosas visibles e invisibles... Dios es el alma. Pero he visto al Creador. Con mis propios ojos, Perpetua, he visto la Fuente de Vida.

Los estoicos dicen también que todo está determinado de antemano, salvo en lo que concierne a nuestra voluntad. Y eso es cierto. Dios dicta cómo hemos de movernos, pero no hacia dónde. Si nos arrojan a un río de aguas revueltas, se nos concede nadar. Pero la dirección en que lo hagamos se deja a nuestro albedrío.

Nos han arrojado a un río de aguas embravecidas, querida Perpetua, querida Aemelia, y estamos nadando. ¿Pero qué dirección debemos tomar? ¿Y cómo elegirla?

Supe la respuesta en Alejandría, ciudad de científicos e inventores, de ilustración intelectual y libertad religiosa. Pero Alejandría es también ciudad de muchos dioses y de sus seguidores. Allí, por ejemplo, encontré el floreciente culto a Hércules, el de los Doce Trabajos. Como sabéis, Hércules nació de virgen y fue el único hijo que engendró su padre, y cuando murió fue a las moradas subterráneas y después ascendió a los cielos. Lo mismo que al Justo, a Hércules le conocen sus fieles como Salvador, el Buen Pastor, Príncipe de la Paz.

En Alejandría se adora a muchas diosas: la madre de Hércules, que subió al cielo gracias a su divino hijo, se ha convertido en Reina de los Cielos; y la madre de Baco, al que se llamaba Hijo de Dios, también ascendió en cuerpo al cielo, para ser coronada Reina del Universo. Pero la mayor Reina del Cielo es Isis, la Diosa Salvadora, cuyos misterios me reveló por primera vez el Triple Sendero a la vida eterna..., el instrumento del que te dije que le faculta a uno y le guía en su ruta hacia la Patria.

Pero fui antes a ver a los miembros de El Camino, cuya comunidad florecía en esa populosa ciudad costera. Me saludaron con el beso de la paz y les di una copia de la epístola de María, que aún no había llegado a aquella orilla. Pregunté a la diácono dónde podía encontrar al Justo, del que tenía noticias de que residía allí. Pero ella me contestó que el Justo mora en Alejandría en el corazón de sus fieles, no en la carne. Me preguntó por qué creía que pudiera estar allí, y le hablé de los viajeros de la India que habían aludido a un salvador llamado Logos, conocido también por el nombre de el Justo.

La diácono dijo que los viajeros se referirían al falso dios Hermes, que contaba en Alejandría con gran número de seguidores.

Me pregunté, extrañada, cómo podía ser falso un dios, y fui al templo de Hermes, situado de cara al mar, y hablé con los sacerdotes. Y cuando me dijeron que Hermes, un dios-salvador antiquísimo, era el Verbo Hecho Carne, el Redentor mediante el cual alcanzábamos la vida eterna, quise saber si podía iniciarme en sus misterios. Y me acogieron.

Como neófitos, nos enseñaron los himnos y oraciones a Nuestro Señor y Salvador, ayunamos y nos sumergimos en los baños rituales. Y después, como en el caso de Tammuz en Ur Magna, nos condujeron al Sagrario de los Sagrados para la comunión personal con el Salvador.

Esa es la razón, querida Perpetua, por la que pensé que encontraría al Justo aquí, en Egipto: porque Hermes nació de una madre virgen llamada Maia, que lo alumbró en un pesebre mientras acudían tres reyes magos a rendirle homenaje.

Ayunamos tres días durante la iniciación en el templo. No entonamos en voz alta ningún canto, como en Tammuz, sino que nos entregamos en silencio a un estudio, a una investigación profunda que nos llevó a las insondables regiones de nuestro espíritu. Y al cabo de cierto tiempo, los neófitos empezaron a experimentar fenómenos místicos. Una joven gritó: «¡Oh, Dios!», y el dios de la estancia replicó: «Ése eres tú».

Y entonces vimos... ¿Era Él? ¿O era Ella? Porque el Alma Cósmica se revelaba con distintos disfraces. Algunos iniciados veían a un hombre con una corona en la cabeza y cuyos ojos proyectaban rayos de luz dorada. Para otros, el Principio de la Creación aparecía como una mujer de vestiduras azules con estrellas bajo los pies. ¿Y qué fue lo que vi yo? Oh, día bendito: mis ojos percibieron al predicador barbado que había visto a orillas del Mar de Sal.

Perpetua, vi al Justo.

Y me concedió esta revelación: que nacemos creyentes.

Que nacemos dotados de claridad espiritual, Perpetua. No hay ira en el niño, ni celos, ni resentimiento, ni envidia, ni odio. El alma del recién nacido es pura. Pero luego sufrimos la acción de los deslustradores del alma: hambre, decepción, pérdida, dolor, miedo, injusticia. Y el brillo de nuestras almas nuevas se empaña.

Comprendí de pronto lo que Satvinder me había enseñado acerca de Buda, cuando dijo: «La perfección es inherente a toda persona. Busca la ayuda de los ilustrados para que te indiquen el camino hacia tu propia naturaleza. Cuando a uno se le instruye, uno alcanza la sabiduría perfecta».

Le había preguntado a Satvinder: «¿Qué es la sabiduría perfecta?». Y Satvinder me había respondido: «Cuando comprendes tu naturaleza original».

En aquel momento no entendí sus palabras, pero lo hice de pronto en el santuario sagrado de Hermes. Nuestra naturaleza original, Perpetua, es el alma-nacimiento.

Aún me hallaba en estado místico y le pregunté al Justo: «¿Por qué mueren jóvenes y de muerte violenta los dioses salvadores?».

Y entonces el Justo dijo: «Para que se les preste atención y se les recuerde».

Oí una voz que susurraba en mi cerebro: llegan y volverán, para recordarnos que el niño-alma continúa aún entre nosotros, y que podemos recobrarlo a base de pasar por la muerte y un nuevo nacimiento. Cuando un creyente ha recorrido su camino a través de la muerte y la resurrección, redescubre que el alma-nueva con la que ha nacido es pura y comprensiva y ve con claridad cristalina. Y eso es lo que el recién nacido ve: el Don de la Fe.

No lo entendí en aquellas fechas, porque me llevó muchos años percibir lo que el Justo susurraba en mi visión del Templo de Hermes. Lo que he llegado a comprender al cabo del tiempo es que la fe es un regalo del Creador, un don que se concede al recién nacido. Y te demostraré, Perpetua, cómo podéis recibir ese Don Aemelia y tú.

Así llegó a mí el auténtico significado de El Camino, porque no es la vía hacia delante, Perpetua, sino la vía de retorno hacia el principio. A medida que nos despojamos de las añadiduras de ira, miedo y envidia, nos vamos quitando capas de encima hasta dejar expuesta el alma-nacimiento que albergamos en nuestro interior. Recobramos la Vista con la que habíamos nacido pero que luego perdimos.

Y entonces creemos.

¿Me preguntas cómo lo logramos? Mediante la comprensión de la cuarta de las siete grandes Verdades, que yo no capté plenamente hasta que pasé por la muerte y el nuevo nacimiento a través de Isis, la Diosa Salvadora.

La cuarta Verdad, Perpetua, es el primer paso que daremos hacia atrás...

UNDÉCIMO DÍA

Viernes, 24 de diciembre de 1999

—¡La locura del milenio topa con la Internetmanía!

Miles alzó la vista de su trabajo para proyectar su atención sobre el telediario que empezaba en aquel momento.

A juzgar por la sonrisa de la presentadora, era evidente que la noticia rezumaba humor.

—La doctora Catherine Alexander, que sigue libre como un pájaro a pesar de las diversas instituciones policíacas que la buscan, ha estado hoy a punto de caer en manos del FBI. Lo malo es que, en vez de la arqueóloga fugitiva, la persona a la que capturaron los agentes resultó ser ¡un ama de casa de Seattle! El FBI emprendió su alegre cacería a primera hora de la mañana, al tener noticia de que la doctora Alexander había conectado con lo que se conoce como Tertulia o Charla en Grupo de Internet.

Entró en cámara el copresentador, que también rezumaba talante irónico.

—Para aquellos de ustedes que no se hayan integrado aún en la Era Informática, ahí tienen lo que alertó al FBI respecto al paradero de la sospechosa. Lo que contemplan ustedes en sus pantallas es lo que vieron en las suyas los agentes que vigilaban las autopistas de Internet.

<@CaAlex> Los rollos vaticinan el fin del mundo. También anuncian el +momento del regreso de Jesucristo. Y si los polizontes no me dejan +en paz LOS ABRASARÉ VIVOS

Desapareció la imagen de la pantalla del televisor, sustituida por un paisaje boscoso. Sobre tal escenografía, la voz continuó:

—Los agentes federales rastrearon el canal de la Tertulia de Internet hasta este domicilio rural de la isla de Bainbridge, donde Barbara Young, entusiasta de la informática y propietaria del mesón de la localidad, manifestó que estaba «simplemente divirtiéndose».

—Pero la gracia no divirtió lo más mínimo a los agentes del FBI

—comentó la presentadora, al tiempo que volvía a aparecer en pantalla—. Otras noticias de la actualidad...

Miles apagó el televisor y consultó su reloj. Titus se estaba retrasando: ya debía haberle informado.

Hasta entonces, Titus había sido incapaz de atrapar a Catherine Alexander; al parecer, a todo el mundo le ocurría lo mismo. El fracaso del hundimiento de la isla del Atlántida había sido noticia de primera página, naturalmente, y la policía de Los Ángeles no tuvo más remedio que dar un sinfín de explicaciones. Pero eso no le proporcionaba a Miles el menor consuelo.

Tal vez había llegado el momento de que el tigre cambiase de estrategia...

—¡En Vietnam no hay tigres, hombre!

Lo dijo el sargento primero Pérez. Pero lo hizo lo bastante lejos del coronel como para que éste no le oyera. Pérez podía ser temerario, pero no suicida.

Verano de 1968; había estado lloviendo sin parar días y días, durante los cuales los hombres permanecieron hacinados dentro de una sucia y maloliente tienda de campaña, preguntándose en qué maldito infierno helado los dejaron caer. Las raciones de campaña se les habían acabado dos jornadas atrás, de modo que ahora, cuando finalmente decidieron echar a andar en fila india a través de la jungla envuelta en vapor, el hambre que los acosaba había rebasado ya todos los límites.

El soldado raso Miles Havers, de veinte años de edad, nunca conoció hambre como aquella. En la base, donde abundaban los víveres, solía entretenerse con fantasías sexuales. Ahora que la comida era más que escasa, sus fantasías eran alimenticias. Comprendió que el hambre constituía una de las prioridades más acuciantes del género humano.

Pero había algo aún peor que el hambre. Dos ideas terribles empezaban a abrirse paso en la capacidad de comprensión de los miembros de la pequeña unidad de combate. Una: que se habían alejado tanto del grueso de su escuadrón que probablemente estaban completa, desesperanzadamente perdidos en la selva... Hacía mucho tiempo que no pasaban por una aldea o por un arrozal. ¿Seguirían aún en la República de Vietnam? Dos: un miedo todavía mayor, que estribaba en que su jefe, el coronel, se había vuelto loco.

—¡Atención, caballeros! —había arengado el coronel que iba a la cabeza de aquel desalentado y zarrapastroso grupo de cinco tensos y exhaustos avanzados, soldados en patrulla adentrada profundamente en territorio enemigo—. Charlie anda por aquí. Charlie no nos quita ojo.

No tenía ninguna necesidad de recordárselo. Sus hombres estaban tan perfectamente enterados de la presencia ubicua del vietcong que los nervios, de punta, les vibraban como si se los estuviesen desollando; incluso el sol, al caer sobre sus rostros, parecía papel de lija que les desgarraba la piel. Lo que todos temían oír era el chasquido metálico de los cartuchos entrando en la recámara de los AK-47, porque sería la señal previa de que los proyectiles empezarían a silbar por el aire, al ritmo infernal de trescientas cincuenta balas por minuto, que convertiría la selva en una picadora de carne.

Todavía más aterradora era la amenaza de las estacas pincho: cañas de bambú verde clavadas en el fondo de hoyos camuflados en los senderos de la jungla, con las mortíferas puntas aguzadas y dispuestas hacia arriba. Habían elevado la marcha por la jungla a la categoría de nuevo y letal desafío. Mientras se abría paso a través del denso follaje, el coronel manifestó en tono alegre:

—Recuerden las palabras del gran Sun Tzu, caballeros. ¡Si a uno no le matan a la primera, uno se pone hecho una furia de todos los diablos!

El coronel había cambiado. Miles se dijo que tal vez ello sucedió cuando bajaron del aparato que los aerotransportaba al comandante y al subteniente... o lo que quedaba del comandante y del subteniente. El coronel se quedó allí quieto, con la vista fija en la sangre de sus pantalones —la sangre del comandante y acaso unos cuantos trozos de carne del propio comandante—; permaneció inmóvil y sonriente. Y dijo:

—Bueno, ahora me toca a mí.

Ese era el motivo por el que Miles no podía dejar de pensar en la radio. El coronel les había dicho que el lodo se la había tragado allá atrás, cuando el aguacero los pilló desprevenidos. Pero en tal caso, ¿por qué tenía el coronel los auriculares en la mano?

No lo digas.

Porque el coronel había destruido la radio a propósito.

Pero ¿por qué, santo Dios?

Para poder lanzarse a aquella delirante caza del tigre.

—Los tigres cazan en solitario, caballeros —manifestó el coronel, al tiempo que se sacaba una húmeda colilla de puro del bolsillo de su uniforme de camuflaje verde y pardo—. Es característica de ellos recorrer hasta veinte kilómetros en busca de su cena; el tigre confía más en la vista que en el olfato y cuando localiza su presa se agazapa, oculto, y aguarda el instante oportuno para atacar.

El coronel se puso la colilla en la boca y continuó hablando, impulsando las palabras entre los apretados dientes, mientras sus hombres famélicos y agotados marchaban tras él con paso cansino.

—Su actitud durante la fase de acecho es impresionante, caba-

lleros. Medio agachado, con la cabeza alta y erguida, el tigre avanza despacio y con extraordinaria cautela, adelanta una pata a continuación de la otra, cuidadosamente, y se detiene con frecuencia. Cuando desencadena su ataque, lo realiza en unos pocos saltos. El tigre ataca por el costado o por detrás, y nunca —ténganlo presente, caballeros— salta en el aire a gran altura ni trata de cubrir con su salto mucha distancia. Cuando coge su presa, los cuartos traseros del tigre no dejan el suelo.

La unidad llegó a un arroyo y lo vadeó, ojo avizor y atento el oído para captar la posible presencia enemiga.

El coronel prosiguió con su conferencia:

—A la pieza la coge por el cuello y la sacude para hacerla perder el equilibrio. A continuación, el tigre arrastra su comida hasta un lugar a cubierto y comienza un banquete que se prolonga a lo largo de varios días. El tigre siempre empieza —sonrió el coronel— por el culo. Y sólo interrumpe su festín cuando de su pieza no quedan más que la piel y los huesos. El tigre que estamos buscando, caballeros, es un devorador de hombres. Se trata de una tigresa que, mientras protegía a sus cachorros, mató a un aldeano. Cuando se comió a aquel campesino, llegó a la conclusión de que el sabor de la carne humana le gustaba más que la de venado y jabalí que comía habitualmente. Desde entonces ha sacrificado y devorado a trece personas más. Los habitantes de la región la llaman Ladrona de Almas, porque ha robado catorce almas.

Pérez se situó detrás de Miles y susurró:

—Por si te interesa mi opinión, creo que el coronel ha perdido un tornillo.

Goldstein sacó una cajetilla de Camel y la pasó en torno, pero todos tenían demasiado miedo para encender un pitillo. En los ojos del coronel había algo inquietante. Brillaba en el centro de cada una de sus pupilas una tenebrosa chispa que despedía pavor y cuando volvió la cabeza y miró con aquellos ojos a sus hombres, Miles tuvo la sensación de que se le llenaban de hielo las entrañas. De pronto, el coronel resultó más aterrador que Charlie y que el ejército norvietnamita en pleno.

Mientras tanto, Miles no podía quitarse de la cabeza la cuestión de las brújulas.

Era extraño, todo un misterio, cómo se las habían arreglado todos, él y los demás, para perder la brújula. Sólo el coronel tenía brújula. La consultaba de vez en cuando, pero sin compartirla con los demás.

¿Adónde infiernos los llevaba?

—Mantengan bien abiertos los ojos y las orejas, caballeros —dijo el coronel—. Según las noticias, una patrulla del vietcong ronda por esta zona.

—¿Patrulla? ¡Una mierda! —comentó Jackson, el único soldado negro de la unidad—. Lo que yo oí fue que era una brigada, hombre. Una brigada del Ejército de Vietnam del Norte, armada hasta los dientes, con artillería y vehículos acorazados soviéticos. Quiero decir, pues, ¿qué infiernos estamos haciendo nosotros aquí?

—Cazando al tigre, hijo —el coronel subrayó la supuesta chanza con una sonrisa.

—El coronel está como un rebaño de cabras —articuló Pérez en tono quedo—. De frenopático, vamos. ¡Ah, Jesús, qué hambre tengo!

Por enésima vez, Miles comprobó el cargador de su Colt 45 automático y lo volvió a guardar en la funda. Su otra arma, la que llevaba colgada del hombro izquierdo, parecía aumentar de peso medio kilo con cada paso que daba. Era un fusil Ithaca, modelo 37, de carga automática, y como al disparar desplegaba ampliamente los proyectiles, en horizontal, sembraba muerte con rapidez y eficiencia. Aquello asustaba a Miles Havers hasta el punto de ponérselos por corbata.

«Charlie anda por las proximidades. Charlie no nos quita ojo.»

—Eh, sargento —susurró el cabo Smart, un muchacho de dieciocho años pero que podía pasar muy bien por tener sólo doce—. ¿Y si nos damos de manos a boca con un tigre?

También en esa ocasión oyó el coronel las palabras, pese a ir unos cuantos metros por delante.

—No te quepa la menor duda de que hay una tigresa al acecho, hijo. Me hablaron de su existencia allá atrás, en la Ponderosa —se refería a la quinta francesa, transformada en cantina militar del cuartel general de Saigón—. Un ejemplar gigantesco, según dijeron. Devoradora de hombres, seguro.

—Señor, no creerá usted...

—Panthera tigris —voceó el coronel alborozadamente—. La mayor de la familia felina. Vive donde le apetece. Lo mismo te la encuentras sobre la nieve que entre el bambú, en el bosque pluvial que en el desierto. —Soltó una risita entre dientes—. Los tigres son los amos del mundo.

—¿Me permite preguntarle, señor —dijo Pérez—, por qué vamos detrás de este tigre?

El coronel se detuvo en seco, dio media vuelta y clavó una mirada francamente atónita en la calamitosa unidad de combate.

—A mí me parece, sargento de primera Pérez —dijo—, que eso es algo más bien evidente.

Volvió a mirar al frente y reanudó la marcha.

—Ahora —murmuró el cabo Smart, mientras le castañeteaban los dientes—. Sí. Que. Estoy. Asustado. De verdad.

Miles también estaba asustado, por primera vez desde que aterrizaron en aquella absurda pesadilla. Nunca tuvo opiniones acer-

ca de la guerra, ni en un sentido ni en otro; cuando se preguntó si no debería prender fuego a la cartilla militar y salir huyendo al Canadá, estaba haciendo ejercicios gimnásticos en Ford Ord. Pero ahora sólo ambicionaba una cosa: salir vivo, regresar a casa y volver junto a Erica.

—¿Señor? —preguntó Pérez—. ¿Tengo permiso para desplegar a los hombres en busca de alimentos?

—No es necesario, hijo. Antes de que caiga la noche os habréis dado un festín.

Los hombres se miraron unos a otros con los ojos como platos hundidos en sus chupados y sucios rostros. ¿Un festín de qué?, quisieron preguntar todos.

—Pero aquí tenéis un aperitivo para ir tirando —declaró el coronel, que se detuvo para arrancar unas cuantas hojas de color verde oscuro de un arbusto alto salpicado de flores insólitamente rojas. Empezó a distribuir tales hojas como un sacerdote que diera la comunión, al tiempo que aleccionaba—: Masticadlas bien, el jugo es lo que os hace falta.

—Eh, sargento —musitó el cabo Smart, con los barrillos destacando en su juvenil barbilla—. ¿Se supone que nos vamos a mantener a base de hierba?

La idea hizo fruncir el ceño a Pérez. Contempló los semblantes estremecidos que le rodeaban. Y adivinó lo que estaban pensando: sucedía cada vez con mayor frecuencia, la tropa se revolvía contra sus oficiales. «Dar metralla», lo llamaban; arrojar granadas de fragmentación al interior de las tiendas de los oficiales, con lo que los hijos de zorra salían volando hacia las alturas celestes.

—Tranquilidad —recomendó Pérez.

Resultó que las hojas tampoco eran tan malas, sabían a algo así como a espinacas, con un regustillo amargo que a los soldados les recordó la cafeína. Mientras el estómago protestaba exigiendo comida, los hombres empezaron a masticar aquellas hojas, siguiendo el ejemplo del coronel, tragándoselas luego como si estuviesen comiendo lechuga con corteza tostada de pan. De súbito, se sintieron más hambrientos que nunca, arrancaron a puñados más hojas del arbusto, se llenaron la boca y las comieron a dos carrillos, imaginando sin duda que eran auténticas golosinas.

La jungla no tardó en convertirse en un hervidero de flamantes nuevos matices. Era como si hubiesen echado pie a tierra en Oz y todo estuviese tallado en esmeraldas. El suelo húmedo parecía suspirar amorosamente bajo sus botas, como si caminasen sobre los senos de una mujer. El aire solidificado se había convertido en seda. Sabía a Cuatro de Julio. Miles sintió que el oído se le tornaba ultrasensible; pudo jurar que podía oír la niebla deslizándose por el Golden Gate, en el otro lado del mundo.

—Ah, oh —articuló Jackson en un punto, pero sin precisar nada.

Miles entornó los párpados con ánimo de que la vista atravesara la espesura de viscosas enredaderas de la jungla. Columbró a lo lejos el rojo luminoso de una pagoda que se elevaba en medio de la neblina, con sus aleros curvados rutilantes de oro.

Pestañeó.

La pagoda se desvaneció. Sólo era un árbol seco.

—Los tigres cazan de noche —declaró el coronel, en tanto el sol empezaba a retirarse de la selva. El cántico de los pájaros sonaba como risas de niñas y, en una ocasión, cuando se detuvieron para coger más hojas y comérselas, Miles tuvo la certeza de que había percibido el rumor que al abrirse produjeron los pétalos de una flor nocturna. El coronel siguió hablando—: Los brazuelos y las patas delanteras del tigre son musculosos y las zarpas están dotadas de uñas largas, afiladas y retráctiles. El cráneo tiene la frente escorzada, lo que incrementa la solidez del punto de apoyo de la palanca con la que presionan las poderosas mandíbulas. La tigresa es una madre vigorosa.

Goldstein empezó a tararear Ruby Don't Take Your Love To Town. *Una sonrisa beatífica decoraba su rostro.*

—¡Oh, vaya! —exclamó el cabo Smart.

Pérez había levantado la mano hasta la altura de la cara y se olfateaba la muñeca.

Miles hizo un alto para mirar la enorme y brillante máquina de palomitas de maíz que acababa de aparecer entre los helechos. Era de un modelo antiguo, montada sobre un carro de enormes ruedas y coronada por un toldo que parecía el techo de una tienda de circo. Chasqueó los labios, saboreando por anticipado aquel tentempié sazonado con sal y mantequilla.

Pero la maquinita se volatilizó bruscamente para volver a convertirse en el terrenal montón de peñas que era en un principio.

—¡Ahí está la tigresa! —anunció el coronel en apagado tono de voz, y se detuvo tan bruscamente que Smart chocó contra él—. Lo que contemplan sus ojos, caballeros —susurró el coronel, al tiempo que apartaba unas hojas oreja de elefante para escudriñar el claro—, es nada menos que su tigre de Indochina, que es más oscuro que su tigre indio y más claro que sus tigres del sur de China. En el siglo pasado la caza intensiva de ese tigre estuvo a punto de extinguirlo. ¿No es una hermosura?

Atisbaron entre el follaje.

—No veo ningún tigre —confesó Goldstein.

Tampoco lo veía Miles. Allí no había más que un claro cubierto de hierbas que rutilaban como perlas. La luna acababa de aparecer y se entretenía jugueteando con las leyes de la naturaleza: las formas se alteraban y volvían a cambiar, se alargaban y retrocedían.

Pero algo se estaba moviendo entre la maleza. Lo oyeron, patas suaves que avanzaban sobre el mantillo de plantas en descomposición.

—¡Dios mío! —exclamó el cabo Smart—. ¡Ahí está!

En efecto, allí estaba, un ejemplar de elegante belleza que se deslizaba con la suavidad aerodinámica de sus patas; la piel, como nieve bajo el resplandor de la luna, surcada por espectaculares franjas negras, mientras las postreras tonalidades del ocaso ponían un tenue arrebol en el lomo. Era un animal tan soberbio que los hombres se quedaron momentáneamente sin aliento.

¿Por qué no nos ha olfateado?, se preguntó Miles.

El tigre volvió la cabeza y los miró con sus ojos oblicuos, almendrados. Se humedeció los labios con una lengua de sorprendentemente delicado color rosa. Se inmovilizó repentinamente como si presintiera un peligro.

El coronel se mantuvo erguido, impávido, frente a los doscientos setenta kilos de puro felino. Se echó el fusil a la cara y su disparo, uno solo, acertó al tigre en el pecho. El animal abrió la boca, sobresaltado, y se derrumbó.

El coronel se precipitó al calvero, desenvainó el cuchillo, dio la vuelta al tigre para descubrir el blanco vientre y ejecutó un tajo rápido y limpio, desde la garganta hasta los ijares del felino.

El tigre emitió un rugido de protesta que voló hacia las estrellas. El coronel se puso de rodillas, hundió las manos en las interioridades del animal y empezó a sacar tesoros —riñones, intestinos, hígado de color rojo rubí—, envueltos en caliente salsa de sangre.

—¡Coman hasta saciarse, caballeros! —invitó.

La famélica tropa no titubeó.

Pérez fue el primero en zambullirse en aquel vientre abierto, del que salió con los brazos enrojecidos hasta los codos y los puños apretados con fuerza sobre algo amarillo y rutilante.

—¡Mollejas! —gritó en tono de triunfo, y procedió a devorarlas.

Al acercarse para participar en el banquete, Miles echó un vistazo a la cara de la tigresa. El difunto animal tenía los ojos abiertos y, por un instante, casi pareció humano. Luego, el hambre lanzó su mugido desde el estómago, apremiándole a seguir adelante, y Miles se integró en aquella frenética comilona.

Los hombres se arrojaban asaduras unos a otros, se pintaban rayas rojas a sí mismos y reían como niños con una manguera en un caluroso día de verano. Engullían espíritu de tigre, sin dejar de decirse que estaban asimilando el alma del tigre y tal vez, incluso, el alma de las personas que el tigre había devorado. Se llenaban la boca con pedazos de carne caliente, gelatinosa, con sabor a sal y hierro. Miles se quitó la camisa y estampó sobre su piel blanca un manotazo de sangre coagulada, dispuesto a absorber potencia de tigre a través de la carne fatigada y perpleja.

Pudo haber jurado que el corazón de la tigresa aún palpitaba cuando lo partió en dos y arrojó uno de los trozos a Jackson. Y mientras le hincaba el diente al duro músculo cardiaco, tuvo que apartar de su cerebro a la fuerza una idea que no dejaba de acosarlo, el desagradable pensamiento que susurraba sin cesar que la tigresa aún estaba viva cuando el coronel la abrió en canal.

Luego la idea se esfumó, porque ya no eran hombres racionales, sino criaturas límbicas reducidas a la ínfima condición de seres que sólo aspiraban a la supervivencia. No oyeron la llegada del helicóptero y, posteriormente, ninguno de ellos recordaría siquiera cómo salieron del claro. Pérez, Smart, Goldstein y Jackson declararían más adelante que sólo recordaban que se despertaron en un hospital militar de Saigón. Pero Miles informó brevemente de que subió a bordo del helicóptero de rescate HH-53 y que oyó a alguien decir:

—Santo Dios, ¿qué han hecho estos chicos? ¡Están cubiertos de sangre, pero no tienen ninguna herida!

—Mírales la boca, parece que comen algo.

—¿Pero qué? Ahí no hay nada.

—Yo he visto algo...

El timbre del teléfono arrancó a Miles de sus pensamientos. Era Titus, que por fin llamaba.

—Lo siento, amigo mío —se excusó—. Parece que el agente que se hizo cargo de ella en el aeropuerto era un cómplice de la dama. Catherine Alexander se ha ocultado ahora de verdad. No tenemos idea de dónde puede estar.

—Pues ya es hora de hacerla salir de su escondrijo —dijo Miles.

—Tengo línea abierta con la CIA —informó Titus—. En cuanto ellos sepan algo, nosotros sabremos algo.

Miles no ignoraba que cuando su amigo hacía tal promesa era porque podía hacerla, puesto que, antes de retirarse para establecer su propia empresa de «seguridad», había trabajado diecisiete años en la Agencia Central de Inteligencia. Aún contaba con amistosos compañeros, de los que habían ingresado en la Agencia con él cuando se licenció del ejército, en 1970.

Al igual que Miles, Titus Pérez —ahora jefe ejecutivo, pero antiguamente sargento primero— tenía el poder del tigre. Seis entraron y seis salieron, pero sólo tres sobrevivieron...

—He estado pensando... —dijo Michael, mientras caminaban por la tranquila calle residencial y un viento afilado les azotaba el rostro.

—¿En qué? —la voz de Catherine sonó apagada por un gran pañuelo de lana que le ocultaba prácticamente todo el rostro.

Tras mucho dudarlo, se habían decidido finalmente a abandonar la pensión de la señora O'Toole, alojamiento y desayuno, para salir en busca de un ordenador. Habían transcurrido tres días desde que entraron en contacto con el grupo Hawksbill y les pidieron que descubriesen lo relativo a Tymbos. Catherine necesitaba saber si habían averiguado algo.

—En lo que dijo Sabina acerca del nacimiento-alma —contestó Michael; levantó las manos y sopló sobre ellas el aliento—. Jesucristo también dijo algo parecido. Dijo que si no nos volvíamos como niños pequeños, no podríamos entrar en el Reino de los Cielos. Me pregunto...

—¿Qué?

—Si no sería a Jesucristo a quien Sabina oyó en el templo de Alejandría...

Al mirar a Michael, Catherine observó que el viento frío de la mañana le confería un aspecto rubicundo, propio del hombre nacido para la vida al aire libre, no para los claustros eclesiásticos. «Tengo que confesarle una cosa», algo así había dicho poco después de que salieran huyendo del Aeropuerto Internacional de Los Ángeles. Pero, sin darle tiempo para pronunciar una palabra más, un coche de la policía frenó tras ellos y, durante unos segundos paralizantes, en los que el corazón dejó de latir, creyeron que los habían atrapado.

—Está prohibido aparcar aquí —dijo el agente, que se limitó a una advertencia verbal y los dejó marchar.

Sin embargo, el miedo fue lo suficientemente intenso como para que permanecieran silenciosos, no sólo mientras arrancaban, sino también durante el trayecto hasta el Aeropuerto John Wayne y la subida a bordo del avión que iba a partir con destino a Washington, D.C. Una vez despegó el aparato y Catherine pudo relajarse un poco, le preguntó a Michael qué había estado a punto de confesarle. Y él respondió:

—No era nada importante. Sólo que me preocupaba el temor de que no consiguiera sacarla a usted de Los Ángeles antes de que los federales la detuviesen.

Pero Michael evitó mirarla mientras lo decía y Catherine no insistió.

Llegaron a Washington D.C. al anochecer, para encontrarse con que la temperatura andaba por los seis grados y medio bajo cero, y seguía bajando. En el aeropuerto, antes de dirigirse a la ciudad, se separaron momentáneamente y Catherine fue a una tienda de regalos en la que también vendían prendas de invierno, en tanto Michael se dirigió a un Ayuda al Viajero con el fin de buscar hospedaje para la noche. Catherine volvió a reunirse con él al cabo de treinta minutos. La muchacha llevaba dos bolsas con chaquetones, bufandas, guantes y gorras de punto; Michael la recibió con la noticia de que había encontrado habitación y desayuno para ambos.

En la esquina de la calle, mientras aguardaban a que cambiara el semáforo, Michael examinó el semblante de Catherine.

—¿Se encuentra bien?

Catherine comprendió lo que quería decir. Habían transcurrido once días desde que la voladura de Hungerford puso al descubierto el fragmento de Jesucristo: once días de huir, de esconderse, de dormir aquí y allá, cada noche en un sitio distinto.

—¿Tanto se nota? ¿Tan horrible es mi aspecto? —se esforzó en sonreír al tiempo que lo preguntaba.

Michael le devolvió la sonrisa, pero la muchacha percibió un brillo fugaz en sus pupilas, en el preciso momento en que se apartaba.

Catherine pensó: «Quiso decirme que estoy muy guapa».

Aspiró a fondo una bocanada de aire, turbada por sus propios pensamientos.

Y, de pronto, la mirada de Michael se quedó fija en un punto del otro lado de la avenida de Wisconsin.

—¿Me están engañando mis ojos? —dijo.

Catherine miró al otro lado de la calle. Y vio lo que estaba contemplando Michael.

Un establecimiento de informática, con la iluminación navideña encendida en todo su esplendor, rebosante de clientes y con un enorme cartel en el escaparate, un letrero que ofrecía:

DIANUBA 2000
¡Entre y pruebe el último y flamante *logical* de Internet!
¡¡GRATIS!!

—Manténgase cerca de mí, Catherine —aleccionó Michael.

Avanzaron a través del caos de aquel establecimiento, a la búsqueda de los ordenadores de demostración.

Por doquier contemplaban la evidencia del poderío de Havers. Su *software* dominaba el mercado; la gente formaba colas ante las cajas, con los brazos cargados de los juegos y programas de PC creados por Tecnologías Dianuba; las mujeres compraban el juego de la novela romántica interactiva en CD-ROM, *Butterfly3*. Y dos hileras de clientes se concentraban ante un mostrador, formulaban sus pedidos del Dianuba 2000, que se lanzaría al mercado a las doce y un minuto del 1 de enero, si antes no intervenía el Departamento de Justicia.

Catherine y Michael encontraron los ordenadores de demostración, donde los clientes navegaban felices por la Telaraña, bregaban en los calabozos y dimensiones multiusuario y descubrían los alegres placeres de la tertulia en mundos virtuales. Mientras aguardaban a que quedase libre alguna computadora, Catherine exploró cautelosamente con la vista aquella multitud en fiestas. Sus ojos se demoraron sobre un par de mujeres que estaban ante una terminal, ambas reían a cuenta de algo que una de ellas mostraba a la otra. Al observarlas, Catherine comprendió que eran madre e hija y que la hija trataba de introducir a la madre en el mundo de los ordenadores. A juzgar por el modo en que se animaba el semblante de la mujer de más edad, que se lo pasaba en grande con los gráficos coloristas y la música de jazz, Catherine se dijo que aquello no era muy distinto a la forma en que una madre introduce a su hijo en nuevas experiencias, salvo que en aquel caso era la hija la que maravillaba y encantaba a la madre.

«Madre, ¿por qué no viviste lo suficiente como para permitirme que te enseñara algo?»

Volvió la cabeza y comprobó que Michael la estaba observando. La mirada del sacerdote se desvió hacia la madre y la hija, volvió luego a centrarse en Catherine y ésta leyó en los ojos de Michael, en aquel instante, la certeza de que conocía con exactitud lo que ella había estado pensando. Y Catherine se dio cuenta entonces de que ella también sabía lo que él estaba pensando.

«¿Cuándo hemos empezado a leernos el pensamiento mutuamente?»

Por último quedó vacante un ordenador. Alguien dio un paso adelante con intención de ocuparlo, pero Catherine fue más rápida.

Mientras Michael vigilaba, la muchacha actuó a toda velocidad.

Era un programa Scimitar, más rápido que el que Danno tenía en su portátil, de modo que la muchacha entró en la Tertulia de Internet mediante el clic del ratón.

Comprobó aliviada que *#hawksbill* figuraba en la lista, lo que quería decir que los ordenadores estaban en línea y no conectados sólo para efectuar compras de Navidad. La cuestión era: ¿tendrían vigilada la Charla en Grupo de Internet a la espera de que ella volviese? Estuvo tentada de meterse directamente en el canal, pero comprendió que no debía atreverse. Si de una u otra manera Havers había descubierto el asunto de Hawksbill, en aquellos momentos podría estar ya conversando con sus miembros con un nombre sacado de la novela. Y ojo avizor por si ella conectaba.

Así que Catherine tecleó: */join #janet*. Pulsó *Intro* y en la ventana de la parte derecha de la pantalla apareció *#janet 1*. Lo único que podía hacer era esperar y seguir contemplando la pantalla vacía, con su nombre en la parte superior —*@Janet*—, ni más ni menos, a ver si alguien de *#hawksbill* reparaba en él y se ponía en línea.

Lanzó un vistazo a Michael, que se las había ingeniado para entretener a un vendedor. Pero observó que otro dependiente acababa de proyectar su atención sobre ella y parecía dispuesto a acercársele.

Catherine se puso de cara a la pantalla vacía.

—Vamos —musitó—. Reparad en mí. Reparad en Janet.

—¿Perdón? —dijo alguien a su espalda.

Catherine volvió la cabeza para encontrar ante sí un rostro que era todo sonrisa.

—Parece que no hace usted nada —dijo el hombre— y a mí me gustaría probar el *software*, si no le importa.

Catherine se entregó con entusiasmo a un inacabable acceso de tos. El individuo acabó por alejarse, al descubrir otra terminal que quedaba disponible.

Tras una rápida ojeada al vendedor que decididamente se abría paso entre la clientela, hacia ella, Catherine volvió a concentrarse en la pantalla en blanco.

—Vamos —animó en voz alta—. Advertid mi presencia. Conectad.

Ya tenía encima al dependiente.

—¡Vaya! —exclamó el hombre—. ¿Qué puedo decirle acerca del Dianuba 2000? ¿Está usted familiarizada con Internet?

El vendedor echó una mirada a la pantalla.

—¡Ah! Hoy no encontrará mucha animación en la Tertulia. ¡Es la víspera de Navidad, y todo el mundo anda de compras! —manifestó el hombre en tono jovial—. Y no olvide que muchos de esos canales están en Europa, donde ya es por la tarde y todo el mundo está ocupadísimo abriendo sus regalos. —Alargó el brazo y empezó a darle al teclado—. ¿Qué le gustaría que le enseñase? Veamos, ¿algún problema que pueda plantear el sistema operativo UNIX? Permítame demostrarle cómo, mediante el empleo de este programa asombrosamente moderno, con sólo un dedo puede usted entrar en las Dimensiones Multiusuario y...

Catherine la emprendió con otro ataque de tos, más fuerte esta vez, con el que logró llamar la atención de Michael.

—Perdone —dijo Michael; se había abierto paso entre la gente y dio unos golpecitos al vendedor en el brazo—. ¿Puede usted responderme a unas preguntas acerca del último programa OS-2?

Catherine volvió la cabeza y tosió ferozmente sobre la bufanda que le cubría la boca.

—Sí —articuló el vendedor, con un leve gesto de disgusto—. Faltaría más, caballero, venga por aquí.

Cuando se retiraron, Catherine deseó desesperadamente quitarse el gorro y el pañuelo de lana, pero no podía arriesgarse a exponer su rostro. Así que se concentró en la pantalla en blanco, en la que su nombre, y nada más, *@Janet*, continuaba allí, a la espera de que alguien decidiera unírsele.

La muchacha consultó su reloj. ¿Cuánto tiempo llevaba allí de plantón? Notaba la presencia de otros clientes que se movían nerviosos a sus espaldas, esperando su turno para realizar una travesía gratis por las autopistas de Internet. La pantalla vacía iba a conseguir que alguien se tornara impaciente o receloso...

<SERVIDOR> Jean-Luc!^mason@ouray.cudenver.edu ha entrado en este +canal

<SERVIDOR> Azúcar! _ kharvey@scgrad.demon.co.uk ha entrado en este +canal

A Catherine estuvo a punto de escapársele un grito de alivio. ¡Habían advertido su presencia!

<Janet> ¡¡¡¡Hola a todos!!!!

<SERVIDOR> Maynard! _ rismith@alice.brad.ac.us ha entrado en este +canal

[Jean-Luc] Te hemos estado esperando, Janet.

[azúcar] ¡Hola! :))) [Cara de pascuas felices]

<Janet> Gracias por dar conmigo.

<SERVIDOR> Benhur! _George@Sebaka-1.DialUp.Polaris. Telnet ha entrado +en este canal

Catherine se disponía a teclear *habéis encontrado a tymbos*, cuando un cliente se detuvo tras ella. Un acceso de tos indujo al individuo a seguir su camino.

[Jean-Luc] Hemos visto tu retrato en los periódicos, Janet. Eres una +preciosidad. Confiamos en que no te cojan

<SERVIDOR> Carlos!mmongo@dianuba.com ha entrado en este canal

[BENHUR] Janet: feliz Navidad

[azúcar] ¿¿¿¿Qué dicen los rollos???? ¿Realmente se va a acabar el mundo la +víspera de año nuevo? ¿Debo entonces aceptar una cita para salir con Frankie +o me limito a quedarme en casa y morir? Jejejejejejeje

<SERVIDOR> Trilogy!^tombak@ix-or1-22.ix.vetcom ha entrado en este +canal

[DOGbert] Yo no quiero morir

<Janet> Los rollos dicen que como procedemos de Dios somos divinos y +al ser divinos somos eternos. no existe la muerte

[Carlos] :)) [Cara de pascuas]

[Jean-Luc] No puedes volver aquí, Janet. El FBI tiene controlados los +canales de Tertulia de Internet.

[astroNauta] Pero no a nosotros no a Hawksbill

[BENHUR] Todavía no
[Carlos] Creemos
[azúcar] Janet: ¿leíste lo de la mujer de Seattle que se hizo pasar +por ti?
[astroNauta] Y el FBI fue a por ella :)))) [Cara de pascuas felicísi+mas]
<Janet> sí. ¿fuisteis vosotros?
[TrilogY] Pensamos que eso apartaría de tu pista a los federales y a +todos los demás):-p [Uffff]
[Jean-Luc] Dimos falsas alarmas para aburrirlos. preparamos otros +canales. la idea es que si la doctora Alexander realmente configurase +un nuevo canal ellos no correrán tanto. pensarán que se trata de otra +broma e irán con pies de plomo ;-) [Guiño]

Después de lanzar una mirada en torno, para asegurarse de que nadie la veía, Catherine tecleó rápidamente: *«¿Encontrasteis a Tymbos?».*

{Jean-Luc] De Tymbos, nada.
[TrilogY] lo siento
[azúcar] lo intentamos. :([Mueca tristona]
[BENHUR] Miramos por todas partes

Catherine contempló la pantalla, profundamente decepcionada. Luego tecleó:

<Janet> A todo el mundo: es mejor que os marchéis ya. Esto no es +seguro
[DOGbert] buena suerte
**DOGbert da un abrazo a Janet*
**TrilogY lo mismo digo*
<SERVIDOR> Dogbert ha salido de este canal
<SERVIDOR> Trilogy ha salido de este canal
[azúcar] cuídate :-) [Guiño]
**azúcar besa a Janet* {{{abrazos}}}
<SERVIDOR> Azúcar ha salido de este canal
[Jean-Luc] ¿Volverás alguna vez con nosotros?

Catherine contempló la pantalla y leyó las palabras y los gestos de unas personas con las que probablemente nunca volvería a conectar. Ignoraba si *azúcar* era una mujer y *astroNauta* un hombre, si tenían veinte o setenta años... Ni siquiera sabía si estaban en Estados Unidos.

<Janet> Jean-Luc: probablemente no
**Janet os abraza a todos*

<Janet> Gracias por ayudarme

[Maynard] Lo hicimos también por Barrett. Él creó este canal. Nos +hizo.

[BENHUR] Estamos contigo en espíritu.

<SERVIDOR> Maynard ha salido de este canal

<SERVIDOR> Benhur ha salido de este canal

<Carlos> Janet: que Dios te acompañe y vele por ti

Catherine miró hacia la parte derecha de la pantalla. Sólo quedaban dos nombres: @*Janet* y *Jean-Luc*

[Jean-Luc] Janet

<Janet> ¿Sí?

[Jean-Luc] ¿Quién escribió los rollos?

<janet> Una mujer que se llamaba Sabina. Una profetisa

[Jean-Luc] No

<janet> ¿No qué?

Transcurrió un buen rato antes de que apareciese la respuesta:

[Jean-Luc] TÚ eres la profetisa...

```
/salir
DESCONECTAR SERVIDOR
FIN DE FRECUENCIA PORTADORA
```

El titular rezaba: UNA MUJER TOCA LA FOTO DEL ROLLO... ¡Y SE LE CURA EL CÁNCER!

El hecho de que la noticia no apareciese en la primera plana del *New York Times* ni en la del *Oggi* de Italia, sino en un sensacionalista tabloide estadounidense llamado *The National Enquirer*, no reducía su impacto, en lo que afectaba al cardenal Lefevre. Simplemente señalaba la perversidad de su insensatez. Un diluvio de telegramas y llamadas telefónicas inundaba el Vaticano; procedían de todas partes y certificaban los poderes curativos del llamado «Fragmento de Jesucristo».

Al acercarse a una puerta con placa de bronce en la que decía *Archivio Secreto Vaticano*, el cardenal Lefevre saludó al sacerdote que trabajaba ante el teclado de un ordenador. Se habían realizado ciertos cambios. Ahora todo estaba informatizado. El Vaticano se había conectado a Internet en 1995. El cardenal Lefevre recordaba aquel estupendo momento, cuatro años atrás, cuando se lanzaron súbitamente al ciberespacio veinte mil páginas de manuscritos, poniendo al alcance del público de todo el mundo maravillosas imágenes de documentos iluminados y miniaturas medievales, a los que se podía acceder con sólo darle un clic al ratón.

Entró en una de las salas del almacén principal que contenía una pequeña parte de los cincuenta kilómetros de anaqueles con material de archivo. Sabía que el nombre de aquella biblioteca inducía a error a la gente: la palabra «secreta» no significaba en aquel caso oculto o reservado ni, desde luego, prohibido, sino simplemente «privado», o sea, propiedad de la Iglesia. Lo cierto es que el Archivo Secreto estaba abierto y a disposición de eruditos y estudiantes.

Sin embargo, aquella gélida tarde de la víspera del nacimiento de Cristo, los pasos del cardenal Lefevre atravesaron la sección abierta de la biblioteca y le condujeron a la parte posterior, a la zona verdaderamente secreta, donde las impresionantes cámaras abovedadas acogían protectoramente miles de manuscritos sin documentar ni catalogar.

El cardenal Lefevre acababa de recibir por correo especial un sobre lleno de fotografías. En el dorso de cada una figuraba un número escrito a lápiz, acompañado de una fecha, 15.12.99, y de las iniciales C. A., Catherine Alexander. También llevaban notas adicionales escritas con tinta: la fecha del 17 de diciembre de 1999, el número del caso y las iniciales de un detective de policía.

No estaban todas las fotos, naturalmente; sólo había podido obtener un puñado, ya que no le quedaba más remedio que compartir el conjunto con el gobierno de Estados Unidos y, asimismo, con los egipcios. Pero había suficiente número de ellas para convencer a Su Eminencia de que no podía pasarse por alto lo que Catherine Alexander había encontrado en la península del Sinaí. Y mucho menos podía hacerlo el hombre que colaboró en la redacción de un documento, publicado por la Congregación para la Doctrina de la Fe, que establecía específicamente las funciones y obligaciones de los teólogos, título éste que englobaba también a los arqueólogos. En dicho documento, el cardenal Lefevre había dejado bien claro que los teólogos que discrepaban de las enseñanzas instituidas por la Iglesia cometían pecado, de acuerdo con la versión del Catecismo de 1990, actualizada, que señalaba: «La tarea de proporcionar una interpretación auténtica de la Palabra de Dios se ha confiado en exclusiva al ministerio de enseñanza viva *de la Iglesia*». Lo cual se hacía extensivo a los documentos antiguos susceptibles de ser cristianos.

Cuando apareció el nuevo catecismo se produjeron las protestas que era de esperar por parte de los historiadores y estudiosos bíblicos. La propia doctora Alexander había remitido una carta redactada en términos enérgicos manifestando su disconformidad por el hecho de que se elevase el simple desacuerdo a la categoría de pecado real.

¿Pero qué querrían esas personas?, se preguntaba Su Eminencia. Si se permitía que cualquiera que decidiera hacerlo interpretase libremente la Palabra de Dios, entonces sobrevendría el caos y la Iglesia se desmoronaría. Era preciso trazar líneas, instituir parámetros y establecer una estructura. La verdad es que la batalla cotidiana de la oficina del cardenal Lefevre en la Congregación consistía en encargarse de impedir que los teólogos disidentes erosionaran los cimientos de la Santa Madre Iglesia.

En particular, pensó sombríamente al tiempo que con una llave especial abría la puerta de una cámara interior, había que parar los pies a las jóvenes airadas que sustraían propiedades valiosas de la Iglesia —si verdaderamente aquellos documentos eran cristianos— con intención de traducirlos y, lo que aún era peor, interpretarlos para el resto del mundo, ¡según sus propias y distorsionadas tendencias!

El cardenal Lefevre conocía a Catherine Alexander. Había sido él quien veintisiete años antes envió a California un representante del Vaticano con la misión de ordenar a la doctora Nina Alexander que cesara de impartir sus enseñanzas heréticas.

«De tal palo, tal astilla», pensó el cardenal mientras sacaba una caja fuerte.

Hizo una pausa. Pero oh, Dios mío...

La doctora Alexander ignoraba el alcance de aquel asunto, del que Lefevre tenía una idea precisa. La doctora Alexander pensaba que la Iglesia temía a las mujeres y que los rollos depositarían poder en manos de las féminas. Pero lo que allí estaba en juego era algo mucho más importante. El asunto rebasaba las fronteras de la política de la Iglesia, excedía las atribuciones y poderes de papas y sacerdotes. Lo que más aterraba al cardenal Lefevre era que los rollos contenían algo que iba a hacer añicos la fe de millones de personas.

No tenía nada que ver con María Magdalena. Se relacionaba con el corazón del cristianismo, con el propio Jesús... Le tembló la mano al contemplar una de las fotografías y leer el griego antiguo: *«Cuando el Salvador era niño, estuvo perdido tres días y sus padres anduvieron buscándole frenéticamente hasta que lo encontraron en el templo, entregado a la tarea de enseñar a los sacerdotes. Entonces Isis se regocijó al encontrar a su bendito hijo Horus...».*

Lefevre se estremecía de miedo. *¿Cómo afectará a tantos salvadores el que se rindiera culto al Salvador Verdadero?*

Apartó los temores y se concentró en lo que le había llevado allí, a las profundas regiones de los Archivos Secretos: la palabra escrita encima de la primera fotografía. *Tymbos,* decía. El nombre del rey al que la diaconesa iba a llevar los rollos, por los que la mujer debería sufrir persecución.

El cardenal levantó el fragmento de papiro, hallado el año 1932 en unas ruinas del norte de África, tras conservarse durante cerca de dos mil años en las arenas argelinas. Escrito en la lengua griega del

Imperio Romano, parecía ser una carta: «Ahora que te han anunciado la hora exacta del regreso del Justo y el día del Fin de las Cosas, tu corazón puede gozar de paz. Porque vuestro es el don de la vida eterna, tal como prometió el Justo. Nunca moriremos».

La datación de la paleografía y el radiocarbono fechaba ese fragmento alrededor del 100-150 de Nuestra Era. Y puesto que el de Justo era uno de los títulos del Mesías que figuraban en la Biblia, el Vaticano había conservado dicho fragmento, sobre el supuesto de que acaso fuese parte de un evangelio perdido.

¿Pertenecería a los rollos de Sabina?, se preguntó el cardenal Lefevre, y el dedo gélido del miedo se deslizó a lo largo de su columna vertebral. ¿O quizás el autor de aquella carta había leído los rollos de Sabina e hizo una copia? ¿Tal vez la autora fuese la propia diaconesa Aemelia, o puede que incluso Perpetua? Encontraron aquel fragmento cerca de la antigua ciudad de Timgad. *¿Tymbos?*, se preguntó el cardenal. ¿Bastaba la similitud de los nombres para dar aquel salto?

En Internet circulaban rumores en el sentido de que la doctora Alexander no tenía todos los rollos de Sabina, de que estaba buscando el séptimo. *¿No sería realmente en Timgad donde se enterró el séptimo rollo? Y si aún se encontraba allí, en las movedizas dunas de arena de África del Norte, a la espera de que alguien lo encontrase...*

—¿No es fantástica la tecnología moderna? —comentó Titus, cuando su ayudante le pasó el informe.

Veinticuatro horas antes había obtenido una foto de la doctora Alexander con su nuevo aspecto, así como un retrato dibujado por la policía del hombre que se había hecho cargo de ella en el aeropuerto de Los Ángeles. Ambas imágenes se habían transmitido a todos los aeropuertos, estaciones de ferrocarril y autocar, periódicos, emisoras de televisión y estafetas de correos, con lo que habían empezado a ocurrir cosas.

Titus descolgó el teléfono de línea directa con Miles Havers.

—Hemos conseguido algunas notas nuevas, amigo mío —esbozó una sonrisa—. Se han localizado en diversos lugares parejas que coinciden con estas descripciones. Tengo a mis hombres en ello. No habrá problemas para eliminar las falsas alarmas. ¿Y sabes de qué me he enterado, amigo mío? De que el hombre que se marchó de Las Vegas con ella es un sacerdote. ¿Comprendes lo que significa eso para nosotros? Esta noche es Nochebuena. Si fueses cura, Miles, ¿dónde estarías en Nochebuena?

—Será cuestión de un momento —dijo Michael—. La iglesia está a tres manzanas de distancia, a la vuelta de una esquina.

Inclinada sobre los papiros, con las manos embutidas en guantes de goma que había comprado en la botica de la localidad, Catherine pasaba con sumo cuidado la primera hoja del rollo número cinco.

—Ya llevo cuatro rollos y me quedan dos —comentó—. Y seguimos tan lejos de encontrar el séptimo como cuando empezamos. —Catherine enderezó el cuerpo y volvió la cabeza hacia Michael—. Sé que quiere que le acompañe, pero no puedo.

Michael se acercó a ella, alargó el brazo como si se dispusiera a tocarle la cara, pero se contuvo. Recordó la escena de unos momentos antes, cuando, en el establecimiento de informática, esperaban a que quedase libre una terminal de ordenador. Los dos habían estado observando a una madre y una hija, y cuando dirigió la vista hacia Catherine, cuando los ojos de ambos se encontraron, Michael se dio cuenta súbitamente de que sabía lo que ella estaba pensando. Eso llevó a su memoria el recuerdo de la única vez en su vida en que conectó así con alguien: cuando, en su juventud, un día su padre llegó borracho a casa y Michael deseó ajustar cuentas con él, zanjar la cuestión de que siempre estuviese aterrando a la familia. La madre posó sus ojos en el hijo y le envió un mensaje de ternura y paciencia, le dijo a través de palabras silenciosas: «Déjale, Michael, tú no lo entiendes. Tal vez lo comprendas algún día, cuando seas mayor».

Michael no tuvo oportunidad de alcanzar la edad de entenderlo, porque su madre murió de cáncer antes de cumplir los cuarenta y cinco años y su padre se consumió en el pabellón de alcohólicos de un hospital del condado.

Pero Michael nunca olvidaría el modo en que su madre podía recitar libros enteros que sólo él podía leer. Era algo que se le había ido de la cabeza..., hasta el momento en que sus ojos tropezaron con los de Catherine y supo lo que la muchacha estaba pensando.

—Isaías —articuló ahora en voz baja, casi rozando el rostro de Catherine—. Sesenta y seis, doce. «Voy a derramar sobre ella la paz, como un río.»

Catherine sostuvo su mirada brevemente. Luego se apartó.

—Catherine —empezó Michael, entonces exclamó—: ¡Eh!

La muchacha observó que se había quedado mirando fijamente el televisor.

—¿No es ese Miles Havers?

—¡Sí! —confirmó ella, y se apresuró a subir el volumen.

Havers daba una conferencia de prensa en su casa de Santa Fe.

—Ignoro cómo se ha filtrado la noticia de que estoy negociando con la doctora Alexander la compra de los rollos —manifestaba Miles en su tono encantador marca de la casa. Su sonrisa iluminaba toda la pantalla—. Pero les aseguro que, por mi parte, no tenía la menor intención de que esto se hiciera público.

—*¡Qué!* —exclamó Catherine.

—Señor Havers —inquirió un reportero—, ¿está diciendo que esos rollos realmente existen? ¿Puede confirmarlo?

—Sí, puedo. Y el motivo por el que deseo comprárselos a la doctora Alexander consiste en que temo que ella vaya a destruirlos. Esos rollos pertenecen a la humanidad, no a una sola persona. Pensé que mi oferta de cincuenta millones de dólares la persuadiría para que compartiese esos rollos con el mundo. Hasta el presente, la doctora Alexander ha rechazado mi oferta.

—¡No puedo creerlo! —dijo Michael.

Catherine cambió de canal. En otro programa de noticias:

—El multimillonario Miles Havers, presidente de Tecnologías Dianuba, ha revelado hoy que mantiene negociaciones particulares con la doctora Catherine Alexander al objeto de llegar a un acuerdo para la compra de los rollos antiguos por la cantidad de cincuenta millones de dólares...

—No lo capto —confesó Michael—. ¿Por qué hace esto? ¿Qué gana con ello?

Catherine sacudió la cabeza, perpleja. Accionó el mando a distancia y pasó a una emisora de Baltimore:

—... el reconocimiento del asunto se ha producido a raíz de un comunicado anónimo que recibió el *New York Times*, por parte de alguien que se manifestó próximo a Miles Havers. La fuente no identificada informó que los rollos en cuestión proceden de la península de Sinaí, su origen es cristiano, sin ninguna duda, se introdujeron ilegalmente en nuestro país y el vendedor de los mismos, la persona que los encontró, la doctora Catherine Alexander, todavía sigue en libertad.

—Esto tiene que ser obra del propio Havers —determinó Michael—. Si el confidente hubiera sido otra persona, Havers lo negaría todo. Así que el asunto lo ha tramado él de cabo a rabo.

—Pero ¿por qué, Michael? ¿Qué saca de todo esto?

—Tal vez piensa que puede forzarle a usted la mano, obligarla a dar un paso adelante y negarlo todo.

Cuando los anuncios sucedieron al telediario, Catherine apagó el televisor.

—Pues no le saldrá bien. Voy a seguir escondida y en silencio; continuaré traduciendo los rollos. —Miró a Michael—. Será mejor que se acerque a la iglesia. La misa del gallo empezará dentro de una hora.

—¿Está segura de que no puedo convencerla para que me acompañe?

—El quinto rollo está en peores condiciones que los demás —dijo Catherine—. Tengo que emprenderla con él cuanto antes.

Pero Michael no se marchaba. Y cuando notó sus ojos clavados en ella, Catherine volvió la cabeza e insistió:

—No puedo ir con usted, Michael.

—¿Por qué no?

—Porque la noche en que murió mi madre, maldije a la Iglesia y también maldije a Dios. No puedo volver.

—Claro que puede. Uno siempre puede volver.

Catherine recordó de pronto lo que Michael había dicho dos noches antes, en el Atlántida: «Todos nosotros nacemos con nostalgia del cielo. La cuestión consiste en encontrar el camino de vuelta».

Ella había deseado preguntarle: «¿Cómo?».

Pero ahora estaba rememorando lo que había escrito Sabina: *«Así llegó a mí el auténtico significado de El Camino, porque no es la vía hacia delante, sino la vía de retorno hacia el principio»*.

¿Encontró Sabina el camino de vuelta?

Catherine sacudió la cabeza.

—No conocería el camino, Michael.

—Déjeme entonces que se lo indique.

Y Catherine contempló la mano tendida de Michael.

La noche era glacialmente fría, con un viento cortante como el filo de un cuchillo. Pero un denso gentío franqueaba en riada las puertas de la iglesia, de par en par, mientras los automóviles se detenían ante la fachada y congestionaban el tránsito de la estrecha calle.

«¡Qué cantidad de fieles!», pensó Catherine, con la vista levantada hacia los chapiteles góticos que parecían sostener un cielo oscuro, sin estrellas ni luna. Oyó las notas de *Noche de Paz*, que interpretaba el órgano dentro del templo. La luz salía como oro líquido por el hueco de la entrada. Catherine observó a la gente que se adentraba por aquel chorro de luz, unos con semblante serio, mientras otros saludaban alegremente a los amigos; había personas de edad que caminaban ayudándose con sus bastones y niños que corrían para comerse con los ojos el espléndido y brillantemente iluminado Nacimiento representado sobre el césped.

Cuando Michael y ella se acercaban a la iglesia, Catherine notó que el corazón le latía con más fuerza. Empezó a sudar, pese a la gélida temperatura reinante; experimentó de pronto la urgente necesidad de quitarse el chaquetón, de exponerse al aire purificador de la noche. Por último, al pie de la escalinata, se detuvo.

Michael la miró.

—¿Qué ocurre?

—No puedo.

—No hay nada que temer.

—No puedo, Michael.

Al ver lo pálida que se había puesto, la condujo hacia los jardines privados de la parte lateral del edificio, donde una fantasmal pila para pájaros se erguía entre arbustos blanqueados por la escarcha. Catherine se dejó caer en un banco de piedra, se quitó el pañuelo, alzó la cara para recibir el fresco soplo del viento e inhaló una profunda bocanada de aire.

—¿Por qué vino conmigo? —preguntó Michael, fija la escrutadora mirada en el rostro de Catherine. En vista de que no le respondía, añadió—: Lo hizo por mí, ¿verdad?

—Estoy preocupada.

—¿Qué le preocupa?

—Temo que abandone usted el sacerdocio.

—¿Por qué va a preocuparle eso?

—Porque no resolverá nada, Michael. Si lo deja, sólo conseguirá añadir más sentimiento de culpa al que ya le atormenta.

—De modo que supuso que si yo conseguía llevar un alma de nuevo al redil de la Iglesia, decidiría quedarme en su seno, ¿no es cierto? Catherine, usted no tiene que entrar en la iglesia por mi bien. Ha de hacerlo por el suyo.

—¿Aún conserva la fe, Michael?

Le dirigió una mirada rebosante de confusión.

—¿Qué quiere decir?

—Todos esos dioses salvadores que encontró Sabina...

—No son nuevos. Figuran en los libros de historia: Hermes, Dumuzi, Marte. No debilitan mi fe en Jesucristo, si es eso lo que está usted preguntándose. Los veo como heraldos que vinieron para preparar al mundo con vistas a Su llegada.

Michael hizo una pausa.

—¿Qué le ocurrió allí hace un momento? Se puso mortalmente blanca.

—Recordaba —dijo Catherine.

—¿Qué recordaba?

Catherine se quitó los guantes y dejó que sus manos sudorosas recibieran la frialdad del aire.

—De pequeña —explicó en tono suave—, tartamudeaba cada vez que me asustaba o me ponía nerviosa. Se me pasó al hacerme mayor, pero en la época en que nos mudamos a California del Sur, cuando tenía diez años e ingresé en el Colegio de Nuestra Señora de la Gracia, aún me afectaba ese problema. Mi madre informó al colegio de tal circunstancia, pero supongo que a alguien se le olvidó comunicárselo a la hermana Inmaculada, la maestra de quinto, que, desgraciadamente, también era tartamuda. Ocurrió en mi primer día de clase.

Catherine se pasó los dedos, a guisa de peine, por su corto pelo rubio platino. Las palabras salieron de su boca entre nubecillas de vapor de aliento.

—Era una clase sobre navegantes y exploradores y a mí me aterraba la idea de que la hermana me preguntara algo sobre ella.

—Catherine meneó la cabeza al evocar la escena—. Y naturalmente, lo hizo. La lección era sobre Vasco da Gama, pero cuando la monja pronunció su nombre, dijo Va-Va-Vasco da-da-da Ga-Ga-Gama. De modo que cuando citó mi nombre y yo tartamudeé «Va-Va-Vasco da-da-da Ga-Ga-Gama», toda la clase soltó una estruendosa carcajada. La hermana me acusó de que me estaba burlando de ella. Me ordenó que subiera a una banqueta, de cara al resto de los alumnos. Me colgó del cuello un cartel que decía «sinvergüenza». Dijo que permanecería allí hasta que adquiriese un poco de respeto y luego reanudó la clase.

»Los chicos reían entre dientes y murmuraban alusiones a mi persona. Empecé a llorar. Y luego me di cuenta de que tenía que ir al lavabo. Estaba demasiado empavorecida para hablar. Así que traté de retenerlo. Al cabo de un rato me fue imposible y los orines se deslizaron por mis piernas. Los chicos estallaron en rugientes carcajadas. Luego, de pronto, se quedaron silenciosos, lo cual fue aún más terrible porque comprendí que percibían la inmensidad de mi vergüenza. La monja me acusó de haberlo hecho adrede. Me arrancó de encima de la banqueta, me llamó niña asquerosa y me llevó a rastras al despacho de la directora.

Catherine dio un tirón al borde de la bufanda y continuó en voz baja y tranquila:

—La maestra de párvulos se hizo cargo de mí mientras la directora llamaba a mis padres. Por aquellas fechas, mi madre estaba ausente, en un seminario, pero mi padre se encontraba en casa... Bueno, en el colegio mayor donde daba clases. Como aquello sucedía por la mañana, dijo que iría a buscarme a la hora del almuerzo. De modo que allí me quedé, sentada en el despacho de la directora, con las bragas empapadas dentro de una bolsa de plástico sostenidas en el regazo, a la espera de que mi padre fuera a recogerme.

»Llegó y pasó la hora del almuerzo. La tarde fue transcurriendo también. Volvieron a telefonear a mi padre y le dejaron un recado. Acabaron las horas de colegio y los alumnos se fueron a casa. Después, los profesores hicieron lo propio y, por último, el personal de limpieza procedió a fregar el suelo.

»La maestra de párvulos me llevó a casa. Allí estaba mi padre. Dijo que se le había olvidado. Jamás me preguntó siquiera qué había ocurrido. Volvió a su estudio y eso fue todo.

Catherine se puso en pie. Contempló la película de hielo que recubría la pila para pájaros. En el interior del templo empezaba la misa.

—La Iglesia lo era todo para mi padre, Michael —dijo Catherine—. Era lo que se dice un místico. Nunca debió tener hijo alguno, no había nacido para padre.

—De modo que la Iglesia significaba más para su padre que para usted y esa es la razón por la que está tan furiosa con él.

Catherine giró en redondo.

—¡Para él, Dios significaba más que yo! Michael, no maldije a Dios a causa del padre McKinney ni por la forma en que murió mi madre. Lo maldije porque mi padre le amaba a Él más que a mí. ¡Mi padre no hubiera dejado a Dios horas y horas sentado en el despacho de la directora, con los calzoncillos chorreando!

Alargó la mano y rompió el hielo que cubría la pila para pájaros.

—A partir de entonces, los alumnos de la escuela me amargaron la vida. No puede imaginarse los insultos que se les ocurrían. De no haber sido por Danno...

—¿Y nunca le habló de ello a su madre?

Catherine volvió al banco.

—¿Cómo podría hacerlo? Ella adoraba a mi padre... y cuando él murió yo estaba furibunda porque no habíamos resuelto la cuestión. Siempre me mantuve a la espera de ser un poco mayor, más madura, para tratar el asunto con él y aclarar las cosas. ¡Pero luego le mataron y de eso tuvo la culpa mi madre, porque ella no paraba de escribir libros que irritaban a la Iglesia y que impulsaron a mi padre a marcharse!

—Y eso es lo que la hizo a usted tomar el relevo y encargarse de proseguir la tarea de su madre..., la misma obra que indujo a su padre a alejarse y, en definitiva, a encontrar la muerte.

Catherine le dirigió una mirada sorprendida.

—¿Cree que tomé los rollos como una especie de medio perverso de castigar a mi padre?

—Es la única persona con la que está usted furiosa, ¿verdad? ¿No es la única a la que no puede perdonar?

Catherine bajó la vista hacia sus manos. Dijo sosegadamente:

—Le acusaron de espía, Michael, y ni siquiera se molestó en negarlo. No levantó un dedo para defenderse. Dejó que le cubrieran la cabeza con una capucha y lo ejecutasen. Cuando fui al aeropuerto para hacerme cargo de sus restos mortales, deseé romper la tapa del ataúd y exigirle que me explicase por qué no fue aquel día a recogerme. Necesitaba saber si no lo hizo porque representaba muy poco para él.

—¿Está tan indignada con él porque se dejó matar?

—Teníamos un asunto pendiente. Se escabulló. —Catherine se levantó del banco y empezó a ponerse de nuevo los guantes—. Y por eso no puedo entrar en la iglesia con usted, Michael. Era su Iglesia y su Dios. No quiero ser parte de ella. No debí haber venido. Pero vaya y entre usted, Michael, su lugar está ahí dentro. Yo tengo trabajo que hacer.

Michael la vio alejarse calle abajo, de vuelta hacia la casa de huéspedes de la señora O'Toole, donde le esperaba el quinto rollo.

Primero, debemos morir.

Como murió Osiris, el Buen Pastor. A fin de alcanzar el estado de gracia, se nos exige experimentar la misma muerte y nacimiento por los que pasó el salvador, ya que sólo a través de la muerte y de un nuevo nacimiento podremos alcanzar la vida eterna.

Eso era lo que predicaba la sacerdotisa del Templo de Isis.

En Alejandría, los seguidores de Isis, Reina del Cielo, superaban en número a los de cualquier otro dios. Y recuerdo que en Antioquía, los adoradores de Isis eran muchísimo más numerosos que los de cualquier otra religión.

Me comprometí con Isis, la Diosa Salvadora, cuando ofrecí mis servicios en el hospital adjunto al templo. Aunque conservaba mi herencia, quería trabajar, y las enfermeras tenían mucho que enseñarme en el terreno de la obstetricia, a la vez que yo podía compartir con ellas los secretos que aprendí en Persia y la India. Con frecuencia, en el curso de mis obligaciones en el hospital, ayudé a cuidar enfermos y me senté junto al lecho de moribundos.

Y así fue como pude observar las muchas formas en que muere la gente.

Comprobé que hay quienes se acercan a ella con calma y dignidad y otros que se ponen nerviosos y se dejan dominar por el pánico. Están los que la tratan como si fuera un sueño, los que le dan la bienvenida, los que anticipan aterrados su llegada y los que la reciben rebosantes de preguntas. Les vi cerrar los ojos y exhalar el último suspiro, y traté de contemplar la partida del alma.

A Osiris le llaman el Resucitado, y la suya es hoy una historia familiar, porque vivió hace miles de años. Una estrella profetizó su nacimiento, su madre era virgen y sabios y pastores le rindieron homenaje en la cuna. Lo mismo que a Krishna y al Justo, a Osiris lo llevaron de niño a una tierra lejana para que escapase a la matanza de los inocentes que ordenó un rey celoso. En el momento de la muerte de Osiris, el sol se inmovilizó en el cielo y las tinieblas cubrieron la Tierra. Después la tierra se estremeció, como cuando murieron Tammuz y Krishna. A continuación, Osiris descendió a la región de los muertos, de donde emergió al cabo de tres días, renacido para la vida.

Los devotos de Isis creen que aquellos que cumplen el rito de la muerte y nacimiento de Osiris resucitarán a su vez. De modo que cuando Mira, la Gran Sacerdotisa, me invitó a participar en el solemne Misterio, acepté.

Los novicios inician un periodo de ayuno y purificación rituales, se los alecciona en una forma elevada de meditación, de la que resulta una unión mística con el Supremo. Como en el caso de Tammuz y Hermes, nos condujeron a una cámara subterránea situada debajo del templo, el infierno simbólico, donde nos vistieron con blanco sudario y nos invitaron a beber en la copa de la muerte. Entonces «morimos», a través de la contemplación, y nos comunicamos con el espíritu de los muertos... y con Dios. Transcurridos tres días, nos llevaron a la superficie, a la luz del sol, nos bautizaron con vino, símbolo de la sangre uterina y la congregación nos saludó, entre besos y abrazos, porque habíamos vuelto a nacer. Celebramos todos juntos una comida comunal de pan y vino, que simbolizan el cuerpo y la sangre de Osiris. Y entonces se nos permitió leer la antigua escritura, escrita hace más de dos mil años: una profecía que dice: «Regocíjate, oh, pueblo de esta época, el Hijo de Hombre confirmará su nombre para toda la eternidad». El texto sagrado habla de un rey que está a punto de nacer, al que llaman Redentor y que llega para librar a Egipto de las disensiones y el caos. Me pregunté: «¿Éste es el Justo? ¿Acaso es Krishna o Mitra? ¿O Hermes?». Porque ahora ya sé que a muchos salvadores se les llama Redentor, muchos son hijos de un dios y nacieron de madre virgen y, al parecer, todos nacieron sólo para morir por los pecados del mundo.

Mira dice que la profecía se refiere a uno que aún ha de venir.

Aprendí muchas cosas en Alejandría, no menos de las que también había aprendido en Persia y la India: que no *existe* la muerte, sólo vida eterna, esta es, como ya te dije, la tercera de las Verdades Inmutables. Y aprendí más, Perpetua, en esta culta ciudad de Egipto. Por ejemplo, los escritos de Epicuro nos dicen que la paz de espíritu se alcanza mediante el control del deseo y la supresión del miedo. Epicuro nos recuerda que no tenemos nada que temer de Dios, que nada hay que temer en la muerte. Fundí este conocimiento básico con lo que había aprendido en Oriente y que ya te he contado. O sea, que no hay nada que temer de Dios *porque estamos hechos de Dios*; y no tenemos que temer nada en la muerte *porque volvemos a Dios*.

A las enseñanzas de Epicuro, quien dice que la bondad puede alcanzarse a través del perdón, añadí esta revelación de Isis: que el perdón es el primer paso por el triple camino que conduce de regreso al nacimiento-alma.

El perdón, Perpetua, es la cuarta de las grandes Verdades.

Pero la que aprendí de Isis es una forma de perdón muy profunda. No es simplemente absolver a un enemigo o a alguien que nos ha causado un daño. Para que conduzca al conocimiento, el perdón debe abarcar todas las cosas que alteran la tranquilidad de nuestra alma.

Por la Cuarta Verdad, Perpetua, que te llevará de vuelta a tu nacimiento-alma y al Don, debes perdonar no sólo al que te haga daño, sino también al perro que te roba el sueño, al calor del verano, al frío del invierno; has de perdonar asimismo al uñero del dedo del pie, a la sandalia rota, a la pulga que se ceba en ti; a la insipidez del vino, al polvo de tu casa, al niño revoltoso que acaba con tus nervios, las arrugas, las canas, el peine perdido; los precios que suben, un cumpleaños que se olvidó, el gentío del mercado, un vecino ruidoso, una apuesta perdida, una decepción, una pesadilla, un insulto, el pan que se pone duro, la espina que aparece en el estofado.

Y estas cosas no son más que el principio. Tal perdón ha de practicarse a diario y con sinceridad. Y cuando se ha convertido en una costumbre cotidiana y cómoda, entonces puede ponerse en práctica la siguiente Verdad.

A través de Isis tuve noticia también de la quinta Verdad, aunque en aquel momento no me di cuenta. Para comprender plenamente las revelaciones que había experimentado durante mi muerte y renacimiento en Alejandría, tendría que viajar largas millas por mar, hasta una brumosa y remota tierra de la que sólo había oído hablar en la leyenda.

Cuando Cornelio Severo anunció el fin de su estancia en Alejandría, le pregunté si me era posible acompañarle con su séquito. No había encontrado al Justo en Egipto y, por lo tanto, no me fue posible formularle mi pregunta. Pero aunque ninguna razón me inducía a creer que iba a encontrarlo en la tierra de las brumas, sabía que estaba obligada a continuar buscándole.

Así que nos dirigimos al norte, hacia el país de los Transformadores.

DUODÉCIMO DÍA

Sábado, 25 de diciembre de 1999

—¿Señorita Garibaldi? ¡Hola! ¿Está despierta, querida?

Catherine se llegó a la puerta, pero no la abrió.

—¿Sí, señora O'Toole?

—Me preguntaba, querida, si va a acompañarnos luego en la comida de Navidad. Necesitaría saber cuántos cubiertos he de poner en la mesa.

—Creo que no, señora O'Toole —respondió Catherine. Saturaban toda la casa los suculentos aromas de los manjares de la comida navideña—. Le agradezco infinito la invitación, pero no creo que pueda levantarme.

—Está bien, querida. Le traeré una bandeja. ¿Su hermano se sentará a la mesa con nosotros?

Su hermano. Michael. Había asistido a la misa del gallo y luego a la del alba. Ahora se encontraba en el tercer servicio religioso de Navidad.

—Sí, sí —afirmó Catherine a través de la puerta—. Me dijo esta mañana que aguardaba con impaciencia la hora de saborear esa comida.

Aquellas no habían sido exactamente sus palabras. Lo que en realidad había dicho Michael era: «Es posible que la señora O'Toole recele algo si no aceptamos su invitación». Catherine sabía que Michael experimentaba cierto sentimiento de culpa por el hecho de que él se movía libremente, mientras ella se encontraba prisionera en su habitación.

Al retirarse la señora O'Toole, Catherine regresó a la mesa, sobre la cual se encontraba el quinto rollo, cuyo estado era alarmante. Contempló las últimas frases por las que pasó la vista: *«Estamos hechos de Dios... volvemos a Dios...»*. Apenas recordaba haber leído las palabras; había empezado a traducirlas y, en algún momento, durante la noche, mientras Michael celebraba en la iglesia la Natividad de Jesús, ella había dejado de ver palabras escritas en papiros para, en su lugar, ver imágenes... imágenes que le parecieron tan reales que, durante un rato, tuvo la sensación de estar allí, en Alejandría, con Sabina.

Y con los antiguos dioses salvadores de tantos siglos atrás.

Se acercó a la ventana y miró afuera. La quietud reinaba en la calle; durante la noche anterior, los cantantes de villancicos la inundaron de canciones, mientras la iluminación navideña hacía resplandecer toda la manzana. Por la mañana, Catherine oyó salir de la casa a otros huéspedes hacia sus diversas iglesias. La señora O'Toole y su hermana asistieron a la misa de medianoche con Michael; Catherine los oyó volver, a la una y media de la madrugada. Las señoras invitaron al huésped a tomar una copa de jerez para celebrar la festividad. Voces que traspasaban las paredes, escenas vistas a través de las ventanas.

Vio ahora a Michael en la acera. Constituía una figura llamativa encogido dentro de la ropa para arrostrar el frío, con la bufanda y el sombrero negros, y el largo abrigo que había comprado el día anterior en la avenida Wisconsin.

«Tiene que perdonar a su padre por no haber ido a buscarla aquel día...»

«¿Y qué me dice de usted, Michael? ¿Por qué no perdona a aquel chico de dieciséis años que no acudió a salvar la vida del anciano? ¿Cuánto tiempo vamos a seguir castigándonos, agobiados por nuestra culpa?»

«Usted y yo somos iguales, Catherine. Ambos somos luchadores, aunque en campos de batalla distintos.»

Le faltaba muy poco para concluir el quinto rollo. Después, sólo le quedaría uno más. Y una vez traducido éste, caso de no contener más pistas que condujeran al séptimo, todo habría terminado. Michael y ella se despedirían.

Al sonar una súbita y repetida llamada a la puerta, Catherine creyó que se trataba de la señora O'Toole. Pero era Michael. Catherine le franqueó el paso y cerró rápidamente la puerta tras él. Como un manto invisible, el frío exterior aún se mantenía sobre él.

—Encienda la televisión —dijo Michael, al tiempo que se quitaba el abrigo—. Deprisa.

—¿Qué...?

—Acabo de verlo abajo casualmente, al cruzar el salón.

Catherine fue pasando de largo por los canales que transmitían los acostumbrados programas de Navidad, hasta dar con uno que daba un noticiario especial de mediodía. En pantalla estaba de nuevo la imagen de Catherine; la muchacha casi empezaba a acostumbrarse. También apareció la fotografía que había tomado del fragmento de Jesucristo, otra imagen familiar.

—¿De qué se trata esta vez? —dijo, impaciente.

Michael se quitó los guantes y subió el volumen del televisor.

—... la prueba de radiocarbono se efectuó en el Instituto Tecnológico de París, al tiempo que paleógrafos de Alemania e Inglaterra, independientemente, sometían un fragmento de escritura a un análisis paleográfico. De acuerdo con la datación del carbono, la fecha del papiro se sitúa alrededor del año cien de Nuestra Era, fecha que confirma el análisis de la escritura.

—¡Es una noticia maravillosa! —exclamó Catherine.

Pero Michael alzó una mano, en plan de «no lance las campanas al vuelo».

—El análisis del fragmento realizado con infrarrojos —continuó el presentador— ha revelado la existencia de una escritura anterior debajo de la superficial, escritura que se había lavado, pero que los infrarrojos permiten leer. El texto corresponde a una escritura de venta datada en el reinado de Claudio César...

—Eso no tiene nada de extraño —dijo Catherine—. Los papiros eran muy caros y solían borrarse y utilizarse una y otra vez.

—Sin embargo —prosiguió el presentador—, la espectrometría infrarroja reveló algo más que había sido borrado del fragmento: un sello que llevaba un número de catálogo de museo...

La imagen de la pantalla cambió al primer plano de un círculo descolorido en el que figuraban las palabras *Museo de Antigüedades 4.11.45*, visibles a duras penas.

—Se ha confirmado que este papiro formaba parte de una colección robada hace tres años en el Museo de Antigüedades...

Catherine frunció el ceño.

—¡Robada!

Entrevistaban a una científica de Denver.

—Nuestro laboratorio recibió una minúscula porción del fragmento —declaró la especialista—. Retiramos partículas de la tinta y las examinamos con un microscopio electrónico. Descubrimos que la tinta contenía anatasa, dióxido de titanio, que no se inventó hasta la década de 1920. A pesar de ello, como quiera que es posible que un documento antiguo contenga un insignificante rastro de anatasa, sometimos la tinta a una emisión de rayos X inducida y encontramos cantidades masivas de anatasa, lo que significa que la tinta es de fabricación contemporánea.

A continuación vino una secuencia en la que aparecía un hombre de aspecto infeliz que hablaba ante una batería de micrófonos. En la parte inferior derecha de la pantalla se leía: *Televisión Nacional de El Cairo, imágenes transmitidas en un programa anterior*. El hombre hablaba en árabe y un locutor norteamericano comentaba:

—El señor Nicholas Papazian hizo anoche una confesión que ha conmocionado al mundo. Los Rollos del Sinaí, afirma, son obra suya, realizada en la pequeña trastienda del establecimiento de antigüedades que posee en El Cairo. Creó los falsos rollos, dice, a petición de la doctora Catherine Alexander.

—¡En la vida me he cruzado con ese hombre, Michael!

—El señor Papazian —continuó el presentador— tiene un largo historial como productor y vendedor de documentos falsos, y su hazaña más famosa es el caso de la llamada Carta de Poncio Pilatos, que hace quince años fue vendida en una subasta por el precio récord de diez millones de dólares, para descubrirse poco después que era una falsificación. El señor Papazian se pasó seis años en la cárcel, tras reconocer su delito, y el gobierno egipcio le revocó el permiso para ejercer la venta y exportación de antigüedades.

—He oído hablar de ese tipo —dijo Catherine—. No es sólo Papazian, es toda su familia. Representan una de las fuentes clandestinas más importantes de objetos ilegales del mundo. ¡Ese individuo es impúdicamente rico y oculta sus actividades criminales tras una fachada de respetabilidad de nuevo cuño!

—¿Pero qué está ocurriendo? —dijo Michael—. ¿Por qué declara que le pagó usted para que falsificase los rollos? Y hay otro «por qué» todavía más importante. ¿Por qué iba a reconocer semejante delito si no lo ha cometido?

—Si le pagan el dinero suficiente, es probable que reconozca cualquier cosa. Detrás de esto tiene que estar Havers. ¿Pero por qué han montado toda esta maquinación? Michael, yo estaba allí cuando los hombres de Hungerford encontraron el fragmento. Y yo misma encontré el cesto con los rollos. Créame, no lo habían colocado allí hacía poco, el cesto estaba incrustado firmemente en el suelo.

Catherine se acercó al televisor y escudriñó con los párpados entornados la foto del fragmento, que aparecía en el rincón superior derecho de la pantalla.

—Si pudiese obtener una copia en papel de esto...

—Eso no es problema —dijo Michael, que ya cogía el abrigo—. Si la noticia se anunció en Egipto anoche, es probable que la publiquen aquí los periódicos de la mañana. En seguida vuelvo.

No tuvo que ir muy lejos, el periódico del sábado estaba en el salón de la planta baja, una vez leído por los seis clientes que se hospedaban entonces en el establecimiento de la señora O'Toole.

El reportaje figuraba en primera plana y lo completaban fotografías de Catherine, el señor Papazian, el yacimiento de las excavaciones y el fragmento del rollo. El titular era todo un grito: ¡FALSOS!

—Si Havers está detrás de esto —dijo Michael—, ¿qué gana?

Catherine examinó la foto del fragmento.

—Un segundo... —pidió. Llevó el periódico a la mesa y lo puso bajo la luz.

—¿Qué es?

Tras abrir la bolsa azul de gimnasia, sacó cuidadosamente el libro que protegía los rollos, lo desenvolvió y levantó la tapa del volumen para poner al descubierto la primera hoja de papiro, de la que se había rasgado la mitad inferior del fragmento. Puso el periódico junto a ella.

—Mire esto —murmuró.

Michael se inclinó sobre la mesa.

—¿Qué tengo que mirar?

—El fragmento de la foto. Observe el borde de abajo. Compárelo con el borde superior de esta hoja.

Intercambiaron una mirada.

—No coinciden.

—Michael —indicó Catherine la foto del periódico—, este fragmento no es el que dejé en la tienda antes de marcharme.

—¿Una sustitución?

—¡Esos científicos no mentían! ¡Lo que *examinaron* era una falsificación! ¡No era el documento que dejé al marcharme del Sinaí, el papiro que encontraron los hombres de Hungerford, sino una suplantación!

—Lo que quiere decir es que Papazian hizo una réplica, una falsificación deliberada, y luego declaró que usted le había pagado por ello. Pero, entonces, ¿dónde está el fragmento auténtico?

—Cualquiera sabe. El cambiazo lo pueden haber hecho a muy alto nivel... Quizás el señor Susodicho está en el ajo. O es posible que los funcionarios del gobierno egipcio no estén enterados de que se produjo el cambiazo. Papazian pudo haber pagado a algún subordinado para que efectuase el cambio para él.

—Para Havers, quiere decir.

—Sí...

—Eso va a ser difícil de demostrar. A menos que salga usted de su escondrijo y les participe sus sospechas.

—Tengo una idea mejor —dijo Catherine de pronto; se acercó de nuevo a la bolsa de gimnasia y sacó su agenda—. Antes de marchar del Sinaí envié un fragmento del papiro a un amigo de Zúrich, Hans Schuller. Trabaja en un laboratorio de datación por carbono —hojeó las páginas hasta dar con un número de teléfono—. Nadie estaba enterado de eso —añadió mientras se llegaba al aparato—. Le pedí que no dijera nada. Sabía que podía confiar en él...

—¿Le va a telefonear ahora?

—Intentaré primero localizarle en el laboratorio.

—Hoy es Navidad.

Catherine oyó la señal en el otro extremo de la línea y, al cabo de varios timbrazos, colgó.

—Tiene razón.

—¿Dispone del número de su casa?

—No, pero estoy segura de que me lo darán en información.

Su conversación con Schuller, cinco minutos después, fue breve.

—Sí, Hans —dijo Catherine—. Sin duda eso fue lo que pasó. La perdieron en Correos. Esas cosas suelen pasar. ¿Cómo? —Miró a Michael—. ¿Que dónde *estoy*?

Colgó automáticamente.

—Alguien le abordó ya.

—¿Pero cómo pudieron enterarse de su relación con Schuller?

—Debí de hacer alguna alusión a él durante mi encuentro con Danno, aquella noche en el apartamento. Los esbirros de Havers lo oirían. —Se pasó la mano por la nuca, giró la cabeza y los hombros. De pronto, se sintió muy cansada—. Michael, vale más que vaya a la planta baja y se reúna con los demás para la comida de Navidad.

—No, me quedaré con usted.

—La señora O'Toole se sentirá muy decepcionada. Y alguien puede entrar en sospechas. Las cosas están sucediendo muy deprisa...

—Eh —silabeó Michael suavemente, al tiempo que apoyaba las manos en los hombros de Catherine—. Todo se arreglará. Aquí nadie puede encontrarnos. Y este asunto habrá acabado muy pronto.

Y entonces usted y yo nos separaremos.

—Voy a seguir trabajando en los rollos. Cuanto antes lleguemos al final, tanto mejor.

—¿Está segura de que no se va a encontrar mal?

—No se preocupe, Michael —repuso ella—. Estoy tan furiosa que nada de lo que puede hacer o decir Miles va a levantarme ampollas.

Julius hizo la llamada desde el teléfono público de un pequeño centro comercial de la autopista de la Costa del Pacífico.

—Quisiera dejar un recado para un huésped que va a registrarse ahí —manifestó precipitadamente, sin apartar la vista del tráfico—. Le deletrearé el nombre...

Mientras hablaba, tomó el periódico que llevaba bajo el brazo y lo colocó sobre la repisa situada bajo el aparato telefónico. Incluso en aquel momento, varias horas después de haber visto el titular, volvió a experimentar un sobresalto. ¡Falsos! ¿Cómo podían ser falsos los rollos? Los había visto con sus propios ojos; estaba en condiciones de jurar que eran auténticos. Catherine dominaba su especialidad; si fuesen falsificaciones lo habría detectado en seguida.

—¿Le importaría repetírmelo? —pidió a través del teléfono.

Luego, con la certeza de que la persona del otro extremo de la línea había tomado el mensaje correctamente, Julius colgó y consultó su reloj. Camilla Williams, de Noticias del Testigo Ocular, le había asegurado que la transmisión se realizaría al día siguiente... en la cadena de ámbito nacional. Esa fue la única condición que puso para la entrevista, que se difundiera por toda la red de televisión y no sólo por la emisora de cobertura local.

A aquella hora, al día siguiente, la terrible gran prueba ya habría concluido. Catherine conocería la desagradable verdad —que Sabina no llegó a rematar su historia, que no había séptimo rollo— y ellos volverían a estar juntos y reanudarían su vida normal.

Lo único que él podía hacer ahora era esperar. Y rezar para que Catherine continuase donde estaba, oculta y silenciosa, sin cometer una imprudencia que revelara su paradero.

Cornelio Severo acudió al encuentro del jefe de los britanos en Chichester...

—*¿Quién?* —exclamó Catherine en voz alta, al borde del grito—. ¡Dame el nombre del jefe de los britanos! ¿Se trataba de Cunobelino? —Cunobelinus situaría a Sabina en Britannia durante el reinado de Claudio, aproximadamente cuando apareció públicamente el verdadero y único Jesús.

Catherine se echó hacia atrás en el asiento y dejó la pluma. ¡Resultaba todo tan frustrante!

Y lo que era peor, estaba llegando al fin del quinto rollo. Además, el rollo número seis, a juzgar por lo que veía, no era muy largo. A Sabina le quedaban escasas probabilidades para identificar los años en que había vivido.

Catherine se levantó de la mesa, se estiró y miró por la ventana. No había estrellas que ver; el pronóstico era para la nieve. Consultó la hora. Las once. En la casa de la señora O'Toole reinaba el silencio, ya que todo el mundo dormía, tras una jornada de jerez y villancicos.

Catherine había visto a Michael sólo brevemente, cuando el sacerdote se retiraba a descansar y se detuvo un momento para ver cómo le iba a la muchacha. Por desgracia, al día siguiente era domingo, y hasta la tienda de informática estaría cerrada, lo mismo que las bibliotecas y otras instituciones susceptibles de brindar acceso a Internet. El lunes, había dicho Michael. El lunes tendrían que dar con un modo que les permitiera conectar con garantías de seguridad y llevar a cabo las oportunas búsquedas de los nuevos nombres que Catherine había espigado de los años que Sabina estuvo en Britannia.

Al consultar de nuevo el reloj, calculó que en California eran las ocho de la tarde y le asaltó el súbito deseo de telefonear a Julius. Pero lo resistió. En cambio, encendió la televisión para comprobar si las noticias de la noche daban cuenta de algún acontecimiento importante. No le sorprendió ver aparecer en la pantalla el rostro de Miles Havers.

La sonrisa marca registrada irradiaba preocupación moral mientras el magnate exponía:

—Lo único que puedo decir es que me siento enormemente incómodo por el hecho de que Catherine Alexander me haya engañado a mí, como ha engañado a todo el mundo. Me considero personalmente responsable por todas las ilusiones que despertó la esperanza de que los rollos contuvieran información religiosa indubitable. Mi oferta de cincuenta millones de dólares confirmó en cierto modo la autenticidad de los rollos, induciendo a muchas personas a creer que eran verdaderos. Por ello, pido disculpas.

—De modo que ese es tu juego —murmuró Catherine—. Al anunciar ayer que mantenías negociaciones secretas para la compra de los rollos, lo que hacías era asegurarte de que te entrevistarían hoy. Te presentabas como una víctima de mis manejos y me convertías en delincuente.

—La doctora Alexander, naturalmente —prosiguió Havers—, goza de gran renombre en determinados círculos eruditos gracias a su madre, Nina Alexander, cuyas doctrinas antieclesiásticas provocaron la censura del Vaticano. Reprobada, no en una, sino en varias ocasiones, al final se dio por finiquitado su empleo en el colegio católico donde impartía clases. Recordará usted —sonrió al presentador, con el que mantenía un diálogo amistoso en el estudio— que Nina Alexander aseguró haber encontrado pruebas de que las mujeres deberían ser papas. —Emitió una risita que quiso ser agradable y el entrevistador también sonrió ante lo absurdo de aquella cuestión—. Un psicólogo amigo mío sostiene la teoría de que Catherine Alexander perpetró esta falsificación como medio para reivindicar el nombre de su madre y creo que la prueba de ello estriba en el detalle de que ha deslizado la palabra «diakonos» en los rollos, ostensiblemente para demostrar que las mujeres deberían ser sacerdotes.

—¿Cómo te atreves? —espetó Catherine al televisor.

—Señor Havers, ¿qué opina de esta noticia de última hora? Me refiero al hecho de que el señor Papazian ha rectificado su declaración.

Catherine enarcó las cejas. ¿Papazian ha cambiado su declaración?

Catherine se preguntó si se había perdido algo desde el telediario de mediodía.

—Francamente, no me sorprendería nada, Jack, que fuese realmente Daniel Stevenson quien hubiera preparado lo de la falsificación. Al fin y al cabo, ¡estamos hablando de un hombre que creía que los aztecas descendían de los marcianos!

Catherine se quedó mirando la pantalla. ¡Hijo de mala madre!

Cogió bruscamente el periódico y recorrió rápidamente con el dedo la sección comercial, examinando los anuncios que ofrecían servicios de conexión. Encontró la Galaxia BBC, que se lo brindaba en el plazo de una hora. Catherine dio su número de tarjeta de crédito, que había anotado en la agenda antes de dejar la tarjeta en San Francisco.

De acuerdo con lo prometido, el servicio de conexión se activó al cabo de una hora y la muchacha entró en la Tertulia de Internet. Rezó para que *#hawksbill* estuviera abierto. Pero corría la noche de Navidad y si todo el mundo se encontraba reunido con la familia, *#hawksbill* ni siquiera tendría salida. Volvió a entrar con el nombre de *#janet*, aunque existían muy pocas probabilidades de que alguien de *#hawksbill* se percatase de que estaba allí. Se daba perfecta cuenta de que era muy arriesgado conectar de nuevo. Tampoco le importaba.

Su madre... Danno...

Tecleó */lista*, pulsó *Intro*, cerró las manos y apretó los puños. «Por favor..., por favor, que haya alguien ahí...»

Lo había, *#hakswbill* estaba en línea. Pero sólo una persona ocupaba el canal. Al conectar, Catherine vio que se trataba de Jean-Luc, sentado a solas, con la @ delante de su nombre, como si estuviese esperando, aquella solitaria noche de Navidad, a que alguien se dejara caer. Catherine entró en línea con el nombre de Janet.

[Jean-Luc] Felices Pascuas, Janet.
<Janet> Felices Pascuas
[Jean-Luc] No deberías estar aquí. Demasiado peligroso.
<Janet> ¿Ha entablado alguien conversación contigo en todo el día?
[Jean-Luc] No. Todo el mundo está atareado con su familia.
<Janet> ¿Estás solo?

Catherine esperó.

<Janet> Jean-Luc: ¿estás solo?
[Jean-Luc] Sí.
<Janet> ¿Dónde estás?
[Jean-Luc] Va contra las reglas de Hawksbill
<Janet> Tú sabes quién soy. Yo tengo que saber quién eres.

Otro silencio, mientras Catherine esperaba.

[Jean-Luc] Sólo un amigo...
<Janet> ¿Eres hombre o mujer?

Mientras aguardaba la respuesta, Catherine escuchó la quietud de la casa y la calma exterior de la noche, con el cielo colmado de nubes de nieve que cubrían el mundo con una capa de paz y silencio. Tuvo la sensación de que Jean-Luc y ella eran las dos únicas personas sobre la faz del planeta, seres carentes de rostro, edad y sexo, sólo puro pensamiento y electrones, dos personas sin cuerpo que se reunían en un espacio inexistente. Catherine ni siquiera sabía desde qué lugar del mundo estaba transmitiendo «Jean-Luc». Él o ella lo mismo podían encontrarse en China que en el otro lado de la calle. Sin embargo, aquel momento tenía algo extrañamente íntimo.

[Jean-Luc] No debiste haber conectado. Es peligroso.
<Janet> Tenía que hacerlo. Para defender a Barrett
<Janet> ¿Has visto la televisión, Jean-Luc?
[Jean-Luc] sí >:-[[Mueca triste]
<Janet> Barrett NO FALSIFICÓ LOS ROLLOS. _La doctora Alexander no los +falsificó. *los rollos son auténticos* Y la doctora Alexander nunca +se comunicó con Miles Havers ni negoció por cincuenta millones de +dólares. Miles Havers jamás entró en contacto con ella._
[Jean-Luc] ¿Havers es el Villano?

Catherine mantuvo la vista fija en la pantalla. _¿Havers es el villano?_ Traducción: _¿Havers asesinó a Daniel?_

<Janet> Havers acusa a Barrett
<Janet> Havers acusa a Daniel Stevenson de falsificación. Eso es por+que Daniel no está vivo para defenderse. Tienes que creerlo. Tienes +que decírselo a todo el mundo
[Jean-Luc] Janet: ¿Miles Havers es el Villano?

Catherine titubeó.

[Jean-Luc] Repito: ¿el Villano persigue a la doctora Alexander?
<Janet> No puedo decirlo
[Jean-Luc] Cuentas con la simpatía de la Red, pero Miles Havers es +hombre poderoso
<Janet> Tengo miedo.

Catherine contempló la pantalla. El cursor seguía parpadeando y el tiempo continuaba transcurriendo. ¿Por qué no decía palabra? Le asaltó la tentación de descubrir la verdadera identidad de Jean-Luc. Sabía que con teclear un comando aparecería su dirección de protocolo Internet. Una insignificante tarea detectivesca la llevaría directamente hasta él. O hasta ella.

Catherine tecleó _/quién es Jean-Luc_ y mantuvo inmóvil la mano sobre la tecla de Inter.

Pero entonces:

```
/salir
Abandonar archivo
Cierre de marcador
FIN DE FRECUENCIA PORTADORA
```

—¿Puedo preguntarle, reverendo Bradshaw, cómo obtuvo usted esa fotocopia?

Estaban sentados en el Despacho Oval y el presidente no parecía, ni mucho menos, complacido por aquella interrupción surgida entrada ya la noche. Pero su visitante era un personaje de gran influencia política.

—No tengo plena libertad para divulgarlo, señor presidente. Pero me encargué de que se tradujera y ese es el motivo por el que he convocado esta reunión de emergencia en la noche de Navidad.

—¿Qué dice la traducción?

—El supuesto salvador al que se refiere este papiro no es Nuestro Señor, sino un ídolo pagano con cabeza de animal. En resumen, señor, es una blasfemia. Es obra del Diablo. Decir que Jesucristo sólo fue uno de tantos es rebajar a Nuestro Señor, implicar que no es más que parte de una ristra de salvadores... —El reverendo hizo una pausa para sosegarse—. ¡Esto presupone, señor presidente, que Jesucristo era un imitador! Que sus seguidores tomaron prestado su credo de otras religiones paganas y las manufacturaron como suya. Esos rollos invalidan el cristianismo en pleno...

Levantó una de las fotografías.

—Mire este manuscrito, señor. Permítame que le lea lo que dice. El texto corresponde a la traducción. —Se colocó las gafas sobre la nariz—. «Marte nació de madre virgen y vino al mundo en un pesebre. Le llamaron Redentor y murió por los pecados de la humanidad.» —Bradshaw se quitó las gafas con brusco movimiento—. ¡Marte! ¡Un ídolo de piedra adorado por paganos impíos!

—Le agradecería que fuese al grano, reverendo.

—Señor presidente, todos sabemos que es usted un hombre temeroso de Dios y que no permitirá que prosiga semejante obscenidad. —Al depositar un fardo de periódicos encima de la mesita de café retuvo en la mano un tabloide con un titular que rezaba: ¡JESÚS NO FUE EL PRIMERO!—. ¡Señor presidente, no podemos permitir que se arroje esta basura sobre el pueblo norteamericano! ¡Sobrevendrá el caos y alboreará una nueva era de anarquía e inmoralidad! Norteamérica se convertirá en la nueva Sodoma, lo auguro.

El presidente lanzó una mirada de disgusto al tabloide.

—¿Qué me pide que haga, reverendo?

—Que no entregue esos rollos a los egipcios, porque los exhibirán públicamente. Quémelos, señor presidente.

—¿No vio las noticias de la mañana? Parece ser que los rollos son falsos.

—Si son una falsificación, señor, ¿entonces por qué esa mujer sigue adelante y oculta con ellos? Le digo, señor presidente, que esa historia de la falsificación es un truco del gobierno egipcio para entrar en posesión de los rollos. Una vez los tengan, declararán que son auténticos y los expondrán públicamente. Y le aseguro que la exposición pública de esos manuscritos significará la muerte cierta del cristianismo.

—Me hago cargo de su preocupación, reverendo Bradshaw. Pero ni siquiera tenemos aún los rollos.

—Pero sí dispone de fotografías de ellos.

El presidente sonrió.

—¿Tiene usted información que un servidor no tiene?

—Señor presidente, con todo el debido respeto, este no es el momento para juegos de palabras. Sé de fuente fidedigna que este gobierno tiene en su poder esas fotografías. Y le imploro, señor, como correligionario cristiano, que impulse a este gobierno a dar los pasos necesarios para conseguir esos rollos.

—Este gobierno —dijo el presidente, al tiempo que se ponía en pie para indicar que daba por concluida la entrevista— está haciendo lo necesario mediante las adecuadas gestiones y conductos diplomáticos. Y, en todo caso, no se hará nada hasta saber con exactitud y certeza lo que dicen los rollos.

A trece kilómetros de Washington, en un conjunto de edificios que ocupaba doscientos treinta mil metros cuadrados en el centro de una extensión de ciento veintitantas hectáreas —la sede de la Agencia Central de Inteligencia, donde no se admitían visitas públicas turísticas—, en cuya pared del vestíbulo principal aparecía grabado el verso bíblico de san Juan: «Y conocerás la verdad y la verdad te hará libre», un equipo de expertos se afanaban en un laboratorio del sótano, donde las luces no se habían apagado desde que se encendieran por primera vez en 1977.

El equipo de especialistas estaba traduciendo los rollos de Sabina, trabajando sobre las fotografías procedentes del departamento de policía de Santa Bárbara y utilizando el programa Logos de la Universidad de Duke.

Sus instrucciones: informar en el acto al presidente de cualquier dato incluido en los rollos que pudiera afectar a la frágil alianza diplomática de Estados Unidos con Egipto.

Uno de los miembros del equipo, un hombre casi tan competente en griego antiguo como en inglés, leyó una línea de una de las últimas fotografías.

Exclamó:
—¡Oh, Dios mío...!

EL QUINTO ROLLO

«Ten cuidado con los transformadores, los que cambian las formas», me advirtió Claudia cuando llegué a Britannia. Hablaba en susurros al referirse a los hiperbóreos que habitaban en la región septentrional y al fabuloso Arimaspi, soberano de un reino cubierto de nubes y situado en la cima de la Tierra. Me puso en guardia respecto a la «gente diminuta», las mujeres-foca y los gatos que roban el aliento de los labios a los niños de pecho.

Claudia era la esposa del centurión que estaba al mando del puesto avanzado y pude darme cuenta de que se había dejado seducir por el hechizo de aquella extraña tierra neblinosa. Fui a aquel país con cierta prevención, ya que era un territorio enigmático y, sin embargo, pronto me di cuenta de que también a mí me encantaba el viento, la lluvia y la niebla, el hechizo de los robledos por los que pululaban hadas y espíritus, las brumas suspendidas sobre las llanuras y las extensas panorámicas de unas verdes praderas que se prolongaban en todo lo que podía alcanzar la vista.

Y allí, Perpetua, donde menos lo había esperado, mi corazón encontró un compañero. Me enamoré.

Aún seguía buscando respuestas, aunque empecé a formar un pequeño grupo de El Camino en mi casa, con la lectura semanal de una epístola de María, un sermón sobre el Justo y su mensaje de paz y de victoria sobre la muerte y la obligación por parte de uno y de todos de compartir el pan y el vino de la alegría comunal. Naturalmente, tanto en Antioquía como en el curso de mis viajes había oído hablar del dios Esculapio. ¿Quién no? Pero nunca había puesto el pie en uno de sus santuarios. Como se trataba de una frontera militar, los primeros edificios que se levantaron allí fueron cuarteles y hospitales. El Templo de Esculapio, aunque humilde, era magnífico para los niveles de la frontera.

Sobre el umbral figuraban estas palabras: «Lo primero, no hacer daño».

Según me enteré después, esta era la primera regla de los médicos de Esculapio, el cual había nacido de un dios y de madre virgen.

En el templo de Esculapio me enamoré.

Filos era un hombre guapo, de bonitos ojos y nariz soberbia.

Le apasionaba aprender y era un sanador delicado. Nos enamoramos y nos casamos allí, en aquella isla brumosa. El amor del apuesto Filos fue un bálsamo para mi dolor y mi pesar, porque aún no había podido olvidar la matanza de mi familia en Antioquía. Cuando le hablé del Justo, le conté que estaba buscándole y le hice una pregunta, Filos comprendió y dijo que me ayudaría en mi búsqueda.

Y resultó que Britannia también era un país de dioses salvadores antiguos...

DECIMOTERCER DÍA

Domingo, 26 de diciembre de 1999

Algo despertó a Erica.

De momento, no supo qué. Los números de la esfera luminosa del reloj señalaban las dos de la madrugada. Escuchó de nuevo el silencio. Volvió entonces la cabeza a un lado y vio que Miles no estaba en la cama.

Otra vez.

En el curso de los años, cada vez que se consagraba a una transacción importante o forcejeaba con un nuevo código de *logical*, Miles se levantaba sin haber dormido gran cosa. Pero a Erica le parecía que el número de noches en que descubría que se había ausentado de la cama era últimamente mayor que de costumbre.

Al principio, Erica pensó que se debía al pleito antimonopolio que el Departamento de Justicia prometía entablar para impedir el lanzamiento del Dianuba 2000. Ya se habían enviado a todo el mundo veinticinco millones de copias de ese programa, y el público estaba pendiente de la noticia: ¿se lanzaría o no se lanzaría el 1 de enero? Sin embargo, Miles no parecía en absoluto preocupado por el caso.

Erica pensó después en el asombroso anuncio que a través de los medios de comunicación hizo Miles dos noches antes, acerca de los rollos. Ella no tuvo la menor idea en ningún momento de que estuviese interesado en hacerse con aquellos manuscritos, ni que hubiera mantenido negociaciones secretas con la fugitiva doctora Alexander. El FBI estuvo allí hasta bastante tarde, interrogando a Miles. ¡Y luego se descubrió que los rollos eran falsos!

«Sin duda está desilusionado», pensó Erica mientras saltaba de la cama y se ponía la bata. Le engatusaría para que volviera a acostarse y encontraría algún modo de consolarle.

—¡Ya la tengo! —exclamó Teddy—. Alexander hizo un contrato con un boletín electrónico local de Baltimore. Galaxia BBS. Ofrecen una compuerta de enlace con Internet.

Havers se acercó. Llevaban en ello desde que el control de computadora dispuesto para detectar la tarjeta de crédito de Catherine

Alexander había dado la alarma, varias horas antes, alertándoles de que se efectuaba una transacción.

—¿Cuánto puede tardar en introducirse en su sistema, señor Yamaguchi?

—Depende. He de localizar su dirección de Protocolo Internet —dijo Teddy, con los dedos volando ya por encima del teclado—, plantar un código, instalar el programa de análisis...

—Cuélese en los archivos de suscriptores. Tal vez la Alexander indicó el número desde el que está llamando.

—Eso facilitaría una barbaridad nuestra tarea... ¡Eh! ¡Compruebe esto!

Miles miró la pantalla. Galaxia BBS de Baltimore operaba con *software* Scimitar.

—Hablando de facilitar nuestra tarea —dijo Teddy. Había colaborado en la redacción del código de seguridad de Scimitar.

Havers consultó su reloj. En la costa Este eran las cinco de la mañana.

—Adelante. Con un poco de suerte, entrará en línea una vez más antes de desconectar el servicio.

Mientras Teddy ponía manos a la obra y procedía a piratear en el sistema de Galaxia, Miles abandonó la sala de ordenadores, salió al corredor, extrajo del bolsillo del albornoz su teléfono celular y marcó el número de un paginador. No pudo resistir la tentación de esbozar una sonrisa secreta.

Su plan había funcionado. Contando con el hecho de que Catherine Alexander no soportaría ver que arrastraban por el fango el nombre de su madre ni que a su amigo Daniel le tachaban de falsificador, y contando asimismo con la circunstancia de que la muchacha reaccionaría de igual modo a como lo había hecho unos días antes, cuando la opinión pública negativa la impulsó a buscar ayuda en Internet, Miles había obligado a Catherine a intentar irreflexivamente ponerse otra vez en línea.

Miles llegó a la conclusión de que su «seguro» —al contratar días atrás a Papazian para que falsificara un fragmento y lo cambiase por el auténtico— le dio resultado. Porque esta vez, estaba seguro, le había echado el guante.

—Lo siento, señor Havers —llegó la voz de Teddy a través de la puerta abierta—. La doctora Alexander no hizo el contrato dando un teléfono de Baltimore. Dio a Galaxia el número de teléfono de Santa Mónica. Lista, la chavala.

Lista, la chavala, cierto, pensó Miles, mientras Titus respondía en el otro lado de la línea.

Tras cerciorarse de que Teddy no podía oírle, Havers dijo por el aparato telefónico:

—En la zona de Baltimore. No me importa el modo en que quitáis de en medio al sacerdote y a la moza, pero aseguraos de que conseguís los rollos y ese ordenador.

A un paso de doblar la esquina del pasillo, Erica se detuvo en seco y, lentamente, retrocedió pasillo abajo...

Control GALAXIA BBS
Dirección de Protocolo Internet 204.16.78.101

>>*Nbosc ha entablado conexión a las 8,02 de la mañana*
>>*MrySpncer ha entablado conexión a las 8,03 de la mañana*
>>*Cbalarezo ha entablado conexión a las 8,03 de la mañana*
>>*roberts007 ha entablado conexión a las 8,05 de la mañana*
<<*Nbosc ha desconectado a las 8,07 de la mañana*
>>*LtChab ha entablado conexión a las 8,07 de la mañana*
>>*kharvey ha entablado conexión a las 8,10 de la mañana*

Miles apartó la vista de la pantalla de la computadora para consultar su reloj. Eran las ocho de la mañana en Baltimore. Catherine Alexander aún no había conectado. La línea con Seattle estaba abierta, con Titus listo para dar las órdenes oportunas a sus agentes.

—¡Abra, Michael! Soy yo.

El padre Garibaldi abrió la puerta; iba sin camisa, con una toalla colgada del cuello y la cara cubierta de crema de afeitar.

Catherine se deslizó dentro del cuarto.

—Encienda la televisión. ¡Rápido!

—¿Qué pasa?

—Es Julius. —Conectó el televisor y fue cambiando de canal hasta encontrar una emisora que transmitía el noticiario matinal—. Convocó una conferencia de prensa a primera hora de esta mañana.

Michael vio aparecer al doctor Julius Voss, sentado en su despacho del Instituto Freer, rodeado de reporteros. En la parte inferior de la pantalla se leía: *Grabado a las 7,08 de la mañana, hora del Pacífico*.

—Entonces, doctor Voss —decía el entrevistador—, ¿por qué al final ha accedido usted a esta conferencia de prensa? Hasta ahora se había negado a hacer comentarios.

Catherine no podía creer que tuviese aquel aspecto de cansancio. Tremendas ojeras oscurecían sus ojos y daba la impresión de haber dormido con la chaqueta puesta. Y su negra barba parecía tener muchas más hebras grises de las que ella recordaba.

—Sólo quiero decir una cosa —se volvió hacia la cámara—: Catherine, si me estás escuchando, por favor, deja esta locura. Ven a casa. Te necesito. No puedo seguir adelante con el proyecto Merititis yo solo. Siempre se nos ha dado de perlas trabajar juntos. ¿Te acuerdas de la primera vez?

—¡Merititis! —exclamó Michael—. ¿Merititis no es la momia en la que trabajó el año pasado?

—Trata de decirme algo.

¿Te acuerdas de la primera vez...?

Catherine fue al teléfono y marcó el número de Información. Colgó, volvió a descolgar, llamó al Hotel Halekulani, de Honolulú, y preguntó si tenían algún recado para la señora Merititis.

Cubrió el micrófono con la mano y se explicó a Michael:

—La referencia es a nuestra primera vez. Creo que lo de trabajar juntos era para despistar... ¿Sí? Aquí, la señora Merititis. Quisiera saber si tienen ustedes un mensaje para mí. —Esperó—. ¿Lo tienen? ¿Hace el favor de leérmelo?

Colgó y escribió algo rápidamente en un trozo de papel, que a continuación tendió a Michael.

—Thomas de Monmouth —leyó éste—. ¿Quién es?

—El mensaje decía: «Encontrarás lo que necesitas en la abadía de Greensville. Pregunta por Thomas de Monmouth».

—¿Dónde está la abadía de Greensville?

—No tengo ni idea. O Julius da por supuesto, erróneamente, que estoy familiarizada con ella o no he tomado nota de todo el mensaje. —Catherine se dirigió a puerta—. Pero conozco un sistema para averiguar la localización de la abadía de Greensville en menos de un minuto.

Para cuando Michael llegó al cuarto de Catherine, ya con una camisa encima y las mejillas limpias de crema de afeitar, la muchacha ya había encendido el ordenador. Apretó dos veces el pulsador del ratón sobre el icono de Galaxia, descendió hasta el Selector y pulsó Conexión.

Control GALAXIA BBS
Dirección de Protocolo Internet 204.16.78.101
>>george ha entablado conexión a las 8,15 de la mañana
<<MrySpncer ha desconectado a las 8,16 de la mañana
>>joe ha entablado conexión a las 8,16 de la mañana

De pronto: *¡Bip! ¡Bip! ¡Bip! ¡Bip!*

Los nombres de los que conectaban dejaron de aparecer en la pantalla y en ésta se sobreimpuso un mensaje:

Inicio Secuencia Localización Teléfono...

Miles tiró de teléfono.

Sonó el teléfono del automóvil y el conductor descolgó.

—Sí, señor Pérez —dijo. Escuchó las instrucciones y luego volvió a colgar.

—La dama ha cogido el ordenador —comunicó a su compañero—. Ahora están rastreando la llamada.

—Encontraremos una relación de abadías en la Web, en la Telaraña... ¿Qué es eso?

Centelleaba un icono en lo alto de la pantalla: **Verificar correo electrónico**

—Alguien le envía un mensaje —observó Michael.

—¿Quién será?

Catherine bajó a Archivo y accionó el pulsador sobre Verificar Correo.

`*Introduzca clave de acceso de*`
`joe@correo.galaxia.com`

Catherine tecleó la contraseña y pulsó OK.

Resuelta dirección de 'correo.galaxia.com'
Conexión con servidor Protocolo Oficina de Correos

Esperando Secuencia Localización Teléfono...

—Ahora a seguirle la pista —dijo Miles, cuando en la pantalla apareció un plano de Washington, D. C.

Observó la líneas azules que enlazaban los puntos: señales que volaban a estaciones de desvío y se desplazaban a saltos por el plano de la urbe como una red de iluminación.

Titus aguardaba en el otro extremo de la línea.

—Está en D. C. —manifestó Havers, mientras observaba los brincos que daban las conexiones de un punto a otro—. De un momento a otro conoceremos la dirección de la calle...

Surgió un mensaje en el monitor de Catherine:

Ha recibido nueva correspondencia :)))
[Cara de felicidad]

Catherine oprimió el pulsador sobre Buzón y luego sobre Nuevos Mensajes. Michael se asomó por encima del hombro de Catherine para echar un vistazo de cerca a la pantalla.

—¿De quién es?

Catherine arrugó el entrecejo.

—Remitente sin identificar.

Oprimió dos veces el pulsador y apareció el mensaje.

—Ya tenemos la dirección —transmitió Havers por el teléfono—. La doctora Alexander está en la calle N, de Georgetown.

Vía-Retorno: <alguien@dianuba.com>
Fecha: Domingo, 26 diciembre 1999 6:15:47
De: alguien@dianuba.com
A: joe@galaxia.com
Asunto: urgente

Te ha encontrado.

EL QUINTO ROLLO

Cornelio Severo acudió a un encuentro con el jefe de los britanos, en Chichester, y Filos le acompañó. Mientras estaban ausentes, Claudia me confesó que había asistido a ritos druídicos secretos.

Yo había conocido ya a algunos druidas y supe a través de ellos que adoraban a un dios celeste llamado Myrddin. Para los druidas nada hay más sagrado que el muérdago, término que en su lengua significa curalotodo. No tenían templos ni santuarios tal como nosotros los conocemos, sino que practican sus ceremonias en plena naturaleza y veneran al roble, en cuyos troncos y ramas se cría el muérdago.

Había oído referencias a un lugar sagrado de las llanuras meridionales, al que llamaban Piedras de Myrddin, unas rocas que se decía llegaron del cielo y se dispusieron en círculo sobre el terreno. El poder de estas «piedras colgantes», como las llamaban, está más allá de toda estimación. Nos dijeron que son un misterio y que poseen cualidades curativas para todas las dolencias.

Deseaba verlas, pero entonces tenía ya un niño, nuestro hijo Píndaro, y dudaba de que debiera emprender tal viaje cargada con una criatura. Y entonces me enteré de la existencia de un dios druida llamado Heso, al que llamaban Salvador y Redentor. Y comprendí que no tenía más remedio que visitar aquel círculo de piedras de las llanuras del sur.

Heso era carpintero y su símbolo el árbol; murió crucificado junto con un cordero, símbolo de su inocencia, para redimir las culpas de la humanidad. Sus seguidores me contaron que había vivido miles de años atrás, cuando la Tierra era joven.

Y así fue, Perpetua, cómo conocí la quinta de las siete grandes Verdades y cómo supe cuál es, después del perdón, el segundo paso por el camino de regreso hacia el conocimiento.

Esta revelación no se me presentó de repente, sino que llegó con el transcurrir del tiempo, y la asimilé al observar cómo respetaban la naturaleza los druidas. Fui testigo de sus ritos sagrados y vi la verdad detrás de las enseñanzas de Esculapio. Porque cuando él dijo «No hacer daño», decía lo mismo que creen los druidas: que para mantenernos espiritualmente puros debemos comprender el lugar que ocupamos en la Creación.

Que significa esto: ser respetuoso con todas las personas, con toda la vida, con todo lo que creó el Creador.

Estas son las reglas con las que vivir: dejar que los animales se comporten conforme a su naturaleza. No desviar el curso de los ríos. Dejar los huevos en el nido; la miel en el panal. Cultivar lo suficiente para alimentarse y dejar que la tierra descanse. No robar, no matar; ser fiel a la familia y a los amigos; honrar a la naturaleza y su generosidad. Dejar que el prójimo transite en paz.

Esta es la quinta de las grandes Verdades y el segundo paso hacia la redención de nuestro nacimiento-alma y el Don. El primer paso es el perdón, el segundo es el respeto.

Y la sexta Verdad, que es el tercer paso hacia la ilustración y el Don, se me reveló en una tierra todavía más extraña y distante, y llegó de nuevo a raíz de una tragedia.

DECIMOCUARTO DÍA

Lunes, 27 de diciembre de 1999

Cuando el tren redujo la marcha al entrar en la estación, Catherine abrió los párpados para contemplar el mágico país invernal de las maravillas que se desplegaba ante sus ojos.

Se había quedado dormida con la cabeza apoyada en el hombro de Michael, cuyos brazos la rodeaban. La muchacha se enderezó, miró al exterior y vio aparecer poco a poco la estación de Greensville, donde una espesa capa de nieve lo cubría todo.

Su huida de la pensión de la señora O'Toole había sido rápida. Leyeron el mensaje del correo electrónico —*Te ha encontrado*— y cinco minutos después salían disparados de la casa de huéspedes, «cama y desayuno», por una entrada secreta que la señora O'Toole les mostró. Construida durante la guerra civil, esta entrada enlazaba mediante un túnel la pensión con la casa de al lado, en restauración entonces, a la que se accedía por la parte de atrás, de forma que si alguien vigilaba el establecimiento de la señora O'Toole no sabría que Michael y Catherine lo habían abandonado. Apenas tuvieron tiempo de coger la bolsa de gimnasia con los rollos, el ordenador portátil y el macuto negro de Michael. El resto de sus cosas tuvieron que dejarlas allí.

En un ciberbar llamado Bagels & Bytes contrataron treinta minutos de tiempo de Red y localizaron la abadía de Greensville.

A partir de entonces, Catherine y Michael se mantuvieron en continuo movimiento, sin dejar de mirar a su espalda ni de mantenerse alerta. Cuando llegaron a la estación para tomar el tren nocturno de Vermont estaban absolutamente seguros de que nadie les había seguido.

Al apearse, recibidos por un gélido aire matutino, sus pies hicieron crujir la nieve. Michael se detuvo un momento para apartar de la cara de Catherine un errabundo mechón de pelo.

—¿Se encuentra bien? —preguntó.

La muchacha asintió.

—¿Y usted?

Michael miró a un extremo y a otro del andén, mientras se frotaba las manos. Cuando los ojos del sacerdote volvieron a encontrarse con los suyos, Catherine comprendió, por el modo en que la miraba, que Michael revivía su huida nocturna, acurrucados en un asiento próximo al fondo del vagón, mientras contemplaban el veloz desfile de las luces, la nieve y las casas resplandecientes con su iluminación navideña. Luego, él la envolvió en sus brazos y la retuvo así hasta que Catherine se quedó dormida.

—Iré a ver cómo podemos llegar a la abadía —dijo Michael.

Catherine entró en la estación y compró un periódico. Desplegó la primera página, cuyo titular decía en grandes caracteres: ¿FALSO O AUTÉNTICO? Presentaba dos fotografías del fragmento de Jesucristo, una junto a la otra: la del original que había publicado reiteradamente la prensa a partir del día siguiente al asesinato de Danno y la del que había aparecido el día anterior, la del fragmento que el ministerio de Cultura de Egipto manifiestamente había sacado de la tienda de la doctora Alexander.

De acuerdo con el artículo, los expertos empezaban a poner en tela de juicio las acusaciones de falsificación, dado que el cotejo de las dos fotografías, una junto a la otra, revelaba que no podían pertenecer al mismo fragmento.

Catherine no albergaba la menor duda de que Havers sabía que aquello iba a ocurrir, lo que revalorizaría de nuevo los rollos y, en consecuencia, los haría dignos de formar parte de su colección particular. La efímera acusación de falsificación sólo fue un truco para impulsarla a ella a salir de su escondite.

Había funcionado.

Pero Catherine no volvería a dejarse engañar otra vez.

—Tenemos suerte —informó Michael—. Uno de los pasajeros del tren vive en Greensville, ocho kilómetros más allá de la abadía. Fue a Washington a pasar las navidades y dejó estacionado su coche en la estación. Se ha ofrecido a llevarnos.

—¡Diablos! —exclamó Michael mientras caminaban laboriosamente sobre la nieve que cubría el sendero que llevaba a la abadía—. ¡Ya no estoy acostumbrado a estos inviernos!

Catherine miró por encima del hombro hacia la carretera de Greensville, donde el hombre les había dejado. Nadie les seguía.

Catherine no tenía idea de la identidad del remitente del misterioso mensaje electrónico, pero a lo largo de todo el trayecto nocturno en tren no cesó de darle en silencio las gracias, a él o ella.

¿Habría sido Jean-Luc?

Dos noche atrás, a punto estuvo de teclear */quién es Jean-Luc*? Ahora lamentaba no haberlo hecho.

En las profundidades de las montañas Green y rodeada de bosques, la abadía albergaba una congregación de monjas benedictinas que, según el vecino de Greensville que había trasladado a Catherine y Michael, era sólo semicontemplativa, dado que permitían la estancia de huéspedes en el cenobio.

Catherine oyó cánticos que llegaban a través de la floresta, procedentes del otro lado de los altos muros de piedra. Cantos celestiales, pensó, al tiempo que Michael y ella llegaban ante una sólida puerta de madera con una pequeña mirilla a la altura de los ojos, cuya reja respaldaba un panel al otro lado. Había una campana junto a la puerta.

Catherine contempló las agujas y torreones que coronaban el muro, a la vez que se preguntaba quién sería Thomas de Monmouth, cómo había dado Julius con él y qué información poseería.

Michael dio un tirón a la cadena de la campana y el anticuado instrumento giró sobre el gozne y produjo un agudo sonido metálico. Esperaron.

Dentro, el canto continuaba. Michael volvió a tocar la campana.

Por último llegó alguien: una mujer menuda que andaba con tal rapidez que sus velos negros, al agitarse ondulantes en torno suyo, le conferían el aspecto de un pájaro. Sin pronunciar palabra, condujo a los visitantes a lo largo de una senda de piedra, ascendió delante de ellos por unos peldaños helados y los introdujo en un recibidor tan silencioso como la nave de una iglesia y que olía a extracto de limón.

La monja se desvaneció a través de una puerta que se abría bajo un arco isabelino y, al cabo de un momento, apareció otra religiosa.

Se presentó como la madre Elizabeth y era, evidentemente, la superiora de la abadía, a juzgar por el manojo de llaves y el enorme rosario de madera que tableteaban colgados de su cintura.

—Raras son las visitas que tenemos en esta época del año —explicó la abadesa—. A la gente le gusta pasar las navidades con la familia. No admitimos huéspedes masculinos, aunque naturalmente, padre —dirigió a Michael una sonrisa—, a los sacerdotes siempre se les recibe con los brazos abiertos.

Era una mujer entrada en años, pero cuya edad era difícil de calcular, resultaba algo así como intemporal, pensó Catherine. Su rostro apenas presentaba arrugas y sus ojos eran agudos y claros. Como no se le veía el pelo y llevaba las manos ocultas en las profundidades de las mangas de su hábito negro, todavía resultaba más difícil determinar sus años. Incluso la voz, tranquila, tersa, parecía corresponder a una mujer mucho más joven.

—¿En qué puedo servirles?

—Estamos buscando a alguien —dijo Michael.

—O algo —añadió Catherine—. Creemos que puede ser un documento o un manuscrito. Nadie se llama Thomas de Monmouth en estas fechas, ¿verdad?

—Claro que no —se mostró alegremente de acuerdo la madre superiora—. ¡De modo que han venido a ver a Thomas! Nos sentimos muy orgullosas de nuestro documento Monmouth. Está en unas condiciones excelentes, con unas iluminaciones preciosas. Hace años que nadie nos ha pedido que se lo dejemos ver. Será una gran satisfacción enseñárselo a ustedes. Por favor, pasen por aquí.

Siguieron a la monja por una serie de silenciosos pasillos, donde las imágenes de santos de ojos tristes se erguían en silencioso misterio, y al final entraron en una biblioteca de paredes cubiertas de libros y en la que una acogedora chimenea plantaba cara victoriosamente al día invernal. Vieron en un ángulo de la estancia unas cajas de cartón, sin abrir, que contenían material nuevo de ordenador, y la abadesa explicó:

—Una donación a la abadía. No sé para qué necesitamos semejantes artilugios. Claro que, si no lo aceptásemos, sería un insulto para el generoso donante. Sin embargo, tendremos que encontrar a alguien que entienda un poco y nos lo instale.

Michael examinó las cajas.

—Este es equipo de primera —comentó—. Incluso viene con el Dianuba 2000 ya instalado. Para mí será un placer montárselo, si lo desea.

La madre Elizabeth abrió un armario y sacó una gran cartera de cuero, que, al abrirla encima de una mesa, resultó contener una sola hoja de pergamino, amarillento pero bien conservado, con la tinta aún negra, tal como había asegurado la superiora, y los colores de la iluminada orla y de las letras mayúsculas asombrosamente vivaces y brillantes.

El documento parecía haber sido en otro tiempo un página de algún libro. Un pequeño rótulo lo identificaba como parte de un texto escrito en el siglo XII por Thomas de Monmouth.

—Por favor —invitó la abadesa—. Pueden ustedes examinarlo a gusto.

Catherine leyó en voz alta, traduciendo a medida que leía:

—«... en las calendas de junio, y cuando llegó la hora, los romanos invadieron las Stanhengues, o Piedras Colgantes, con la esperanza de coger a Uther... —Catherine deslizó el dedo por debajo del texto latino— *... dux bellorum...*»

—*Dux Bellorum.* Jefe de guerreros —murmuró Michael—. ¿Uther? —miró a la abadesa—. ¿Arthur, Arturo?

—Eso es lo que creemos —sonrió la madre Elizabeth—. Ya sabe lo que ocurre con las leyendas, distorsionan los hechos reales y los mezclan con la imaginación. ¿No resultaría maravilloso que esto fuese artúrico? —Echó a andar hacia la puerta—. Les dejaré solos para que lean el documento con tranquilidad, padre. Y, por favor

—abarcó con un ademán todo el ámbito de la biblioteca—, dispongan de cuanto hay aquí. Nos enorgullecemos de nuestra biblioteca.

Una vez se marchó la abadesa, Catherine reanudó la traducción:

—«... jefe guerrero de los britanos, y atacar a los druidas que se habían reunido allí. Fue una matanza terrible la de aquel día, en el círculo de piedras. Los romanos los degollaron a todos, que eran más de quinientos. Incluidos las mujeres y los niños que estaban con ellos. La esposa del jefe romano, Cornelio Severo, se encontraba entre los druidas, y Cornelio descubrió con harto dolor que había dado muerte a su propia esposa, la cual, sin que él lo supiera, asistía a la ceremonia druida. Se llamaba Sabina Fabiano y dejó tras de sí seis libros de brujería y alquimia, que posteriormente se enterraron con la Suma Sacerdotisa Valeria, en el lugar sagrado.»

—Un momento —observó Michael—. Sabina no estaba casada con Cornelio Severo.

—No —convino Catherine—, pero la historia siempre se tergiversa y deforma a lo largo de los siglos. Thomas escribió esto casi mil años después de que se desarrollara el incidente. Sabemos que Sabina fue a Stonehenge para asistir a una ceremonia druida. Y sólo tenemos seis libros.

—¿Quién es Valeria?

—Probablemente la sacerdotisa druida.

—¿Es posible que el enterramiento se refiera al pozo del Sinaí? ¿El esqueleto es el de Valeria?

—Quizás...

—¿Qué dice el resto?

—«Del séptimo libro, del que se habla sólo en la leyenda, no existe conocimiento, porque jamás se escribió.» —Miró a Michael—. ¿Supone que eso es cierto? Que el séptimo rollo sólo es una leyenda.

—Thomas de Monmouth se equivoca en algunas cosas, eso también puede ser un error. ¿Cómo sabe que no llegó a escribirse el séptimo rollo? Si se habla de él en la leyenda, tiene que haber existido.

—Infinidad de leyendas no son más que eso, leyendas, cosas que nunca sucedieron en la realidad.

—Catherine, ¿cree que Sabina murió verdaderamente en Stonehenge?

—No lo sé —repuso la muchacha con aire pensativo—. Aún nos queda un rollo por revisar.

Pero Catherine ya había constatado, sin abrirlo siquiera, que el sexto rollo era muy corto. Sin embargo, la Sabina que dictó los manuscritos andaba por los ochenta años, mientras que la Sabina de Britannia contaría como máximo unos treinta.

No había medio de transporte para regresar a la estación y como, además, el cielo se mostraba amenazador, la abadesa les ofreció alojamiento para la noche. Mientras Michael acompañaba a las monjas en la capilla, durante la hora canónica de la tarde, Catherine se dio un paseo por la amplia extensión del recinto interior de la muralla, recorrió los caminos de gravilla de los que habían barrido la nieve y exploró el terreno entre los edificios de piedra y los cobertizos construidos ciento cincuenta años antes a imagen y semejanza de un monasterio gótico.

Oyó el animado canto que llegaba de la capilla, surcando el aire como si las notas tuviesen alas: *«Laudate Dominum omnes gentes; laudate eum omnes populi...»*. Pensó: «Ángeles, en efecto, regocijándose sobre las copas de los árboles».

Catherine atisbó el interior de la tienda de regalos y recuerdos de la abadía, que en aquellas fechas estaba cerrada, pero que en primavera y verano vendía jarabe de arce de la cosecha de los propios árboles de la abadía y preciosas labores de costura realizadas por las hermanas. En la tienda no había revistas ni periódicos. La madre superiora había explicado que en la abadía ni siquiera contaban con televisión. Sólo se permitía tener en su despacho un pequeño aparato de radio, pero sólo para casos de emergencia y para escuchar los boletines meteorológicos. Aparte de eso, las monjas no podían recibir noticia alguna de lo que ocurría en el mundo, al otro lado de la alta muralla.

Estaba claro que a oídos de la abadesa no había llegado ninguna referencia a Catherine Alexander ni a los rollos del Sinaí. Ni siquiera parecía preocuparle lo más mínimo la llegada del nuevo milenio, que estaba a cuatro días vista.

La noche se deslizó lentamente por el bosque, tendiendo sobre el mundo un manto de tinieblas. Al acercarse de vuelta al edificio principal, Catherine oyó de nuevo el canto de las monjas. Se imaginó a Michael entre ellas, rellenando de espiritualidad su alma, tras las semanas de privación. «Serán las vísperas», se dijo, recordando sus años de joven católica.

Se sirvió la cena en un comedor dispuesto en principio para acoger a un número de comensales mucho más nutrido. Catherine vio reunida entonces por primera vez a toda la comunidad, un puñado de monjas provectas, ataviadas con hábitos de una época ya pasada y observando prácticas y ritos establecidos siglos atrás. Mientras se tomaba la apetitosa sopa y el consistente pan casero, Catherine trató de observar a las hermanas disimuladamente, sin llamar la atención. La comida se desarrollaba en absoluto silencio; un gesto para que le pasaran a una el salero, un suave golpe con los nudillos para pedir la jarra de agua. Catherine se preguntó en qué pensarían aquellas hermanas mientras le sonreían tímidamente. ¿Dedicaban algún pensamiento al mundo situado al otro lado de los altos muros; rememoraban alguna vez la vida que dejaron tras de sí muchos años antes, cuando eran jóvenes y lo abandonaron todo para entregarse a la adoración de Jesucristo? ¿Alguna de ellas experimentaría una sombra de arrepentimiento?

¿Cómo reaccionarían ante Sabina y su panteón de dioses-salvadores llegados antes de Cristo?

Catherine no acompañó a las monjas en las completas, sino que se retiró a la biblioteca para estudiar una vez más el documento de Thomas de Monmouth. Estaba deseando leer el sexto rollo, averiguar qué le había sucedido a Sabina en Stonehenge. Pero el papiro se encontraba en muy mal estado; necesitaría abrirlo y extenderlo con sumo cuidado bajo una lámpara para analizarlo a fondo, lo cual le llevaría tiempo, y no deseaba que nadie anduviese por allí y la interrumpiera.

Sentada cerca del agradable fuego de la chimenea, con el cántico llegando desde la distancia, Catherine se imaginó de nuevo a las ancianas que había visto en el comedor y trató de asociarlas con las voces puras y angélicas que estaba oyendo. Llevaban toda su vida en un silencio conventual, eran aparentemente mujeres abandonadas y olvidadas, y sin embargo, sus voces... era como si el corazón y el espíritu se elevasen desde sus gargantas, como el vecino de Greensville había dicho, en el canto de aquellas mujeres había una alegría inmensa.

Catherine comprendió que esa era la razón de su vida. Aquel pequeño grupo de monjas anticuadas, con sus ritos y ceremonias que se derrumbaban ante la marcha del progreso, sin ningún miembro joven, sin novicias que continuasen la tradición cuando aquellas devotas hermanas hubieran desaparecido..., vivían por y para su fe, no necesitaban nada más. Y el éxtasis de esa fe suya podía percibirse en su voces.

Cuando una cortina de encaje se deslizó a través de la ventana, Catherine se dio cuenta de que había estado contemplando la noche. Comprobó entonces que no se trataba de una cortina de encaje, sino de la nieve, que caía suavemente. La vio descender despacio, como si no tuviera ninguna prisa, como si eligiese los puntos donde depositar los copos. Algunos se posaban en los cristales de la ventana en forma de rombo, y allí se fundían. «Nieve», pensó Catherine, con una tenue sonrisa.

Y luego frunció el entrecejo. *Nieve...*

Cuando Michael y la abadesa regresaron parecía ser más tarde de lo que realmente era. Todas las monjas se retiraban a sus celdas; tendrían que levantarse en mitad de la noche y congregarse en la capilla para maitines.

—Siempre tenemos dispuestas las habitaciones de huéspedes —dijo la abadesa mientras conducía a Catherine y a Michael por un pasillo azotado por la corriente de aire y en el que vacilaban temblorosamente las llamas de los cirios votivos encendidos al pie de las imágenes—. Pero en estos momentos no tenemos ningún visitante, salvo ustedes dos. Espero que no se hayan congelado las cañerías. Por si acaso, me encargaré de que una hermana les lleve algo de agua caliente. Desayunamos al amanecer, inmediatamente después de la prima. Si nos acompañan, serán bienvenidos —miró a Catherine—, tanto al desayuno como al servicio religioso. Buenas noches, que duerman bien.

—Cañerías congeladas —comentó Michael; un estremecimiento le sacudió al tiempo que se detenía ante la puerta de la habitación de Catherine. Habían llevado consigo las pocas cosas que lograron coger antes de escapar de la pensión de la señora O'Toole: la bolsa azul de gimnasia, la mochila negra de Michael, con los bastones de pangamot, y el ordenador portátil—. No se preocupe por el asunto del viejo Thomas de Monmouth, Catherine. Como observó usted, Monmouth lo escribió mil años después de que sucedieran los hechos y tomó un montón de datos equivocados. Sabina no pudo haber muerto en Stonehenge. Tiene que haber un séptimo rollo. Y vamos a encontrarlo.

—Michael —dijo Catherine al cabo de un momento; escrutaba su rostro—. Hoy, cuando marchábamos por el sendero camino de la abadía, hizo usted un comentario acerca de la nieve. Y hace unos segundos, hizo otro acerca de las cañerías congeladas y la nieve. ¿No está acostumbrado a inviernos como estos, viviendo en Chicago?

Se la quedó mirando, como si tratara de ganar tiempo. Luego dijo:

—No. No lo estoy.

—Pero usted es de Chicago, ¿no?

Michael tardó un poco en responder.

—Me crié allí.

—No lo entiendo. ¿Es que no vive allí ahora?

Otra pausa.

—No.

—¿Cuánto tiempo hace que se marchó?

—Dieciocho años —dijo—. Me fui en 1981.

—¡Dieciocho años! Entonces, ¿por qué me dijo...? Michael, usted no es sacerdote, ¿verdad?

—Sí, soy sacerdote.

Michael pareció de pronto sentirse muy infeliz.

—¿Dónde ha estado, entonces...? —Catherine se interrumpió súbitamente. Se le desorbitaron los ojos. Susurró—: ¡Oh, Dios mío!

—Catherine...

Ella retrocedió un paso.

—Michael, no. Dígame que estoy equivocada.

—Déjeme explicarle.
—Ha venido del Vaticano.
—Catherine, hablemos dentro del cuarto.
—Dígame, Michael. ¿Es un enviado del Vaticano?
Michael empezó a decir algo, luego lo pensó unos segundos, y, por último, confesó:
—Sí.
Catherine empezó a temblar.
—Pero ¿por qué? Quiero decir... Michael, el día en que nos encontramos en el Hotel Isis fue una coincidencia, ¿verdad?
—Catherine...
—Contésteme.
—No, no fue ninguna coincidencia.
Catherine sintió que el suelo trepidaba bajo sus pies, como si volviera a estar en el Atlántida y aquello estuviese a punto de hundirse en un santiamén.
—Cuando le vi por primera vez ante el ordenador, en el despacho del director del hotel, ¿sabía ya quién era yo?
—Sí.
—¡Hijo de...! —Le cruzó la cara—. Tonta de mí, no puedo creer que haya picado tan ingenuamente. Me he creído hasta la última de todas las mentiras que me ha soltado.
—Nunca le mentí.
—No... —Se esforzó en dominarse—. ¡Simplemente no me dijo la verdad! Pero todo estaba bien porque usted cumplía órdenes, ¿correcto? Y es que la responsabilidad primordial de un sacerdote es la obediencia a la Iglesia.
—Por favor, déjeme que le explique... —Alargó la mano hacia ella.
Catherine retrocedió.
—No me toque. La primera impresión que tuve al conocerle fue de recelo. Debí seguir desconfiando de usted. Dios mío, la cantidad de cosas que le he contado y que nunca dije a nadie. ¡Desnudé mi alma ante usted! Y todas las veces en que el miedo me abrumaba y creí que era la única persona con la que podía contar... cuando todo el mundo estaba en contra de mí y confiaba en que al menos tenía a alguien a mi lado. ¡Y ahora ni siquiera le tengo a usted!
La voz de Catherine resonaba en el pasillo. Michael lanzó una ojeada hacia el umbral de la puerta por la que la abadesa había desaparecido.
—Catherine, hablemos dentro, por favor.
La expresión de la muchacha se tornó dura de pronto.
—¿Qué oficina lleva el asunto?
—¿Oficina?
—En el Vaticano, ¿qué oficina le envió?

—Eso no...

—Simplemente dígamelo. —Las lágrimas afluyeron a sus ojos—. ¿Qué oficina?

—No veo qué importancia puede tener eso.

Catherine apretó firmemente los labios y entornó los párpados al mirarle.

—Hay un motivo para no decírmelo, ¿no es eso? ¿Por qué no quiere decírmelo? —Cerró los ojos y silabeó en voz baja—. ¡Oh, Dios mío! Trabaja para la oficina que destruyó a mi madre.

—Catherine, no estoy adscrito directamente a la Congregación...

—¡La Inquisición, Michael! ¡Diga la Inquisición, porque es eso lo que es! ¡Y trabaja para ellos!

—Me enviaron ellos, que es distinto. En principio tenía que venir otro sacerdote, pero se puso enfermo. Examinaron los registros y vieron que yo estaba de vacaciones en Israel. Era el que se encontraba más cerca de usted. Ni más ni menos. No soy ningún inquisidor, Catherine. No soy Torquemada. La casualidad quiso que estuviese en el lugar adecuado en el momento inoportuno.

—Y eso hace que todo esté bien, ¿verdad? —alzó Catherine la voz.

—Mire, no le reprocho el que se ponga furiosa...

—¿Qué se supone que tenía que hacer? ¿Quitarme los rollos? ¿O simplemente camelarme a base de palabras melosas hasta conseguir la información que persiguen?

—En principio —el tono de Michael era sosegado—, me enviaron con la misión de que informase sobre los rumores de la aparición de un posible fragmento de papiro cristiano. El Vaticano siempre está alerta para captar cualquier noticia sobre el hallazgo de rollos, especialmente en esa región.

—¿Cómo se enteraron?

Michael se pasó la mano por la cabellera.

—No lo sé. Probablemente cuando Hungerford intentó hacer un trato secreto. Creo que entró en contacto con alguien de El Cairo y que ese alguien hizo lo propio con Havers. Y es muy posible que esa persona se pusiera también en contacto con el Vaticano, animado quizás por la esperanza de organizar una subasta entre todos los interesados. No me participaron los detalles, Catherine, y no era mi intención ocultarle mi cometido. Aquella primera noche en el Hotel Isis, cuando envié mi informe, me preguntaron si su actitud hacia la Iglesia era amistosa y tuve que decirles que no.

—Así que le ordenaron que se convirtiese en espía.

—No, me dijeron que volviese al Vaticano. Iban a enviar a otra persona. Pero entonces usted desapareció y el señor Mylonas me contó lo del paquete que había llegado para Catherine Alexander y lo desolado que se sentía porque no sabía qué hacer con él.

—De modo que usted utilizó el regalo de Navidad que me hacía Danno como estratagema para acercárseme.

—La seguí, Catherine, porque deseaba enterarme de lo que había en los rollos. Tenía un interés personal, ya se lo dije. Y estaba decidido a contárselo todo, incluso estuve a punto de hacerlo en varias ocasiones. Pero aquella primera noche que pasamos en el motel llamé al cardenal Lefevre y le referí lo sucedido. Me indicó que continuara junto a usted y que no divulgase mi verdadero propósito. Catherine, me dieron instrucciones estrictas de que trabajara en secreto. No fue idea mía.

—No —articuló Catherine amargamente—. No fue idea suya, pero sí fue obra suya.

Miró a Michael, a los ojos que una vez creyó limpios y sinceros, y Catherine empezó entonces a temblar y las lágrimas amenazaron con aflorarle.

—De modo que permaneció conmigo todo este tiempo porque se lo ordenaron, ¿no es así?

—Porque quise hacerlo —afirmó Michael en voz baja.

—¿Y cuál era el propósito del Vaticano? ¿El que yo le condujese hasta el séptimo rollo?

—No. Evitar que le sucediese a usted algo malo.

Se desorbitaron los ojos de Catherine.

—¿Era usted mi *guardaespaldas*?

—Sí.

—Pudo limitarse a quitarme los rollos mientras estaba dormida. ¿Por qué no lo hizo?

—Porque no teníamos ninguna prueba de que fuesen cristianos. Si no lo eran, entonces la Iglesia no tenía derecho alguno sobre ellos y, después de todo, serían propiedad del gobierno egipcio.

—Y en el caso de que descubriésemos alguna prueba que demostrase que los rollos lo *eran*, ¿entonces qué?

—Lo ignoro. Simplemente debía informar.

—¿Y por qué el todopoderoso Vaticano no nos ayudó cuando lo necesitábamos?

—Lo hicieron, allí donde les fue factible. Pero, oficialmente, el Vaticano no estaba comprometido. Era cuestión de diplomacia y de andar de puntillas. La cuestión en pleno se tornó de lo más delicado cuando el gobierno egipcio apeló directamente a la Casa Blanca.

—Así, ¿cuándo nos *ayudaron*?

—Mi tarjeta de crédito, por ejemplo. Se me ocurrió que podían seguirle la pista a través del coche que alquilé en Los Ángeles. En consecuencia, informé al cardenal Lefevre, el cual se encargó de que se borrasen los datos grabados en el ordenador de la agencia de coches de alquiler.

—Si nos estaban echando una mano, ¿por qué no les proporcionó la información y dejó que realizasen la búsqueda por nosotros? Podían haber dado con Tymbos.

—También es otra cuestión en la que no podían comprometerse directamente. Usted había robado algo que pertenecía al gobierno egipcio y la buena imagen del Vaticano se hubiera resentido mucho de saberse que la estaban ayudando a usted hasta el punto de actuar como cómplice suyo.

—Sí —convino Catherine amargamente—, un mal relaciones públicas. De modo que prefirieron aguardar cruzados de brazos mientras yo hacía el trabajo duro.

—También yo hice parte de él —recordó Michael quedamente.

—¿Y qué se esperaba que hiciese usted cuando yo encontrara el séptimo rollo? ¿Arrebatármelo?

Michael denegó con la cabeza.

—Sólo tenía que informar.

—¿Saben que estamos aquí?

—Hace cuatro días que no me he puesto en contaco con el Vaticano. Y no tengo intención de hacerlo.

—¿Se supone que eso ha de hacer que me sienta mejor? ¿Tiene idea de cómo me siento ahora mismo? Me siento utilizada, Michael. Me siento sucia. Y, lo que es aún peor, ¡me siento traicionada!

—Lo lamento —expresó Michael, con los ojos saturados de pena.

Catherine alargó la mano.

—Déme el ordenador.

—Catherine...

—Es mío. Démelo.

Cuando se lo entregó, la muchacha dijo:

—No va a seguir conmigo. Por mí, puede ir a donde le dé la gana. Puede volver a su parroquia de Chicago, donde estoy segura que le echan de menos. *Pero no va a seguir conmigo.*

Le dio la espalda, entró en su cuarto y cerró de un portazo.

Michael permaneció inmóvil largo rato, con la vista clavada en la puerta, dudando entre echarla abajo o alejarse de allí sin más.

Sabía de antemano que aquel momento tenía que llegar; incluso le sorprendía el que no se hubiese producido antes, teniendo en cuenta los días y noches que pasaron juntos. Mientras contemplaba la puerta, Michael pensó en su sueño, no en el del robo, sino en el otro, en el nuevo: Catherine vestida de blanco, conduciéndole por la escalinata del templo, invitándole a entrar. Cada vez, en aquel sueño, él se negaba a seguir adelante. Y, al despertarse, nunca fue capaz de determinar sus emociones, de percibir de modo preciso lo que experimentaba en el sueño, sólo era consciente de su firme resistencia a entrar en el templo con ella.

Sin embargo, ahora comprendía con asombrosa claridad su razón para resistirse: no se trataba de que no *quisiera* entrar en el templo, era que tenía *miedo* de hacerlo.

¿Miedo de qué?

De lo que pudiese aguardarle dentro.

Y ahora sabía algo más. En los sueños, su resistencia a entrar era cada vez más acentuada. Pero pronto, no lo ignoraba, iba a tener que cruzar aquel umbral decisivo. Y aunque desconocía el porqué, era consciente de que no debía permitir que eso sucediera.

Al oír la suave llamada, Catherine consultó su reloj. Había transcurrido media hora desde que dio a Michael con la puerta en las narices..., treinta minutos de esfuerzos para no llorar, para no permitir que la traición sufrida le hiciese olvidar su objetivo.

—Váyase, por favor —dijo.

Pero era la abadesa.

—Doctora Alexander. Tiene usted visita.

Catherine abrió la puerta y, cuando vio a Julius de pie en el pasillo, se precipitó en sus brazos.

—¡Julius! ¡Santo Dios, cómo te he echado de menos! —exclamó, apretándose contra él. *Michael... la Inquisición...*

La abadesa carraspeó discretamente.

—Madre superiora —explicó Catherine—, le presento al doctor Voss, mi prometido.

La abadesa dedicó a Julius una sonrisa dubitativa.

—Supongo que también necesitará alojamiento.

—Si no es demasiada molestia... —apuntó Catherine.

—Acomodaré al doctor Voss al final del pasillo, al otro lado del padre Garibaldi —dijo la madre superiora no sin retintín.

Catherine atrajo a Julius al interior del cuarto, cerró la puerta y declaró:

—¡No sabes lo feliz que me siento al verte!

Pero él sólo tenía ojos para el pelo de Catherine.

—¿Qué has hecho? —se extrañó, al tiempo que alzaba la mano para tocar aquella cabellera corta y de color rubio platino.

—¿Tan espantoso te parece?

—¡Es... diferente!

Se dieron un beso largo, largo y, cuando se separaron, Julius comentó, sonriente:

—Me da en la nariz que esta no es una conducta muy apropiada para una abadía.

Catherine se llenó los ojos de Julius, de su atractivo rostro barbudo y de sus conmovedoras pupilas oscuras.

—¡Me alegro tanto de que estés aquí, Julius!

En adelante, todo iría bien. Michael... Le olvidaría. Que volviese con sus inquisidores. Ahora Julius estaba junto a ella.

—Ha sido una auténtica pesadilla, Catherine. Leer lo que los periódicos decían de ti, no saber si estabas bien o no. Creí que iba a volverme loco.

Catherine se echó hacia atrás y se enjugó las lágrimas de las mejillas.

—Julius, he leído el documento de Thomas de Monmouth. ¿Cómo demonios diste con él?

Cuando Julius se lo dijo, Catherine soltó la carcajada.

—Me pasé cientos de horas en Internet y lo único que tenía que hacer era ¡visitar al rabino Goldman!

Julius exploró el espartano aposento de Catherine, el ordenador portátil encima de la cama, la bolsa de gimnasio de la que colgaba un camisón y, sobre la mesa, lo que parecía ser un libro, *El cuerpo en la ciénaga*, pero que en realidad eran los rollos.

—Me gustaría que pudiésemos marcharnos ahora mismo —dijo Julius; movió la cabeza ante la idea de cómo debió vivir Catherine durante los últimos quince días—, pero supongo que tendremos que esperar hasta mañana por la mañana.

—No podemos irnos, Julius, al menos hasta comprobar adónde nos lleva Sabina. Puede que este último rollo nos cueste unos días, pero aquí estamos a salvo, nadie nos encontrará.

—No podemos quedarnos aquí, Catherine —insistió Julius—. Hemos de volver a casa.

La muchacha le dirigió una mirada perpleja.

—¡A casa! ¿Por qué tendría que ir a casa?

—Porque Thomas escribió que Sabina murió en Britannia, lo que significa que no hay séptimo rollo. Es inútil seguir buscándolo.

—Pero... Creí que me enviaste aquí para que pudiese continuar mi búsqueda, no para que la diese por concluida. Julius, Thomas de Monmouth pudo estar equivocado.

—No te pido que pongas fin a la búsqueda. Escucha —la cogió por los hombros—. Te ayudé porque quería demostrarte que estoy contigo. —Julius sonrió cariñosamente y su voz se endulzó—: Lamento de verdad lo sucedido la última noche en mi casa. Debí parecer un santurrón mojigato e hipócrita.

—No, sólo el hombre responsable del que me enamoré.

—Y la segunda razón por la que te dije lo del documento de Thomas consistía en que deseaba que vieras con tus propios ojos que no hay séptimo rollo.

—Eso no lo sabré hasta que haya terminado la traducción del número seis.

—Está bien —concedió Julius con una sonrisa—. Si estás empeñada en creer que existe un séptimo rollo, no voy a discutir contigo. Pero puedes venir a casa, ya no tienes que seguir escondiéndote. Lo he arreglado todo.

Catherine encarcó las cejas.

—¿Arreglado? ¿Qué quieres decir?

—Ya sabes que mantengo buenas relaciones con determinados funcionarios del departamento de antigüedades de El Cairo. He tratado la situación con ellos y están dispuestos a preparar un acuerdo, merced al cual retirarán las acusaciones contra ti y tú podrás seguir trabajando en los rollos. Tendrá que ser en El Cairo, naturalmente, y bajo la supervisión de las autoridades egipcias. Pero estarás a salvo, nadie te perseguirá.

—Julius, no puedo trabajar bajo la supervisión de nadie.

—Es el único sistema para que retiren las acusaciones.

—¿Y cómo me va ayudar eso a hacerme con el séptimo rollo?

—Tendrás ayuda, otros expertos analizarán los manuscritos.

Catherine frunció el ceño. ¿Otros expertos? ¿Ayuda? Y luego pensó: «Tal vez haya llegado el momento de aceptar ayuda. Se acabó el andar huyendo o escondiéndose, se acabó el temor a que te capturen, el robar tiempo en Internet, el preguntarte en quién confiar...».

—¿Qué hay de mi yacimiento? —preguntó—. ¿Se me permitirá volver a las excavaciones?

—Me temo que eso no será posible.

—¿Por qué no?

—Han suspendido tu permiso. Al menos hasta que se aclare tu situación.

Catherine suspiró.

—No se lo reprocho. Violé sus leyes.

—¿Lo harás? ¿Entregarás los rollos a los egipcios?

Ella reflexionó unos segundos.

—Déjame pensarlo —dijo—. Puede que acceda.

—Bueno...

—Con una condición.

—¿Cuál?

—Que me permitan iniciar una nueva excavación.

—¿Una nueva excavación?

—En el pozo. Quiero saber quién está enterrado allí, Julius. Y comprobar si el pozo guarda más papiros, o algo que pueda indicarnos que...

Pero Julius movía la cabeza negativamente.

—Eso no será posible.

—¿Por qué? Si colaboro y les entrego los rollos...

—Están rellenando el pozo.

Se le quedó mirando.

—¿Que están haciendo *qué*?

—Han declarado el pozo inseguro y han ordenado que se cubra y se precinte.

—¡Julius! —exclamó Catherine, incrédula—. ¡No!

—Examinaron la parte del esqueleto que quedaba al aire, Catherine, y consideraron que no tenía ningún valor histórico.

—¡Ningún valor histórico! ¡Julius, es posible que esa mujer fuese una auténtica sacerdotisa cristiana! ¡Es muy posible que haya una historia *tremenda* enterrada allí con ella! —Catherine entornó los párpados—. Ya sé lo que ocurre. Desde el exterior están ejerciendo presión sobre el gobierno egipcio para que eche tierra al asunto y lo tapen todo.

El Vaticano. Michael...

—Eso es un disparate, Catherine.

La muchacha se apartó de Julius.

—No es ningún disparate. Eso es exactamente lo que te dije que sucedería. Están cubriendo el cuerpo de la mujer que enterraron con los rollos. Una mujer a la que enterraron viva, Julius. Tenía atadas las manos y las muñecas mientras la bajaban al fondo del pozo... viva. Y si entrego los manuscritos a los egipcios, al Vaticano o a cualquiera, desaparecerán, nadie volverá a tener noticia de ellos, ¡y esa pobre mujer habrá sufrido martirio en balde! ¡Maldito seas, Julius, por no ver eso!

Julius la miró con ojos llenos de sobresalto.

—Catherine...

Ella retrocedió otro paso, situándose fuera del alcance de los brazos de Julius.

—Me alegro de que me hayas dicho todo esto, Julius —manifestó Catherine con voz tensa—. Porque si mi cerebro albergase alguna duda acerca de lo que estoy haciendo, esa posible duda se ha volatilizado. Mi búsqueda del séptimo rollo ahora no sólo la llevo a cabo por mi madre y por Daniel, sino también por la pobre mujer del pozo, por Sabina, Perpetua y Aemelia, y por cualquier otra persona que desee enterarse del mensaje de los rollos. Sí, he quebrantado algunas reglas, Julius. He infringido leyes, me las arreglé para que todo el mundo se enfureciese conmigo y, probablemente, también te he perdido. Pero no puedo abandonar la búsqueda. Ahora no.

—Por favor, Catherine, no hagas esto.

—Vete a casa, Julius. Vuelve a tu segura institución, a tus normas y a tu ética, y déjame en paz.

Le entraron ganas de añadir: «Y llévate contigo al padre Michael Garibaldi».

La expresión de Julius se oscureció.

—Si es así como lo quieres, sea. Pero te advierto que, si me voy de aquí ahora, será para siempre. No volveré a entrar en tu vida. Te lo prometo.

Catherine mantuvo abierta la puerta y, cuando Julius salió, la cerró y echó la llave. Luego, tras dar la espalda definitivamente a Julius y a Michael, aspiró a fondo una vigorizante bocanada de aire y se dispuso a leer el último rollo.

El sexto rollo

Hubo una terrible carnicería en el círculo de piedras.

La nuestra era una reunión pacífica, sólo deseábamos honrar la magia de aquel lugar encantado y observar el milagro del solsticio de verano, cuando el sol apareciera directamente encima del altar.

Fueron los britanos quienes nos atacaron, porque nosotros éramos casi todos romanos, aunque mujeres y niños. Murieron muchos aquel día y, a no ser por la oportuna llegada de Cornelio Severo y su legión, hubiéramos perecido todos. Una lanza britana acabó con Claudia, mi amiga.

Al final, Perpetua, llegó el día en que Cornelio Severo anunció que iba a marchar a la colonia de Agripina, conocida precisamente por el nombre de Colonia, a orillas del Rin. Pidió a Filos, mi marido, que se uniera a la partida, porque Severo no quería emprender tal viaje sin llevar un médico. Aunque el recuerdo de mi hijo perdido años atrás en Antioquía me inclinaba a velar protectoramente por nuestro retoño, sentí curiosidad por conocer la tierra de los germanos, dado que había oído que veneraban a un dios salvador ejecutado en un árbol.

Como Filos era cauto en extremo, no viajamos juntos, para evitar la funesta posibilidad de morir los tres a la vez. Yo embarqué en una de las seis naves de Cornelio Severo, Filos subió a otra y nuestro hijo y su nodriza abordaron una tercera.

Durante varias jornadas no se escuchó más que el chasquido de las velas, el chapoteo de los remos al batir el agua y el chirriar de las maderas. Todo era calma. Manteníamos los ojos muy abiertos, vigilando la posible aparición de los piratas del norte, que infestaban aquellos mares, desembarcaban en la costa gala y saqueaban las pacíficas comunidades establecidas allí. No encontramos ningún pirata; en cambio, nos vimos atacados por un enemigo mucho más formidable.

Divisamos oscuros nubarrones que se concentraron rápidamente en el horizonte. Antes de que tuviésemos tiempo de prepararnos, la tempestad se precipitó sobre nosotros. Nos sacudieron feroces ráfagas de viento que llegaban de todos lados y las olas se elevaron a nuestro alrededor, cada vez más altas, impidiendo la visibilidad e imposibilitando a los timoneles el gobierno de las naves. Muchos pasajeros, desconocedores del mar, iban asustados de un lado para otro y estorbaban a los marineros. El mar no tardó en confundirse con el cielo, se formó un impresionante remolino y la tempestad del sur nos desvió el rumbo. La tormenta impulsó demencialmente nuestras frágiles embarcaciones por aquel bamboleante océano y dispersó las naves hasta que se perdieron de vista unas a otras. Avistamos frente a nosotros acantilados de afilados dientes y el capitán nos advirtió de la existencia de escollos traidores bajo la superficie. Vimos hombres caer por la borda, vimos astillarse los mástiles, desplomarse aparejos, mientras los golpes de mar nos lanzaban de un lado a otro; muchos de nosotros caíamos sobre la cubierta y rezábamos arrodillados, mientras los marineros achicaban agua y se afanaban para impedir que aquel diluvio torrencial nos anegara. Hubo que aligerar la carga. Por los costados se fueron provisiones, carga y equipaje. Se arrojaron por la borda los caballos; oímos sus penetrantes relinchos mientras se hundían en aquel mar embravecido.

Aunque aligeramos la nave, las ensambladuras continuaban filtrando agua y las olas inundaban implacablemente las bodegas. Hacía mucho tiempo que habíamos perdido de vista a nuestras naves hermanas cuando, por fin, vislumbramos una a través de la tempestad: se había incendiado, era un infierno llameante en un mar encrespado. Se estrelló contra un arrecife y se hundió; con ella perecieron todos los tripulantes y pasajeros.

Era la embarcación en la que iba Filos.

Y entonces, una fuerza perversa empujó nuestra nave hacia un promontorio rocoso. Cuando vi una enorme montaña de agua elevarse por encima del buque, para a continuación caer a plomo, dispuesta a enviarnos a todos a una sepultura líquida, recordé el vaticinio que pronunció la adivina, la noche en que nací, cuando acudió a nuestra casa y habló en tono profético de «una montaña de agua, cuando el mar se transformaba en cielo».

Mi postrer pensamiento, en el instante en que el barco se iba a pique, fue para mi hijo.

DECIMOQUINTO DÍA

Martes, 28 de diciembre de 1999

Mientras el alba rompía sobre el desierto, desenrollando un manto dorado a través del frío y durmiente mundo, Erica avanzaba por el accidentado camino al volante del todoterreno cuatro por cuatro. No tenía ningún indicio seguro de que Hombre Coyote anduviera por allí, pero aquella era la única zona en la que no le habían buscado ni la familia ni la policía. Y cuando, más de ocho días antes, la llevó a la meseta de la Nube, Hombre Coyote había confesado a Erica que eran muy pocas las personas que conocían aquel lugar secreto.

En aquella ocasión, a Erica le conmovió el gesto del sumo sacerdote del Clan del Antílope al compartir un secreto con *ella*, una estadounidense no indígena, que además era mujer. Pero ahora, mientras conducía el vehículo por la angosta pendiente, ciñéndose todo lo que le era posible a la dentada pared de la meseta, a una altura impresionante sobre la planicie de la parte inferior, Erica se preguntó si el indio no le habría hecho aquella inesperada confidencia adrede, con algún propósito determinado.

Cuando llegó a la cumbre, apagó el motor y miró a su alrededor.

Sabía que Hombre Coyote debió de subir allí a rezar, con la esperanza de convencer a la Kachina del Solsticio para que regresara del mundo subterráneo.

Encontró al chamán sentado, con las piernas cruzadas, en una repisa rocosa en el borde de la mesa, de cara al este. El viento hacía ondular su larga cabellera blanca, deshechas las trenzas. Estaba desnudo, con el cuerpo cubierto de barro.

Y estaba muerto.

La hermana Gabriel se desplazaba con toda la rapidez que le permitían sus casi ochenta años de edad, mientras farfullaba que en toda la historia de la abadía jamás había oído sacudir de modo tan feroz la campana de la entrada.

—¡Paciencia! —musitó—. Ya voy. ¡Un poco de paciencia, por favor!

Al salir al patio alfombrado por la nieve, recibió en pleno rostro la bofetada del cortante aire del amanecer. Abrió el panel de la mirilla y atisbó el exterior. El mundo estaba sumido todavía en semipenumbra; distinguió las figuras de tres o cuatro hombres, que agitaban los brazos en medio del frío.

—*Benedicte* —murmuró la hermana.

Uno de los hombres le lanzó algo hacia la cara.

—FBI, señora —manifestó con voz profunda—. Hemos de entrar. Haga el favor de abrir la puerta.

La monja vio que era un documento de identidad. Agente Strickland.

—¿De qué se trata? —preguntó.

—Nos gustaría hablar con su superiora si es posible, hermana.

—Lo siento, pero tienen que indicar el asunto que desean tratar. Va contra nuestras reglas permitir...

—Tenemos motivos para creer que en algún lugar de este edificio se esconde una delincuente reclamada por la ley.

—¡Dios misericordioso!

La hermana Gabriel oyó a su espalda los pasos de alguien cuyo calzado hacía crujir la nieve. Y, a continuación, la voz de la abadesa:

—¿Qué ocurre, hermana? ¿Quién tocó la campana?

—Es la policía. Buscan a alguien.

La madre superiora arrugó el entrecejo.

—Perdón, caballeros —dijo, tras sustituir a la hermana Gabriel en la mirilla—. ¿A quién están buscando?

El hombre del FBI le enseñó una fotografía, cuya imagen apenas podía distinguirse a la escasa luz de la aurora.

—¿Ha visto a esta mujer?

La abadesa escudriñó la foto larga y atentamente. Al final, se santiguó y dijo:

—¿Qué ha hecho?

—Se la busca en relación con dos asesinatos...

—¡Asesinatos!

Las dos monjas volvieron a santiguarse.

—¿Podemos entrar, por favor?

Las dos mujeres intercambiaron murmullos durante un momento, al cabo del cual la superiora preguntó:

—¿Tiene usted orden de búsqueda, agente?

Al otro lado de la puerta, los hombres se removieron inquietos.

—Señora —manifestó Strickland—. Aquí fuera hace un frío espantoso y sólo queremos formular unas preguntas a la doctora Alexander. No hemos venido a arrestarla.

Más intercambio de murmullos y, luego, la hermana Gabriel se apresuró a volver hacia el claustro.

—Muy bien —dijo la abadesa. Sacó el manojo de llaves y abrió la puerta—. Pero entre usted solo, por favor. Normalmente no admitimos hombres en este convento. Más de uno alteraría la tranquilidad de nuestra casa.

Strickland dirigió una seña a sus compañeros, indicándoles que se quedasen fuera.

—Lo lamento terriblemente, hermana —se excusó, mientras seguía a la superiora hacia la abadía—. No me hace ninguna gracia molestarles a usted y a las demás monjas, pero he de cumplir órdenes. Llevamos quince días persiguiendo a esta mujer. Sin duda se ha enterado usted de todo el asunto a través de los telediarios.

—Aquí no escuchamos las noticias del exterior, señor Strickland.

Cuando los acogió la cálida temperatura del vestíbulo, la abadesa observó que el agente Strickland era un hombre corpulento, entrado en la cincuentena, de tez rubicunda y el aire paciente y sufrido de la persona que lleva demasiado tiempo en el mismo empleo.

La madre superiora levantó la mano.

—¿Me permite ver su identificación, por favor?

El agente se la tendió.

—¿Le importa, agente Strickland —dijo la abadesa—, si llamo por teléfono a la oficina del FBI en Montpelier para comprobar su identidad?

El hombre suspiró.

—Está usted en su casa.

Cinco minutos después, la abadesa acompañaba al agente Strickland por el pasillo del ala entonces desocupada en la que se había dado alojamiento la noche antes a Michael, Catherine y al doctor Voss.

Se detuvo ante la puerta de Catherine, llamó suavemente con los nudillos y avisó:

—¿Doctora Alexander? ¿Está usted despierta? Tiene visita.

Escucharon, a la espera de la respuesta.

La abadesa llamó un poco más fuerte.

—¿Doctora Alexander? ¿Está usted ahí?

Strickland miró en torno.

—¿Hay otra salida?

—No.

—Puede que haya ido al evacuatorio... Al servicio, quiero decir.

—Desde los años cincuenta, estas habitaciones disponen de cuarto de baño individual.

Strickland miró hacia atrás por encima del hombro.

—¿Este es el único camino para entrar y salir?

—Si la doctora Alexander se hubiese marchado, la habríamos visto. —La abadesa volvió a llamar a la puerta—. Doctora Alexander, ¿se encuentra bien, querida?

—Coja la llave y abra —apremió Strickland, y añadió—: Por favor.

La abadesa cogió el manojo de llaves que llevaba a la cintura y abrió la puerta. Vieron prendas de vestir y artículos de tocador amontonados encima de una silla, la cama deshecha y, en un pequeño escritorio, un ordenador portátil, con la pantalla a oscuras. Por la abierta ventana irrumpía el gélido aire del exterior.

—¡Oh, querida! —exclamó la madre superiora, al tiempo que atravesaba la estancia para asomarse a la ventana—. La doctora Alexander ha debido salir por aquí. ¡Se va a congelar ahí fuera!

—Parece que se marchó con cierta prisa —comentó Strickland, mientras recorría el reducido cuarto—. Tengo la impresión de que alguien le avisó de nuestra llegada. —Lanzó una sonrisa a la abadesa, que hizo como si no la hubiese advertido—. ¿Esto es todo lo que llevaba consigo?

La madre superiora se retorció las manos al tiempo que echaba una mirada a los objetos. Vio en el suelo, bajo la mesita escritorio, la bolsa azul de gimnasia de la doctora Alexander.

—Sí —dijo—. Creo que eso es todo.

El agente Strickland miró la nieve y el bosque que se extendía más allá.

—Sus ropas están todavía aquí, incluidos los zapatos —observó—. No llegará muy lejos. La cogeremos.

El sexto rollo

No sé cómo me las arreglé para sobrevivir, ni cómo conseguí llegar a tierra firme. Pero, al despertarme, estaba en una playa sembrada de guijarros y un sol con uñas brillaba enfermizamente sobre mi cabeza.

Diseminados por aquella orilla vi los cuerpos de algunas de las personas que viajaban conmigo, y también muchos caballos, cerdos y perros muertos. Durante dos días, recorrí aquella playa a lo largo y a lo ancho, sin encontrar a nadie vivo. Escudriñé las numerosas islas desparramadas frente a la costa y me pregunté cuántos miembros más de mi partida se hallarían en la misma situación en que me encontraba yo.

Busqué algo con lo que encender una hoguera para enviar alguna señal y, al mismo tiempo, me mantuve en continua vigilancia para percibir en seguida cualquier posible rastro de humo que se elevase en cualquiera de las distantes islas.

No avisté ninguno.

Cuando el clan de Freyda me encontró, estaba débil y deliraba a causa de la fiebre. Les costó meses de cuidados hacerme recobrar la salud y para entonces ya había llegado el invierno. Me dieron de comer y me mantuvieron caliente y seca en casa de una mujer a la que parecía complacer mi presencia. Pero yo casi nunca despegaba los labios, porque la conmoción me tenía aturdida, insensible. Era como si en mi interior todo hubiese muerto con la desaparición de mi marido y de mi hijo, de mis amigos Severo y su esposa.

Cuando se fundieron las nieves y empezaron la siembra y el plantío, y los hombres salieron de caza, comencé a recuperar poco a poco mis facultades. Pedí que me llevaran de nuevo con los romanos. Como no hablábamos la misma lengua, Freyda se las arregló para comunicarme, por señas y dibujos trazados en el suelo, que nos encontrábamos lejos del puesto avanzado romano más próximo y que, en aquellos momentos, una tribu hostil se interponía entre nosotros y la frontera romana. El clan no estaba dispuesto a arriesgarse por mí, ni tampoco a permitir que me fuera sola. Así que tuve que seguir con ellos, y esperar.

Freyda era la pitonisa del clan, porque los hombres de Germania consideran a la mujer poseedora de poderes proféticos, van a consultarla a menudo y atienden sus consejos. Fui aprendiendo gradualmente la lengua de Freyda, como en otro tiempo aprendí la de Satvinder, y Freyda me instruyó en infinidad de cosas de su pueblo. Y así me enteré de la existencia de Wotan, su dios salvador.

Transcurrieron los meses, entramos después en el segundo año, y yo me acercaba todos los días a la orilla del agua para otear el mar. Con los ojos de la imaginación veía aparecer en el horizonte un trirreme romano en el que ondeaban los colores de Cornelio Severo; a mis oídos llegaba después una voz familiar y entonces distinguía a Filos en la cubierta de la embarcación, cargado con Píndaro, y ambos me saludaban agitando los brazos. Cuando llegaban visitantes a la aldea, corría a preguntarles si eran romanos que buscaban a una mujer. Pero nunca tenían nada que decirme. Sabía que Filos estaba muerto y, por lo tanto, yo era viuda. Y seguramente Píndaro tampoco habría sobrevivido a la tormenta. De forma que también me había quedado sin hijo, por segunda vez en mi vida.

Durante mucho tiempo, mi pena y mi dolor fueron tan constantes y reales que era como si formasen parte de mi carne, y tenía la certeza de que jamás volvería a conocer otra cosa que no fuese pena y dolor. Fueron pasando las estaciones y seguí con el clan, porque nos rodeaban tribus hostiles que me impedían dejarlo e imposibilitaban el que cualquier miembro del pueblo de Freyda me escoltase hasta la frontera, donde vivían el hijo de Freyda y la otra mitad del clan. Me costaba mucho trabajo entender cómo podía vivir Freyda tanto tiempo separada de su familia y de las personas a las que amaba. Me decía que era el destino y lo aceptaba. En cuanto a mi enojo y amargura por la pérdida de Píndaro y Filos, Freyda decía: «Pertenece al pasado. Acéptalo porque, si no, nunca tendrás paz».

En aquella tierra salvaje mantuve mi fe en El Camino, una fe que me había llevado de Antioquía a la India, de Alejandría a Britannia, y que compartí con los demás. Puesto que Freyda era la contadora de sagas del clan, de ella aprendí a alargar una historia de modo que mantuviera el interés del auditorio y éste permaneciese pendiente del relato a lo largo de muchas noches. Les hablé del Justo; les repetí sus dichos y sus parábolas. Les conté sus milagros y sus curaciones. Y el milagro más maravilloso de todos: cómo el propio Justo había triunfado sobre la muerte. A su vez, ellos me hablaron de Wotan, el dios salvador que fue sacrificado en un árbol, que murió a causa de una herida de lanza en el costado, descendió al reino subterráneo, donde permaneció tres días antes de ascender a la esfera de los dioses.

Y así, paulatinamente, llegué a comprender otra gran verdad.

Recordarás, Perpetua, que en Britannia había recibido una revelación del quinto misterio y que es ésta: no hacer daño, primer precepto de Esculapio. Pero no tardé en comprobar que en Renania lo practicaba también el pueblo de Freyda, el cual sentía un enorme respeto por la naturaleza. Una percepción retrospectiva me permitió darme cuenta también de que esta verdad formaba parte del credo de Tammuz y Zaratrusta, de Buda y Krishna, Isis y el Justo, que no era exclusiva de Esculapio, que no se trataba de una disciplina nueva. Porque todas las religiones dicen: respeta la creación que te rodea, puesto que es obra del Creador. No entables ninguna guerra en su nombre. Practica la bondad. Sobre todo, respeta como deseas que te respeten.

Pero durante mi soledad en los bosques viví otra revelación, la revelación de la sexta Verdad, que es el tercer y último paso de la triple senda hacia el conocimiento.

Miedo, cólera, desconfianza, odio, envidia, celos... eso es lo que bloquea la Luz con la que nacemos. Pero al abrazar el tercer paso, que es la aceptación, nos deshacemos del miedo y abrimos la puerta para admitir la luz. Recuerdo las doctrinas de Epicuro, que nos enseñó que la bondad se alcanza a través del perdón. Dijo algo más: que se puede resistir el mal merced a la aceptación. El mal adopta la forma de todas las calamidades de la vida: tristeza, aflicción, cólera, dolor, odio, ansia de venganza. Cuando finalmente abracé la regla de la aceptación, noté que la cólera y la aflicción se fundían. Afronté la terrible tragedia que se había abatido sobre mí y dije con absoluta sinceridad: tenía que ocurrir así y lo acepto.

Con la aceptación, Perpetua, completamos los tres pasos que nos conducen al nacimiento-alma: perdón, respeto, aceptación. Los cuales nos llevan a la Séptima Verdad, lo que confirma las seis primeras y aportan el Don. Pero la Séptima no se me reveló ni allí ni en aquel momento.

Llegó el día en que recibimos la noticia de que entre las tribus del oeste se habían entablado feroces luchas y que el enemigo del clan había sido derrotado. Freyda extendió sobre un paño blanco las sagradas piedras de la runa y leyó los augurios favorables. Declaró que por fin teníamos plena libertad para aproximarnos a la frontera, donde permanecía la otra mitad del clan, que la guerra había separado del grueso de su pueblo y a la que las hostilidades mantuvieron aislada allí.

Y allí Freyda pudo reunirse con su hijo. Y allí, en aquel bosque silvestre, el destino había decretado que conociese a Segismundo, mi hermoso, apuesto, valiente, divino Segismundo...

DECIMOSEXTO DÍA

Miércoles, 29 de diciembre de 1999

En el preciso instante en que Miles Havers se disponía a abrir el ordenador portátil de Daniel Stevenson, sonó el teléfono de su línea privada. La llamada que estaba esperando.

—Lamento haberlo tenido que dejar hasta el último segundo —se excusó la persona que estaba al otro lado del hilo—. Pero ya sabes cómo son estas cosas. Tuve que echarle un poco de teatro y hacer como que estudiaba el caso todo lo a fondo que su importancia merece.

—No hay problema —tranquilizó Miles a su amigo, que telefoneaba desde Washington, D.C.—. Lo comprendo.

—Naturalmente, el Departamento de Justicia rechazará la querella contra tu empresa y el día uno de enero se podrá lanzar el Dianuba 2000.

—Gracias, Toby. Te debo un favor. Besa de mi parte a Sandi y los chicos. Feliz Año Nuevo.

—Lo mismo te deseo —dijo Toby Jackson, primer afroamericano que ocupaba el cargo de fiscal general y tercero de los tres supervivientes de la unidad de combate de Miles que había utilizado el poder del tigre para llegar a la cumbre.

Cuando proyectaba de nuevo su atención sobre el ordenador de Daniel Stevenson, Miles se dijo que la riqueza era algo decididamente útil. De no ser por ella, jamás habría podido hacer a determinado agente del FBI una oferta que le fuera imposible rechazar. Miles supuso que Strickland estaría ya a medio camino del Brasil.

La riqueza también compraba otras cosas. Sin dinero, Miles no hubiera podido contar con tantos hombres dedicados a vigilar al doctor Julius Voss, uno de los cuales le informó automáticamente en el instante en que Voss cometió su fatal error: adquirir un billete para Montpelier (Vermont) y alquilar un automóvil cuando llegó al final del trayecto. Voss debió de actuar con tal negligencia porque sin duda esperaba que su pista iba a acabar en la abadía, que el asunto había concluido ya y que no tenía por qué andarse con precauciones. Incluso era posible que fuese allí con ánimo de llevarse a su prometida a casa. De todas formas, la cosa no salió bien.

Sin embargo, algo bueno había resultado del viaje de cuatro mil ochocientos kilómetros que cubrió Voss: Havers había conseguido por fin hacerse con el ordenador de Stevenson.

El aparato se encontraba ahora en el despacho gris y borgoña, con el doble cerrojo echado a la puerta y la cámara del circuito cerrado acechando en el pasillo por si acaso a Erica le daba por presentarse allí. Una vez encendido el aparato e iluminada la pantalla, Miles procedió a dar un repaso a los archivos, a ver si encontraba algo revelador. Tras abrir unos cuantos, comprendió que Stevenson había utilizado la computadora principalmente para consultas de laboratorio; su soporte lógico incluía Representación Virtual, lo que le capacitaba para sobreimprimir dibujos en vídeos transmitidos desde cualesquiera otros lugares. Cuando Miles vio los frescos mayas superpuestos sobre imágenes de arte minoico, no pudo por menos de experimentar una resentida admiración hacia Stevenson. Después de todo, no estaba tan chalado como decían. Mala cosa que se hubiera interpuesto en el camino.

Miles contempló aquel utilizadísimo ordenador. Strickland dijo que cuando lo encontraron estaba conectado a un enchufe de la pared, que junto a él había una taza de café a medio consumir, además de un cuaderno, un lápiz y algunas notas garabateadas. Era evidente que Catherine había estado trabajando ante el ordenador antes de meterse en la cama.

—Muy bien —murmuró Miles para sí—, veamos en qué trabajaba nuestra arqueóloga cuando la interrumpimos tan bruscamente.

Hizo una pausa al ver el icono del correo electrónico y luego, impulsado por la curiosidad, decidió abrirlo. Le sorprendió encontrar un mensaje en el buzón; estaba convencido de que la Alexander había puesto buen cuidado en no comunicarse por la Red. Accionó el pulsador y leyó: *Te ha encontrado*.

Havers enarcó las cejas. La fecha y hora correspondían a tres mañanas antes, cuando él localizó a Catherine a través de Galaxia BBS. Titus había informado que la doctora no estaba en la dirección de la calle N de Washington, que una tal señora O'Toole dijo que había pagado la cuenta y se había ido. Miles contempló el mensaje y comprendió que alguien les había avisado para que emprendieran una veloz retirada.

Al ver la dirección electrónica —*alguien@dianuba.com*—, Miles soltó un resoplido. El informante incluso había utilizado Red Dianuba, que se servía con el *logical* Scimitar.

Volvió al Administrador de programas, examinó los iconos en busca de un programa de utilidades. Pulsó dos veces sobre PCTools y experimentó un gran alivio al comprobar que Stevenson tenía instalado *software* de «restauración». A Miles no le hubiera hecho ninguna gracia tener que cargar un programa de restauración y arriesgarse a borrar algún archivo.

Accionó el pulsador sobre Restauración, tecleó *c:\>* y entró en el directorio raíz; luego revisó los subdirectorios en busca de los archivos que se hubieran borrado, abriéndolos y cerrándolos rápidamente. Descubrió que, en su mayor parte, se trataba de correspondencia y de artículos que Stevenson presentaba a diversas publicaciones. Y todos tenían fecha de semanas atrás. Havers buscaba un archivo de determinado día y hora, un archivo eliminado.

Cuando llegó al subdirectorio *tmbX52,* apretó el pulsador y se encontró con que se había suprimido un archivo: *?ymbos.exe Fecha de supresión: 28 diciembre 1999 Hora de supresión: 6,48 mañana.*

El momento en que el agente Strickland llegó a la abadía.

Havers se imaginó la escena: una de las monjas va a avisar a Catherine Alexander, la muchacha salta de la cama, enciende el ordenador, borra el archivo más importante y salta por la ventana en el instante en que Strickland y la abadesa se presentan en la habitación.

—Chica lista —musitó Miles mientras hacía clic sobre el archivo—. Pero no lo bastante lista.

En la pantalla apareció un nuevo recuadro:

Archivo:	*?ymbos.exe*
Volumen:	*94800*
Vía:	*d:tmbX52*
Fecha/Hora modificadas:	*21/12/1999 10,00 mañana*
Fecha/Hora borradas:	*28/12/1999 6,48 mañana*
Primer cluster:	*30248*
Estado:	*Bueno*
Protegido por:	*DOS*

```
La primera letra del nombre de este archivo
la destruyó DOS.
Por favor, introduzca la primera nueva
letra. ?ymbos.exe
```

Como quiera que Miles no tenía la menor idea de lo que pudiera ser *-ymbos,* tecleó la letra *B* y a continuación oprimió el pulsador sobre OK.

En la pantalla pudo leerse: `Bymbos.exe. Recuperado.`

Ya tenía el archivo que habían eliminado.

Dos minutos después el archivo estaba de nuevo en el disco duro y Miles tenía una copia impresa.

Enarcó las cejas al ver aquello. Parecía ser una especie de hoja de anotaciones, a la que Alexander accedía diariamente para añadir nuevos datos, corregir o arreglar las notas y configurar letras del alfabeto griego en una variedad infinitesimal de secuencias. Daba la impresión de que Catherine Alexander estuvo tratando de descifrar un rompecabezas. Para Miles, nada de aquello tenía sentido.

Exploró unas cuantas páginas más. Al parecer, la doctora Alexander había intentado averiguar qué era Tymbos. Unas notas decían: *Búsqueda infructuosa a través de Lycos, InfoSeek, UniCom, WebCrawler, Dianuba...*

Luego llegó al final: *«Tymbos, tierra mítica supuestamente situada en la ruta de Saba. Rey Tymbos debería leerse Rey de Tymbos».*

Miles se quedó mirando las últimas tres palabras: Rey de Tymbos.

El fragmento de Jesucristo decía al final: «llevarlo al Rey...».

¡Ese era el Rey!

Leyó las últimas notas de Catherine Alexander: *«Se creía que Saba es el nombre antiguo de Etiopía. ¿Está Tymbos en África?».*

Miles alargó rápidamente la mano hacia el teléfono para llamar a Teddy. No resultaría muy difícil averiguar si en las últimas cuarenta y ocho horas había aterrizado algún estadounidense en Addis Abeba. ¡Casi resultaba demasiado bonito para ser verdad!

Pero su mano se inmovilizó encima del auricular.

Regresó al ordenador portátil, accedió al programa de proceso de textos y creó un nuevo archivo, titulado Havers. Lo puso a buen recaudo en el disco duro, grabándolo en el subdirectorio *tmbX52*, y salió de nuevo. Localizó el Administrador de archivos en el Administrador de programas, oprimió el pulsador sobre el icono, examinó la lista de subdirectorios, dio con *tmbX52,* lo abrió por *havers.exe,* descendió hasta Archivo y oprimió el pulsador sobre *Borrar.*

Apareció un nuevo recuadro con el rótulo de *Borrar* y la lista de opciones que ofrecía:

```
O Borrado Normal
O Borrado Limpio
O Borrado Limpio DDD
```

Havers estaba familiarizado con esas funciones: Borrado Normal significaba eliminación DOS corriente, que borraba el archivo, pero dejaba la fecha en el disco duro, de forma que pudiera recuperarse más adelante. Borrado Limpio, sin embargo, marcaba ceros encima de la fecha, al objeto de que no fuese posible recuperar el archivo. Y DDD, Departamento de Defensa, escribía tres veces sobre los grupos de archivos borrados, de modo que resultaba de todo punto imposible recuperar el archivo por ningún sistema. El soporte lógico de Stevenson tenía prestaciones de Departamento de Defensa y, no obstante, por alguna razón, Catherine Alexander había preferido Borrado Normal. ¿Por qué?

La arruga que surcaba la frente de Havers se hizo más profunda. Volvió a mirar la fecha y la hora del eliminado archivo de Tymbos: 6,48 de la mañana. Y comprendió que no tenía ningún significado. La doctora Alexander podía haber cambiado la hora del ordenador, borrado el archivo, y luego volver a teclear la hora. Así que la anulación pudo haber ocurrido a cualquier hora... probablemente mucho, mucho antes de que el FBI llegara allí.

Si Catherine Alexander cambió la hora en el archivo eliminado, seleccionó Borrado Normal para que el archivo no se perdiera definitivamente y luego representó la farsa de una huida en el último segundo, dejando «accidentalmente» tras de sí el ordenador, eso sólo significaba una cosa: ¡que *quería* que encontrasen aquel archivo!

Inducirle a creer que Tymbos, si es que ese Tymbos existió alguna vez, estaba en África.

Molesto consigo mismo —¿cómo podía haber caído en una trampa tan transparente?—, volvió a los archivos y buscó el diario que había citado Stevenson, el diario en el que daba el nombre de su asesino. No estaba allí. Miles tuvo la certeza de que aquel era el archivo al que Catherine Alexander aplicó un borrado DDD. Pero, Miles apostaría cualquier cosa, no antes de haberlo copiado en un disquete.

De modo que la Alexander había vuelto a ganarle por la mano. Aún disponía de los rollos y del diario acusador. Y ahora Miles no tenía la más remota idea de dónde podría encontrarse la fugitiva.

El FBI había interrogado a la abadesa y al padre Garibaldi. Ambos declararon no saber adónde podía haber ido la doctora Alexander. La cual no dejó pista alguna tras de sí, salvo el ordenador portátil, que Miles sabía ya que era inútil.

Se levantó y empezó a pasear por el despacho, mientras trataba de imaginar qué medidas adoptaría a continuación. Entonces sonó la señal de aviso de su monitor, indicándole que el fax de abajo iba a recibir una transmisión. Miles llegó allí justo en el momento en que concluía el mensaje. Vio que se trataba de la última traducción de Papazian, que éste enviaba desde El Cairo, con una nota al pie en la que pedía más dinero.

Miles hizo caso omiso de esta última parte.

La traducción era de la única foto que tenía Miles del sexto rollo. Efectuarla le había llevado a Papazian más tiempo que las demás, a causa del mal estado del papiro y, también, porque la fotografía era borrosa. Sin duda a Catherine Alexander, después de fotografiar tantas páginas de texto, al final el cansancio hizo que se le fuera un poco el santo al cielo y actuara un tanto chapuceramente. La foto llevaba al dorso la anotación: *Sexto rollo, página 12 de un total de 13.*

Era la penúltima página de la historia de Sabina. Lo que significaba que el tiempo casi había concluido. Si allí no se encontraban pistas, entonces Catherine Alexander había ganado.

Havers se apresuró a examinar la hoja de papel. Se detuvo hacia la mitad, sin dar crédito a su suerte, con la vista clavada en dos palabras: *Aquae Grani.*

¿Qué era? ¿Una ciudad? *Tal vez el sitio al que había ido Catherine Alexander.*

Volvió a su ordenador personal, accedió a la enciclopedia que incluía su programa Scimitar, oprimió el pulsador del ratón sobre *Buscar*, tecleó «Aquae Grani» y pulsó *Intro.*

—Vaya, tú sí que sabes —articuló al cabo de un momento, sonriente. Incluso había una imagen.

EL SEXTO ROLLO

Nuestro nuevo hogar permanente estaba en Aquae Grani, y Freyda, ahora cabeza matriarcal del clan reunido de nuevo, vino un día a verme y a decirme que, como aún era joven y en edad de ser madre, debía casarme, porque necesitaba a alguien que me protegiera. Pero como no era virgen, añadió, ningún hombre me aceptaría.

Había preguntado a su hijo, Segismundo, viudo sin hijos, si deseaba tomarme. Segismundo apenas había reparado en mí, ya que su único pensamiento era unificar las tribus y reconquistar las tierras que los romanos habían arrebatado a su familia. Pero como se trataba de un deseo de su madre, accedió.

No supe qué responder, querida Perpetua, porque aún albergaba la esperanza de que me rescatasen. Pero Freyda tenía razón; una mujer sola, en edad de criar hijos, podía originar problemas entre los hombres. Y dado que mi supervivencia dependía de seguir con el clan y como quiera que había notado que Segismundo casi nunca estaba allí, acepté el matrimonio.

Entre los germanos, no es la novia, sino el esposo el que aporta la dote. Y es tradición regalar un caballo y su brida, un escudo y una espada, lo cual simboliza la consagración de la esposa al heroísmo del marido, al tiempo que recuerda que ella comparte la dura tarea y los peligros que arrostra el esposo. El escudo y la espada, me explicó Freyda, pasan, llegado el momento, a las hijas de la esposa y, posteriormente, a las nietas.

Pero yo no albergaba la menor intención de tener hijos de Segismundo y, al parecer, él tampoco deseaba que se los diera, porque el día de nuestra boda hubo un gran banquete y enormes borracheras y, por la noche, cuando fui a la casa de troncos de Freyda, aguardé en vano a un marido que no se presentó.

Continué viviendo en casa de Freyda y en adelante sólo en muy contadas ocasiones vi a Segismundo.

Porque eran una tribu expulsada de sus tierras ancestrales y en aquellas fechas carecían de patria y erraban solicitando un lugar de exilio en el que encontrarse a salvo. Segismundo era su caudillo. Yo le observaba en las reuniones del consejo, donde pronunciaba inflamadas arengas. Decía: «Lo mismo que el cielo pertenece a los dioses, la tierra pertenece al hombre. ¡Y una tierra que no tenga habitantes puede ocuparse y se ocupará!».

Viajó a través de un territorio peligroso para entrevistarse con el gobernador romano, al que presentó la petición de la tribu. El gobernador, me dijeron, trató de concertar un trato personal con Segismundo, para preservar la paz: le ofreció tierras a él, pero a nadie más.

Y mi esposo, según me contaron, respondió al gobernador: «¡Puede que no tengamos dónde vivir, pero sí podemos encontrar un sitio donde morir!».

Volvió junto a nosotros y empezó a concentrar a todas las tribus para reemprender una vez más la lucha contra los romanos. Segismundo exhortó a sus guerreros recordándoles que en toda batalla el ojo es lo primero que se conquista.

Nunca había visto yo la guerra. Y puede que no vuelva a verla, querida Perpetua.

Combatían en los bosques, y era un espectáculo terrible, porque las esposas y madres permanecían al filo de la batalla y animaban a gritos a los hombres para que luchasen valerosamente. Al oír las voces de sus esposas y de sus hijos, los hombre se embravecían y peleaban con mayor fiereza y cuando observé el brioso denuedo de Segismundo y sus huestes, noté que en mi corazón se producía un cambio extraño. Contendían contra romanos y, sin embargo, mi deseo era que venciese el pueblo de Freyda. Llevaba tres años conviviendo con ellos; me habían salvado la vida y aceptado en su seno. Y Segismundo en combate era una imagen digna de admiración, con su larga melena color rojo dorado, sus brazos de hierro y su valor propio de un dios. Su cabeza y sus hombros destacaban sobre los cuerpos de los romanos, más bajos, y las lanzas y flechas parecían pasar de largo a través de él, como si le protegiese algún encantamiento. Cuando en la batalla las cosas empezaron a ir mal para los germanos, a los que habían obligado a retroceder hasta las marismas, las mujeres se lanzaron hacia delante y desnudaron sus pechos para recordar a sus hijos y esposos el destino que los aguardaba si perdían el combate: la esclavitud en Roma. Y en esa ocasión me sumé a ellas, Perpetua, lanzando gritos y alaridos lo bastante fuertes como para que los oyera Segismundo. Así alentados, nuestros guerreros acometieron a las legiones con renovada fiereza.

Los soldados de Roma lucharon valerosamente, pero no tenían mujeres que los estimularan, ni niños que les recordasen por qué combatían. Eran guerreros mercenarios, no hombres que luchaban por su hogar, su familia y su honor.

Y los germanos obtuvieron la victoria. Y Segismundo fue un héroe.

Cuando la lucha hubo terminado, las mujeres irrumpimos en el campo de batalla y sacamos a los muertos para enterrarlos con honor. Los heridos quedaron en manos de sus esposas y madres, que les sanarían las heridas y los cuidarían durante su convalecencia; ninguna de aquellas mujeres se acobardaba a la vista de la sangre, Perpetua, ni los hombres ocultaron sus heridas avergonzados. Enseñé a las mujeres un modo de vendarlas mejor que el que conocían, un sistema que Satvinder me había enseñado a mí, así como el empleo de las hierbas apropiadas para contener la infección. Y ellas me adiestraron en su método de coser heridas con espina e hilo.

Curé las heridas de Segismundo, tal como era mi obligación de esposa, y él me elogió por mi bravura en el borde de la batalla.

Aquella noche hicimos el amor por primera vez.

Y cuando, semanas después, noté la nueva vida que se removía dentro de mí, el hijo de Segismundo, supe que mi existencia en el mundo civilizado había concluido y que iniciaba una nueva vida. Adopté a Segismundo y su familia como mi propia familia. Acepté el nuevo nombre que me habían dado y me entregué por completo a Segismundo y a su mundo.

Lo único que lamentaba era haber fracasado en mi intento de encontrar al Justo, cosa que creía que ya nunca iba a conseguir.

En eso, Perpetua, me equivocaba.

DECIMOSÉPTIMO DÍA

Jueves, 30 de diciembre de 1999

—¿Aquae Grani? —había comentado el conserje del Detmolderhof—. Eso será Aquisgrán. Los antiguos romanos acudían allí para fortalecer su salud.

De modo que, tras una visita a la Selva de Teutoburgo, Catherine se había dirigido a aquella ciudad del extremo norte de Alemania, cerca de la frontera de Holanda, la Aix-la-Chapelle de Carlomagno, urbe moderna con corazón medieval. Y en el centro de ese corazón, una catedral portentosa.

De pie en medio de la adoquinada calle, construida hacía doce siglos, mientras el viento de diciembre silbaba en torno suyo, Catherine alzó la vista hacia las agujas góticas que se elevaban rumbo al cielo invernal y luego, al examinar la curiosa cúpula y las vidrieras de unas ventanas que parecían tener cinco pisos de altura —un antiguo, majestuoso e intemporal monumento dedicado a Dios—, sintió como si algo tirase de ella, como si algo la desafiara a cruzar la calle y ascender por la escalinata que ascendía hasta las macizas puertas de madera tallada. Recordó la iglesia de Washington, la noche en que fue con Michael a la misa del gallo, para dar media vuelta y retirarse al llegar a las escaleras de acceso. Pero Catherine sabía que esta vez no iba a retroceder.

Se preguntó si Sabina habría visitado aquel lugar. ¿Acampó el clan de Freyda en el punto donde ahora está la iglesia? ¿Estarían enterrados allí todos —Freyda, Sabina, Segismundo—, bajo aquel santificado suelo cristiano?

Catherine sintió un súbito ramalazo de miedo. Por lo que podía encontrar. O por lo que podía no encontrar.

Sus pies tenían voluntad propia, la obligaron a franquear el umbral prohibido, un umbral que trece años antes juró que jamás volvería a cruzar. Y de repente se encontró dentro y notó que el vendaval de los tiempos la llevaba en volandas hacia delante, la impulsaba hacia el interior de aquel vasto templo de resonante piedra. Catherine se adentró en el Octágono y, cuando miró hacia arriba, se vio repentinamente abrumada por una ola de terror tan devastador que la dejó sin aliento.

Sobre ella, suspendido de una larga cadena que descendía desde el centro de la bóveda, había un colosal candelabro de cobre dorado y, rodeándolo, como espectadores tan atemorizados como ella, se sucedían una serie de arcos y arcos, de dos en dos y de tres en tres, sostenidos por columnas corintias. Y encima, todavía más arcos y más columnas, elevándose como un pastel de boda hecho de mármol hasta un magnífico techo abovedado en el que santos y apóstoles de blanca vestidura marchaban con mayestático esplendor sobre un fondo de oro.

El fascinado cerebro de Catherine registró otros detalles: los altos ventanales con vidrieras que se dejaban atravesar por unos arcos iris de luz que descendían hasta el presbiterio y luego se desparramaban sobre el áureo sepulcro que guarda los restos mortales de Carlomagno. El elevado altar, en cuyo frente se representaban escenas de la pasión de Cristo; y las ornadas garitas de madera con cortinas de terciopelo: los confesionarios. En la base de uno de los pilares, una virgen de ojos endrinos bajaba la vista con tan inefable misericordia que Catherine se sintió anegada de emoción.

Apoyó una mano en el muro de piedra para mantener el equilibrio. Todo volvía a su mente con excesiva precipitación, era un vertiginoso caleidoscopio de imágenes, sensaciones, recuerdos: su primera comunión y el vestidito como de novia que llevaba, y su padre en la puerta de la sacristía, con la cámara enfocada orgullosamente para captar el momento exacto en que la Sagrada Forma tocase la lengua de su hija; la confirmación: el óleo en la frente, el suave golpecito en la mejilla para recordarle que era ya un soldado de Cristo; todos los domingos y fiestas de guardar, los ayunos, los rosarios y novenas: veintitrés años de catolicismo devoto se abalanzaban y se estrellaban contra ella sin darle tiempo a que se pusiera a salvo.

Era infinitamente peor que el hundimiento de la isla del Atlántida. Porque Catherine sabía que esta vez no tenía escapatoria. Con los ojos clavados en el melancólico semblante de aquella Virgen entregada desde la época medieval a una eterna vigilancia del santuario gótico, Catherine notó que su cerebro empezaba a rezar una oración... Había sido su predilecta mucho tiempo atrás:

Dios te salve, Reina y Madre de misericordia, vida, dulzura y esperanza nuestra, Dios te salve. A ti llamamos los desterrados, hijos de Eva; a ti suspiramos, gimiendo y llorando, en este valle de lágrimas. Ea, pues, Señora, abogada nuestra, vuelve a nosotros esos tus ojos misericordiosos, y, después de este destierro...

Aquellas preciosas palabras desencadenaron un torrente de recuerdos: de niñas depositando flores a los pies de la Virgen María de mármol blanco que estaba delante de la iglesia de Nuestra Señora de la Gracia; de Catherine arrodillada entre sus padres, sana, salva y rebosante de felicidad por lo bonita que era la iglesia, mientras, desde su púlpito, el sacerdote aseguraba a todos que Dios los amaba incondicionalmente. Los recuerdos continuaron afluyendo, oleada tras oleada: los sentimientos que la embargaban al retirarse del confesionario, tan limpia y ligera una vez absuelta de sus pecados; la sensación de la Eucaristía en la boca, al tiempo que se deleitaba en el conocimiento de que, mediante aquel acto, se reunía con el propio Jesús, retrocediendo a través de los siglos.

Las palabras de Sabina susurraron en su mente: *La primera lección que predicaba el Justo era la bienaventuranza del perdón...*

«¡Oh, Julius! —pensó Catherine—. Lo lamento. Sólo obedecías a tu conciencia. Obrabas de acuerdo con lo que creías justo. Lo consideré una traición a mí, y estaba equivocada.

»Danno. Te asesinaron por mi causa. Fue culpa mía.

»Mamá, debí haber ordenado al padre McKinney que se marchara, en el mismo instante en que le vi entrar en tu habitación del hospital. Pude haber insistido en que enviasen otro sacerdote. Y también debí pedirte perdón por las cosas terribles que te dije cuando murió papá. No fue obra tuya.

»Papá...

»El perdón nos conduce de vuelta al nacimiento-alma...

»Naciste en un siglo que no te correspondía y en el seno de una cultura impropia. No podías evitar ser como eras. Te enamoraste de una mujer que tenía demasiado carácter, que era demasiado fuerte para ti. Seguiste amándola, incluso después de haberte apartado de ella. Y la hija accidental, no deseada, resultó tener un ánimo tan resuelto como su madre. Te fuiste retirando cada vez más en tus libros y en tu misticismo católico hasta que por último huiste a otro país para reencontrarte contigo mismo. ¿Por qué dejaste que te acusaran de espionaje? ¿Por qué te entregaste tan sumisamente a una muerte de mártir? ¡Oh, papá, lo lamento tanto! Perdóname, simplemente es que no te entendí.

»Y...

»Oh, María, sin pecado concebida, ruega por nosotros que nos acogemos a tu protección. Refugio de pecadores, Madre de cuantos gemimos en agonía...

»Y...

»Santa María. *Ruega por nosotros.*

»Santa Madre de Dios. *Ruega por nosotros.*

»Virgen santa...

»Y, papá... *Te perdono.*»

Catherine experimentó de repente una sensación de increíble ligereza, como si la estuviesen levantando en el aire. Durante un momento de vértigo dejó de sentir el suelo de piedra bajo los pies; ingrávida durante unos segundos, sin cuerpo ni forma, experimentó una alegría inexplicable.

Y luego el pétreo suelo estuvo otra vez debajo de Catherine, que se vio nuevamente dentro de su cuerpo. Y cuando vio la alta y sombría figura que estaba de pie a la sombra de un arco, pensó que se trataba de una aparición, del producto de su agobiado cerebro. Pero el hombre avanzó unos pasos, entró en la zona iluminada y Catherine vio que era real.

No le sorprendió que Michael la hubiera encontrado. Imaginó que la abadesa le habría contado el modo en que ella se fue de la abadía. Al fin y al cabo, Michael era sacerdote. Aunque en aquel momento no vestía como tal; igual que Catherine, que había cambiado el hábito de monja por las prendas nuevas adquiridas en Detmold. Michael se le acercó con las manos levantadas en gesto de rendición.

—No se preocupe —dijo en voz baja—. No he dicho a nadie dónde está.

Ni por asomo pensó ella que lo hubiese hecho. Sabía que el sacerdote estaba allí por su cuenta, que no actuaba cumpliendo órdenes del Vaticano sino movido por algún impulso interior, del mismo modo que algo dentro de ella la había lanzado tras la pista de Sabina y la había conducido allí.

Se encontraron bajo un arco de piedra que daba paso a la capilla donde se albergaba el trono marmóreo de Carlomagno; Michael habló en tono bajo, fuera del alcance auditivo de los escasos visitantes que recorrían en aquel momento la catedral.

—Menudo susto nos dio cuando se presentó el FBI en su busca y tuvo usted que huir en camisón por la nieve.

—¿El FBI? —preguntó Catherine—. ¿Cómo dieron con nosotros?

—Havers, probablemente —sugirió Michael, al tiempo que escrutaba el rostro de la muchacha—. No me extrañaría que hubiese llegado a un acuerdo con ellos. La abadesa dijo que dejó usted el ordenador. Seguro que se marchó volando.

Catherine estaba todavía una poco aturdida y se preguntaba si aquel fugaz éxtasis de unos momentos antes —¿fue una epifanía?— sucedió realmente.

—Me había marchado mucho antes de que llegara el FBI —explicó—. Se me ocurrió que si Havers se apoderaba del ordenador se sentiría satisfecho durante una temporadita. Incluso creé un archivo inventado, dando por supuesto que, al descubrirlo, Havers se lanzaría por una pista falsa. Con suerte, es posible que esté ahora camino de Etiopía...

—¿Qué la indujo a marcharse en mitad de la noche, Catherine? ¿Fue por mi causa?

Catherine alzó la mano y le tocó la mejilla.

—Lamento haberle abofeteado, Michael. No debí hacer una cosa así. Pero estaba tan agitada y tan dolida...

—No se lo reprocho. Siento mucho haberla enojado hasta el punto de impulsarla a abandonar el monasterio en plena noche y con toda aquella nieve.

—No me fui por culpa suya... Bueno, no del todo. También influyó el mensaje de correo electrónico que recibimos en Washington —dijo Catherine—. Comprendí que no transcurriría mucho tiempo antes de que Havers volviera a encontrar nuestras huellas. Y al leer el principio del sexto rollo y enterarme de que Sabina había ido a Germania, decidí no perder más tiempo. De modo que dispuse mi cuarto de la abadía para que cuando entrase alguien pareciese que acababa de marcharme. ¿Cómo dio conmigo?

—La abadesa me dijo que había estado usted consultando libros de la biblioteca con el fin de averiguar dónde vivió un héroe germano llamado Arminio. Me contó que la había ayudado a escapar, que envió a buscar un taxi de Greensville para que la llevase a usted al aeropuerto. Después de eso fue casi un juego de niños descubrir que una monja estadounidense había visitado el monumento Herrmann y se interesó por los baños romanos situados al oeste.

—¿Pero cómo supo que me iba a encontrar *aquí*, en la catedral?

—No lo sabía. Vine por mi propio gusto.

Guardó silencio y pareció examinarla. Catherine observó que el azul de sus ojos era más oscuro, era un azul lúgubre, pensó, como si las pupilas absorbiesen las sombras de melancolía agazapadas en los ángulos que formaban los arcos carolingios al encontrarse con la nave gótica. O posiblemente era debido a que su alma se hallaba más cerca de la superficie en aquella monumental casa de Dios, como si se encontrara casi desnudo y ella pudiera ver con mayor claridad las profundas pasiones que el padre Michael Garibaldi necesitaba refrenar constantemente. «Aquí no le servirá de nada el pangamot —deseó decirle—. Aquí tendrá que plantar cara a ese pasado que le obsesiona.»

—¿Por qué *vino* aquí? —preguntó Michael con voz queda.

Deseó contárselo. Deseó explicarle lo que acababa de sucederle. Meneó la cabeza.

—Comprendo —articuló él.

Y Catherine tuvo la impresión de que realmente lo comprendía, que ella no necesitaba esforzarse en buscar palabras para explicarle lo ocurrido. Cuando Michael alargó la mano y le pasó los dedos por la mejilla, Catherine comprendió que le había enjugado una lágrima. ¿Había estado allí durante todo el tiempo que llevaban hablando, como prueba evidente de la extraordinaria experiencia que ella acababa de vivir?

—¿Ha encontrado aquí, en Aquisgrán, algo relacionado con Sabina?

Catherine denegó con la cabeza.

—Y lo peor es que no sé ya dónde buscar.

—¿Ha terminado el sexto rollo?

—Me queda una página.

La muchacha notó sobre su codo la mano de Michael.

—¿Vamos a leerla?

Cuando Catherine llegó a Aquisgrán aquella mañana, tras un viaje en tren desde Detmold, se hospedó en el modesto Wilterhof, ubicado en la Marktplatz. Michael la acompañó allí y, mientras la muchacha subía a su cuarto, se dirigió a recepción y alquiló una habitación para sí.

El hotel estaba en el centro de la urbe, cerca de la puerta de la ciudad medieval, y Catherine podía ver desde su ventana las estrechas calles adoquinadas en las que los edificios construidos en el siglo XIII parecían inclinarse unas hacia otras. No circulaban automóviles, sólo alguna que otra bicicleta, y Catherine pensó que si pasaba por alto las cazadoras y los pantalones vaqueros, podía imaginar que estaba en plena Edad Media.

«Viajo en el tiempo —pensó—, me he desprendido de lo que me tenía anclada en el siglo XX.» Ahora regresaría a una época más antigua, porque iba a leer la historia de Sabina, la última página.

Michael llamó a la puerta, entró y, una vez más, Catherine notó que llenaba la habitación con su estatura y su presencia. La muchacha se preguntó si aquella sería la última hora que iban a pasar juntos. Después de la página final del sexto rollo, no quedaría nada que pudiese mantenerlos unidos, y Michael regresaría al Vaticano, mientras ella se dirigiría...

¿Adónde? ¿Adónde iré después de esto?

Catherine leyó la última página del rollo número seis, mientras Michael escuchaba.

> Eso ocurrió hace cinco decenios, queridas Perpetua y Aemelia, cuando di a luz el primer hijo de Segismundo. Después alumbré ocho más, varones y hembras, y fui testigo del nacimiento de veintiséis nietos y siete bisnietos. Enterramos a Freyda en su prado favorito hace incontables cosechas y yo ocupé su lugar a la cabeza del clan, porque Freyda me había enseñado las sagas y continué contándolas por la noche alrededor de las fogatas, junto con mi propia historia, que todos aseguraban que era una leyenda, y también les hablaba del Justo.
>
> El día en que Ingomar, el primer hijo que le di a Segismun-

do, recibió su primer escudo y espada, como símbolo de la edad viril, pensé en Píndaro, el hijo que en mí engendró Filos, y en los otros hijos perdidos tantos años atrás, durante los disturbios religiosos de Antioquía. Lo único que lamentaba era que, en todos aquellos años, no fui capaz de convertir a mi familia a El Camino, que en mi opinión era la fe verdadera.

Lo que ignoraba era que allí, en aquellos bosques salvajes, iba a conocer por fin la séptima gran Verdad, así como la respuesta a la pregunta que había llevado en mi corazón desde Antioquía, tantos años atrás, la pregunta que anhelaba formular al Justo.

La tragedia me golpeó por tercera vez, porque ahora todos han desaparecido ya, querida Perpetua. En un solo instante, todos fueron aniquilados: Segismundo, nuestros hijos e hijas, Ingomar, el clan en pleno. ¿Cuánto hace que estoy aquí contigo? A ese tiempo debes añadir el que he pasado vagando por la foresta y entonces sabrás cuánto hace que los mataron a todos. Un mes, acaso más. Fue un ataque por sorpresa, no teníamos idea de que venían, los invasores del norte. Nos pillaron desprevenidos. Nuestros hombres lucharon valerosamente, pero el enemigo nos superaba en número.

Algunos de nosotros huimos al interior del bosque y nos ocultamos. Yo estaba sola, separada de los demás, y tenía miedo de...

Catherine dejó de leer. El silencio de la noche se apresuró a suceder a sus palabras. Por último, la muchacha levantó los ojos del papiro.

—Ya está —dijo sosegadamente—. Esto es todo lo que tenemos de la historia de Sabina.

Se acercó a Michael y apoyó una mano en su antebrazo.

—Lo siento —musitó.

Sabía que Michael esperaba un mensaje personal, algunas palabras reveladoras, tal vez incluso otra referencia a Jesucristo.

—También yo lo siento —dijo Michael—, pero por usted, Catherine, no por mí. Deseaba que encontrase el último rollo. —Dio una paso hacia ella—. Y lamento de veras haberla decepcionado...

Catherine apoyó la punta de sus dedos en los labios de Michael.

—Muy bien —articuló—. Ya no estoy enojada. Sabía que usted hizo lo que tenía que hacer. Pero...

—¿Pero qué?

—Me siento desilusionada. Tenía la esperanza de conocer más de Sabina. Quiero ver lo que ella ve. Quiero verla a ella. He tratado de imaginar qué aspecto tiene, Michael, he tratado de representarme su imagen, pero no puedo.

Michael tomó a Catherine por la mano y la llevó hasta el espejo situado encima de la cómoda.

—Esta es la razón por la que no ha sido capaz de ver a Sabina —dijo—. Ha estado mirando con los propios ojos de Sabina.

Catherine le dirigió una mirada sorprendida.

—¿Cómo lo sabe?

En vista de que le daba la callada por respuesta, Catherine dio media vuelta y se encaró con él.

—La ha visto, ¿verdad? Ha visto a Sabina.

—La he visto en mis sueños.

—Pero ¿por qué se le revela a usted y no a mí? ¿Por qué es usted el que tiene las visiones?

—Lo ignoro, pero puedo asegurarle que no las deseo.

—¿Qué es lo que ve en los sueños, Michael? Compártalo conmigo. Ayúdeme a ver.

—Siempre es lo mismo; ella quiere conducirme a algún sitio. No sé exactamente adónde, pero yo me resisto.

—¿Por qué?

—Porque en el sueño Sabina tiene su cara. Y yo no puedo acompañarla a donde usted quiere ir. Yo tengo mi destino, Catherine...

—Eso no es ninguna razón. ¿Por qué no la sigue al interior del templo?

—Porque tengo miedo.

—No hay nada que temer —articuló Catherine en tono suave—. La próxima vez que tenga el sueño, no se resista. Vaya con ella.

Cuando Michael le tomó la mano y la oprimió contra los labios, Catherine clavó la mirada en los ojos azules del hombre y se sumergió en ellos, para explorar las corrientes oscuras que vislumbró allí. Sintió sobre la palma de su mano la cálida presión de los labios de Michael; vio el flamear de las pupilas y las turbulencias que había estado buscando. La soterrada pasión de Michael.

—En la iglesia, antes de que entrase usted —comunicó Catherine—, perdoné finalmente a mi padre. Tenía usted razón. Era lo que debía hacer. Y también perdoné a Julius.

—¿Julius? ¿Por qué tenía que perdonarle?

—Por...

Catherine se interrumpió. A punto estuvo de decir: «Por haberme fallado». Comprendió de pronto lo que hasta entonces no había visto: que cuando Julius se negó a ir con ella, y luego se presentó en la abadía para llevarla a casa, lo había considerado como otra traición. Catherine no tuvo conciencia de ello hasta aquel momento: el hecho de que se hubiera sentido atraída por Julius se debía a que Julius era muy semejante a su padre, al padre de Catherine.

—Y lo que tiene usted que hacer es lo siguiente —dijo la muchacha—. Necesita perdonar al chico de dieciséis años que fue una vez, perdonarle por no haber evitado un asesinato absurdo.

—Oh, Catherine —respondió Michael. Se apartó de ella—. No es eso. No es a mí a quien he de perdonar. ¿No lo entiende? El problema no soy yo. Con quien estoy resentido es con él, es a él al que no puedo perdonar.

Catherine comprendió de quién hablaba. No se refería al delincuente que cometió el asesinato, sino al anciano que estaba detrás del mostrador.

—El viejo estaba allí —silabeó Michael, impregnada de dolor la voz—. Inmóvil de pie allí, como un estúpido pasmarote, implorándome con los ojos que hiciera algo. Y al ver que yo no reaccionaba, su expresión cambió. Se dio cuenta de que yo era un cobarde. Y sus ojos se colmaron de asco. El atracador le disparó, cogió el dinero y huyó, y en el instante en que la bala se le hundía en el pecho, el anciano me dirigió una mirada tan llena de desprecio que le odié. Le odié por saber que yo era un cobarde, le odié por acusarme con sus ojos moribundos. Y que Dios se apiade de mí, ¡todavía le odio!

Sus palabras repicaron contra el techo. Y cuando su eco se desvaneció, el silencio invadió la estancia. Al ver las lágrimas que se aprestaban a estallar en sus ojos, Catherine se le acercó y dijo:

—Perdónele, Michael...

—¿Qué es lo que tengo que perdonarle? —gritó él—. ¿Que descubriese la verdad? Fui un cobarde, Catherine. Y bien sabe Dios que me he esforzado en hacer lo posible para compensar esa cobardía.

—¿Y abandonar el sacerdocio es una solución? Michael, tal vez esta sea la segunda oportunidad por la que ha estado rezando. Quizá sea esta la prueba. Pero si deja el sacerdocio habrá perdido. Dios aún le quiere, usted mismo me lo dijo.

—Usted no cree en Dios.

—No, pero creo en el perdón. Sabina estaba en lo cierto, el perdón nos libera, nos permite ver con claridad. Perdone a aquel anciano, Michael, y comprenderá que debe seguir en el sacerdocio.

—¿Perdonar al viejo como usted ha perdonado a su padre?

—Sí.

—Eso significa que ha regresado a la Iglesia. ¿Vuelve a ser católica, Catherine?

—Bueno, no...

—¿Lo ve? ¡No es tan sencillo, Catherine! No basta con perdonar.

—Yo no creo en Dios, Michael. ¡Pero usted sí!

—Pero no creo ser digno de servir a Dios. De modo que estamos de nuevo como al principio.

—No, no es así. Esta vez luchamos en el mismo palenque, contra los mismos adversarios.

Michael la cogió por los hombros.
—¿Lucharía usted por mí?
—Sí...
De súbito, Michael estaba besándola con fuerza en los labios.
Catherine le echó los brazos al cuello, lo atrajo hacia sí, lo apretó y lo oprimió firmemente contra su cuerpo y el suyo fue un beso profundo, cuya intensidad se acentuaba poco a poco.
Michael llevó la mano hacia la vulnerable nuca de la muchacha, la albergó en el hueco de la palma y los dedos se deslizaron hacia arriba, entre la seda de los cabellos rubio platino.
Catherine le desabrochó la camisa, se la quitó de encima de los hombros, bajó las mangas y la dejó caer sobre el suelo. Exploró el pecho masculino, acarició con los dedos la firmeza de los músculos. Al tocar la cicatriz del bíceps izquierdo, se acordó...
—¿Duele? —susurró.
—No.
Besó la herida en el punto donde, quince días y dos eternidades atrás, la bala había desgarrado la carne.
Michael deslizó la punta de los dedos por el rostro de Catherine y siguió con los ojos el desplazamiento de las yemas como si deseara grabar en la memoria toda curva y línea, toda pestaña y poro. La volvió a besar: el largo, lento y atribuladamente tierno beso del hombre que desea que aquello se prolongue durante largo tiempo, pero que teme apresurarse, que teme darlo por terminado.
No hubo dudas, no se preguntó *¿y si...?*, no hubo pausa para sopesar las consecuencias. Ambos sabían que ya no eran los mismos que eran cuando empezó todo aquello.
Michael llevó a Catherine a la cama. La besó con dulzura al depositarla encima de la colcha. Sus pulsaciones se aceleraron, vibrantes, pero sus cuerpos se movieron despacio, buscaban respuestas y por fin las encontraron el uno en el otro.
Catherine se despertó y contempló el techo durante un instante. Luego miró a Michael, que dormía apaciblemente junto a ella. Al otro lado de la ventana, la oscuridad reinaba en el cielo, aunque podía adivinarse un asomo de desvanecimiento de la negrura indicador de que la aurora no estaba lejos.
Rozó el semblante de Michael y las lágrimas acudieron a sus ojos. Había sido tan hermoso... y tan especial. Ocurriera lo que ocurriese en adelante, Catherine supo que tendrían para siempre aquella noche, y Aquisgrán y la catedral.
Volvió a mirar el techo, donde observó la forma curiosa de una mancha que el agua había dejado en el yeso, denotando que, en algún momento, una cañería tuvo un escape. Y cuando la cabeza empezó a aclarársele, Catherine recordó que había tenido un sueño. ¿De qué trataba?

Tenía algo que ver con...

Notó que los latidos de su corazón emprendían una carrera desenfrenada.

¡El sueño!

Aspiró profundamente una larga bocanada de aire. *¡El sueño!*

¡Tymbos!

Sabía dónde estaba el séptimo rollo.

ÚLTIMO DÍA

Viernes, 31 de diciembre de 1999

Al entrar Catherine en la habitación, Michael volvió la cabeza, se apartó de la ventana y la observó mientras las muchacha cerraba la puerta tras de sí.

Permaneció de pie junto a la entrada, con el chaquetón puesto y apretando contra su pecho un paquetito.

—Hola —saludó.

—Hola.

Catherine vio cómo el rutilante sol de la mañana derramaba su luminosidad sobre los amplios hombros de Michael. El sacerdote llevaba una camisa de batista, color azul claro, con los faldones embutidos en unos vaqueros azules recién estrenados. Ni sotana, ni alzacuello. La muchacha se preguntó cuándo volvería a ser clérigo.

—No estaba segura de encontrarte aquí —dijo.

—¿Por qué no? —sonrió Michael—. ¿Por lo de anoche?

—¿Cómo te sientes?

—Lo que me pasa —se acercó a ella— es que me he enamorado de ti, Catherine.

—¿De veras?

—¿Por qué no? Eso no significa que quiera menos a Dios. Si influye en algo mi cariño hacia ti es en que fortalece mi amor por Él. —Permaneció muy cerca de Catherine, sonriente, pero sólo con la boca, la expresión de sus ojos era grave—. ¿Qué me dices de ti? ¿Arrepentida?

—Oh, no... —susurró Catherine.

—Por favor, créeme si te aseguro que no lamento ni un solo segundo de la noche pasada. No lamento ni un solo segundo de los últimos quince días que he estado contigo.

—Pero vas a cumplir años de penitencia.

Se amplió la sonrisa de Michael.

—Tal vez.

—Pero vas a recordarme como la mujer perversa que ocasionó tu caída.

Michael tomó entre sus manos la cara de Catherine y dijo sosegadamente:

—¿Te das cuenta de que siempre pones palabras en boca de otras personas?

—Siempre he sido manipuladora.

—Dios mío, qué guapa eres —susurró Michael, mientras la acariciaba con los ojos.

—Michael, ¿tuve...?

—¿Tuviste qué?

—El sacerdocio. ¿Tuve la culpa de que desearas abandonarlo?

—Si decido dejarlo, será por culpa de cosas que sucedieron hace mucho tiempo. Si algo has hecho tú ha sido ponerme frente a la circunstancia de que el perdón es el único camino por el que llegaré a conseguir la paz.

Se quedó callado y su silencio fue más elocuente que la poesía, porque le decía que estaba recordando la noche anterior, lo mismo que la recordaba ella: no era simplemente la compenetración física, con todo lo bonita que fue; entre ellos había sucedido algo más, algo que rebasaba el ámbito del amor, la aventura y las palabras de pasión. Michael la había abrazado y le había llenado el oído de susurros de amor y cuando fue incapaz de ir más lejos, Catherine susurró a su vez hasta que crearon y vivieron juntos una quimera que sólo ellos podían contemplar: su sueño compartido.

Aunque no volvieran a vivir nunca otro momento así, aunque aquel día pusiera fin a su viaje juntos, siempre les quedaría la noche anterior y los susurros en la oscuridad.

—Esta noche es Nochevieja —articuló Catherine en voz baja, con la vista fija en los labios de Michael, deseando besarlos y temiendo que él lo hiciera. La noche anterior fue la última: extraordinaria, especial, sublime. Pero Catherine sabía que el día iba a ser diferente. Comentó—: Mañana empieza el nuevo milenio. Michael, sé dónde está el séptimo rollo.

Se despojó del chaquetón y puso el paquetito encima de la cama.

—Ayer observé que había una librería religiosa frente a la catedral. Se me ocurrió que tal vez encontraría allí lo que me hacía falta.

Abrió la bolsa de viaje que le había proporcionado la abadesa y sacó el cuaderno en el que redactaba la traducción.

—Antes de abandonar la abadía —explicó, excitada—, copié el documento de Thomas de Monmouth. Desde la primera vez que lo leí, algo no dejaba de molestarme y de darme vueltas en la cabeza.

—Bueno, claro, todos aquellos errores —dijo Michael, cruzándose de brazos.

—¿Pero realmente eran errores? Piensa en ello, Michael. Cuando desglosas el documento, ves que Thomas cuenta efectivamente con todos los hechos verdaderos, lo único que hace es acoplarlos mal. Y eso ha estado incordiándome desde entonces. Durante la noche lo vi claro. Mira...

Abrió el cuaderno de notas y puso la página bajo la claridad que entraba por la ventana.

—Digamos que esta es nuestra Sabina. Sabemos que fue a Stonehenge, hasta ahí es correcto. No estaba casada con Cornelio Severo, pero formaba parte de su séquito. Ahora, pasemos a los otros hechos.

Catherine indicó la línea que decía: *Dejó tras de sí seis libros de alquimia y brujería, que posteriormente se enterraron con la Suma Sacerdotisa, Valeria, en el lugar sagrado.*

—Seis libros sobre alquimia y brujería —continuó Catherine—. Eso es en cierto modo verdad. Ahora, tenemos... Valeria. Primero vamos a tomar la palabra sacerdotisa y a cambiarla por diaconesa. —Tachó la primera y escribió encima la segunda—. Y los seis libros. Añadamos luego algo de un libro.

—Pero eso tampoco tiene sentido —comentó Michael.

—Tiene sentido si se añade una pieza perdida del rompecabezas; si se coge y se encaja en su sitio.

—¿Qué pieza es esa?

—Tymbos —declaró Catherine con una sonrisa triunfal.

—Pero a él no se le menciona.

—No se trata de él, Michael, sino de la. Nos hemos vuelto locos tratando de encontrar a Tymbos... los reyes, los anagramas, esforzándonos en balde más de lo necesario, ¡cuando lo tuvimos delante todo el tiempo! Y esa fue la bombilla que se me encendió durante el sueño. Michael, ¡tymbos en griego significa *tumba*!

—¡Tumba!

—Si aquí, donde dice «se enterraron con» intercalamos la palabra griega que significa tumba...

Catherine escribió frenéticamente, tachando y sustituyendo palabras, hasta completar un frase que rezaba: *Sabina dejó tras de sí seis libros de alquimia y brujería, uno de los cuales llevó posteriormente a tymbos la diaconesa Valeria.*

—Y Perpetua —dijo Michael no sin asombro—, típico de su época cristiana, añadió la palabra rey para que el rompecabezas se complicase: llevarlo al rey, llevarlo al reino...

—Al Reino de Dios —completó Catherine.

Michael arrugó el entrecejo.

—Se enterraron en un lugar sagrado...

—No, Michael, en *un* lugar sagrado, no. Dice en *el* lugar sagrado.

—¿Qué lugar sagrado sería?

—Si fueses un cristiano de hace dos mil años, ¿qué considerarías el lugar sagrado?

—Se me ocurren tres, la verdad.

—A mí también se me ocurrieron —dijo Catherine—, motivo por el cual decidí acercarme a la librería religiosa próxima a la catedral. Fue una corazonada, pero...

Se llegó a la cama, recogió el paquete, rasgó el papel que lo envolvía y tendió el contenido a Michael.

Michael miró el título.

—Está en alemán.

—El librero me tradujo el título. *Primeros mártires cristianos*. Ve a la página treinta y dos.

Michael pasó las hojas. Leyó:

—«Valeria»... Supongo que aquí dice «murió hacia el 142 de la Era Cristiana». —Miró a Catherine—. La fecha coincide, pero sigo sin comprender...

—Está un poco más abajo. Sigue leyendo.

Entre los términos alemanes resaltaron dos palabras en latín: Aemelius Valerius.

—*Tochter* —leyó Michael—. ¿Hija?

—Era la hija de Aemelius Valerius. Michael, ¡así que habría sido Aemelia Valeria! A las mujeres romanas se las llamaba por el nombre o por el apellido, según los casos.

—Y al parecer su familia y sus amistades la conocían por Valeria.

—¡Pero Perpetua la llamaba Aemelia! Y por eso no lográbamos dar con ella durante nuestras investigaciones. ¡Hemos encontrado el séptimo rollo, Michael!

Como se hallaba en la planta inferior, en su museo privado, el lugar más seguro de su extensa finca, Miles no podía ver la luz del sol. Pero *presentía* la mañana mientras aguardaba el mensaje que iba a llegar desde el otro extremo de la dispersa línea telefónica.

Ya habían empezado a presentarse los invitados a la fiesta de Nochevieja; las vibraciones, Miles podía jurarlo, atravesaban los gruesos muros de hormigón de sesenta centímetros de espesor que rodeaban su preciosa colección de obras de arte. Notaba la energía, la excitación, las esperanzas y los temores de los más madrugadores. Los primeros de los más de mil que iban a dejarse caer en Casa Havers para disfrutar de las doce horas de juerga y locura milenaria.

Aprovechando el cambio de horario, Miles había planificado las cosas de forma que sus invitados no iban a gozar sólo de una medianoche, sino de una sucesión de ellas, empezando por la de Sydney (Australia). Estaba disponiendo el milagro mediante una serie de gigantescas pantallas de televisión, montadas en la casa y terrenos circundantes, que cubrirían en directo todos los acontecimientos que precederían al de Nuevo México en la marcha hacia el meridiano de cambio de fecha: Sydney, Bombay, Roma, Londres, Nueva York. Correría el champán, llamearían las barbacoas y retumbaría la música en los montes Sangre de Cristo.

Era una época estupenda para estar vivo. Y para ser rico.

—¿Hola? —dijo por el micrófono del teléfono—. Sí, le oigo. ¿Cuál es el informe?

Anotó la información en un taco de papel: *Catherine Alexander... en el avión que despega de Francfort a las seis.*

—¿Destino del vuelo? —preguntó.

En cuanto oyó la respuesta supo que la doctora Alexander había averiguado el paradero del séptimo rollo.

Colgó y acto seguido marcó otro número, el de una persona que esperaba la llamada...

Once de la noche. Había empezado la cuenta atrás hacia la medianoche.

—Es un amigo —dijo Michael al saltar del taxi, cerca de la plaza de San Pedro—. Está al corriente de las noticias y cuando le hablé de mi implicación contigo...

Cogió a Catherine de la mano y echaron a correr entre los parachoques de los vehículos inmovilizados en mitad del atasco de tráfico, a través de la cacofonía que formaban las bocinas y los gritos de los automovilistas, y de las cegadoras luces de los faros.

Michael volvía a vestir sotana, tras cambiarse en el aeropuerto de Francfort. Y el amigo al que se refería era un condiscípulo del seminario de Chicago, un eclesiástico adscrito ahora a la oficina de arqueología del Vaticano.

Se zambulleron en la impresionante muchedumbre que congestionaba la plaza de San Pedro. Casi todos los presentes sostenían una luz de alguna clase —vela, farol, linterna—, de modo que los rostros aparecían iluminados como una inmensa pintura de Georges de la Tour. Al irse abriendo camino entre el gentío —la indumentaria clerical de Michael hacía que el personal se separase para dejarles pasar—, la mirada de Catherine resbalaba por los semblantes: varones y hembras, jóvenes y viejos, mostraban un amplio abanico de emociones humanas, desde el miedo abrumador hasta el éxtasis jubiloso. Unos lloraban, otros reían; pero muchas expresiones eran anhelantes o impasibles, mientras todos los ojos permanecían clavados en el balcón papal, a la espera de que apareciese la figura vestida de blanco del sucesor de san Pedro.

Miembros de la policía de Roma y de la Guardia Suiza les dieron el alto en varias ocasiones; pero unas cuantas palabras autoritarias de Michael les permitieron seguir adelante. Encontraron al padre Sebastian en el Arco delle Campane, en el lado izquierdo de la basílica. Los condujo por un patio que aparecía desierto a causa de las barricadas de madera y la conspicua presencia de la Guardia Suiza, pasaron bajo otro arco, doblaron una esquina y finalmente franquearon una puerta en la que un rótulo informaba: UFFICIO SCAVI, Oficina de Excavaciones.

—Para un católico romano —había dicho Catherine en Aquisgrán—, *el* lugar sagrado sólo puede ser uno: el sitio donde está enterrado san Pedro.

Aemelia Valeria estaba *allí,* y con ella, confiaban, el séptimo rollo.

Una vez dentro de la oficina, con la puerta cerrada, Michael presentó Catherine a su viejo amigo.

—El padre Sebastian era el que en principio se suponía iba a trasladarse al Sinaí para verificar las noticias acerca del fragmento de Jesucristo.

—Pero cogí la gripe —explicó el otro sacerdote, un hombrecillo ligeramente encorvado, bajo de estatura y con gafas de gruesos cristales.

Catherine tuvo la impresión de que lo dijo en tono de disculpa, con cierta melancolía, como si lamentara haberse perdido una aventura así.

Sacó un aro de llaves.

—Tenemos que darnos prisa —dijo—. A medianoche abrirán las puertas y se inaugurará la exposición de los huesos de san Pedro, que durará treinta días. ¡La mitad de la población del mundo estará aquí!

Pasaron por delante de mesas escritorio cubiertas de correspondencia, carpetas, memorandos, imágenes y piezas de cerámica, y atravesaron el umbral de una puerta que daba a un estrecho pasillo con escalones descendentes.

—Vamos a ver si cruzamos la iglesia —explicó el padre Sebastian, con una sombra de nerviosismo en la voz.

Catherine se preguntó cuánto le habría contado Michael. Consultó su reloj. Tenían que apresurarse. Una vez se permitiera al público entrar en las grutas habrían perdido la ocasión de abrir la tumba de Aemelia.

Porque eso era lo que decidieron que debían hacer. Y tenían que hacerlo cuanto antes. Catherine no ignoraba que en cuanto los superiores de Michael se enterasen de lo relativo a Aemelia, el rollo estaría perdido para siempre.

En realidad, las Grutas Sagradas eran una larga cámara de techo bajo, en el subsuelo de San Pedro, que se quebraba en diversas pequeñas capillas que albergaban las criptas de papas y reyes: allí estaba enterrado un emperador alemán del siglo X, así como Adriano IV, el único papa inglés, la reina Cristina de Suecia y Jacobo II de Inglaterra.

Mientras avanzaban apresuradamente y sus pasos repicaban sobre el suelo de mármol, Sebastian explicó:

—La necrópolis romana se descubrió en 1939. Durante los trabajos de excavación para ampliar la capilla funeraria del papa Pío XI, los obreros tropezaron con un muro que teóricamente no podía estar allí. Cuando se determinó que el muro tenía mil seiscientos años de antigüedad, se avisó a los arqueólogos para que se encargaran de la excavación.

Al tiempo que hablaba, el padre Sebastian los condujo entre bancos, modestos altares y primorosos sarcófagos, hasta que llegaron a una capilla espectacular de techo abovedado de color azul y oro y reclinatorios situados frente a la cripta del papa Clemente. Cuando buscaba entre sus llaves la correspondiente a una puerta que no tenía señal alguna, situada en una pared complicadamente decorada, sus manos le temblaron de nerviosismo.

—¡Los arqueólogos hicieron descubrimientos asombrosos! Por ejemplo, los huesos del mismísimo mártir sagrado, crucificado boca abajo, en el circo de Calígula. —Añadió en tono reverente—: San Pedro.

Catherine volvió la cabeza y observó las sombras del trecho que acababa de recorrer. Se preguntó si les habrían seguido.

«Rápido —apremió mentalmente al padre Sebastian—. Rápido, rápido...»

Sebastian encontró la llave y la aplicó a la cerradura.

—El circo ya no existe, naturalmente —prosiguió el sacerdote con voz ribeteada de premura—, pero sabemos que estaba aquí y los arqueólogos tienen pruebas de ello. De todos modos, una larga tradición... Cuidado al pisar por aquí —se levantó los faldones de la sotana y encabezó la marcha iluminando el camino con una linterna—, la tradición dice que los seguidores de Pedro reclamaron el cuerpo del apóstol y lo enterraron en secreto aquí. Trescientos años después, durante el reinado de Constantino, aún continuaba en este punto el sepulcro original, y fue aquí donde el emperador edificó su nueva basílica. Así que cuando se hallaron los huesos...

Catherine ya conocía la historia. Sus padres habían creído que los restos mortales albergados bajo el gran altar de San Pedro pertenecían al propio mártir bienaventurado. Aunque su educación de arqueóloga la instaba a ser escéptica, Catherine estaba lo suficientemente familiarizada con la antigua obsesión cristiana por las reliquias, como para convenir en que lo más probable era que aquellos huesos fueran los del apóstol.

—Cuando, en el siglo IV, Constantino decidió construir una gran basílica —prosiguió Sebastian, en tanto los conducía por una impresionante oscuridad saturada de olores a polvo y materias en descomposición—, la colina vaticana era mucho más baja de lo que es ahora. Así que construyeron una serie de muros de contención y rellenaron los espacios huecos que quedaban entre uno y otro, para ampliar el monte. Lo que efectivamente hizo Constantino fue enterrar la antigua ciudad de los muertos. Miren —dijo Sebastian con voz sofocada, al tiempo que proyectaba el foco de la linterna sobre el techo—. Lo que están viendo es la parte inferior del suelo de la basílica de San Pedro. Hace mil setecientos años, al mirar arriba hubiéramos visto el cielo.

Catherine lo contempló todo con ojos asombrados, mientras avanzaban a lo largo de lo que parecía una auténtica calle; fueron dejando atrás patios y fuentes, así como fachadas de enormes mausoleos romanos, con sus entradas, portales, ventanas y, en algunos casos, escaleras que llevaban a techos incorporados ahora los cimientos de la iglesia edificada encima. Al atisbar por los huecos de las puertas y ventanas, Catherine tuvo la curiosa sensación de espiar el interior de casas particulares.

Todo aquello era una ilusión óptica, una urbe de difuntos creada para que pareciese una ciudad de verdad, y mientras recorrían las angostas calles con callejones sin salida, los frescos que decoraban las paredes y que pretendían dar la impresión de praderas y espacios abiertos recordaron a Catherine el Laberinto del Minotauro.

—Todos estos sepulcros se vaciaron hace años —expresó Sebastian, en tono de susurro, mientras iban dejando atrás «casas» oscuras y silenciosas y el foco de la linterna captaba fugazmente un delfín juguetón, un jarrón de flores o una bandada de pájaros, todos espléndidamente pintados por artistas fallecidos mucho tiempo atrás. Las tinieblas que los rodeaban eran tan densas, profundas y aterradoras que Catherine buscó la mano de Michael y se mantuvo cerca de él.

—Hay muchas más tumbas —dijo Sebastian— a lo largo y ancho del subsuelo de San Pedro, pero no se pueden excavar porque minarían los cimientos de la basílica.

Catherine intuyó sobre su cabeza la impresionante iglesia del Renacimiento, con toda la presión de su peso...

Al tiempo que dirigía el rayo de luz de la linterna sobre un columbario que contenía infinidad de hornacinas destinadas a urnas funerarias, el padre Sebastian indicó:

—Podéis apreciar el cambio gradual del paganismo a la cristiandad. A medida que nos alejamos del centro funerario de San Pedro, encontramos más urnas y referencias a los dioses antiguos.

Entró en un sepulcro, seguido de Michael y Catherine, y enfocó la luz hacia la bóveda del techo para iluminar un mosaico dorado que representaba a Cristo como Apolo conduciendo el carro del Sol, con los rayos del astro rey emanando de su cabeza.

—Evidencia de la transición —comentó Sebastian.

Catherine alzó la mirada hacia el rostro reconocible de Jesús, y aunque vio los rayos del sol coronándole la cabeza mientras conducía el carro, la muchacha no pudo por menos de pensar en los numerosos dioses salvadores de Sabina.

Al pasar por delante de más tumbas, Catherine observó que la mayor parte de las sepulturas parecían pertenecer a mujeres. Dos mil años atrás, en sus escritos, Tácito había denominado a la nueva fe «una religión de mujeres y esclavos». Y en vista de que continuaban pasando por delante de más y más tumbas femeninas —incluida la de otra Aemelia, aunque se apellidaba Gorgonia—, Catherine se sorprendió a sí misma preguntándose una vez más: «¿Cuándo se hicieron cargo de todo los hombres?».

A medida que se zambullían cada vez más profundamente en los sótanos de la basílica, la atmósfera se saturaba de un moho cada vez más denso, envueltos en una oscuridad que sólo rasgaba la linterna del padre Sebastian al pasar.

Luego las tinieblas volvían a solidificarse de inmediato para formar un muro de negrura a sus espaldas. Una frase atravesó súbitamente el cerebro de Catherine: *Los muertos se levantarán el último día, el día final...*

Se le pusieron de punta los pelos de la nuca al imaginarse que, en el momento en que sonaran las campanadas de la medianoche, todas aquellas losas se abrirían, los desmoronados cadáveres se incorporarían y saldrían de sus sepulcros. Y los huesos de san Pedro ¿volverían a acoplarse, formarían un esqueleto completo y capacitarían al apóstol para levantarse y andar?

—¿Qué ha sido eso? —preguntó de repente.

Michael la miró. El rostro del sacerdote parecía desprender un resplandor sobrenatural.

—¿Qué fue qué?

—Me pareció... —Catherine movió la mano como si apartara el aire delante de su cara—. No importa.

Continuaron avanzando por otra calle. Catherine casi podía sentir la presión de la masa humana congregada encima de ella, los millones de personas...

Y entonces oyó el canto, muy bajo al principio, pero que fue aumentando de volumen, como mar de fondo. Había empezado en la orilla de la muchedumbre y ahora pasaba de una persona a otra, mientras la multitud de la plaza, con sus lámparas y velas, elevaban la voz hacia el cielo tachonado de estrellas:

—Ave Mariiía...

Catherine pensó que la medianoche estaría a punto de llegar. Casi tenía miedo de preguntar:

—Padre Sebastian, ¿tiene la certeza de que el sepulcro de Aemelia Valeria está aquí?

—Ah, sí. Y le aseguro que es uno de los más bonitos.

—A... ve, aveee dominus, dominus tecum.

—Y —anunció con un barrido de la linterna— ¡aquí está!

Efectivamente, era un edificio, de dos pisos, que lo mismo podía haber aparecido en las calles de la antigua Roma. La parte exterior estaba pintada de rojo, con un magnífico frontón triangular sustentado por columnas dóricas. Las paredes interiores, estucadas de blanco, con pequeñas cavidades en forma de concha de vieira y adornos de primorosas flores, hiedra y pájaros. Una preciosa hornacina enmarcaba una pintura de Venus emergiendo del mar, con delfines de estuco jugueteando a sus pies entre la espuma de yeso. Aquel lugar tenía todo el aspecto del elegante salón de alguien.

—Esos nichos —informó Sebastian en voz baja, a la vez que proyectaba sobre las paredes el rayo de luz de la linterna, iluminando de súbito asombrosos ejemplos de arte romano— contienen urnas de cremación. Así que en un tiempo esta fue una tumba pagana. En algún momento, sin embargo, la familia se convirtió al cristianismo. Creo que ello fue debido a esta dama.

Desplazó el foco hacia el espléndido fresco de una escena familiar, en el centro de la cual había una orante, la representación de la persona difunta en actitud de rezo, símbolo de salvación. Debajo de la figura se veía un nombre escrito: Aemelia Valeria.

En la plaza, la multitud seguía cantando:

—Benedicta tu in mulieribus...

Catherine se acercó para echarle un vistazo al mural. La diaconesa llevaba blancas vestiduras, tenía los brazos extendidos y los ojos elevados al cielo. Aemelia había sido una mujer hermosa, con su cabellera peinada en complejo tocado que formaba varios pisos sobre la cabeza, tal como mandaban los nobles cánones de la moda femenina durante el Imperio Romano.

—Et benedictus fructus ventri tui... Jesus.

Una guía de la Iglesia primitiva, pensó Catherine. Una sacerdotisa cristiana. ¿Estaría enterrado con ella el séptimo rollo? ¿Contendría la prueba de que las mujeres, no los hombres, eran las herederas de la autoridad de Jesucristo?

—Y aquí tenemos lo que nos ha hecho comprender que esta es una tumba cristiana —dijo el padre Sebastian—. El sarcófago de Aemelia. Creemos que fue el primer miembro de la familia cuyo cadáver no se incineró.

—¿Lo abrieron? —susurró Catherine. Se adelantó y posó las manos sobre el primorosamente labrado mármol.

—Ah, no. Sólo se abrieron las tumbas paganas. Y todas las urnas, que, naturalmente, también eran paganas, han pasado a los museos.

Catherine vio unas palabras grabadas en la tapa del sarcófago: *dormit in pace*, descansa en paz; y *anima dulcis Aemelia*, el alma de la dulce Aemelia.

Catherine miró a Michael. La intensidad de la expresión del sacerdote hizo pensar a Catherine que también él se estaba preguntando si estaría allí el último rollo. Porque, en tal caso, eso significaba que contenía un mensaje latente, porque Aemelia sólo se lo habría llevado consigo a la tumba de verse bajo la amenaza de persecución. Y la persecución no podía significar más que una cosa: que a los perseguidores no les gustaba lo que había escrito en el rollo.

—Muy bien —dijo Michael—. Busquemos algo para abrirla.

A diez husos horarios de allí, Miles Havers se disculpó por tener que abandonar la fiesta que se desarrollaba en su finca de Santa Fe y dejó a sus invitados para descender a su museo privado y esperar una llamada telefónica de Roma.

—*Sancta Maria, ora pro nobis...*

El cántico se interrumpió y oyeron un repentino fragor.

—¿Qué es eso? —preguntó Michael.

El padre Sebastian alzó la cabeza.

—Creo que Su Santidad acaba de aparecer en el balcón.

Y entonces luces cegadores se encendieron y anegaron súbitamente el mausoleo. De la garganta de Catherine se escapó un grito agudo al materializarse una aparición alta y esquelética: el cardenal Lefevre, de sotana negra con ribete y botones rojos, amplio fajín de cordoncillo y solideo, también de color rojo, sobre su escaso cabello. Un enorme crucifijo de oro, suspendido de una áurea cadena, colgaba espectacularmente sobre su pecho.

Catherine lanzó una viva mirada a Michael.

—Eh, que yo no... —empezó él.

—No, doctora Alexander —intervino el cardenal Lefevre, y su voz repercutió en el sepulcro subterráneo—. El padre Garibaldi no me informó de que vendría usted aquí. A decir verdad —dedicó a Michael una mirada admonitoria—, no he recibido noticias del padre Garibaldi en varios días.

—*Alguien* le ha ayudado —dijo Catherine—. ¿Quién?

—Recibí una llamada telefónica. Un soplo, como dirían ustedes, los estadounidenses.

Catherine midió con la vista a los cuatro jóvenes que le acompañaban, miembros de la *Cohors Helvetica*, la Guardia Suiza, instituida cinco siglos atrás para proteger al Papa y al Vaticano. Aunque sus picas y alabardas, gorgueras shakespearianas, jubones, calzas rayadas y cascos estilo conquistador los hacían aparecer como puramente ceremoniales,* Catherine sabía que aquellos jóvenes bien adiestrados iban discretamente provistos de botes de humo, granadas de mano y armas de fuego automáticas. También estaba enterada de que habían jurado servir al papa reinante y sus sucesores, con riesgo, de ser necesario, de su integridad física y de su vida.

—Doctora Alexander, le ruego que me crea cuando le digo que somos amigos suyos —aseguró Lefevre.

—Recuerdo haber visto su nombre —replicó Catherine— al pie de una carta dirigida a mi madre.

—Un episodio desdichado, doctora. Un episodio que de veras me hubiese gustado evitar.

—Va a incautarse del rollo del sarcófago de Aemelia, ¿verdad?

—Si se trata de un documento cristiano, sí, porque pertenece a la Iglesia.

—Pertenece al mundo. Y voy a encargarme de que el mundo lea lo que está escrito en ese rollo.

—Sé que me considera un enemigo, doctora Alexander. Pero no lo soy. Estoy aquí para evitar el caos. Si publica la prueba de la existencia de mil mesías, debilitará la influencia de Jesús. Haga eso y quebrantará la base del poder de la Iglesia. Si derriba la Iglesia católica, derriba las economías nacionales.

—Así que la Iglesia no es más que una sociedad anónima importante. Todo es negocio.

—Naturalmente —concedió Lefevre—. Un sacerdote es en cierto sentido un hombre de empresa. Las personas nacen con zonas oscuras en su alma, doctora Alexander. Nosotros les vendemos bombillas.

—¿Quién le dijo que yo estaba aquí? ¿Miles Havers?

—El señor Havers y la Iglesia ven las cosas con los mismos ojos, doctora Alexander. Nosotros no queremos que se publique el contenido de los rollos y el señor Havers alberga el mismo deseo.

Mientras los invitados de Miles y Erica se desplegaban por la propiedad, tomaban sorbos de sus bebidas bajo los rayos del sol poniente, contemplaban las numerosas pantallas de televisión dispuestas tanto en el interior de los edificios como al aire libre y se aprestaban a corear la cuenta atrás simultáneamente con las personas congregadas en la plaza de San Pedro, Erica miró en torno en

* En realidad, el uniforme fue diseñado por Miguel Ángel. *(N. del E.)*

busca de su marido. Estaba a punto de ser medianoche en Roma. ¿Por dónde andaba Miles?

En las tumbas del subsuelo, el grupo oyó a la multitud de la plaza, que iniciaba la cuenta atrás hacia la medianoche:

—Dieci!

—Perdóneme, Su Eminencia —dijo Michael—, pero vamos a abrir este sarcófago.

Lanzó una ojeada a los cuatro guardias suizos.

En las pantallas de televisión montadas en distintos puntos de la finca de Havers, los millones de personas concentradas en San Pedro proclamaron al unísono:

—Dieci!

Y cuando Erica empezó a recorrer la casa, oyó a sus invitados repetir alegremente:

—¡Diez!

Era la tercera cuenta atrás del milenio que se coreaba desde el mediodía y la gente se había metido a fondo en el espíritu del asunto.

—Nove!

Lefevre hizo una señal a dos de los guardias. Éstos dejaron las picas y se acercaron al sarcófago.

—¡Nueve!

Erica llegó al museo de la planta inferior.

—¿Miles? ¿Estás ahí?

—*Otto*!

Michael y el padre Sebastian se colocaron a un lado del sarcófago y, con la ayuda de los dos guardias jóvenes, empezaron a empujar, mientras el cardenal Lefevre entonaba una oración por los muertos.

—¡Ocho!

Erica abrió la puerta y miró adentro.

—¡Miles, cariño...!

—Sette!

—Muy bien —dijo Michael—. Empujemos todos a la vez. ¡Cuando dé la señal!

—¡Siete!

Erica exploró el museo, sobre cuyos tesoros caía una luz suave.

—¿Miles?

—Sei!

La tapa del sarcófago no se movía.

—¡Seis!

Erica pasó por delante de los tesoros que su esposo había ido reuniendo a lo largo de los años y sus ojos cayeron sobre el armario de un rincón. Era nuevo, lo veía por primera vez.

—Cinque!

Catherine contempló las anchas espaldas de Michael, en pleno esfuerzo aplicado a la tapa del sarcófago, cerrada desde hacía cerca de dos mil años. La muchacha contuvo la respiración mientras esperaba a que se moviera la tapa.

—¡Cinco!

Erica llegó a la conclusión de que el armario estaba allí para albergar un nuevo tesoro. Se preguntó qué habría dentro.

—Quattro!

—Vale —dijo Michael—. ¡Otra vez! ¡Echemos el resto!

—¡Cuatro!

Erica alargó el brazo. El armario no estaba cerrado con llave. La mano se ciñó en torno al pequeño picaporte de marfil y empezó a abrir la puerta.

—Tre!

La tapa del sarcófago produjo un sonoro chirrido y, por fin, se deslizó un par de centímetros.

—¡Tres!

Miles salió del despacho del otro extremo del museo, con el teléfono celular en la mano. Vio a Erica en el momento en que la mujer abría el armario.

—Due!

La tapa del sarcófago rechinó cosa de dos centímetros y medio más, y luego otros tantos, hasta que ofreció una abertura lo bastante ancha para permitir el paso de la claridad de las linternas.

—¡Dos!

—¡Erica! —exclamó Miles, y echó a andar hacia ella—. No...

—*Uno*!

Catherine miró el interior del sarcófago de Aemelia.

—*Buon Anno!*

—¡Uno!

Erica se quedó mirando fijamente la Kachina del Solsticio.

—*¡Feliz Año Nuevo!*

Retumbó un tremendo y ensordecedor estruendo por encima de sus cabezas. Las ocho personas que se encontraban en la Scavi alzaron la cabeza. Aguzaron el oído y esperaron, casi temiendo que los muros del sepulcro, el techo e incluso toda la basílica se derrumbara hecha pedazos sobre ellos.

No sucedió nada. Ni trompetas ni ángeles, ni terremotos ni cataclismos. Sólo un instante de silencio como si el mundo entero contuviese la respiración colectivamente.

Y entonces oyeron un estallido extraordinario de aclamaciones y aplausos, de gritos de júbilo que brotaban al unísono de cientos de miles de gargantas.

El cardenal Lefevre exhaló una suspiro de alivio y comentó a sus acompañantes:

—Me atrevería a decir que en este milenio no vamos a ser testigos del apocalipsis.

—El milenio no ha terminado —observó Catherine. Añadió—: Su Eminencia. —Decididamente, aquel hombre no le caía nada bien—. No habrá terminado hasta que se consuma el año dos mil. Ese será el *verdadero* final del siglo, ¿no es así?

El cardenal le dedicó una sonrisa enigmática.

—Cierto, sí, doctora —convino—. De modo que tendremos que esperar otros trescientos sesenta y cinco días antes de saber si ésta es la edad profetizada.

Se llegó al sarcófago y echó una mirada a su interior.

—*Ora pro nobis!* —se santiguó, al murmurar las tres palabras.

Porque en el ataúd de Aemelia Valeria no había nada: ni rollo, ni esqueleto, ni cenizas siquiera.

—Me inclino a dar por supuesto —manifestó Lefevre en un tono que Catherine no logró identificar (¿se sentía decepcionado o secretamente victorioso?)— que saquearon esta tumba hace siglos. Tal vez antes de que Constantino ordenase que se llenara esta necrópolis. —Suspiró y Catherine volvió a preguntarse: ¿con alivio o con desazón?—. Fue, como dicen ustedes los norteamericanos, una empresa disparatada.

Catherine exploró el sepulcro, brillantemente iluminado entonces; examinó los nichos, las hornacinas, los rincones, incluso las pinturas murales: no había ningún sitio donde se pudieran esconder rollos. Miró de nuevo el interior del sarcófago. Parecía casi nuevo. En él no se había enterrado nunca a nadie.

¿Dónde estaba Aemelia, pues?

—Doctora Alexander, ¿puede entregarnos los rollos ahora?

—Se encuentran en lugar seguro.

El cardenal aguardó.

—En un casillero de la consigna del aeropuerto.

—¿Qué aeropuerto? —Como quiera que Catherine no respondía, Lefevre tendió la mano—. ¿Puede entregarme la llave?

Pero ella denegó con la cabeza.

—No me corresponde a mí tomar la decisión. Entregaré los rollos a las Naciones Unidas. Después pueden pelearse por ellos todos ustedes.

El cardenal parpadeó.

—Muy bien. —Se dirigió a Michael—. Ahora debo reunirme con Su Santidad. Padre Garibaldi, ¿podremos hablar dentro de unos días?

—Sí, Su Eminencia.

Empezaron a desfilar, una procesión por las calles de los muertos, sombras que se deslizaban a lo largo de los muros como una procesión funeraria de siglos atrás, triste y sombría, una auténtica marcha de plañideros silenciosos. Michael tomó discretamente la mano de Catherine. Envió a la muchacha una mirada plena de excusa y pesadumbre.

Cuando salieron al aire de la noche y se vieron rodeados por millones de personas exultantes, la mirada de Catherine cruzó la plaza en dirección al balcón papal, donde un hombre de blanca vestidura bendecía a la extática multitud. La rabia y las lágrimas fulguraron en los ojos de la doctora Alexander.

—Todo esto ha sido en vano, Michael —silabeó—. La muerte de Danno. Tú y yo huyendo para salvar la piel. Una insensatez absoluta. Incluso había empezado a creer lo que Sabina decía. Realmente había empezado a caer en la trampa. Incluso hasta el punto de perdonar a mi padre. ¿Y qué es lo que he conseguido?

—Quizás es que no funciona así.

Y lo que sucedió en Aquisgrán: su noche de amor y la revelación que ambos experimentaron juntos, con susurros compartidos. ¿Cómo era posible que Michael y ella se hubieran dejado llevar tan lejos para, al final, verse sumidos en la desilusión? ¿Qué broma cruel era aquella?

—Michael —dijo Catherine—. Continúa en el sacerdocio. Es donde te corresponde estar.

Él le cogió una muñeca.

—¿Y a ti? —la pasión vibraba bajo la superficie, apenas controlada—. ¿Dónde te corresponde estar a ti?

—Bueno, ya no tengo yacimiento al que volver —confesó Catherine amargamente—. Es muy probable que no me permitan excavar más. Y, desde luego, no tengo ningún mejor amigo esperándome. Pero sé una cosa, Michael. Aunque consuma en ello el resto de mi vida, voy a encargarme de que Miles Havers expíe la muerte de Danno.

EL NUEVO MILENIO

Martes, 4 de enero de 2000

Flotaba una atmósfera extraña en el apartamento.

Aunque, a lo largo de los años, Catherine había entrado y salido infinidad de veces de aquel bloque, al que regresaba después de una ausencia de varios meses, aquella era la primera vez que la vuelta al hogar le hacía sentirse como si entrara en el domicilio de un extraño.

El servicio de limpieza semanal no sólo mantenía el piso inmaculado, sino que además le otorgaba un aire aséptico, como si allí no viviera nadie. Lo único desordenado era el montón de correspondencia y periódicos que colmaba la mesa del comedor. El contestador automático almacenaba treinta mensajes.

Los desenredados hilos de la vida de Catherine.

De una forma o de otra, iba a centrarse de nuevo y a reconstruir esa vida. Después de lo ocurrido, era imposible que Julius y ella restablecieran sus destrozadas relaciones. En cuanto a Michael... sea como fuere, tendría que vivir con el cariño que sentía por él, sabiendo que nunca volvería a verle. Pero su plan prioritario consistía en dirigirse en automóvil a Santa Bárbara y hablar con la policía, contarles lo sucedido. No mencionaría la implicación de Miles Havers en la muerte de Danno. No la creerían.

El retrato de Miles Havers había aparecido en la primera página del periódico de la mañana, al lado de las fotografías de las muchedumbres que abarrotaban las tiendas de informática de Singapur, Sydney y Nueva York. El pie de las fotos decía: «En todo el mundo el público se lanza frenéticamente sobre el nuevo programa Dianuba 2000, en una arrebatada fiebre consumidora que ha eclipsado la locura que desencadenó el Windows 95 de Microsoft hace cuatro años y medio».

«Dejémosle que saboree hoy su victoria», pensó Catherine. Ella esperaría su momento.

Cuando se disponía a dirigirse a la cocina, advirtió la presencia del paquetito que coronaba el montón de cartas. Papel de estraza pardo. Sin remite. Sellos estadounidenses. En la parte inferior izquierda, con tinta roja: URGENTE.

Lo abrió. Contenía un libro pequeño. No incluía carta ni nota, ninguna inscripción que le informase acerca de quién y por qué lo enviaba.

Y entonces vio el título: SACRE GROTTE E SCAVI SOTTO SAN PIETRO, *Las Grutas Sagradas y las Excavaciones en el subsuelo de San Pedro.* Publicado por la propia editorial del Vaticano: Libreria Editrice Vaticana. Fecha de publicación, 1953.

El texto estaba en italiano, pero las fotos en blanco y negro llevaron a su mente penosos recuerdos de cuatro días antes, aunque las excavaciones de la necrópolis distaban mucho de encontrarse en aquellas imágenes como estaban ahora. Enarcó las cejas. ¿Por qué se lo habían enviado? ¿Y quién lo hizo?

Volvió a mirar el papel de envolver. Reparó entonces en el matasellos, que apenas se distinguía encima de los sellos.

Vermont.

Leyó la fecha. Lo habían echado al correo una semana antes. En realidad, el día en que ella abandonó la abadía.

Abrió el libro de nuevo y lo hojeó con mayor atención, miró las imágenes de Cristo como Apolo y la figura orante de Aemelia Valeria, hasta que, casi al final, sus ojos tropezaron con la foto en grupo de un equipo de arqueólogos. Se acercó a la luz y forzó la vista sobre las siete minúsculas caras. No conocía ninguna. Luego leyó los nombres. Tampoco le resultaban familiares. Excepto...

Gertrude Majors.

Catherine frunció el entrecejo. ¿Dónde había oído antes ese nombre?

Volvió a oír una voz: «Ahora soy la madre Mary Elizabeth, pero antes de ingresar en la orden, en 1966, era...».

—Oh, Dios mío —musitó Catherine.

Se dio cuenta de que estaba contemplando el rostro de la abadesa, con el aspecto que tenía cuarenta y seis años antes, cuando era una arqueóloga que excavaba las tumbas situadas debajo de la basílica de San Pedro.

Catherine corrió al teléfono. A Michael le habían ordenado que se retirase a un monasterio cisterciense. San Alguien. En los alrededores de Toronto.

¡Santa Solange!

Llamó a Información y tres minutos después estaba marcando el número del monasterio.

—Quisiera hablar con el padre Michael Garibaldi, por favor. Es urgente.

Tardó una eternidad en ponerse al aparato.

—Michael —dijo, exaltada—. ¡El séptimo rollo *existe,* y esta vez sé dónde está!

Miles se apresuró a telefonear a Titus.

—Ha cometido el error que yo estaba esperando —dijo—. A la doctora Alexander se le olvidó que su teléfono aún podía estar pinchado. Por mi parte, estaba seguro de que, si existía el séptimo rollo, tarde o temprano la doctora Alexander iba a dar con él. Y parece que ya ha descubierto su paradero: abadía de Greensville, en Vermont. ¿Cuánto puedes tardar en tener a alguien allí? —Sonrió—. Estaré aguardando tu llamada.

Catherine sabía que la estaban siguiendo.

Comprendió demasiado tarde que debía haber llamado a Michael desde un teléfono público. Lo más probable era que cuantos anduvieron tras ella durante las últimas tres semanas —Miles Havers, el FBI, el Vaticano— continuaran manteniéndola vigilada, y su teléfono seguiría intervenido. Pero no podía quedarse cruzada de brazos. Tenía que continuar moviéndose.

Cuando notó que el 747 iniciaba el descenso, miró la revista de ocho días atrás que llevaba en el regazo. Su titular decía: ¿ESTÁ A PUNTO DE PRODUCIRSE EL FIN DEL MUNDO? El mundo no se había terminado, después de todo, cuando las manecillas de los relojes llegaron y rebasaron las doce de la noche, cuatro días atrás, pero la fiebre del milenio se reproducía ya, al comprender el público que en realidad el ciclo de los dos mil años no se acababa el 31 de diciembre de 1999, sino que más bien concluiría el 31 de diciembre del 2000.

Percibió el estremecimiento del 747.

A través de la ventanilla, Catherine contempló la capa de nubes extendida bajo el avión y decidió que debían de encontrarse en algún punto por encima de Nueva York. Cerró los ojos y contó mentalmente los kilómetros, al tiempo que instaba en silencio a la aeronave para que fuera más deprisa, más deprisa...

—Sí —confirmó la abadesa—, fui miembro del grupo de arqueólogos que excavó la necrópolis del subsuelo de San Pedro.

Catherine y Michael estaban en la biblioteca de la abadía, a través de cuyas vidrieras irrumpían los rayos del sol de enero. Se habían encontrado en el aeropuerto de Montpelier, donde alquilaron un automóvil para trasladarse al cenobio. La abadesa los recibió sin el más leve asomo de sorpresa.

—Sabía que iba a volver —manifestó— en cuanto viera el libro. No le dije nada del séptimo rollo, porque no estaba segura de que debiera hacerlo.

—¿De que debiera hacerlo? —se sorprendió Michael.

—Perdóneme, padre, estoy segura de que esto le parecerá extraño. Pero no tenía intención de llevarme nada de las Scavi. Hasta entonces, nunca había robado nada y, desde luego, jamás me llevé pieza alguna de un yacimiento arqueológico. Siempre he deplorado esa clase de saqueo. Pero me vi dominada por una influencia inexplicable. Al ver el rollo dentro de la urna anidada en una hornacina, no pude resistir la tentación. Lo único que se me ocurrió fue que, si no me lo llevaba yo, el manuscrito se estropearía allí o lo robaría algún coleccionista sin escrúpulos. Casi me consideraba una especie de guardián del rollo.

—Madre superiora —preguntó Catherine—. ¿Sabe por qué no estaba Aemelia enterrada en su sepulcro?

La abadesa cerró los ojos y se santiguó, al tiempo que murmuraba:

—Que Dios me perdone.

Catherine intercambió una mirada con Michael.

—La urna que contenía el rollo —explicó la religiosa— también contenía cenizas.

La madre Elizabeth miró a sus visitantes con una expresión de infinita tristeza.

—Tiré aquellas cenizas como si fueran desperdicios. Que Dios me perdone, que Dios me perdone. No lo sabía. Creí que eran paganas.

—¿La familia de Aemelia la incineró? —La voz de Michael era sombría—. ¿Incluso a pesar de que le prepararon un sarcófago cristiano?

—Quizás —sugirió Catherine—, las autoridades les obligaron a hacerlo. Tal vez habían empezado ya las persecuciones.

—Cuando traje a casa el rollo y lo traduje —continuó la abadesa—, pensé que había tropezado con un evangelio y me obsesionó la idea de encontrar la primera parte... No tenía idea de que lo precedieran seis manuscritos. Me pasé veinte años investigando, a la búsqueda de algún indicio que me llevara a algo más... y entonces me enteré de la existencia del manuscrito de Thomas de Monmouth. Estaba aquí, en los archivos de la abadía, y al leerlo comprendí que contenía errores y eso incrementó mi determinación de averiguar quién era el autor del rollo. Acabé por quedarme aquí de modo definitivo.

Se retorció las manos.

—Mis remordimientos de conciencia eran tremendos. Me di cuenta de que había eliminado equivocadamente las cenizas de una persona cristiana. De joven, yo era muy devota y presumía de mi religión. Pensé que obraba santamente al tratar irrespetuosamente los restos de un ser pagano.

Miró a Michael.

—Lamento, padre, haberle mentido con mi silencio. Cuando llegaron la doctora Alexander y usted me cogieron por completo de improviso. No había oído las noticias, no tenía la menor idea de que ustedes disponían de la historia de Sabina. Necesito rezar un poco, he de rogar a Dios que me guíe.

Se dirigió a Catherine.

—Cuando vino usted a mí aquella noche, después de su conversación con el doctor Voss, y me dijo que no tenía más remedio que marcharse, que estaba en peligro, comprendí que debía ayudarla. Y faltó muy poco para que le contase lo del séptimo rollo, pero algo hizo que me contuviera.

—Obró usted muy bien —opinó Michael—. Porque el FBI se lo hubiera confiscado.

—Sí —convino la abadesa—, y cuando aquellos groseros incivilizados irrumpieron aquí en busca de la doctora Alexander, vi con toda claridad lo que debía hacer. De modo que envié el libro por correo.

—¿Está aquí todavía? —inquirió Catherine—. ¿Aún está aquí el séptimo rollo?

—Sí. Puede leerlo, si lo desea.

—Madre superiora —dijo Catherine—. ¿Es el final de la historia de Sabina?

La abadesa sonrió.

—Decídalo usted misma.

Estaba aún en forma de rollo, con los extremos del papiro pegados a dos rodillos. Vieron asombrados algo que no esperaban encontrar: al pie de la última cara, las firmas de Sabina y Perpetua.

El sexto rollo había terminado con «y tenía miedo de», así que el séptimo empezaba

> este oscuro y espantoso reino. Aunque había pasado la mayor parte de mi vida en el bosque, nunca estuve sola, sino siempre con la familia. Ahora me veía sola, con las escenas de la matanza frescas en mis ojos, y de pronto los bosques dejaron de ser un lugar amistoso. Los espíritus y fantasmas que lo habitaban, aunque eran los dioses del pueblo de mi esposo, los consideraba seres malévolos y me sentía aterrada. Pero peor todavía era mi desesperación por no haber convertido a mi familia a El Camino. Ese dolor terrible me henchía mientras me aventuraba hacia las profundidades de la foresta, las ramas bajas me producían cortes en los brazos y en la cara y yo seguía pensando en las noches alrededor de la fogata, cuando hablaba a mi gente del Justo y ellos no me escuchaban. El pavor se había apoderado de mi corazón, porque mi amado Segismundo y nuestros hijos murieron sin saber nada de la vida eterna. Y yo no volvería a verlos nunca más.

Lloré con tal amargura que las lágrimas se tornaron hielo en mis mejillas.

Cuando me fue imposible seguir adelante, yací sobre la nieve y recé para que las fieras salvajes no devoraran mi cuerpo. Y al sentir la proximidad de la muerte, envié una oración al Justo. Al cabo de un momento adiviné una presencia en el bosque. Alcé la cabeza y vi a un hombre que se acercaba caminando entre los árboles. Por la forma en que vestía y por el hacha que llevaba supe que era un leñador, pero me pregunté dónde podría estar su casa, dado que para mí era un extraño y yo conocía bien aquellos bosques.

Y cuando me llamó por mi nombre, no mi nombre germano sino que dijo Sabina, me pregunté quién sería. Me levantó de la nieve y entonces le hablé de mi tremenda desesperación, le conté que mi familia se había perdido para siempre y él dijo: «Cree».

Le pregunté: «¿Creer qué, Maestro?».

Él dijo: «La casa de mi padre tiene muchos aposentos». Me pasó una mano por delante de los ojos y tuve una visión: Segismundo y la familia, no muertos y con la sangre carmesí deslizándose sobre la nieve blanca, sino en nuestra aldea, con las hogueras encendidas, la carne de venado en el asador y la hidromiel en las copas. Eran bienaventurados, la tierra ofrecía abundancia de frutos y el sol brillaba. Y yo supe que esa era su morada para toda la eternidad, porque en eso era en lo que habían creído.

Comprendí entonces lo que el predicador del mercado de Antioquía, tantos años antes, quería decir cuando manifestaba: «El Justo nos instruyó: no temas, sólo ten fe. Y sigue tu camino, porque como has creído, así se cumplió en ti».

Pregunté: «¿Eres el Justo?».

Dijo: «Soy el que has estado buscando todos estos años».

De pronto, mis ojos se llenaron de luz y vi que era el Justo, a quien había conocido tantos años atrás a orillas del Mar de Sal.

Pregunté: «¿Por qué no podía encontrarte?».

Contestó: «Claro que me encontraste. En todos los sitios a los que viajaste, allí estaba. Sin embargo, no me veías».

Y supe que era verdad, porque había visto al Justo en sus numerosos aspectos en muchas tierras; la prueba de su existencia está en los muchos templos esparcidos por todo el mundo y en los corazones de multitud de creyentes. Y al comprender que eso era cierto, supe que todo lo demás que me había dicho también era cierto, las Siete Verdades que me había revelado en sus numerosos templos bajo sus muchos nombres: que no estamos solos; que somos divinos; que somos eternos; que al morir regresamos a la Fuente, en la vida eterna; que el perdón es el primer paso de regreso; que el respeto es el segundo paso; que la aceptación es el tercero; y que periódicamente se envía a un mensajero para que enseñe a cada generación estas verdades, empezando por la primera, que es la de que no estamos solos...

Dijo que esto es un círculo que nunca se rompe. Empieza con el Creador y acaba con el Mensajero. Y cuando nosotros hemos entrado en ese círculo, siguiendo las Siete Verdades que llevan al conocimiento, entonces se nos concede el Don.

Y el don del Creador es éste: que la fe crea. Cuando tengas fe, así será. Y cuando lo comprendí, supe que todos mis queridos amigos, y todas las personas que compartieron el viaje de mi vida pero que no se convirtieron a El Camino, no se fueron para siempre sino que continuaron viviendo, y están vivos ahora, querida Perpetua, habitando en el interior de su propia fe —los seguidores de Tammuz y Zaratrusta, de Mitra y Krishna, de Osiris e Isis y de Wotan—, todos se han reunido con sus dioses en los felices reinos de esas divinidades.

Formulé al Justo la pregunta que agobiaba mi corazón desde que los prosélitos de otras creencias culparon a las personas de El Camino de ser los causantes de la peste en Antioquía. Cuando inmolaron a mi familia, mi corazón había gritado: ¿por qué? Porque, si la nuestra era la fe verdadera, ¿cómo era posible que nosotros pereciésemos mientras los que profesaban cualquier otra creencia seguían boyantes? Así que le pregunté: «¿Cuál es la verdadera fe?».

Y él respondió: «Todas lo son».

Y comprendí que eso era verdad.

Le pregunté: «¿Vendrás otra vez?».

Dijo: «He venido antes y vendré de nuevo. Volveré tantas veces como deba hacerlo. En cada época la humanidad necesita que se le recuerden las verdades. Volveré».

«¿Cómo te reconoceremos?»

«Por mis señas. Volveré como rey y como campesino. Naceré en Arabia dentro de muchos años; y dentro de mil años naceré en un país lejano que hoy todavía no tiene nombre. Apareceré en un edificio tan alto como una montaña, apareceré en una cueva profunda de la tierra, apareceré como todas las cosas a todas las personas, porque soy un salvador individual así como el salvador de la humanidad.»

Dijo: «La Segunda Venida no es un día ni una hora particulares, no es un acontecimiento universal sino un acontecimiento privado, un momento de epifanía personal, que señala el instante de nuestra verdadera fe. Él vuelve a cada uno de nosotros por distintos medios. Puede que algunos no le reconozcan porque no se presentará en forma corpórea, a algunos se les aparecerá como profeta o como un dios familiar para ellos. Y a otros, sin embargo, es posible que se les presente en la figura de un antepasado, o de un ángel, o acaso simplemente como una señal que aparezca en el cielo. Y os dirá esto: que todos nosotros somos los hijos, los hijos y las hijas, de Dios. Nacemos de la vida eterna y a la vida eterna volveremos, y cuanto creamos de ese Reino, así será».

Y también me dijo esto: «Que el mundo acaba para todos nosotros, no a través de un gran acontecimiento señalado por un cataclismo milenario, sino para cada uno de nosotros en un instante aislado e individual».

Querida Perpetua, me dices que una patrulla de reconocimiento me encontró y me llevó a la guarnición. Creíste que estaba muerta y luego me tomaste el pulso y viste que respiraba. Supongo que quizás había muerto o estaba al borde de la muerte, pero que se me permitió volver una última vez para traer este mensaje al mundo.

Con sumo cuidado, Catherine desplegó el frágil papiro, poniendo los cinco sentidos en la operación para evitar que se rompiera. Empezó a leer la última cara.

Al levantarse de la mesa escritorio, a Miles le sorprendió ver a Erica de pie en el umbral. No la había oído acercarse. Incluso en aquel momento, la mujer se limitaba a seguir de pie allí, a mirarle en silencio, sin pronunciar palabra.

—Cariño —Miles echó a andar hacia ella—, no estarás todavía enfadada por lo de la kachina, ¿verdad? Ya te lo dije, cuando la compré no sabía lo que era. Y se la he devuelto a los pueblos, ¿no?

Erica entró en el despacho y dedicó un momento a mirar a su alrededor. Luego dijo:

—¿Te acuerdas de cuando sólo llevábamos unos pocos años casados, estábamos sin un céntimo y tú te esforzabas en escribir programas informáticos en nuestro garaje?

—Claro que me acuerdo. Aquellos fueron los mejores...

—Tenías un amigo, un joven llamado Solly. Los dos solíais hablar de vuestro sueño de poseer una empresa de informática. Y entonces, un día, Solly te enseñó un nuevo *software* revolucionario que había diseñado, un soporte lógico con el que estaba seguro iba a ganar un montón de dinero. Recuerdo que os pasasteis la noche hablando del asunto y que Solly se marchó a casa cuando amanecía. Y a la noche siguiente resultó muerto víctima de un accidente monstruoso: electrocutado en su bañera. La policía dijo que había caído dentro una radio.

—¿Por qué sacas eso a relucir ahora, Erica?

—Aquella tarde saliste a dar un paseo y nunca dijiste adónde.

Después resultó que tenías el nuevo *logical* de Solly y me explicaste que se lo habías comprado.

—¿Y eso a qué viene?

—Sé lo que has estado haciendo, sé que anduviste detrás de esos rollos. Miles, te oí... —Se le quebró la voz. Respiró hondo, se esforzó en mantener la compostura—. Te oí decir a alguien que eliminase a la doctora Alexander.

—Lo entendiste mal...

La mujer levantó una mano.

—No me insultes con otra mentira. Tengo pruebas, Miles, de lo que has estado tramando. Teddy me lo ha contado todo.

—¡Teddy!

—La doctora Alexander consiguió escapar a tus malas artes gracias a él. Me dijo que le envió un mensaje por correo electrónico, avisándola. Teddy dice que rompiste las reglas, que causaste daño a alguien.

—¡Ética de pirata informático! Una paradoja. Erica...

Sonó el teléfono y cuando Miles alargó la mano hacia él, Erica dijo:

—No lo cojas, Miles. No es la llamada que estás esperando. No es Titus.

Miles entornó los párpados.

—¿De qué estás hablando?

—Titus no envió a nadie a Vermont. Él y yo mantuvimos una conversación y decidió dar por concluido su contrato contigo.

—¿Por qué haces esto?

—Lo hago por Solly, por Hombre Coyote y por cualquier otra persona que haya sido víctima de tu ambición de poder.

—¿Eso quiere decir que me vas a entregar a la policía?

Erica denegó con la cabeza.

—Jamás te declararían culpable. Tienes demasiado dinero y demasiados amigos poderosos. Voy a dejar que sea el mundo quien te juzgue y te sentencie, Miles. Voy a contar lo de Solly.

—¿Y qué más?

La mujer levantó el sobre que llevaba y sacó de su interior las fotografías y las traducciones de Papazian.

—Encontré esto en tu despacho —declaró—. Voy a utilizarlo para descubrir mi camino de vuelta. Voy a seguir por la senda espiritual que Hombre Coyote me indicó, voy a reencontrarme conmigo misma. Y tal vez... —Titubeó—. Con el tiempo... hallaré dentro de mí lo que me permita perdonarte.

Recuerda las palabras del predicador de la plaza del mercado, cuando dijo: «Busca y encontrarás, llama y se te abrirá». Porque lo que estaba diciendo era esto: cree y será.

Esto era lo que el Justo quería decir cuando manifestó: «La casa de mi padre tiene muchos aposentos». Y Él prepara uno para cada uno de nosotros, Perpetua, de acuerdo con la forma en que creemos.

Recuerda esto: nacemos creyentes y debemos hallar el camino de regreso al nacimiento-alma. Y cuando lo logramos, recibimos el Don, que es éste: la fe crea.

Expliqué a mis hijos que en la vida posterior les aguardaban cosas maravillosas. Mis hijos murieron tan jóvenes que no tuvieron tiempo de desarrollar la fe, así que nosotras debemos proporcionársela. Ahora tengo el consuelo de saber que, cuando me arrebataron mis tres preciosos pequeños, y acaso Píndaro también, si murió en aquella tormenta, todos ellos cerraron los ojos creyendo en mis historias maravillosas, de modo que allí donde están ahora viven alegres, mientras me esperan. Me despido, Perpetua, con esta profecía final: al igual que llegó el Mensajero anteriormente, volverá de nuevo para revelar a las generaciones futuras las siete verdades y el camino de regreso al nacimiento-alma. El mensajero será de alta cuna o de baja extracción, hombre o mujer, amigo o desconocido. Estáte ojo avizor y con el oído atento.

Y por último, Perpetua, la noticia más prodigiosa de todas...

—¿Qué es eso? —preguntó la abadesa de pronto, y miró hacia su despacho, situado junto a la biblioteca.

—Es la señal de su módem —informó Michael—. Le avisa de que tiene una llamada.

Como aún no se había familiarizado con el nuevo sistema informático donado a la abadía y que Michael había montado y puesto en funcionamiento una semana antes, a la madre Elizabeth hubo que indicarle la ruta y las teclas que tenía que tocar para que en la pantalla del ordenador pudiera verse al que llamaba.

—Es para usted, doctora Alexander —dijo un momento después, al salir de su despacho—. Su prometido.

Antes de partir de Santa Mónica, Catherine había llamado a Julius para comunicarle que Thomas de Monmouth estaba equivocado, que el séptimo rollo *existía* y que estaba donde estaba. Julius llamaba ahora desde el Sinaí; su imagen llenó la pantalla del ordenador.

—¡Hay algo que tienes que ver, Catherine!

Cuando dirigió la vista hacia el monitor, a Catherine no le sorprendió vislumbrar al señor Sayyid, ministro de Cultura de la Organización Egipcia de Antigüedades, situado en segundo plano, con una cara bastante larga. También estaba allí el señor Mylonas, del Hotel Isis, que saludaba a la cámara. Asimismo se encontraba ante la cámara el supervisor del yacimiento de Catherine, Samir, el hombre que la había ayudado a escapar.

Habían desaparecido las tiendas y borrado casi absolutamente todo rastro del campamento. Catherine sólo pudo localizar el yacimiento merced a la cuerda que lo acordonaba y a los letreros que prohibían la entrada en su recinto. Distinguió también, a lo lejos, el lugar donde los hombres de Hungerford efectuaron la voladura que veintitrés días antes sacó a la luz el fragmento de Jesucristo... *Veintitrés días y dos mil años antes.*

Julius estaba de pie junto al pozo. Éste aparecía cubierto por una lona encerada sujeta al suelo mediante pedruscos.

—Catherine —la imagen de Julius onduló en la pantalla de la computadora—, la noche en que fui a la abadía para decirte que no existía el séptimo rollo y para pedirte que volvieras a casa, y tú te negaste y a la mañana siguiente te habías largado, comprendí entonces que en toda mi vida nunca había sentido una entrega tan firme, una pasión tan intensa por algo, una creencia o una causa, como la que sentías tú por los rollos. Jamás me había mostrado dispuesto a sacrificarme por algo. En aquel momento te envidié, Catherine. Siempre he vivido conforme a las reglas establecidas, actuando sobre seguro, sin estar nunca dispuesto a asumir riesgo alguno. Pero lo que has hecho tú, en contra de mi criterio, me colmó de admiración por ti y decidí que había sonado la hora de hacer algo yo también. Así que me vine a Egipto, busqué a Samir, contraté a unos cuantos obreros fieles para que me ayudaran y bajé al pozo.

Hizo un ademán y la persona que manejaba la cámara de vídeo tomó una panorámica.

—Descubrí lo que las autoridades habían cubierto —dijo Julius— y luego procedí a excavar alrededor del esqueleto.

—Violaste todas las reglas —comentó Catherine.

—¡Todas las que se me ocurrieron! —sonrió Julius, gozoso.

Catherine se acercó un poco más a la pantalla.

—¿Qué encontraste?

Julius levantó la lona encerada que cubría la boca del pozo, encendió una linterna de foco potente, la sujetó a una cuerda y la hizo descender por el hueco del pozo. Catherine vio las paredes de piedra iluminadas capa tras capa, hasta que el rayo de luz se ensanchó en el fondo y brilló sobre los huesos de... los esqueletos.

—Dos, no uno.

En aquel momento, oyeron sonar la distante campana de la puerta de la abadía.

—Ya sé quién es —dijo la abadesa, con un suspiro—. Recibí antes una llamada. Me negué a aceptarla. Ahora tendré que dar algunas explicaciones.

—El primer cuerpo —continuó Julius mientras la madre Elizabeth abandonaba el despacho—, el que descubriste tú, es de mujer. Todo indica que la arrojaron al pozo atada de pies y manos, lo más probable es que lo hicieran mientras estaba viva. Pero el segundo esqueleto es masculino, no tiene atadas las muñecas y no parece que lo tirasen al fondo del pozo, aunque el cuerpo yacía encima del de la mujer.

La calidad de la imagen dejaba mucho que desear, pero Catherine pudo darse cuenta de la postura afectuosa del brazo que cubría al esqueleto más pequeño y de la actitud protectora adoptada por el esqueleto masculino curvado contra la espalda del femenino.

—Enamorados —murmuró Catherine.

—Mi teoría consiste en que él la siguió al fondo del pozo y se quedó con ella mientras la mujer agonizaba. Y después no pudo o no quiso marcharse de allí.

—¿Tienen alguna relación con los rollos, Julius?

—Sin la menor duda. El varón parece que cubrió con una capa su cuerpo y el de la mujer, así como la cesta. Analicé con microscopio electrónico las fibras de los esqueletos y de la cesta. Coinciden exactamente.

Catherine notó un nudo en la garganta a la vista de aquellos frágiles huesos desnudos.

—Quisiera saber quiénes fueron.

—Me temo que nunca llegaremos a averiguarlo con certeza.

Mientras contemplaba el pálido y débil cráneo del fondo del pozo, Catherine pensó: «¿Fue la última diaconesa? ¿Fue la última sacerdotisa cristiana?».

—Hay algo más —dijo Julius.

La hermana Gabriel avanzó precavidamente por el helado sendero. En todos los años que llevaba en la orden, no recordaba un invierno en el que la abadía recibiera tantas visitas.

—*Benedicte* —murmuró su saludo al distinguido recién llegado—. Por aquí, tenga la bondad. Cuidado dónde y cómo pone los pies.

La madre Elizabeth, que había oído la campana de la puerta, acogió al cardenal Lefevre en la sala de recibir.

Julius salió de campo y casi echó a correr por la arena, lo que obligó al cámara salir a la carrera tras él. Julius llegó a un mesa situada bajo un toldo.

—Encontré estas piezas en el pozo, Cathy —manifestó, exaltado—. ¡Mira!

La cámara enfocó las piezas de alfarería.

—¡Israelitas! —exclamó Catherine.

—Si no es una prueba definitiva —opinó Julius—, ¡al menos es un punto de partida hacia la demostración de que Moisés y María pasaron por aquí! ¡La prueba de que tenías razón!

—Julius —se entusiasmó Catherine—. ¡Te *adoro*!

Julius asintió con la cabeza y sonrió.

—*Mazel tov*, Cathy. Felicidades.

Se oscureció la pantalla.

Catherine permaneció ante el ordenador largo rato, antes de apartarse finalmente de él y mirar a Michael.

—Tenemos visita —anunció la abadesa cuando, minutos después, entró en la biblioteca.

A Catherine y Michael, que acababan de volver a ella, no les sorprendió ver a Lefevre.

La mirada del cardenal, aguda y desaprobadora, fue directa a Michael.

—El cardenal protector de Santa Solange tenía instrucciones precisas, padre Garibaldi, y me informó inmediatamente después de que recibiera usted la comunicación de la doctora Alexander. Afortunadamente, en aquel momento me encontraba en Washington, D.C. Sin embargo —añadió, el ceño fruncido iba destinado ahora a la abadesa—, no se atendió la llamada telefónica que hice a esta abadía.

—La intención de usted era ordenar a la madre Elizabeth que le entregase el rollo —intervino Catherine—. Y ella hubiera tenido que cumplir esa orden.

Lefevre miró a Catherine.

—La madre Elizabeth me ha informado de que le entregó a usted ese rollo. —Alargó la mano—. ¿Puede dármelo?

—No.

—Estoy en condiciones, cómo podríamos expresarlo, de comprárselo.

—No deseo el dinero del Vaticano.

—No le ofrezco dinero. —El cardenal hizo una pausa; con aire pensativo tamborileó sobre la cruz de oro que llevaba al pecho—. Supongo que podríamos intentar obligarla. Pero con eso no conseguiríamos más que convertirla en una mártir, mientras la Iglesia quedaría como el villano de la historia. De modo que haré un trato con usted. Lo que le ofrezco, doctora Alexander, es el total restablecimiento del buen nombre de su madre y el entierro de sus restos en suelo cristiano.

El silencio se enseñoreó de la estancia; sólo se oía el suave tictac del reloj de encima de la chimenea.

Catherine contempló fijamente al cardenal, con una velada expresión en las pupilas.

—Ya veo que no se esperaba una oferta así —dijo Lefevre—. De modo que planteémoslo de la siguiente manera: ¿qué es más importante para usted, doctora Alexander, el rollo o su madre?

—¿Por qué se preocupan tanto y se toman tantas molestias por este rollo? —preguntó Catherine—. Cuando las Naciones Unidas entreguen los otros seis al gobierno egipcio... o, dígame, ¿es que han dejado de existir ya los otros seis rollos? —Inclinó la cabeza—. Comprendo. ¿Y también han desaparecido las fotografías que tomé? —Observó la expresión enigmática de Lefevre—. Así que... nunca existieron y las tres últimas semanas tampoco han sucedido nunca. ¿Qué pretende hacer con el séptimo rollo? ¿Destruirlo también?

—¿Cuál es su decisión, doctora?

Catherine declaró:

—De acuerdo, la restauración *completa* del buen nombre de mi madre y su reingreso en la Iglesia. Y que se la entierre junto a mi padre.

—En cuanto esté de regreso en Roma me encargaré de que se inicie el proceso.

Catherine mantuvo la mirada sobre él durante unos segundos más, antes de decir:

—Acompáñeme.

Dio media vuelta bruscamente y entró en el despacho de la madre superiora, donde el séptimo rollo descansaba encima de la mesa.

Sin pronunciar palabra, Catherine lo cogió y se lo tendió al cardenal.

—Su traducción también, doctora Alexander.

Ella le entregó el cuaderno.

Centelleó una sonrisa triunfal en los labios de Lefevre.

—Ha tomado una sabia decisión, doctora Alexander.

—Sabina nos enseñó dos cosas —dijo Catherine—: A aceptar y a creer. Yo acepto la muerte de mi madre. Y nada en la tierra, ni siquiera usted, Eminencia, puede hacer retroceder el reloj y cambiar el modo en que mi madre murió. Mi madre creía que iba a reunirse con mi padre. Yo también lo creo.

—Me alegro de que haya hecho las paces con el pasado.

—No lo entiende. Lo que estoy diciendo, Eminencia, es esto...

Se apartó para que Lefevre pudiera ver la pantalla del ordenador. En la que aparecía una imagen analizada del séptimo rollo.

—Ya he grabado la traducción al inglés —añadió Catherine—. ¿Está usted familiarizado con este nuevo programa?

Era el Dianuba 2000. Diseñado para conectar automática y simultáneamente, en un momento dado, a los cien millones de usuarios de Internet de todo el mundo.

Se entenebreció la expresión de Lefevre.

—¿Quién va a creerla? Sin los otros seis manuscritos —hizo un ademán hacia el monitor—, ése carece de valor.

—Es suficiente. El público verá *este* rollo, al menos, y mi traducción de los otros seis. Sabrán que es auténtico.

Catherine alargó la mano y apoyó el dedo en la tecla que accionaría la Transmisión Global.

Lefevre advirtió precipitadamente:

—¡Haga eso y acabará con el cristianismo!

—*Revalidaré* el cristianismo.

—Todos esos mesías... Desvirtuará usted a Jesucristo a los ojos del mundo.

—Todos esos mesías *demuestran* que Jesús era quien decía que era. —Catherine miró a Michael y entre ellos pasó una comunicación silenciosa—. Los rollos de Sabina me han demostrado que Jesucristo existió y que su palabra es verdad.

—Si hace usted eso —amenazó Lefevre—, nuestro acuerdo quedará cancelado. No me considero comprometido a realizar acto alguno en bien de su madre de usted.

—Eso ya no importa —dijo Catherine.

—Por el amor de Dios —empezó Lefevre—, no...

—Lo hago precisamente —repuso Catherine—, por el amor de Dios.

Lefevre actuó con tal celeridad que la pilló totalmente desprevenida.

—¡No puedo permitirlo! —gritó el cardenal, al tiempo que sus manos sujetaban con sorprendente fuerza las muñecas de Catherine.

Michael saltó hacia delante.

—¡No! —le retuvo Catherine.

Pero la madre Elizabeth se abrió paso súbitamente y, antes de que nadie se percatara de lo que hacía, tocó el teclado en los puntos precisos y al instante...

El testamento de Sabina emprendió su navegación por el ciberespacio.

Las palabras griegas e inglesas se desplazaron por la pantalla a tal velocidad que sólo eran una masa borrosa que salía volando por Internet hacia millones de terminales de todo el mundo. Las cuatro personas reunidas en el despacho de la madre superiora se mantuvieron silenciosas mientras contemplaban, hipnotizadas, las líneas de texto que ascendían, como si se enrollaran en rodillos invisibles, las letras que se desvanecían en líneas que el ojo no captaba, para salir despedidas alrededor del planeta... Palabras pronunciadas siglos atrás en una plaza de mercado se disparaban hacia ojos receptivos y oídos más rápidos de lo que cualquier mente pudiera comprender, los nombres de dioses antiguos y sus madres vírgenes, historias de crucifixiones y resurrecciones, de sacerdotisas cristianas y salvadores universales, y religiones escritas en muchas lenguas, que ahora leían en una lengua nueva millones de seguidores de dioses nuevos y nuevos evangelios.

Lefevre hizo un intento de apagar el ordenador, pero Michael le cortó el paso. El cardenal alzó la mirada hacia él.

—Esto ya no le concierne, padre Garibaldi. ¿Debo recordarle que hay pendiente una acción disciplinaria contra usted? No agrave más su caso. Hasta ahora he sugerido que se le trate con indulgencia, pero si no se aparta...

—Eminencia —repuso Michael, erguido en toda su estatura sobre el anciano—, durante mucho tiempo he estado tan sumido en mí mismo que no llegaba a oír a Dios. Tenía el convencimiento de que Él no me había llamado, sino que entré en el sacerdocio por razones equivocadas. No lo entendía. Pero ahora sí lo entiendo. Ser sacerdote, Eminencia, tiene poco que ver con la devoción y la obediencia a las reglas. Está mucho más relacionado con la misión de difundir un mensaje de fe y esperanza. Y ahora sé que esa es mi llamada, que para cumplir esa misión es para lo que Dios me ha enviado.

—¡Fui yo quien le envió al Sinaí!

Michael sonrió, al tiempo que denegaba con la cabeza.

—No, Eminencia, no fue usted.

Michael se apartó, sabedor de que ya era demasiado tarde para que Lefevre interviniese. Y cuando miraron la pantalla, mientras la abadesa se santiguaba, iluminado su rostro por una nueva expresión de paz, el cardenal Lefevre murmuraba una oración desesperada y Michael iba a colocarse junto a Catherine, las palabras empezaron a desplazarse más despacio, al aparecer la última página del séptimo rollo y la traducción de Catherine, letras escritas a mano se mezclaban con bits y bytes digitales...

> Y ahora, mis propias noticias maravillosas. Aunque se acerque mi hora, no te aflijas por mí, querida Perpetua. Mi cuerpo es viejo y está cansado, y yo me encuentro preparada para el viaje. Mi alma se siente vigorizada y anhelante de entrar en el Gran Misterio. Anoche, el Justo apareció en mi sueño. Preguntó: «¿Crees?». Y yo contesté: «Sí». Él dijo: «Oh, mujer, grande es tu fe. Te acompañará mientras lo desees. Extiende tu mano y ven conmigo».
>
> Y así, Perpetua, lo haré.

EPÍLOGO

Estaban junto a la nueva tumba de Nina, contigua a la de su esposo, en el cementerio católico. Michael rezaba la oración fúnebre:

—Oh, Dios, Creador y Redentor de todos los fieles, concede a las almas de Charles y Nina Alexander, tus difuntos siervos, la remisión de sus pecados y permite que a través de súplicas piadosas alcancen el perdón que siempre desearon. Oh, Dios, que vives y reinas eternamente, mundo sin fin, permite también que descansen en paz. Amén.

Michael cerró el devocionario.

—Amén —repitió Catherine.

Notó que Julius le cogía la mano. En cuestión de unas horas Julius estaría a bordo de un avión, rumbo a El Cairo; el gobierno egipcio le había invitado a participar en las excavaciones de lo que ahora se llamaba el Pozo de la Profetisa, un yacimiento arqueológico que, como llegara a demostrarse que fue el sitio donde acamparon en otro tiempo los antiguos hebreos, se convertiría en lugar sagrado no sólo para los judíos, sino también para los cristianos y musulmanes, lo que atraería a Egipto nuevos peregrinos y turistas. Julius se encargaría de supervisar el estudio y análisis de los huesos de los mártires hallados en el pozo, así como de inspeccionar la construcción de su mausoleo.

Catherine no iba a acompañarle.

Mientras la brisa susurraba entre las lápidas y agitaba en el aire hojas y polvo, los ojos de Catherine se encontraron con los de Michael. La muchacha comprendió que el sacerdote evocaba en aquel momento la noche que habían pasado juntos en la posada medieval de Aquisgrán, cuando él susurró mientras la estrechaba entre sus brazos: «Hemos encontrado el camino que lleva a la Luz...».

Y si entonces Michael había hablado, Catherine había *visto.* El mundo de Sabina floreció finalmente detrás de los ojos de la muchacha, exactamente tal como Michael lo describiera, tal como debió de haber sido. Pero cuando llegaron al umbral del templo, Michael no pudo franquearlo. Así que *ella* le susurró a *él*: «No tengas miedo. Toma mi mano. Entraremos juntos». Luego Catherine musitó lo que veían en el interior del templo, y Michael contempló la visión que tanto temor le había inspirado... su propia divinidad.

Al apartarse de la sepultura de su madre, Catherine vislumbró algo que entraba revoloteando en su campo visual, algo que descendía planeando como una hoja de otoño. Parecía papel y su color era amarillento; pensó por un segundo que era un fragmento de papiro. Pero en seguida se dio cuenta de que se trataba de una hoja de periódico que había estado expuesta al sol demasiado tiempo. Quebradiza, casi se desintegró cuando una ráfaga de aire la proyectó contra la nueva lápida de Nina Alexander. Catherine vio el titular: ¡EL NUEVO MILENIO AÚN HA DE VENIR!

La gente empezaba a comprender que el final del año dos mil no se había producido el 31 de diciembre de 1999, sino que tal circunstancia ocurriría el 31 de diciembre del 2000, al cabo de nueve meses a partir de la fecha en que se encontraban. Y cuando la fiebre del milenio volviera a inflamarse, también se acrecentaría simultáneamente el apetito espiritual de la gente y su búsqueda de respuestas.

Tres meses atrás, Catherine había creído que su implicación en el caso de los rollos había tocado a su fin al transmitirlos desde la abadía hacia todos los confines del globo: transferidos a través de Internet por curiosos e interesados en el tema, acrecentada su popularidad al pasar de boca en boca, los rollos de Sabina fueron copiados y distribuidos profusamente, reproducidos y enviados por correo electrónico, remitidos infinidad de veces alrededor del mundo... Ahora los leían ya millones de personas. Pero la gente hacía preguntas, buscaba respuestas, interpretaciones y argumentos tranquilizadores acerca del mensaje de los rollos y de su autenticidad. De modo que Catherine se daba perfecta cuenta de que su labor aún no había concluido, de que no podía volver al Sinaí con Julius. Comprendió también, finalmente, el significado del enigmático sueño que tuvo en la posada de Aquisgrán.

La primera parte del sueño le reveló que *tymbos* significaba «tumba», pero existía una segunda parte que Catherine fue incapaz de descifrar, una curiosa visión en la que sus ojos contemplaron cómo el mundo entero —continentes y océanos, ciudades y desiertos— se tornaba primero gris, blanco después, rosa, verde y oro a continuación, para volver luego al gris; vio las hojas caer, convertirse en polvo, desvanecerse, estallar después nuevamente sobre las ramas reverdecidas... todas las estaciones del año se desarrollaban en unos segundos, casi simultáneamente. En un centelleo relampagueante, la naturaleza murió y renació ante sus ojos. Entonces no llegó a comprender lo que significaba aquello. Pero más tarde, en la abadía, mientras revisaba el último rollo, el significado profético del sueño acudió a su mente: el antiguo ciclo de fe y creencia estaba a punto de empezar de nuevo. *Se anunciaba la hora del regreso del Mensajero.*

—Adiós, Cathy —decía Julius en aquel instante, y la besó suavemente en los labios. Hizo una pausa para profundizar en sus ojos, captó el brillo de su determinación y percibió el difícil camino que se extendía ante ella. Atacaban y desacreditaban los rollos por todas partes, se ridiculizaba su mensaje, se denigraba a su remota autora. Alguien tenía que defenderlos y difundir su mensaje de fe universal. Julius murmuró—: Te querré siempre.

—Que Dios te acompañe, Julius —dijo Catherine.

Le siguió con la vista mientras el hombre se encaminaba al punto donde tenía aparcado su automóvil, con la luz del sol de primavera guiando sus pasos. Luego, Catherine se acercó a Michael, que la estaba esperando.

Su tarea conjunta estaba a punto de empezar.